机械设备维修问答丛书

空分设备维修问答

中国机械工程学会设备与维修工程分会
《机械设备维修问答丛书》编委会 编

机 械 工 业 出 版 社

本书是“机械设备维修问答丛书”中的一本，由中国机械工程学会设备与维修工程分会和机械工业出版社组织编写。

本书共分7章。第1章介绍国内外空分设备的现状与发展，第2章介绍空分设备维修的必备基本知识，第3章～第6章分别介绍中型空分设备的结构、使用与维修，小型空分设备的分馏塔和配套设备的结构、使用与维修以及氧气站附属设备的使用与维修，第7章介绍中、小型空分设备的操作规程及技术规格。附录中介绍空分设备术语及产品型号编制方法，中、大型空分设备产品名称与特点，主要组成部件及生产厂，生产空分设备的世界知名公司。

本书取材广泛，由最新的有关手册、技术标准、产品样本、专业杂志及机械维修工作的实践汇集而成。本书可供广大空分设备维修人员和机械设备工程技术人员参考使用。

图书在版编目（CIP）数据

空分设备维修问答/中国机械工程学会设备与维修工程分会《机械设备维修问答丛书》编委会编．—北京：机械工业出版社，2008.10
（机械设备维修问答丛书）
ISBN 978-7-111-25193-4

Ⅰ.空…　Ⅱ.中…　Ⅲ.空气分离设备－维修－问答　Ⅳ.TQ116.11－44

中国版本图书馆 CIP 数据核字（2008）第148953号

机械工业出版社（北京市百万庄大街22号　邮政编码100037）
策划编辑：沈　红　责任编辑：庞　晖　沈　红
责任校对：张　媛　封面设计：姚　毅　责任印制：乔　宇
北京机工印刷厂印刷（兴文装订厂装订）
2009年1月第1版第1次印刷
169mm×239mm·29.25印张·571千字
0 001—4 000册
标准书号：ISBN 978-7-111-25193-4
定价：53.00元

凡购本书，如有缺页、倒页、脱页，由本社发行部调换
销售服务热线电话：（010）68326294
购书热线电话：（010）88379639　88379641　88379643
编辑热线电话：（010）68351729

《机械设备维修问答丛书》

编　委　会

《空分设备维修问答》编写人：黄进旗　王凤喜　朱　佺
刘兴东　徐　游　周丽华

审稿人：蒋世忠
曾翰林

序　言

由中国机械工程学会设备与维修工程分会主编，机械工业出版社1964年12月出版发行的《机修手册》(8卷10本)，深受设备工程技术人员和广大读者的欢迎，曾于1978年和1993年两次再版和6次印刷，对我国设备管理和维修工作起到了积极的作用。

随着科技发展和知识更新，设备的更新换代，《机修手册》的内容已不能适应时代发展的要求，应该重新编写和修订。但是，由于工程浩大，力不从心。为满足广大设备管理和维修工作者的需要，经机械工业出版社和中国机械工程学会设备与维修工程分会共同商定，从《机修手册》中选出部分常用的、有代表性的机型，充实新技术、新内容，以丛书的形式重新编写。

从2000年开始，中国机械工程学会设备与维修工程分会组织四川省设备维修学会和中国第二重型机械集团公司、中国航天工业总公司第一研究院、兵器工业集团公司、沈阳市机械工程学会、陕西省设备维修学会和陕西鼓风机厂、上海市设备维修专业委员会和上海重型机器厂、天津塘沽设备维修学会和大沽化工厂、大连海事大学、武汉钢铁公司氧气有限责任公司、广东省机械工程学会和广州工业大学、山西省设备维修学会和太原理工大学等单位进行编写。

从2002年开始，到现在已经出版了19本。其中，2002年出版了《液压与气动设备维修问答》、《空调制冷设备维修问答》、《数控机床故障检测与维修问答》、《工业锅炉维修与改造问答》4本；2003年出版了《电焊机维修问答》、《机床电器设备维修问答》、《电梯使用与维修问答》3本；2004年出版了《风机及系统运行与维修问答》、《发生炉煤气生产设备运行与维修问答》、《起重设备维修问答》、《输送设备维修问答》4本；2005年出版了《工厂电气设备维修问答》、《密封使用与维修问答》、《设备润滑维修问答》3本。2006年出版了《工程机械维修问答》、《工业炉维修问答》2本。2007年出版了《泵类设备维修问答》、《锻压设备维修问答》、《铸造设备维修问答》3本。

正在出版和编写中的是《工业管道及阀门维修问答》、《空分设备维修问答》、《矿山机械设备维修问答》、《焦炉机械设备安装与维修问答》、《压力容器检测与维修问答》。

我们对积极参加组织、编写和关心支持丛书编写工作的同志表示感谢，也热忱欢迎从事设备与维修工程的行家里手积极参加丛书的编写工作，使这套丛书真正成为从事设备维修人员的良师益友。

中国机械工程学会
设备与维修工程分会

编 写 说 明

制氧机是人们对空气分离设备的一种简称。它是利用空气作原料，生产氧气、氮气和氩、氖-氦、氪-氙等混合气的成套设备。在一般情况下，由于空气分离设备多用来生产氧气和氮气，所以人们习惯地称它为制氧机。

制氧机自 1902 年问世以来，迄今已有 100 多年的历史。由于冶金、化肥、国防、电子、机械等工业迅速发展的需要，得到了迅速的发展。制氧生产中，涉及到的设备较多，技术要求较高。为保证设备的正常运转，必须做好空分设备的维护、检修工作。

《空分设备维修问答》是结合工作的实践，对《机修手册》第 5 卷《制氧站设备的修理》进行的修订，并增加了中型空分设备的检修及中、小型空分设备操作规程及技术规格、维修必备的基本知识等内容，对设备使用、维护、检修、操作具有一定的指导作用。可供空分设备管理、选用、改造、维修人员和工程技术人员使用，也可供大专院校相关专业师生参考。

本书第 1 章由刘兴东编写，第 2、6 章由王凤喜编写，第 3 章由朱佺编写，第 4、5 章由黄进旗编写，第 7 章由徐游编写，附录由周丽华编写，全书由王凤喜、黄进旗负责整理，蒋世忠等审稿。本书在编写过程中曾得到中国第二重型机械集团公司总经理石柯、副总经理曾祥东、装备部长郭国英及动能公司有关人员的热情帮助和支持，在此表示感谢。

编 者

目　录

第1章　国内外空分设备的现状与发展

第2章　空分设备维修的必备基本知识

第4章　空分设备分馏塔的结构、使用与维修

第5章 空分设备配套设备的结构、使用与维修

第6章 氧气站附属设备的使用与维修

第 7 章　空分设备操作规程及技术规格

附　　录

第1章　国内外空分设备的现状与发展

1-1　世界主要工业国和我国的空分设备的发展情况如何？

答：钢铁工业的发展对氧气的需要量越来越大。高炉富氧鼓风炼铁、电炉吹氧炼钢都需要大量氧气，特别是氧气顶吹转炉炼钢，已为世界各国广泛采用，并成为钢铁工业高速发展的一条重要途径。用氧气顶吹转炉炼1t钢，就需要$50\sim60m^3$氧气。

自1902年世界上制成第一台单级精馏的制氧机以来，迄今已有一百多年的历史。由于冶金、化肥、国防、电子、机械等工业迅速发展的需要，使制氧机得到了迅速的发展。

1. 世界主要工业国空气设备的发展概况

20世纪30年代以前，世界上仅有德国和法国生产中小型制氧机。当时主要是为满足焊接、切割用氧需要，以及化工厂所需的制氮设备，其容量在$2\sim600m^3/h$之间，品种大约200种左右，采用高压和中压带膨胀机的工艺流程。这些流程在当今小型制氧机中仍被广泛应用。

随着生产的发展，制氧机的使用领域不断扩大，促进了大型制氧机的产生。由于大型制氧机在每生产$1m^3$的氧气时，其电耗、材料消耗等都比中小型低，因而可获得更为廉价的氧气。为制氧机应用于冶金、化肥等工业创造了条件。1932年，德国第一次在冶金工业上用氧，并建立了第一个合成氨厂用的纯氧厂[⊖]。

1930年到1950年，日本、苏联、美国、英国也开始生产制氧机。在此期间，$3000\sim5000m^3/h$大型制氧机的品种增加了很多。采用的流程除高压、中压外，已开始采用高低压流程。

1950年以后，意大利、捷克、匈牙利、东德等其他一些国家，也相继生产制氧机。

由于钢铁、氮肥工业和火箭技术的发展，用氧量迅速增加。如1952年，随着奥地利采用的转炉纯氧顶吹炼钢技术的迅速推广应用，大型合成氨厂出现；导弹、火箭以液氧作助燃剂等，都导致氧、氮用量的剧增，从而使制氧机向着大型方向发展。

⊖ 在美国、英国、德国，大型制氧机的日产量有以吨为单位计算的，故使用这种制氧机的工厂一般称吨氧厂。

五十多年来，制氧机的产品品种迅速增加，并逐步形成系列。10000m^3/h 以上大型制氧机陆续问世。这些制氧机基本上都采用了全低压流程，且技术日趋完善，还生产了可以同时制取高纯度氧和氮的双高制氧机，以及全提取制氧机，即除氧、氮外，还可同时提取五种惰性气体。

目前，世界主要工业国家美国、德国、日本、法国、英国等设计、生产的空分设备已达到 100000m^3/h，而且还在增大。中国在 20 世纪 80 年代末，上海宝钢从美国 APCI 引进了一套 72000m^3/h 的空分设备。21 世纪初，中国购买了德国 Linde 一套 75000m^3/h 的空分设备。法国液化空气公司（L'Air Liquide）已建造的 113700m^3/h 空分设备，为加拿大长湖项目提供高纯氧气及其他气体服务。该空分设备是目前最大的，预计 2007 年投产。

总之，空分设备的发展是一个不断完善的过程，即设备由小型向中型向大型方向发展，流程由高压［200 个大气压（1 个大气压 =0.1MPa）］向中压（50 个大气压）向高低压向全低压（5 个大气压）方向发展，使空分设备的单位电耗及金属材料的消耗不断下降，运转周期不断延长的过程。

2. 我国的空分设备的发展概况

解放前，我国根本没有自己的制氧机制造工业。几个氧气厂内，仅有一些从外国进口的小型设备（10～200m^3/h），总共不过 80 多套，制氧总容量仅为 3000 多 m^3/h。

解放后，从 1955 年起，建立了我国制氧机制造业。1958 年，我国建立了制氧机专业研究所，开展了大量的设计研究工作。在 20 世纪 70 年代，除已能自行设计、自行制造 10000m^3/h 以下各种类型的制氧机外，并初步形成了系列。制氧机的自给率也有所提高、中小型空分设备基本上已能满足国内需求，有力地支援了工农业生产和国防建设。

我国自 1978 年以来，先后从德国和日本引进的 10000m^3/h 和 28000m^3/h 空分设备、中压和高压透平氧压机和变压吸附制氮等先进技术，使我国产品质量及技术经济指标得到进一步提高。

从 20 世纪 90 年代末期开始，我国出口空分设备，特别是 21 世纪初，已大量出口空分设备到世界各地。其中，杭氧股份有限公司 2005 年 8 月承接伊朗卡维集团两套 63000m^3/h 空分设备的供货合同正式生效。这两套空分设备是我国目前出口的最大的空分设备。目前，杭氧液空有限公司有能力根据用户要求，设计制造各类大型、超大型成套空分设备（≤120000m^3/h）。

1-2　我国空分设备产业市场结构如何？

答：我国空分设备产业市场结构情况如下。

1. 跨国公司与国内大企业争夺大型空分设备市场

在跨国公司进入我国大型空分设备市场前，杭州制氧机集团公司（简称杭氧）、开封空分集团有限公司（简称开空）、四川空分设备（集团）有限责任公司（简称川空）三足鼎立。德国的林德（Linde）公司，法国的法国液化空气公司（L'Air Liquide）等跨国公司进入中国市场后，以其技术优势，借以国内低廉的劳动力成本，逐渐占领大型空分设备市场。据有关资料统计，2002～2004 年，法国液化空气公司在我国中标 30000m^3/h 以上空分设备 12 套，德国的林德公司中标 16 套，而国内所有企业累计也只有 17 套；而且国内企业承接的大多数等级在 40000m^3/h 以下，上述两家跨国公司承接的 40000m^3/h 以上等级空分设备有 17 套。在 30000m^3/h 以上大型空分设备市场的竞争上、国内企业完全处于劣势。

国内企业在出口竞争方面也有一些优势。首先是价格优势，特别是自制部分的价格比跨国公司低三分之一，部分资金困难的用户一般首先考虑国内企业；其次是政策优势，为了鼓励民族工业的发展，我国政府对采用国产设备的企业给予一定的优惠政策。另外，近年来国内企业自立创新能力正在不断增强，技术进步很快，已基本具备了 60000m^3/h 以上等级空分设备的设计和制造能力。所以在今后的一段时期内，大型空分设备市场形成了“内外抗衡”的竞争局面。

2. 国有、民营企业共同竞争中小空分设备市场

随着能源的日渐紧张、空分设备的电耗就成为突出问题。为了适应市场，各制造商近年均开发出全低压小型空分设备。由于该类产品技术含量相对较低，一些民营企业纷纷进入该市场，形成了与国有企业相竞争的局面。这批民营企业绝大部分是原国有企业离退休人员或在职离开的专业人员创办，为抢占市场，他们之间竞争十分激烈。随着竞争的加剧，中、小型空分设备的垄断利润正在逐渐减少，一些传统的空分设备制造商正在逐渐通过改制的方式，剥离小型空分设备的设计和生产，使其成为独立的经济实体，单独参与市场竞争。

3. 我国空分设备市场集中度

市场集中度是用于表示在具体的某个产业或市场中，买者和卖者具有什么样的相对规模结构的指标，可以分为绝对集中度和相对集中度。绝对集中度用来衡量大企业在行业中所占的份额；而相对集中度用以说明特定市场中企业份额的均等情况。根据我国空分设备产业的特点，以及本节研究的目的，采用绝对集中度来衡量卖方的市场集中度。

贝恩曾将集中类型分为 6 个等级：极高寡占型、高度集中寡占型、中（上）集中寡占型、中（下）集中寡占型、低集中寡占型和原子型。市场占有率 CR_4 在 75% 以上的前四位企业属于极高寡占型。2002～2004 年，我国空分设备厂商的市场占有率见表 1-1。表 1-1 显示，2002 年排名前四位的企业的市场占有率（CR_4）总计为 90.75%，2003 年 CR_4 总计为 90.42%，2004 年 CR_4 总计为 89.41%。由此可见我国的空分设备市场属于极高寡占型。

上述数据是根据企业所有产品的销售收入来计算的，不同等级的空分设备

的价格相差悬殊。一套小型空分设备一般在几十万元到几百万元：而一套大型空分设备少则几千万元，多则上亿元。不同等级的空分设备的市场分布和占有情况，也因不同的企业、不同的市场策略而有不同之处。这是企业采用产品差别化和进入壁垒所造成的。如果进一步把空分设备分为大中型和小型两个类别、按照企业所销售的数量来计算，排在前列的市场占有率，会得出一种不同的结论。2002～2004 年我国空分设备厂商大中型和小型空分设备的市场占有率如表 1-2 和表 1-3 所示。

表 1-1　2002～2004 年我国空分设备企业的市场占有率

（按销售收入计算）

排名	企　业	2002 年市场占有率（%）	企　业	2003 年市场占有率（%）	企　业	2004 年市场占有率（%）
1	杭氧	51.52	杭氧	49.13	杭氧	48.20
2	川空	17.75	川空	20.61	川空	21.05
3	开空	12.57	开空	12.97	开空	12.17
4	液空杭州①	8.91	液空杭州	7.71	液空杭州	7.99
5	苏氧②	3.51	苏氧	3.00	大连林德	3.75
6	江氧③	2.39	江氧	2.39	苏氧	3.15
7	杭通④	1.37	大连林德⑥	1.74	瑞气⑦	2.22
8	邯氧⑤	1.07	杭通	1.11	江氧	2.08

① 液化空气（杭州）有限公司。

② 苏州制氧机有限责任公司。

③ 江西制氧机厂。

④ 杭州川空通用设备有限公司。

⑤ 邯郸制氧机厂。

⑥ 大连林德公司。

⑦ 温州瑞气企业空分设备有限公司。

表 1-2　2002～2004 年我国空分设备企业大中型空分设备的市场占有率（按套数计算）

排名	企　业	2002 年市场占有率（%）	企　业	2003 年市场占有率（%）	企　业	2004 年市场占有率（%）
1	杭氧	48.72	杭氧	43.21	杭氧	38.89
2	开空	28.21	川空	19.75	开空	26.67
3	川空	17.95	开空	18.52	川空	22.22
4	液空杭州	5.12	大连林德	7.40	液空杭州	3.33
5			苏氧	3.70	大连林德	3.33

（续）

排名	企　　业	2002 年市场占有率（%）	企　　业	2003 年市场占有率（%）	企　　业	2004 年市场占有率（%）
6			液空杭州	2.47	邯氧	3.33
7			哈氧①	2.47	苏氧	2.22
8			杭通	2.47		

① 哈尔滨制氧机厂。

表 1-3　2002～2004 年我国空分设备企业小型空分设备的市场占有率（按套数计算）

排名	企　　业	2002 年市场占有率（%）	企　　业	2003 年市场占有率（%）	企　　业	2004 年市场占有率（%）
1	杭氧	35.37	杭氧	25.28	邯氧	31.55
2	邯氧	18.37	苏氧	22.99	苏氧	24.06
3	苏氧	16.32	邯氧	16.67	杭氧	22.99
4	川空	12.92	川空	13.79	川空	9.62
5	哈氧	6.80	哈氧	10.92	哈氧	8.56
6	开空	5.44	杭通	6.32	开空	2.14
7	杭通	4.08	大连林德	2.29	江氧	1.07
8			江氧	1.72		

表 1-2 中，2002～2004 年的 CR_4 分别为 100%、88.88%、91.11%。表 1-3 中，2002～2004 年的 CR_4 分别为 82.98%、78.66%、88.22%。可以看出，大中型空分设备的市场集中度，显然比小型空分设备的市场集中度高。之所以按照销售收入计算的市场集中度较高，主要是因为前四位企业的大中型空分设备的市场占有率较高。通过分析，无论按照销售收入计算，还是按照大中型、小型空分设备的销售量计算，都显示了我国的空分设备市场属于极高寡占型市场。这种极高寡占型市场暴露了我国空分设备产业发展中的很多问题。

4. 极高寡占型的市场结构阻碍了技术进步

当一个企业能长期获得高额垄断时，就会裹足不前。在几十年的发展过程中，我国的空分设备技术进步经历了以下阶段：

1）在 20 世纪 50 年代初，在苏联专家指导下开展空分设备的设计及制造。

2）20 世纪 70 年代中期，开始引进德国 Linde 的 10000m^3/h 空分设备流程技术，还引进日本空分设备一些新技术，致使我国的大型空分设备技术有了明显的提高。

3）20 世纪 90 年代开始，自主研发，设计、制造出中大型空分设备，并有部分出口。特别是到了 21 世纪初，设计、制造的空分设备已大量出口世界各地。

经过50多年的发展，我国的空分设备技术水平已接近国外同行的设计、制造能力，但有些差距仍然很大，例如：到目前为止，我国自主设计开发的空分设备等级为60000m^3/h以上，而国外在20世纪90年代已达到80000m^3/h等级；在填料、分子筛和高压板式等核心技术上，我国还没有实现质的突破。虽然在跨国公司席卷国内大型等级空分设备市场的时候，我国才快速开发大等级空分设备技术，但仍取得了成效。

5. 极高寡占型的市场结构随着市场经济的发展发生了变化

我国规模较大的前11家空分设备企业，到2004年年底止统计，全行业资产总计604810.8万元，固定资产95227.6万元，从业人员13565人。这在我国是一个小产业，产业规模甚至不如一家特大型的企业规模。是不是我国空分设备市场太小呢？答案显然不是。2001年9月，杭氧承接了宝钢30000m^3/h空分设备设计制造合同，填补了30000m^3/h等级空分设备国产化的空白。也就是说，在2001年之前，我国30000m^3/h以上等级的空分设备全都靠进口，而很多大型钢铁、石化企业所需空分设备均在30000m^3/h等级以上。据有关资料统计，截至1998年6月，我国共引进大中型空分设备141套，总生产能力为130万m^3/h。

目前我国空分设备产业仍然属于极高寡占型的市场结构，但这种状况正在发生细微的变化。从表1-1可看出，CR_4正逐年降低，说明其他企业正在逐渐扩大市场份额。从表1-3看出，排在前四位的企业及排位发生了变化，说明小型空分设备市场结构发生了变化。这些细微的变化也许不足以在短时间内打破市场格局，但至少可以说明我国空分设备产业的市场结构，将随着市场经济的发展和全球经济一体化进程的加快发生变化。

6. 市场中的企业可以通过扩大产品差别，提高市场占有率

企业通过扩大产品差别，提高市场占有率，从而提高市场集中度，对新企业的进入设置障碍，巩固其市场地位，使市场结构趋向垄断竞争或寡头垄断的格局。如表1-2和表1-3所示，按照产品等级大小统计，各个企业的市场占有率有所区别，这是企业实行产品差别化的结果。表1-2中，居前三位的企业分别是杭氧、开空和川空，而表1-3中，居前三位的是杭氧、邯氧和苏氧。说明同样是小型空分设备，杭氧要比开空和川空有更高的市场占有率。虽然开空和川空始终没有放弃小型空分设备的市场，但很显然没有像杭氧更能发挥小型空分设备对整个空分设备市场占有的作用。虽然这里指的产品差别化不是严格意义上的产品差别化，而是产品的不同类别，但在当今注重品牌的市场经济社会中，在不同类别的产品中都能得到市场的认可，无疑对整体品牌的树立起到极大的推动作用。例如，在目前小型空分设备市场竞争十分激烈的环境下，杭氧凭借其在市场上良好的品牌形象，仍然取得了极高的市场占有率，而且在总体价格上

往往要高于其他制造商，不少用户就是冲着“杭氧”这块牌子来的。

7. 改善我国空分设备产业市场结构

我国空分设备产业市场结构存在的问题采取如下措施：

（1）积极发展中小型空分设备制造商　通过发展中小型空分设备制造商，使他们在较短的时间内形成较强的竞争能力，是改变目前极高寡占型市场结构，提高产业绩效的有效途径。政府部门对地方中小型空分设备制造商应给予一定的政策支持，特别在技术创新方面要给予大力支持。只有不断有新的中小型空分设备制造商加入到空分设备市场，才能不断促进我国空分设备技术的进步，才能形成与跨国公司抗衡的产业群。

（2）加强与跨国公司的合作，实现优势互补　其实跨国公司也很想与国内企业合作，共同开拓中国空分设备市场。与国际贸易的原理一样，通过与跨国公司的合作、中国企业可以获得更大的比较利益。国内企业有土地、人力资源和市场渠道，而跨国公司有先进的技术、管理和雄厚的资金实力，合作以后，各种要素就能实现有效配置。目前与跨国公司合作的方式是多种多样：

1）建立合资、合作企业，实现国外技术、管理、资金，与国内市场、劳动力、原材料的优势互补。这种方式惟一的代价就是市场。

2）设立工程公司，这种合作是最典型的优势互补、利润分成型。例如，某一个空分设备工程的建设，由外方承担技术支持、成套工程设计，而中方则承担设备的制造。杭氧与德国梅塞尔（Messer）公司的合作就是一个典型。2004年，梅塞尔公司与杭氧签订了“联合发展与促销协议”，杭氧成为梅塞尔公司的设备制造商，梅塞尔获得的空分设备合同，其设备部分全部由杭氧制造。2006年年初，上述两家公司还在德国成立了“杭氧——梅塞尔低温工程公司”，宣布梅塞尔在欧洲的空分业务全部由该公司承担。这种合作，对中方来说仍然控制着设备的市场，但中方要从中获取一定的技术费用。

3）合作竞标，即为获得某一项目，中外双方联合组成一个投标主体参与竞标，这样一来，以国外技术、国内成本获得合同的可能性要大大提高。

（3）加快技术进步，提高企业的核心能力　核心能力是一个企业独有的、别人无法模仿的能力，是有价值、异质的，通过自身长期积累形成一种特有的能力。很多中国企业在过去都忽略了这点，以致使自己的这种能力消失殆尽。其实任何企业都有自己的长处，关键是如何保持和提升。杭氧近几年通过提升企业的核心能力，在大中型空分设备市场独霸一方，国内企业很难与之竞争中高等级的空分设备市场。目前我国企业与跨国公司的最大差距在于技术水平。所以提高产品的技术等级，发展大型空分设备，是我国空分设备产业的首要任务。

当前由于国外对我国空分行业已基本实行“技术封锁”，外国公司对以前“以技术买市场”的作法已有极高的警惕性，所以在近年来，外国公司对知识产权的保护非常严格，对技术合作非常谨慎，对技术引进设置了障碍。国内企业只有依靠技术创新，走自主开发的道路，建立技术创新机制，投入更多的力量进行研究开发，是我国空分设备产业发展的根本动力。

(4) 加快企业改制步伐，彻底转换经营机制　机制的缺陷是中国企业参与市场竞争的最大障碍。我国参与空分设备市场竞争的企业大致可以分为三类：第一类是私营企业，特点是规模小、零散经营；第二类是大型空分设备制造商，即目前基本上控制了国内市场的传统空分设备制造商；第三类是跨国公司在我国设立的合资公司。这三类企业中，第二类企业在机制上明显存在缺陷，大部分属于国有企业或尚处改制阶段的国有企业。股份制和民营化是这类企业的较佳选择，坚决走民营化和股份制道路，使企业真正成为产权清晰、管理科学的市场主体。第一类企业的缺点也很明显，建立一套自由技术创新机制是这类企业的当务之急，只有技术进步了才能做大做强。第三类企业无论在技术上和机制上均有明显的优势，但惟一的不足是市场问题。如果这类企业能在成本上有较大幅度的下降，则市场前景十分广阔。

1-3　我国空分设备市场现状与近期发展态势如何？

答：随着我国经济持续稳定地增长，我国空分设备制造业也在逐步发展，特别是在大型空分项目上，国产设备的市场份额在逐年上升，以往外国大公司在大型空分项目上一统天下的局面正在逐步改变。但是，我们的综合能力和水平，与外国各大公司相比，还存在一定的差距。在世界空分设备市场，每年大部分份额由外国大公司所瓜分。见表1-4世界八大气体公司的经营业绩。

表1-4　世界八大气体公司的经营业绩

年　份	1999		2000		2001	2002
份　额	销售总额/亿美元	占有率(%)	销售总数/亿美元	占有率(%)	销售总额/亿美元	销售总额/亿美元
法国液化空气公司(L'Air Liquide)	57.6	18	72.9	17.1		68.87*(气体部分)
英国氧气公司(British Oxygen Company, Ltd.)	44.8	14	38.8(亿镑)	14.1		
美国普莱克斯实用气体公司(Praxair)	44.8	14	50.43	13	51.58	51.28
美国空气化工产品公司(Air Products & Chemical)	22.8	9	54.67	10.1	58.58	54.01
瑞典气体公司(AGA)	19.2	6	74.57	10.1	49.96[①](仅气体与工程承包)	48.39[①](仅气体与工程承包)
德国林德公司(Linde)	16	5				

（续）

年　　份	1999		2000		2001	2002
份　　额	销售总额/亿美元	占有率（%）	销售总数/亿美元	占有率（%）	销售总额/亿美元	销售总额/亿美元
德国梅塞尔公司（Messer）	16	5		4.6	16.21	15.26
日本酸素（NSC）	12.8	4	24.37	6.1	20.81	18.13
其他		25		24.9		
总计	320	100	340	100		

注：1. 表中2001年、2002年的数字均取自各公司网站公布的年报（Annual report）。

2. 表中所列的销售总额不仅仅是工业气体和空分设备，还有很多组合业务。“占有率”为工业气体与空分设备的占有率。因此，这种对比分析只能作为参考。

① 单位为亿欧元。

这八大公司大多数都向我国供应过大中型空分设备，仅德国林德公司就向我国供应过50多套空分设备，而法国液化空气公司、英国氧气公司、美国普莱克斯实用气体公司、德国梅塞尔公司在中国已投资多家气体公司，到1999年年底，梅塞尔公司在中国已投资了15家合资企业，总投资达1.7亿美元。另外，法国液化空气公司与杭氧合资成立液化空气（杭州）有限公司，林德公司与金重（金州重机厂）合资成立林德工艺装置有限公司，主要从事空分设备的生产制造业务。

当然，中国的空分市场也是世界空分市场的一部分。过去的基础落后，与国外的差距很大。改革开放后，引进许多大型成套设备。特别是20世纪90年代后，经济的持续增长，促进大型钢铁和化工企业的投入增加，大型空分设备的引进进一步加快，从而促进国内企业从配套能力到设计、制造、安装、运行管理的整体水平进一步提高，逐步形成以杭氧、开空、川空为核心企业的三足鼎立局面。杭氧在2002年占国内份额的68%左右，而大型设备则占国内份额的70%以上，2002年的工业总产值达106873万元，销售收入达105611万元；2003年上半年新订“2万”等级以上的空分设备有十多台，最大装置创国内记录——5万级空分设备。川空则是后起之秀，2002年跃居第二，工业总产值达40319万元，销售收入达36378万元；2003年上半年新订“2万”级以上的空分设备有3个，最大装置达“2.8万”级。开空近年来也发展很快，2002年的工业总产值达25648万元，销售收入达25777万元，最大空分设备做到“4万”级。除此之外，还有哈氧、苏氧、邯氧、江氧等中小型企业，占有一小部分空分市场份额，外资企业液空（杭州）与林德工艺装置有限公司，近年来在大型空分设备上的业绩都呈现逐步增长趋势。

1. 中国空分市场的宏观经济背景

中国的冶金、机械、石油化工的增长幅度一直高于综合经济增长率。原因在于中国是个发展极不平衡的发展中国家，基础工业装备落后，为了加速经济的发展，必须加大对固定资产的投入。20 世纪 90 年代后，中国经济持续增长的直接原因，是与每年增长率大于 10% 的社会固定资产投入分不开的。在过去的 10 年中，美国气体工业的增长率是 GDP 增长率的 1.25 ~ 1.5 倍。随着我国对重点的大型工程项目的投入逐步实施，扩建冶金钢铁企业，改造、淘汰低水平的生产装置，提高效率，降低能耗；扩建、增容大型石油化工（化肥、炼油、乙烯）工程；发展医疗、电子工业等，引发了对气体的需求。

这些良好的经济背景，直接扩大了空分设备市场的需求。国家宏观经济政策对基础工业的影响是直接的、即时的。钢材市场的限产压库，对空分设备这样的工业装备行业的影响是间接的、滞后的。因此可以预见，目前良好的经济形势至少可以保证空分设备行业在今后 3 ~ 5 年保持稳定地增长。在未来几年中，中国的钢铁、化工、电子、制造加工业、食品、保健和其他所有气体用户的发展将继续推动气体工业的发展，其年增长率至少为 15%。在亚洲，气体工业比中国还滞后的国家，如印度、越南也将步入高速发展的时期。

中国目前的空分市场是总量大、均量小、个量（单项指标）不足，持续增长仍有一定的增长空间。根据亚洲和澳大利亚的统计，2000 年制氧能力的总和约为 200000t/d，其中：中国占 35%；日本占 30%；韩国占 12.5%；澳大利亚占 4%；马来西亚占 3%；印尼占 3%；泰国占 2%；新加坡占 1.5%；中国台湾地区占 5%；其他占 4%。

从均量上看，日本是中国的 4.5 倍。中国钢产量约为日本的 1.5 倍，而制氧能力却仅为日本的 1.17 倍；从个量上看，中国空分基本是氧、氮、氩的制取，而高纯氮、氦等稀有气体的制取尚不足。因此，中国空分设备的发展仍有一定的空间。国内企业应抓住机遇，努力开拓市场，寻求进一步发展。

从历史的发展来看，改革开放前，中国的空分行业与国外的差距相当大。改革开放后，随着国外大型空分设备的引进，促使中国的空分产业迅速发展。从技术上讲，以杭氧为首的国内大型骨干企业，已具备 60000m^3/h 以上等级的空分设备的设计、制造和安装能力。杭氧股份有限公司与久泰能源内蒙古有限公司，在 2007 年 3 月 16 日签订了三套 40000m^3/h 空分设备合同。杭氧为辽宁北台钢铁公司设计制造 50000m^3/h 空分设备工程于 2003 年 9 月 1 日开工；2005 年二期工程完成后，整套空分设备投入全负荷运行。杭氧在 2005 年 8 月承接伊朗卡维集团两套 63000m^3/h 空分设备的供货合同。到 2007 年 4 月，杭氧已承接 22 套 40000m^3/h 以上等级的大型空分设备的合同，其中有些空分设备已投产。在 2006 年 10 月 1 日，开封空分集团有限公司与滕州凤凰化肥有限公司签订一套 42000m^3/h 空分设备合同，这是继山东华鲁恒升化工有限公司 40000m^3/h 空分设备、河南永城煤电集团 52000m^3/h 空分设备之后，承接的又一套大型空分设备。

四川空分设备集团有限责任公司在2002年7月22日，签订出口合同提供给土耳其伊斯坦布尔钢铁公司1套10000m^3/h空分设备；2004年销售20000m^3/h空分设备7套给新疆八一钢铁公司、江阴兴澄特种钢铁公司、济南鲍德气体公司、长治钢铁公司等，并为“神舟6号”提供航天飞船发射工程的各种液氮运输车辆，运载火箭液氧等助燃剂。

我国的空分设备的发展是得到了有关行业的帮助和支持。如果宝钢不把30000m^3/h空分设备改造给杭氧，杭氧就不可能跨出“30000”m^3/h，迈向“40000”~“60000”m^3/h等级的空分设备发展。因为大型空分设备是实践性很强的项目，如果没有大型成套项目，就不可能有与之相配套的大型单元设备。没有成熟的大型单元设备，也不可能有运行稳定、可靠的成套装置。即便是外国大公司也是如此，像宝钢5号空分设备的原设计能力为60000m^3/h，合同是1994年6月与美国APCI公司签订。同年12月，宝钢与APCI双方决定将生产能力扩大为72000m^3/h；宝钢6号空分设备为60000m^3/h，1996年从德国林德公司引进。这两套国外大型空分设备在外方安装调试过程中，也遇到过很多问题，但每次解决问题的过程都是积累经验的过程。

大型空分设备的运行成功，反映的是行业整体综合水平的提高，从单元设备、控制元件，到整体的匹配性、控制系统的稳定可靠性，都要求有很高的水平。这种高水平不仅需要以长期的理论研究为指导，还需要用长期的实践经验来验证。我们的企业更需要的是这种机会。反之，如果宝钢不把“30000”m^3/h空分设备给国内厂家生产，国内厂家就没有机会生产30000m^3/h空分设备。因为大型空分设备是投入大，运行有一定风险的项目，一般空分设备用户不会轻易把30000m^3/h级空分设备给尚无这样业绩的供货商。从这点上讲，国家应给企业以扶持，企业间应给予支持与合作，以促进我们的大型空分设备有突破性发展。

2. 国内生产空分设备企业的水平

从目前来看，国内企业与外资企业相比，国内大型企业有能力生产60000m^3/h级以上的空分设备，但120000m^3/h级以上项目国内企业不具备竞争力。国内厂家生产60000m^3/h级以下的空分设备的技术与流程已经成熟，应有充分的能力与国外公司竞争。首先，国内空分设备制造企业有较低的综合经营成本，使得国产空分设备在初期投入成本上有较强的竞争力。

从材料成本上看，普通碳钢国际市场的价格略高于国内市场；铝合金材料、国际市场常用的ASME-5083（德国AlMg4.5Mn系列）与国内相仿；不锈钢材料，国际市场价格比国内市场便宜。综合起来计算：国际市场的这些材料成本与国内市场相仿，但加上进口关税及运费，原材料综合成本则高于国内成本；而且配套设备，如控制元件、过滤器、压缩机、泵、阀门、仪表系统、DCS等，其国外市场价格比国内要高得多。在人工成本方面，国内要远远低于国外，由此看来，国外产品仅人工成本就比国内高出许多，其产品的最终报价也会超出国内很多，因此国内产品在价格上有很大的竞争优势。虽然国外的产品在综合质量水平上比我们高，但是，以性能价格比考虑，国产设备就有明显的优势。近年来，外国公司在大型空分设备上逐步降低价格，充分说明国内企业能力的增强给他们造成了压力。

从长远看，单纯的低成本优势是有局限性的。中国加入 WTO 后，中国经济逐步融入世界经济体，国际市场料工费的综合成本逐渐趋于平衡，人民币有预期升值的可能，中国境内的劳动密集型产品的成本必然上升，从而也使单件、小批量生产特性的空分设备的料工费成本上升，其中人工成本的增长幅度会更大。另外，跨国公司的优化资源配置、料工费的本地化、外资嫁接的“水土不服”也将逐渐减弱，并使其成本逐步降低，与国内空分设备制造业产品的价格差距会越来越小，并逐步对国内空分设备制造业构成威胁。所以，国内空分设备制造业应在充分利用现有优势的基础上，尽快在技术开发及经营规模等方面增加投入，在项目管理方面提高水平，争取在短时间内有所突破。

3. 国内企业的差距与不足

战略上，应抓住市场机遇，加强人才培训，提高人才素质，特别是在大型空分设备项目上的技术水平与管理水平上要进一步提高，才能创出良好的业绩，以博得国内气体产品用户的信任，从而给自身的发展创造更多的机遇，走上良性发展的道路。特别是近年来，跨国公司在中国的人才战略，更应引起国内企业的关注。因此抓好人才战略，是中国空分设备产业在大型空分设备项目上进一步突破的关键。

技术上，进一步改进并完善工艺流程，采用标准化模块设计，使设备运行更加稳定、成熟。大力推广使用新技术、新工艺，加快关键设备的开发，如大型膨胀机、板翅式换热器、液氧蒸发绕管换热器、空压机、过滤器等设备。

在行业的宏观布局上，龙头企业应进一步加大投入与开发力度，继续向超大规模迈进，并进一步提高装置的稳定性、可靠性、提高企业的知名度与品牌价值，努力扩大出口。对于中小企业，应进一步整合，分工协作，提高专业化水平和与大空分设备的配套能力。应该说，目前我们的大型企业不具备与大型跨国公司抗衡的能力，但是，我国制造的大型空分设备已经出口，而且规模越来越大，特别是在中国机电产品目录中，注明“杭氧液空有限公司”有能力根据用户要求设计制造各类大型、超大型成套空分设备（$\leqslant 120000m^3/h$）。目前国内最大空分设备是德国林德公司给河北曹妃甸制造的 $75000m^3/h$ 空分设备，美国 APCI 公司给宝钢制造的 $72000m^3/h$ 空分设备。

空分设备的设计制造单位必须建立完善的行业技术标准体系。完善的设计规范、结构部件的标准化，都能提高效率，降低成本。例如，德国林德公司的内部标准体系非常完善，从单元设备的标准位号，到管道支承的标准图，都非常详细，给设计、制造、安装带来了方便。甚至有些成熟的中小型成套装置也形成标准化，进行批量生产，从而降低了成本，提高了经济效益。

企业技术标准往往是参考产品图样制订的，例如德国的空分设备一般参照德国标准，但实际中，使用两个国家以上产品图样制订技术标准时，就要考虑其今后的变化。过去在确定采用外国标准制订我国的国家标准或企业标准时，要考虑以后如何修订标准。所以在制订标准时应有长远规划。

4. 多方位全面开发空分设备市场

应该看到，国内的空分设备企业的总的供货能力已经超过了现有的市场容量，供大于求的局面在所难免，加上跨国公司的介入，国内市场激烈竞争的局面依然存在。所以，空分设备制造业应制定相应的对策，以应对激烈的市场竞争。在坚定主业的基础上，一方面利用各自的优势，开发相关行业的市场和非空分产品。其实，前文所述的跨国公司大多数都是多元化经营的大型集团公司，所不同的是其经营规模大，如林德公司的工程承包公司2002年的新增订单就有15亿欧元，它的业务范围和制造能力超过杭氧、川空、开空的总和。另一方面，应努力扩大出口。如前所述，气体行业在印度、越南、缅甸这些发展相对滞后的发展中国家近期会快速发展，且国内企业已有向这些国家出口成套空分设备的较好的业绩，他们的发展也给我们带来了扩大出口的机会。

这样也就避免了国内市场竞相压价，保证国内制造业有足够的利润空间，成为促使全行业发展的经济动力，进一步开发超大规模的装置，提高企业的国际竞争力和抗风险的能力。同时在国家整顿与规范经济秩序的宏观经济政策指导下，进一步规范行业内部市场行为，使项目报价评估更加透明化，既避免高价暴利垄断，又可避免低价位微利运营的恶性循环，以最终形成在稳定的行业利润指标上良性循环的局面。

应该承认，改革开放后我国的空分设备行业几经波折，取得了巨大成就，与国外空分设备行业的差距越来越小，这是值得我们高兴。但是，我们应该看到仍然存在的差距和问题，必须再接再厉，努力使中国空分设备产业在超大型的设备上尽快迈上新台阶。

中国自己制造的大型空分设备（40000m^3/h、50000m^3/h、63000m^3/h等级）有的即将投产，还有大于60000m^3/h的等级也将签订合同制造。特别是大型空分设备已出口到伊朗、土耳其等国家。所以我国的空分设备发展前途很好。

1-4　国外工业气体市场概况如何？

答：全球工业气体市场增长率与世界经济发展状况密切相关，由历史统计可以看出，通常情况下工业气体增长率是实际国内生产总值（GDP）增长率的1.5~2.0倍。

1. 概况

2001 年，美国 GDP 仅增长了 0.3%；欧洲由 2000 年的 3.3% 下降到 1.5%；2001 年日本 GDP 下降 0.6%；南美受冲击也很大，2001 年 GDP 增长仅 0.2%，而 2000 年为 3.4%。

2000 年，全球工业气体、医用气体和特种气体市场增长率为 6%，年销售额 340 亿美元。在过去的几年中，许多工业部门发生了变化，气体工业中的兼并、合并、重组和关闭等均对气体工业的发展造成一定影响。2001 年，全球工业气体年销售额 345 亿美元，比上年略有增加。全球工业气体市场仍由七大跨国气体公司所垄断，2000 年和 2001 年（括号内数据）各公司市场占有率分别为 AL（法国液化空气公司占 17.1（18%），BOC（英国氧气公司）14.1%（14%），Praxair（美国普莱克斯）13.0%（13.0%），AP（美国气体化工产品有限公司）10.1%（11%），Linde/AGA（德国林德公司）10.1%（10%），NSC（日本酸素）6.1%（5%），Messer（梅塞尔）4.6%（4%），其他 24.9%（25%）。

表 1-5 和表 1-6 分别示出 2000 年和 2001 年跨国气体公司销售总额及气体销售额。

表 1-5　2000 年 6 大公司销售情况　（百万美元）

公　司	气体（%）	销售总额	气体销售额
AL	81.5	7289.6	5938.8
BOC	80	3878.8①	3093.7①
Praxair	88	5043	4443
AP	63	5467.1	3466
NSC	85	2437	2072
Linde/AGA	46	7457	3448

① 以百万英镑计；数据来源：JR Campbell & Associates. Inc.

表 1-6　2001 年 7 大公司销售情况　（百万美元）

公　司	气体（%）	销售总额	气体销售额
AL	84	7405	6206
BOC	79	5989	4732
Praxair	89	5155	4607
AP	69	5717	3944
NSC	86	2081	1780
Linde/AGA	43	8026	3461
Messer	91	1460	1329

2. 北美工业气体市场

2000 年，北美工业气体市场年销售额为 110 亿美元，其中美国占 86%，为 94 亿美元。加拿大占 10%，墨西哥 4%。对美国气体市场分析表明，在过去 10 年中，气体工业增长率是 GDP 增长率的 1.25～1.5 倍，有所下降。表 1-7 示出美国工业气体生产情况。

表 1-7 美国工业气体生产情况 （10 亿立方英尺）

产品		1999	2000*	1999～2000Δ%	2000—2001Δ%**
氧：	现场	536.2	544.0	1.5	—
	液态	151.7	155.2	2.3	—
	合计	687.9	699.3	1.6	—
氮：	现场	555.8	596.1	7.3	4.0
	液态	308.5	318.6	3.3	2.0
	合计	864.3	914.7	5.8	3.0
液氩		19.8	21.6	8.1	3.0
CO_2***		7.57	7.63	0.9	(5.0)

*JRC 估测，**JRC 估测，***百万吨每年。

数据来源：JR Campbell & Associates, Inc.

美国的气体市场以销售额计，瓶装和相关气体占 40%，大宗气体（以槽车送）占 35%，现场供气占 25%，特种气体占 25%。

工业气体、医用气体的增长率受美国制造的影响较大。而特种气体工业，由于其技术先进，特别是电子工业增长的需求，其年增长率在 7% 左右，有的还大大高于这个数，例如 NF_3 的增长率达到 50%～100%。

在美国有 1000 多家气体分销商。2000 年跨国气体公司在美国气体市场的占有率分别为：Praxair25%，AP15%，AL13%，BOC11%，Linde/AGA4%，Messer3%，NSC2%，其他 27%。

跨国气体公司在加拿大和墨西哥的市场占有率为：AL21%，Praxair17%，AP8%，BOC7%，NSC5%，Linde/AGA3%，Messer2%。

预计在 2010～2015 年前，气体分销商的联合将会加速。那时美国会有 10～15 家规模很大的区域分销商。

2000～2001 年，美国电价和天然气价格涨幅很大，导致用气成本增加。特别是二氧化碳气体受到天然气提价的强烈冲击，美国国内生产的氨无法与进口产品竞争，导致部分二氧化碳生产厂停产。

由于能源费用增加，替代能源例如燃料电池的开发等受到重视。在美国以及全世界，氢气的应用日益重要。

占美国 GDP50%、总额为 46000 亿美元的美国 20 个大产业部门均采用工业气体，表 1-8 所示为美国工业气体应用市场。

表 1-8 美国工业气体应用市场

项目	市场总值/10 亿美元	气体所占份额（%）	增长率（%）	
			1999～2000 年	2000～2001 年
农业	166.3	0.5	8.4	
采矿/油、气	95.2	2.0	(15.0)	1.1

（续）

项　　目	市场总值/10亿美元	气体所占份额（%）	增长率（%）	
			1999～2000年	2000～2001年
建筑	379.3	5.0	2.5	
制造业			3.9	(4.4)
石、灰、玻璃	39.2	2.5	(0.9)	(2.0)
金属	57.4	7.0	(5.2)	(9.1)
金属加工	99.4	9.5	2.2	(6.1)
工业机械	236.0	12.0	7.5	(11.8)
电子机械	327.7	13.0	27.3	(19.0)
汽车	116.9	2.5	(8.0)	3.0
宇航/运输设备	55.2	1.0	0.2	(6.0)
仪器	48.1	0.5	1.3	(4.1)
其他	27.7	0.0	(1.0)	(6.5)
食品/烟草	124.4	6.0	0.4	(1.1)
造纸	50.0	1.5	(3.0)	(5.6)
化工产品/化学品	184.2	12.5	0.8	(1.6)
石油产品	25.5	4.0	2.0	(2.2)
橡胶/塑料	59.8	1.0	(2.8)	
运输/公用事业	782.9	4.0		4.0
政府	1100.0	4.0		
服务、保健	585.4	11.0	10.0	10.0
合计	4546.3	100.0		

资料来源：美国商业部，JR Campbell & Associates，Inc.

3. 亚太地区工业气体市场

（1）概况　2000年，亚太地区的工业气体、特种气体和医用气体销售额为76亿美元，约占全球工业气体市场的1/4。各主要国家和地区的市场分布情况如表1-9所示。

表1-9　亚太地区的工业气体各国市场分布情况

国　　家	分布比例（%）	国　　家	分布比例（%）
日本	57	马来西亚	2.2
中国	10.5	泰国	1.8
澳大利亚	6.7	印尼	1.7
韩国	5.3	中国台湾	7.4
新加坡	2.4	其他	5

各跨国气体公司在亚太地区的市场占有率为：BOC20.1%，NSC16.8%，AL14.2%，AP8.0%，Praxair2.4%，Messer1.2%，Linde0.7%，其他36.6%。

日本和中国占亚太工业气体市场的大部分份额。其中较小的气体公司和分销商占有该市场份额的36.6%（即27.5亿美元），超过日本酸素和Messer之和。

2000年，亚洲各国制氧能力总和约为20万吨每天，各国市场占有率如表1-10所示。

表1-10 亚太各国制氧能力各国市场占有率

国　家	占有率（%）	国　家	占有率（%）
中国	35	马来西亚	3
日本	30	印尼	3
韩国	12.5	泰国	2
中国台湾	5	新加坡	1.5
澳大利亚	4	其他	4

日本在亚太地区占有工业气体57%的市场份额，所以对亚太地区气体市场影响最大。根据J. R. Campbell & Associates公司总裁Johm. R预测，在未来5年中，日本GDP增长率在0~3%之间，而工业气体、医用气体和特种气体增长幅度在3%~6%之间，气体供应方式会继续向现场供气转变。

在未来几年中，中国的钢铁、化工、电子、制造加工业、食品、保健和所有其他气体用户将继续推动气体工业的发展，其年增长率至少为15%。预计韩国、马来西亚、新加坡和中国台湾地区气体工业的增长率为8%~10%。

（2）联合趋势　多年来，在跨国气体公司中BOC一直占据着亚洲工业气体市场的首位，2000年其与气体相关的销售额约15亿美元，主要由于电子工业的驱动。它在日本、韩国、马来西亚、新加坡和中国台湾地区的气体市场稳步增长。

AL公司占亚洲气体市场的14.2%，2000年AL在亚洲的气体市场增加了8.5%。

AP公司占8%，主要由于它兼并了韩国工业气体公司，在电子气体领域具有很大的优势。

Praxair公司占第4位，但它在中国和韩国处于很强的地位。这两个国家在未来5年中工业气体将实现迅猛增长。Praxair公司计划加强它在亚洲半导体市场的地位。

（3）日本　虽然2001年日本GDP减少0.6%，工业生产减少11%，但日本GDP仍占亚太地区GDP的59.0%。日本的工业气体在亚洲仍居首位。

1980~2000年间，日本现场供气和散装气体市场发生了相当大的变化，详见表1-11、表1-12。对瓶装气体尚无可靠数据。

由表1-12可见，由于电子工业特别是微电子和光电子工业的发展，其对工业气体和特种气体的用量骤增，而钢铁/冶金工业用气量相对减少。

表 1-11　各种气体所占市场份额　(%)

气　体	1980	2000	气体	1980	2000
N_2	20	23	H_2	4	6
O_2	22	16	C_2H_2	13	5
Ar	5	12.5	He		3
CO_2	8	12	电子气体		5
CFC	10	7	其他	12	10

表中所示气体销售额：1980 为 25.5 亿美元，2000 为 36.8 亿美元。

表 1-12　气体应用市场　(%)

年　份	电　子	钢铁/冶金	化　工	医　疗	其　他	造　船
1980	10	45	25	5	10	5
2000	30	25	20	10	15	

2001 年，各大公司对日本气体市场的占有份额为：日本酸素 13%、Air Water12%，岩谷 10%，大阳—东洋酸素 8%，法液空日本公司 8%，大阪酸素 6%，Koatsu2%，其他 41%。

日本酸素是日本最大的工业气体生产商，为电子和半导体业供应瓶装气体和散装气体。目前准备卖掉它在日本的食品、切割和焊接产业。

Air Water 公司是进入日本气体市场的新成员，它由三家较大的氧气公司合并而成，AP 占有 8% 的股份。

岩谷产业主要生产经营丙烷和氢气，分销工业气体、医用气体和特种气体。

4. 欧洲工业气体市场

(1) 概况　2000 年，欧洲的气体销售额以当地货币计算增长了 2 位数，但转换成美元，实际增长率约 6.5%。

2000 年欧洲气体销售额 112 亿美元，其中各大气体公司所占份额为：AL31.3%、Linde28.8%、Messer11.0%、BOC9.8%、AP9.0%、Praxair4.5%、其他 17.4%。

2000 年欧洲四个大国，即法国、英国、德国和意大利的 GDP 总和为 86.6 万亿美元，GDP 增长率为 3.1%。以欧洲 GDP 平均增长率 3.4% 计算，则气体增长率为 6.5% 是符合这一规律的。

表 1-13 所示为欧洲气体市场收入。

(2) 各气体公司经营状况

1) 法国液化空气公司：2000 年销售额增长 15.3%，它在法国、奥地利、意大利、保加利亚、波兰和匈牙利建立了许多新的气体公司，并在各高技术领域和保健服务业投资，这是一个重要转变。

在过去的几年中，尽管卖掉了它在美国的许多从事气体和焊接业务的分销商，导致其潜在销售额损失达1亿美元。但它收购了Messer在南非、巴西、阿根廷、韩国、埃及等国家的企业资产，使其销售额增加了0.9亿美元。收购这些企业，AL付出了1.8亿美元。

表1-13　欧洲气体市场总收入

国家或地区	人口（2002年）/百万	GDP（2002年）/拾亿美元	气体总收入（2001年）/百万美元	气体总收入（2002年）/百万美元	气体总收入增长（%）	占气体市场份额（%）
英国	60	1355	1180	1199	2	13
德国	82	2708	1935	1928	0	20
法国	60	1823	1590	1603	1	17
意大利	58	1234	1075	1142	6	12
比利时、荷兰、卢森堡	27	850	970	1007	4	11
斯堪的纳维亚	24	862	845	861	2	9
伊比利亚	52	870	925	977	6	10
其他	30	995	709	735	4	8
西欧总计	393	10697	9229	9452	2	100
捷克	10	58	145	154	6	13
斯洛伐克	5	25	43	45	3	4
匈牙利	10	58	115	126	10	10
罗马尼亚	22	47	56	57	3	5
波兰	39	167	178	212	19	17
巴尔平	26	104	100	113	13	9
俄罗斯	144	409	320	350	9	28
其他	141	213	150	170	13	14
东欧总计	397	1081	1106	1226	11	100
欧洲总计	1183	11778	10335	10678	3	—

2）林德公司：林德公司收购了欧洲AGA的业务。两个公司合在一起在西欧和东欧实现销售额增长率分别为5.9%和19.9%。收购AGA后，林德公司设法大幅度降低成本。该公司将过去分开的两个部门，即工业气体部和工艺工程部合并。林德占美国气体市场份额的8%。

3）英国氧气公司：BOC曾一度要被AL和APCI联合收购，美国有关部门根据“反托拉斯法”，没有批准这次合并。

BOC作为一个有100多年历史的跨国公司，面对几乎被兼并的耻辱经历，吸取教训，调整经营战略，进行重组，继续进行自1998年开始的成本控制计划。由于措施得力，销售额增长7%，营业利润增长8%。随着半导体业的复苏，BOC的真空技术和特种气体将会得到更大发展。

4）梅塞尔公司：2000年实现了6.8%的增幅。新的调整重点放在欧洲和北美。它卖掉在亚洲、非洲和拉丁美洲的部分业务以减少现有债务。

5. 氪（Kr）、氙（Xe）市场

2001 年，全球氪、氙市场约为 4000 万～5000 万美元。各跨国气体公司的市场占有率为：AL30%，Praxair18%，Messer9%，Linde5%，BOC4%，AP2%。

进入此领域的还有若干家贸易公司和特种气体公司，例如 Spectra Gases、Novo（前身是低温稀有气体公司）、美国特种气体公司以及 Airgas 等。

目前氪、氙供应紧张，其原因是需求增长，应用领域扩大。主要应用领域有照明、医疗、航天和其他高技术领域。由于 HDTV 等离子显示应用增加使氖供应趋紧。

2001 年，氪用量为 6000 万 L，各种应用所占份额为：灯泡 60%、绝缘玻璃 32%、准分子激光 3%、政府研究和开发 3%、其他 2%。

2001 年，氙用量为 550 万 L，各种应用所占份额为：灯泡 60%、激光 19%、医疗 9%、离子发动机 5%、政府研究与开发 4%、绝缘玻璃 1%、其他 2%。

6. 氦市场

（1）概况　全世界主要产氦国是美国，其次是俄罗斯、阿尔及利亚和波兰。美国的氦资源得天独厚，2000 年公布的氦资源贮量为 140 亿 m^3。目前美国在开采的氦资源，天然气中氦含量为 0.6%～0.75%，即将开采的氦资源含氦为 0.81%。

2000 年美国 A 级氦（纯度为 99.995%）销量 1.27 亿 m^3，其中 0.896 亿 m^3 在国内销售，出口 0.37 亿 m^3，比 1999 年增长 8%。

2000 年美国用氦量为 0.934 亿 m^3，其应用领域分配为：工业/科技 18%，MRI18%，焊接 16%，气球和提升 14%，光纤 9%，吹出/加压 8%，检漏 6%，控制气氛 3%，呼吸 3%，其他 5%。

2001 年，氦价格提高了 15%～20%，主要原因是电力、运输和劳动力的费用提高导致生产成本增加；另外，光纤市场需求增长。

（2）日本氦市场　2000 年，日本氦气用量与上年相比增长 8.3%，达到 1448 万 m^3。其原因是光纤、核磁共振成像仪（MRI）和低温工程等领域需求稳步增长。气态氦销量 1012 万 m^3，比上年猛增 112%，而液态氦销量仅增长 2%。

除光纤外，2000 年日本新安装 322 台 MRI 装置，虽然每台 MRI 用氦量减少，但总用量仍有所增加。在焊接方面，特别是造船业和低温工程领域用氦量增长。SQUIDE 探头应用正在增长，其液氦用量为 8L/d～10L/d。氦气球和火箭发射也用氦。表 1-14 所示为日本氦销售情况，表 1-15 所示为日本氦的应用领域及占有的市场份额。

日本几家主要气体公司所占氦销售份额：岩谷产业 34%，日本氦中心 22%、日本氦 16%、联合氦 12%、大阪酸素 8%、法液空日本公司 8%。

全球氦气将供不应求，这也是跨国气体公司提高氦价的原因。为了保持供需平衡，需要开发新的氦源。跨国公司正计划提高实现有氦装置的生产能力，同时开发氦气回收技术。

表 1-14 日本氦销售情况

年 份	1996	1997	1998	1999	2000	2001	2002
销量/万 m^3	1129	1252	1235	1336	1448	1520	1565

表 1-15 氦的应用领域及市场占有份额

应用领域	用量/(万 m^3/a)	所占份额(%)	应用领域	用量/(万 m^3/a)	所占份额(%)
光纤	365	25.2	焊接	110	7.6
MRI	300	20.7	氦气球、飞艇	65	4.5
低温工程	190	13.1	半导体	57	4.0
分析、检漏	120	8.3	其 他	240	16.6

1-5 现代空分技术发展及其与工程设计的关系是什么?

答：现代空分技术发展及其与工程设计的关系是：

1. 现代空分设备技术的发展

（1）国内外空分技术发展简况 近年来，国内外空分设备技术发展很快，气体应用技术及市场发展也很快，空分设备新技术能使气体成本降低，质量更好，因而促进了气体的应用，而气体应用市场的发展也促进了空分设备技术的发展。我国国内的空分行业，一方面立足于自力更生、不断进取；另一方面借鉴国外先进技术，吸收消化，已有了长足的进步。现在已从采用高低压流程、铝带盘蓄冷器的空分设备，发展到采用全低压流程常温分子筛吸附净化。增压透平膨胀机、规整填料上塔、全精馏制氩、DCS 控制的空分设备。国内整机的制造能力已到 60000m^3/h 等级的技术水平；也承担了国外 63000m^3/h 等级的制造合同；并进行了 40000m^3/h ~ 60000m^3/h 的 20 余成套空分设备的设计和陆续制造工作，有的项目已完成投产。最近几年国内的空分设备技术已取得了可喜的进步。目前国内 30000m^3/h 以下的空分设备有能力与国外公司竞争。国内空分设备制造企业有较低的综合经营成本，使得国产空分设备在初期投入成本上有较强的竞争力。但同时也应看到与国外先进技术水平相比，还有差距，特别是在创新与综合研究开发能力上，需要共同努力和各方面的支持。

国外的空分设备技术，发展得更快，它一般不明显分为几代，而是在流程及单元机组上不断开发新技术，总体上是以用户要求（设备规模、气体及液体产品的要求，操作弹性等）及制约因素（电费、资金、可用空间、安全性等）为基础来开发新的流程及机组，对单机及单元设备也不断改进和完善，从而使空分设备的技术经济指标不断提高，氧提取率可达 90% 以上，膨胀空气进下塔的常规流程，氩的提取率可达 92% 以上，而空分设备的单体规模，目前已经建成且在运行的最大装置是3100t/d，这是美国APCI公司为荷兰壳牌公司提供的，可日产3100t氧气、6500t氮气、4500t液态产品及120多t氩气。林德公司正在为墨西哥PEMEX石油公司建造四台产氮气量为335000m^3/h的单高氮装置，按加工空气量比较，将是迄今世界最大的空分设备。

（2）空分设备新技术的一些主要特点

1）提取率进一步提高。国外空分设备的氧提取率可达99%以上，氩提取率可达92%以上。当采用规整填料、全精馏无氢制氩技术，一般情况下氧的提取率可以提高1%～3%，氩的提取率可以提高5%～10%；当采用膨胀空气进下塔的流程，氩的提取率可较膨胀空气进上塔的常规流程的最大提取率（83%左右）再提高约9%。

2）能耗进一步降低。国外的大型空分设备、制氧加压氧电耗能到0.55kW/m^3以下。当上塔采用填料塔后，能降低上塔阻力约0.02MPa，空压机轴功率可降低5%～7%。当采用带氧气增压器的空分流程，充分利用冷凝器的位能（即液柱高度），使出冷箱的氧气压力达到0.17～0.2MPa，从而使压氧电耗可降低0.03kW/m^3左右。当采用膜式主冷，可降低空压机排压0.3～0.4bar（1bar＝10^5Pa），使空压机轴功率下降3%～4%。

3）使空分设备更可靠，更安全，操作更简便。国外许多公司较普遍推荐内压缩流程，有关资料指出“在较高的液氧压力下，随着液氧沸腾温度的升高，烃的挥发度及溶解度也随之提高，液氧的沸腾压力在3bar以上时，就可排除烃累积到危险浓度的可能性”。有关文献作了统计，全世界已经在使用的约50套内压缩流程的空分设备，迄今还没有发生过意外爆炸事故。内压缩流程的能耗比外压缩更高5%～7%，但投资上要节约9%～10%（均为国外与国外对比）。

4）根据需要，装置更加大型化。目前国内的最大空分设备为宝钢的72000m^3/h和河北曹妃甸的75000m^3/h空分设备，这两套空分设备由美国空气化工产品公司和德国林德公司制造。世界最大的设备已在前面谈及，不再重复。

5）单机和单元设备的改进和完善。

例如空气压缩机配用叶轮反冲洗系统，可使压缩机运转时间延长到4～5年。再如对氮气用量较少的用户，当空分设备的$N_2:O_2\leqslant1$时，可取消冷水机组。国外先进的增压透平膨胀机，膨胀端的效率可达88%～93%（国内85%～88%），增压机的增压比可达1.76（国内为1.50～1.58）。

2. 现代空分设备技术与工程设计的关系

空分设备的设计与制造，空分设备的工程设计，空分设备的使用、管理及维护是空分行业系统中的组成部分。三者之间关系密切，且互为依存。先进的空分设备与优秀的工程设计相结合，共同为空分设备的用户服务。

1）空分设备的先进技术给工程设计提供了改进工程设计的机会和要求。

先进的空分技术给空分设备的工艺流程和机组带来了变化，因而也对空分设备的工程设计产生了影响。例如最近，空分设备中采用的全精馏无氢制氩技术，取消了加氢脱氧工序，因此如果空分设备中再采用部分液氩（3MPa的工艺用氩）内压缩，经泵升压至管网压力后汽化出冷箱，就可以使工厂设计中制氧主厂房中的偏跨厂房布置大为简化，且减少了厂房面积。而在站区布置中，由于没有氢气站，可缩减总图用地和紧缩总图布置。同样，如空分设备采用氧气内压缩流程，就可不用氧压机，因而可以简化工厂设计中主厂房的布置。再者，由于空压机的结构改进，使工程设计中有可能对主厂房采用一层布置或露天布置，就可以节省投资。此外，由于空分设备中采用大型压缩机，大型液体贮槽以及空分冷箱的增多，都对基础的设计及整体布置提出了更高的要求。

2）要用优秀的工程设计去支持和配合空分设备中新技术的应用。

如前所述，空分设备的先进技术给空分工程设计提供了改进工程设计的机会及要求，因此一定要用优秀的工程设计去支持和配合空分设备中新技术的应用。前文提及空分设备新技术的采用有可能使工厂设计中的主厂房为一层布置或露天布置，但在过去的工程设计中习惯主厂房两层布置，水管及电缆都采用明沟布置，当采用一层布置或露天布置时，就要对地下、地上管线及电缆的敷设方式进行统一安排。另外，还要对周围配电室的布置、厂房和厂区周边噪声的防治，以及主厂房内设备的检修等作通盘考虑，才能取得较好的成果。

例如，在北京普莱克斯公司氧气站工程中，对地下管道采用了分层直埋布置及特殊的防腐处理。例如，在天津APCI公司独资的氧气站工程中，只在一层主厂房中设了5t吊车，而在屋顶上设置了部分活动屋盖，作检修电机之用，并对厂区的噪声治理作了通盘考虑。上述两个工程均已投产，投产后的生产实践证明设计是合理的。

大型空分设备的选用，大型压缩机、大型液体贮罐及大型空分冷箱对基础提出了更高的要求，在工程设计中一定要精心设计。首先要用先进的计算机软件进行有关的计算，采用CAD去完成设计。北京钢院已开发的CAD三维设计，是购买英国先进的PDMS软件，通过消化，进行了建库及开发，现已用它完成了APCI公司南京南化公司氮肥厂40000m^3/h空分设备的图样，并在临汾钢铁公司6000m^3/h的氧气站工程中完成了部分图样，受到了用户的好评。

由于气体应用市场的需要等原因，空分设备的液体产品逐渐增多，因而带来了液体低温管道的大量应用。另外空分设备中还有一些高温管道（例如分子筛区的管道），需要对管道的应力和管道的绝热进行计算，北京钢院也引进和开发了相关的计算机软件，在实际工程应用中得到了较好的效果。

最后，还要说明一点，在工厂设计中，要将先进的空分设备和工厂的现场实际情况相结合，才能做出好的工程设计。例如在邢台钢厂6000m^3/h空分工程、上钢三厂梅塞尔 10000m^3/h 空分工程以及云南梅塞尔 10000m^3/h 空分工程都采用先进的空分设备，但工厂现场场地都很拥挤，均需要利用部分旧厂房进行改建，所以在设计中要按照实际情况进行了灵活的布置和调整，既保证了符合有关规程规范的要求，又满足了生产操作及检查维修的需要。

总之，空分设备制造厂要不断开发空分设备新技术，氧气站工程设计单位要不断完善空分设备的工程设计，空分设备的用户则要认真做好空分设备的使用、管理和维护，共同努力为空分行业的发展作出贡献。

1-6 同存共荣的钢铁工业与空分行业相互关系是什么？

答：钢铁工业与空分行业相互依存，相互促进。钢铁工业的增长带动了空分行业的发展，空分行业的发展又促进了钢铁工业发展，两者的关系密不可分。

1. 氧、氮和氩气体在钢铁工业中的应用

（1）氧气 钢铁工业的炼铁与炼钢过程是氧气的最大用户。

1）氧气顶吹转炉炼钢：1952 年，奥地利人发明了氧气顶吹转炉炼钢，其特点是冶炼周期短（是平炉的1/16），产量大且能耗低，从而促进了钢铁工业的迅猛发展。顶吹转炉炼钢每一吨钢的氧耗为 50 ~ 60m^3。

2）高炉富氧鼓风炼铁：

高炉富氧鼓风（并辅之以煤粉喷吹）炼铁，可提高炉温、降低焦比及增加产量。高炉鼓风中氧含量每增加 1%，铁产量可提高 4% ~ 6%，焦比降低 5% ~ 6%。在富氧 3% ~ 4% 时每一吨铁的氧耗为 45m^3。

3）电炉炼钢：电炉吹氧炼钢能缩短熔化时间，减少热损失及降低单位耗电量。每一吨钢吹氧 1m^3 可节电 5kW · h，电炉炼钢的单位氧耗为 40m^3/t。

4）熔融还原法（COREX）炼铁：这是一种尚未普及的炼铁新工艺，取代烧结、焦化和高炉三段生产工艺，可降低生产成本、减少污染，但每一吨铁的氧气消耗高达 530 ~ 550m^3，是氧气顶吹转炉炼钢的 10 倍。

5）钢材加工：钢材加工时，连铸火焰切割、清理等，每一吨钢的氧耗为 10 ~ 12m^3。

（2）氮气 氮气在冶金工厂中主要用作密封气、输送气、保护气、搅拌气、吹扫气和仪表气等。目前冶金工厂消耗的氧、氮比例约为 1∶1。而且氮气用量还有上升趋势，设计上应适当预留。

（3）氩气 用于不锈钢冶炼、钢水包吹氩、连铸钢包和中间罐水口密封及保护气体等。目前冶金工厂的氩气耗量尚不大，每一吨钢约耗氩 3 ~ 4.5m^3。通常所配空分设备按全量提取氩产品，多余部分外销。

2. 钢铁工业是空分行业发展的主动力

（1）钢铁工业的发展 按钢铁工业用氧情况，在高炉—转炉连铸—轧钢的传统工艺中，每一吨钢的氧耗约 120m^3，每百万吨钢需配置空分设备的制氧能力为 15000m^3/h。当高炉不富氧时可将氧气需求量减至 10000m^3/h。采用 COREX 炼铁新工艺、后置电转炉、连铸和轧钢时，每百万吨钢需配置空分设备制氧能力增至 50000m^3/h，是传统工艺的 3～5 倍。

2005 年，我国钢产量约 3.5 亿 t，按传统流程计算，所需空分设备制氧能力达 510 万 m^3/h。其中 2.4 亿 t 钢是在 1996 年后增加的，与之对应的空分设备制氧能力是 360 万 m^3/h，2001～2005 年是我国钢产量增长最快的 5 年，平均年增长 4230 万 t 钢，每年所需的空分设备制氧能力增长 63 万 m^3/h。看到这些数字就不难理解我国空分设备为什么这几年需求这么旺盛。

在氧气转炉出现以前，钢铁企业内氧气仅用于废钢切割和火焰清理，每一吨钢耗氧 1.5m^3，一个年产 150 万 t 钢的钢铁企业配置 2 套 150m^3/h 小型空分设备就足够了。氧气顶吹转炉取代平炉炼钢后，加上连铸比的扩大，每一吨钢的氧耗增至 55～65m^3，即增加了 40 多倍，这时 6000m^3/h、10000m^3/h 空分设备开始在钢铁企业内出现；随着高炉富氧的普及，在鞍钢、宝钢和武钢出现了 30000m^3/h、35000m^3/h 空分设备；当钢铁企业由百万吨级向千万吨级钢产量迈进时，60000m^3/h 等级空分设备相继在宝钢、武钢投产。

在世界各国，钢铁工业都是空分行业的最大用户，占其总用量的 60%～70%。正是 20 世纪 60～80 年代钢铁工业的突飞猛进才带动了空分行业的蓬勃发展。日本在引进氧气转炉后，10 年内钢产量由 1 千万 t 增至 1 亿 t，全国氧产量 16 年增加 20 倍。我国钢铁工业在经过一段弯路后，20 世纪 80 年代步入正轨，1996 年钢产量突破 1 亿 t。2005 年约为 3.5 亿 t，超过日本、美国和俄罗斯三国的总和。

（2）空分行业的发展　为满足钢铁工业发展的需求，在单机制氧能力不断扩大的同时，空分设备的流程和配置不断更新，能耗不断降低，工作压力也在不断降低。由于流程和配置的不断进步，大型空分设备的单位制氧电耗已由 0.6$kW\cdot h/m^3$ 降至 0.4$kW\cdot h/m^3$，氧提取率由 80% 上升至 97%～99%，氩提取率由 24% 提高到 80%～90%，大加温周期由 1 年增至 3 年以上。

20 世纪 80 年代后，我国空分行业紧跟世界先进水平，提升了自己的竞争力，提前进行了技术储备。从 1996 年开始，我国空分行业开始引进国外先进的流程和计算软件，并进行了二次开发，引进了一些先进的加工设备（如切割机、旋压机、各类加工机床和真空钎焊炉等）和检验设备，对厂房进行了扩建以适应大型空分设备的加工，在软件和硬件设施上都为空分行业的腾飞做好了准备。

1）1997 年，我国第一套全精馏无氢制氩空分设备投产。

2）1998 年，我国第一套采用规整填料上塔的全精馏无氢制氩空分设备投产。

3）2002 年 3 月，我国第一套 20000m^3/h 空分设备在济南钢厂投产。

4）2002 年 12 月，我国第一套 30000m^3/h 空分设备在上海宝钢投产，完成了中国空分行业几代人的夙愿。

5）2002 年，我国第一套氧产品压力为 3.0MPa 的内压缩流程空分设备投产。

6）2004 年 6 月，我国第一套外压缩流程 50000m^3/h 空分设备投产。

7）2004 年 9 月，我国第一套化工型内压缩流程 40000m^3/h 空分设备投产。

2003～2005 年，我国空分行业不仅承接了国内 20000m^3/h 等级空分设备的全部合同，而且一举拿到 12 套 30000m^3/h 等级、2 套 40000m^3/h 等级、5 套 50000m^3/h 等级和 2 套 60000m^3/h 等级的大型空分设备合同，总制氧能力达 160 万 m^3/h，这在任何一家国外著名企业的经营史上都十分罕见，钢铁工业对空分产品的市场占有率从 1988 年以前的 58% 上升至 2003 年的 83%。

3. 我国钢铁工业与空分行业发展远景

(1) 我国钢铁工业发展展望　解放初期我国钢产量仅为 17 万 t，1996 年达到 1.01 亿 t，2003 年达到 2.22 亿 t，2005 年约 3.5 亿 t。即增加第一个 1 亿 t 钢产量花了 47 年，增加第二个 1 亿 t 花了 7 年，而增加第三个 1 亿 t 花了不到 2 年。但是钢铁的消耗是遵循一定的曲线规律运行的，有快速增长区、缓和增长区和平衡区，不可能永无休止地增长。因为作为钢材的主要用户（如建筑、交通和机械等）在形成一定规模后，其用钢量都会显著下降，在与其他增长用户综合后达到平衡。日本在 1967 年钢产量达到 1 亿 t，美国在 1975 年达到 1 亿 t，三四十年过去了，他们的钢产量仍维持在 1 亿 t 左右，其他发达国家也是如此。充分说明了钢铁生产和消费有一个饱和点或平衡点，这个平衡点什么时候出现，以及出现的条件是什么？这关系到我国钢铁工业的决策和发展前景。

综合各种资料分析，我国钢产量的平衡点约为 3.5～4.0 亿 t，时间在 2015 年左右。为了实现可持续发展和走循环经济之路，还必须考虑社会可承受能力（污染物排放对环境的影响）和资源可供应能力。今后钢铁工业的发展将会是：

1）结构调整：主要是调整产品品种，减少线材产量、增加高质量板材产量；

2）工艺调整：主要解决节能降耗、治污和循环经济问题，将钢铁工业的准入门槛大大提高；

3）市场布局调整：其基本原则是整合现有企业，布局向沿海、沿江地区转移，同时提高产业集中度，使十大钢铁企业的产量到 2020 年占全国钢产量的比例达到 70% 以上。

总之在今后相当长的一段时间内，钢铁工业的发展不再是产能上的增加，而是产品质量的提升，使之更贴近市场，布局更趋于合理，降低成本与能耗、从源头削减与预防污染，实现可持续发展，因而任务会更艰巨。

(2) 空分行业发展展望　气体工业是伴随国民经济的增长而发展的，其增长率是 GDP 增长率的 1.25～1.5 倍，我国实行的是可持续发展战略，在今后相当长的一个历史时期将维持 GDP 7% ~8% 的年增长率，这就保证了气体工业10% ~12% 的年增长率。虽然国民经济发展有起伏，但那是波浪式的前进和螺旋式上升，不会出现类似钢铁工业的饱和点，只要国民经济在增长，气体工业就会不断发展。

当前空分行业正处于黄金时期，它开始于 2001 年，是被钢铁工业的迅猛发展造就的。目前，增长势头不减，从 2006 年开始，钢铁工业的产能将会减少或趋缓，对空分设备的需求会有所下降，这个缺额会被旧空分设备的节能改造和三大化工，特别是煤化工中的煤制油项目的新增需求所填补，因而黄金时期仍将延续。一个年产油品 300 万 t 的煤制油项目，按照 0.3 ~1.0t 氧/t 煤计算用氧量，就需要 $60000m^3/h$ 等级空分设备 4 ~13 套，也就是说煤制油项目今后将是空分行业的最大用户。2004 年，我国与中外厂商签订了 9 套 50000 ~ $60000m^3/h$ 等级大型空分设备合同，其中：7 套用于石化行业和煤化工，2 套用于钢铁行业。由此可见大型空分设备在三大化工的增长态势，同时熔融还原法（COREX）炼铁工艺也将是钢铁工业用氧的新增长点。2005 年 8 月，宝钢集团为 COREX 炼铁项目与液空（杭州）公司签订了 2 套 $60000m^3/h$ 大型空分设备合同。

身处发展机遇期，正确定位，居安思危，找出与世界先进水平的差距，制定出切实可行的发展规划是中国空分行业的当务之急。

1）开发研制 $60000m^3/h$ 等级大型空分设备。$60000m^3/h$ 等级空分设备主要用于下列场合：

①年产 1000 万 t 钢的大型钢铁企业；②采用 COREX 炼铁的钢铁企业；③发电量超过 250MW 的煤气化联合循环发电（IGCC）企业；④大型石化企业的煤气化项目；⑤大型炼油厂和乙烯厂；⑥大型煤液化制油项目。

在开发研制国产第一套 $60000m^3/h$ 等级空分设备时，不应片面追求国产化的比例，而要指标先进、性能可靠且有较高的运转率。对国内暂时不过关的关键设备可进行国际招标采购，用户可以通过顺利投产和在较高的运转率中得到比投资更多的回报；国内空分行业则可在顺利达标投产中提高知名度，增强信心并提升竞争力。希望国内企业能为我国空分行业提供一个展示实力的舞台，为国产第一套 $60000m^3/h$ 空分设备作出进一步的贡献。

2）开发研制与用户需求相结合的空分新工艺，新设备。目前，全低压流程空分设备在流程上的改进余地有限，人们的注意力开始转向空分产品的应用领域，将空分设备的工艺和介质流与应用领域的工艺和介质流结合起来，即生产综合性的空分设备，使得包括用户在内的综合能耗最低、投资最省。在 COREX 炼铁工艺中，年产 100 万 t 铁的还原炉就需要一套 $70000m^3/h$ 等级空分设备。一旦我国采用这种取消烧结、焦化车间的炼铁新工艺，将会伴生一个新的空分设备市场。

3）继续重视空分设备技术改造。我国空分设备已加快了更新换代的步伐，切换式流程→带增压膨胀机的分子筛净化流程→规整填料塔与全精馏无氢制氩流程→高提取率的内压缩流程，流程的进步仅用了20年时间，其间氧和氩的提取率分别提高了15%和30%，能耗下降了20%，单位制氧能耗已接近0.39kW·h/m^3，设备的连续运转周期由一年延长至3年以上。目前我国估计尚有150余套切换式流程的空分设备在运转，这些空分设备的能耗高，氧、氩提取率低（大部分不提取氩），事故频率高，对其进行改造符合国家的能源政策，用户也能获得较多的退税优惠，因而大多能在1～2年内回收投资。2002年，宝钢将日本神钢提供的26000m^3/h切换式流程空分设备改造成规整填料塔全精馏无氢制氩工艺的30000m^3/h空分设备后，获得了很好的经济效益和社会效益。

过去国内空分行业曾为空分设备技术改造做了大量工作，多次召开专门会议，收到显著成效。这几年钢铁工业效益提高后更加具备了设备更新换代的经济实力，空分行业应继续努力，配合用户作好效益分析，保持空分技术改造领域的一统天下。

4）大力拓展国际空分市场。

中国的空分市场尽管很大，但容量毕竟有限；同时在国内，特大型空分设备和新的应用领域与国外厂商比较，国内厂商并不占有优势。因此，开拓国际市场是国内空分行业求发展的必经之路。

随着我国空分行业实力的增强，空分产品出口不断增加，地域上已由东南亚扩展到中东和欧洲，单机能力由中、小型扩大到目前的15000m^3/h、20000m^3/h和60000m^3/h大型空分设备，但市场占有率仍然不高。

目前东南亚和欧洲经济开始复苏，对空分设备的需求增加，我国20000m^3/h等级以下的空分设备由于技术成熟，价格相对低廉，具有一定的竞争力。空分行业应联手，协调一致，稳扎稳打进军国际市场。

5）进入气体供应市场。

这是国外几大著名空分企业走向成功的经验之路，即所谓“既卖奶牛也卖牛奶”的道路，其好处是：

① 多了一条稳定的生财之道，因为空分设备供应会时高时低。国外空分企业卖气的收入通常大于卖设备的收入。

② 气体供应工厂可以为制造商提供进行新工艺、新设备的试验场所，提供第一手的试验资料。

建立独立的气体供应工厂向社会各用户供气是一种经济合理的供气方式，国外有几十年的历史。由于受计划经济条块分割和“大而全”、“小而全”观念的影响，国内尚处在起步阶段。虽然目前国外空分企业已在中国建立了近10个供气厂，但仍然具有较大的发展空间，国内空分企业应发挥在设备和技术上的优势，尽快进入这一市场。为解决资金问题，前期可采取与化工或钢铁企业合资经营方式，同时争取国家信贷和社会融资。

6）走联合重组之路。我国现有空分企业不下50家，规模较大的有杭氧、开封和川空3家。由于空分行业是一个专业性很强的行业，市场有限，黄金时期之后会有低谷，一旦市场疲软，很容易陷于无序竞争，竞相压价，最后造成几败俱伤。此外，资金重复配置，产能不能发挥。这些矛盾都应通过联合重组的方式予以解决。我国空分行业的联合重组也必将大大提升中国空分行业在国际上的竞争力。

7）增强科技投入，开展产品应用研究。产品的竞争归根到底是科技实力的竞争。大型空分设备流程的改进无一不是技术创新的结果，为此世界著名空分厂商都十分重视科技投入，既重视产品的科技创新，也关注产品应用领域的研究开发。其目的很明显，谁开拓了新的应用领域，谁就占领了市场竞争的有利位置。

我国空分行业长期以来都处于追赶、模仿的阶段，属于自主知识产权的东西很少，要真正在国际空分行业排行榜上具有影响力，必须拥有自己的科技成果和较强的创新能力，这条道路无疑是漫长的。近几年，我国的空分行业正处于黄金时期，利润增长较快，使增加科技投入成为可能。

第2章　空分设备维修的必备基本知识

2-1　什么是空分设备？空分设备有哪些系统？

答：空气分离设备是指空气分离过程所用的机器和设备，简称空分设备，俗称制氧机。从原料空气到分离成产品，并输送到用户，必须经过空气压缩、净化、液化、液空精馏、及产品输送等基本过程。它包括空气压缩、空气净化、换热、制冷、分离、控制、加温和产品输送八个系统，具体系统构成如图2-1所示。

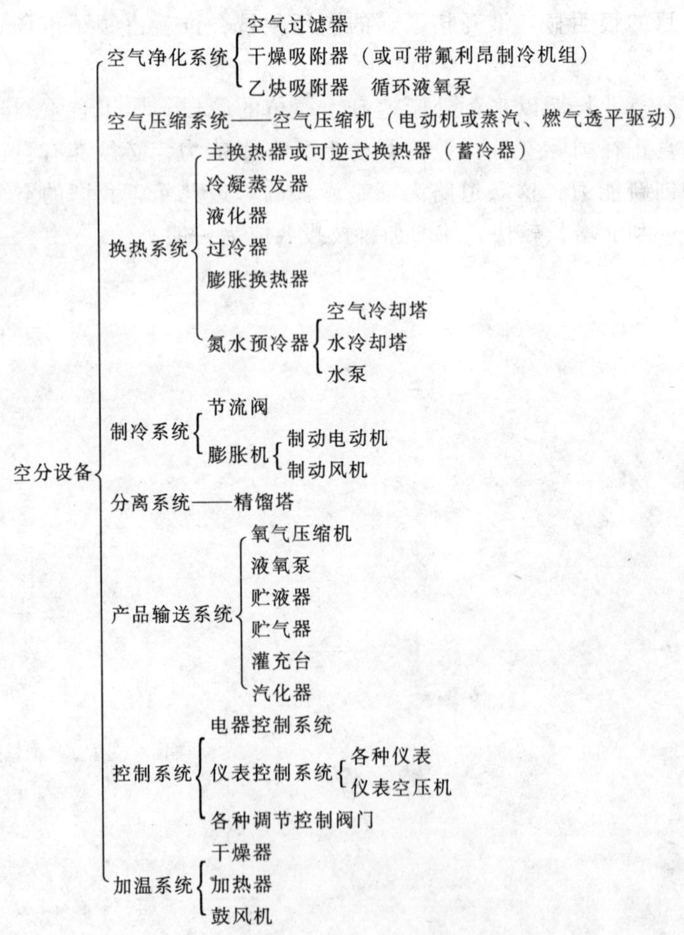

图2-1　空分设备

2-2　空分设备如何分类?

答: 空分设备可以有多种分类方法:

1) 按产品产量（指氧气产量）大小分，有大型（≥10000m^3/h)、中型（≥1000m^3/h）和小型（<1000m^3/h）三种类型。

我国在20世纪70年代一般把150m^3/h以下称为小型，150~1000m^3/h称为中型，1000m^3/h以上称为大型。

2）空分设备按流程所需要的压力分为:

高压流程：正常操作压力>5MPa的工艺流程。

中压流程：正常操作压力>1MPa至≤5MPa的工艺流程。

低压流程：正常操作压力≤1MPa的工艺流程。

高低压流程：低压流程与高压流程相结合的工艺流程。

3）根据用途，按产品种类分，有气体设备（气氧、气氮设备）及液体设备（液氧、液氮设备）等。

4）按配套换热器类型分，有全板式制氧机（分馏塔内所有的换热设备都采用板翅式换热器的制氧机）、管板式（除蓄冷器外，其余的换热器系采用板翅式结构的制氧机）、管式（所有换热器都采用盘管、列管、蓄热填料式结构的制氧机）。

5）按产品移动方式分，有移动式和固定式两种。

2-3　空分设备的工艺过程有哪些?

答: 空分设备的工艺过程是:

1）高、中压空分设备工艺过程如图2-2所示。

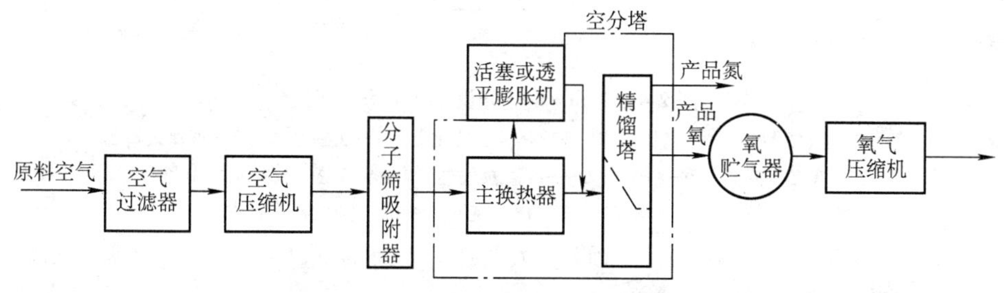

图2-2　高、中压空分设备工艺过程

2）低压空分设备工艺过程如图2-3所示。

2-4　高压流程应用范围有哪些？高压流程的特点是什么?

答: 高压流程一般应用于小型和生产液体产品的空分设备中。我国20m^3/h的空分设备即采用这种工艺流程，如图2-4所示。

该流程的特点是:

1）采用高压节流空气液化循环。

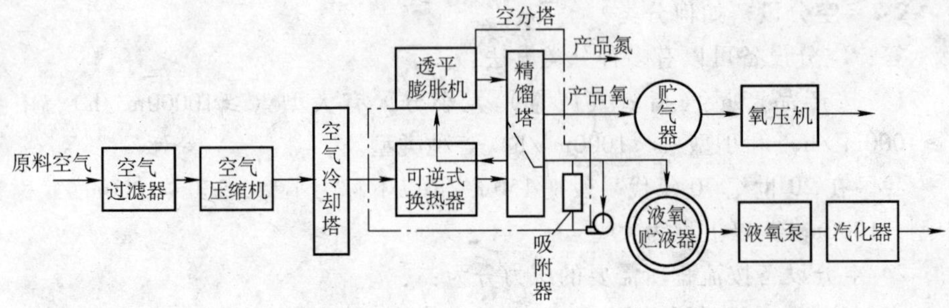

图 2-3　低压空分设备工艺过程

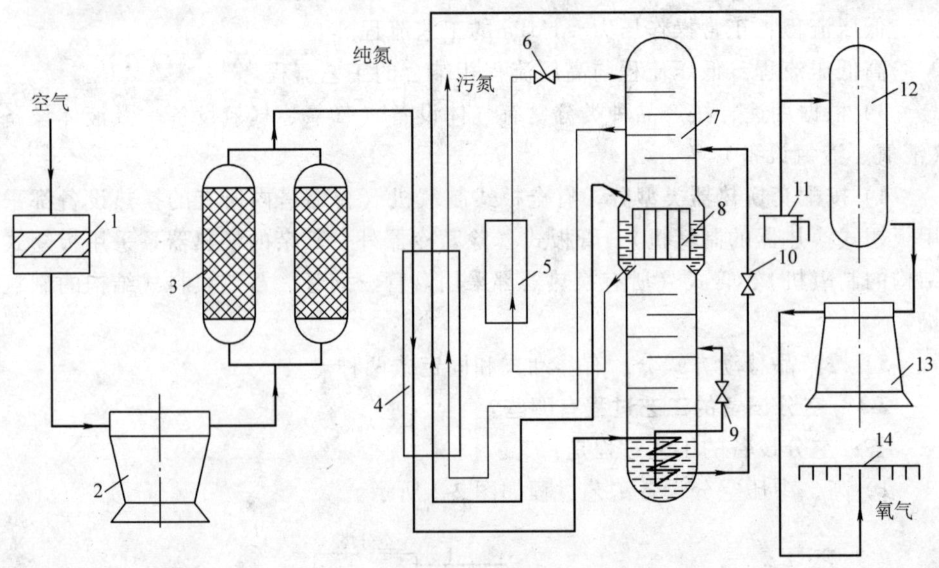

图 2-4　$20m^3/h$ 空分设备流程示意图

1—空气过滤器　2—空气压缩机　3—分子筛纯化器　4—主换热器　5—液氮过冷器
6—液氮节流阀　7—精馏塔　8—冷凝蒸发器　9—节流阀　10—液空节流阀
11—水封器　12—贮气囊　13—氧气压缩机　14—氧气灌充器

2）采用分子筛常温高压（200 个大气压）吸附净除水分、二氧化碳、乙炔。

3）双级精馏。

4）热交换系统采用盘管式主换热器，列管式冷凝蒸发器，带液氮的过冷器。

5）空气压缩采用立式、双列、四级双作用活塞式空气压缩机。

高压流程用于制取液体产品（液氧、液氮）时，由于产品带出大量的冷量，因此加进了高压膨胀机。我国 11-800 型 150kg/h 液氧液氮设备即采用这种流程。该流程如图 2-5 所示。

图 2-5 与图 2-4 流程的不同之点在于：

1）高压节流液化循环中加入产冷机械膨胀机。

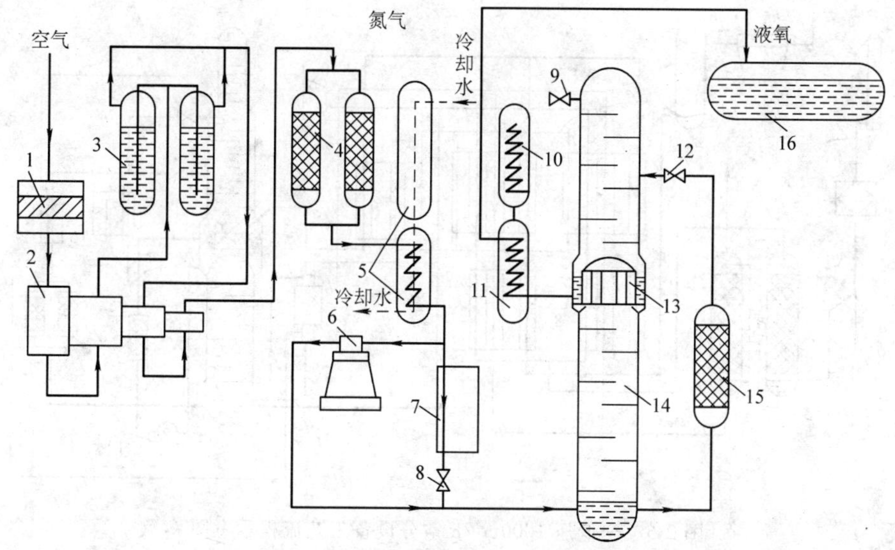

图 2-5　150kg/h 液氧设备工艺流程示意图

1—空气过滤器　2—空气压缩机　3—碱液洗涤塔　4—硅胶干燥器　5—氮水预冷器　6—膨胀机　7—主换热器　8—节流阀　9—液氮节流阀　10、11—过冷器　12—液空节流阀　13—冷凝蒸发器　14—精馏塔　15—液空吸附器　16—液氧贮槽

2）采用碱液洗涤塔中压（15 个大气压）净除二氧化碳，高压（200 个大气压）吸附净除水分，液空乙炔吸附器净除乙炔。

2-5　全低压流程应用范围有哪些？全低压流程的特点是什么？

答：全低压流程一般应用于大型空分设备上。由于采用全低压及高效率的透平机械，能量消耗可大大降低。同时，由于压力低，金属材料的消耗也就可降低，操作安全，维修方便。我国以前 800m^3/h 以上的空分设备均采用这种流程。图 2-6 所示为 1000m^3/h 空分设备的全低压流程图。

该流程的特点是：

1）采用全低压带透平膨胀机液化循环。

2）采用板翅式换热器低温冻结净除水分和二氧化碳。液空吸附器和液氧泵循环净除乙炔。

3）双级精馏。充分利用上精馏塔的潜力，膨胀空气直接进上塔。

4）热交换采用高效的板翅式换热器。

5）空气压缩采用透平式空气压缩机。

除了上述典型工艺流程外，20 世纪 60 年代还出现了一种带回热式制冷机的工艺流程。该流程是用回热式制冷机产生的冷量去冷却空气，使之液化。液化的空气在精馏塔中分离成氧和氮。

图 2-7 所示即为带回热式制冷机的工艺流程原理图。

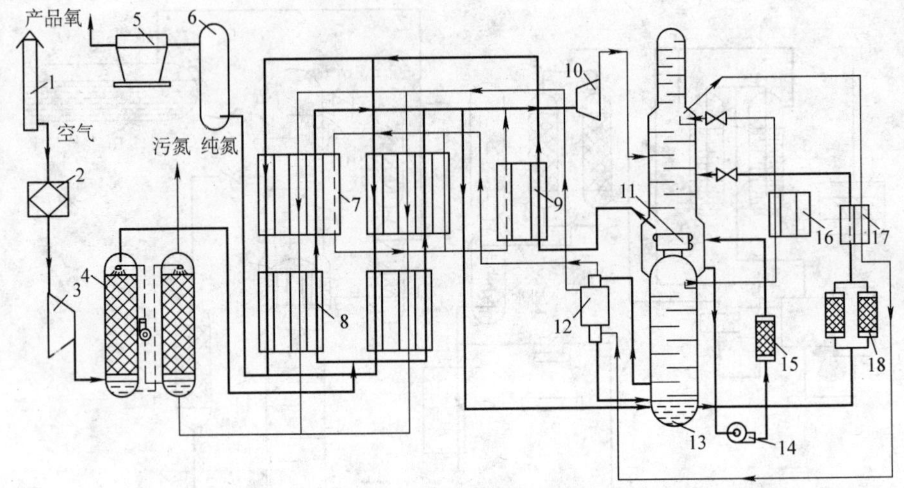

图 2-6　全低压 1000m³/h 空分设备工艺流程示意图

1—空气吸入塔　2—空气过滤器　3—透平空气压缩机　4—氮水预冷器　5—氧气压缩机　6—氧气缓冲罐　7—板翅式换热器冷段　8—板翅式换热器热段　9—膨胀换热器　10—透平膨胀机　11—板翅式冷凝蒸发器　12—液化器　13—精馏塔　14—液氧泵　15—液氧吸附器　16—液氮过冷器　17—液空过冷器　18—液空吸附器

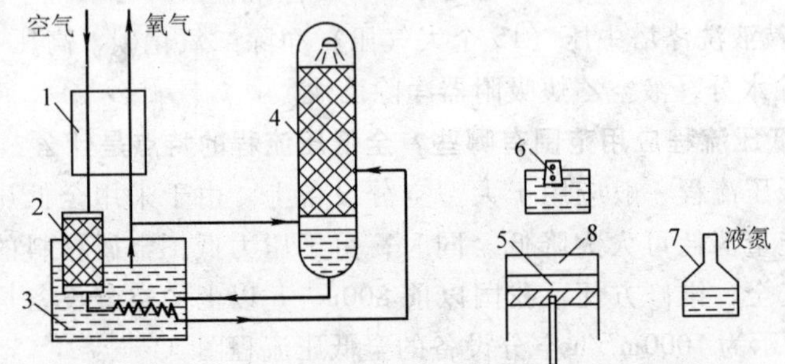

图 2-7　带回热式制冷机的液氮设备工艺流程原理示意图

1—盘管换热器　2—霜雪过滤器　3—液氧槽　4—精馏塔　5—回热式制冷机　6—气泡泵　7—杜拉容器　8—冷凝器

空气经空气阀自动吸入，进塔下部的盘管换热器，被废氧预冷后，进霜雪过滤器，在其中除去水分和二氧化碳。干净空气经液氧槽再次被冷却，然后进入精馏塔，在塔内与塔顶流下的液氮接触，进行精馏，分离成氧和氮。氮气上升，氧气冷凝液化进入液氧槽中。

上升的氮气被吸入回热式制冷机的冷凝器内冷却液化。液化后的液氮经气泡泵后分成两部分：一部分进塔的顶部作为回流液喷淋，参与塔的精馏。一部分作为产品引出，装入杜拉容器中送去用户。

流入液氧槽的液氧，被来自霜雪过滤器的干净空气加热蒸发，其中一部分通过氧气调节阀进入精馏塔内。供给塔体冷量。其余部分经盘管换热器回收冷量后放空。

该流程之所以能自动吸入空气，是由于回热式制冷机在开车后，冷凝器内的压力降到大气压以下（即负压）的结果。

2-6　空分设备的主要特点是什么？

答：空分设备的主要特点是：空分塔（见图2-8）是在低温下进行工作的。为了防止外部热量从周围环境传入，减少冷损，必须将低温下工作的机器和单元设备（如膨胀机、换热器、精馏塔以及低温管道和阀门等）设置在保冷箱内。箱内一般充填热导率较低的膨胀珍珠岩（珠光砂）、矿渣棉等绝热材料，加以绝热。为了提高保冷效果，保冷箱可采用密封结构，并充以500～1000Pa（50～100mmH_2O）的干氮气。

图2-8　空分塔外貌

空气中的乙炔和碳氢化合物等杂质进入空分设备，积聚到一定程度，会引起设备爆炸，影响正常运行和安全生产。因此，可根据各类设备的特点，采用不同的净化方法予以清除。空气中水分、二氧化碳等杂质进入空分设备，在低温时，会从空气中析出，堵塞管道、阀门或设备，虽然设置了净化系统，但还不能全部清除，经过长期运行后，还会在设备中积聚，影响正常运转。因此，需要设置加温系统，对设备定期进行全面加温。

低温设备对材料的要求是在低温下具有足够的强度和韧性以及良好的焊接、加工性能等。低温韧性差的材料在低温下易发生脆性破坏，设计和选用时应予以注意。在低温用材方面可采用铝合金、铜合金、镍钢和不锈钢等。

2-7 空气净化设备有什么用途？能够清除什么物质？

答： 空气中有少量的杂质、水蒸气、二氧化碳、乙炔以及碳氢化合物等气体，在低温条件下，它们会从空气中析出，积聚在空分设备的一定区域内，堵塞设备，甚至引起爆炸，影响操作和安全。为了提高空分设备工作的安全性，可靠性和经济性，设置专门的净化设备，来清除空气中少量的杂质和有害气体，是相当必要的。

2-8 清除杂质的方法有哪些？常用的空气过滤器有几种？

答： 空气进入压缩机以前，应该清除其中所含的杂质。一般的方法是在压缩机空气吸入管道上安装一个过滤器。空气通过过滤器时，其中所含的杂质就被滤净。常用的空气过滤器有三种：拉西加环式、链带式和袋式。

2-9 拉西加环式过滤器用于何种空分设备？其结构和工作原理如何？

答： 拉西加环式过滤器一般应用于小型空分设备中。

拉西加环式空气过滤器如图 2-9 所示。

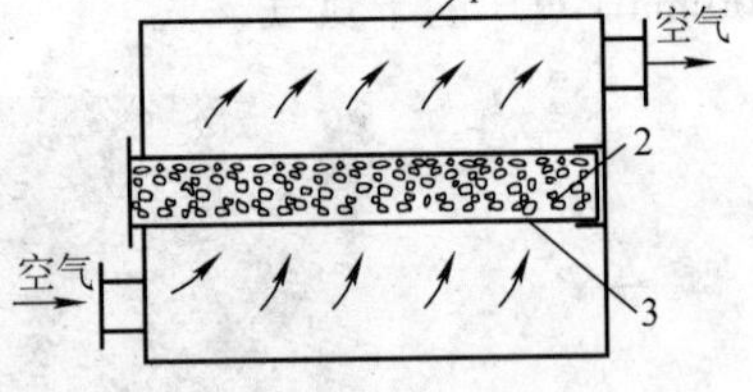

图 2-9 拉西加环式过滤器

1—外壳 2—拉西加环 3—插入盒

它是在钢制外壳 1 内，插入一个装有拉西加环 2 的盒子 3，环上涂有低凝固点的过滤油。空气通过插入盒时，灰尘便附在过滤油上。同时，由于空气速度降低，部分灰尘便沉降在盒中。

2-10 链带式过滤器用于何种空分设备？其结构和工作原理如何？

答： 链带式过滤器的除尘效率很高，可达 90% 以上，一般适用于大型空分设备中。

链带式过滤器如图 2-10 所示。过滤器的工作是：片状链 2 上有钢制网架 7，每个架上铺有 1mm^2 小孔的细网，网架悬挂在链的活接头上。片状链借助于链轮 1、3 的作用，以 2mm/min 的速度移动。过滤器装在一个外壳 6 内，外壳底部有油槽 4。

空气通过网架时，将所含的灰尘留在细网的油膜上。随着链的转动，附着灰尘的网架在通过油槽时，灰尘被洗掉，并覆盖上一层新的油膜。

油槽中的灰尘需经常清除，并及时更换新油。

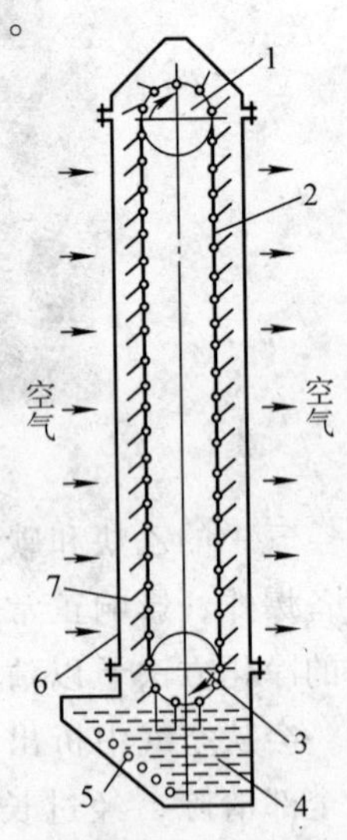

图 2-10 链带式过滤器

1、3—链轮 2—片状链 4—油槽 5—用以加热油的蒸气盘管 6—外壳 7—带网的架

2-11 袋式过滤器用于何种空分设备？其结构和工作原理如何？

答： 袋式过滤器的特点是避免空气中增加油分。

我国主要应用于大型空分设备中。

袋式过滤器（见图 2-11）是由过滤布做成的袋子，用抱箍和一定的架子固定而成。过滤器的工作是：空气自过滤袋的上部进入，自上而下从过滤袋里向外流动，通过过滤布时，空气中的灰尘就被清除掉。

过滤袋上附着的灰尘，可通过机械振动或鼓风机反吹振动，使之落入袋子底部后排出器外。

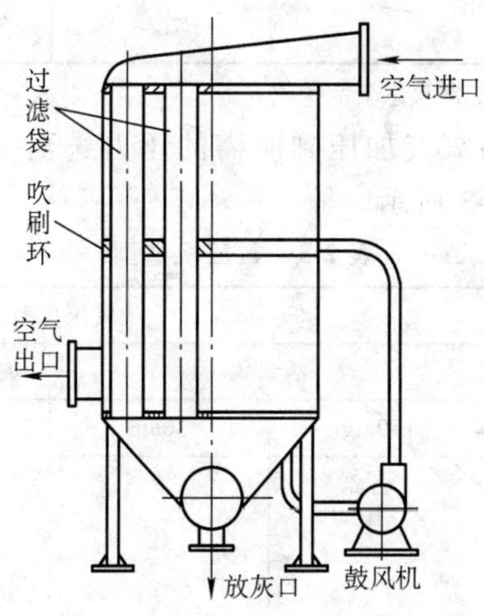

图 2-11　袋式过滤器

2-12　空气的组成有哪些？

答：空气是多种物质的混合物。它的主要成分是氧和氮，并含有氩等稀有气体。此外，空气中还含有水分、二氧化碳、碳氢化合物及灰尘等微量杂质。干空气的主要成分（体积分数）如表 2-1 所示。

表　2-1　（%）

氮 N_2	氧 O_2	氩 Ar	氖 Ne	氦 He	氪 Kr	氙 Xe
78.09	20.95	0.93	1.8×10^{-3}	5.24×10^{-4}	1×10^{-5}	8×10^{-6}

2-13　空分设备主要配套机组有哪些？配套的设备如何选型？

答：空气压缩机（简称空压机）用于将原料空气压缩到所需的压力。不同容量的空分设备配套的空压机型式如表 2-2 所示。

表 2-2　空压机选型

设备容量[①] / [m^3(O_2)/h]	空压机型式			
	活塞式	离心式	复合式（轴流 + 离心）	轴流式
≤600	△			

（续）

设备容量[①] / [m^3 (O_2) /h]	空压机型式			
	活塞式	离心式	复合式（轴流 + 离心）	轴流式
1000 ~ 10000		△		
2000 ~ 30000		△	△	
≥50000			△	△

① 容量的单位是指每小时标准状态下的体积（m^3）。

氧气压缩机用于产品氧气加压到所需的压力送至用户。不同容量空分设备配套的氧压机型式如表 2-3 所示。

表 2-3　氧压机选型

设备容量[①] / [m^3 (O_2) /h]	氧压机型式			
	活塞式		离心 + 活塞式	离心式
	150atg	30atg	30 ~ 43atg	30atg
≤150	△			
300 ~ 3200		△		
≥6000			△	△

① 容量的单位是指每小时标准状态下的体积（m^3）。

膨胀机用于提供空分过程所必需的冷量。容量在 150m^3/h 以下的空分设备和高压液体设备均采用活塞式膨胀机，在 150m^3/h 以上采用透平膨胀机。

2-14　什么是空气压缩机？空气压缩机的种类有哪些？

答：空气压缩机是压缩、压送空气的一种机械，是空分设备的主要配套机组之一，用来为产冷机械（膨胀机）和降温设备（节流阀）提供所需规定压力的压缩空气及分离设备所需的原料气。

空分设备中常用的空气压缩机有：活塞式空气压缩机、透平式空气压缩机及螺杆式空气压缩机三种。

2-15　活塞式空气压缩机有什么用途？压缩机的结构和工作过程如何？

答：活塞式空气压缩机适用于压力高、流量不大的小型空分设备中。其结构如图 2-12 所示。主要由气缸、活塞、连杆、曲轴、曲轴箱、进、排气阀等组成。

当电动机带动压缩机曲轴作旋转运动时，通过连杆，拖动活塞在气缸内作往复移动。

活塞向下移动时，缸的体积增大，压力下降。当压力降到小于进气管中的压力时，进气阀被打开，气体进入气缸内，直至活塞移动到下边的末端为止。

当活塞向上移动时，进气阀关闭，容积缩小，气体被压缩，压力升高。

随着活塞向上移动，气体压力越来越高。当压力稍高于排气管压力时，排气阀被顶开，缸内压缩气体不断排出，直至活塞移至上边末端为止。

然后，活塞又向下移动，重复上述动作。这样，压缩机不断地吸入空气，并把它压缩到一定的压力后送出。

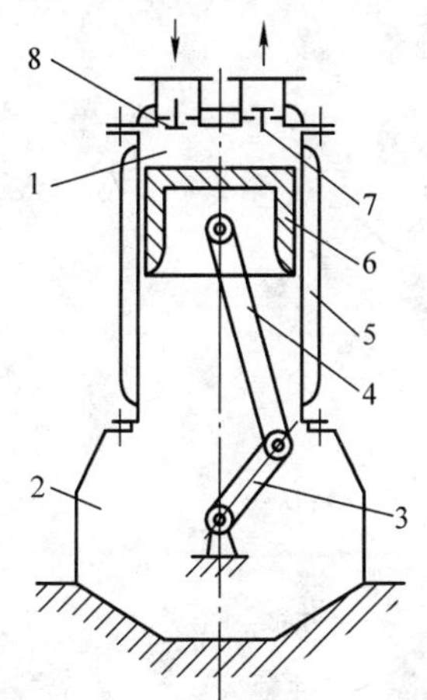

图 2-12　活塞式空气压缩机示意图
1—气缸　2—曲轴箱　3—曲轴　4—连杆　5—冷却水套　6—活塞　7—排气阀　8—进气阀

图 2-13　轴流式空气压缩机结构示意图
1—进气导流器　2—工作轮　3—导流器　4—整流器　5—轴承　6—密封装置　7—扩压器　8—转子　9—机壳　10—收敛器

2-16　透平式空气压缩机有什么用途？有几种？压缩机的结构和工作过程如何？

答：透平式空气压缩机适用于流量大、压力不高的大型空分设备，它分为轴流式和离心式两种。

轴流式空气压缩机在国内空分设备上还未采用，国外应用也较少，只适用于气量很大的情况下。其结构如图 2-13 所示。

离心式空气压缩机已普遍应用于大型空分设备上。

采用透平式空气压缩机具有较多的优点：产量大、尺寸小、重量轻、结构简单、运转可靠、送气均匀、空气不受润滑油蒸气污染等。

离心式空气压缩机的结构如图 2-14a 所示。主要由进气管、叶轮、扩压器、蜗室等组成。

空气自进气管引入，均匀地进入叶轮。进气管直径做成逐渐缩小的形状，目的是使空气略有加速。

叶轮是离心式压缩机最重要的部件，用红套法紧固在压缩机主轴上（所谓红套法，就是利用热胀冷缩的原理，把比主轴直径小的叶轮内径，用加热的方法使其热胀，然后套在主轴上。待叶轮冷却到常温时，内径回缩，使其紧紧地

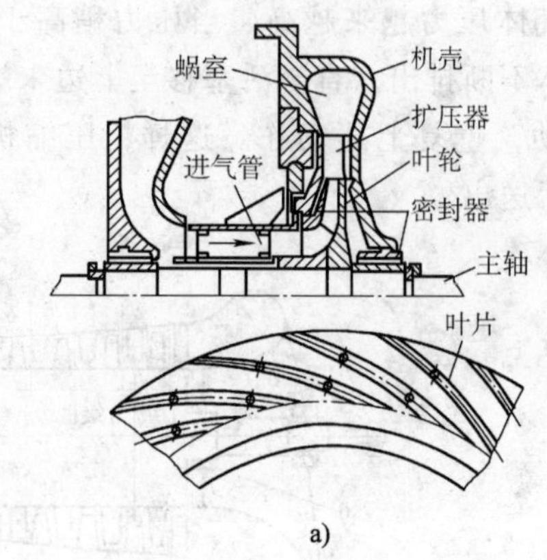

a)

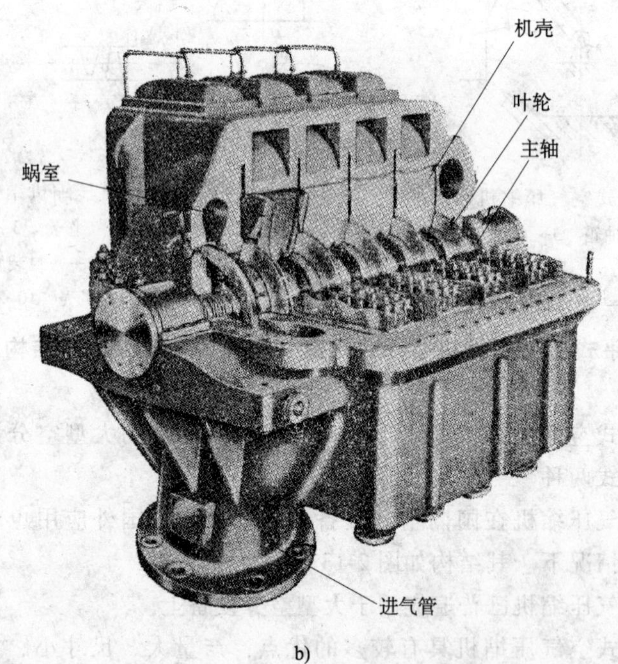

b)

图 2-14　多级离心式空气压缩机结构示意与外形图

卡在主轴上的一种装配方法)。

当电动机拖动压缩机主轴转动时，就带动叶轮旋转，进入叶轮的空气被叶轮上的叶片带着旋转，提高了速度和压力。

空气在叶轮中能提高压力的原因有两个：

1）离心力的作用：空气被叶片带着旋转，提高了速度，产生了离心力。由于离心力的作用，把空气从里向外抛，达到压缩的目的。

2）叶轮的形状是从里向外扩大的，因而空气自叶轮进口到出口，其相对速度降低了。速度降低转化为压力的升高（犹如具有一定速度的一股风吹来，就会感到有一股力压在我们身上一样，这就是由于身体的阻挡使风速减小而转变为压力的缘故）。

空气从叶轮出来，绝对速度还很大。气流进入扩压器后，速度减慢，压力进一步提高。

空分设备中应用的离心式空气压缩机一般为多级的，即由多个叶轮组成，进行逐级压缩。其外形见图 2-14b。

由于离心式空气压缩机在工作时的转速比较高（空分设备中用离心式空气压缩机，叶轮转速在 5000～15000r/min），产生的离心力较大。为此，旋转部分（工作轮、叶片、键等）的材料就要求有较高的强度，一般采用高强度合金钢制造，如 35CrMoA、34Cr3MoWV、30CrMnSiA、25Cr2MoVA 等。

2-17　螺杆式空气压缩机有什么用途？压缩机的结构和工作过程如何？

答：螺杆式空气压缩机适用于低压力场合，而流量介于透平式和活塞式之间。

螺杆式空气压缩机是一种容积式空气压缩机，由相互啮合的主动转子和从动转子、机体以及一对同步齿轮所组成。其结构如图 2-15 所示。

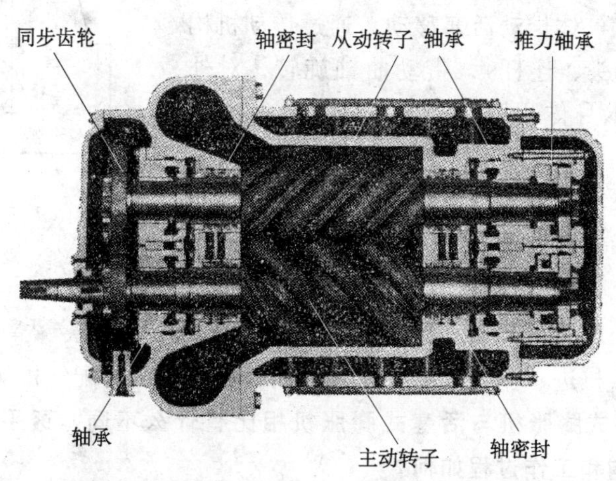

图 2-15　螺杆式空气压缩机示意图

当电动机带动主动转子转动时，通过同步齿轮，使从动转子与主动转子啮合传动，同时形成从左向右移动的数个容积（空间）。图中从左到右，第一个容积与进气腔相通，为吸气过程。第二个容积成封闭状态，为压缩过程开始。第三个容积逐渐缩小，为气体进一步压缩。第四个容积和排气腔相通，压缩气体排出。随着啮合传动的不断进行，空气不断地被压缩，形成连续过程。

2-18　什么是膨胀机？膨胀机有几种？膨胀机有什么用途？

答：膨胀机是利用压缩气体在其中进行绝热膨胀并对外做功以获得低温的一种机械。它是空分设备的主要配套机组之一。

膨胀机产生的冷量用以使空气液化，并补偿整个气体分离过程的冷量损失等。

就其结构来看，膨胀机也可分成活塞式和透平式两种。

活塞式膨胀机用于生产能力为 50～2000m^3/h 和膨胀比$\frac{p_{初}}{p_{终}}=5\sim40$之间的范围（$p_{初}$ 为进入膨胀机的空气压力，$p_{终}$ 为膨胀后空气的压力）。透平式膨胀机一般则用在膨胀大流量气体和膨胀比小于 5 的范围。

2-19　活塞式膨胀机的结构如何？膨胀机工作过程如何？

答：活塞式膨胀机的结构如图 2-16 所示。

活塞式膨胀机的工作过程与活塞式空气压缩机相反：当活塞向下移动时，进气阀被强制顶开，压缩空气进入气缸。活塞移动一段距离后，进气阀关闭。此时，压缩气体推动活塞移动，通过传动机构（活塞杆、十字头、连杆），带动曲轴旋转，对外做功。而气体本身体积膨胀，压力降低、温度下降。当活塞移到下边末端时，排气阀被顶开，活塞借助于膨胀机飞轮的惯性，将膨胀后的低压气体排出气缸，直到活塞移到上端为止。随后，进气阀又被打开，压缩空气进入气缸，重复上述动作。膨胀机连续运转，不断获得冷量。

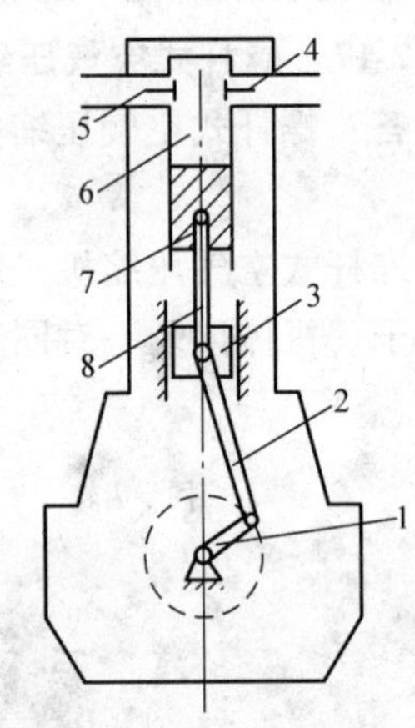

图 2-16　活塞式膨胀机
1—曲轴　2—连杆　3—十字头　4—排气阀　5—进气阀　6—气缸　7—活塞　8—活塞杆

活塞式膨胀机进、排气阀的打开，关闭，是靠专门的配气机构传动的。

2-20　透平式膨胀机与活塞式膨胀机相比有什么不同？透平式膨胀机有几类？它们的结构和工作过程如何？

答：透平膨胀机是空分设备用来产生冷量的旋转式叶片机械，它实际上是一种用于低温条件下的气体透平。但其作用是为了获得冷量，而不是机械功。它与活塞式膨胀机相比，具有流量大，结构简单、体积小、效率高及运转周期长等特点。目前主要用于低压空分设备。

透平膨胀机按气体在叶轮中的流向分为轴流式、向心径流式和向心径轴流式三类。按气体在叶轮中是否继续膨胀又分为反击式（反动式）和冲击式（冲动式）两类。气体在叶轮中继续膨胀的称反击式，不继续膨胀的称冲击式。空分设备中广泛采用单级向心径轴流反击式透平膨胀机。

透平膨胀机的工作原理与汽轮机相似。压缩气体通过喷嘴和工作叶轮时膨胀，推动工作轮回转，并输出外功。同时，气体本身压力降低，温度下降。

冲动式膨胀机的结构如图 2-17 所示。压缩气体由蜗壳进入导流器 2 的喷嘴 1，在喷嘴中膨胀并获得极高的速度。高速气流从喷嘴以巨大的速度冲击工作叶轮上的叶片，使工作叶轮回转并对外做功。气体本身则降温冷却，并从膨胀机的中心排出。这种膨胀机因气流速度很高，造成工作叶轮和气流间的摩擦损失、克服离心力的损失以及撞击叶片的能量损失，因此膨胀效率不高，仅为压缩空气能量的 50% ~70%，在我国已被淘汰。

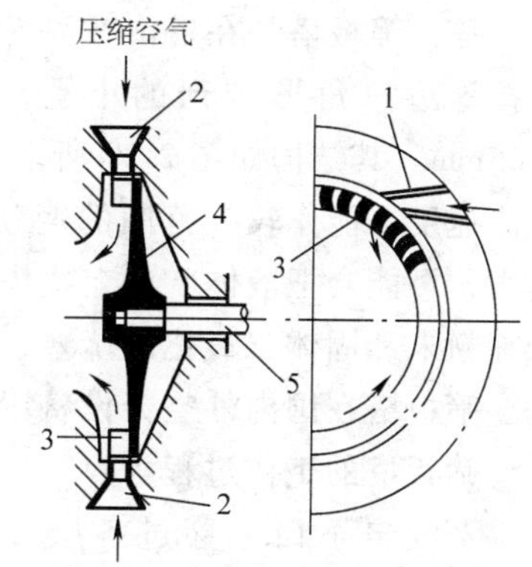

图 2-17 冲动式透平膨胀机

1—喷嘴 2—导流器 3—工作叶轮的叶片 4—工作叶轮 5—轴

图 2-18 为反动式透平膨胀机。压缩气体进入固定的导流器 1 的通道，在其中进行部分膨胀，并获得高速，然后流出导流器，进入工作叶轮，冲动工作叶轮的叶片 2，使工作叶轮回转，对外做功。同时，气体在工作叶轮的叶片中继续膨胀到最终压力，并继续做功。这种功借助于运动气流对工作叶轮上叶片以及反动作用所表现的压力传给叶轮。膨胀后的气体从中心引出机外。

图 2-18 反动式透平膨胀机

1—导流器 2—工作叶轮的叶片 3—轴

由于气体在导流器中仅进行部分膨胀，所以气流速度不太大，因而减少了摩擦和撞击方面的能量损失。同时，由于叶片的特殊型式，离心力在这里促进了叶轮的回转，所以这种型式膨胀机的效率较高，可达压缩空气能量的 80% ~85% 以上，广泛应用于大型低压空分设备中。

2-21 什么是精馏设备？精馏设备有几种？

答：精馏设备是空分设备的心脏，空气分离成氧和氮就是在这里进行的。精馏设备可分为三种：填料塔、筛板塔和泡罩塔等型式，我国生产的空分设备的精馏塔采用筛板塔。

2-22 筛板塔的结构和特点有哪些？筛板塔的工作过程如何？

答：筛板塔是在塔内按一定的高度放置一块块筛板而成。筛板上冲制有很多按等边三角形排列的小孔，小孔直径一般在 0.8 ~ 1.2mm 之间，孔距约 3.25mm。其结构如图 2-19 所示。筛板塔结构简单，塔板效率高。但稳定性差，气流速度不能作较大范围的变动（若速度过小、液体会从小孔中滴下。若速度过大，可能会把液体吹向上块塔板，影响精馏），小孔易被带进塔内的硅胶或分子筛粉末和固体二氧化碳堵塞，并要求塔板严格保持水平。

筛板塔在国内外空分设备中已被广泛应用。

筛板塔的工作过程为：

蒸气自下而上穿过各层筛板上的小孔（筛孔），并从液体层中通过，液体自上而下在筛板上沿一定方向经溢流管逐层下流。塔板上设有挡板，使液体在塔板上保持一定的液面。由于气体上升时具有一定的速度，托持着筛板上的液体，使它不能从筛孔中滴下。

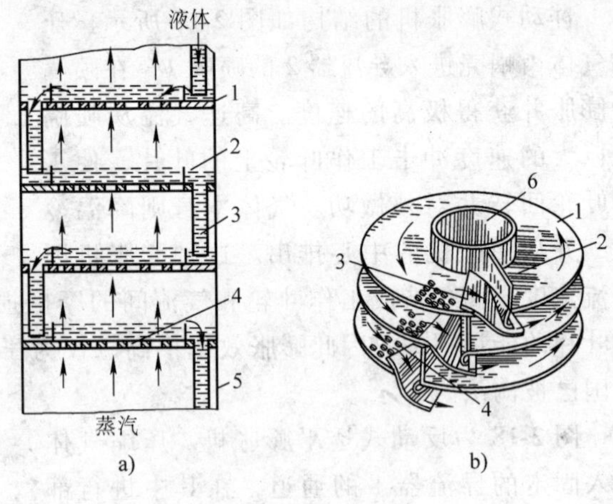

图 2-19 筛板塔

1—筛板 2—挡板 3—溢流管 4—筛孔 5—塔体 6—内筒

气体从筛孔中通过时，以气泡的形式穿过液体层，与液体进行热量和质量的交换。气体被冷却，其中高沸点组分氧被冷凝留在液体中。液体被加热，低沸点组分氮大量蒸发，随气体上升，从而逐步地把空气分离成氧、氮。

2-23 填料塔的结构和特点有哪些？填料塔的工作过程如何？

答：填料塔的塔体内充填一定几何形状的填料（如图 2-20 所示）。填料塔的结构简单、制造容易、流体阻力小，能量消耗低。但其缺点是体积大，重量重、效率低、塔径不能过大，否则将造成气液分布不均。填料塔适用于小型空分设备。

填料塔的工作过程为：

液体自塔顶经喷淋头 1 均匀淋洒而下，气体自塔底均匀上升。液体下流时沿填料表面流动，与上升的气体接触进行热量和质量交换。气体中高沸点组分氧不断被冷凝而留在液体中，并随液体向下流动。液体中低沸点组分氮大量蒸发，并随蒸气逐渐上升。这样上升的气体中低沸点组分氮的含量越来越高，下流的液体中的含氧量越来越大，最后达到氧和氮分离的目的。

2-24 泡罩塔的结构和特点有哪些？泡罩塔的工作过程如何？

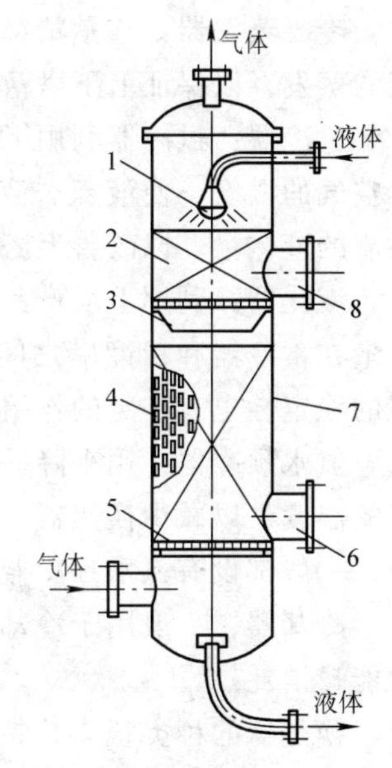

图 2-20　填料塔

1—喷淋头　2—填料区　3—液体分配锥　4—填料　5—填料支承板　6、8—填料卸出口　7—塔体

答：泡罩塔的结构如图 2-21 所示。泡罩塔的操作稳定，适用范围广，塔内液量和气量有较大变动时也不会受到很大影响，液体喷淋量不受限制。但泡罩塔使气体压力降低较多，结构复杂，设备投资大。

泡罩塔的工作过程为：

泡罩塔主要由带有突起孔柱的塔板 4 和泡罩 2 组成。气体由塔的下部经升气管 5 沿泡罩 2 的齿缝穿过液体层逐块依次上升，液体从顶部沿塔板上的溢流管 3 向下流动。

当气体沿泡罩齿缝穿过液体时，形成无数泡沫，并将液体分成雾滴挟走，使塔板和塔板间布满雾状液滴、气体和液体就在这个地区进行主要的热量和质量交换。气体被冷却，其中高沸点组分氧大量冷凝、并和滴点汇合。当液滴重量超过气体速度的托持力时，就落到塔板上。液体则被加热，低沸点组分氮大量蒸发和气体汇合上升，最后达到把空气分离成氧和氮的目的。

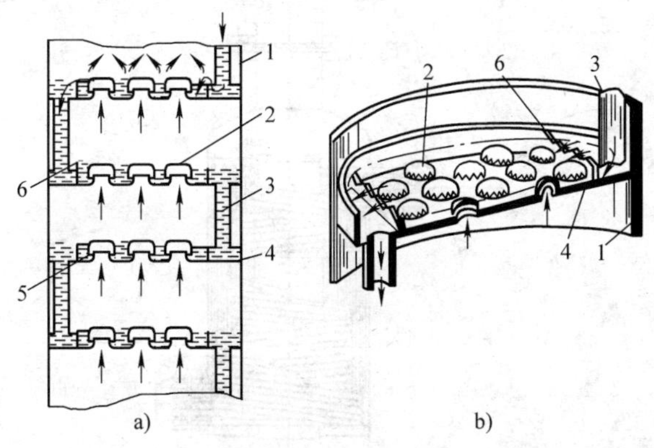

图 2-21　泡罩塔

1—塔体　2—泡罩　3—溢流管　4—塔板　5—升气管　6—挡板

2-25　空分设备中使用的换热器主要有哪几种？换热器有什么用途？

答：空分设备中使用的换热器主要有：

主换热器（或蓄冷器、可逆式换热器）：主要承担加工空气和返流气体（产品氧、氮和废氮）的热交换，使加工空气冷却到它的临界温度以下而使之液化。

冷凝蒸发器：它是精馏塔上下塔联系的纽带，在这里进行气氮的冷凝和液氧的蒸发，以保证上下塔精馏的过程的进行。

过冷器：过冷器利用上塔顶部的氮气冷量来进一步冷却下塔来的液氮、液体空气的温度，使液氮、液体空气节流到上塔时气化率减少，即增加喷入上塔回流的液体量，以改善上塔精馏的工作状况。

液化器：利用上塔产品气体的冷量，使下塔中部分空气在这里液化，起着冷量在蓄冷器和精馏塔之间调节分配的作用。同时，对蓄冷器和精馏塔工作状况的稳定性也有一定的作用。

氮水预冷器：用来降低进入主换热器（蓄冷器或可逆式换热器）的压缩空气的温度，以减少换热器（蓄冷器或可逆式换热器）的负荷。在气温较高的地区，一般都设有氮水预冷器。

冷却器：一般用于冷却空气在压缩过程中的温度，以提高压缩机效率，减少能量消耗。

换热器的种类很多，按其结构特点，大体可分为：盘管式、列管式、板翅式、蓄热填料式以及填料（塔板）式等几种。

2-26　盘管式换热器的结构如何？工作过程如何？应用于何种空分设备？

答：盘管式换热器有一根中心管，管子一层一层地成螺旋状盘绕在中心管上，每层之间用垫条隔开。其结构如图 2-22 所示。

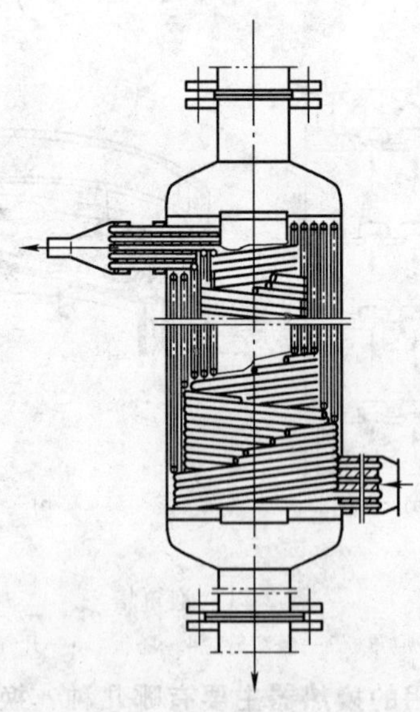

图 2-22　盘管式换热器示意图

盘管式换热器工作过程为：

一股气流从管子内通过，另一股气流从管子之间的空间通过。两股气流通过管子的表面进行热量交换。

盘管式换热器在小型空分设备中被广泛地作主换热器用。

2-27 列管式换热器的结构如何？工作过程如何？应用于何种空分设备？

答：列管式换热器是将许多管子按要求排列的形状焊入管板上的孔内而成，如图 2-23 所示。

列管式换热器工作过程为：

一股气流从管内通过，另一股气流从管间的空间通过。两股气流通过管子的表面进行热量交换。

精馏塔中的冷凝蒸发器，一般都采用这种型式。液氧在管间蒸发、气氮在管内冷凝。

为了增加管子表面的传热面积，有时采用肋片管（如图 2-24 所示）。肋片管可以由一根坯管直接轧制而成，也可以先轧好肋片（有矩形、三角形等）。

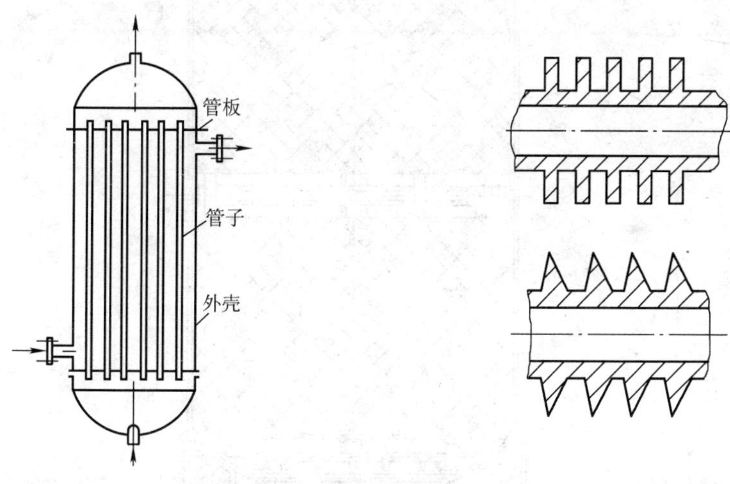

图 2-23 列管式换热器

图 2-24 肋片管示意图

2-28 蓄热填料式换热器的结构如何？工作过程如何？应用于何种空分设备？

答：这种换热器通常被称为蓄冷器。它是在一个圆柱形容器内充填以铝带填料或石头填料，凭借这些填料作为媒介进行冷热气流热交换的设备。

为了保证产品氧、氮的纯度，使其不受空气和填料上杂质的污染，一般在石头填料中嵌入盘管，使纯氧和纯氮从管内通过。

图 2-25 和图 2-26 即为铝带蓄冷器和嵌有盘管的石头蓄冷器结构图。

蓄冷器工作过程：

当冷气流通过填料时，先将填料冷却，本身则被加热而升温。也就是把冷气流的冷量贮存在填料中。

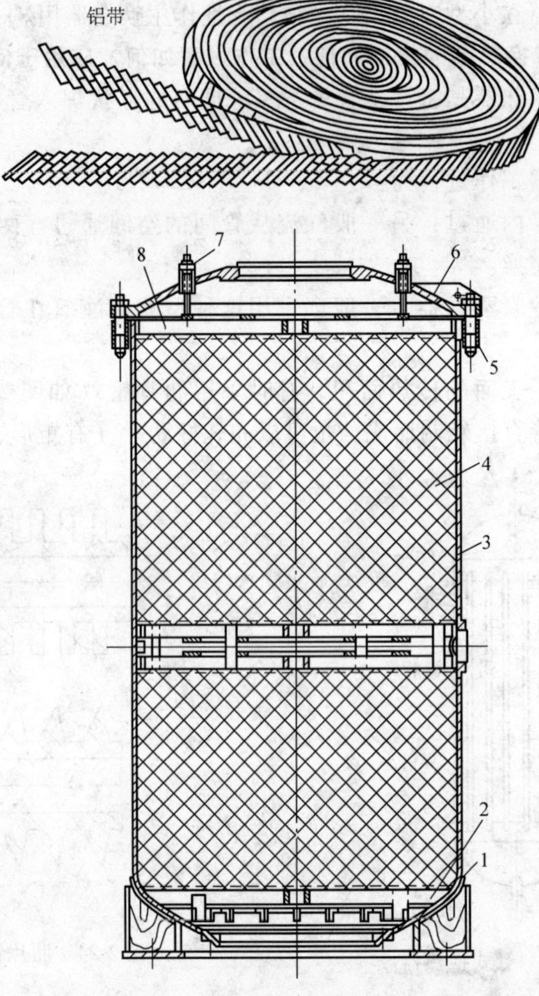

图 2-25　铝带蓄冷器示意图

1—底封头　2—支撑花板　3—外筒　4—填料

5—法兰　6—上盖　7—螺柱　8—压紧花板

填料被冷却到较低温度时，就换以热气流通过。此时，热气流被填料冷却，而填料被加热升温。也就是填料把冷量传给了热气流。

由此可见，必须装设两个蓄冷器联合使用（如图 2-27 所示），一冷一热，交替工作。

冷气流通过的时间叫冷却周期，热气流通过的时间叫加热周期，一般均为 3 ~15min。

蓄冷器已广泛应用于大型空分设备中。

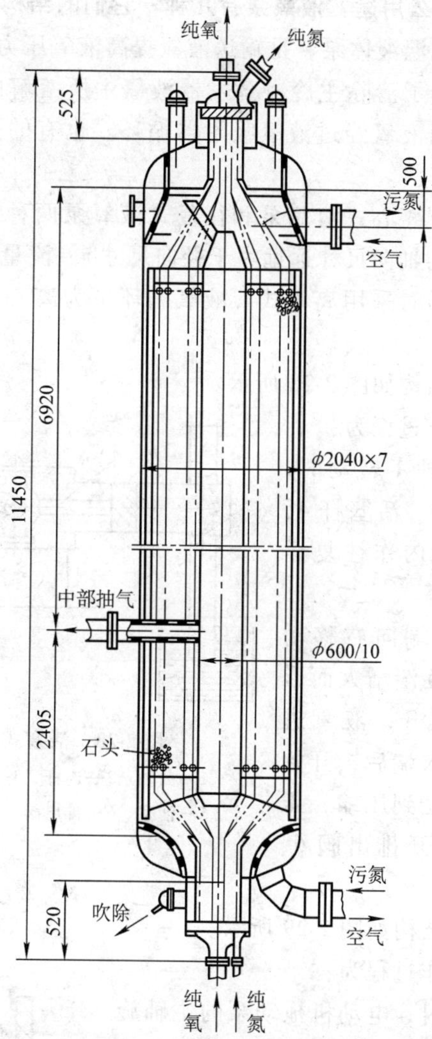

图 2-26　嵌入盘管的石头蓄冷器示意图

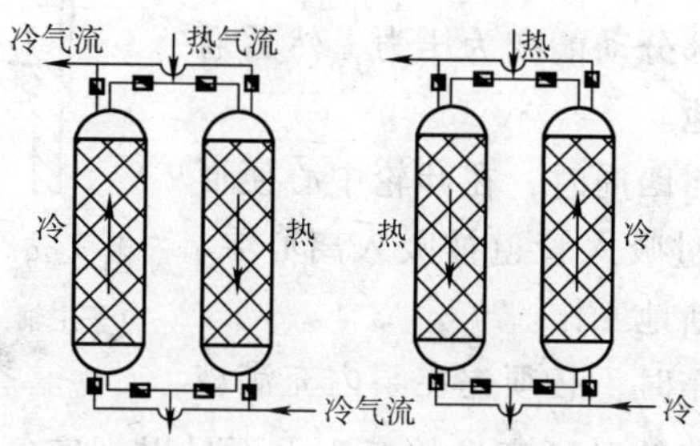

图 2-27　两个蓄冷器联合使用情况

2-29　液氧泵有什么用途？液氧泵有几种？它们的结构和工作过程如何？

答：液氧泵属于低温液体泵，是输送液氧提高液氧压力的设备。

在空分设备中，为了清除主冷凝蒸发器液氧中所溶解的乙炔及其他碳氢化合物，设置液氧泵强制液氧经过液氧吸附器循环。也有的空分设备生产液态氧产品经液氧泵压送。

液氧泵的种类可分离心式液氧泵和往复式液氧泵两种。往复式又可分为活塞式和柱塞式（活塞的轴向尺寸远远大于径向尺寸）。流量小、压力高时采用往复式：流量大、压力低时采用离心式。液氧循环泵为离心式。压送液氧产品的液氧泵为活塞式。

活塞式液氧泵的结构如图2-28所示。

活塞式液氧泵工作过程为：

当电动机拖动曲轴1转动时，通过连杆2、十字头3、活塞杆4，推动活塞5在泵缸8内作往复运动。

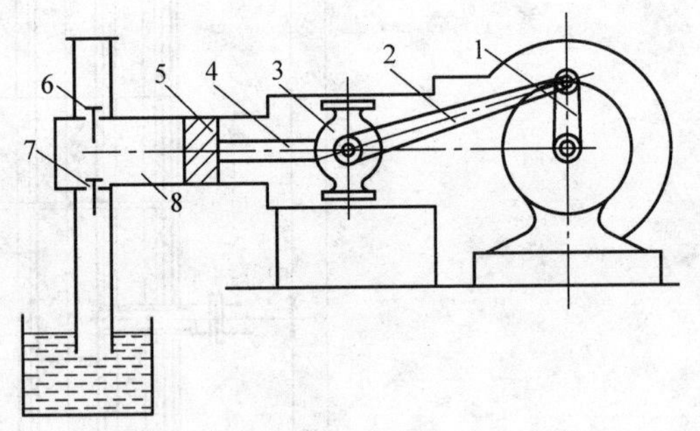

图2-28　活塞式液氧泵示意图

1—曲轴　2—连杆　3—十字头　4—活塞杆　5—活塞　6—排出阀　7—吸入阀　8—泵缸

活塞由泵缸的左端向右移动时，泵缸的工作容积逐渐增大而形成低压，吸入阀被顶开，液氧进入。活塞移动到右边末端后，开始向左移动，此时液氧受到压缩，压力迅速增高，随即顶开排出阀6、液氧排至管路中去。

离心式液氧泵的结构如图2-29所示。

离心式液氧泵工作过程为：

当泵内充满液氧时，电动机拖动泵的主轴旋转，叶轮和叶片内的液氧也随之高速旋转。在离心力作用下，液氧不断地从叶轮中心流向四周，流入泵壳的液氧将一部分动能变为压力，然后通过排出管路排到目的地。

当液氧从中心流向四周时，在叶轮中心便形成低压区，液体氧通过吸入管道被吸入离心泵，因此离心泵可连续不断地工作。

图2-29　离心式液氧泵示意图

1—主轴　2—叶轮叶片　3—泵壳

离心泵在开始工作时，必须先在泵内充满液体。这是因为在叶轮旋转时所产生的离心力不足以把空气排出，因而不能把液体吸入的缘故。

2-30　氧压机有什么用途？氧压机种类有哪些？氧压机结构的特殊要求是什么？

答：氧压机是将产品氧气加压输送到用户或充入气瓶的设备。氧压机和空气压缩机的工作原理及型式基本一样，只是所压缩的是氧气，所以在结构上与空气压缩机略有不同。氧气是一种助燃剂，在碰到机器润滑油时容易发生爆炸。氧气的压力和温度越高，对油的作用也越激烈，因此氧压机的气缸不能用油润滑。

氧压机常用活塞式和离心式两种类型。氧气以瓶装运送时要求氧气压力为15MPa，并采用活塞式氧压机充灌氧气瓶。氧气以管路形式输送时，要求压送压力为2.0～3.0MPa，多数采用活塞式氧压机，在压氧量比较大的情况下，也可采用离心式氧压机与活塞式氧压机串联使用。先以离心式氧压机压缩后，再送入活塞式氧压机压缩。

由于空分设备用途的不同，氧压机的压力也不同。中、小型空分设备生产的氧气，一般采用活塞式氧压机为宜。大型空分设备生产的氧气则用于炼钢和合成氨等工业，由于需用氧气量很大，故一般采用透平式加活塞式氧压机。

氧压机结构的特殊要求是：

1）氧压压缩部分绝对禁油。对于活塞式氧压机，气缸内活塞的润滑不能采用油润滑，只能用蒸馏水、软化水润滑，或无油润滑。

2）对密封要求严格，严防漏气与油接触。

3）凡与氧气相接触的零件，宜采用不锈钢、黄铜、青铜等防锈金属材料。

2-31　干带式过滤器有什么用途？其结构和工作原理如何？

答：干带式过滤器一般与链带式过滤器串接使用（如图2-30所示），用以清除通过链带式过滤器后空气中所夹带的细尘和油雾。

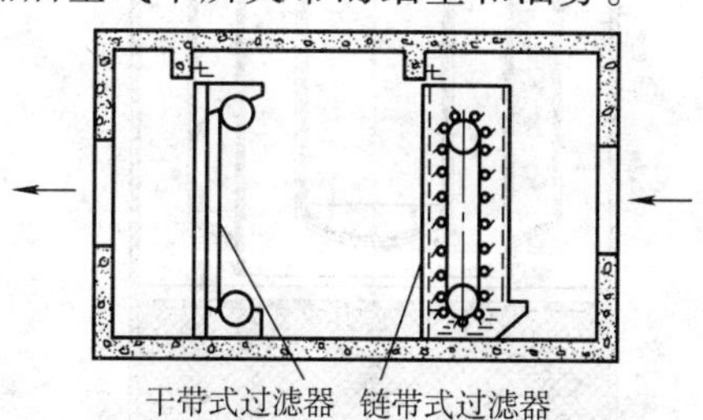

图2-30　干带式和链带式过滤器串接装置

干带式过滤器工作过程是：

在干带上下两端装有滚筒，当阻力超过设定值时，通过联锁装置使两只滚筒转动，将下滚筒的新带转入工作状态，脏带存入上滚筒，用完后拆下上滚筒进行清洗。

过滤带采用针刺氧过滤呢，带的单元尺寸宽1330mm，长22m。

干带式过滤器有关数据如表 2-4 所示。

表 2-4 干带式过滤器规格

规 格	空分设备		
	$1000m^3/h$	$6000m^3/h$	$10000m^3/h$
每单元过滤面积/mm	1330×2450	1330×2450	1330×2450
单元数	1	2	3
可通过气量/（m^3/h）	34000	68000	60000～90000
速度/（m/s）	3.1	3.1	1.8～2.7
初始阻力/10Pa（mmH_2O）	25	25	25
最终阻力/10Pa（mmH_2O）	50	50	50

2-32 低温过滤器有什么用途？其结构如何？

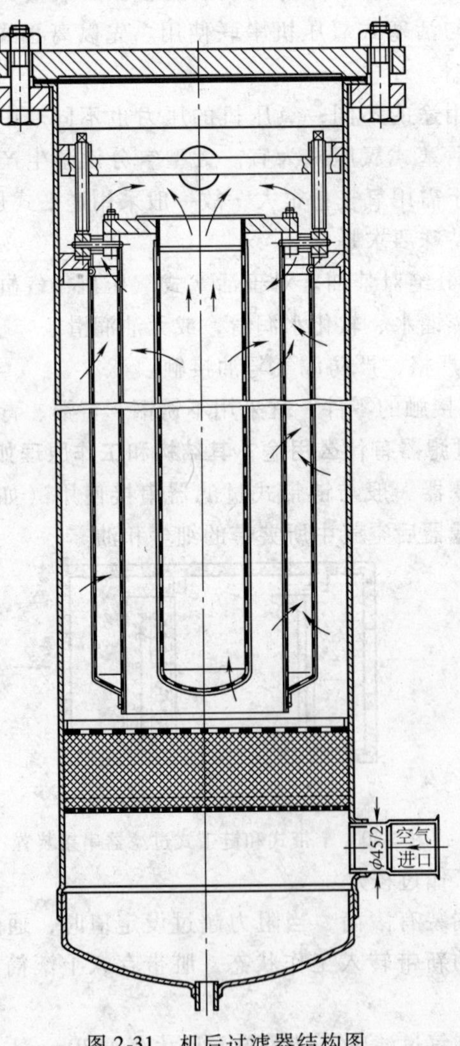

图 2-31 机后过滤器结构图

答：低温过滤器是指膨胀机前后的空气过滤器。对于活塞式膨胀机，当带油润滑时，在膨胀机后要设置过滤器，用以清除油雾。对于透平膨胀机，为防止带入固体二氧化碳或雪花等杂质，在膨胀机前要设置过滤器。

（1）机后过滤器　图2-31为50～150m^3/h空分设备的膨胀过滤器。过滤芯筒上钻ϕ8mm孔，孔距12mm，芯外围有法兰绒。

（2）机前过滤器（图2-32）　过滤芯筒上钻ϕ3mm小孔，芯筒外绕金属丝网，过滤网规格用0.45号以下，夹丝网用0.8～1.8号。

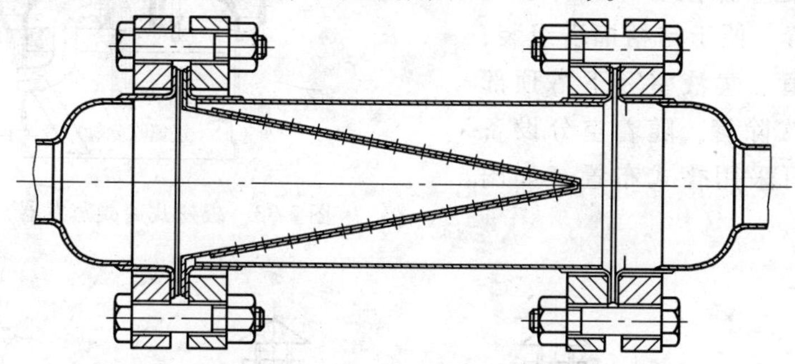

图2-32　机前过滤器结构图

2-33　常用干燥的方法有哪些？干燥方法的干燥程度如何？

答：常用干燥的方法有三种：

（1）化学法　用干燥剂化学吸收。

（2）吸附法　用硅胶、活性氧化铝或分子筛吸附水分。

（3）冻结法　水分冻结在可逆式换热器通道或蓄冷器填料上。

各种干燥方法的干燥程度如表2-5所示。

表2-5　各种干燥方法的干燥程度

干燥方法	干燥剂	干燥后相当的露点温度/℃
化学法	氯化钙	-14
	苛性钠	-19
	苛性钾	-58
吸附法	活性氧化铝	-64
	硅胶	-52
	分子筛	-70
冻结法	氨冷冻	-40
	蓄冷器或可逆式换热器冻结	-78

上述三种方法，化学法已趋淘汰。冻结法用于低压空分设备。吸附法采用分子筛吸附，它的特点是在吸附水分同时，还能吸附二氧化碳和乙炔，因此在

中、小型设备上已普遍应用。

2-34 大型空分设备应用什么形式的冷凝蒸发器?

答: 在低压大型空分设备中板翅式换热器得到广泛应用。

板翅式冷凝蒸发器（如图 2-33 所示）通常采用多单元并联星形组合布置，便于与精馏塔组装，并在中心管、集液室和下塔顶部设有氖氦吹除管。随着空分设备大型化，可采用叠式布置（如图 2-34 所示）。

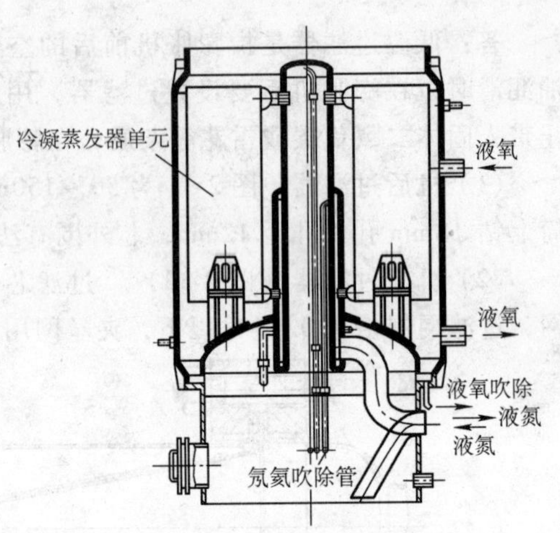

图 2-33 板翅式冷凝蒸发器

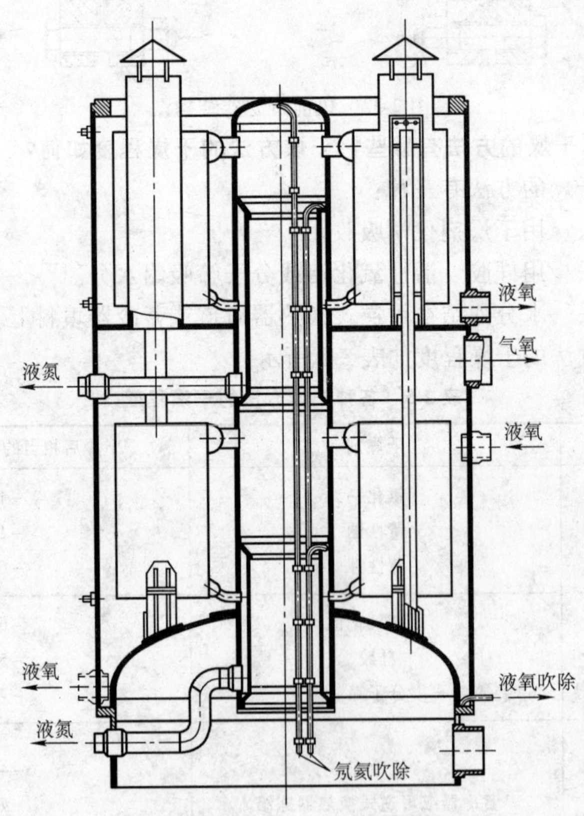

图 2-34 双层板翅式冷凝蒸发器

2-35 填料（塔板）式换热器的结构和工作过程如何?

答: 这种换热器通常用于氮水预冷器。它是由两个塔组成，一个为水冷却塔，一个为空气冷却塔。塔内充填填料或塔板，氮—水，水—空气直接接触进行热交换。

填料（塔板）式换热器的工作过程是：

氮—水之间的热交换不仅靠温差，主要还是靠氮气的干燥度。因为从分馏塔换热器内出来的废氮气温度不仅较空气温度稍低，而且含水量也较少，所以，当废氮气通过水冷却塔时，就要吸收水分。冷却水由于水分的蒸发进入废氮气中，其本身温度便降低了。

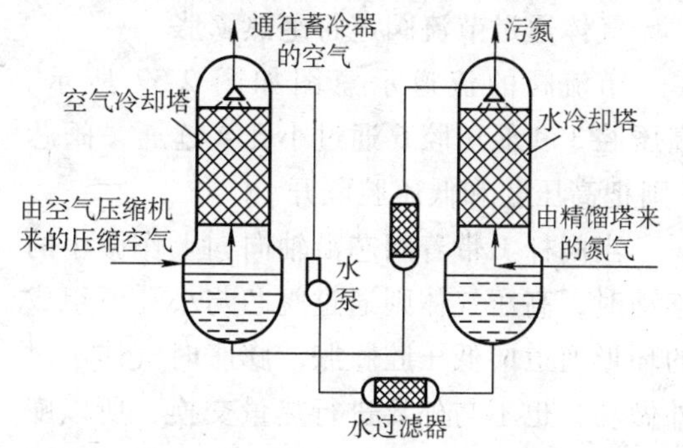

图 2-35　氮水预冷器流程示意图

经氮气冷却的水从水冷却塔出来后，由水泵输送到空气冷却塔上部喷淋，与下部来的压缩空气接触，进行热交换，使压缩空气温度降低，水分析出，从而减少了蓄冷器的热负荷。

氮水预冷器的流程如图 2-35 所示。

2-36　乙炔吸附器的结构和工作过程如何？

答：乙炔吸附器的结构如图 2-36 所示。它是一个圆柱形容器，硅胶吸附剂装于上下锥形封头之间，锥形封头上装有过滤网。液体空气（或液氧）从下部进入，经吸附剂层后，从上部引出。为防止硅胶粉末等杂质被带出器外而进入分离设备中，在吸附器上部设有过滤器。

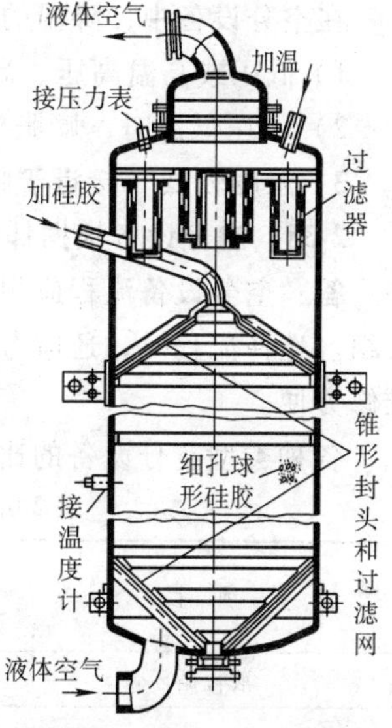

图 2-36　乙炔吸附器示意图

乙炔吸附器一般放置在液体空气自下塔到上塔的管路上，或在液氧循环的管路上。

为了保证吸附器能连续不断地工作，采用两个吸附器进行交替使用，一个工作，一个再生。

2-37　什么是节流阀？

答：用改变通道的截面和长度来控制油液流量的阀。通常用来控制液压系统中执行元件的工作速度。按作用分为：可调节流阀、固定节流阀、单向节流阀，可调单向节流阀等。可调节流阀指通道截面和长度可调节的节流阀。固定节流阀指通道截面和长度不可调节的节流阀。单向节流阀指只在一个液流方向起节流作用的节流阀。可调单向节流阀指通道截面和长度只在一个液流方向可调的节流阀。

空分设备中，即压缩气体通过节流阀绝热膨胀降温（对外不进行热量交换的膨胀过程叫绝热膨胀），以及通过膨胀机并对外做功产冷降温。

气体通过节流阀进行绝热膨胀。

节流阀的流道示意图如图 2-37 所示。高压腔 3 和低压腔 6 通过小孔 4 连通，阀芯 5 则把高压腔和低压腔隔开。

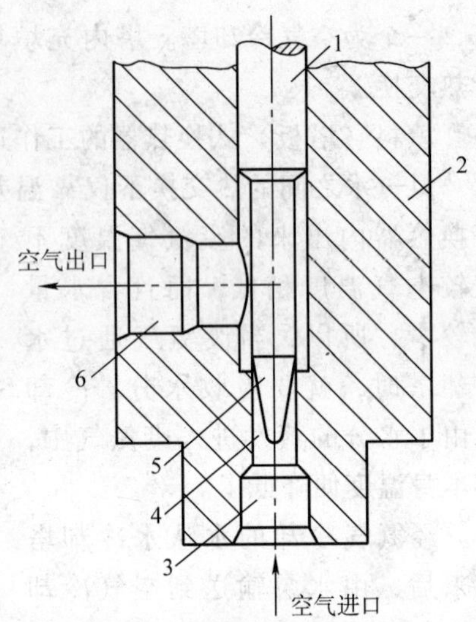

图 2-37　节流阀流道示意图
1—阀杆　2—阀体　3—高压腔
4—小孔　5—阀芯　6—低压腔

当阀杆 1 带着阀芯沿轴向向上作微小的移动时，高压气体则通过阀芯与小孔所组成的环形通道向低压腔膨胀。膨胀时气体不对外做功，也不与外界进行热量交换，所以膨胀前后气体的能量保持不变。但由于气体通过节流阀时需消耗一定能量，以克服分子间的吸引力，达到体积膨胀，这样就使节流后的气体温度下降了。

在空分设备中，降温的选用原则是：

1）低压或高温高压、高温中压时，采用膨胀机合适。

2）中压低温时，膨胀机、节流阀二者均可采用，应视具体情况而定。

3）温度较低（接近于临界温度）时，采用节流阀合适。

2-38　空分设备根据什么选择流程？各种类型空分设备的比较项目有哪些？

答：空分设备流程应根据分离产品的种类、容量和纯度的要求进行选择和组织。选择流程时，还应考虑尽量降低电耗和投资并保证设备运行安全，操作、维修方便。

各种类型空分设备的比较如表 2-6 所示。

表 2-6　各种类型空分设备流程特点比较表

项　目	类　型		
	高压流程	中压流程	低压流程
液化循环	高压循环	中压循环	低压循环
加工空气表压力/atg (1atg = 0.1MPa)	60 ~ 200	12 ~ 40	<10
制取冷量的主要方法	1. 等温节流效应 2. 等温节流效应 + 绝热膨胀	等温节流效应 + 绝热膨胀	绝热膨胀

（续）

项目		类型		
		高压流程	中压流程	低压流程
杂质清除方法	水分和二氧化碳	分子筛常温吸附		低温冻结法并自清除
	乙炔			
电耗[①] $kW\cdot h/m^3$（O_2）		1.5～1.7	0.8～1.3	0.42～0.6
应用范围		中小型气体或液体设备	中小型设备	大中型设备

① 此处的 m^3 是标准状态下的 m^3。

根据加工空气压力，空分设备的流程可分为高压流程、中压流程和低压流程三种。

一般对小容量的设备大都选用高压流程。中小型容量的设备，选用中压流程为多。大中型的空分设备，由于加工空气量大，单位加工空气量的冷损小，同时采用高效率的透平膨胀机，所以都选用低压流程。

2-39　简单节流的高压流程的原理流程图是什么样的？冷量是怎样产生的？

答：简单节流的高压原理流程图如图 2-38 所示。这种不带膨胀机循环的冷量，全部由高压空气的等温节流效应产生。制取气体产品时的工作表压力一般为 8.5～10MPa，适用于小型设备。

在高压流程上，也有设置活塞式膨胀机的，在制取气体产品时可以将工作表压力降低至 6MPa 以上。

2-40　中压流程的原理流程图是什么样的？冷量是怎样产生的？

答：中压流程的原理流程图如图 2-39 所示。这种流程所需要的制冷量，主要来自膨胀机的绝热膨胀，其次来自压缩空气的等温节流效应。正常工作时的表压力为 1.3～25MPa。一般采用活塞式压缩机。膨胀机可用活塞式或中压透平式。

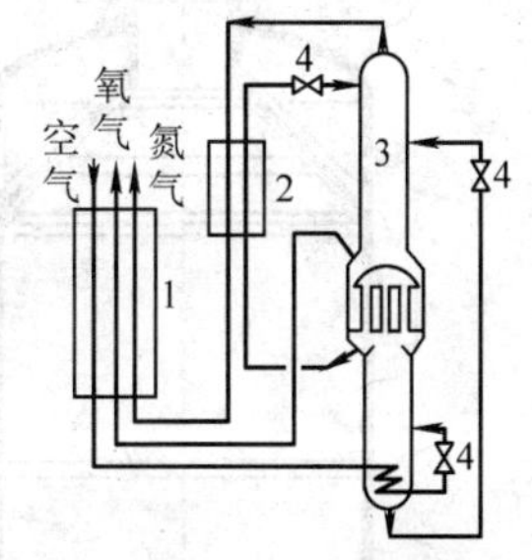

图 2-38　简单节流的高压原理流程图

1—主换热器　2—液氮过冷器　3—精馏塔　4—节流阀

2-41　低压流程的低压原理流程图是什么样的？冷量是怎样产生的？

答：低压流程的低压原理流程图如图 2-40 所示。这种流程的特点是，整个设备所需冷量的 90% 左右由高效率的透平膨胀机产生。由可逆式换热器或蓄冷器清除空气中的水分和二氧化碳，用中部抽气或环流法保证其不冻结性。采用空气膨胀直接进上塔或在下塔抽氮气膨胀以利用上塔的精馏潜力，并使制冷与精馏两系统有机地结合起来。

一般工作表压力小于0.6MPa，电耗量少。

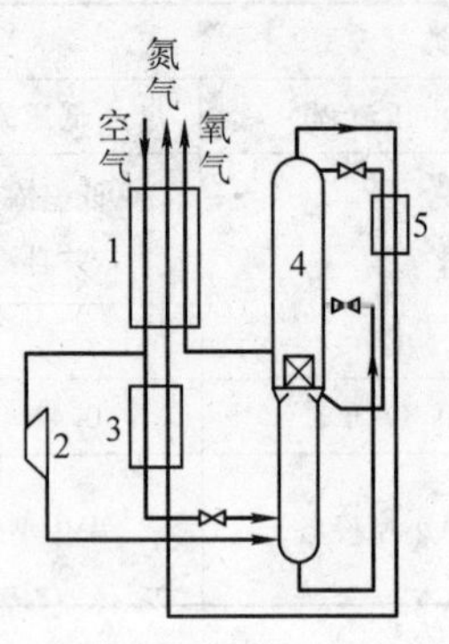

图 2-39　中压原理流程图

1—主换热器　2—透平膨胀机　3—中压液化器　4—精馏塔　5—液氮过冷器

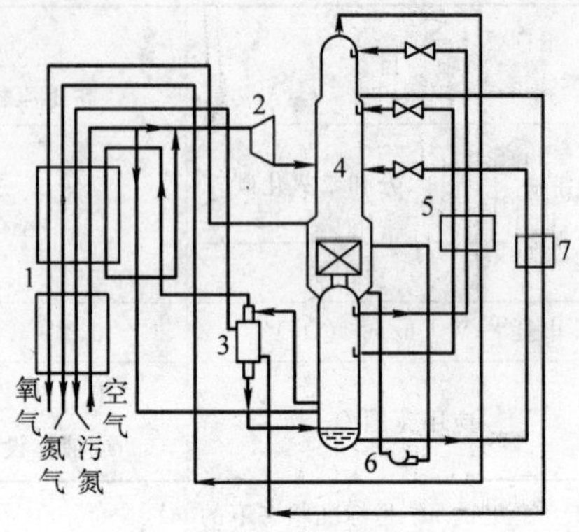

图 2-40　低压原理流程图

1—可逆式换热器　2—透平膨胀机　3—液化器　4—精馏塔　5—液氮过冷器　6—液氧泵　7—液空过冷器

2-42　低温吸附器和乙炔吸附器有什么作用？它们常用于何种设备？

答：低温吸附器作用是吸附气体中的二氧化碳或液体中的乙炔及其他碳氢化合物。二氧化碳吸附器用于蓄冷器中部抽气流程。乙炔吸附器是指液空吸附

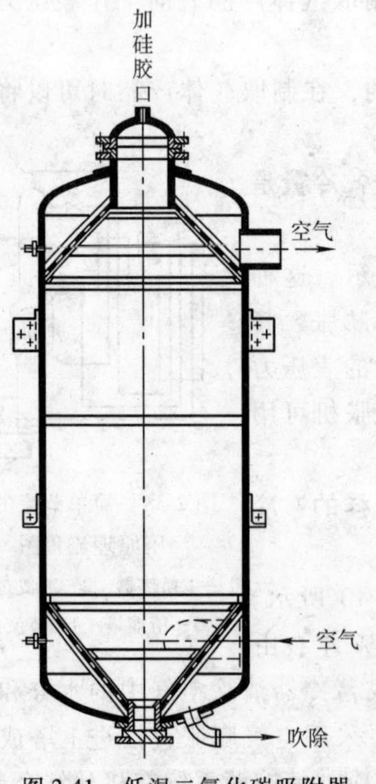

图 2-41　低温二氧化碳吸附器

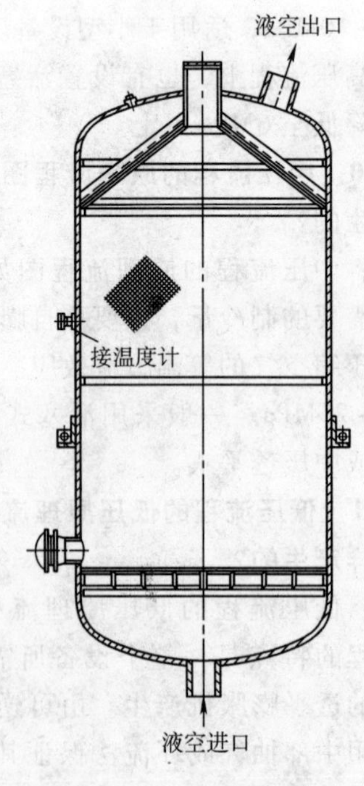

图 2-42　液空吸附器

器和液氧吸附器。

低温吸附器的常用设备：图 2-41 为 6000m^3/h 空分设备的低温二氧化碳吸附器示意图。

液空吸附器通常有两个作用，一是吸附溶解在液空中的乙炔，二是过滤固体二氧化碳的颗粒和硅胶粉末。

吸附剂采用细孔球形硅胶，在流速为 0.004～0.01m/s 时动吸附值为 0.15%～0.28%（质量），乙炔的吸附效率为 90%～95%，清除 C_4 以上的碳氢化合物的效率为 50%～60%。

图 2-42 所示为 10000m^3/h 空分设备的液空吸附器示意图。

2-43　低温液体泵有什么用途？低温泵有几种类型？

答：低温液体泵是用来抽送低温液体，并提高其压力的机械。由于空分设备安全生产和液体贮存运输的需要，配有相应的低温液体泵，如液氧泵用来循环液氧或从贮液槽中抽送液氧，并在规定压力下经汽化后输送给用户。

根据作用原理，低温泵可分为两大类型：

(1) 叶片式　有离心式（径流式）、混流式、轴流式。

(2) 往复式　有柱塞式、活塞式。

离心式是叶片式最常用的一种。离心式有单级和多级之分。柱塞式是往复式最常用的一种。柱塞式有单列和多列之分。

离心式低温泵多用于低、中压输送。如空分设备中常用的低压循环液氧泵和中压液氧泵（3MPa），柱塞式低温泵用于流量小于 1m^3/h，压力高于 10MPa 的充氧（氩）系统。

低温泵的工作介质温度在 -150℃ 以下，并具有很小的汽化热和粘度。作为流体，它在管系中的流动仍然服从流体力学的基本定理。

2-44　低温泵主要零件常用哪些材料？

答：低温泵主要零件常用材料如表 2-7 所示。

表 2-7　低温泵主要零件常用材料

零件名称		常用材料	零件名称	常用材料
蜗壳、泵盖		ZL11，ZHSi80—3，ZG1Cr18Ni9	汽缸、缸头	1Cr18Ni9Ti
叶轮		ZL11，LD5，HPb10—1	柱塞、缸套	9Cr18MoV，38CrMoAlA、1Cr18Ni9Ti 氮化
轴、中间体		1Cr18Ni9，2Cr18Ni9	活塞杆	9Cr18MoV
机械密封	动环	9Cr18MoV，HPb10—1	活塞体	HPb10—1，H62
	静环	石墨浸渍制品	活塞环	填充四氟
滑动轴承		石墨浸渍制品，填充四氟	密封函填料	填充四氟，四氟浸渍石棉制品

2-45　汽化器有什么用途？汽化器有几种类型？汽化器的特性参数有哪些？

答：氧、氮、氩等低温液体变为气体是通过汽化器实现的。

汽化器类型有三种：

1）盘管式高、中、低压汽化器（图 2-43），汽化压力由液体泵增压获得。特性参数如表 2-8 所示。

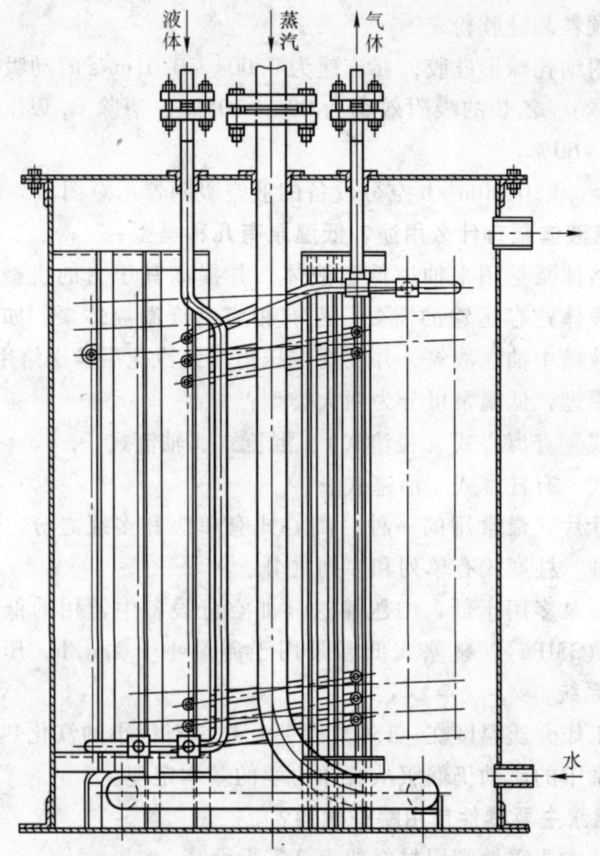

图 2-43　盘管式高、中、低压汽化器

表 2-8　盘管式高、中、低压汽化器特性参数

技术特性		50m³/h 氩	130m³/h 氩	70m³/h 氧	220m³/h 氮
工作压力/MPa		16.5	15	20.0	0.2
汽化能力/（m³/h）		50	130	70	220
基座尺寸/mm		ϕ815	ϕ900	524×310	ϕ520
总高度/mm		1500	1360	1115	1689
净重/N		1950	3700	870	1630
加热型式		蒸汽或温水	蒸汽或温水	废气，电加热	电加热
被汽化汽体的最终温度/℃	蒸汽加热	20	15	≥-5	≥-5
	温水加热	5	15	≥-5	≥-5

（续）

加热型式		蒸汽或温水	蒸汽或温水	废气，电加热	电加热
加热蒸汽或废气	压力/MPa	0.7	0.7	0.2	
	温度/℃	160	160	85	
加热水温/℃	进口	25	40	60~80	≥23
	出口	10	10	60~80	≥23

2）中、低压自控汽化设备（图2-44）。

3）气瓶式高压汽化器。

2-46 贮气器有什么用途？贮气器有几种类型？技术参数有哪些？

答：贮气器是空气分离气体平衡缓冲及短期贮存的设备。

贮气器的种类有立式圆柱形、球形、低压湿式以及贮气囊等。

技术参数分别如表2-9、表2-10、表2-11、表2-12。

表2-9 立式圆柱形贮气罐技术参数

公称容积/m^3	工作压力	外形尺寸/mm		重量/kN	材料
		直径	高度		
28	0.5MPa	2460	8500	47.8	Q235
126	5kPa	3600	13300	150	Q235

表2-10 贮气囊规格

公称容积/m^3	工作压力/kPa	直径/mm	长度/mm	重量/N
50	1.5	2850	9050	630
125	1.5	3600	12750	1000

表2-11 低压湿式气柜[①]（设计压力4kPa）

公称容积/m^3	有效容积/m^3	水池尺寸/mm		钟罩尺寸/mm		全升高度/mm
		内径	高度	内径	高度	
1	1.25	1215	1900	1170	1790	3350
3	3	1650	2270	1600	2120	4175
5	5	2258	2055	2000	2325	4215
20	18.5	4000	2550	3500	2920	5020
50	50	5000	3515	4500	3650	6635
100	110	7300	4500	6500	3900	7800
200	213	8800	5400	8000	4800	9600
300	305	9760	5500	8960	5925	11850
400	416	10800	6600	10000	5900	11900
600	628	12800	6800	12000	6100	12300
800	830	13800	7550	13000	6800	13750
1000	1038	14800	8200	14000	7300	14800

① 气柜为直升导轨型式。

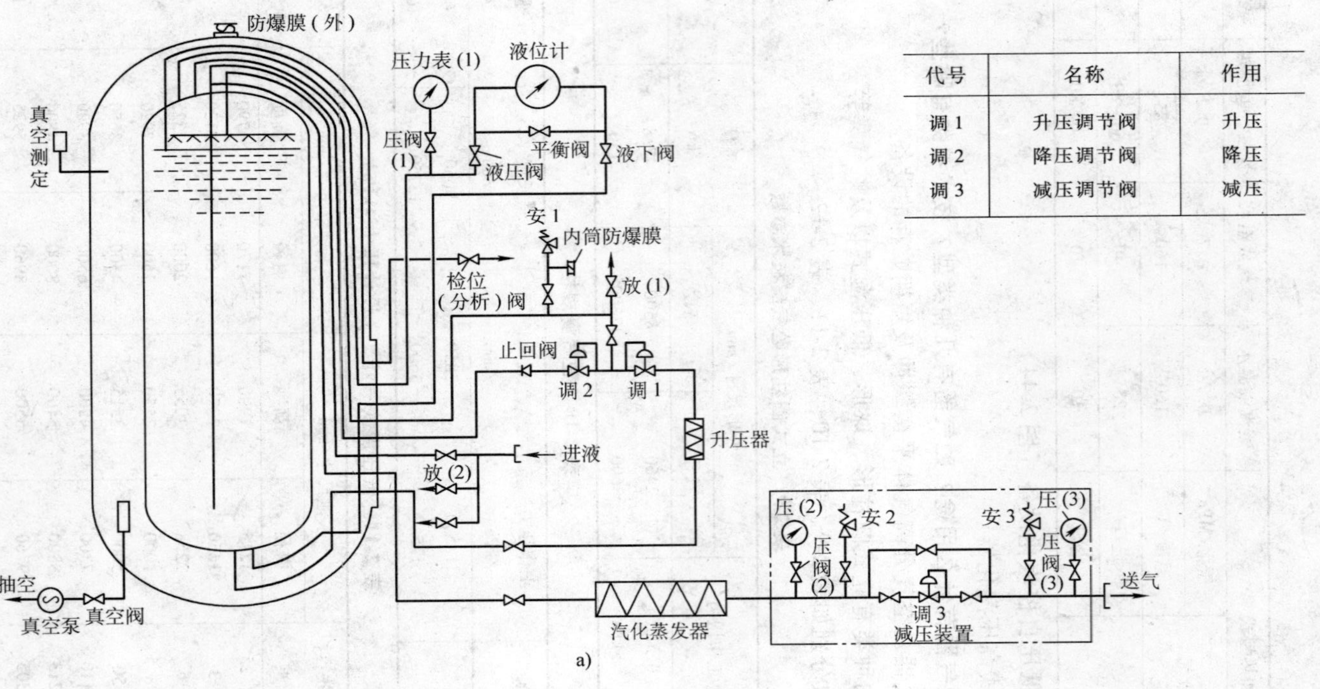

a)

代号	名称	作用
调 1	升压调节阀	升压
调 2	降压调节阀	降压
调 3	减压调节阀	减压

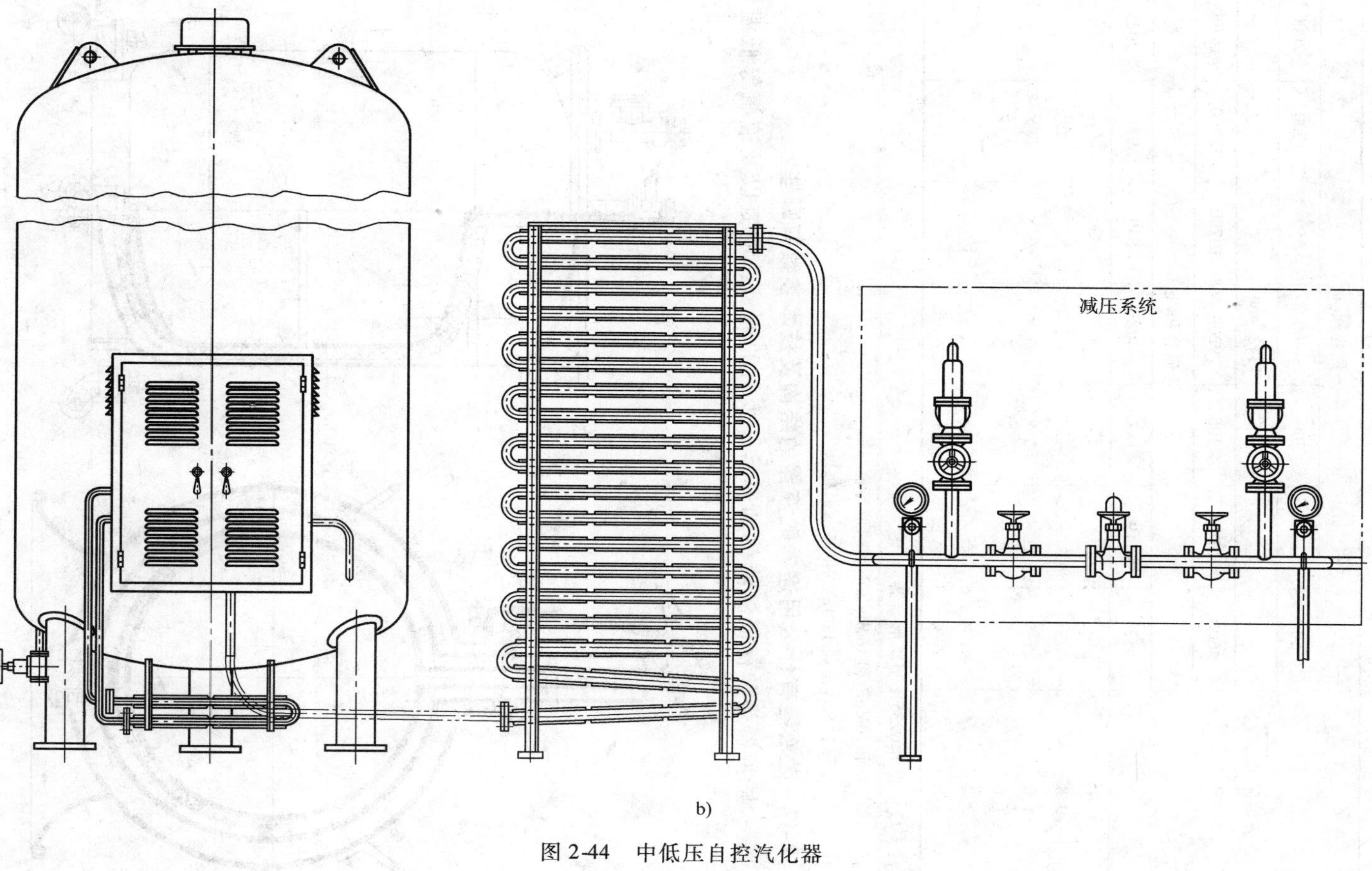

b)

图 2-44　中低压自控汽化器

表 2-12　球形容器基本参数（JB/T 4711—2003）

<table>
<tr><td rowspan="6">公称压力
/MPa</td><td colspan="7">公称容积/m^3</td></tr>
<tr><td>50</td><td>120</td><td>200</td><td>400</td><td>650</td><td>1000</td><td>2000</td></tr>
<tr><td colspan="7">内径/mm</td></tr>
<tr><td>4600</td><td>6100</td><td>7100</td><td>9200</td><td>10700</td><td>12300</td><td>15700</td></tr>
<tr><td colspan="7">几何容积/m^3</td></tr>
<tr><td>52</td><td>119</td><td>188</td><td>408</td><td>640</td><td>975</td><td>2025</td></tr>
<tr><td>0.45</td><td>○</td><td>○</td><td>○</td><td>○</td><td>○</td><td>○</td><td>○</td></tr>
<tr><td>0.8</td><td>△</td><td>△</td><td>△</td><td>△</td><td>△</td><td>△</td><td></td></tr>
<tr><td>1.0</td><td>△ ×</td><td>△ ×</td><td>△ ×</td><td>△ ×</td><td>△ ×</td><td>△ ×</td><td></td></tr>
<tr><td>1.6</td><td>△ ×</td><td>△ ×</td><td>△ ×</td><td>△ ×</td><td>△ ×</td><td>△ ×</td><td></td></tr>
<tr><td>2.2</td><td>△ ×</td><td>△ ×</td><td>△ ×</td><td>△ ×</td><td></td><td></td><td></td></tr>
<tr><td>3.0</td><td>△ ×</td><td>△ ×</td><td>△ ×</td><td>△ ×</td><td></td><td></td><td></td></tr>
</table>

注：○　表示 Q235R 制球形容器。

△　表示 16MnR 和 16MnCuR 制球形容器。

×　表示 15MnVR 和 15MnVNR 制球形容器。

2-47　贮液器有什么用途？贮液器的结构及技术参数有哪些？

答：贮液器是贮存低温液体的容器。少量的液氧、液氮以及液氩等低温液

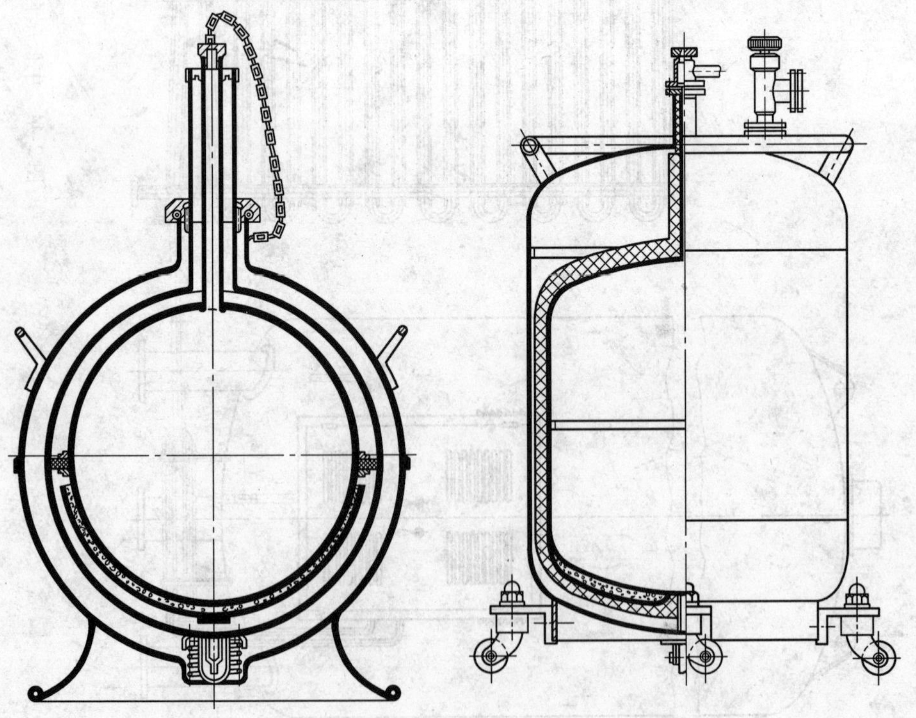

图 2-45　纯真空绝热贮液器　　图 2-46　真空-多层绝热贮液器

体，通常以纯真空绝热或真空-多层绝热的容器进行贮运。纯真空绝热容器（如图 2-45），内胆悬吊于长颈管上，内外胆之间抽真空，真空度为 133.3×10^{-3}Pa（1×10^{-3}Torr）。真空夹层表面抛光至$\overset{0.2}{\triangledown}$。内胆底部设有吸附室，内装硅胶或活性炭（贮存液氧只能用硅免得引起爆炸事故）以保持真空度。技术参数如表 2-13 所示。塞子开有小孔，以免容器内压力升高，发生爆炸危险。纯真空容器只适宜短期贮存，每 1 ~ 2 年就需检查。如果长期贮存，必须采用高真空-多层绝热容器（如图 2-46）真空度要求 133.3×10^{-5}Pa（1×10^{-5}Torr）以上。技术参数如表 2-13 所示。

较大型的贮液器（俗称贮槽）采用真空粉末绝热，其真空度保持在 133.3×10Pa（1×10Torr），每隔一年左右抽空一次，粉末常用珠光砂。结构如图 2-46 所示。贮液器上装有安全装置、压力表及液面计。

表 2-13　小型贮液器技术参数

容量 L	外形尺寸/mm		容器净重 /kg	液氮日蒸发率 (%)	绝热形式
	直径	高度			
5	220	450	4.5	20	真空
15	376	700	13	10	真空
30	510	820	25	7	真空
25	463	950	56	1	真空-多层
50	525	1100	60	<1	真空-多层
100	564	1450	70	<1	真空-多层

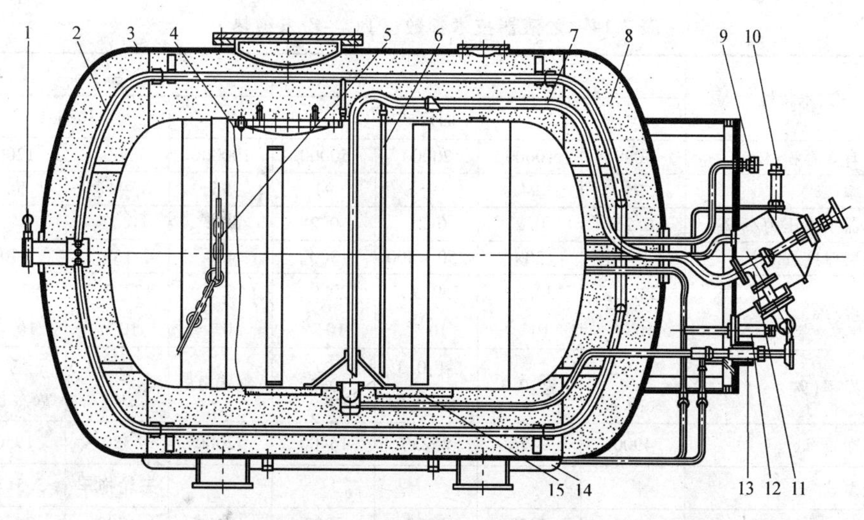

图 2-47　固定式贮液器

1—真空阀　2—抽空管组　3—外筒　4—内筒　5—悬吊装置　6—进液管　7—液体进出口管　8—绝热材料　9—安全膜　10—安全阀　11—液体进出口阀　12—气体放空吹除阀　13—增压阀　14—U 形蒸发器　15—吸附剂

移动式贮液器（见图 2-48）是低温液体的运输设备，它与固定式贮液器的区别除配备车辆外，需增加防荡板。技术参数如表 2-14 所示。

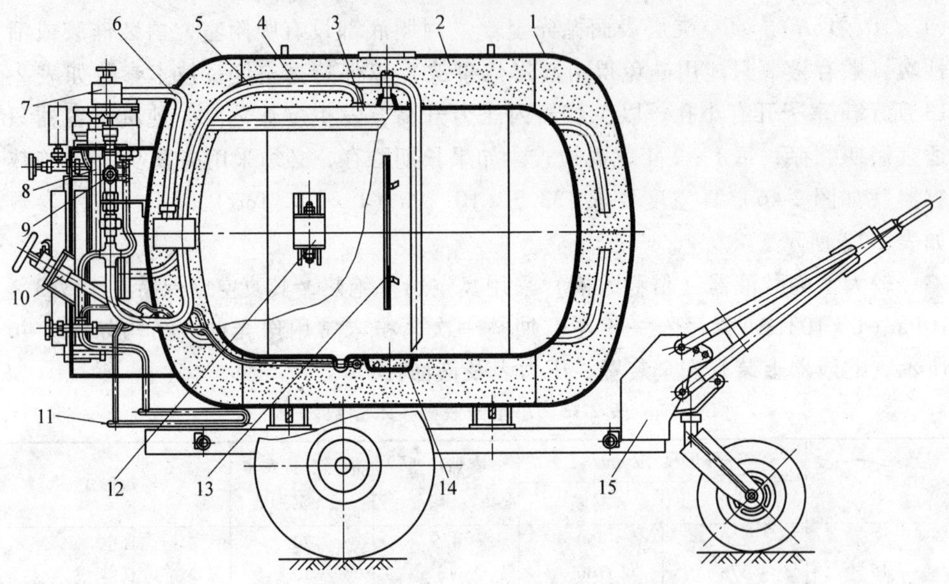

图 2-48　移动式贮液器

1—外筒　2—绝热材料　3—内筒　4—液氧进出管　5—氧气放空管　6—抽空管组　7—真空阀　8—液氧进出口阀　9—放空阀　10—增压阀　11—蛇形蒸发器　12—支承　13—防荡板　14—吸附剂　15—拖车

表 2-14　贮液器技术参数（真空-粉末绝热）

技术特性		类型						
		固定式					移动式	
液体有效容积/L		5000	10000	20000	50000	100000	300	1200
充满率(%)		95	94	95	94	96	94	94
内容器工作压力/MPa		0.25	0.2	0.25	0.2	0.2	0.25	0.2
绝热层厚度/mm		250	300	250～300	300	400	139	250
真空度/Pa		133.3×10^{-2}	133.3×10^{-2}	399.9×10^{-2}	399.9×10^{-2}	666.5×10^{-2}	133.3×10^{-2}	399.9×10^{-2}
日蒸发率(%)		氧:0.56 氮:0.85	氩:0.3	氧:0.3 氮:0.5	0.2	氧:0.15	氧:静态 3.5 动态 7.2	氩: 静态 0.6
容器净重/kg		4900	9476	25230	16400	42000	380	1950
运载型式							三轮拖车	≥3.5t 汽车
容器外形尺寸/mm	长	3800	4450	8035	8800	19400	1700	3428
	宽	2320	2980	3052	3600	3620	1000	1520
	高	2510	3200	3750	3800	3730	1020	1715
绝热材料(粉末)		珠光砂		硅胶	硅胶珠光砂	珠光砂	珠光砂	珠光砂

2-48　机械设备的修理分类有哪些？什么是大修？什么是项修？什么是小修？

答：机械设备的修理分类是根据修理内容和技术要求以及工作量的大小对设备修理工作进行划分，预防修理分类为大修、项修和小修。

1. 大修

设备的大修是工作量最大的计划修理。大修时，对设备的全部或大部分部件解体；修复基准件，更换或修复全部不合格的零件；修复和调整设备的电气及液、气动系统；修复设备的附件以及翻新外观等；达到全面消除修前存在的缺陷，恢复设备的规定功能和精度。

2. 项修

项修是项目修理的简称。它是根据设备的实际情况，对状态劣化已难以达到生产工艺要求的部件进行针对性修理。项修时，一般要进行部分拆卸、检查、更换或修复失效的零件，必要时对基准件进行局部修理和调整精度，从而恢复所修部分的精度和性能。项修的工作量视实际情况而定。项修具有安排灵活，针对性强，停机时间短，修理费用低，能及时配合生产需要，避免过剩维修等特点。对于大型设备、组合机床、流水线或单一关键设备，可根据日常检查、监测中发现的问题，利用生产间隙时间（节假）安排项修，从而保证生产的正常进行。目前我国许多企业已较广泛地开展了项修工作，并取得了良好的效益。

项修是我国设备维修实践中，不断总结完善的一种修理类别。

3. 小修

设备小修是工作量最小的计划修理。对于实行状态监测修理的设备，小修的内容是针对日常点检、定期检查和状态监测诊断发现的问题，拆卸有关部件，进行检查、调整、更换或修复失效的零件，以恢复设备的正常功能。对于实行定期修理的设备，小修的主要内容是根据掌握的磨损规律，更换或修复在修理间隔期内即将失效的零件，以保证设备的正常功能。

设备大修、项修与小修工作内容的比较如表 2-15 所示。

表 2-15　设备大修、项修、小修工作内容的比较

标准要求＼修理类别	大修	项修	小修
拆卸分解程度	全部拆卸分解	针对检查部位，部分拆卸分解	拆卸、检查部分磨损严重的机件和污秽部位
修复范围和程度	修理基准件，更换或修复主要件、大型件及所有不合格的零件	根据修理项目，对修理部件进行修复，更换不合格的零件	清除污秽积垢，调整零件间隙及相对位置，更换或修复不能使用的零件，修复达不到完好程度的部位

（续）

标准要求 \ 修理类别	大修	项修	小修
刮研程度	加工和刮研全部滑动接合面	根据修理项目决定刮研部位	必要时局部修刮，填补划痕
精度要求	按大修精度及通用技术标准查验收	按预定要求验收	按设备完好标准要求验收
表面修饰要求	全部外表面刮腻子，打光，喷漆，手柄等零件重新电镀	补漆或不进行	不进行

2-49　动力设备计划编制的依据是什么？

答： 编制动力设备计划的依据是：

1）动力设备拥有量的统计资料，动力设备和管线的各项修理定额，有关设备图样和技术资料等。

2）动力设备巡回检查、点检和设备缺陷记录。

3）动力设备运行状态监测和负荷特性记录的有关资料。

4）设备故障、事故情况及分析、改进措施记录。

5）设备普查和定期检查、修理情况的记录。

6）设备能量平衡测试与预防性试验记录。

7）特种设备的定期监测记录。

2-50　动力设备计划实施与检查包括哪些方面？

答： 动力设备计划实施与检查包括：

1. 检查验收方法

重点动力设备大修和动力设施改造、安装工程的检查验收，一般可用自检和专职检查相结合的办法，分以下三个阶段进行验收。

（1）可行性方案审查　对大型重点动力设备大修和大型动力设施的改造安装工程，应提出可行性方案交有关方面审查，施工过程中要做好工序、部件的验收工作。

（2）分段验收　在动力设备大修和动力设施改造工程施工过程中，可由专职动力师、动力检查员、动力车间主任等共同组成试验、检查验收组，分项目、分部门、分阶段进行中间验收。

（3）整体验收　动力设备大修或动力设施改造工程竣工时，由专职动力师会同有关部门的人员共同进行整体验收，以决定设备或设施能否投入试运行。

2. 检查验收内容

（1）设备和系统的外部检查　检查设备和附属设施，动力管线安装是否正确、牢固，以及密封程度、操作方便和调节灵活程度；绝缘或保温是否达到规定要求；油漆、颜色和标志是否符合设计规定等。

（2）设备性能及内部质量检查　根据动力设备的施工及验收规范、技术安全规程、安全监察规程、动力站房设计规范等的规定，进行检查和试验（包括强度试验、绝缘试验等），判断修理的设备和改造后的措施是否达到了规定的质量标准。

（3）技术资料验收　检查大修设备和改造设施的技术资料是否准确、完整。包括大修后的检查试验数据，施工过程中的有关记录和技术资料；修改设计的证明文件及竣工图样；更换零件的明细资料，中间验收的质量检验评定记录，系统试验和试运行（转）记录等。

3. 动力设备项修检查

动力设备项修及一般安装工作的质量检查由动力师（员）、预修计划员和动力车间主任会同运行班长，根据有关规程和技术文件规定的质量标准进行验收。

4. 日常维护的检查和评价

动力设备和管线日常维护质量的检查和评价，由动力师（员）会同有关部门的负责人对动力设备及管线的技术维护质量逐月进行检查和评价。评价时要注意动力设备和管线的整体技术状况、有无事故和带病运行情况及其延续时间等。

2-51　动力设备及管线的巡回检查有哪些？

答：动力设备及管线的日常巡检和定期检查的具体内容和部位不宜过多，根据具体设备而定。对检查中发现的问题和隐患要及时处理的排除。表 2-16 为空气压缩机巡检表实例。

表 2-16　空气压缩机巡检表

设备编号		所在车间		型号规格				
部位	巡检要求		日期	1		2		
	序号	内　容	班次／方法	甲	乙	甲	乙	
传动系统	1	运转正常，无杂声	试、听					
安全阀	2	二级缸、一级缸、安全阀可靠，无漏气	看					
压力调节装置	3	在规定压力值动作	试、看					
润滑系统	4	油泵、注油器工作正常	看					
	5	油管道供油可靠、无漏油	看、试					
	6	油压表指示数值符合要求	看					
气路系统	7	各压力表指示数值符合要求（一、二级缸，储气罐）	看					
	8	各级进、排气阀工作正常	试、听					

（续）

<table>
<tr><td>设备编号</td><td colspan="2"></td><td>所在车间</td><td></td><td>型号规格</td><td colspan="2"></td></tr>
<tr><td rowspan="2">部位</td><td colspan="2">巡检要求</td><td>日期</td><td colspan="2">1</td><td colspan="2">2</td></tr>
<tr><td>序号</td><td>内　　容</td><td>班次
方法</td><td>甲</td><td>乙</td><td>甲</td><td>乙</td></tr>
<tr><td>冷却系统</td><td>9</td><td>冷却水供水压力、温度均符合要求</td><td>看、测定</td><td></td><td></td><td></td><td></td></tr>
<tr><td rowspan="2">电气系统</td><td>10</td><td>电动机运转无杂音</td><td>听、试</td><td></td><td></td><td></td><td></td></tr>
<tr><td>11</td><td>电压、电流指示数值符合要求</td><td>看</td><td></td><td></td><td></td><td></td></tr>
<tr><td>操作工（甲）</td><td colspan="2"></td><td rowspan="2">维修工
姓名</td><td rowspan="2"></td><td rowspan="2">运转班长
签字</td><td colspan="2" rowspan="2"></td></tr>
<tr><td>操作工（乙）</td><td colspan="2"></td></tr>
</table>

巡检表使用说明：巡检记录一般用符号，如正常用“✓”号；异常或故障用“×”号；异常或故障由操作工排除用“⊗”号；异常或故障由维修工排除用“区”号。巡检表用完后，必须在下月5日送交设备动力部门归档。

开展巡检工作既是对动力设备检查，又能真实了解设备的缺陷情况，为设备开展项修或大修提供了可靠的依据。同时，巡检表也反映了检修工作质量，鼓励操作工参加检修或排除故障的积极性，为确保设备状态完好打好基础。

2-52　动力设备的技术维护有哪些？

答： 动力设备的技术维护包括：

（1）日常点检及巡回检查　由动力站房的运行人员按规定的时间、路线、项目和要求，利用人的感官或简单的仪器、仪表对设备进行测试检查，观察，记录设备的运行状况和安全设施的完好情况，及时发现设备缺陷和隐患，并采取相应的维护措施，保证动力设备的正常运行。

在日常点检和巡回检查中，对于刚投人运行的新设备，发生重大事故经修理后恢复运行的设备，在恶劣的天气条件（如大风、雷、雨、冰雹、雪、霜、雾等情况）下运行的设备，都作为重点巡回检查内容。

对于无固定值班人员看管运行的动力设备（如车间的配电柜、低压配电间等），应由专业维护人员巡视检查。

对有的动力设备还要做特殊的巡回检查工作，如变电所每月至少进行一次夜间闭灯的巡回检查，检查运行中的电气线路及有关装置有无闪络或辉光放电现象。

（2）定期检查　在日常维护的基础上，根据动力设备存在的缺陷及季节性要求，定期进行设备检查和清扫，添加或更换绝缘油、润滑油，修理或更换有关元件等。通过定期检查，还可确定或修正下一次大修所应完成的作业项目和工作量。

（3）预防性试验（检验）　预防性试验（检验）的目的是检查动力设备与动力管线在相邻两次计划修理期间的运行可靠性和安全性，以及时发现隐患，预防事故的发生。预防性试验的间隔期和内容，应按有关规程和说明书的要求进行。

2-53　动力设备的小修或项修是什么？

答：动力设备小修是保证动力设备和动力管线安全可靠运行的一种修理类别，其内容包括清理、检验、更换有关元器件等。

动力设备项修是为了保证设备安全、可靠运行的局部修理。动力设备通过局部修理恢复到原来的性能或效率，以满足生产的要求。

2-54　动力设备的大修是什么？

答：动力设备大修是动力设备和动力管线计划检修中最复杂、工作量最大的修理类别。进行大修时，需要停运设备和切断或断开管线。它包括小修或项修的全部作业及构成大修典型内容的各项附加作业，并要根据修理任务书、修理工艺和有关规程要求进行规定的全部作业，使动力设备和动力管线的性能和参数达到标准规定的合格数据。

2-55　动力设备维修原则是什么？

答：动力设备维修原则是：

1）对连续运行、安全要求高、工作环境恶劣或无备用设备的重点动力设备和管线，应实行强制修理。当设备停运后，能按照预先规定的内容更换零件、部件，立即进行修理。

2）对于负荷随季节变化的动力设备和管线，要安排在负荷量最低或停用季节进行修理，以减少停机损失。空调设备、制冷设备可安排在冬季修理，排水及防雷设施要在雷雨季节到来之前修理等。

3）连续运行的动力设备和管线，可根据其生产特点，最大限度地利用非工作日班次或节假日进行修理，以保证生产正常进行。

2-56　空气压缩机修理工作定额是多少？空气压缩机修理停歇时间定额是多少？

答：空气压缩机日常修理和大修理工时定额见表2-17，该表列出了空气压缩机的修理工时定额，这些数值均未考虑电动机和起动装置的修理工时。由于空气压缩机一般均由专业人员维护，故未列出技术维护的工时。

表2-17　空气压缩机修理工时定额

设　备	工时定额/h	
	大修理	日常修理
活塞式空压机，0.8MPa以内，排气量（m^3/min）		
3	220	60
10	230	70
20	340	90
40	500	120

（续）

设　　备	工时定额/h	
	大修理	日常修理
滑片式压缩机，排气量（m^3/min）		
10	300	90
20	450	140
40	750	220
中压空气压缩机，1.8MPa，排气量（m^3/min）		
10	320	90
20	430	120
空气过滤器，过滤能力（m^3/min）		
50	15	4
100	22	6
容量在 1.5m^3 以内的油水分离器	20	6

空气压缩机修理停歇时间定额：

空压机修理工作定额内规定机加工工时，大修理为20%，日常修理为10%，表 2-18 列出了空气压缩机设备按两班制工作时的修理停歇时间定额。当按三班制进行修理时，停歇时间定额应乘以系数 0.75，而按一班制工作时应乘以系数 1.8。

表 2-18　压缩机、泵、制冷设备及动能发生设备修理停歇时间定额

修理工时/h	大修理停歇时间/h	日常修理停歇时间/h
21 ~ 50	72	16
51 ~ 100	96	40
101 ~ 160	144	50
161 ~ 200	168	55
201 ~ 300	216	70
301 ~ 500	264	85
501 ~ 700	312	90
701 ~ 900	360	100
901 ~ 1000	432	120
1100 以上	480	140

2-57　工业泵日常修理和大修工时定额是多少？工业泵的修理停歇时间定额是多少？

答： 工业泵日常修理和大修工时定额如表 2-19 所示。

工业泵的修理停歇时间定额可参照表 2-18 列出的数值。该表数值是按两班制的定额。

表 2-19 工业泵修理工时定额

设　备	工时定额/h	
	大修	日常修理
离心水泵，扬程在 $140mH_2O$，流量		
$50m^3/h$ 以下	20	6
$100m^3/h$	25	7
$160m^3/h$	35	10
$300\sim400m^3/h$	45	13
离心水泵，扬程在 $70mH_2O$ 以下，流量		
$3500\sim5100m^3/h$	370	110
$5000\sim7200m^3/h$	550	150
多级泵扬程在 $180mH_2O$，流量		
$34m^3/h$	100	30
$60m^3/h$	130	40
$105m^3/h$	180	50
卧式污水泵，扬程在 $100mH_2O$ 以下，流量		
$100m^3/h$ 以下	70	20
$250\sim500m^3/h$	140	40
$570\sim864m^3/h$	170	50
水环式真空泵，其抽气能力		
$6m^3/min$ 以下	70	21
$12m^3/min$	120	36
$27m^3/min$	140	42
$50m^3/min$	220	60
泥浆泵，扬程在 $60mH_2O$ 以下，流量		
$28\sim50m^3/h$	60	18
$150m^3/h$	100	24
$200m^3/h$	120	36
齿轮油泵，流量		
$10m^3/h$ 以下	30	9
$18m^3/h$	40	12
活塞式蒸汽泵，流量		
$6m^3/h$	60	18
$15\sim20m^3/h$	90	27
$40\sim50m^3/h$	160	45
$125\sim160m^3/h$	230	60
$250m^3/h$	300	90

（续）

设　　备	工时定额/h	
	大修	日常修理
旋片式真空泵，抽气能力		
6m^3/min 以下	80	24
25m^3/min	120	36
50m^3/min	160	43
60m^3/min	200	60
往复式真空泵，抽气能力		
3.5m^3/min	50	15
6m^3/min	80	24
9m^3/min	100	30

2-58　制冷设备修理工作定额是多少？制冷设备修理停歇时间定额是多少？

答：制冷设备的日常修理和大修工时定额如表2-20所示。表内列出的数值均未考虑电动机或起动装置的修理工时。由于制冷设备一般均由专门操作人员进行维护，故未列出技术维护的工时。

表2-20　制冷设备修理工时定额

设　　备	工时定额/h		设　　备	工时定额/h	
	大修	日常修理		大修	日常修理
立式单级氨压缩机,制冷能力			V型单级四缸氟压缩机,制冷能力		
24000kcal/h	200	60	15200kcal/h 以下	200	60
75000~100000kcal/h	240	70	31000~43000kcal/h	280	70
145000~195000kcal/h	310	90	140000~190000kcal/h	360	100
V型双级氨压缩机,制冷能力			W型单级八缸氟压缩机,制冷能力		
8000kcal/h	420	120	18000~25000kcal/h	260	80
38000~50000kcal/h	520	150	30000~92000kcal/h	350	100
V型单级四缸氨压缩机,制冷能力			立式单级双缸氟压缩机,制冷能力		
48000kcal/h	250	75	4500~7600kcal/h	140	40
150000~200000kcal/h	300	90	23000~46000kcal/h	160	50
300000~390000kcal/h	440	130			
W型单级八缸氨压缩机,制冷能力			氟压缩机—冷凝机组,制冷能力		
66000~96000kcal/h	310	93	6000~15000kcal/h	200	60
300000~400000kcal/h	560	160	16000~22500kcal/h	300	90
630000~780000kcal/h	600	180	30000~45000kcal/h	420	120
氨压缩机冷凝机组,制冷能力			66000~90000kcal/h	600	180
15500~23500kcal/h	350	100			
31000~46500kcal/h	420	120			
62000~93000kcal/h	510	150			

注：1kcal/h = 1.163W。

制冷设备修理停歇时间定额可参照表2-18列出的数值。该表数值是按两班制工作时的修理停歇时间定额。

2-59　动能发生设备修理工作定额是多少？动能发生设备修理停歇时间定额是多少？

答： 动能发生设备日常维护修理和大修理工时定额见表2-21，该表列出了制氧设备日常修理和大修理工时定额，表内列出的数值均未考虑电动机和起动装置的修理工时。由于制氧设备建立动力站房并专门配有值班操作人员进行设备维护，故未列出技术维护的工时。

表2-21　动能发生设备修理工时定额

设　备	工时定额/h	
	大修	日常修理
由空气分离器、热交换器、上精馏塔、下精馏塔组成的工业制氧设备，能力		
$30m^3/h$	1800	540
$150m^3/h$	3400	1020
运输和存放液氮、液氧用的贮气罐，其容量		
350L	20	6
1250L	40	12

动能发生设备修理停歇时间定额可参照表2-18列出的数值，表内数值是按两班制工作的修理停歇时间定额。

2-60　通风设备修理工作定额是多少？

答： 通风设备日常修理和大修理工时定额见表2-22，该表列出了包括单台通风设备和综合用于整个通风系统的日常修理和大修理工时定额，其中未列入通风设备的有关通风装置或自控系统的电气部分劳动量定额。但列入了空调设备中的风机日常修理和大修理工时定额。对于高压、除尘、防腐和特殊要求的风机，其大修理和日常修理的工时定额可乘以系数1.5。由于风管材料的不同，大修理和日常修理的工时定额可乘以一个修正系数：对于薄铁皮制作的风管乘0.75；对于不锈钢制作的风管乘1.3；对于塑料制作的风管乘1.8。表2-22内列出的通风设备修理工时定额包括了制造通风系统和通风设备备件的机加工作业量。

表2-22　通风设备修理工时定额

设　备	工时定额/h		设　备	工时定额/h	
	大修	日常修理		大修	日常修理
低压和中压离心式风机，机号			轴流式风机，机号		
4~5号	30	10	5号以下	7	2
6号	40	12	6	11	3.5
7~8号	60	20	7	14	4.5
10号	80	24	8	18	6.0
12号	120	36	10	21	7.0
			12	25	8.0

（续）

设备	工时定额/h		设备	工时定额/h	
	大修	日常修理		大修	日常修理
热风器，每 $10m^2$ 受热面积	5	1.5	空调系统通风设备，风量		
采暖通风机组，风量			$3000m^3/h$ 以下	140	45
$2000\sim3000m^3/h$	30	10	$5000m^3/h$	250	60
$4000\sim7000m^3/h$	45	15	$7500m^3/h$	280	90
$14000\sim20000m^3/h$	60	20	$10000m^3/h$	350	110
具有异型部分的圆截面风管，每10m，直径			$20000m^3/h$	600	180
			$40000m^3/h$	800	240
			$80000m^3/h$	1000	300
150mm 以下	10	3	填充有滤网、纤维等过滤器，处理能力 $1500\sim2000m^3/h$	20	—
300mm	14	4.5			
500mm	20	6.5	布质、纸质过滤器，处理能力 $1500\sim2000m^3/h$	20	—
750mm	27	9.0			

2-61　分馏塔的完好标准有哪些内容?

答：分馏塔的完好标准及考核定分如表 2-23 所示。

表 2-23　分馏塔的完好标准

项目	内　　容	考核定分
1	质量、产量、运转周期基本达到设计要求	20
2	设备运转正常，各项工艺参数能满足工艺要求	20
3	压力表、温度计、流量计、液位计、安全阀齐全、准确、灵敏可靠	20
4	管路、阀门选用及安装合理，使用可靠，绝热材料良好，外壳无结霜，阀门转动灵活，接地装置完好	20
5	外表整洁，零件齐全，无锈蚀，无积灰，无油脂	10
6	设备及管道颜色标志明显	10

2-62　膨胀机的完好标准有哪些内容?

答：膨胀机的完好标准及考核定分如表 2-24 所示。

表 2-24　膨胀机的完好标准

项目	内　　容	考核定分
1	传动系统运转正常，无异声，各滑动面无严重拉伤、磨损，温度、压力符合技术要求	20
2	压力表、温度计等仪表齐全、准确，超速装置、安全阀门灵敏可靠	20
3	油路、水路、气路畅通，无泄漏，油窗明亮	20
4	传动带罩等安全装置齐全可靠	16
5	电气设备齐全完好	16
6	外表整洁，无严重锈蚀	8

2-63 氧压机的完好标准有哪些内容?

答：氧压机的完好标准及考核定分如表 2-25 所示。

表 2-25 氧压机的完好标准

项目	内　　容	考核定分
1	排气量等主要参数基本达到设计要求，各级压力、温度正常	16
2	各传动系统运转正常，各滑动面无严重拉伤、磨损和锈蚀	16
3	压力表、温度计等仪表齐全、准确，安全阀门齐全，灵敏可靠	16
4	油路、水路、气路畅通，油窗和滴水器明亮，蒸馏水箱清洁，润滑油质符合要求	16
5	电气设备齐全、完好	16
6	传动带罩及接地等安全装置齐全、牢固、可靠	14
7	设备外表整洁，无积灰和黄袍，无严重锈蚀	6

2-64 充氧台的完好标准有哪些内容?

答：充氧台的完好标准及考核定分如表 2-26 所示。

表 2-26 充氧台的完好标准

项目	内　　容	考核定分
1	外表整洁，色标明显，无严重积灰	20
2	管道和阀门严密不漏，阀门开闭灵活，充氧夹具灵活好用，充氧管子无扭损现象	20
3	压力表、安全阀齐全准确，灵敏可靠	20
4	防火、防爆、报警联络信号齐全可靠	20
5	试压装置齐全可靠，符合使用要求	20

2-65 储气罐的完好标准有哪些内容?

答：储气罐的完好标准及考核定分如表 2-27 所示。

表 2-27 储气罐的完好标准

项目	内　　容	考核定分
1	储气罐、管道和阀门严密不漏，阀门开闭灵活好用	25
2	压力表、安全阀、减压阀齐全，灵敏可靠	30
3	上下滑轮灵活，报警信号灵敏可靠，容积标记醒目	25
4	外表整洁，色标明显，无严重积灰及锈蚀	20

2-66 空气压缩机（空压机）的完好标准有哪些内容?

答：空气压缩机的完好标准及考核定分如表 2-28 所示。

表 2-28 空气压缩机的完好标准⑤

项目	内　　容	考核定分
1	排气量、工作压力等参数均达到设计要求，附属设备齐全，运转平稳，声响正常①；气缸无锈蚀和严重拉伤、磨损，气室及曲轴箱清洁，封闭良好；进、排气阀不漏气，无严重积灰，设备外表清洁，无油污	18

（续）

项目	内　容	考核定分
2	安全阀动作灵敏可靠（包括储气罐的安全阀）；压力表、油压表灵敏可靠，有温度计可进行测温②；自动调节器能调节到生产所需气压	18
3	滤油器效果好，油压不低于0.98MPa，注油器供油正常，按规定使用润滑油，定期更换；耗油量不超过规定数值③；有十字头结构的空压机，润滑油温度不超过60℃；无十字头的不超过70℃	16
4	冷却水进水温度一般不超过35℃，二级缸排气温度不超过160℃，冷却装置完好，排水温度一般不超过40℃（在满负荷情况下）；应有断水保护装置	16
5	电动机配备合理，有失压失励保护措施，运行正常（温升和声响正常），并定期进行检查；电气装置（控制柜）齐全、可靠，电气仪表指示正确；电气线路安全可靠，有接地或接零的保护措施；传动带罩等防护装置齐全、可靠	16
6	各种管道选用、安装合理，色标分明④；排污管使用达到要求，做好废油回收工作；储气罐材质、焊接、安装、使用符合《压力容器安全监察规程》要求，定期进行试验并做好记录	8
7	无漏气、漏水、漏油现象；设备清洁、无积灰、无油垢	8

① 空压机的噪声级是当空压机满负荷运转时，在自由声场中距空压机表面1m，距地面1.5m的若干测点上测得的A声级算术平均值。《工业企业噪声卫生标准》第五条中规定，工业企业的生产车间和作业场所工作地点的噪声标准为85dB（A）。

② 一级气缸排气气温、二级气缸进气气温和排气气温、空压机传动机构润滑油油温的测量，应在其相应部位装有温度表或设有测温处。一级气缸排气气压、二级气缸排气气压、储气罐气压、空压机传动机构润滑油油压的测量，应在其相应部位装有压力表。

③ 3L-10/8型空压机耗油量不超过70g/h；4L-20/8型空压机耗油量不超过105g/h；采用无油润滑的空压机可检查其磨损情况。

④ 活塞式空压机与储气罐之间须装止回阀；压缩机与止回阀之间须装设放散管；储气罐上必须装设安全阀；储气罐与供气总管之间应装设切断阀门。

⑤ 本表适用于活塞式空压机，其他类型空压机可参考本表执行。

2-67　工业泵的完好标准有哪些内容？

答：工业泵的完好标准及考核定分如表2-29所示。

表2-29　工业泵的完好标准

项目	内　容	考核定分
1	技术性能（流量、扬程）达到设计标准或有关规定的要求	18
2	设备运转正常，无过热，无异常振动和不正常噪声	20
3	设备及附属设施（阀门、仪表等）完整无缺	16
4	电动机及电控系统齐全、可靠，接地符合要求	16
5	各阀门启闭灵活、密封良好，无泄漏现象；轴承装置可靠、完好	10
6	润滑、冷却达到要求	10
7	设备无严重腐蚀，基础牢固	10

2-68 制冷设备的完好标准有哪些内容?

答：制冷设备的完好标准及考核定分如表 2-30 所示。

表 2-30 制冷设备的完好标准

项目	内 容	考核定分
1	制冷量基本达到设计要求或满足工艺需要	16
2	各传动系统运转正常，滑动面无严重拉伤、磨损，运行时噪声不超过《工业企业噪声卫生标准》规定	16
3	操作、电气和控制系统工作可靠，安全保护装置齐全，接地措施可靠	16
4	安全阀、压力表、温度表、液位计等装置齐全，灵敏可靠，有定期校验记录	16
5	管道和附件符合技术要求，保温及色标达到要求	10
6	设备运行参数符合技术要求，无超温超压现象，无泄漏现象	10
7	润滑系统工作正常，油标醒目，油质符合要求，冷却系统齐全，运转正常	10
8	设备内外整洁	6

2-69 空调柜（恒温设备）的完好标准有哪些内容?

答：空调柜（恒温设备）的完好标准及考核定分如表 2-31 所示。

表 2-31 空调柜（恒温设备）的完好标准

项目	内 容	考核定分
1	运行基本达到设计要求或满足工艺需要	18
2	通风系统、冷却系统布置合理，运行参数不超过规定值（压力、温度、湿度等）	18
3	主机系统运行正常，无异常声响，运行时噪声不超过《工业企业噪声卫生标准》规定	18
4	各阀门、管系（膨胀阀等）齐全、可靠，无堵塞及泄漏现象，过滤装置符合要求	18
5	自控装置运行可靠，各仪表指示数值正确，并定期进行校验，安全附件完好	18
6	设备外表整洁，油漆明亮	10

2-70 空气调节箱完好标准有哪些内容?

答：空气调节箱完好标准及考核定分如表 2-32 所示。

表 2-32 空气调节箱完好标准

项目	内 容	考核定分
1	运行参数符合设计要求	20
2	通风管道和热水、冷水管道保温良好，安装合理，色标走向醒目	16
3	风阀、水阀及自动调节阀齐全，开闭灵活，淋水喷嘴、滤水器完好齐全，没有堵塞或脱落现象	16
4	过滤器完整，能按时更换，无漏风现象，过滤器后风道及风室清洁	16
5	自控装置的一次仪表灵敏可靠，二次仪表指示准确，执行机构工作可靠	20
6	调节箱外壳保温完好、清洁，无漏风漏水现象	12

2-71 氧气站的完好标准有哪些内容？

答：氧气站的完好标准及考核定分如表2-33所示。

表2-33 氧气站完好标准

项目	内容	考核定分
技术管理	站房内主机与附属设备布置合理，设计符合规范；站房远离有毒或粉尘等车间（间距应符合站房设计规范）	5
	有全厂氧气管道平面布置图，设备出厂技术文件齐全，各种台账、检修记录齐全，运行记录齐全，有出入登记本	5
	有安全操作规程，执行制度好，有交换班制度、保养制度及巡视点检制度等	5
设备	按附表制氧设备规定考核，所得分数按50%作为本项分数	50
经济运行	站房管路系统无泄漏现象	5
	有各种单耗定额指标，执行中不超耗；计量仪器装置齐全，计量基本正确	5
安全生产	各种设备及附属设施有可靠的保护装置，电气线路布置合理，接地良好；消防器材齐全	10
	一年内无设备、人身伤亡事故	5
环境整洁	站房清洁明亮，四周整洁，道路畅通	5
	站房噪声不超过《工业企业噪声卫生标准》的规定	5

制氧设备考核评分表见表2-34。制氧设备按表内规定考核定分来进行，按各项设备完好状况进行评分，然后将各项设备所得分数按50%作为表2-33内设备项得分。

表2-34 制氧设备考核评分表

项目	空压机	膨胀机	纯化器	充氧台	氧压机	分馏塔	储气罐	管路系统及其他
考核评分	15	15	10	5	15	20	10	10

2-72 纯化器的完好标准有哪些内容？

答：纯化器的完好标准及考核定分如表2-35所示。

表2-35 纯化器的完好标准

项目	内容	考核定分
1	吸附周期达到设计要求，压力、温度正常	25
2	设备、管路、阀门不漏水、不漏气，阀门开闭灵活	25
3	外壳接地良好，温度自动控制装置和压力表齐全，灵敏可靠	25
4	外表整洁，无严重积灰、锈蚀和黄袍	25

2-73 空压站的完好标准有哪些内容？

答：空压站的完好标准及考核定分见表2-36所示。

表 2-36 空压站的完好标准

项目	内 容	考核定分
技术管理（15）	站房内设备与附属设施布置合理，符合设计规范，站房远离有毒或粉尘车间，过滤装置使用良好，符合工艺要求①	5
	有压缩空气管道平面布置图，技术文件齐全，各种运行、维修记录齐全	5
	规章制度健全，能认真执行，并有点检及运行记录	5
设备（50）	按空气压缩机完好标准考核，所得分数按50%作为本项的计算分数	50
经济运行（10）	管路系统基本无泄漏，做好废油回收工作	5
	有供气、用气管理制度和单耗定额，计量装置齐全、准确	5
安全生产（10）	各种保护装置齐全可靠，动力线路布置合理、完好，接地良好	5
	有安全操作规程，一年内无人身、设备事故	5
	安全装置、消防器材齐全	5
环保整洁（10）	站房清洁明亮，道路畅通	5
	站房噪声不超过《工业企业噪声卫生标准》规定	5

① 适用于装有工作压力≤0.78MPa的往复活塞式空压机和单机排气量≤$100m^3/min$的压缩空气站；其他类型机组的空压站，可参考本表执行；本表不适用于井下、洞内等特殊场所的空压站。

2-74 空压站房由哪些组成？

答：空压站房的一般站房由机器间、变电配电间、操作监视室、辅助间、贮气罐、计量间等组成。

2-75 常用制氧设备的主要性能有哪些？

答：常用制氧设备的主要性能如表2-37所示。

表 2-37 常用制氧设备的主要性能

项 目	类 型			
	深冷法空分设备			PSA法空分设备
	高压流程	中压流程	低压流程	低压流程
加工空气压力/MPa	6～20	1.2～4	<1	0.29～0.6
氧产量/（m^3/h）	<1000		≥1000	30～1500
氮产量/（m^3/h）	<1000		≥1000	0.25～4000
氧纯度（体积计）（%）	99.2～99.8		99.5～99.6	90～93
氮纯度（体积计）（%）	99.0～99.999		99.99	96～99.5
电耗/[$kW\cdot h/m^3(O_2)$]	1.5～1.7	0.8～1.3	0.42～0.6	—
设备规模类别(按氧产量分类)	小型气体或流体设备		中、大型设备	—

2-76 氧气管路的材质有哪些要求？管材如何选用？

答：在制氧站中，为了将制氧装置各设备连接起来组成一个完整的制氧工艺系统，需要通过装配各种管道来达到此目的。氧气站的管路按输送介质的不同，分空气管、氧气管、氮气管、水管、蒸汽管、油管等。按输送介质压力不同，将导管分为低压管，其工作压力在1.6MPa以下；中压管其工作压力为2.5～6.4MPa；高压管，其工作压力为10～30MPa。按介质温度不同，将其分为常温操作的导管，工作温度在－50℃以上；低温操作的导管，其工作温度在－50℃以下。

管材的选择取决于管内介质的化学性质对管材的特殊要求，如防腐蚀、防锈等；介质工作温度，如在低温下工作要求管材不失其韧性；介质工作压力对管材强度的要求等。

氧气管道一般以选用碳素钢管为主，但由于碳素钢管在低温条件下，特别在低于－40℃时会变脆而失去韧性，故在某些管段上需要用不锈钢管、铜管等。表2-38为氧气管道的管材选用表；表2-39为氧气站输送其他介质的管道管材表；表2-40为氧气管道用法兰；表2-41为输送氧气用各种阀门型号规格；表2-42为氧气管道法兰用垫片。

表2-38　氧气管道的管材选用

敷设方式	氧气工作压力/MPa		
	≤1.57	>1.57～2.94	>2.94
	管　材		
架空或地沟	无缝钢管（GB/T 8162—1999） 电焊钢管（GB/T 14291—2006） 水煤气输送钢管（YB234—63）㊀	无缝钢管 （GB/T 8162—1999）	黄铜管（YB448—71）㊁ 铜管（YB447—71）㊁
直接埋地	无缝钢管（GB/T 8162—1999）		黄铜管（YB448—71）㊁ 无缝钢管（GB/T 8162—1999）

表2-39　氧气站输送其他介质的管道管材

管　材	氮、空气				液氮、液体空气			氨、蒸汽、油、水	
	压力/MPa				压力/MPa			压力/MPa	
	<0.58	0.58～1.58	1.58～2.98	～14.6	<0.58	0.58～15.8	1.58～2.98	<1.58	1.58～2.98
水煤气管(YB234—63)㊀	△							△	
直焊管(GB/T 14291—2006)	△							△	
螺焊管(螺旋缝电焊钢管)	△△	△△	△						
无缝钢管(GB/T 8162—1999)	△△	△	△	△				△△	△
不锈钢管(YB804—70)㊂					△△	△	△		
铜管(YB447—71)㊁					△△	△△	△△		
黄铜管(YB448—71)㊁					△△	△△	△△		

㊀　该标准现行版本不明。现可查到的有关标准为GB/T 8163—1999《输送流体用无缝钢管》。

㊁　该标准现行版本不明。现可查到的有关标准为GB/T 18033—2007《无缝铜水管和铜气管》。

㊂　该标准现行版本不明。现可查到的有关标准为GB/T 14976—2002《流体输送用不锈钢无缝钢管》。

表 2-40　氧气管道用法兰

工作压力/MPa	法兰形式
0.24～0.58	卷边松套法兰
<2.48	钢制平焊法兰
2.48～3.8	钢制对焊法兰
6.3～14.8	钢制对焊或高压螺纹法兰

表 2-41　输送氧气用阀门型号规格

项目	型　号	形式	公称压力/MPa	公称直径/mm
氧气用截止阀	QJT30—12	直通式	2.98	12
	QJT30—18	直通式	2.98	18
	J41W—40T		3.96	40，50，65，80，100
	QJT220—15	直通式	21.6	15
	QJT220—20	直通式	21.6	20
	QJT220—25	直通式	21.6	25
氧气用止回阀	QD120—10	直通式	11.6	10
	QD220—20	直通式	21.6	20

项目	型　号	流量/（m^3/h）	公称压力/MPa		公称直径/mm	
			进口	出口	进口	出口
氧气用减压阀	QD—50	220	14.6	0.58～2.48	1″	1″
	QY11—150/15	100	14.6	0.1～1.48	5/8″	5/8″
	QD—1	80	14.6	0.1～2.48	5/8″	M16×1.5
	QD—6	60	14.6	0.1～1.58	5.5	6
	QY7—260/150	40	25.6	4.8～14.6	2.5	2.5

表 2-42　氧气管道法兰用垫片

工作压力/MPa	垫　片	备　注
≤0.58	橡胶石棉板（JC125—66）⊖ 衬垫石棉板（JC/T 69—2000）	
>0.58～2.48	金属皱纹垫并含有铅粉的石棉绳，石棉在加铅粉前应在300℃下焙烧	法兰密封面采用榫槽式时，可用xE350橡胶石棉板（JC125—66）⊖或二号硬钢纸（QB/T2199—1996）
>2.48～9.8	铝片（退火软化）	法兰密封面采用透镜式时，应采用钢或黄铜制的透镜垫片
>9.8	铜片（退火软化）	

2-77　氧气管道试压要求有哪些？

答： 氧气管道应定期进行强度试验和严密性试验，具体要求如表 2-43 所示。

⊖ 该标准现行版本不明。现可查到的有关标准 GB/T 3985—1995《石棉橡胶板》和 JC/T 67—1982《橡胶石棉盘根》。

强度试验一般采用水压试验。氧气管道试压时，使用的试验介质都应是无油的，水压泵也必须除油。

表 2-43　氧气管道的试压要求

类别	工作压力 p /MPa	强度试验		严密性试验	
		试验用介质	试验压力 /MPa	试验用介质	试验压力 /MPa
氧气管道	>2.98	水	$1.25p$	空气	p
	0.07～2.98	空气	$1.1p$	空气	p
		或水	$1.25p$	空气	p
	<0.07	空气	p	空气	p
空气、氮气及氩气	>2.98	水	$1.25p$	空气	p
	0.07～2.98	空气	$1.1p$	空气	p
		或水	$1.25p$	空气	p
	<0.07	空气	p	空气	p

如以气压来进行强度试验，应按试验压力的20%分级升压；升至所要求的试验压力后，观测5min，如压力不下降，则将压力降至工作压力进行外观检查，无破裂、变形或漏气等情况即认为合格。如以水压来进行试验，升至所要求的试验压力后，观测10min，其余要求同气压试验。

强度试验合格后再进行严密性试验，试验压力升至规定值时，在所有接口处涂皂液检查，并观测24h，如无缺陷且平均每小时漏气率≤1%为合格。

2-78　动力管道的修理周期是多少？

答：动力管道的修理周期如表2-44所示。

表 2-44　动力管道修理周期

名　称	修理周期	备　注
蒸汽管道	2年大修一次	对运行状态较好，维修保养较好的可以每3～4年大修一次
采暖管道	1年大修一次	
乙炔管道	2年大修一次	
压缩空气管道	4年大修一次	室外管道每2～4年油漆一次
给水管道	4年大修一次	1～2年进行一次清理
燃油管道	1年大修一次	半年进行一次清理
氧气管道	1～2年大修一次	
煤气管道	1～2年大修一次	
制冷管道	1年大修一次	

2-79　动力管道大修的内容有哪些？

答: 动力管道大修的内容包括:

1）拆换已坏管道。

2）修理阀门、研磨阀座或更换阀门。

3）修理或更换部分动力接头箱。

4）清洗修理明管（指架空及地上管道）的内外壁和埋地管道的内壁。

5）给支架和管道刷涂面漆。

6）检修蒸汽管保温层及保温外壳。

7）清洗和修理管道各种附件及部件（如汽水分离器等），并进行涂漆。

8）对管道的修理部分必须按规定要求进行强度试验和气密性试验。

2-80　动力管道一般检修内容有哪些?

答: 动力管道一般检修内容包括:

(1）清理管道（明管）的外表。

(2）更换已损坏的法兰衬垫及管件。

(3）检修阀门的密封件及填料。

2-81　节流阀与膨胀机在空分设备中分别起什么作用?

答: 膨胀机是做外功的膨胀，温降效果比节流不做外功膨胀时要大得多。因此，利用膨胀机制冷，无疑地要比利用节流效应制冷效果要好得多。但是，膨胀机的温降效果是温度越高，效果越大；而节流温降效果是温度越低，效果越大。因此，在低温下二者的区别减小。而且，节流阀的结构要比膨胀机简单得多。同时，对液体膨胀来说，采用膨胀机很困难。在空分设备中使用的膨胀机，机内不允许有液体出现，以免产生液体冲击，损坏膨胀机叶片。而液体节流的能量损失小，效果较好。空分塔内的最低温度（－193℃）靠液体节流很容易达到。由此可见，膨胀机与节流阀是各有利弊，即使对大型全低压空分设备来说，也不是单独采用膨胀机，而与节流阀配合起来使用。

2-82　什么是精馏?

答: 对两种沸点不同的物质（例如氧与氮）组成的混合液体在吸收热量而部分蒸发时，易挥发组分氮将较多地蒸发；而混合蒸气在放出热量而部分冷凝时，难挥发组分氧将较多地冷凝。如果将温度较高的饱和蒸气与温度较低的饱和液体互相接触，则蒸气将放出热量给饱和液体。蒸气放出热量将部分冷凝，液体将吸收热量而部分蒸发。蒸气在部分冷凝时，由于氧冷凝得较多，所以蒸气中的低沸点组分（氮）的浓度有所提高。液体在部分蒸发过程中，由于氮较多的蒸发，使液体中高沸点组分（氧）的浓度有所提高。如果将进行了一次部分蒸发和部分冷凝后氮浓度提高的蒸气及氧浓度较高的液体再分别与温度不同的液体及蒸发气进行接触，再次发生部分冷凝及部分蒸发，使得蒸气中的氮浓度及液体中的氧浓度将进一步提高。这样的过程进行多次，使得蒸气中的氮浓度越来越高，液体中的氧浓度越来越高，最终达到氧氮的分离。这个过程就是精馏。

概括地说，精馏是利用两种物质的沸点不同，多次地进行混合蒸气的部分冷凝和混合液体的部分蒸发过程，来实现分离的目的。

2-83　为什么精馏塔塔体歪斜会影响精馏效率？

答：在制造精馏塔时，各块塔板的平行度都有一定要求。在安装时，只有保证塔体垂直，才能保证各块塔板有良好的水平度。如果塔体歪斜、塔板就不能保持水平，必然造成塔板上液层厚薄不均。液层厚的地方，阻力就大，气体通过的就少；液层薄的地方阻力就小，气体通过就多。这样一来，轻则造成不均匀鼓泡，重则局部产生漏液。不均匀起泡也就是有的地方鼓泡，有的地方不鼓泡。在气体大量通过（也就是鼓泡）的地方气流速度大，气液接触时间减少；而不鼓泡的地方，没有热质交换。由于气液接触的面积和时间都减少了，因而精馏效率降低，使产品纯度降低。可能局部产生漏液将严重地影响精馏效果和产品纯度。根据安装规范要求，当塔高小于10m时，塔体垂直度不得大于5mm；高度大于10m时，垂直度不得大于10mm。

2-84　冷凝蒸发器在空分中起什么作用？

答：精馏过程必须有上升蒸气和下流液体。冷凝蒸发器是联系上、下塔的纽带，它用于液氧和气氮之间进行热交换。液氧来自上塔底部，在冷凝蒸发器内吸收热量（气氮冷凝放出的潜热）蒸发为气氧，其中一部分作为产品气氧送出，而大部分（70%～80%）供给上塔作为精馏用的上升蒸气。气氮来自下塔上部，在冷凝蒸发器内放出热量而冷凝成液氮，供给上塔和下塔作为回流液，参与精馏过程。因此，冷凝蒸发器是精馏系统中必不可少的重要换热设备。它工作的好坏关系到整个空分设备的动力消耗和正常生产，所以要正确操作和维护好冷凝蒸发器。

2-85　为什么主冷凝蒸发器传热面不足会影响氧产量？

答：主冷传热面不足，主冷热负荷就要降低，即传热量减小，因此液氧蒸发量就要减少，气氮冷凝量也相应减少，下塔进气量就要减少，空气吹不进，氧产量随之要降低。

此外，当主冷传热面不足时，要保证一定的热负荷，势必会提高下塔的压力。根据空压机的特性，随着排气压力的升高，气量也会减少，从而影响到氧产量。

2-86　什么是无润滑压缩机？

答：在压缩机的活塞与气缸，填料函与活塞杆之间，采用自润滑材料做活塞环、托瓦和填料环，不另设气缸和填料部分的油（或其他润滑剂）润滑系统，此类压缩机称为无润滑压缩机。自润滑材料本身具有良好的润滑性能，我国常采用的有：石墨、聚四氟乙烯塑料、尼龙制品及喷涂或浸渍二硫化钼等。

无润滑压缩机特别适用于当压缩气体不能与油接触的情况和压缩机使用条件受到一些特殊限制时。在制氧机中用于：

1）防止压缩气体与油接触会引起爆炸的氧气压缩机。

2）防止压缩气体中含油会造成使用压缩气体部分发生故障的仪表空气压缩机。

2-87　为什么氧压机中凡与氧气接触的零部件大多用铜或不锈钢？

答：纯净的氧气有着强烈的氧化作用，特别是在压缩过程中温度比较高的条件下，与氧气接触的零部件更容易被氧化而锈蚀。锈蚀不仅对零部件是一种不可允许的损坏，而且锈蚀后容易有铁锈层剥落，在氧气气流的冲击下产生火花，引起着火和爆炸事故。因此，氧压机中凡与氧气接触的零部件均应该采用耐氧化性能强的不易产生火花的铜材或不锈钢制作。

2-88　空分塔内管路安装应注意什么？

答：当空分塔由常温转到低温时，经常出现管道拉裂，阀门卡住等现象。其原因主要是安装预应力过大及冷补偿不好。为减少安装预应力及冷变形应力，安装中应做到：

1）配管时一般应先大后小，先难后易，小管让大管，热管让冷管。

2）当容器、阀门定位后，按实际情况配制管道，当阀门与管道连接焊口错位过大时，不要勉强安装。

3）据现场经验，一般每道焊口冷却后约冷缩 1.5mm 左右。为此，凡与阀门、容器联结法兰处的安装焊口可视具体情况，在焊前将连接法兰不加垫片而拧紧法兰螺栓，待焊后才加进垫片，这样可降低螺栓预紧力及管道应力。

4）将阀门吊架改成刚性支架，可防止管道冷缩时阀门产生位移而造成阀杆变形。

5）在安装、查漏中要避免将小管和阀杆当脚手架踩。

2-89　安装管道时有的管道为什么要加膨胀节？

答：空分设备的温度变化很大，从常温降至 －190℃。温度的变化会引起管道的热胀或冷缩。由于固定端的约束，限制了自由伸缩的可能性，这时便产生应力。如果应力超过了材料的强度极限，管道就有断裂的危险，所以在管路的设计中要考虑冷热的补偿问题，加膨胀节就是补偿措施之一。

2-90　在检修设备进行焊接时应注意什么？

答：当空分设备停车检修，需要动火进行焊接时，应注意下列问题：

1）对有其他空分设备尚在生产的车间，如需要动明火，应得到上级的批准，并化验现场周围的氧浓度，加强消防措施。当焊接场所的氧含量高于 23% 时不能进行焊接。

2）对有气压的容器，在未卸压前不能进行烧焊。

3）对未经彻底加温的低温容器，不许动火修理。以免产生过大的热应力或无法保证焊接质量。严重时，如有液氧、气氧泄去，还可能引起火灾。

2-91　在接触氧气时应注意什么？

答：在接触氧气时应注意的安全有：

氧气是一种无色、无嗅、无味的气体。它是一种助燃剂。它与可燃性气体（乙炔、甲烷等）以一定比例混合，能形成爆炸性混合物。当空气中氧含量增加到25%时，已能激起活泼的燃烧；达到27%时，火星将发展到活泼的火焰。所以在氧气车间和制氧装置周围要严禁烟火。当衣服被氧气饱和时，遇到明火即迅速燃烧。特别是沾染油脂的衣服遇氧可能自燃。因此，被氧气饱和的衣服应到室外通风稀释。

2-92　在接触氮气时应注意什么？

答：在接触氮气时应注意的安全有：

氮气为无色、无味、无嗅的惰性气体。它本身对人体无甚危害，但空气中氮含量增高时，减少了其中的氧含量，使人呼吸困难。若吸入纯氮气时，会因严重缺氧而窒息以致死亡。

为了避免车间内空气中氮含量增多，不得将制氧装置内的氮气排放于室内。在有大量氮气存在时，应戴氧气呼吸器。检修充氮设备、容器和管道时，需先用空气置换，分析氧含量合格后方允许工作。在检修时，应对氮气阀门严加看管，以防误开阀门而发生人身事故。

2-93　在排放低温液体时应注意什么？

答：液氧和富氧液空都能助燃，所以不得在车间内（或周围）任意排放液体，应通过管道排放到专门的液氧坑中。

在液氧排放坑中应保持清洁，严禁有有机物或油脂等积存。在排放液体时，周围严禁动火。

低温液体与皮肤接触，将造成严重冻伤。轻者皮肤形成水泡、红肿、疼痛；重者将冻坏内部组织和骨关节。所以在排放时应避免用手触及液体，必要时应戴上干燥的棉制手套，以防溅伤。

2-94　在现场试压时应注意什么？

答：在现场作气压试验主要是检查其气密性，一般不应发生事故。但是，有的单位因思想上不重视，结果造成了严重的设备和人身事故。在试压时应注意下列问题：

1）严禁用氧气作为试压气源。

2）对试压后不再脱脂的忌油设备，应用清洁无油的试压气源。

3）对试压用的压力表应经校验，予以铅封方得使用。试压前应仔细检查压力表阀是否已经打开。

4）试压时，不能对试压容器用锤敲击。

5）试压时，不能拆卸螺钉。

2-95　在使用脱脂剂时应注意什么？

答：管道和设备的脱脂溶剂通常采用四氯化碳或二氯乙烷。二者均具有毒性。但因二氯乙烷还有燃烧和爆炸的危险，所以最常用的溶剂是四氯化碳。

四氯化碳对人体是有毒的。它是脂肪的溶剂，有强有力的麻醉作用，且易被皮肤吸收。四氯化碳中毒能引起头痛、昏迷、呕吐等症状。四氯化碳在500℃以下是稳定的。在接触到烟火，温度达500℃以上时，四氯化碳蒸气与水蒸气化合可生成光气。在常温下四氯化碳与硫酸作用也能生成光气。光气是剧毒气体，极其微量也能引起中毒。此外，四氯化碳与碱发生化学反应，因生成甲烷而失效。所以在使用四氯化碳脱脂应注意以下几点：

1）脱脂应在露天或通风良好的地方进行，工作人员应有防毒保护措施，戴多层口罩和胶皮手套。浓度大时要戴防毒面具。

在连续工作8h的情况下，空气中的四氯化碳含量不得超过50mm/m^3。

2）脱脂现场严禁烟火。

3）溶剂严禁与强酸接触。

4）溶剂应保存在密封的容器内，不得与碱接触，以防变质。

2-96　空分设备如何选用？选用时应注意什么？

答：空分设备的选用，国内外都以成套供货为主，除空分设备、膨胀机管路、阀门外，供货范围还包括配套的空气压缩机、氧压机、氮压机等。所以，在供货时必须将空分设备的主体设备、配套设备的技术资料（使用说明书）、备件等齐全，便于用户管理、维护方便。

选用成套空分设备时应注意以下几点：

1）当小时平均用氧量已确定的情况下，选择单套大型空分设备时，应考虑设置液体和气体贮存设备。若选择两套或两套以上的空分设备并联供氧时，最好规格相同，以便于检修和运行管。

2）成套空分设备的年作业率，小型空分设备的年作业率应为90%～92%，大、中型空分设备的年作业率应达到95%左右。

3）建设地区自然条件对空分设备的影响。对于在高原、高温地区选用成套空分设备时，应核算空气压缩机的排气量 V_K（m^3/min）。核算公式如下：

$$V_K = KV_{K,j}$$

$$K = \frac{p_1 - \phi_1 p_{b1}}{p_j - \phi_j p_{bj1}} \frac{T_j}{T_1}$$

式中　$V_{K,j}$——空气压缩机设计条件下的流量（m^3/min），可从空气压缩机特性曲线查得，折算成标准状态下的体积流量；

V_K——实际条件下折算成标准状态的体积流量（m^3/min）；

K——换算系数；

p_j、p_1——空气压缩机设计及实际条件下的吸气压力（Pa）；

T_j、T_1——空压机设计及实际条件下吸入空气的温度（K）；

ϕ_j、ϕ_1——设计及实际条件下吸入空气的相对湿度（%）；

p_{bj1}、p_{b1}——给定及实际条件下吸入空气中的饱和水蒸气分压力（Pa）。

氧气产量的核算式为

$$V_{O_2}=V_{O_2,j}\frac{V_K\cdot 60}{V_{K,j}}$$

式中　V_{O_2}——实际氧气产量（m^3/h）；

$V_{O_2,j}$——设计氧气产量（m^3/h）；

V_K——空压机实际排量（m^3/h）；

$V_{K,j}$——设计工况下的加工空气量（m^3/h）。

大、中型空分设备质量的分等指标如表 2-45 所示。

表 2-45　空分设备质量指标分等

<table>
<tr><th colspan="2" rowspan="2">性能指标</th><th rowspan="2">单位</th><th colspan="6">产品等级</th></tr>
<tr><th colspan="2">优等品</th><th colspan="2">一等品</th><th colspan="2">合格品</th></tr>
<tr><td colspan="2">产品氧、氮产量</td><td>m^3/h</td><td colspan="6" rowspan="4">不得低于合同规定值</td></tr>
<tr><td colspan="2">产品氧纯度</td><td>%</td></tr>
<tr><td colspan="2">产品氮纯度</td><td>%</td></tr>
<tr><td colspan="2">氩稀有气体产量、纯度</td><td>m^3/h、%</td></tr>
<tr><td colspan="2">运转周期</td><td>年</td><td colspan="2">≥2</td><td colspan="4">≥1</td></tr>
<tr><td rowspan="3">振动</td><td>透平压机机壳</td><td>mm/s</td><td colspan="2">≤6</td><td colspan="2">≤6.2</td><td colspan="2">≤6.3</td></tr>
<tr><td>透平压机主轴</td><td>μm</td><td colspan="6">$\leqslant 25.4\sqrt{\frac{12000}{n}}+6$</td></tr>
<tr><td>活塞压缩机</td><td>μm</td><td colspan="2">≤80</td><td colspan="2">≤80</td><td colspan="2">≤80</td></tr>
<tr><td colspan="2">投表率</td><td>%</td><td colspan="2">≥99</td><td colspan="2">≥98</td><td colspan="2">≥95</td></tr>
<tr><td colspan="2">噪声、单元机组</td><td>dB（A）</td><td colspan="2">≤95</td><td colspan="2">≤100</td><td colspan="2">≤100</td></tr>
<tr><td rowspan="3">单位氧产量电耗</td><td rowspan="2">设备容量
/($m^3\cdot h^{-1}$)</td><td rowspan="2"></td><td>Ⅰ/Ⅱ</td><td>Ⅲ/Ⅳ</td><td>Ⅰ/Ⅱ</td><td>Ⅲ/Ⅳ</td><td>Ⅰ/Ⅱ</td><td>Ⅲ/Ⅳ</td></tr>
<tr><td colspan="6">≤</td></tr>
<tr><td>1000</td><td>$kW\cdot h/m^3$</td><td>0.655/0.72</td><td></td><td>0.675/0.73</td><td></td><td>0.707/0.74</td><td></td></tr>
</table>

（续）

性能指标		单位	产品等级					
			优等品		一等品		合格品	
单位氧产量电耗	1500	kW·h/m³	$\frac{0.624}{0.65}$		$\frac{0.634}{0.68}$		$\frac{0.645}{0.70}$	
	3200		$\frac{0.60}{0.62}$	$\frac{0.55}{0.528}$	$\frac{0.615}{0.63}$	$\frac{0.60}{0.58}$	$\frac{0.624}{0.641}$	$\frac{0.615}{0.60}$
	4500		$\frac{0.534}{0.54}$	$\frac{0.52}{0.51}$	$\frac{0.56}{0.58}$	$\frac{0.54}{0.518}$	$\frac{0.603}{0.62}$	$\frac{0.595}{0.575}$
	6000		$\frac{0.524}{0.535}$	$\frac{0.51}{0.485}$	$\frac{0.541}{0.56}$	$\frac{0.537}{0.515}$	$\frac{0.562}{0.58}$	$\frac{0.556}{0.534}$
	10000		$\frac{0.50}{0.51}$	$\frac{0.48}{0.458}$	$\frac{0.53}{0.55}$	$\frac{0.525}{0.504}$	$\frac{0.541}{0.572}$	$\frac{0.538}{0.526}$
	15000			$\frac{0.45}{0.432}$		$\frac{0.46}{0.441}$		$\frac{0.47}{0.45}$
	30000		$\frac{\ }{0.44}$	$\frac{0.42}{0.403}$	$\frac{\ }{0.452}$	$\frac{0.433}{0.415}$	$\frac{\ }{0.46}$	$\frac{0.44}{0.424}$

注：1. 噪声采用隔音措施后应达到国家有关规定。

2. 按国际惯例、单位氧电耗可比表中额定值增加4%。

3. 透平主轴振动按表中公式计算，其中 n 为透平压缩机主轴转速（r/min）。

4. 空分装置按流程分为四类：

Ⅰ—带切换式换热器全低压流程；

Ⅱ—分子筛吸附流程；

Ⅲ—带分子筛增压流程；

Ⅳ—带分子筛增压填料上塔全精馏制氩流程。

2-97 空分设备常用的金属材料有哪些？

答：空分设备常用的金属材料如表2-46所示。

表2-46 空分设备常用的金属材料

材料牌号	材料状态	一般用途
T_2	管材	换热器盘管、列管、塔内管道
T_3	管材、板材	换热器盘管、列管、塔内管道、塔筒壳
TL_2	管材	蓄冷器盘管
H62	管材、板材、棒材	容器筒材、冷凝蒸发器锥体及外筒、管板、塔板、阀杆套管、法兰、中心管、螺栓、螺母
HPb59-1	板材、棒材	管板、集合器、管接头、螺栓、阀体、阀盖
HFe59-1-1	铸、锻件	管板、法兰、阀座、集合集
HSi180-3	铸件	钢体、阀盖、泵壳
LF_2	板材、管材	塔筒、封头、塔板、塔内管道、法兰
LF21	板材、管材	板式换热器翅片、导流片、封条（LF21-R）

（续）

材料牌号	材料状态	一 般 用 途
2Cr13	棒材、板材、铸件	阀杆、法兰、液氧泵中间体
3Cr13	板材、棒材	阀杆、垫片、键、销
1Cr18Ni9	板材、棒材、铸件	法兰、螺栓、螺母、膨胀机中间体
1Cr18NiTi	板材、管材	容器、换热管
16MnRe	板材	蓄冷器上部壳体、封头法兰
10 钢或 20 钢	管材	换热器中心管、卡箍

第3章　KDONAr-2000/1200/60型空分设备的结构、使用与维修

3-1　KDONAr-2000/1200/60型空分设备的技术规格包括哪些内容？

答： 1. 加工空气量：

空压机排气量：17000m^3/h（101.3kPa、0℃，干空气）

空压机排气压力：620kPa；

空压机排气温度：<100℃。

2. 产品指标：见表3-1。

表3-1　KDONAr-2000/1200/60型空分设备产品指标

产品名称	产量	纯度	出冷箱压力/MPa
氧气	1500m^3/h	≥99.6% O_2	0.012
液氧	500m^3/h	≥99.6% O_2	0.04
氮气	1200m^3/h	≤$10\times10^{-6}O_2$	0.01
液氩（设计）	60m^3/h	≤$2\times10^{-6}O_2$≤$3\times10^{-6}N_2$	0.04

注：液体产品为折合气态后的数据。

3. 运转周期（二次大加温间隔时间）：两年以上。

4. 装置加温解冻时间：约36h。

5. 装置启动时间（从膨胀机起动到氧气纯度达到指标）：约36h。

6. 装置变负荷能力：80%～105%。

3-2　KDONAr-2000/1200/60型空分设备成套装置由哪些部分组成？

答： KDONAr-2000/1200/60型空分设备成套装置由以下几部分组成：

1. 离心式空气压缩机组：含主机底座、主电动机、轴齿轮、油封、轴承、联轴器、蜗壳、叶轮、齿轮（轴）、防喘振装置，中间冷却器、润滑油装置，消声器等。

2. 预冷系统：含填料式水冷塔和空冷塔，过滤器、水分配器、冷却水泵及冷冻水泵，调节阀门及就地仪表等。

3. 分子筛纯化系统：含两只吸附筒、切换蝶阀、加热器、消声器。

4. 增压透平膨胀机系统：含主机两套、底座、喷嘴调节机构，过滤器、供油装置、后冷却器，波纹管伸缩节、紧急切断阀及其他阀门等。

5. 分馏塔系统：主要指冷箱内及其上面的设备，其中有铝板翅式主换热器、上下精馏塔、主冷凝蒸发器，两个粗氩塔、粗氩冷凝蒸发器、精氩塔，两台离

心式粗氩泵，各种相关阀门。

6. 液氧、液氮储供系统（部分是使用中增添的）：两个 $50m^3$ 低压液氧贮槽、两个 $30m^3$ 和一个 $15m^3$ 中压液氧贮槽、$10m^3$ 液氮和液氩贮槽各一台，两台旋转式液氧转注泵、一台柱塞式高压液氧泵、两台柱塞式高压液氩泵和一台柱塞式高压液氮泵，两组 $3500m^3/h$ 和一组 $1000m^3/h$ 中压液氧汽化器、一台 $500m^3/h$ 高压液氧汽化器、$300m^3/h$ 高压液氩和液氮汽化器各一台。

7. 气氧压缩系统：$20m^3$ 中压氧气缓冲罐、三台 2LY-9.2/20 和一台 ZW-9.7/20 中压氧压机、一台 ZW-3.47/165 高压氧压机等组成。

8. 电控、仪控系统：主要由高压柜、低压抽屉柜、就地电操作柜，机傍仪表柜，DCS 集散控制系统，氧、氮、氩等各分析仪器，调节阀等组成。

3-3　KDONAr-2000/1200/60 型空分设备工艺流程是怎样的？

答：KDONAr-2000/1200/60 型空分设备工艺流程参见图 3-1。

3-4　KDONAr-2000/1200/60 型空分设备工艺流程如何？

答：空气通过空气过滤器，除掉空气中的微金属颗粒和灰尘杂质后，进入 SVK20—3S 型透平空气压缩机进行 1～3 级压缩和冷却，获得 0.5MPa 的常温带压气体。后续设备未起动时，带压空气通过空压机末级防喘振阀后全部放空。后续设备正常起动后，带压气体进入预冷系统，与来自冷却水泵和冷冻水泵的冷却水和冷冻水进行热交换，气体温度达到工艺要求后，进入分子筛纯化器清除空气中的乙炔、二氧化碳和水蒸气，获得干燥、洁净的加工空气。空气流出分子筛纯化器后分五路进入后续设备。一路经 V-1216 阀返回空气过滤器作反吹气体；一路作为密封气；一路经 V-1215 阀作为膨胀机加热气体（膨胀机不加温时应关闭此路）；一路进入主换热器，经换热后，直接进入下塔底部，正常工况下，液空在蒸发器聚集，蒸气沿塔板上升，作为下塔上升蒸气参与精馏；另一路进入增压机，将空气压力从 0.5MPa 增压到 0.8MPa 进入主换热器，通过 V-1 中抽、V-2 底抽协调膨胀机前温度后，进入透平膨胀机，将加工空气压力膨胀到 0.04～0.05MPa，进入上塔中部作为上升蒸气，参与上塔精馏。

聚集在下塔底部蒸发器内的液空，一部分经过冷器进一步冷凝后经液空调节阀 LCV-1，进入上塔上段作为回流液；一部分经液空进粗氩Ⅱ冷凝蒸发器液位调节阀 LCV-702 进入粗氩Ⅱ冷凝蒸发器作为冷源，经再次冷凝后，通过 V-701 液空出口阀返回上塔中部作为回流液，参与上塔精馏。

下塔顶部的液氮，一路经过冷器进一步冷凝后，通过液氮调节阀 HV-1 进入上塔顶部作为上塔回流液；另一路经过冷器后，HV-1 阀前经液氮液位调节阀 LCV-704 进入纯氩塔冷凝蒸发器作为冷源，被蒸发后，经氮气出纯氩冷凝蒸发器压力调节阀 PCV-704 返回与上塔抽出的污氮气汇合一同排出塔外，另作他用；再一路经液氮回流阀 V-5 返回下塔作为下塔回流液参与下塔精馏；聚集在下塔

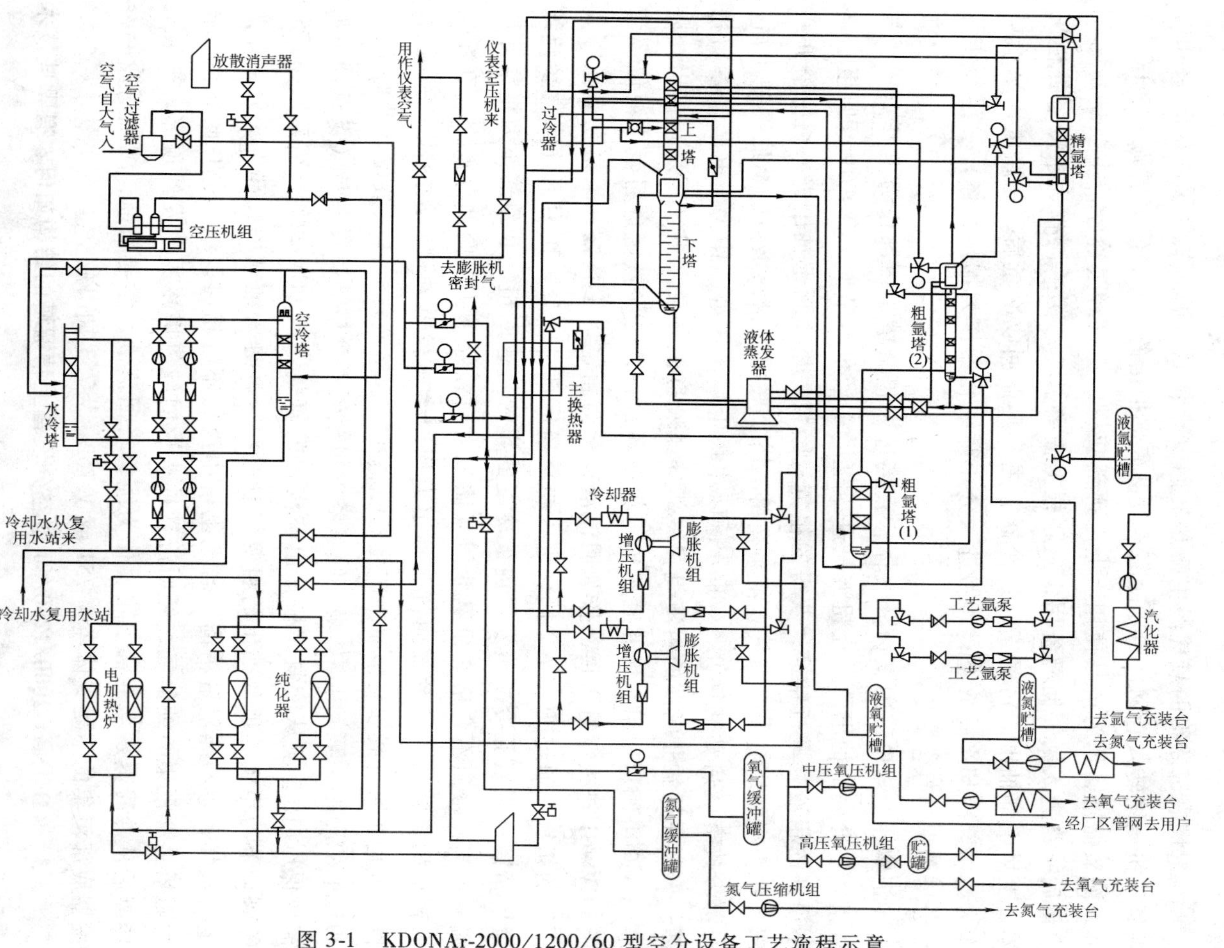

图 3-1　KDONAr-2000/1200/60 型空分设备工艺流程示意

顶部的氮气，直接进入纯氩塔底部蒸发器，因蒸发液氩中的氮组分而被冷凝成液体，后经液氮出蒸发器调节阀 HV-701，与下塔液氮管道汇合作为上塔回流液。

在上塔底部获得的氧气经主换热器回收冷量后，进入氧气缓冲罐 SV-1401，供氧压机压缩转入管网使用。冷凝蒸发器底部抽出的液氧，经液氧调节阀 LCV-2 进入液氧储槽，作为产品使用。上塔顶部获得的氮气经过冷器，主换热器回收冷量后一路进入氮气储槽备用，一路根据需要放空，另一路作为水冷塔补偿气体。上塔上部抽出的污氮气经过冷器、主换热器回收冷量后，一路进入水冷塔作为冷源，冷却水后放空；一路进入分子筛纯化器作为加热气体；一部分作为空分塔的保护气体。

汇集在上塔中部的氩馏分气体，直接进入粗氩塔Ⅰ下部作为上升蒸气，与从粗氩塔Ⅱ底部抽出的，经粗液氩进粗氩塔Ⅰ液位调节阀 LCV-701 返回粗氩塔Ⅰ顶部的粗液氩进行精馏，获得的粗氩气经粗氩塔Ⅰ顶部抽出进入粗氩塔Ⅱ底部，作为粗氩塔Ⅱ上升蒸气；汇集在粗氩塔Ⅰ底部的富氧液空，从底部抽出后，一部分放空（启动初期），一部分返回主塔上塔 1/3 处，作为上升蒸气参与精馏；聚集在粗氩Ⅱ底部的粗液氩，一部分经液氩循环泵（甲、乙泵）抽出，通过 PCV-701 阀返回粗氩塔Ⅱ底部进行小循环；一部分经液氩进粗氩Ⅰ液位调节阀 LCV-701 进入粗氩Ⅰ顶部作为回流液，参与粗氩塔Ⅰ精馏；聚集在粗氩塔Ⅱ顶部的粗氩气通过 FCV-702 阀，进入粗氩塔底部 1/3 处，作为上升蒸气参与纯氩塔精馏；粗氩Ⅱ冷凝蒸发器内被冷凝的粗液氩返回粗氩Ⅱ颈部作为粗氩Ⅱ回流液；当粗液氩不合格或粗氩Ⅱ回流比过大时，经 V-711 阀部分放空；在粗氩Ⅱ颈部的粗氩气，经颈部回流管抽出返回冷凝蒸发器顶部，经冷凝成液氩后，作为粗氩Ⅱ回流液参与精馏；在纯氩塔底部的合格液氩经液氩液位调节阀 LCV-703 进入液氩储槽待用。如果，纯氩塔中粗氩气不合格需要置换时（设备停运后需要保压时），应从液氩储槽抽出被汽化的氩气，经 PCV-2201、V-757、V-756 等阀调节与粗氩Ⅱ顶部抽出的粗氩气管路汇合，进入纯氩塔底部 1/3 处，作为上升蒸气，参与纯氩塔精馏。若纯氩塔中液氩不合格时，经 V-770 阀放空；在纯氩塔上部汇集的纯氩气，经回流管抽头返回纯氩塔冷凝蒸发器顶部，被液氮冷凝后从冷凝蒸发器底部引出，作为纯氩塔回流液，参与精馏；纯氩塔冷凝蒸发器底部汇集的不凝气体经 V-751 或 V-752、V-753 抽出放空。

3-5　KDONAr-2000/1200/60 型空分设备上精馏塔的结构如何？有哪些技术要求？

答：结构如图 3-2 所示。

上精馏塔技术要求有：

1. 上精馏塔的制造、检验和验收符合 JB/T 4734—2002《铝制焊接容器》及

JB/T 2549—1994《铝制空气分离设备制造技术规范》的规定。

2. 容器A、B类焊接接头应进行100%射线检测，符合JB/T 4730—2005《承压设备无损检测》的Ⅱ级要求，筒体与筒体、筒体与接管之间的角焊缝应100%渗透检测，符合JB/T 4730—2005的Ⅰ级要求。

3. 制造完成后，容器上下段分别采用卧式试压，试压介质为干燥清洁的空气或氮气，以0.104MPa进行气压试验；然后降至0.09MPa进行气密性试验，试验方法参照《压力容器安全技术监察规程》。

4. 塔板制作及安装后的平整度、水平度要求，塔体轴线的直线度偏差要求应符合JB/T 2549—1994和HKB8-16—1999《铝制精馏塔制造技术条件》的相关要求。

5. 填料及附件的安装要求参照HKB8-16—1999。

6. 修理或制造时主体焊接材料用SAlMg5。

7. 所有零部件在安装前或修理后应酸洗去油，清洁度符合JB/T 6896—1993《空气分离设备表面清洁度》的相关要求。安装过程中应防止零部件的再污染，污染的零部件应重新清洁并符合要求。

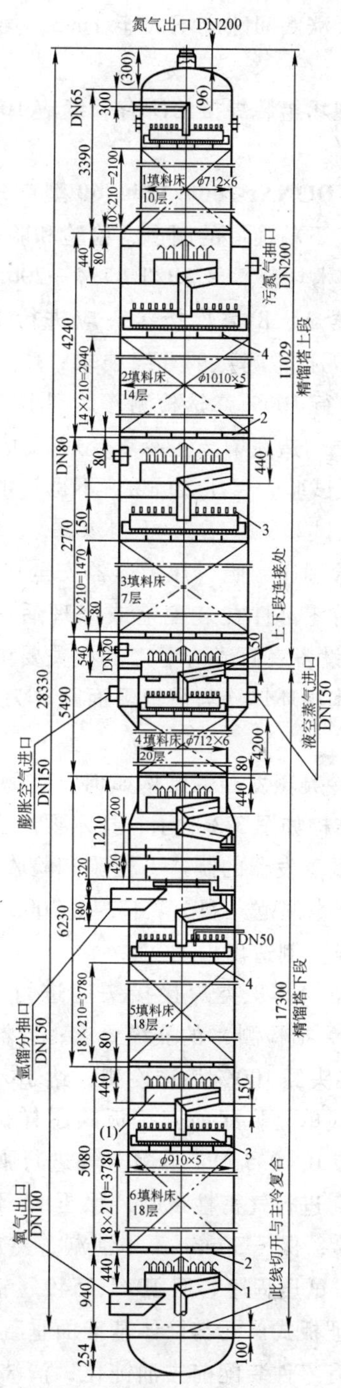

图3-2　上精馏塔结构示意图

1—液体收集器　2—支撑格栅　3—液体分配器　4—填料压圈

8. 塔板涨圈间隙应不大于 1mm，第四块塔板上的螺母旋紧后应相互锁紧，以防松动。

9. 对现场组装焊接的所有焊缝应 100% 渗透检测，符合 JB/T 4730—2005 的Ⅰ级要求。

3-6 KDONAr-2000/1200/60 型空分设备下精馏塔有哪些技术要求？

答：1. 下精馏塔的制造、检验和验收符合 JB/T 2549—1994《铝制空气分离设备制造技术规范》及 JB/T 4734—2002《铝制焊接容器》的规定。

2. 容器 A、B 类焊接接头应进行 100% 射线检测，达到 JB/T 4730—2005《承压设备无损检测》的Ⅱ级要求；C、D 类焊接接头和无法进行射线检测的焊接接头应进行 100% 渗透检测，达到 JB/T 4730—2005 的Ⅰ级要求。

3. 容器制造完毕与主冷复合后，用干燥清洁的空气或氮气，以 0.69MPa 表压进行气压试验，保压 30min，不得有明显变形及渗漏，然后降至 0.6MPa 表压进行气密性试验，保压 2h 不得渗漏。

4. 试验程序参照《压力容器安全技术监察规程》。

5. 所有零部件在装配前或修理后必须去油，清洁度符合 JB/T 6896—1993《空气分离设备表面清洁度》的相关要求。

6. 筒体拼环焊缝与塔板平面距离为 90mm，其加强螺母旋紧后应铆牢，以防松动。

3-7 冷凝蒸发器的结构如何？有哪些技术要求？

答：结构如图 3-3 所示，技术要求有：

1. 冷凝蒸发器的制造、检验和验收是按照 JB/T 2549—1994《铝制空气分离设备制造技术规范》、JB/T 4734—2002《铝制焊接容器》和《压力容器安全技术监察规程》制造出厂的。

2. 容器 A、B 类焊接接头应进行 100% 射线检测，达到 JB/T 4730—2005《承压设备无损检测》的Ⅱ级要求；容器 C、D 类焊接接头和无法射线检测的 A、B 类焊接接头经 100% 渗透检测，达 JB/T 4730—2005 的Ⅰ级要求。

3. 板式单元装配前需按板式图样试压，合格后再装配，容器制造完毕后，通道Ⅰ先以 0.1035MPa 干燥空气进行强度试验，保压 30min 不得泄漏，然后降到 0.09MPa 进行气密性试验，保压 1h 不得泄漏；通道Ⅱ以 0.69MPa 干燥空气进行强度试验，保压 30min 不得泄漏，然后降到 0.6MPa 进行气密性试验，保压 1h 不得泄漏，试压程序参照 JB/T 2549《铝制空气分离设备制造技术规范》。

4. 保证板式单元与筒体基准面垂直，并保证同度。

5. 所有零件装配前去油钝化，清洁度符合 JB/T 6896—1993《空气分离设备表面清洁度》的相关要求，安装或修理过程中应防止零部件的再污染，再污染的零部件应重新清洁并符合要求。

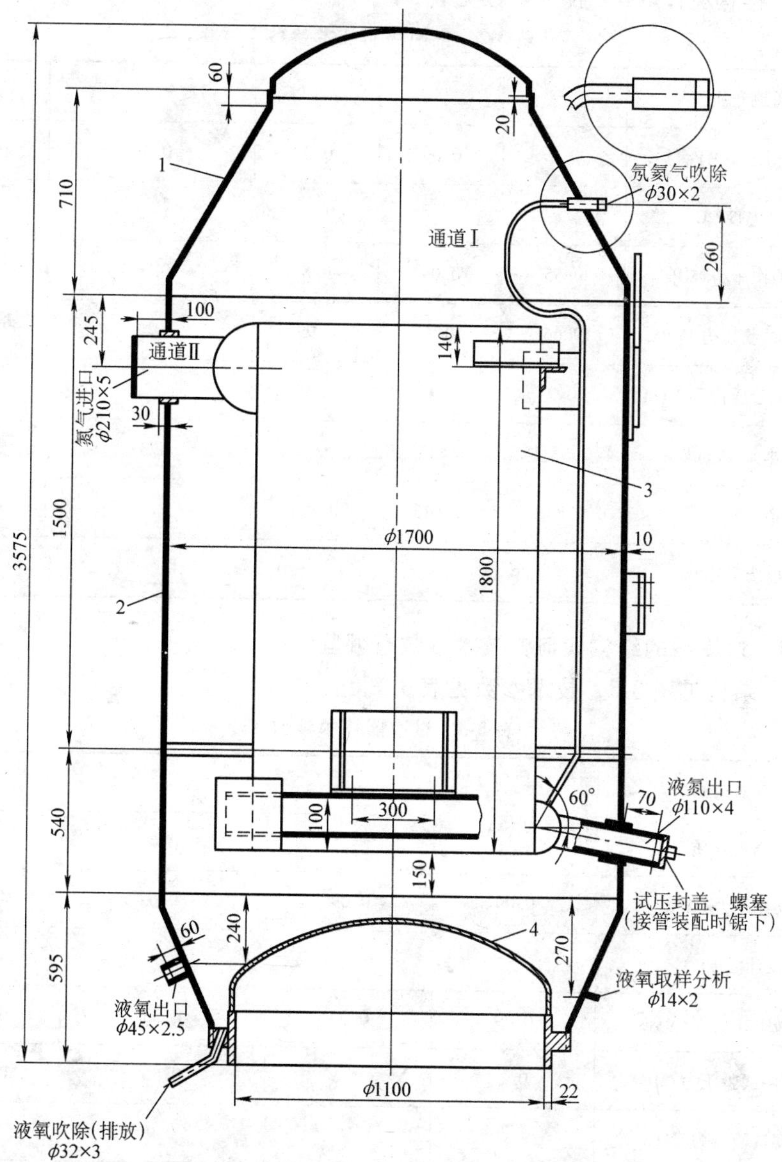

图 3-3　冷凝蒸发器结构示意图

1—上锥体　2—筒体　3—主冷板式单元　4—下封头

6. 修理或装配完毕后吹干内外表面，去除污物。

3-8 主换热器的结构如何？技术参数有哪些？

答：结构见图3-4，技术参数见表3-2。

表3-2 主换热器技术参数

通道介质	空气	氮气	膨胀气	污氮气/返流气	氧气
设计压力/MPa	0.6	0.09	0.9	0.09	0.09
设计温度/℃	+50				
最高工作压力/MPa	0.55	0.09	0.8	0.09	0.09
气密性试验压力/MPa	0.66	0.2	0.99	0.2	0.2
强度试验压力/MPa	0.9	—	1.35	—	—
换热面积/m^2	1665.1	1225	1242	4737	653
通道容积/m^3	0.878	0.646	0.821	2.50	0.345
焊接接头系数	0.7				

3-9 过冷器的结构如何？技术参数有哪些？

答：结构见图3-5，技术参数见表3-3。

表3-3 过冷器技术参数

容器类别	一类			
通道介质	氮气	污氮	液空	液氮
设计压力/MPa	0.09	0.09	0.6	0.6
设计温度/℃	50			
最高工作压力/MPa	0.09	0.09	0.55	0.55
气密性试验压力/MPa	0.2	0.2	0.55	0.55
强度试验压力/MPa	—	—	0.9	0.9
通道层数	16	24	22	22
换热面积/m^2	176.4	264.6	20.34	61.82
通道容积/m^3	0.09	0.14	0.01	0.04
焊接接头系数	0.7			

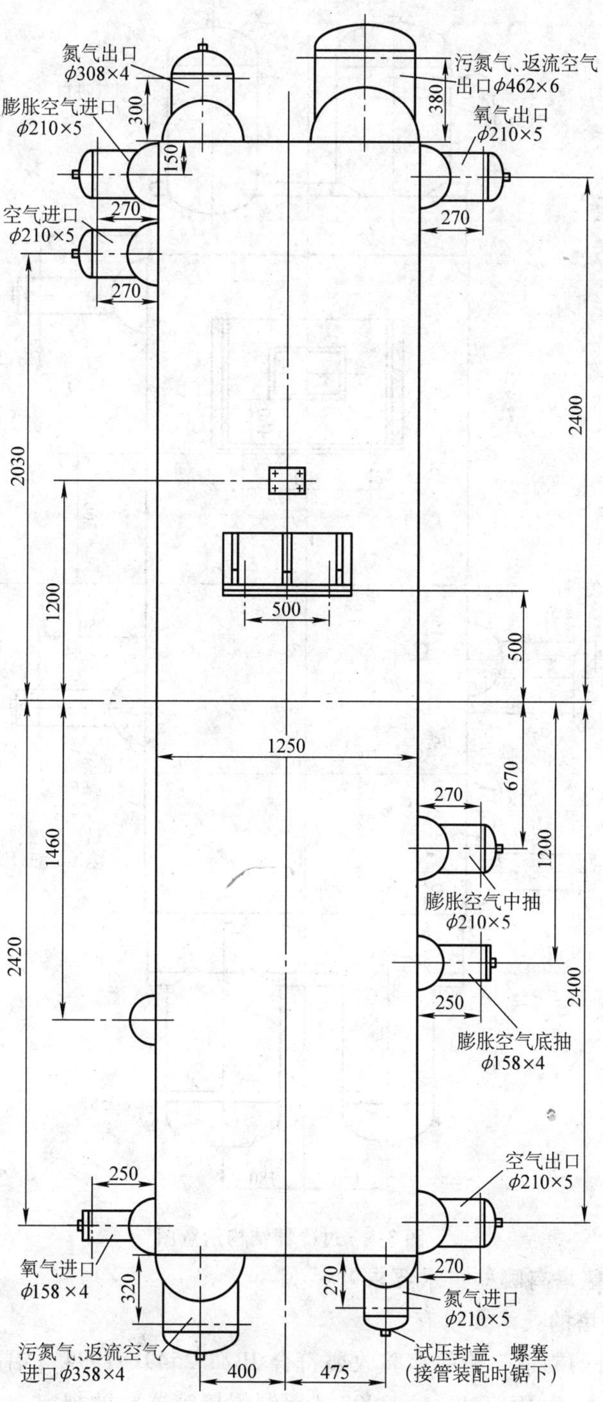

图 3-4　主换热器结构示意图

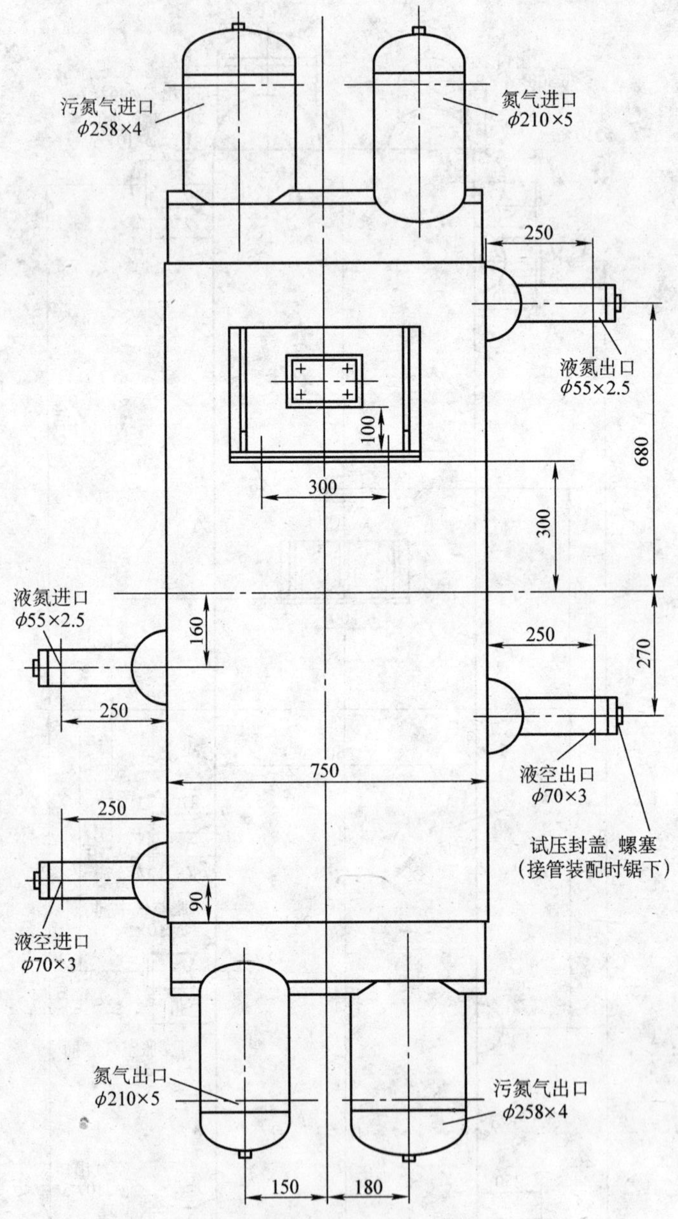

图 3-5　过冷器结构示意图

3-10　粗氩塔有哪些技术要求?

答：粗氩塔的技术要求有：

1. 粗氩塔的制造、检验和验收要符合 JB/T 2549—1994《铝制空气分离设备制造技术规范》及 JB/T 4734—2002《铝制焊接容器》的规定。

2. 容器 A、B 类焊接接头应进行 100% 射线检测，达到 JB/T 4730—2005

《承压设备无损检测》的Ⅱ级要求；C、D类焊接接头和无法进行射线检测的对接接头应进行100%渗透检测，达到JB/T 4730—2005的Ⅰ级要求。

3. 粗氩塔（1）制造完成后，用干燥清洁的空气或氮气，以0.104MPa表压进行气压试验，保压30min，不得有明显变形及渗漏，然后降至0.09MPa表压进行气密性试验，保压1h不得渗漏。

4. 粗氩塔（2）上段、下段及粗氩冷凝蒸发器复合后，通道Ⅰ（冷凝器外侧）以0.104MPa表压进行气压试验，保压30min不得泄漏，然后降到0.09MPa表压进行气密性试验，保压1h不得泄漏；通道Ⅱ（冷凝器内侧、即粗氩塔2）以0.12MPa表压进行气压试验，保压30min不得泄漏，然后降到0.09MPa表压进行气密性试验，保压1h不得泄漏，试验介质为干燥洁净的空气或氮气。

5. 试验程序按照《压力容器安全技术监察规程》。

6. 塔体、填料及附件的装配与安装按HKB8-6—1999《铝制精馏塔制造技术条件》执行。

7. 填料装填时，第一盘填料与填料支承栅方向成45°，以后各盘填料片方向成90°。

8. 安装填料及塔内件时，不得将焊渣等任何杂物带入塔内。

9. 所有零部件在安装前或修理后应去油，且清洁度符合JB/T 6896—1993《空气分离设备表面清洁度》的相关要求，再污染的零部件应重新清洁并符合要求。

3-11　纯氩塔有哪些技术要求？

答：1. 纯氩塔的制造、检验和验收要符合JB/T 2549—1994《铝制空气分离设备制造技术规范》及JB/T 4734—2002《铝制焊接容器》的规定。

2. 容器A、B类焊接接头应进行100%射线检测，达到JB/T 4730—2005《承压设备无损检测》的Ⅱ级要求；C、D类焊接接头应进行100%渗透检测，达到JB/T 4730—2005的Ⅰ级要求。

3. 制造完成后，用干燥清洁的空气或氮气，以0.104MPa表压进行气压试验，保压30min，不得渗漏，然后降至0.09MPa表压进行气密性试验，保压1h不得渗漏。

4. 试验方法参照《压力容器安全技术监察规程》。

5. 所有零部件在装配前均要去油钝化。

6. 当塔内所有杂质均清除干净后方可安装填料及内件，且安装时不允许有异物带入。

7. 填料支撑，槽式液体分布器，液体收集器安装水平偏差均≤±1mm，且与筒体焊接的支耳等必须牢固可靠。

8. 波纹管填料安装时，应保证每盘填料水平，每一盘填料大波纹与填料支撑栅条方向成45°，以后相邻填料层大波纹方向成90°，填料安装完毕后，用填料压圈适当压紧压圈栅条，方向成45°。

3-12　纯氩蒸发器的结构如何？有哪些技术要求？

答：结构见图3-6，技术要求有：

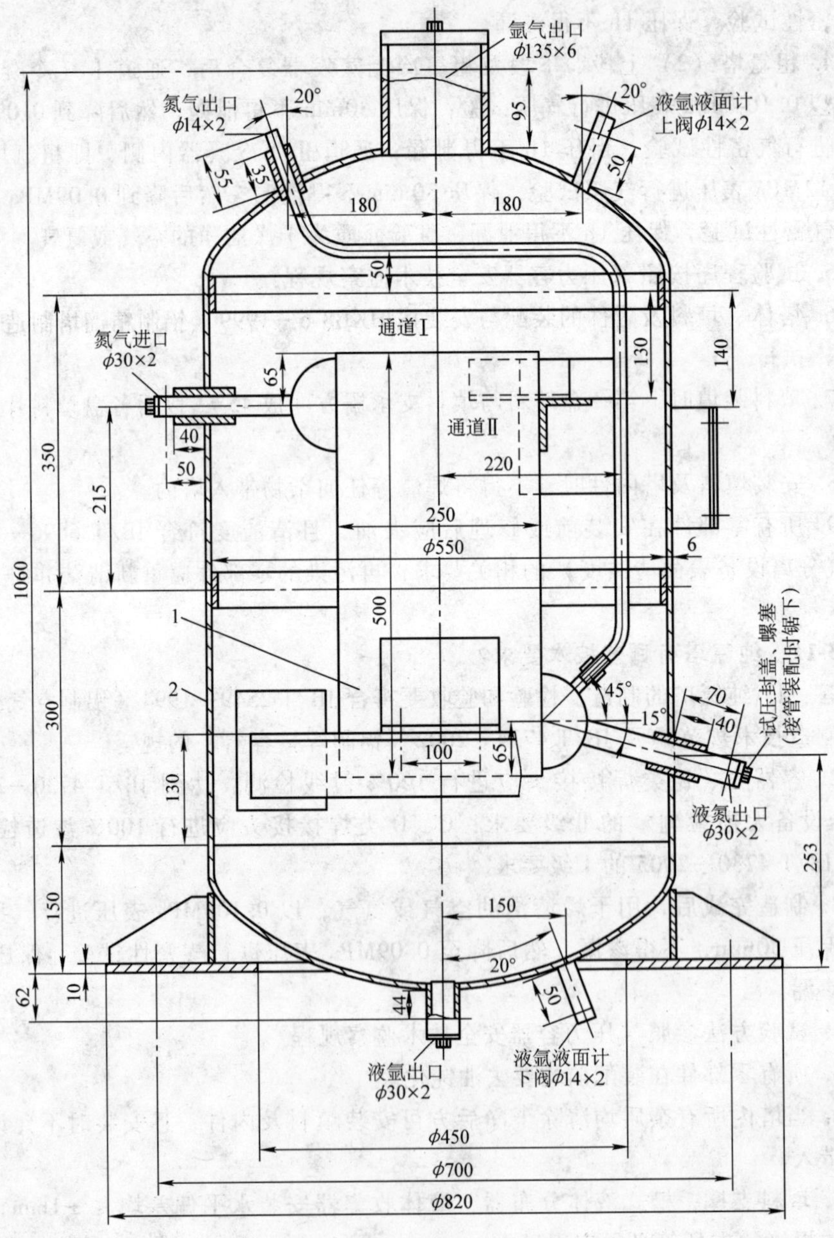

图3-6　纯氩蒸发器结构示意图

1—板式单元（纯氩蒸发器）　2—筒体

1. 纯氩蒸发器容器按 JB/T 2549—1994《铝制空气分离设备制造技术规范》、JB/T 4734—2002《铝制焊接容器》的有关规定制造、检验、验收，并受《压力容器安全技术监察规程》的监督。

2. 容器 A、B 类焊接接头应进行 100% 射线检测，质量达到 JB/T 4730—2005《承压设备无损检测》的Ⅱ级要求；C、D 类焊接接头和无法进行射线检测的 B 类焊接接头应进行 100% 渗透检测，质量达到 JB/T 4730—2005 的Ⅰ级要求。

3. 板式单元装配前需按板式图样试压，合格后再装配，容器制造完毕后，通道Ⅱ先以 0.69MPa 洁净空气进行强度试验，保压 30min 不得泄漏，然后降到 0.6MPa 进行气密性试验，保压 2h 不得泄漏；通道Ⅰ以 0.11MPa 表压进行强度试验，保压 30min 不得泄漏，然后降到 0.09MPa 表压进行气密性试验，保压 1h 不得泄漏，试验介质为干燥洁净的空气或氮气。

4. 装配时保证板式单元与筒体横截面垂直，并与筒体轴线同心。

5. 所有零件装配前去油钝化。

3-13　纯氩冷凝器的技术要求有哪些？

答：纯氩冷凝器的技术要求有：

1. 纯氩冷凝器容器按 JB/T 2549—1994《铝制空气分离设备制造技术规范》和 JB/T 4734—2002《铝制焊接容器》的有关规定制造、检验、验收，并受《压力容器安全技术监察规程》的监督。

2. 容器 A、B 类焊接接头应进行 100% 射线检测，质量达到 JB/T 4730—2005《承压设备无损检测》的Ⅱ级合格；C、D 类焊接接头和无法进行射线检测的 B 类焊接接头应进行 100% 渗透检测，质量达到 JB/T 4730—2005 的Ⅰ级合格。

3. 板式单元装配前需按板式图样试压，合格后再装配，容器制造完毕后，通道Ⅱ（板式换热器外）先以 0.23MPa 洁净空气进行强度试验，保压 30min 不得泄漏，然后降到 0.2MPa 进行气密性试验，保压 2h 不得泄漏；通道Ⅰ（板式换热器内）以 0.11MPa 表压进行强度试验，保压 30min 不得泄漏，然后降到 0.09MPa 表压进行气密性试验，保压 1h 不得泄漏，试验介质为干燥洁净的空气或氮气。

4. 装配时保证板式单元与筒体横截面垂直，并与筒体轴线同心。

5. 所有零件装配前去油钝化。

3-14　纯氩塔与冷凝蒸发器复合时应满足哪些技术要求？

答：纯氩塔与冷凝蒸发器复合时应满足：

1. 纯氩塔冷凝器和蒸发器按 JB/T 2549—1994《铝制空气分离设备制造技术规范》和 JB/T 4734—2002《铝制焊接容器》的有关规定制造、检验、验收。

2. 容器 A、B 类焊接接头应进行 100% 射线检测，达到 JB/T 4730—2005《承压设备无损检测》的Ⅱ级要求；C、D 类焊接接头应进行 100% 渗透检测，质量达到 JB/T 4730—2005 的Ⅰ级为合格。

3. 复合完毕后，通道Ⅰ（上部外侧）先以 0.23MPa 气体进行强度试验，然后降至 0.15MPa 进行气密性试验；通道Ⅱ（纯氩塔）以 0.104MPa 气体进行强度试压，然后降到 0.08MPa 表压进行气密性试验；Ⅲ通道以 0.69MPa 气体进行强度试验，然后降到 0.55MPa 进行气密性试验；试验介质为干燥洁净的空气或氮气，试验程序和要求按《压力容器安全技术监察规程》进行。

4. 所有零件装配前均要去油钝化。

5. 复合及试压完毕后，吹干内外表面，去除污物。

3-15　膨胀机组技术规格包括哪些内容？

答：膨胀机组的技术规格有：

1）增压机：

工作介质：空气；

气量：7800m^3/h（0℃，0.10133MPa）；

进口压力：0.595MPa；

进口温度：296K；

出口压力：0.818MPa。

2）膨胀机：

工作介质：空气；

气量：7800m^3/h（0℃，0.10133MPa）；

进口压力：0.788MPa（A）；

进口温度：132.5K；

出口压力：0.14MPa（A）；

绝热效率：≥85%；

转速：22250r/min。

3-16　水冷塔的技术要求有哪些？

答：水冷塔的技术要求有：

1. 水冷塔按 JB/T 4735—1997《钢制焊接常压容器》，JB/T 4710—2005《钢制塔式容器》进行制造、检验和验收。

2. 容器壳体上的对接接头进行 10% 射线检测，质量达 JB/T 4730—2005《承压设备无损检测》的Ⅲ级要求。

3. 接管与壳体法兰之间焊接接头进行着色检查，质量达 JB/T 4730—2005《承压设备无损检测》的Ⅰ级要求。

4. 填料支撑和冷冻水分配器水平度为 2mm。

5. 塔器外形尺寸允许偏差按 JB/T 4710—2005 中表 7-1 的要求。

6. 内外表面经去油，喷丸，达《涂装前钢材表面锈蚀等级和除锈等级》Sa2.5 级之前处理要求，内表面涂无机富锌涂料，达 60 ~ 80μm，再刷涂铁红原装型环氧底漆 50μm，最后双组分灰色环氧磁漆 2 ~ 3 遍，涂层总厚度达 150 ~ 180μm，外表面刷涂 2 ~ 3 遍铁红环氧底漆，涂层厚度达 60 ~ 80μm。

3-17　空冷塔的技术要求有哪些？

答：1. 空冷塔按《压力容器安全技术监察规程》和 GB 150—1998《钢制压力容器》及 JB/T 4710—2005《钢制塔式容器》进行制造、检验和验收，还应符合 HKB 8-10.2—1999《空气冷却塔制造技术条件》。

2. 容器 A、B 类对接接头经至少 20% 的射线检测，达 JB/T 4730—2005《承压设备无损检测》之Ⅲ级要求，C、D 类焊接接头及吊耳与筒体的焊接接头经 100% 渗透检测，达 JB/T 4730—2005《承压设备无损检测》的Ⅰ级要求。

3. 容器制造完毕后应进行压力试验，首先以 0.75MPa 进行水压试验（立式），保压 30min，然后以 0.6MPa 的压力进行气密性试验，保压 1h，均不得泄漏。

4. 塔器外形尺寸允许偏差按 JB/T 4710—2005 中表 7-1 的要求。

5. 填料支撑和水分配器水平度为 2mm，并应确认分配器喷淋孔朝下。

6. 内外表面经去油污、丸喷达 GB/T 8923—1988Sa2.5 级要求，内外表面刷涂无机富锌涂料，达 60 ~ 80μm，外表面然后涂铝粉有机耐热漆。

3-18　分子筛纯化器的技术要求有哪些？

答：分子筛纯化器的技术要求有：

1. 分子筛吸附筒的制造、检验和验收应符合《压力容器安全技术监察规程》和 GB 150—1998《钢制压力容器》，还应符合《大中型空分设备用吸附器设计、制造技术条件》的规定。

2. 分子筛吸附筒 A、B 类焊接接头进行 100% 射线检测，质量应符合 JB/T 4730—2005《承压设备无损检测》的Ⅱ级要求，接管与筒体封头角焊缝渗透检测，达 JB/T 4730—2005 的Ⅰ级要求。

3. 设备制造完毕后以 0.69MPa（表压）进行气压试验，然后以 0.6MPa（表压）进行气密性试验，试验方法按 GB 150—1998 及有关规定。

4. 保持吸附筒内部清洁、干燥及密封，吸附剂现场装填，下层装氧化铝，上层装分子筛。

5. 油漆技术：外表面喷砂除锈，以无机富锌涂料打底，面漆两遍，每次漆膜厚度 40μm，然后涂铝粉有机硅耐热漆，漆膜厚度为 20 ~ 25μm。

6. 吸附筒下部加保温层，厚度根据材料性能应满足设计要求。

7. 吸附筒内部丝网均匀分成四块搭接，下层丝网互相搭接，上层丝网在 T

型钢上搭接，搭接处由铆钉铆接，丝网重叠不少于100mm。

3-19　分馏塔主要阀门的作用是什么？

答：分馏塔主要阀门的作用是：

1. 液空调节阀（LCV-1）：它主要起到控制液空液面，保持液空液面稳定；控制液氧液面及氧气纯度。

2. 液氮调节阀（HV-1）：它主要起到控制液空、液氮纯度的作用，同时还会影响因液空和上塔液、气比的改变而变化的上塔的氮气纯度和氧气产量。

3. 氧、氮排放阀：它主要用于控制氧气、氮气的纯度和低压压力。

4. 主热交换器中V-1和V-2阀：调节主热交换器冷端温差；调节进膨胀机前的空气温度。

5. 膨胀机后膨胀空气旁通阀V-6开度大小的依据：主热交换器冷端温度；进膨胀机前的空气温度；上塔的回流比；氧、氮、液空的纯度。

6. 下塔液氮回流阀（V-5）：V-5阀的开度大小对主塔中上、下塔和纯氩塔精馏工况影响最大。V-5开度 h，液氮在主冷中积聚，它将占去一部分换热面积，液氧蒸发不出去，导致液氧液面上涨；同时下塔回流液减少，液氮纯度下降，反之与上述相反。它还将带来主冷温差扩大，进下塔空气量变化等不利因素。

7. 强制阀：强制阀是空分设备的咽喉，是生产中非常关键的部件。它动作频繁，也是最容易发生故障的部位。它主要是靠气源压力推动活塞使阀启、闭的。

部分强制阀常见故障：

（1）空气阀（HV-101）

1）未打开。主要现象：信号灯不亮，空气总管压力上升；流量下降，塔内压力下降。危害：空气压缩机出口压力升高发生超压或喘振。

2）未关闭。主要现象：信号灯不灭，空气压力下降，流量增加，下塔压力下降。危害：空气短路，产量下降。

（2）污氮阀（FCV-104）

1）未打开。主要现象：信号灯不亮，交换无放空声，上塔压力升高。危害：上塔超压。

2）未关闭。主要现象：信号灯不灭，空气压力下降，流量增大，阀处有气流响声。危害：空气短路，产量下降。

（3）均压阀（V-1207）

1）未打开。主要现象：信号灯不亮，不均压，切换声沉闷。危害：气流冲击增大，空气切换损失增加。

2）未关闭。主要现象：信号灯不灭，空气压力下降，流量增大，有响声。危害：空气短路，产量下降。

3-20　空分设备中阀门怎样安装和调整?

答：冷箱内管路系统按管路图装焊，阀门安装参见塔内阀架和各阀门图样、管路系统图、技术资料。分馏塔外阀门及工艺管道安装和其他相关系统的安装按成套空分装置工程设计图样和相关技术要求安装。成套工艺管道分为空压机管道系统、空气预冷管道系统、纯化系统管道和分馏塔（膨胀机）系统管道。安装要求如下：

1）冷箱内阀门，应在所有容器就位后，管路安装前进行安装。

2）冷箱内的冷阀应与其相应的支架同时安装。并在与该阀相连管道的冷缩方向相反的方位上，使阀杆轴线与冷箱板上开孔中心线有10～15mm的偏心。低温液体阀的阀杆应向上倾斜10°～15°。当管道与阀体焊接时，要先把阀门关闭。采取降温措施，使得焊接时阀体温度不高于200℃，以免阀门密封件变形，影响阀门正常使用。

3）阀门安装时，应注意阀体上箭头方向，它应与介质流动方向一致。在特殊场合下，某些冷角式截止阀、冷箱外的直通加热阀，使其方向相反（按工艺流程图上的标记），如加热进口阀、液空、液氧吸附器出口阀、透平膨胀机出口阀等。

4）切换阀安装时，其转轴要处于水平位置，法兰螺栓应均匀地交叉拧紧。凡用过的或生锈的螺栓不得再使用。与切换阀相连的管道在安装前，应彻底地清除脏物、灰尘及其他杂质。

5）安装后的阀门启闭应灵活，管道连接后及冷试过程中都要对阀门的启闭状态进行检查，不存在卡住现象方为合格。

6）遥控阀门在安装前，应严格校核指令讯号与阀门执行机构动作是否同步："全开"、"全关" 位置是否正确，并记录开度指令与阀门实际开度关系。

7）凡带有套筒的冷角阀，在冷试过程中，需用专用工具紧固法兰螺栓。

8）低温气动薄膜调节阀，在冷试过程中亦需用专用工具紧固法兰螺栓。

3-21　空分设备中工艺管道安装和检修有哪些规定?

答：工艺管道安装的一般规定有：工艺管道安装过程中，管道法兰间垫片按工程图样和技术文件规定或要求选用；如图样技术文件无特殊要求时，则按表3-4规定选用。

表3-4　法兰垫片选用表

序号	压力 p 范围/MPa	垫片材质	备注
1	$p \leqslant 0.6$	橡胶石棉板	GB/T 3985
		XB200 或 XB350 δ-2，3，4	GB/T 9129
2	$0.6 < p \leqslant 3.0$	缠绕式垫片	
		聚四氟乙烯垫片	

（续）

序号	压力 p 范围/MPa	垫片材质	备注
3	$3<p\leqslant10$	波形金属包石棉	硬度为 15 ~ 30HB
		缠绕式垫片	
		聚四氟乙烯垫片	
		退火软化铝垫片	
		退火软化铜垫片	
4	$p>10$	退火软化铜垫片	硬度为 30 ~ 50HB

1. 冷箱内管道的安装

1）管道安装应按照管道图进行。在一般情况下，不能任意更改管道走向。

2）管道在安装前，应做好一切准备工作。检查容器方位（即管口方位）、阀门进出口的方位是否正确。管件应彻底清洗干净，并严格脱脂（可用紫外线灯等作宏观定性检查表面油脂，应无亮点）。同时开好焊接坡口等。为减少冷箱内管道焊口，可根据塔内管道图在地面上预制。尔后进行最终配制。

3）对塔内铝管道预制的要求如下：

① 预制场必须垫有橡胶或木板，不得与黑色金属在同一场地加工；

② 严禁金属硬物，如撬棒、榔头等甩在铝管道上；

③ 工作人员的工作服、手套必须是干净的，不得有油迹；

④ 敲击工具应选用木质、纯铜或橡胶榔头；

⑤ 搬运或吊装时钢丝索与产品接触部分应包橡胶等软物；

⑥ 清洗后的管道或零件应放在干燥处，远离酸盐碱类，以防腐蚀；

⑦ 在制作过程中，应轻搬、轻放，不可在地上翻滚、手拖，防止管道损坏；

⑧ 工件焊接时，电缆搭铁不允许随意乱搭在工件上，应做专用工具，不允许在管道上引弧。

4）配管原则：先大管，后小管；先下部，后上部；先主管，后辅管。若相碰时，以小管让大管为原则。

5）加热管道与低温液体管道、液体容器壁面的平行距离应不小于 300mm。交叉距离应不小于 200mm。

6）管道外壁与冷箱型钢内壁距离应符合下列要求：低温液体管不小于 400mm；低温气体管不小于 300mm。

7）管道的间距应考虑管道的工作状态（如管内液重、珠光砂压力及热胀冷缩引起的管道的位移），以免压迫别的管道，因此要求一般管道安装间距应≥100mm。

8）管道在施焊前需自然对准。不允许借助机械和人力强行对准，以免增加对接应力。

9）凡铝管壁厚 $\delta \geqslant 5$mm，口径（管子公称通径）$DN \geqslant 80$mm，对焊处均须加嵌不锈钢衬圈。$\phi 12 \times 2$ 和 $\phi 18 \times 2$ 铝管加外套管环角焊。

10）冷箱内低温流量孔板、容器支架、管架、阀架等设备，在拧紧螺母前，与其相配的铝合金螺栓或不锈钢螺栓的螺纹部分应先涂一层聚四氟乙烯橡胶喷剂或二硫化钼润滑脂，以免咬死。

11）在安装中，若配管不能连续进行时，各开口处务必加盖或用塑料布包扎。

12）在流量孔板前后，需有足够的直管段。孔板前为 20 倍管径，孔板后为 10 倍管径，且不允许存在影响测量精度的因素（如管接头等）。管道焊缝内表面亦应磨平，垫片不可伸入管子直径。并要仔细检查孔板的安装方向，不得装反。

13）安装铝管的工具设备不得生锈。钢刷要用不锈钢丝刷。

14）切换系统管道的纵向轴线要成直线，法兰间的距离要与切换阀的安装尺寸相一致。

15）带 V 形槽的法兰安装：

① 配 V 形槽的密封圈，在安装前须进行清洗，并检查有无损伤、变形等缺陷，椭圆形及已用过的密封圈不得使用。属临时安装的，在最后组装时必须更换。

② 法兰上的螺栓要均匀地交叉进行拧紧，使其密封表面保持平整。

③ 铜质密封圈应是软状态，现场应作退火处理，可将密封圈加热至 +600 ~ +700℃左右，然后马上放到水槽中冷却，所产生的氧化膜要去除。

④ 对于铝制法兰与钢制或黄铜法兰配对使用时，要求配用镀锡铜质密封圈，其镀锡工作可在现场进行。

16）在管路配制中，应自始至终考虑其自补偿力，若某一管道自补偿力不足，则允许施予应力，冷缩方向预加 10 ~ 15mm，以补偿正常运行时的变形。靠近冷箱壁的取大值，远离冷箱壁的取小值。

17）凡用隔热套管保护的氧、氩、氮等液体产品的管道，应先预制内部管道，并经射线检测和压力试验，合格后再装隔热套管。

18）在配穿过隔板的管道中，应预先套入帆布套。

19）要保证从液槽至泵至汽化器的管道有一定的坡度，并符合图样要求。

20）塔内管架的设置：应保持被设管架的管道有足够的稳定性和刚性，不能随便晃动，且要考虑到管道的热胀冷缩，并按照管架图的要求进行。

21）管件和阀门安装前必须严格检查其内表面的清洁度，如有油污不得安装。

22）法兰、阀门、波纹管等应在自由状态连接，严禁强行装配。管段与管段之间也不得强行对接。

23）焊接时，直管段两环缝间的间隙应不小于 100mm，环焊缝距支吊架间的距离不少于50mm。

24）管道焊缝上不得开孔，如必须开孔，承压焊缝的X射线检测应100%合格。

25）法兰连接应保持平行，其偏差度不大于法兰外径的1.5%，且不大于2mm，不得用强紧螺栓的方法消除歪斜。两个法兰必须同轴，其螺栓孔中心偏差不超过外径的1.5%。且小于2mm，保证螺栓能自由穿入。

26）安装管道时，对不锈钢、合金钢、防锈铝的螺栓和螺母，应涂以石粉之类非油润滑剂，以保证能顺利装拆。

27）法兰连接应使用同一规格螺栓螺母，安装方向一致，紧固螺栓应对称均匀，松紧适度，紧固后螺栓外露长度最好为（0.5～1）d；螺栓紧固后，应与法兰紧贴，需加垫圈时，每颗螺栓只能加一个，不得用垫片调整螺栓外露长度。

28）加温管道与低温管道的螺栓，在试运行时应再紧固一次，加温管道在工作温度进行一次热紧，低温管道在－70℃进行一次冷紧，在工作温度进行一次冷紧，紧固要适度。

29）管子对口时要检查平面度，允许偏差1/1000，且全长偏差不超过10mm。

30）管道上仪表管接头、接点的开孔和焊接应在预制时进行，以避免将加工渣子带入管内。

2. 波纹管、流量孔板、阀门支吊架的安装

1）管道系统中有波纹管补偿器的，安装时应注意有关设计规定，注意其方向性，并且必须与管道同心，不能倾斜。

2）管路系统中的流量孔板，安装时前后直管段必须遵循前20d后10d的原则，在此范围内不得有弯头、焊缝，以保证测量的准确性。流量孔板尺寸要符合标准孔板要求，其入口直角边应保持锋利，不得有任何损伤。

3）工艺管道有阀门进行安装前，应仔细核对型号，并按照介质流向确定安装方向，对有清洗、研磨、试压要求的阀门，必须在完成这些工序合格后才能进行安装。

4）各种阀门的安装必须按其各自的安装要求进行，尤其是安全阀安装时，必须按下列要求进行。

① 调校使用条件不同的安全阀，在安装前应及时进行调校。安全阀的最终调校宜在系统上进行，开启和回座压力符合设计文件规定。

② 安全阀调整后，在工作压力下不得有泄漏。

③ 安全阀应垂直安装，当发现倾斜时，应予以改正。

④ 无论是送有关单位调定还是自行调定，安全阀最终调定合格后，必须重作铅封，并填写《安全阀调整记录表》。

3. 管道支吊架的安装

1）管道安装时，应及时做好支、吊架的固定和调整工作，支、吊架位置应按工程设计规定，安装应平整牢固，与管子接触良好。

2）无热位移的管道，其吊杆应垂直安装；有热位移的管道，吊杆应在位移相反方向，按位移值的一半倾斜安装。

3）固定支架应严格按设计要求，并在补偿器预拉伸前固定，无补偿器装在有位移的直管段上，不得安装一个以上的固定支架。

4）导向支架或滑动支架的滑动面应平整清洁，不得有歪斜和卡涩现象，其安装位置应从支架向位移方向偏移，偏移值应为位移值的一半。

5）弹簧支吊架的安装高度，应按设计要求调整，作出记录，弹簧的临时固定件，应待系统安装完毕试压及保温保冷后方可拆除。

6）支吊架不得有漏焊、欠焊焊接裂纹等缺陷，管道与支吊架焊接时，不得有咬肉、烧穿等缺陷。

7）管道固定在槽钢或工字钢的翼板斜面时，其螺栓应采用斜垫片。

8）管道安装中使用临时支吊架时，应有明显的标记，不得与正式支吊架相冲突，管道安装完毕后应立即拆除。管道安装完毕后，应按工程图样逐个核对支吊架的型号、材质和位置。

9）管道支吊架安装过程中，如工程设计有误和对其有疑问，应立即报告施工技术负责人同设计部门联系处理，不得私自更改。

4. 管道管件安装

配管前应对管子进行去油、除锈处理，特别是冷箱内管路、低温液体管路和氧气管路应严格进行脱脂处理，暂不用的管子要密封保存，防止被污染。

管道组装应按焊接工艺要求打好坡口。配管时，碳钢管用电焊，不锈钢管应以氩弧焊打底，重要管段应全部采用氩弧焊。

管件临时制作、管道支架制作应遵循 GBJ 235—82 规定。管子、管件组对时，内壁错边量不应超过壁厚的10%。

焊条在使用前应严格进行烘干处理。焊接应无裂纹、夹渣、气孔等缺陷。焊缝质量达 JB/T 4730—2005 的Ⅱ级要求。碳钢管焊缝作10%抽查检测，低温液体管道应作100%射线检测，质量符合 JB/T 4730—2005 的Ⅲ级标准。

在安装管道阀门时，除按规定进行脱脂、清洗、试压、研磨外，要注意阀门方向应与介质流动方向一致，气动阀门操作要灵活可靠，启闭位置要正确。

3-22　怎样自制 KDONAr-2000/1200/60 型空分设备的检修项目？

答：1. 电器部分

（1）大修项目：

1）检修 KDONAr-2000/1200/60 型空分设备空压机电动机。

2）检修软起动柜。

3）检修星点柜。

4）检修主高压开关柜。

5）检修调功柜。

6）检修仪表压缩机控制系统。

7）检查纯化器电炉。

8）检修仪控系统。

9）调校空压机位移、轴振传感器。

10）检修配电系统。

11）检修 KDONAr-2000/1200/60 型空分设备附属设备的电气。

12）检修 UPS 电源。

13）检修 DCS 机柜 1、2。

14）检修空压机 PLC 柜。

（2）小修项目：

1）清扫 KDONAr-2000/1200/60 型空分设备电气设备内外。

2）检查软起动柜。

3）检查星点柜。

4）检查空压机轴位移、轴振动。

5）检查调功柜。

6）检查所有附属设备电控。

7）检查配电系统。

8）检查各回路连接是否松动。

9）检查 UPS 电源。

10）检查 DCS 机柜 1、2。

11）检查仪控传感器。

2. 机械部分

见表 3-5。

表 3-5　KDONAr-2000/1200/60 型空分设备的检修标准（机械部分）

序号	项目名称	主要检修内容	检测标准
1	空气过滤器	更换空气过滤器滤芯	达设计进口压差
2	各级轴振、轴温	检修、更换各级轴承埋入铂电阻	达设计要求轴振、轴温 轴温：50～70℃ 轴振：±0.1mm
3	油冷却器	检修两只油冷却器	达规定油温
4	润滑系统	1）保证油质干净 2）更换润滑油	油质达 GB 11120—1989 达油标 2/3 处左右

（续）

序号	项目名称	主要检修内容	检测标准
5	轴承间隙	止推轴承	径向间隙 0.235～0.3
			轴向间隙 0.240～0.300
6	轴承间隙	一级轴承	径向间隙 0.135～0.18
			轴向间隙　无
7	轴承间隙	二级轴承	径向间隙 0.135～0.18
			轴向间隙　无
8	轴承间隙	三级轴承	径向间隙 0.095～0.14
			轴向间隙　无
9	轴承间隙	三级轴承（反）	径向间隙 0.095～0.14
			轴向间隙　无
10	轴承间隙	齿轮推力盘	径向间隙 0.235～0.315
			轴向间隙　无

3-23　为什么 KDONAr-2000/1200/60 型空分设备的空压机要增加高位油箱?

答：该型空分设备所配空压机润滑系统出厂时，没有设高位油箱，经运行，曾发生过因停电（高低压电同时停）造成烧瓦的严重事故。由于空压机原设计润滑系统的安全保证是靠辅助油泵来承担，也就是停电（高压电）时空压机停止运行，油泵随即停止供油，而辅助油泵使用的是低压电源，自动启动供油，保证润滑。但在高低压电同时停止时，润滑就无法保证，导致轴瓦缺油烧坏。如果增加一个高位油箱，就可避免烧瓦事故的发生。

3-24　如何建立 KDONAr-2000/1200/60 型空分设备的设备保养卡?

答：设备保养卡见表 3-6。

表 3-6　KDONAr-2000/1200/60 型空分设备保养卡

保养内容	保养记录	保养人	下次保养时间
1. 定期添加空压机油箱润滑油 L-AN46 汽轮机油在油标处			
2. 检测空压机各检测点数据是否正常，如有超差及时报告			
3. 定期给各冷却水泵、冷冻水泵、仪表空压机设备添加润滑油，6 个月全部更换一次			
4. 检查透平膨胀机润滑油泵，定期添换润滑油，8 个月更换一次，添加在油标处			
5. 工艺液压泵定期 3～4 个月添加润滑脂（电工进行）			

（续）

保养内容	保养记录	保养人	下次保养时间
6. 各液体泵定期添加润滑油，8 个月更换一次润滑油			

3-25　如何进行空压机高位油箱改造？其改造方案如何编写？有哪些技术要求？

答：（1）改造高位油箱的总要求

1）对 KDONAr-2000/1200/60 型空分设备系统中关键设备 SVK20-3S 离心式空压机润滑系统进行改造。改造后，离心式空压机在突遇紧急停电等意外事故造成设备停车的情况下，润滑系统能够继续维持 5min 以上润滑油压（油压达到 0.17MPa）及设备所需的润滑油量，对空压机的主轴瓦及电动机轴瓦起到安全保护作用。

2）新增改造工程为新安装一个 17m 高的高位油箱系统（以空压机房地面为零基准面），系统所需的管道长度及管道、阀门安装位置根据现场定，必须满足系统完整合理，操作方便，调节安全、稳定、可靠。

3）新增高位油箱的内壁必须干净、耐压、耐油。

（2）改造主要内容

1）主设备、管道、阀门及其他设备、附件、备件的选购。

2）高位油箱和管道的安装。

3）安装设计的技术标准。

4）高位油箱支架的安装。

5）系统的安装和调试。

6）资料的提供。主要包含设备图样、合格证、竣工图，安装记录，质量证明等所有软件资料，主要备件和材料的三证及图样、易损件图样等。

7）该项目的整个实施过程不影响已有生产设备，特别是空分设备、储供系统的生产运行和安全质量等。

（3）技术要求

1）系统中所有管道均采用不锈钢管道（材质为 1Cr18Ni9Ti），阀门采用不锈钢阀，管道的焊接均采用氩弧焊焊接。

2）新增润滑系统承压不低于设备最高工作压力 0.4MPa，高位油箱的容积为 0.7m^3，工作压力为 0.4MPa，高位油箱应可靠稳固安装就位。

3）安装的外购件及材料：生产厂具有 ISO 9000 认证证书，必须具有生产许可证，质量信誉良好，三证齐备。外购件到达安装现场后必须按照国家相关标准及生产厂家图样和说明书的要求进行清洗和脱脂处理。

4）设备安装要求：施工安装前，编制详细的施工方案并得到上级审批，技术标准应符合有关设备生产厂和行业标准。

所安装的管道、容器都要有良好的导除静电的接地装置，符合标准要求。

润滑管道、阀门及管件等，应当无裂纹、鳞皮、夹渣，内表面必须彻底除去毛刺、焊瘤、焊渣、粘砂等其他杂物。保证内壁光滑清洁。

管道、阀门、管件在安装过程中及安装后，采取有效措施防治受到污染，防止可燃物，铁屑，焊渣等杂物进入或遗留在管内，并进行严格检查。

润滑油路管道采用1Cr18Ni9Ti不锈钢管，要有材质证明及产品合格证。采用氩弧焊接，机械方法开坡口，对焊接质量进行检查，除符合外观质量要求外，还应按照GB 50235—1997《工业金属管道工程施工及验收规范》和GB50236—1998《现场设备、工业管道焊接工程施工及验收规范》的要求进行抽样射线检测。

不锈钢管道不准直接与碳素钢支架接触，可在支架与管道之间垫入不锈钢或不含氯离子的塑料、石棉橡胶垫片。

不锈钢对口前，应用不锈钢刷及酒精在管道破口内外30mm处清洗。

焊工、检测人员必须具有国家认可的操作资格。焊工必须取得压力容器相应钢种和焊位的焊接合格证才能施焊。

5）耐压试验和气密性试验：设备的检漏和试压应按设备生产厂家提供的指导说明书或技术要求执行；管道应按相应压力管道的有关标准进行检漏和试压。

强度及严密性试验的检查，应符合下列要求：用氮气作强度试验时，应逐步缓慢增加压力，当压力升至试验压力的50%时，如无异常状况或泄漏，继续按试验压力的10%逐级升压，每级稳压3min，直至试验压力。稳压10min，再将压力降至工作压力，停压时间根据查漏工作需要而定。检查无变形及用发泡剂检查无泄漏为合格。严密性试验，应在达到试验压力后持续24h，平均小时泄漏率以不超过0.5%为合格。

严密性试验合格的管道，必须用无油的氮气，以不小于20m/s的流速吹扫，直至出口无铁锈、焊渣及其他杂物为合格。

（4）执行标准

设备制造及安装应执行国家标准、本行业标准和设备生产厂家的要求。

GB 50030—1991 氧气站设计规范

GB 50231—1998 机械设备安装工程施工及验收通用规范

GB 50275—1998 压缩机、风机、泵安装工程施工及验收规范

GB 50274—1998 制冷设备、空气分离设备安装工程施工及验收规范

GB 50236—1998 现场设备、工业管道焊接工程施工及验收规范

GB 50235—1997 工业金属管道工程施工及验收规范

（5）验收

1）预验收：全套系统完工后、自检验合格后组织相关人员进行预验收，预验收前须出具自检验的各项检验报告和数据记录，验收内容齐全。

2）终验收：预验收合格后，必须按施工方案及设计图样、技术核定单和国家颁发的建筑安装工程施工及验收规范进行验收。工程完工后，组织使用者、设计单位、施工单位以及其他相关部门验收。

（6）调试运行

调整试运行前全面检查管路系统的法兰是否连接紧，系统用压力表，安全阀是否经过校验，压力等级是否满足使用要求。按照试车运行方案要求对新增润滑系统进行试运行。

（7）技术资料收集、整理和存档

设备图样、合格证、竣工图、安装记录、质量证明等所有软件资料，主要备件、易损件和材料的三证及图样等应收集整理成册，建立档案妥善保存，重要的应建立备份。

3-26　KDONAr-2000/1200/60 型空分设备各系统故障如何处理？

答：1. 供气停止

信号特征：空压机 PLC，DCS 中控系统报警。

故障后果：系统压力和精馏塔阻力下降，产品纯度破坏。产品压缩机若继续运转，会造成在精馏塔及有关管道出现负压。

紧急措施：

1）停止产品气体压缩机运转；

2）将分馏塔置于封闭状态。

进一步措施：对装置停车。

排除故障方法：按空气透平压缩机使用说明书的规定，查明原因，并采取相应的措施。

2. 供电中断

信号特征：所有电驱动的机器均停止工作，DCS 中控系统报警。

故障后果：

1）系统压力和精馏塔阻力下降；

2）产品纯度破坏。

紧急措施：

1）停止增压透平膨胀机及有关机器的运转，并关闭增压膨胀机进、出口阀；打开运转设备气路吹除阀；

2）将分馏塔置于封闭状态。

进一步措施：

在高、低压开关柜上，将高低压开关切断。

排除故障方法：

电源故障排除，电路恢复后视停电时间长短决定分馏塔是否需要重新加温，按起动程序重新起动。

3. 增压透平膨胀机故障

信号特征：增压透平膨胀机报警装置鸣响。

故障后果：

1）加工空气压力升高，影响空气透平压缩机运行，主冷凝蒸发器液面下降；

2）产量下降。

紧急措施：

1）起动备用增压透平膨胀机；

2）调整空气透平压缩机排出压力，使空压机排压稳定，检查产品气的纯度，必要时减少产品产量，减少液体排出量，或完全停车。

进一步措施：

1）立即排除故障；

2）调整空气量和产量到正常值。

排除故障方法：

1）增压透平膨胀机最常见的故障是冰和干冰引起的堵塞，这就必须进行加温；

2）至于其他的故障则应按照增压透平膨胀机使用维护说明书的规定查明原因，再进行排除。

4. 分子筛切换装置故障

信号特征：分子筛报警器鸣响。

故障后果：分子筛纯化器的切换过程停止进行，若时间很长，造成分子筛吸附效果变差，甚至失去吸附能力，若设备继续运转，会造成先是二氧化碳，后是水分进入分馏塔内，造成塔内堵塞。

紧急措施：用手进行切换。

进一步措施：如果预计排除故障要很长时间，则将装置停车。

排除故障方法：按照仪控说明书的规定查明原因并排除。

5. 阀门故障

所有低温阀门均可能由于泄漏造成冻结，这往往是由于填料函密封不严所致。对于冻结的阀门不能用强力开关，以免损坏阀门。可用热气或蒸汽直接吹阀门的冻结部位。注意：在使用蒸汽时不要让水分进入填料函，阀门解冻后找出泄漏部位并加以消除。

6. 冷却水供应中断

造成故障的原因：

1）循环水站供水系统出现故障；

2）KDONAr-2000/1200/60 型空分设备整个电器系统低压跳匣停电。

故障造成现象和后果：

1）冷却水进入，系统压力 PIA-1106 下降为“0”。

2）空气压缩机电机轴承温度 TTA-160、161；电机定子温度 TIA-170、171、172；增速机轴承温度 TIA-190、191、192、193；空气压缩机二级 TSA-120、三级 TSA-130 入口温度；润滑油箱温度 TIA-311；润滑油冷却后温度 TIA-331；空气压缩机出口温度等温度都会急剧升高至设计报警值。

3）增压透平膨胀机系统中，空气进增压机前温度；增压机后温度；增压机冷却器回水温度 TI-408A（B）；增压机 1、2 冷却后温度 TI-407A（B）；膨胀机轴承温度 TIAS-403、404；都会急剧升高至设计报警值。膨胀机转速失去控制产生“飞车”现象。

以上故障现象不及时处理可能会造成各冷却器烧坏，电器烧坏，系统温度过高，甚至无法正常运行。

紧急处理措施：

1）立即按“空压机紧急停车”按钮，停止空压机运行。KDONAr-2000/1200/60 型空分设备值班长立即安排班组其他操作人员迅速进入设备现场，停止冷却水泵和冷冻水泵运行等一系列操作。

2）立即通知氧压机操作人员停机；并将分子筛纯化器系统运行程序置于“暂停”，将加热电炉停止。

3）按设备操作规程停止增压透平膨胀机运行。

4）打开产品氧放空阀 PCV-102，关闭产品氧输送阀 FCV-102。

5）停止氩系统运行。

6）关闭加工空气总进口阀 HV-101，停止分馏塔运行。

7）当循环水站恢复供水后，按设备操作规程立即启动仪表空压机，并作好整个系统开车准备。

3-27　怎样拆卸和装配油冷却器？

答：拆卸的步骤为拆下前盖→取下密封垫→拆下后盖→取下 O 形密封环→抽出传热管部。

装配时按与拆卸相反的步骤进行，装配时应检查密封垫是否完好，O 形密封环是否有老化，扭曲，损伤情况，有以上情况的不得装配回冷却器。

冷却器装配好后，必须进行“气密性”或水压试验，试验方法如下：开启冷却水侧排气口，在水侧灌满水，封闭进出油口，在油侧排气口冷却器设计压力（0.1MPa 左右）。水侧通入压缩空气，通入压缩空气的大小，决定于冷却器的设计压力，水侧排气口处于开启状态，如冷却器内部泄漏，水就会从水侧排气口溢出，气密试验完毕后即可装入回路。

3-28　分馏塔常见故障现象有哪些？处理方法有哪些？

答：分馏塔常见故障现象与处理见表 3-7。

表 3-7　分馏塔故障原因与排除方法

故障现象	原　因	排除方法
1. 氧气纯度下降	1. 氧气产量过高	1. 适当地关小送氧阀，减少氧气产量，同时开大送氮阀，以保证上塔压力稳定
	2. 化验分析不准	2. 通知化验工查找原因并处理
	3. 下塔调整不当，液空中氧纯度过低	3. 通知化验工分析下塔液空、液氮纯度；根据化验分析结果作出相应的调整。液空中氧纯度低，必然是液空量过大。它一方面将使上塔提馏段的分离负担加大，另一方面回流液多而难以使氮（氩）组分蒸发充分，从而造成氧纯度降低。这时应对下塔精馏工况进行调整，适当提高液空含氧量
	4. 精馏塔不垂直	4. 校正精馏塔的水平
	5. 下塔塔板小孔堵塞	5. 首先逐渐增加进下塔空气量，将下塔塔板小孔吹通，若无效果，只能停车加温吹除或清洗分馏塔
	6. 主热交换器中压漏低压	6. 找出漏气位置，并修理
	7. 冷凝蒸发器中压漏低压	7. 同上
	8. 上塔的操作压力波动，正常精馏工况遭到破坏，气、液比例失调，氧中氮组分增加	8. 找出相关原因，并调至正常
	9. 进上塔膨胀空气量过多	9. 进上塔的膨胀空气量越大，排氮纯度越低。要保证送氧量，氧纯度必然下降。当进上塔的膨胀空气量过大时，将破坏上塔的正常精馏工况，使氧纯度大幅度下降。这时，如果是塔内冷量过剩，则应对膨胀机减量。如果液氧液面正常，则需要将部分膨胀空气旁通，以减少进上塔的膨胀空气量
	10. 冷凝蒸发器液氧面过高或液位不稳定	10. 当主冷液氧液面上升时，说明下流液体量大于蒸发，提馏段回流比增大，造成氧气纯度下降。这时可对膨胀机进行减量。当液氧面很高，而氧纯度很差，且不容易很快调好时，可排放部分液氧，使冷凝蒸发器换热面积得到充分利用，然后重新调整。主冷液氧面上涨也可能是由于在液氧中夹带有固体二氧化碳，造成传热恶化，液氧蒸发不出来，迫使氧气取出量减少。必要时只得停车加温

（续）

故障现象	原　因	排除方法
1. 氧气纯度下降	11. 粗氩塔冷凝器的热负荷过大，塔内的回流比及塔板阻力升高，氩馏分抽取量增加。虽然粗氩的纯度升高，但产量减少，而上塔氩馏分含氩量和含氮量升高 12. 压氧系统操作工况不稳定	11. 找出原因并调整至正常 12. 通知氧压机操作人员查找原因，并处理
2. 氧气产量下降 第一种情况：精馏塔压力下降	加工空气量减少 1. 空气过滤器阻力大或堵塞 2. 电网电压过低或电网频率降低，造成空气压缩机转速降低，排气量下降 3. 阀门、管道漏气，自动阀或切换蝶阀泄漏 4. 经过纯化器后加工空气进下塔和进增压透平膨胀机系统的气量分配不当 5. 分子筛纯化器进入均压步骤。当分子筛纯化器进入此阶段，将使整个精馏系统压力下降，液氧液面升高，氧气纯度下降，氧气产量下降，增压透平膨胀机转速降低等现象 6. 环境温度过高或大气压力过低 7. 空气压缩机其他故障，如：中间冷却器冷却效果不好；级间有内泄漏等 氮平均纯度过低	1. 更换过滤芯并清洗 2. 通知值班电工处理或将情况上报上级领导 3. 通知有关人员，查明原因并处理 4. 根据情况，合理调整气量分配 5. 将空气压缩机进口导叶控制打入“自动”状态或在分子筛纯化器进入均压前，采取手动操作，适当的打开空气压缩机进口导叶，增加空气进气量，以保证加工气压、气量的稳定。若空气压缩机末级放空阀没有关完，当空气压缩机进口流量一定时，均压前适当的关小空气压缩机末级放空阀，适当地提高空气压缩机末级排气压力也可以达到同样的效果 6. 通知有关人员处理或适当地打开空气压缩机进口导叶，增加进气量 7. 通知有关人员停车处理 根据下述情况，调整到正常值 1. 精馏塔塔板效率降低 2. 冷损过大造成膨胀空气量过大 3. 液氮纯度太低，液氮量太大 4. 液氮量过小 5. 液空液氮过冷器泄漏 6. 污氮或馏分取出量过大

（续）

故障现象	原因	排除方法
第二种情况：精馏塔压力正常	1. 液空、液氮调节阀开度不当，下塔工况未调好 2. 主冷换热不良 3. 设备阻力增加 4. 氧气管道、容器存在泄漏 5. 增压透平膨胀机操作不当有故障	1. 调整下塔精馏工况直至正常 2. 换热面不足或氮侧有较多不凝结气体，影响主冷的传热使液氧蒸发量减少。此时，应打开 V-311 阀排放不凝气体 3. 由于塔板或液空液氮过冷器堵塞，液氮、液空调节阀开度过小或被堵塞，将造成下塔压力升高，进塔空气量减少 4. 通知有关人员，找出原因并处理 5. 查明原因并处理
3. 液氧液面下降 第一种情况：液空液面正常或下降	1. 冷量不足 2. 分馏塔塔外壳结霜	1. 找出原因并处理 2. 查明绝热材料有否受潮或装实或检查管道、阀门等有否漏气
第二种情况：液空液面升高	1. 液空至上塔的通路堵塞，液空无法进入上塔 2. 调节阀调节不当或发生故障 3. 液空液面计失灵或差压变送器故障	1. 疏通液空管 2. 检查调节阀 3. 疏通液面计和检查变送器
4. 液氧、液空液面正常，下塔压力升高	1. 氖氦气在冷凝蒸发器顶部积聚，造成换热面积减少 2. 空气进下塔流量增加或加工空气压力过高	1. 打开 V-311 阀，排放氖氦气 2. 适当的减少加工空气压力或进下塔空气流量
5. 中压压力高，下塔阻力波动幅度较大，液空纯度和液空液面很不稳定，液氮调节阀无法关小，液氮纯度很低，无法调整，氖氦吹除阀吹除时有液体	1. 关阀过猛 2. 降压过猛 3. 气量过多 4. 加温不彻底 5. 周期末塔板小孔被堵	下塔液悬时开大液空、液氮调节阀，使液面升至规定位置，再慢慢地关小。若再不好转，放掉部分液体，重新启动。如气量过多，应排放部分空气，待稳定后逐步送入，若采取上述措施无效，即停车加温

（续）

故障现象	原　因	排除方法
6. 分馏塔外壳结霜	1. 绝热材料受潮 2. 绝热材料充填不结实 3. 分馏塔内部漏气	1. 拆下绝热材料并烘干或更换 2. 添加绝热材料 3. 分析漏出气体的纯度，并找出漏源部位加以处理
7. 塔内某段阻力过高或过低。（塔内各部分阻力的变化情况，直接反映塔内工况是否正常）	1. 阻力正常，说明塔内上升蒸汽的速度和下流液体数量正常 2. 阻力过小，有可能是上升蒸汽量太少，蒸汽无法托住塔板上的液体而产生液漏现象 3. 阻力过高，可能是某一段上升蒸汽量过大或塔板堵塞；如果进塔空气量、膨胀空气量以及氧、氮、污氮取出量都正常，即上升气量没有变化，那就是某一段下流液体量大了，使塔板上的液层加厚，造成塔板阻力增加；如果阻力超过正常值，并且产生波动，则可能是塔内产生了液悬	这几种情况，都是属于调整不当，气液不平衡，找出原因，调整塔内某一段气、液比例，使之达到物料平衡
8. 上塔产生液悬	1. 上升气量大于液氮回流量，部分液氮被气流直接带入氮气或污氮气管道造成其出液空液氮过冷器温度下降，流通管道带液等故障 2. 主要现象有： （1）上塔中部的阻力变化较大。液氧液面随着阻力的上升而下降，上塔压力随着阻力的上升而升高。下塔的压力随着液氧液面的下降而升高，进塔的空气量随下塔压力的升高而减少 （2）氧纯度随着液氧液面的下降而升高，氮纯度随着氧纯度的下降而降低。膨胀后的压力随上塔压力的上升而升高。 （3）出液空液氮过冷器 E-2 的氮气和污氮气温度明显下降，其管道吹除阀 V-302 或 V-303 打开吹除时有液体排出。甚至造成主换热器过冷等故障	1. 打开氮气或污氮气管道吹除阀 V-302 或 V-303，将其管道中的液体排放干净；逐渐停止增压透平膨胀机运行，切断气源 2. 将氧气流量关至比正常时稍小些，其他各阀开度不变的情况下，适当地打开液氮排放阀 V-7，加大膨胀机的膨胀量。从污氮气经过冷器后的温度显示可看到 2～3min 后就可达到正常值，即 －173℃左右。接着阻力压差开始下降，主冷液面开始上升；同时，从氧分析可以看到氧纯度的变化；开始略有下降，10min 后就慢慢上升，待阻力基本达到正常值后，逐渐关小液氮排放阀，直至完全关闭。在进装置空气量稳定不变，氧气流量比正常值稍小的情况下，排放液氮会使进入下塔的空气流量增加。但是，增加膨胀量除为了补充排液的冷损失外，由于膨胀空气进上塔，实际进入下塔的空气量反而是减少的。这样，下塔压力会有所降低，使主冷的传热温差减小，致使主冷中液氧蒸发量减少，从而使上塔的上升气速下降，压差减小，液悬问题得到解决

（续）

故障现象	原　　因	排除方法
9. 冷凝蒸发器液氧液面波动较大	1. 增压透平膨胀机工作不正常	1. 在整体设备中，空分设备制冷量的85% ~90%是由增压透平膨胀机提供的。若膨胀机操作频繁，转速变化大或送入上塔的气量大等，都会引起液氧液面的波动。因此，要精确调整制冷量，稳定膨胀机的工况
	2. 纯化器切换的影响	2. 液氧液面是反映制冷量大小的重要标志。由于分子筛纯化器切换后，吸附空气中杂质时产生吸附热，进入分馏塔的空气温度明显升高，在传热工况不变的情况下，进入下塔空气焓值提高，液氧液面因蒸发量增大而有所下降
	3. 进塔空气压力的变化	3. 在其他工况不变的情况下，进塔空气压力升高，膨胀机前压力升高，制冷量增大，液氧液面上升；进塔空气压力下降则反之。因此，稳定入塔空气压力是维持液氧液面稳定的前提条件
	4. 进塔前空气温度的变化	4. 在其他工况不变的前提下，液氧液面随着入塔空气温度的升高而下降。其原因如第2点所述
	5. 下塔液体送入上塔的数量	5. 液氮调节阀控制下塔的液氮和液空纯度，正常情况下调整范围很小；而液空调节阀控制液空液面，液空液面上升则液空调节阀自动开大，下降到一定位置自动关小。送入上塔的液空量增多时液氧液面上升，反之则下降。一般启动初期或工况不稳定时，先手动液空调节阀，不使液空液面波动过大，待工况稳定后再投入自动控制，液氧液面才能稳定
	6. 进塔空气量增加或减少	6. 空气量增加过程中，液氧液面暂时下降。主要是由于冷凝蒸发器负荷突然增加，液氧蒸发量增加，液氧液面下降。而气量减少时，液氧液面则上升
	7. 上塔压力对液氧液面的影响	7. 上塔压力下降，液氧沸点相应降低，从而使冷凝蒸发器温差扩大，液氧蒸发量增加，液氧液面下降；若上塔压力上升，则液氧液面上升

（续）

故障现象	原　因	排除方法
9. 冷凝蒸发器液氧液面波动较大	8. 冷凝蒸发器传热面积变化的影响	8. 理论上冷凝蒸发器的传热面积是一定的，而实际上受操作的影响也会产生变化。下塔液氮回流阀 V-5 开启过小，液氮会在冷凝蒸发器内积聚，氮气侧的传热面积相应会减小；或者氖、氦气吹除不及时，在冷凝蒸发器内积聚，也会使传热面积减小。传热面积减小会使下塔压力上升，液氧液面上升。因此，在正常情况下液氮回流阀应全开，氖氦吹除阀适当打开，长期微量吹除，防止氖氦气积聚
	9. 液氮抽取量过大或过小	9. 合理调整液氮进上塔调节阀 HV-1 和液氮出冷箱排放阀 V-7 的工作工况
10. 上塔超压	1. 产品输送阀或放空阀开度过小 2. 主换热器内漏（高压窜低压） 3. 膨胀机后进上塔气量过大 4. 污氮切换阀打不开，上塔气体排出量突然减少或自动阀发生故障，大量正流空气窜入污氮通道所引起的	1. 合理调整产品输送阀或放空阀开度 2. 停机检修 3. 合理调整 V-6 阀的开度 4. 当碰到上塔压力超过 600kPa 时，而上塔安全阀未动或安全阀跳开后仍然不能消除时，应迅速打开紧急放空阀，并开大氧、氮送出阀。若采取上述措施上塔压力还降不下来，应及时切断增压透平膨胀机的进气，停止膨胀机的运行；通知空气压缩机操作人员，迅速打开空压机末级放空阀，降低压力，防止空压机超压。然后查明原因，消除故障后再起动
11. 粗氩塔 II 突然发生阻力下降，粗氩含氩量下降，含氧量升高，粗氩塔 II 正常操作工况被破坏；粗氩塔 II 冷凝蒸发器中液空液面满程；进粗氩塔 II 氩气流量显示 FIA-701 为 0 等现象称为粗氩塔“氮塞”	上塔氩馏分含氮量超标。粗氩含氮量大幅度增加，会使粗氩塔冷凝器的温差减少，甚至不冷凝，将使氩馏分抽出量减少，上升气流速度降低，造成塔板漏液，最终导致粗氩塔无法正常工作，产生“氮塞”现象	如果是轻微“氮塞”只需要迅速开大 HV-702 阀，关小 LCV-702 阀，使积聚在粗氩塔冷凝蒸发器冷凝侧的氮气迅速排入大气，随后应调整上塔的操作工况，使氩馏分含氮量逐步恢复正常，待粗氩塔重新建立正常精馏工况后，就可排除 如果是严重“氮塞”首先要关闭 FCV-702，停运纯氩塔；然后采取上述措施外，还应稍开 V-701 阀，将粗氩塔 II 冷凝器中的液空液位降至正常位置，待主塔、粗氩塔工况稳定、正常后，再将 V-701 阀逐渐关回原位

（续）

故障现象	原　因	排除方法
12. 液氩纯度下降	1. 氩馏分达不到要求 2. 进入纯氩塔的氩气纯度不合格 3. 纯氩塔中产品气氩含氮量过高 4. 纯氩塔中产品液氩含氮量过高	1. 调节主塔工况，保证粗氩气体中的氩馏分在规定范围内 2. 根据氩气出粗氩塔 II 的分析结果，迅速打开粗氩气放空阀 HV-702，逐步关闭粗氩气进纯氩塔流量调节阀 FCV-702，停运纯氩塔；查找原因，及时调节 3. 增加纯氩塔的气侧的排气量，即稍开 V-751 阀或 V-752 和 V-753 阀 4. 根据纯氩塔阻力变化情况和液氩液面的高度，逐渐开大 HC-701 阀，增加中压氮气的流量，使液氩中的氮组分得到充分蒸发，从而使液氩纯度逐步达标
13. 液氩产量下降	1. 粗氩气纯度不合格 2. 氩馏分抽取量过小 3. 进纯氩塔的粗氩气流量过小 4. 纯氩塔精馏工况不稳定	1. 查找原因，及时调节 2. 调节主塔工况，增加氩馏分的抽取量 3. 调节粗氩塔工况，增加粗氩量 4. 调节纯氩塔精馏工况，提高氩产量
14. 氩馏分含氮量过高	1. 上塔氩馏分抽口位置设计偏高 2. 上塔压力大幅度下降，导致氩馏分中氩和氮组分急促升高 3. 进上塔的膨胀空气量过多，导致膨胀空气进口以上塔板的液、气比减少，组分的分离能力减弱，使氩馏分含氩量明显降低，含氮量升高 4. 产品氧气取出量过大，氧气纯度过低，使上塔的富氩区严重下移，这是造成氩馏分含氮量过高的常见原因	1. 设计问题，厂家处理 2. 查找原因，及时调节 3. 适当的打开旁通阀，使部分膨胀空气排入污氮管道 4. 适当的关小送氧阀，开大氮气排放阀，提高氧纯度和氩馏分的组分才会恢复工况
15. 环境条件变化对空分设备的影响	1. 大气压力的影响	1. 大气压力在 0.1MPa 附近波动。大气压力降低将使空压机的压缩比增大。大气压力降低 0.01MPa，会使空压机的压缩比增加 6% ~8%，增加压缩的能耗。此外，由于质量比体积增大（密度减小）空压机的排气量减小，相应的氧产量也会减少，制氧的单位电能耗增大

（续）

故障现象	原　　因	排除方法
15. 环境条件变化对空分设备的影响	2. 环境温度的影响 3. 空气湿度的影响 4. 空气中杂质的影响	2. 环境温度升高，会使空压机的排气量减少，轴功率增大。环境温度升高3℃，轴功率约增加1%。此外，环境温度升高也会使空压机排气温度升高，冷损增大，要求有更多的制冷量来平衡冷损，最终导致能耗增加 3. 空气湿度增大，使空压机的一部分功消耗在压缩水蒸气上，造成空压机的轴功率增大 4. 空气中杂质含量增加，使得分子筛吸附器净化的负荷增大
16. 主热交换器热端（E-1）温差过大	主换热器是空分设备中用来回收氧、氮、污氮的冷量，冷却加工空气，使它接近液化温度的主要换热设备。主换热器热端温差过大，冷端温差必过小；热端温差过小，冷端温差必过大，这是由于主换热器正、反流气体冷量平衡所决定的	温差较大通常采取改变产品流量、加工空气量、环流量等方法来改变反流与正流气量比例关系，从而缩小热端温差
17. 粗氩I阻力（PdI-701）居高不下	1. 进入粗氩塔I回流液过多 2. 液氩循环泵进出口有汽化蒸气产生"气堵" 3. 粗氩系统产生"氮塞"	1. 将液氩进粗氩塔I液位调节阀LCV-701由"自动"转入"手动"，并关小该阀的开度，从而减少进粗氩塔I的回流液，与此同时应将液氩进粗氩塔II压力调节阀PCV-701由"自动"转入"手动"，并开大此阀，让多余的粗液氩返回粗氩塔II底部 2. 将液氩循环泵进出口液体排放阀打开，直至有液体排出后关闭 3. 按上述"11"处理
18. 下塔液空液面波动较大或呈周期性的大波动	1. 液空液面指示差压变送器故障 2. 液氮回下塔流量控制阀V-5，阀尖有干冰冻结。从而使液氮回下塔流量时大时小 3. 进分馏塔系统的总加工空气量不稳定 4. 液氮进上塔调节阀HV-1发生故障	1. 通知仪表工处理 2. 用工具轻轻敲打V-5阀阀杆，并将其上下急速全开、全关数次后开回原位 3. 查找原因并及时处理 4. 通知仪表工处理

（续）

故障现象	原　因	排除方法
19. 粗液氩循环泵因故障停机造成主塔、粗氩塔Ⅱ工况不稳	当液氩循环泵因故障停机时间过长会造成以下联锁反应： 1. 粗氩塔Ⅱ底部粗液氩液面急剧升高	1. 按操作规程关闭粗液氩进液氩循环泵进、出口阀。全开 PCV-701 阀，关闭 LCV-701 阀
	2. 进粗氩塔Ⅱ的氩气流量降低，粗氩系统产生“氮塞”现象	2. 将粗氩塔Ⅱ底部粗液氩排放阀 V-772 打开，将多余的粗液氩排放。保持粗氩塔Ⅱ底部粗液氩液位在设定值
	3. 上塔液氧液面波动较大，产品氧纯度不稳定。上塔压力、阻力变化较大；下塔压力、阻力、液空液面不稳定	3. 逐渐关小液空进粗氩塔Ⅱ冷凝蒸发器液位调节阀 LCV-702；开大粗氩气放空阀 HV-702
	4. 加工空气量变化较大。13000～19000m^3/h	4. 增大增压机回流量，减少膨胀机的单位制冷量，将膨胀机的转速控制在设定值范围内。关小 V-6 阀
	5. 空气压缩机末级排气压力不稳定，压力在 230～480kPa 之间波动	5. 逐渐关小空压机进口流量调节阀，用空压机末级防喘振阀来控制空压机末级排气压力稳定在 460kPa 左右
	6. 增压透平膨胀机进口温度和出口温度低于设定值。膨胀机转速不稳定	6. 关小 V-5 阀，关小液氮进上塔调节阀 HV-1。液空进上塔调节阀开度保持不变 关小产品氧输送阀，开大氮气放空阀 HV-102 和氮气去水冷塔控制阀 FCV-103、污氮气去水冷塔控制阀 PCV-104。控制氩馏分的抽取量 待粗液氩循环泵故障处理完毕后，再缓慢将各系统的工况恢复至正常

3-29　膨胀机的常见故障怎样处理？

答： 膨胀机的常见故障原因和处理办法见表 3-8。

表 3-8　膨胀机故障原因与排除方法

故障现象	原　因	排除方法
1. 膨胀机机前温度过低(TI-401A/TI-401B)	1. 中抽（V-1）和底抽（V-2）阀门调整不当或旁通量和环流量比例不适当	1）合理的调节中抽（V-1）和底抽（V-2）阀门的开度，或调整旁通量和环流量比例，使膨胀机前温度达到设定值

（续）

故障现象	原　因	排除方法
1. 膨胀机机前温度过低（TI-401A/TI-401B）	2. 主换热器过冷	1）适当的降低进膨胀机前的压力或减少加工空气流量。逐步开大增压机回流阀（FCV-401A/FCV-401B），关小膨胀机喷嘴（HV-401A/HV-401B），根据膨胀机的转速、膨胀前后的温度、压力和增压机回流量等实际情况，减少膨胀机的膨胀量，增加空气进下塔流量，使主换热器各部温度逐步恢复正常工况 2）根据主塔精馏工况和增压空气出主热交换器底部温度（TI-5）变化情况，逐步调节污氮气出热交换器调节阀和氮气出主换热器（E-1）调节阀的流量，以达到控制污氮气出过冷器温度（TI-9）和氮气出过冷器温度（TI-10）在规定范围内，避免管道内带液。必要时可排放部分液氮 3）根据主塔精馏工况和增压膨胀机运行情况，逐步关小膨胀机后膨胀空气旁通阀 V-6
2. 膨胀机机后过低（TI-402A/TI-402B）	1. 膨胀机喷嘴开度过大 2. 增压机回流阀开度过小 3. 膨胀机前温度过低	开大增压机回流阀，控制其温度在规定范围内
3. 膨胀机前压力偏低（PI-401A/PI-401B）	1. 膨胀机机前过滤器被分子筛粉末、雪花及固体二氧化碳堵塞	1. 如是过滤网破损应及时更换，若出现阻力大时应及时切换膨胀机，有问题的膨胀机要及时加热反吹，加温吹除要彻底
	2. 调整机前温度时操作不当；当在调整旁通量和中抽量过程中，只顾机前温度而使机前压力降低	2. 调整机前两股气流时，应同时考虑到温度和压力
4. 膨胀机带液	1. 膨胀机进口温度过低。当膨胀机进口温度低于 -155 ~ -145℃时，易发生膨胀机带液故障。若高于 -145℃时，膨胀机一般不会带液 2. 膨胀机出口温度过低。当膨胀机出口温度低于 -189 ~ -186℃时易发生膨胀机带液的故障。高于 -186℃时，膨胀机一般不会带液	膨胀机带液后，应迅速降低膨胀机转速或停止膨胀机运行，并打开蜗壳吹除阀和出口吹除阀，排清液体，同时设法提高膨胀机进口温度

（续）

故障现象	原　因	排除方法
5. 膨胀机轴承温度过高（TIAS-403A/TIAS-403B）	1. 产生的摩擦热过多；由于轴承的间隙不当或转子振动过大引起的 2. 润滑油不足或油温过高，来不及将热量带走 1）油压过低，润滑油量不足 2）润滑油不干净，造成油管堵塞或摩擦热增加 3）润滑油变质，黏度不合要求 4）油冷却器冷却效果不良	1. 找出原因，并调整轴承间隙 2. 处理方法： 1）添加润滑油，并调整油压 2）更换润滑油，清洗过滤网 3）更换合格润滑油 4）找出原因并处理
6. 膨胀机轴承温度过低	气体外漏 1. 未通密封气 2. 密封套磨损，间隙增大 3. 膨胀机停机时，发生轴承温度过低，这是由于冷量通过轴直接传递过来引起的，这将使转子不灵活，甚至起动不起来	处理方法： 1. 接通密封气气源 2. 更换密封套 3. 立即启动膨胀机润滑油供油系统和油加热器，并加强润滑油的循环量来提高温度
7. 振动过大	1. 转子的动平衡发生变化：叶轮叶片磨损或叶轮上有杂质凝结 2. 转子的共振。转子的工作转速与转子本身固有频率相近或相同，即发生共振 3. 膨胀机进液，液滴抛向叶轮外缘并汽化，使间隙压力大幅度波动 4. 油膜厚度周期性变化，引起油膜旋涡振动 5. 润滑油系统故障。(例如：润滑油油温过低，粘性过大；油不干净或混入水分；油压过低，造成润滑油不足等均可能造成振动)	1. 每次起动前应进行认真吹除，且在使用一段时间复校转子动平衡 2. 设计或调整时应使转子的工作远离自身的固有频率 3. 发现机内有进液或产液时，应及时切换膨胀机，并停机加温吹除 4. 调整合理的油膜间隙 5. 找出原因并处理
8. 喷嘴后压力过高（HC-420A/HC-402B）	1. 喷嘴流道被雪花或二氧化碳堵塞，膨胀机内出现液体 2. 喷嘴盖板不严，间隙过大 3. 喷嘴调节时控制阀关闭过快	1. 停车加温吹除 2. 重新调整盖板的间隙 3. 调节时应缓慢打开或关闭喷嘴调节控制阀

（续）

故障现象	原　因	排除方法
9. 喷嘴后压力过低	喷嘴流道被雪花或固体二氧化碳堵塞	停车加温吹除或用反吹法吹除，保证喷嘴畅通。（反吹法是指采用常温空气对膨胀机叶轮和空气流腔进行复热吹除。具体操作如下：膨胀机切换完毕后，首先关闭需加温膨胀机的进口阀 V-3A/B 和出口阀 V-4A/B，打开膨胀机后吹除阀 V-401A/B 和膨胀机前吹除阀 V-305/V-306，打开膨胀机喷嘴调节阀 HC-402A/B 和膨胀空气紧急切断阀 HV-401A/B，打开空气进膨胀机加温总阀 V-1215，用膨胀机加温阀 V-206/V-207 来控制加温空气流量，膨胀机的压力。待膨胀机前后温度达到常温后加温结束）
10. 膨胀机转速表指示(SRAS-401A/SRAS-401B)偏高或偏低	膨胀机起动后，如发现转速表显示与实际转速不符，且有较大差异，那么一般是转速检测系统发生故障	立即检查并检验转速表与转速检测系统
11. 膨胀机运行时，发生突然的转速升高，甚至报警和停车故障	这种故障应与转速表受干扰而产生的假超速报警和停车现象加以区别，这是一种真正的突然转速升高超速的故障	找出原因并处理。（有可能是膨胀机喷嘴控制阀连动机构松动或脱落，造成控制阀失去作用，喷嘴开度处于全开位置）
12. 膨胀空气带油	1. 起动前，没按操作规程要求先通密封气，再通润滑油	1. 严格按操作规程操作。即操作中严格遵循先通密封气，再通润滑油；先断润滑油，再断密封气的原则
	2. 停膨胀机后，没先断润滑油，再断密封气	2. 运行中勤检查，防止密封气源断气，密封气压力过低，润滑油压力过高，轴承温度过高及密封气带油等
	3. 膨胀机解冻吹除时，通了油而没通密封气	3. 安装和检修时，保证轴承间隙及轴密封间隙符合技术要求
	4. 运行中，密封气气源断	4. 查明原因并及时处理
	5. 密封气压力过低，润滑油压力过高	5. 适当加大回油流通断面，防止回流能力小，造成回流腔压力高
	6. 轴瓦磨损过量，轴瓦端面漏油量增大	6. 调整间隙并更换密封圈
	7. 油温过高	7. 找出原因并处理
	8. 回流通道阻滞，回流不畅	8. 清洗回流通道
	9. 膨胀机轴密封间隙过大，密封失效	9. 调整间隙或更换密封圈
	10. 膨胀机结构不能有效防止润滑油漏入膨胀空气通道	10. 找出原因并处理

（续）

故障现象	原　因	排除方法
13. 增压机回流量（FIC-401A/B>5200m³/h）过低	增压机回流阀或膨胀机喷嘴开度调配不合理	在回流阀关闭的情况下，可根据膨胀机和空分塔的运行状况，通过调整膨胀机喷嘴开度来调整增压机的回流量。如果在膨胀机喷嘴开度一定的情况下，可根据加工空气的压力、流量，通过调整增压机回流阀的开度来调整增压机的回流量
14. 增压机后出冷却器的空气温度过高（TI-407A/TI-407B）	1. 冷却器进水阀或出水阀没开或没有完全打开 2. 冷却水温度过高 3. 冷却器换热效率下降 4. 复用水站出现故障，造成供水不足，冷却水压力达不到要求	1. 检查阀门开关情况，并全开进水阀和出水阀 2. 查明原因并处理 3. 如果是冷却水管积垢，应清除 4. 查明原因并处理
15. 增压机前压力过高（PI-404A/PI-404B）	空压机末级排气压力突然升高。（空压机负荷增加；空压机负载调整不当等原因）	查明原因，并按《空压机操作规程》有关要求及时处理
16. 膨胀机前压力过高（PI-401A/PI-401B）	1. 增压机回流阀和膨胀机喷嘴开度较小，造成膨胀机前压力和增压机后压力升高 2. 空气进膨胀机前空气过滤器（AF402A/B）有堵塞现象 3. 增压机前压力升高	1. 根据工况，调整增压机回流阀和膨胀机喷嘴的开度 2. 检查并清洗干净膨胀机前的空气过滤器 3. 查明原因并处理
17. 增压机回流量和膨胀机转速正常情况下，增压机回流阀和膨胀机紧急截断阀突然失电，造成空压机末级排气压力急剧升高，膨胀机转速突然下降	1. 差压变送器传输故障 2. 空分设备电压和电流波动较大，引起阀门控制系统故障	通知空压机操作人员立即将空压机末级压力调至正常值。中控室操作人员立即关闭膨胀机喷嘴至“0”位，停运膨胀机。待查明原因后，按《增压膨胀机操作规程》重新起动增压膨胀机组至正常

3-30 怎样实施对 KDONAr-2000/1200/60 型空分设备预冷系统的改造?

答：KDONAr-2000/1200/60 型空分设备经两年的运行，发现其存在不完善的地方，其中最主要的是预冷系统，因设计和车间复用水等多种因素的影响，预冷系统不能将空气冷却到设计的范围，空气出空冷塔进纯化器的温度往往高于设计温度约 10℃。为完善预冷系统，经多方考查论证和分析，使冷却系统达到预期的效果，在流程中加入一台制冷机组（也称冷水机组），同时对流程作技术改造。

所加制冷机组的情况：

1. 机组详细技术参数

水冷螺杆式冷水机组型号：YBWC80A

冷媒：R-22；机组制冷量：270kW；消耗功率：60kW。

机组制冷量调节范围：25% ~50% ~75% ~100% 自动四级调节。

蒸发器：冷冻水进口温度：120℃；　　冷冻水出口温度：7℃。

冷凝器：冷却水进口温度：32℃；　　冷却水出口温度：37℃。

2. 机组技术规格

见表 3-9。

表 3-9　制冷机组技术规格

名　称	参　数	名　称	参　数
制冷剂	R-22	冷却水进/出口温度	32℃/37℃
单台制冷量	270kW	冷量调解范围	25% ~50% ~75% ~100% 自动四级调节
冷冻水进/出口温度	12℃/7℃	电源条件	380V/3PH/50Hz 电动机电源

3. 水冷螺杆式冷水机组 YBWC 系列机械特性

YBWC 型水冷式冷水机组所有相连的制冷剂管路和内部管路均已在出厂前连接完毕，随时可以现场安装。机组经耐压试验，抽真空，并由工厂为机组充注了制冷剂和润滑油。组装完毕后，进行运转试验，以确保机组能正常工作。

压缩机是直接传动、半封闭双螺杆式，并包括下列部件：

采用双螺杆转子，由锻钢制成。精密加工的压缩机铸铁机体，为转子提供最佳的余隙。压缩机的设计工作压力为 3. 1MPa 表压。容量控制：压缩机在最小负荷位置启动，受微处理器控制的容量调节阀在 25% ~50% ~75% ~100% 满负荷范围内实现四级调节。内部排气止回阀可以防止转子在停机时逆转。内置的排气消声器可以有效地减少噪声源，同时优化气流，以获得最佳性能。防水接线盒：吸气冷却、高效可靠的半封闭使电机具有过载保护，热敏电阻和电流过载保护。压缩机机体内装有吸气过滤网跟直接起动相比，星三角压缩机电机启动器使起动电流大约降至39%（工厂安装）。油分离器：油分离器已经内置于螺杆压缩机内，分离效率高，加强了气体的撞击效果，从而高效地分离出润滑油。

制冷回路：液体管路包括带充注口的手动截止阀、干燥过滤器（含强吸水能力的可更换式滤芯）、电磁阀、有湿度指示的视液镜和热力膨胀阀。吸气管外有闭孔泡沫保温。

冷凝器：壳管式水冷冷凝器可以清洗，外径为19mm的无缝铜管，内翅片并经管外肋化，胀接在管板上。设计压力为：水侧1MPa（表压）。水管接口上配有HG20615法兰，以便接管。

制冷剂设计压力为2.5MPa（表压）。制冷剂配有安全阀，其起跳压力为2.41MPa（表压），冷凝器的制冷剂侧按照国家标准GB151和JB/T4750来制造和测试。

蒸发器：采用壳管式直接膨胀蒸发器，设计压力为：壳体侧1MPa（表压）。管侧2.5MPa（表压）。蒸发器制冷剂侧的出口管上配有安全阀，其起跳压力为2.41MPa（表压），蒸发器的制冷剂侧按照国家标准GB151和JB/T4750来制造和测试。蒸发器外壳包裹有19mm厚的软质闭孔泡沫塑料。

水管接头上配有HG20615法兰，以便接管，并由安装单位在管路安装完毕后敷设保温层。

电控柜为单点电源接线，配电盘包括：空气开关、压缩机起动接触器、相序保护器、起动定时器和压缩机电动机过载保护元件。压缩机电动机过载保护是通过热继电器实现的，相序保护器保护压缩机电动机不因输入电源反相而受损。

控制部分包括On/Off船形开关、调速主板、压力开关、油压差开关、状态指示灯和高低压油压压力表。

改造具体内容和总体要求如下：

具体内容：主设备、管道、阀门及其他设备、附件的采购，常用、易损，关键的备件提供两套；YBWC80SC50型水冷机组及其附件的安装（包括土建）；系统流程管道改造，所需的管道长度及管道、阀门安装位置，根据改造设计方案而定；系统的安装和调试。

总体要求：改造是对本套空分设备系统中预冷系统进行改造。改造后，原系统中冷冻水的温度降低10～15℃，改造后的系统能够连续正常供水，在突遇紧急停电等意外事故时，不造成设备事故，保证系统安全运行。改造过程中和改造后，对原有空分设备系统不造成任何不利影响。该项目的整个实施过程不影响KDONAr-2000/1200/60型空分设备的生产运行和安全质量等有关问题。

施工的具体技术要求及装置特点：

1. 整个系统按 1.6MPa 压力设计。

2. YBWC80A 型水冷螺杆式冷水机组制冷量：270kW；型式：半封闭螺杆式；冷冻水进/出温度：12℃/7℃；蒸发器最大温差：8℃；冷冻水压降：40kPa；制冷剂：R-22；满负荷冷冻水流量：49m^3/h。

改造后的效果：冷水机组冷冻水进口温度 20℃，冷冻水出口温度 7℃。

冷水机组制冷量调节范围：25% ~50% ~75% ~100%。

3. YBWC80A 型水冷螺杆式冷水机组必须先进、可靠，能够连续不间断运行 10 年以上。

1）其压缩机先进高效，在微电脑控制中心的指挥下，压缩机根据负荷能够实现自动调节；

2）控制系统方便可靠，采用专用的控制中心、专利设计的启动控制柜。所有的控制和启动设备在工厂安装好并经过功能测试。在屏幕采用高亮度液晶 LCD 点阵显示器。运行状态显示：显示机组运行状态参数—包括冷冻水进/出水温度、环境温度、每个系统吸排气压力。机组运行故障显示—当机组发生故障时能进行自我诊断并显示故障原因，并通过指示灯发出报警。可查询故障历史记录。DI 及 DO 状态显示—可显示各模块输入点（DI）输出点（DO）状态；

3）水侧换热器安全高效，高效直胀型管式蒸发器采用优质防腐碳素钢和最先进的高效强化换热铜管束；

4）干式壳管式蒸发器采用高效外螺纹无缝铜管。

4. 冷水机组的进出口安装就地压力表、温度仪以及流量计，并且进出口压力、温度和冷冻水流量要在冷水机组的控制系统中显示，并且要进入原系统的中控系统中显示。

5. 该改造系统的各项参数的测量仪表必须完整、先进、灵敏、准确。

6. 系统中所有管道均按冷水机组厂家的技术要求安装，同时不低于相应的有关标准，若遇不锈钢管道（如材质 1Cr18Ni9Ti）或阀门采用不锈钢阀，其焊接连接均采用氩弧焊焊接方法。

7. 冷冻水压力的控制，必须符合整套空分设备的具体要求。

8. 工艺上要求保温的管道及设备必须按相关管道和设备保温标准要求进行保温处理。系统投入运行后，保温的管道和设备不准有挂霜的现象，即保温效果必须符合实际使用要求。

9. 该系统改造后必须满足原系统的工艺要求，改造后的效果必须达到使原系统的冷冻水水温降低 5 ~10℃，并且对原系统正常运行不造成任何不利影响。

系统改造工艺流程参见图 3-7。

3-31　空冷塔和水冷塔的常见故障怎样处理？

答：空冷塔和水冷塔的常见故障原因和排除方法见表 3-10。

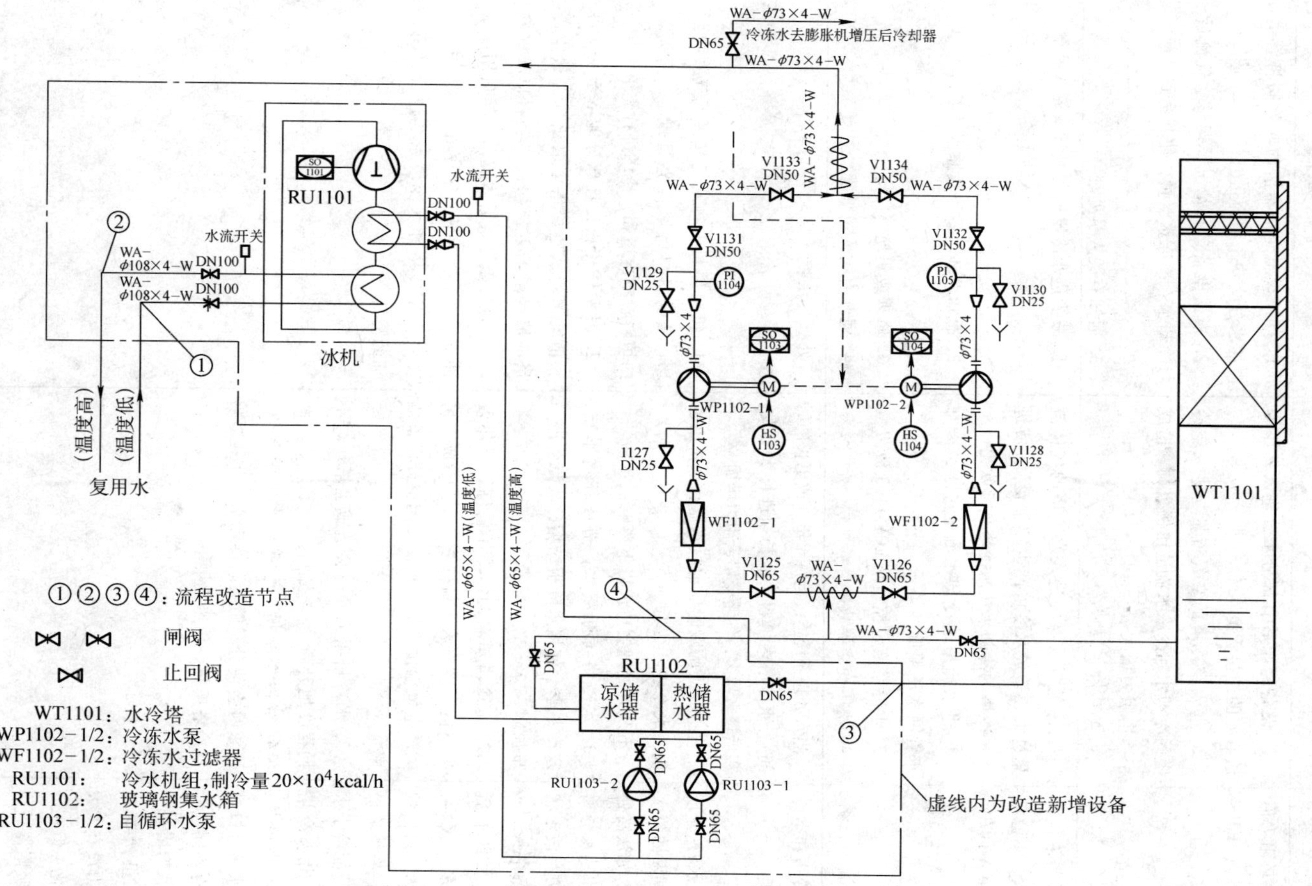

图 3-7　KDONAr-2000/1200/60 型空分设备预冷系统改造工艺流程示意图

表 3-10 空冷塔和水冷塔常见故障与排除方法

故障现象	原　因	排除方法
空冷塔阻力值增大（PdIS-1101）	1. 设备停车后有部分水分进入差压变送器前的连接管道 2. 进入空冷塔的空气流量与进入空冷塔的冷却水和冷冻水流量比例失调，造成空冷塔阻力增大 3. 差压变送器故障	1. 打开差压变送器前的吹除阀将管道内的水分吹除干净为止 2. 根据设备运行情况，调整空气流量与冷却水、冷冻水流量，使其达到平衡 3. 通知有关人员处理
水冷塔液位波动较大，不稳定（LICA-1103）	1. 污氮气或氮气进入水冷塔的气体流量过大，造成水冷塔产生"液泛"，使进入水冷塔的冷却水从水冷塔顶部吹出 2. 进水冷塔的冷却水流量过小，冷却水管网水压偏低 3. 水冷塔液位控制阀 LCV-1103 故障 4. 差压变送器故障	1. 减少进水冷塔的污氮气或氮气流量 2. 通知循环水站查找原因并及时处理 3. 修理或更换阀门 4. 通知有关人员处理
水冷塔和空冷塔结垢 1. 水冷塔顶部有间断的喷水现象。如从高处看，水从水分离器下方呈波浪状向上溅出 2. 水封干后有较多垢状物，垢体为灰白色颗粒状，垢体疏松且部分能溶于水 3. 出水冷塔有溅水现象外，喷淋水泵进口过滤网有不同程度的垢状物堵塞 4. 虽然空冷塔阻力没有太大的变化，但在分子筛吸附器进口前的检水器有少量水排出的现象	当水处理系统连续运行4年（或更长的时间），水冷塔内填料表面长期进行水蒸发，积垢越来越多，气路受堵，阻力增加 若进分子筛吸附器前检水器有水析出也说明水冷塔已结垢 不及时处理会造成以下影响： 1. 水冷塔不断溅水，造成环境影响，寒冷冬季会使堵水隔板结垢，故障会进一步加剧 2. 水冷塔填料的结垢不清除，换热效果不良，冷冻水水温持续升高，造成进精馏塔空气温度升高，进而影响空分设备效率 3. 水冷塔阻力升高会造成上塔压力不同程度地升高 4. 空冷塔结垢，会造成水夹带现象，严重时会使分子筛吸附器带水，并且影响空冷塔换热、传热效果	处理方法： 1. 机组停机，将氮气和污氮气管线封堵，从倒料口将填料全部卸出，购买新的填料对空冷塔和水冷塔进行充填 2. 因垢体疏松，且部分能溶于水，可将散堆填料从空冷塔中取出（一般空冷塔的填料层上下部均设有装料口和卸料口）、轻轻敲打将垢体震落，然后用清水冲洗干净后，再装入空冷塔继续使用 3. 对空冷塔和水冷塔系统进行封闭式加药清洗

3-32 分子筛纯化器的常见故障怎样处理？

答：分子筛纯化器的常见故障原因和处理方法见表3-11。

表3-11 分子筛纯化器的常见故障与排除方法

序 号	故障原因	排除方法
1	控制系统故障，程序出现错误	1）转入手动操作，如有备用控制器，转换到备用控制器上 2）手动操作无效或无法实现手动操作，应停机处理
2	电磁阀故障，切换阀不能开或关	1）通知有关人员检查电源、气源是否正常，有问题要及时处理 2）以上处理无效时，进行手动操作，并更换电磁阀
3	行程开关故障，切换阀程序进行中断	1）处理行程开关 2）行程开关损坏，应以更换
4	切换阀动作缓慢	1）检查气源压力。压力过低时，进行调节 2）机械卡阻。处理卡阻或加以润滑
5	切换阀门泄漏	1）检查行程。如行程不足或过度，调整至正常位置 2）执行机构与阀杆联接松动，重新紧固 3）阀门密封损坏，处理和更换密封

3-33 成套空分设备及管道系统如何进行压力试验？

答：1. 设备压力试验

需要进行压力试验的设备，按其本身的技术要求进行。试压过程中必须遵循有关压力试验规程。

2. 管道系统分段压力试验

冷箱内部管道的压力试验：系统采用气压试验，介质为干燥无油的空气。并必须由专人分区负责包干，严格认真检查各部分的泄漏情况，不允许有泄漏。各系统的试验压力、停压时间、残留率按表3-12的规定。

表 3-12 管道试验压力取值表

管道系统类别	试验压力/MPa	停压时间/h	残留率Δ（%）
低压系统	0.1	12	≥98
液氧循环系统	0.3	12	≥97
中压系统	0.6	12	≥95
增压系统	0.9	12	≥93

残留率Δ按计算公式：

$$\Delta = p_2 \times T_1 / (p_1 \times T_2) \times 100\%$$

式中：p_1——起始压力，kPa（绝对压力）；

p_2——终点压力，kPa（绝对压力）；

T_1——起始温度，K（热力学温度）；

T_2——终点温度，K（热力学温度）。

在试压试验前，管道对接焊缝应视为已按标准要求检查合格。

在试压前，所有的安全阀和切换式流程中的自动阀阀位孔用盲板堵塞。

充压程序：

1）先充压至20kPa检查焊缝法兰和其他可拆连接处有无明显泄漏，若有泄漏则泄压补漏或拧紧可拆件；

（2）经上述处理后再充压至50kPa再仔细检查。若仍有泄漏，亦应泄压处理；然后再升压至50kPa。当无泄漏时，就逐步升压至表3-12规定的试验压力。

必须严格按管线分工查漏。检漏可用无脂肥皂水或二丁基萘硫酸钠溶液作起泡剂（因它对铝有腐蚀作用，应在泄漏试验结束后用干净热水擦洗干净）。

焊缝泄漏处须正确返修。决不允许用敲打的方法或用防腐剂（低温胶）来进行修补。补焊处再用50kPa压力检查。

冷箱外部管道的压力试验：除水路系统压力试验可用水进行外，其余系统按上述要求进行。

在压力试验之后，将试压用盲板取出，再装上新的垫圈将螺栓螺母旋紧。

拆除盲板后，需再进行一次气密性试验，试验压力为工作压力。

试压准备：

1）干燥无油的压缩空气源；

2）经校验，精度不低于1.5级，量程为最大被测压力1.5~2倍的试压用压力表不少于2只；

3）将管段、设备按不同试压压力分段，参与试压的各段仪表应加盲板隔离或拆除；

4）试压段阀门关闭，进出口段加盲法兰封闭。

基本规定：试验压力按试压规程确定，不明确时按管道设计压力的1.15倍确定（水压一般为1.25倍）。升压时，先升至试验压力的50%，查有无泄漏，如有则泄压补焊。以后每次升压10%试验压力，停3min，分5次升至试验压力，关闭进气阀，稳压10min，如无泄漏变形，测强度试验合格。然后降压至设计压力，检查有无泄漏点，保压时间按试压规程、规定执行。泄漏率不超过5%，即残留率应达95%以上为试压合格。

压力试验前的安全检查：

1）试压现场是否备有压力试验说明或简图并经认可；

2）试验现场是否备有压力试验规范；

3）对于多压力级设备，所有手动和自动阀是否经检查处于正确的打开/关闭的位置；

4）如果适当的话所有自动阀操作机构是否得到适当的超压保护；

5）需要安全网、安全屏蔽的压力试验或其他限制物是否在规定的安全距离；

6）每个通路是否配有1.5～3倍压力范围内的压力表，并在最近的90天内校验过；

7）所有试验管道和接头额定值是否都在规定范围内；

8）每个通路是否配有一只调定在首次试验压力以上5%压力值的安全阀，此安全阀是否已经过校验，并符合要求；

9）安全阀是否直接安装在试验台位或管路上，并使试验通路与安全阀之间的手动阀不会受到限制；

10）所有试验接头、试验盖、盲板的额定压力值是否适当；

11）所有试验压力的更改是否已经表明在试验简图或试验说明上，并经过设计签字认可；

12）试验计划是否这样编制：一次只对一个通路进行压力试验，实验顺序是从最高压力值开始；

13）试验是否采用空气，如果不是的话，所有封闭空间是否有适当的通风，设备以及人员进入这些空间是否有必要的检测手段，或者是否有将试验气体排放到室外的措施；

14）必须经安全员检查认可后才能进行压力试验。

压力试验的基本程序：

1）按流程图或设计要求，对设备、管路系统分段安装试验盲板、压力表或安全阀。

2）制作压力试验台位或控制点，该试验台位或控制点应符合有关技术规范规定。

3）连接符合要求的试验气源。

4）在加压之前应进行安全校验和安全检查，确保所有必须的非破坏性检测和检验已经完成，所有需要的修理已经完成。确认在多压力设备或流路中采用了隔离流体的盲板或断开措施，且这些措施符合要求：并检查阀门位置、连接点和设备位置是否符合压力试验说明，安全阀的调整情况，压力表的测量范围和检测日期，接头、阀门和软管的额定值。

5）按照工程设计和流程图的要求，对管路系统进行分段压力试验。

6）初步试验：缓慢加压到试验压力的50%，在此压力下至少保持10min，在这10min之内观察压力表，如果没有明显压力损失，则继续试验，否则应检查维修。但除压力低于0.172kPa时可以拧紧法兰螺栓外，被试设备或管路在任何情况下不得进行修理。

7）首次试验：被试设备和管路在首次压力的50%下持压10min后，应按首次压力的1/10的增量逐步增加压力，直到首次压力达到为止。在每一次增加压力后，应关闭试验台位上的气体进气阀，观察试验压力表3～5min，如果没有压力损失，就进行下一个增量，如果超过10%，则按要求检修。达到首次压力后，试验台位上的所有压力源都应切断。首次试验至少保持10min后，然后放空到规定的二次压力进行气密性试验。

8）气密性试验：被试设备和管道的所有压力达到首次压力并保压10min后，泄压到不超过二次压力，切断所有压力源，检验每条焊缝和每个连接处，没有发现连续的气泡即为合格。如有泄漏，作好标记，泄压后进行修理再重新试验，直到全部合格为止。

9）所有项目合格后，填写试验记录表。

压力试验完毕后拆除试压盲板，管道、阀门复位，然后作低压检查焊缝及法兰连接处直至全部项目合格。

3-34　空分设备安装或修理后怎样进行吹扫工作？

答：设备的吹扫应按该空分装置《使用维护说明书》进行。吹除气源可由氮气压缩机提供。吹除次序一般为板式换热器→中压系统→低压系统，做到先主管后支管。吹除之前，应检查支架、吊架是否牢固可靠，对系统内仪表加以保护，并将孔板、滤网、节流阀、止回阀阀芯拆除，将不允许吹除的设备（如膨胀机）与吹除系统隔离、冷箱外管路吹除时，应与冷箱隔离开。

吹除气流速度不应低于工作速度，且不小于20m/s，吹除时用木锤轻击焊缝及各段死角，吹除阀要瞬时启闭，间隙吹除。在系统吹刷中，若遇未设置与大气相通的吹除阀，可视情况在适当部位开设吹刷孔。待吹刷结束后，再予堵塞。

吹刷用的气源由空压机提供，并需启用空气冷却塔。吹刷原则，先塔外，后塔内，吹刷要一根接一根地进行。吹刷用的空气压力：中压系统：应保持在250～400kPa；低压系统；应保持在40～50kPa。

在系统吹刷时，透平膨胀机和循环液氧泵进出管应断开，其入口管道上的过滤器芯子和透平膨胀机加温气进口处的过滤器芯子，均应拆下。所有的孔板计亦应拆下。在吹刷可逆式换热器时，需将自动阀箱人孔盖打开，低压侧自动阀孔用盲板堵塞。吹刷之后，将自动阀装上并检漏（此时可将人孔盖装上）。塔外管线吹刷时，凡与冷箱内相接的阀门应关闭，以免脏物吹入塔内。计器管的吹刷，应在吹刷后期进行。各系统的吹刷应反复多次进行，吹刷时间不应少于4h。

吹刷彻底与否的检查，可用沾湿的白色滤纸或脱脂棉花放在吹刷出口处，经5min。应以干净，无明显的机械杂质为合格。

3-35　空分设备安装或修理后怎样进行裸冷工作?

答: 空分设备安装或修理后应进行整体裸冷。

裸冷目的：检查空分设备安装或修理的质量；低温状态下空分装置的冷变形及补偿能力；设备管道是否畅通，能否正常工作。

裸冷前准备：各单元设备是否经多次试运转正常；仪控、电控投入运转正常。

按正常启动程序起动空分设备，使冷箱里设备和主要管路全部得到冷却，并挂以不同程度的霜层。测量点达到技术要求，夏天各参考点温度允许偏高5～10℃。裸冷时，将液氩去液化储存系统的阀门关闭。

裸冷后工作：在低温下拧紧螺栓，速度要快；及时扫霜；加温后充气进行气密性检查。

整体冷试前应对分馏塔进行全面加温和吹除。空气透平压缩机、透平膨胀机、空气预冷系统、分子筛纯化系统（或切换系统）和电、仪控系统需作好运转的准备。

冷试的操作方法：

1）冷试应依次将精馏塔、冷凝蒸发器等主要设备冷却到尽量低的温度，使冷箱内的所有容器、管道及其外表面结上白霜，并应保持至少2h。

2）在冷试过程中，应组织人员进入冷箱（需穿戴防寒帽、手套、棉服等）严格检查泄漏部位并作出标记。对冷阀、低温薄膜调节阀可用专用工具旋紧螺母，并应注意阀门有无卡住现象。

3）冷试结束后（亦可自然复热，只要打开人孔即可）应进行气密性试验

（亦可动态试）。因此所有的螺栓、法兰连接、阀门等零、部件需再紧固一次。要特别注意在紧固时阀门不能呈完全闭合状态。

4）气密性试验压力与工作压力相同。

5）整体冷试一般应进行两次。根据试验时的泄漏情况和处理情况，由现场决定是否需要再次进行冷试。

3-36　怎样清洗和脱脂？

答：对空分设备（接触氧气或低温介质）所有的压力容器、阀门和管道及其管道附近，在安装前必须是清洁、干燥和不沾油污的。凡已由制造厂作过脱脂处理、又未被污染的，在安装时，可不再脱脂。若被油脂污染，则应作脱脂处理。

铝制件（压力容器、阀门、管路）的脱脂，严禁用四氯化碳（CCl_4）溶剂，推荐用全氯乙烯或三氯乙烯溶剂。溶剂需是无油、脱脂的。不允许使用已分解了的溶液。有机溶液不适用于带有橡胶、塑料或有机涂层的组合件，有机溶剂有毒、易燃，使用时要注意安全。

除上述脱脂溶液外，尚可用其他方法如碱洗，碱溶液浓度过高会引起金属锈蚀，特别是铝镁等材料，铝镁制件 pH≤10，清洗温度 70～80℃，碱液清洗后应用清水冲洗制件直至无残留碱性，然后再进行干燥。管道脱脂后，宜在 24h 内配焊，并严防二次污染。脱脂干净与否，可用紫外线灯直观定性检查，或用其他方法进行检查。

冷箱外部的碳钢氧管道、阀门等与氧气接触的一切部件，安装使用前必须进行严格的除锈、脱脂，可用喷砂（只能用石英砂）、酸洗除锈法或四氯化碳及其他高效非可燃洗涤剂，除锈、脱脂后的管道应立即钝化或充干燥氮气。

氧气管道在安装使用前，应将管道内的残留物用无油干燥空气或者氮气吹刷干净，直至无铁锈、尘埃及其他脏物为止。吹刷速度应大于 20m/s。

严禁用氧气吹刷管道。凡与氧气接触的零件表面及运转中残油可能带入氧气的零件表面，其油脂的残油量不得超过 $125mg/m^2$。

3-37　工艺管道的射线检测要求有哪些？

答：管道焊缝的射线检测应符合表 3-13 的要求。

3-38　油冷却器使用和维护的注意事项有哪些？

答：使用中应注意：

1）检查与系统联接处是否紧密，并检查所有附件与观察仪表。

2）使用前，应进行排气处理，即拧松前盖（或后盖）和壳体上的螺塞，缓慢通入水和油，当螺塞分别有水或油溢出，再拧紧螺塞。

3）先通入冷介质水，再加入热介质油，否则产生热应力。

4）通入水时应缓慢加入，切忌大量通入冷却水，以免在管内形成“过冷层”。降低传热效果。

表 3-13 工艺管道射线探伤检查比例选用表

材质	压力范围/MPa	检查比例		
		氧气管道	氮气管道	氩气管道
碳素钢	≤1.6	10%固定焊口 5%转动焊口	由检查人员提出时做，且不多于1%	
	>1.6≤4.0	40%固定焊口 15%转动焊口	10%固定焊口，5%转动焊口	
	>4.0≤10	100%固定焊口 15%转动焊口	40%固定焊口，15%转动焊口	
	>10	100%固定焊口	100%固定焊口，15%转动焊口	
不锈钢	≤1.6	40%固定焊口 15%转动焊口	10%固定焊口，5%转动焊口	
	>1.6≤4.0	100%固定焊口 15%转动焊口	40%固定焊口，15%转动焊口	
	>4.0	100%固定焊口	100%固定焊口，15%转动焊口	

5）通过调节冷却水进水量，使出油温度维持所需温度。

6）油侧压力须大于水侧压力。

维护时应注意：

1）冷却水采用净化的淡水。

2）为防止结垢，提高传热系数，冷却水温度尽可能低一些，水流量尽可能大一些。

3）在寒冷季节，为防止冷却器传热管冻裂，停用时必须放掉冷却器内剩余的油和水。

4）长期停用时，在油侧充入（0.02～0.04MPa）氮气。

5）长期工作后，由于传热管壁产生污垢，导致换热性能下降，必须定期停用清洗，清洗周期视水质情况，一般为6～12个月清洗一次，清洗方法，水侧采用干净高速水冲洗，前后盖及传热管内壁，也可采用机械方法清洗传热管内壁，然后用压缩空气吹干；油侧采用低于（0.5MPa）的三氯乙烯溶液冲洗，溶液流向与油流向相反，然后用水冲洗，最后必须用压缩空气吹干。清洗完毕后必须作气密性试验检查，水压试验后方可投入作用。

3-39 为什么 KDONAr-2000/1200/60 型空分设备空压机的油冷却器要增加板式冷却器？

答：本套空分设备的油冷却系统，在特定的条件下，经使用，发现油温偏高，致使装置不能正常运行，或出现报警现象，严重时导致装置联锁停机。油温经常在50℃以上，夏天经常达57～58℃，远远高于正常范围。通过改造，增加一个板式冷却器后，温度一下子降到48℃左右的正常范围，而且能够很方便地调整稳定在这个温度上，夏天冷却水阀门也只开到一半的位置，冬天只能开到20%左右，所以调节很方便，运行可靠。改造流程参见图3-8。

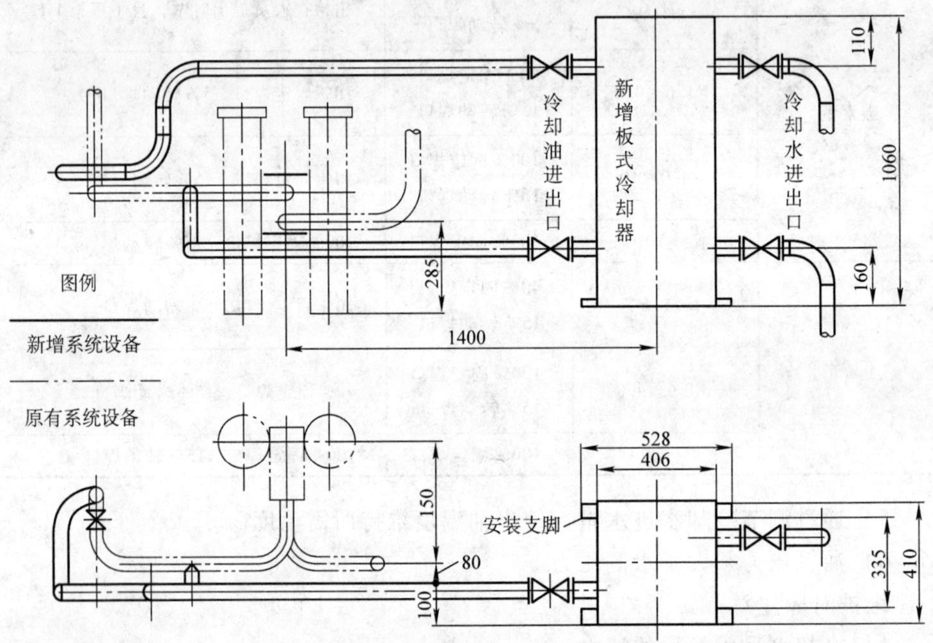

图3-8　新增板式冷却器改造安装示意图

第4章　空分设备分馏塔的结构、使用与维修

第1节　小型空分设备的气氧设备和小型氧/氮空分设备的产品名称、特点及主要组成部件

4.1-1　小型空分设备的气氧设备的产品名称、特点、主要组成部件及生产厂有哪些？

答： 小型空分设备的气氧设备的产品名称、特点、主要组成部件及生产厂如表4-1所示。

表4-1　小型空分设备的气氧设备的产品名称、特点、主要组成部件及生产厂

<table>
<tr><td colspan="3">产品名称：KZO-50型气氧设备</td><td colspan="3">特点：中压液氧泵流程，采用透平膨胀机制冷，总体集装箱结构</td><td colspan="3">生产厂：哈尔滨制氧机厂</td></tr>
<tr><td colspan="2">厂代号</td><td>1K016</td><td colspan="6">主要组成部件</td></tr>
<tr><td colspan="2">加工空气量/(m^3/h)</td><td>430</td><td>名称</td><td>型号</td><td>外形尺寸（长/mm×宽/mm×高/mm）</td><td>重量/t</td><td>配用电动机型号（电炉功率）</td><td>备注</td></tr>
<tr><td>产量/(m^3/h)</td><td>O_2</td><td>50</td><td>空压机</td><td>VWJ-9.3/1.2</td><td>1840×1630×1240</td><td>2.4</td><td>Y280-M2-6（65kW）</td><td rowspan="9"></td></tr>
<tr><td>纯度(%)</td><td>O_2</td><td>99.6</td><td rowspan="3">纯化器</td><td rowspan="3">HXK-472/12</td><td rowspan="3">1400×820×1710</td><td rowspan="3">1.1</td><td rowspan="3">S52-WL（3.7kW）</td></tr>
<tr><td rowspan="2">压力/MPa</td><td>起动</td><td>1.2</td></tr>
<tr><td>工作</td><td>1.18</td></tr>
<tr><td>供气压力/MPa</td><td>O_2</td><td>14.7</td><td>分馏塔</td><td>FO-50</td><td>6060×2590×2440</td><td>6.4</td><td></td></tr>
<tr><td colspan="2">起动时间/h</td><td>10～12</td><td>膨胀机</td><td>PLN-6/4-0.25</td><td>480×230×230</td><td>0.37</td><td></td></tr>
<tr><td colspan="2">运转周期/d</td><td>180</td><td rowspan="2">液氧泵</td><td rowspan="2">BPO-65/165</td><td rowspan="2">710×810×410</td><td rowspan="2">0.16</td><td rowspan="2">JZT-22-44（1.5kW）</td></tr>
<tr><td colspan="2">每1m^3 O_2 电耗/(kW·h)</td><td>1.358</td></tr>
<tr><td colspan="2">总重/t</td><td>10.5</td><td>灌充器</td><td>GC-8</td><td>3790×1580×500</td><td>0.15</td><td></td></tr>
</table>

（续）

产品名称：KZO-50型气氧设备	特点：中压液氧泵流程，采用透平膨胀机制冷	生产厂：哈尔滨制氧机厂

项目		数值
厂代号		1K015A
加工空气量/(m^3/h)		458
产量/(m^3/h)	O_2	50
纯度(%)	O_2	99.6
压力/MPa	起动	1.37
	工作	1.18
供气压力/MPa	O_2	14.7
起动时间/h		10
运转周期/d		360
每1m^3 O_2电耗/(kW·h)		1.45
总重/t		10

主要组成部件

名称	型号	外形尺寸（长/mm×宽/mm×高/mm）	重量/t	配用电动机型号（电炉功率）	备注
空压机	L3.5-9.2/14	2060×980×1800	3.2	(7.5kW)	
纯化器	HXK-480/16	3400×1600×3070	2.9		
分馏塔	FO-50	2460×1600×5370	3.2		
膨胀机	PLN-6/4-0.25	480×230×230	0.37		
液氧泵	BPO-65/220	710×810×410	0.16	JZT-22-44 (1.5kW)	
灌充器	GC-8	3790×1580×500	0.15		

产品名称：KZO-50型气氧设备	特点：中压流程，分子筛纯化和液氧泵汽化充瓶，获医用氧气	生产厂：开封空分黄河制氧机厂

项目		数值
厂代号		K01
加工空气量/(m^3/h)		410
产量/(m^3/h)	O_2	50
纯度(%)	O_2	99.6
压力/MPa	起动	1.4
	工作	1.2
供气压力/MPa	O_2	15
起动时间/h		12
运转周期/d		300
每1m^3 O_2电耗/(kW·h)		1.3
总重/t		~10

主要组成部件

名称	型号	外形尺寸（长/mm×宽/mm×高/mm）	重量/t	配用电动机型号（电炉功率）	备注
空压机	L3.5-8.6/16	1930×1630×1400	2.4	(65kW)	
预冷机组	LKJ-41				
纯化器	HXK-500/14	1550×1550×3400	1.32	(15kW)	
分馏塔	FO-50	2300×1500×8800	4.7		气体轴承
膨胀机	PLN-6/4-0.25				
液氧泵	BPO-65/165	7700×730×630		JZT22-4 (1.5kW)	
灌充器	GC-10				

（续）

产品名称：KZO-50型气氧设备	特点：中压流程，采用液氧泵充瓶，生产医用氧	设计成套单位：中国空分设备公司

项目		数值
厂代号		AA103
加工空气量/(m^3/h)		460
产量/(m^3/h)	O_2	50
纯度(%)	O_2	99.6
压力/MPa	起动	1.5
	工作	1.36
供气压力/MPa	O_2	15
起动时间/h		8～12
运转周期/d		180
每1m^3 O_2电耗/(kW·h)		1.49
总重/t		～9

主要组成部件

名称	型号	外形尺寸（长/mm×宽/mm×高/mm）	重量/t	配用电动机型号（电炉功率）	备注
空压机	3L8	2230×920×2150	2	Y315S-6（75kW）	
冷干机	GAD-6NF	1380×560×1000	0.22	（2.2kW）	
纯化器	HXK-485/14.7	2150×1860×2650	2.8	（12kW）	
分馏塔	FO-50	1900×1500×8600	3		
膨胀机	PLPN-5.5/5-0.4	540×280×280	0.04		
液氧泵	BPO-65/150	1210×800×500	0.27	JC1132-4B（1.5kW）	
灌充器	GC-10	3800×800×500	0.14		

产品名称：KZO-50型气氧设备	特点：中压流程，采用活塞式膨胀机制冷，生产高纯氧	生产厂：邯郸制氧机厂

项目		数值
厂代号		11005
加工空气量/(m^3/h)		300(±5%)
产量/(m^3/h)	O_2	50(±5%)
纯度(%)	O_2	≥99.5
压力/MPa	起动	3.92
	工作	1.67～2.45
供气压力/MPa	O_2	14.7
起动时间/h		8
运转周期/d		180
每1m^3 O_2电耗/(kW·h)		1.4
总重/t		15

主要组成部件

名称	型号	外形尺寸（长/mm×宽/mm×高/mm）	重量/t	配用电动机型号（电炉功率）	备注
空压机	L2-5.55/40	1990×900×1580	2.4	Y315S-6	
纯化器	HXK-300/40	2200×1600×2930	2.3	（15kW）	
分馏塔	FO-50	1870×900×6000	1.95		
膨胀机	PZK-5/40-6	860×800×1840	0.62	Y160M-6	
氧压机	Z-1.67/150	1980×1580×2200	3.2	Y250M-8	
灌充器	GC-10	3700×800×2300	0.7		

（续）

产品名称：KZO-50-1型气氧设备		特点：采用液氧泵内压缩流程生产压力氧	生产厂：邯郸制氧机厂
厂代号		11017	
加工空气量/(m^3/h)		480(±5%)	
产量/(m^3/h)	O_2	50(±5%)	
纯度(%)	O_2	≥99.6	
压力/MPa	起动	1.6	
	工作	1.2～1.4	
供气压力/MPa	O_2	15～22	
起动时间/h		12	
运转周期/d		360	
每1m^3 O_2电耗/(kW·h)		1.56	
总重/t		13	

主要组成部件

名称	型号(厂代号)	外形尺寸(长/mm×宽/mm×高/mm)	重量/t	电动机型号(电加热功率)	备注
空压机	L-9.4/16				
预冷机组	UF-480/16				
纯化器	HXK-480/16				
分馏塔	FO-50	1870×900×6000	2.0		
膨胀机	PLN-6/4.5-0.4				
液氧泵	BPO-75/67-221	1230×1110×420	0.27	Y90L-4(1.5kW)	
灌充器	GC-10-1	3700×800×2500	0.7		

产品名称：KZO-60型空气分离设备		特点：中压、分子筛净化、液氧泵、返流气膨胀流程	生产厂：杭州制氧机集团有限公司
厂代号		31004R	
加工空气量/(m^3/h)		625	
产量/(m^3/h)	O_2	60	
	液O_2	≥26	
纯度(%)	O_2	99.5	
	液O_2	99.5	
压力/MPa	起动	1.2～1.45	
	工作	1.2～1.53	
供气压力/MPa	O_2	14.7	
	液O_2		
起动时间/h		14～46	
运转周期/d		180	
每1m^3 O_2电耗/(kW·h)		1.47	
总重/t		12	

主要组成部件

名称	型号	外形尺寸(长/mm×宽/mm×高/mm)	重量/t	电动机型号(电炉功率)	备注
空压机	VWWJ-13/15-A	2400×2078×1610	3	(125kW)	
纯化器	HXK-780/15.6(1613B)	2100×2000×3500(吸附器)	2.5	加热器(30kW)	
膨胀机	PLZK-8.75/3.5-0.3	1090×700×890	0.01		
分馏塔	FO-60(1004R)	2100×1400×5950	0.41		
液氧泵	BPO-40-70/160(0827A)	1060×380×1271	0.17	(2.2kW)	
高压蒸发器	(P607C)	488×219×2252	0.5		
液氧贮存器	铝制立式	552×352×767	0.015		
氧灌冲器	GC-10-Ⅲ(1905C)	4018×260×580	0.12		

（续）

产品名称：KZO-150型气氧设备	特点：中压流程，采用透平膨胀机制冷和液氧泵流程	生产厂：哈尔滨制氧机厂

厂代号		1K044
加工空气量/(m^3/h)		1300
产量/(m^3/h)	O_2	150
纯度(%)	O_2	99.6
压力/MPa	起动	1.177
	工作	0.98
供气压力/MPa	O_2	14.7
起动时间/h		10
运转周期/d		360
每1m^3 O_2电耗/(kW·h)		1.43

主要组成部件					
名称	型号	外形尺寸(长/mm×宽/mm×高/mm)	重量/t	配用电动机型号(电炉功率)	备注
空压机	LW-2.57/12	2640×1430×2460	8.9	(200kW)	
纯化器	HXK-1300/12	2700×1850×3000	4.3		
分馏塔	FO-150	1600×2100×8000	~8.8		
膨胀机	PLPN-18.4/3.7-0.3				
液氧泵	BPO-200/160				
灌充器	GC-24				

4.1-2　小型氧/氮空分设备的产品名称、特点、主要组成部件及生产厂有哪些？

答：小型氧/氮空分设备的产品名称、特点、主要组成部件及生产厂如表4-2所示。

1993年前生产的小型空分设备的设备型号、技术性能及制造厂如表4-3所示。

1993年前生产的小型空分设备的设备型号、配套单元设备及制造厂如表4-4所示。

表 4-2　小型氧/氮空分设备的产品名称、特点、主要组成部件及生产厂

产品名称：KZGON-20/40 型空气分离设备	特点：高压流程，节流制冷	生产厂：哈尔滨制氧机厂

项目		数值	
厂代号		11021D	
加工空气量/(m^3/h)		115	
产量/(m^3/h)	O_2	20[①]	20[②]
	N_2		40
纯度(%)	O_2	99.6	
	N_2	99.8	
压力/MPa	起动	17.65	
	工作	9.8	
供气压力/MPa	O_2	14.7	
	N_2	0.039 ~ 0.0588	
起动时间/h		18	
运转周期/d		90	
每 1m^3(O_2 + N_2)电耗/(kW·h)		0.326	
总重/t		8.4	

主要组成部件

名称	型号	外形尺寸(长/mm×宽/mm×高/mm)	重量/t	配用电动机型号(电炉功率)	备注
空压机	1LY-2/200	1140×630×1760	2.4	Y2805-683(45kW)	
纯化器	HXK-120/180	1500×1050×3000	1.9		
分馏塔	FO-20/40	1600×1050×7080	2.4		
氧压机	2LY-0.5/16.5-1		1.28	Y160L-8(11kW)	
灌充器	GC-8	3790×1580×500	0.15		

产品名称：KGON-20/40 型空气分离设备	特点：高压流程，用液氧泵充瓶；产品纯度、清洁度符合医用氧标准	生产厂：自贡机械一厂

项目		数值
厂代号		C1105
加工空气量/(m^3/h)		140
产量/(m^3/h)	O_2	20
	N_2	40
纯度(%)	O_2	99.5
	N_2	99.8
压力/MPa	起动	20
	工作	13 ~ 16
供气压力/MPa	O_2	≤16
	N_2	0.0147
起动时间/h		≤24
运转周期/d		90
每 1m^3 O_2 电耗/(kW·h)		2.25
总重/t		5

主要组成部件

名称	型号	外形尺寸(长/mm×宽/mm×高/mm)	重量/t	配用电动机型号(电炉功率)	备注
空压机	2Z2-2.5/200	1760×500×1270	1.45	Y280M-6(50kW)	
纯化器	HXK-140/200	1480×1000×2800	1.5	(9kW)	电加热器
分馏塔	FON-20/40	1300×1100×3750	3.4	(3kW)	
液氧泵	BPO-25/0.5-165	1260×360×450	0.15	(1.1kW)	
灌充器	GC-6	2500×1500×500	0.1		

（续）

产品名称：KZON-50/100 和 KZON-20/100 型空气分离设备	特点：中压流程，采用氟里昂预冷器和活塞式膨胀机制冷，生产部分液氮	生产厂：四川空分设备（集团）有限责任公司

项目		CF104	CF113
厂代号		CF104	CF113
加工空气量/(m^3/h)		330	330
产量/(m^3/h)	O_2	50	20
	N_2	100	100
	液 N_2		10l/h
纯度（%）	O_2	99.2	
	N_2	99.999	
	液 N_2		99.999
压力/MPa	起动	3.92	
	工作	1.96~2.45	2.94
供气压力/MPa	O_2	14.7	
	N_2	0.03~0.04	0.6
起动时间/h		8	
运转周期/d		90	
每 $1m^3 O_2$ 电耗/(kW·h)		1.1	
总重/t		13.8	14.3

主要组成部件

名称	型号	外形尺寸（长/mm×宽/mm×高/mm）	重量/t	配用电动机型号（电炉功率）	备注
空压机	L4-5.5/40	1850×1154×1690	2.9	JR-115-6（75kW）	
预冷器	UF-380/40	1000×1500×2000	0.41		KZON-20/100 型用
纯化器	HXK-380/40	4040×1310×3060	2.9	（15kW）	
分馏塔	FON50/100	1060×1920×8610	3.2		
	FON-20/100	1060×1890×8750	3.4		生产压力氮
膨胀机	PZK-5/40-6	810×915×1750		（7.5kW）	
氧压机	3Z3-1.67/150	2030×2700×2040	2.6	JR-82-8（28kW）	
灌充器	GC-10	3790×500×800	0.15		

产品名称：KZON-50/100 型空气分离设备	特点：中压流程，采用活塞式膨胀机制冷，生产高纯氧和纯氮	生产厂：邯郸制氧机厂

项目		11006
厂代号		11006
加工空气量/(m^3/h)		300（±5%）
产量/(m^3/h)	O_2	50（±5%）
	N_2	100（±5%）
纯度（%）	O_2	≥99.5
	N_2	≥99.5
压力/MPa	起动	3.92
	工作	1.67~2.45
供气压力/MPa	O_2	14.7
	N_2	0.04
起动时间/h		9
运转周期/d		180
每 $1m^3 O_2$ 电耗/(kW·h)		1.4
总重/t		15.5

主要组成部件

名称	型号	外形尺寸（长/mm×宽/mm×高/mm）	重量/t	配用电动机型号（电炉功率）	备注
空压机	L2-5.55/40	1990×900×1580	2.4	Y315S-6	
纯化器	HXK-300/40	2200×1600×2930	2.3	（15kW）	
分馏塔	FON-50/200	1870×900×7300			
膨胀机	PZK-5/40-6	855×800×1840	0.62	Y160M-6	
氧压机	Z-1.67/150	1980×1580×2200	3.2	Y250M-8	
灌充器	GC-10	3700×800×2300	0.7		

（续）

产品名称：KZON-50/100 型空气分离设备	特点：中压流程，采用分子筛纯化和活塞式膨胀机制冷	生产厂：余杭市川空通用设备有限公司

项目		数值
厂代号		
加工空气量/(m^3/h)		330
产量/(m^3/h)	O_2	50
	N_2	100
纯度（%）	O_2	>99.2
	N_2	99.99
压力/MPa	起动	4.0
	工作	1.8~2.5
供气压力/MPa	O_2	14.7
	N_2	
起动时间/h		8
运转周期/d		90
每 1m^3 O_2 电耗/(kW·h)		1.1
总重/t		11.7

主要组成部件

名称	型号	外形尺寸（长/mm×宽/mm×高/mm）	重量/t	配用电动机型号（电炉功率）	备注
空压机	L4-5.5/40	1900×1150×1670	2.9	(75kW)	
纯化器	HXK-300/40	2350×1550×3060	2.1		
分馏塔	FON-50/100	1060×1920×8610	~3.2		
膨胀机	PZK-5/40-6	810×915×1750	0.73	(7.5kW)	
加热炉	JR-15	ϕ550×2200	0.31	(18kW)	
氧压机	3Z3-1.67/150	2030×2700×2040	2.8	(30kW)	
贮气囊	ZG-50	ϕ2850×8750	0.07		
灌充器	GC-10	430×500×150	0.14		

产品名称：KZON-50/100 型空气分离设备	特点：中压、分子筛净化、活塞式膨胀机制冷流程	生产厂：杭州制氧机集团有限公司

项目		数值
厂代号		31004Q
加工空气量/(m^3/h)		350
产量/(m^3/h)	O_2	50
	N_2	100
纯度（%）	O_2	99.6
	N_2	99.99
压力/MPa	起动	4
	工作	22.5
供气压力/MPa	O_2	14.7
	N_2	
	Ar	
起动时间/h		10~12
运转周期/d		180
每 1m^3 O_2 电耗/(kW·h)		1.4
总重/t		~4

主要组成部件

名称	型号（厂代号）	外形尺寸（长/mm×宽/mm×高/mm）	重量/t	电动机型号（电炉功率）	备注
空压机	LW-6.7/40	224×155×232	5.1		（无油润滑）
纯化器	HXK-300/40	ϕ696×3440（吸附器）	3.7		
膨胀机	PZK-5/40-6	160×100×200	0.88		
分馏塔	FON-60/100（1004Q）	1300×1320×6400	4.6		
氧压机	3Z3.5-1.67/150（0345A）	2030×1580×2145	2.8		
氧灌冲器	GC-10-Ⅰ（1905A）	3900×500×580			
仪控柜					

（续）

产品名称：KZON-50/100-3型空气分离设备	特点：中压双级精馏流程，采用活塞膨胀机制冷	生产厂：苏州制氧机有限责任公司

项目		数值
厂代号		31004N
加工空气量/(m^3/h)		300
产量/(m^3/h)	O_2	50
	N_2	100
纯度（%）	O_2	99.5
	N_2	99.95
压力/MPa	起动	3.9
	工作	1.96
供气压力/MPa	O_2	0.03
	N_2	0.03
起动时间/h		8～12
运转周期/d		180
每1m^3 O_2电耗/(kW·h)		1
总重/t		16

主要组成部件

名称	型号	外形尺寸（长/mm×宽/mm×高/mm）	重量/t	配用电动机型号（电炉功率）	备注
空压机	L2-5.5/40	1940×920×1580	4	JR3-250M-6	
纯化器	HXK-300/40	3100×1400×3250	3	（15kW）	
预冷器	UF-300/45	1530×1300×1060	0.5		根据合同
分馏塔	FON-50/150	1060×1920×8390	4		
膨胀机	PZK-5/40-6	920×810×1750	0.8	Y160M-6	
贮气囊	ZG-50	ϕ2850×8750	0.1		
氧压机	3Z4-1.67/150	2310×1580×2200	3	Y-250M-8	
充氧台	GC-10	3790×500×1800	0.2		

产品名称：KZON-50/150型氧氮设备	特点：采用液氧泵内压缩流量，生产压力氧的氧氮空分设备	生产厂：邯郸制氧机厂

项目		数值
厂代号		11019
加工空气量/(m^3/h)		480±5%
产量/(m^3/h)	O_2	50±5%
	N_2	150±5%
纯度（%）	O_2	≥99.6
	N_2	≤3×10^{-4}
压力/MPa	起动	1.6
	工作	1.2～1.4
供气压力/MPa	O_2	15～22
	N_2	
起动时间/h		12
运转周期/d		360
每1m^3 O_2电耗/(kW·h)		1.56
总重/t		14

主要组成部件

名称	型号（厂代号）	外形尺寸（长/mm×宽/mm×高/mm）	重量/t	电动机型号（电加热功率）	备注
空压机	L-9.4/16				
预冷机组	UF-480/16				
纯化器	HXK-480/16				
分馏塔	FON-50/150	1870×900×7300			
膨胀机	PLN-6/4.5-0.4				
液氧泵	BPO-75/6.7-221	1230×1110×420	0.27	Y90L-4（1.5kW）	
灌充台	GC-10-1	3700×800×2300	0.7		

（续）

产品名称：KDON-80/300 型空气分离设备	特点：低压流程，采用透平膨胀机制冷，生产纯氧纯氮及液氧液氮	生产厂：苏州制氧机有限责任公司

项目		数值
厂代号		11068
加工空气量/(m^3/h)		1800
产量/(m^3/h)	O_2	80
	LO_2	10L/h
	N_2	300
	LN_2	25L/h
纯度(%)	O_2	99.6
	LO_2	
	N_2	99.99
	LN_2	
压力/MPa		0.58
供气压力/MPa	O_2	≥0.02
	N_2	≥0.5
	LN_2	
起动时间/h		30
运转周期/d		360
每1m^3 O_2电耗/(kW·h)		
总重/t		

主要组成部件

名称	型号	外形尺寸（长/mm×宽/mm×高/mm）	重量/t	配用电动机型号（电炉功率）	备注
空压机	ZR-200-7.5				
预冷器	SAYL-1980/7.5	2100×1200×2400			
纯化器	HXK-1900/8	2000×2300×4700	5		
分馏塔	FON-80/300	3510×3250×16000	24		
膨胀机	PLPK-12.5/5.5×0.25	1880×1150×1020	0.8		
仪控系统		700×900×2000	0.5		

产品名称：KZON-50/120 型空气分离设备	特点：中压液氧泵流程	生产厂：哈尔滨制氧机厂

项目		数值	
厂代号		1K020	
加工空气量/(m^3/h)		425	
产量/(m^3/h)	O_2	50③	50④
	N_2		120
纯度(%)	O_2	99.6	99.6
	N_2	$O_2 \leq 5\times10^{-4}$	
压力/MPa	起动	1.57	
	工作	1.57	
供气压力/MPa	O_2	3.14	
	N_2		0.784
起动时间/h		38	
运转周期/d		360	
总重/t		11	

主要组成部件

名称	型号	外形尺寸（长/mm×宽/mm×高/mm）	重量/t	配用电动机型号（电炉功率）	备注
空压机	L3.5-8.6/16	2060×980×1800	2.8	Y315S-6（75kW）	
纯化器	HXK-480/16	3400×1600×3070	2.9		
分馏塔	FON-50/120	2460×1600×7400	4.8		
膨胀机					
液氧泵	BPO-65/165	710×810×410	0.16	JZT22-44（1.5kW）	
灌充器	GC-8	3790×1580×500	0.15		

（续）

产品名称：KZNO-100/20 型空气分离设备	特点：中压流程、双级精馏，获高纯氮和氧气	生产厂：邯郸制氧机厂

参数		数值
厂代号		11009
加工空气量/(m^3/h)		300 (±5%)
产量/(m^3/h)	N_2	100
	O_2	20
纯度(%)	N_2	≥99.999
	O_2	≥99.95
压力/MPa	起动	3.92
	工作	1.67～2.45
供气压力/MPa	N_2	0.04
	O_2	14.7
起动时间/h		10
运转周期/d		180
每 1m^3 O_2 电耗/(kW·h)		0.7
总重/t		16

主要组成部件

名称	型号	外形尺寸（长/mm×宽/mm×高/mm）	重量/t	配用电动机型号（电炉功率）	备注
空压机	L2-5.55/40	1990×900×1580	2.4	Y315S-6	
纯化器	HXK-300/40	2200×1600×2930	2.3	(15kW)	
分馏塔	FNO-100/20	1870×900×7900	2.4		
膨胀机	PZK-5/40-6	860×800×1840	0.62	Y160M-6	
氧压机	Z-1.67/150	1980×1580×2200	3.2	Y250M-8	
灌充器	GC-10	3700×800×2300	0.7		

产品名称：KZNO-100/20 型空气分离设备	特点：中压流程，双级精馏，获高纯氮、液氮和氧气	生产厂：四川空分设备（集团）有限责任公司

参数		数值
厂代号		CF113
加工空气量/(m^3/h)		330
产量/(m^3/h)	N_2	100
	液 N_2	101/h
	O_2	20～30
纯度(%)	N_2	$O_2 \leqslant 10^{-3}$
	液 N_2	
	O_2	99.2%
压力/MPa	起动	4
	工作	3
供气压力/MPa	N_2	0.55
	O_2	
起动时间/h		8
运转周期/d		90
每 1m^3 N_2 电耗/(kW·h)		1.1
总重/t		13

主要组成部件

名称	型号	外形尺寸（长/mm×宽/mm×高/mm）	重量/t	配用电动机型号（电炉功率）	备注
空压机	L4-5.5/40	1900×1200×1700	2.9	JR-115-6 (75kW)	
预冷器	UF-380/40	1000×1500×2000	0.41		
纯化器	HXK-380/40	4000×1300×3100	2.9	(15kW)	
分馏塔	FNO-100/20	1100×2000×8800	3.4		
膨胀机	PZK-5/40-6	800×900×1800	0.7	(7.5kW)	
氧压机	3Z3-1.67/150	2000×2700×2000	2.6	JR-82-8 (28kW)	
灌充器	GC-10	4000×500×800	0.15		

（续）

产品名称：KZON-120/650型空气分离设备	特点：中压流程，采用透平膨胀机制冷，生产纯氮和氧	生产厂：苏州制氧机有限责任公司

项目			
厂代号		11088	
加工空气量/(m^3/h)		1020	
产量/(m^3/h)	O_2	120	120
	N_2	650	600
	LN_2		25L/h
纯度(%)	O_2	99.5	
	N_2	99.9995	
	LN_2		
压力/MPa	起动	2.5	
	工作	1.6～1.8	2～2.5
供气压力/MPa	O_2	0.03	
	N_2	≥0.03	
起动时间/h		8～12	
运转周期/d		360	
每1m^3 O_2电耗/(kW·h)		1.1	
总重/t		25	

主要组成部件

名称	型号	外形尺寸(长/mm×宽/mm×高/mm)	重量/t	配用电动机型号(电炉功率)	备注
空压机	LW-20/25-X	3025×1940×2560	8	TK250-14/1180	
预冷器	UF-1080/25	2000×1450×1400	1	S102-WL (7.5kW)	
纯化器	HXK-1080/25	3440×2660×4100	6		
分馏塔	FON-120/650	2720×1800×11460	9		
膨胀机	PLPK-8.33/18.6×4.9-2	920×810×1750	0.8		
加热炉	JR-15.5	500×450×960	0.1	(18kW)	
贮气囊	ZG-50	ϕ2850×8750	0.1		
氧压机	3Z4-1.67/150	2310×1580×2200	3	Y-250M-8	
充氧台	GC-24-Ⅱ	8000×500×800	0.4		

产品名称：KZON-140/500型空气分离设备	特点：中压流程，活塞式膨胀机制冷，液氧泵压氧流程	生产厂：杭州制氧机集团有限公司

项目		
厂代号		11019
加工空气量/(m^3/h)		1020
产量/(m^3/h)	O_2	140
	N_2	500
纯度(%)	O_2	99.5
	N_2	99.5
压力/MPa	起动	4.5
	工作	3.5
供气压力/MPa	O_2	15
起动时间/h		～10
运转周期/d		180
每1m^3 O_2电耗/(kW·h)		1.4

主要组成部件

名称	型号	外形尺寸(长/mm×宽/mm×高/mm)	重量/t	配用电动机型号(电炉功率)	备注
空压机	2D8-17/45-2	8000×7500×2400	22	(200kW)	
纯化器	HXK-960/45	2500×1550×4000	4	(36kW)	
分馏塔	FON-140/500	1800×1700×11000	6		
膨胀机	PZK-9.6/37-6	2500×1250×2500	2	(18.5kW)	
液氧泵	BPAr90-180/165	1700×1000×1000	0.2	(7.5kW)	
电加热器	JR-0.05	450×450×1300	0.1	(15kW)	开车前加温用
灌充器	GC-24	8200×500×1400	0.3		

（续）

产品名称：KZON-150/300型空气分离设备	特点：中压流程，气体轴承透平膨胀机制冷	生产厂：开封空分黄河制氧机厂

项目		数值
厂代号		14009A
加工空气量/(m^3/h)		860
产量/(m^3/h)	O_2	150
	N_2	300(600)
纯度(%)	O_2	99.6
	N_2	99.99
压力/MPa	起动	1.8
	工作	1.2
供气压力/MPa	O_2	14.7
起动时间/h		12
运转周期/d		330
每1m^3 O_2电耗/(kW·h)		0.84（不含压氧）
总重/t		18

主要组成部件

名称	型号	外形尺寸（长/mm×宽/mm×高/mm）	重量/t	配用电动机型号（电炉功率）	备注
空压机	LW4-17/20	2600×1230×2400	3.5	(155kW)	
预冷机组	SPK-81			(5.5kW)	
纯化器	HXK-1000/20	2300×1000×3000	1.5	(27kW)	
分馏塔	FON-150/300	1500×2200×12000	9.0		
膨胀机	PLPK-8.33 × 2/18.6－4.9	430×260×200	0.24		
氧压机	2-2.833/150	3000×2200×2400	3.0	(55kW)	
灌充器	C-20				

产品名称：KZON-150/400-2型空气分离设备	特点：中压流程,采用透平膨胀机制冷	生产厂：苏州制氧机有限责任公司

项目		数值
厂代号		11024
加工空气量/(m^3/h)		960
产量/(m^3/h)	O_2	150
	N_2	400
纯度(%)	O_2	99.5
	N_2	99.95
压力/MPa	起动	3.9
	工作	1.96
供气压力/MPa	O_2	15
	N_2	≥0.03
起动时间/h		8～12
运转周期/d		180
每1m^3 O_2电耗/(kW·h)		1.4
总重/t		26

主要组成部件

名称	型号	外形尺寸（长/mm×宽/mm×高/mm）	重量/t	配用电动机型号（电炉功率）	备注
空压机	5L-16/50	4500×3700×3000	8	TK250-14/1180	
预冷器	UF-960/40	2000×1450×1400	1	755S2-FW (5.5kW)	
纯化器	HXK-960/40-Ⅱ	3400×1800×3800	4.5	(36kW)	
分馏塔	FON-150/600	1500×2270×9100	7		
加热炉	JR-15.5	500×450×960	0.1	(18kW)	
膨胀机	PLK-8.33/40-6	900×660×1800	0.8		
氧压机	3Z4-1.67/150	2310×1580×2200	3	Y-250M-8	
充氧台	GC-24	8000×500×800	0.4		
贮气囊	ZG-50	ϕ2850×8750	0.1		

（续）

产品名称：KZON-150/500 型空气分离设备	特点：中压流程，采用预冷的分子筛纯化空气和膨胀机制冷	生产厂：苏州制氧机有限责任公司

项目		数值
厂代号		11086
加工空气量/(m^3/h)		918
产量/(m^3/h)	O_2	150
	N_2	500
纯度(%)	O_2	99.6
	N_2	99.95
压力/MPa	起动	1.8
	工作	≤1.3
供气压力/MPa	O_2	1.5
	N_2	0.03
起动时间/h		16～20
运转周期/d		180
每 1m^3 O_2 电耗/(kW·h)		<0.95
总重/t		28

主要组成部件

名称	型号	外形尺寸(长/mm×宽/mm×高/mm)	重量/t	配用电动机型号(电炉功率)	备注
空压机	ZW-17/18	5200×2700×2200	12	(185kW)	
预冷器	UF-918/20	1600×1150×1780	1	755S2-FW(5.5kW)	
纯化器	HXK-918/20	3400×1800×3800	4.5	(36kW)	
分馏塔	FON-150/600	2600×1800×9200	7		
加热炉	JR-15.5	500×450×960	0.1	(18kW)	
膨胀机	PLK-7.58/9.7×5.1	900×660×1800	0.8		
氧压机	3Z4-1.67/150	2310×1580×2200	3	Y-250M-8	
充氧台	GC-24	8000×500×800	0.4		
贮气囊	ZG-50	ϕ2850×8750	0.1		

产品名称：KZON-150/550 型空气分离设备	特点：中压流程，采用透平膨胀机制冷	生产厂：四川空分设备(集团)有限责任公司

项目		数值
厂代号		CF120
加工空气量/(m^3/h)		1080
产量/(m^3/h)	O_2	150
	N_2	550
纯度(%)	O_2	99.5
	N_2	$O_2 \leq 10^{-3}$
压力/MPa	起动	2.45
	工作	2
供气压力/MPa	O_2	16
起动时间/h		16
运转周期/d		180
每 1m^3 O_2 电耗/(kW·h)		1.0

主要组成部件

名称	型号	外形尺寸(长/mm×宽/mm×高/mm)	重量/t	配用电动机型号(电炉功率)	备注
空压机	3Z5.5-21/25	2360×1110×2670	9.6	JS136-6	
氟里昂预冷器	UF-1080/25	2000×1800×2600	1.1		
纯化器	HXK-1080/25	3300×2000×3410	3.2		
分馏塔	FON-150/550	2200×2000×14000	8.1		
膨胀机	PLPK-10/19-55	630×400×580	0.03		
氧压机	ZW-3.47/165	1780×1500×2300	4.4	Y315M-8	
氧平衡器	AK501	4310×1720×1670	0.8		
灌充器	GC-24	9120×500×1500	0.3		

（续）

产品名称：KZON-150/550-3 型空气分离设备⑤	特点：中压流程，采用透平膨胀机制冷，带氩	设计成套单位：中国空分设备公司

项目		数值
厂代号		AA403
加工空气量/(m^3/h)		960
产量/(m^3/h)	O_2	150
	N_2	550
	Ar	3
纯度（%）	O_2	99.6
	N_2	$O_2 \leqslant 10^{-3}$
	Ar	99.99
压力/MPa	起动	2.0
	工作	~1.4
供气压力/MPa	O_2	15
	N_2	0.02
	Ar	15
起动时间/h		16~20
运转周期/d		360
每1m^3O_2电耗/(kW·h)		~1.3

主要组成部件

名称	型号	外形尺寸（长/mm×宽/mm×高/mm）	重量/t	配用电动机型号（电炉功率）	备注
空压机	ZW-17/20			（160kW）	
氟里昂预冷器	UF-960/20	1750×1580×1550	1.1	（10kW）	
纯化器	HXK-960/20	3110×2430×3660	4.3	（36kW）	13x分子筛
分馏塔	FON-150/550-3	2300×1600×9500	5.4		
膨胀机	PLK-8.33/20-6	440×250×200	0.024		2台（一台备用）
灌充器	GC-24	8200×500×700	0.3		
制氩设备	XKAr3		8		分子筛制氩

产品名称：KZON-150/550-4 型空气分离设备	特点：中压流程，采用气体轴承透平膨胀机制冷	生产厂：杭州制氧机集团有限公司

项目		数值
厂代号		11081B
加工空气量/(m^3/h)		860
产量（出塔）/(m^3/h)	O_2	150
	N_2	550
	Ar	3
纯度（%）	O_2	99.6
	N_2	99.99
	Ar	99.99
压力/MPa	起动	2
	工作	1.3
供气压力/MPa	O_2	15
	N_2	0.02
	Ar	15
起动时间/h		12~16
运转周期/d		180
总重/t		27

主要组成部件

名称	型号（厂代号）	外形尺寸（长/mm×宽/mm×高/mm）	重量/t	电动机型号（电炉功率）	备注
空压机	ZW-17/20	4000×4000×2850	11	（185kW）	
空气预冷机组	UF-1140/20	2000×1400×1800	1	（5.5kW）	
纯化器	HXK-940/22	2500×2100×4600	3.5	（24~32kW）	配预冷机组24kW不配预冷机组32kW
分馏塔	FON-150/550-4	1800×1700×11000	6		
膨胀机	PLPK-8.33 × 2/1.86-0.49	800×400×2000	1.6		
氧压机	2Z2-3/160	3800×3050×2450	5.5	（55kW）	
氧灌冲器	GC-24	8200×500×1400	0.3		
制氩设备	XKAr-3-2	6000×8000×13050	8	（8.6kW）	

（续）

产品名称：KZON-150/600 型空气分离设备			特点：中压流程，采用透平膨胀机制冷				生产厂：哈尔滨制氧机厂	
厂代号		1K036	主要组成部件					
加工空气量/(m^3/h)		1230	名称	型号	外形尺寸（长/mm×宽/mm×高/mm）	重量/t	配用电动机型号（电炉功率）	备注
产量/(m^3/h)	O_2	150	空压机	LW-25.7/12	2640×1430×2460	8.9	（200kW）	
	N_2	600						
纯度（%）	O_2	99.6	纯化器	HXK-1300/12	2700×1850×3000	4.3		
	N_2	$O_2 \leq 10^{-3}$						
压力/MPa	起动	1.177	分馏塔	FON-150/600	2500×1700×13700	13.2		
	工作	0.98						
供气压力/MPa	O_2	15	膨胀机	PLPK-15.6/9.64-4.94				
	N_2	0.02	氧压机	3Z3.5-1.67/150	1980×530×2200	3.4	Y250M-8（30kW）	
起动时间/h		24	氧气缓冲罐	$3m^3$		0.84		
运转周期/d		360	灌充器	GC-8	3790×1580×500	0.15		

产品名称：KZON-150/600-3 型空气分离设备			特点：中压流程，采用气体轴承透平膨胀机制冷				生产厂：江西制氧机厂	
厂代号		1024A	主要组成部件					
加工空气量/(m^3/h)		860	名称	型号	外形尺寸（长/mm×宽/mm×高/mm）	重量/t	配用电动机型号（电炉功率）	备注
产量/(m^3/h)	O_2	150	分馏塔	KZON-150/600-3	2270×1690×8880	7	（9kW）	
	N_2	600（抽馏份）						
纯度（%）	O_2	99.2						
	N_2	99.95	纯化器	HXK-1000/40	4050×2000×3960	4.7	（36kW）	
压力/MPa	起动	2~2.5						
	工作	1.6~1.9						
供气压力/MPa	O_2	15	膨胀机	PLPK-8.33/18.6-4.9	200×260×435	0.02	风机制动	
	N_2	0.05						
起动时间/h		8~12						
运转周期/d		60	氧压机	2-2.833/150	1980×1580×2200	2.5	（55kW）	
每 $1m^3 O_2$ 电耗/(kW·h)		≤1.4						
总重/t		25	灌充器	GC-24	8200×500×1700	0.29		

（续）

<table>
<tr><td colspan="3">产品名称：KZON-160/550型空气分离设备</td><td colspan="4">特点：中压流程，采用透平膨胀机制冷，生产高纯氮和氧</td><td colspan="2">生产厂：苏州制氧机有限责任公司</td></tr>
<tr><td colspan="2">厂代号</td><td>11093M</td><td colspan="6">主要组成部件</td></tr>
<tr><td colspan="2">加工空气量/(m^3/h)</td><td>960</td><td rowspan="2">名称</td><td rowspan="2">型号</td><td rowspan="2">外形尺寸（长/mm×宽/mm×高/mm）</td><td rowspan="2">重量/t</td><td rowspan="2">配用电动机型号（电炉功率）</td><td rowspan="2">备注</td></tr>
<tr><td rowspan="2">产量/(m^3/h)</td><td>O_2</td><td>160</td></tr>
<tr><td>N_2</td><td>550</td><td rowspan="3">空压机</td><td rowspan="3">5L-16/50</td><td rowspan="3">2500×1700×2300</td><td rowspan="3">4.5</td><td rowspan="3">TDK118/24-14</td><td rowspan="3"></td></tr>
<tr><td rowspan="2">纯度（%）</td><td>O_2</td><td>99.5</td></tr>
<tr><td>N_2</td><td>99.9995</td></tr>
<tr><td rowspan="2">压力/MPa</td><td>起动</td><td>3.9</td><td rowspan="2">预冷器</td><td rowspan="2">UF-960/40</td><td rowspan="2">2000×1450×1400</td><td rowspan="2">1</td><td rowspan="2"></td><td rowspan="2"></td></tr>
<tr><td>工作</td><td>1.96</td></tr>
<tr><td rowspan="2">供气压力/MPa</td><td>O_2</td><td>0.03</td><td rowspan="2">纯化器</td><td rowspan="2">HXK-960/40-Ⅱ</td><td rowspan="2">3400×1800×3800</td><td rowspan="2">4.5</td><td rowspan="2">（36kW）</td><td rowspan="2"></td></tr>
<tr><td>N_2</td><td>0.03</td></tr>
<tr><td colspan="2">起动时间/h</td><td>8～12</td><td rowspan="2">分馏塔</td><td rowspan="2">FON-160/550</td><td rowspan="2">2600×1900×11850</td><td rowspan="2">8</td><td rowspan="2"></td><td rowspan="2"></td></tr>
<tr><td colspan="2">运转周期/d</td><td>180</td></tr>
<tr><td colspan="2">每1m^3 O_2电耗/(kW·h)</td><td>1.2</td><td>膨胀机</td><td>PLK-8.33/40-6</td><td>900×660×1800</td><td>0.8</td><td></td><td></td></tr>
<tr><td colspan="2">总重/t</td><td>25</td><td>加热炉</td><td>JR-15.5</td><td>500×450×960</td><td>0.1</td><td>（18kW）</td><td></td></tr>
</table>

<table>
<tr><td colspan="3">产品名称：KZON-150/600-A型空气分离设备</td><td colspan="4">特点：中压流程，采用分子筛纯化和气体轴承透平膨胀机制冷</td><td colspan="2">生产厂：余杭市川空通用设备有限公司</td></tr>
<tr><td colspan="2">厂代号</td><td>CF150Y</td><td colspan="6">主要组成部件</td></tr>
<tr><td colspan="2">加工空气量/(m^3/h)</td><td>960</td><td rowspan="2">名称</td><td rowspan="2">型号</td><td rowspan="2">外形尺寸（长/mm×宽/mm×高/mm）</td><td rowspan="2">重量/t</td><td rowspan="2">配用电动机型号（电炉功率）</td><td rowspan="2">备注</td></tr>
<tr><td rowspan="3">产量/(m^3/h)</td><td>O_2</td><td>150</td></tr>
<tr><td>N_2</td><td>600</td><td rowspan="2">空压机</td><td rowspan="2">L5.5-16/50</td><td rowspan="2">4900×1600×3700</td><td rowspan="2">3.8</td><td rowspan="2">（210kW）</td><td rowspan="2"></td></tr>
<tr><td>Ar</td><td>4</td></tr>
<tr><td rowspan="3">纯度（%）</td><td>O_2</td><td>99.5</td><td rowspan="2">纯化器</td><td rowspan="2">HXK-1000/40</td><td rowspan="2">2600×1700×4070</td><td rowspan="2">5.7</td><td rowspan="2">（36kW）</td><td rowspan="2"></td></tr>
<tr><td>N_2</td><td>99.99</td></tr>
<tr><td>Ar</td><td>99.999</td><td>分馏塔</td><td>FON-150/600-A</td><td>2270×1590×10900</td><td>5.53</td><td></td><td></td></tr>
<tr><td rowspan="2">压力/MPa</td><td>起动</td><td>4</td><td rowspan="2">膨胀机</td><td rowspan="2">PLPK-8.33×2/18.6-4.9</td><td rowspan="2">900×660×1800</td><td rowspan="2">0.25</td><td rowspan="2"></td><td rowspan="2"></td></tr>
<tr><td>工作</td><td>2.0</td></tr>
<tr><td rowspan="2">供气压力/MPa</td><td>O_2</td><td>15</td><td>加热炉</td><td>JR15.5</td><td>500×450×960</td><td>0.31</td><td>（18kW）</td><td></td></tr>
<tr><td>N_2</td><td>0.02</td><td>氧压机</td><td>383-1.67/150</td><td>2030×2700×2040</td><td>2.8×2</td><td>（30kW×2）</td><td></td></tr>
<tr><td colspan="2">起动时间/h</td><td>8～12</td><td rowspan="2">贮气囊</td><td rowspan="2">ZG-50</td><td rowspan="2">ϕ2850×8750</td><td rowspan="2">0.07</td><td rowspan="2"></td><td rowspan="2"></td></tr>
<tr><td colspan="2">运转周期/d</td><td>180</td></tr>
<tr><td colspan="2">总重/t</td><td>37</td><td>灌充器</td><td>GC-24</td><td>7000×600×1700</td><td>0.3</td><td></td><td></td></tr>
</table>

（续）

产品名称：KZON-200/400 型空气分离设备

特点：中压流程，采用气体轴承透平膨胀机制冷，生产高纯氧和纯氮

生产厂：邯郸制氧机厂

项目		数值
厂代号		11031
加工空气量/(m^3/h)		1200
产量/(m^3/h)	O_2	200
	N_2	400
纯度(%)	O_2	99.5
	N_2	99.99
压力/MPa	起动	2.0
	工作	1.5
供气压力/MPa	O_2	3
	N_2	0.04
起动时间/h		20
运转周期/d		360
每 1m^3 O_2 电耗/(kW·h)		1.25
总重/t		~40

主要组成部件

名称	型号	外形尺寸（长/mm×宽/mm×高/mm）	重量/t	配用电动机型号（电炉功率）	备注
空压机	D-23.5/20	5800×1450×1390	7.6	TDK-118/24-14	
纯化器	HXK-1200/20	4770×2630×4260	5.6		
分馏塔	FON-200/800	2460×1900×11300	11.6	(63kW)	
膨胀机	PLK-14.2/13.6-5.8	490×280×340	0.03		
氧压机	ZW-3.66/30	1110×730×1890	3.1	Y280M-6	

产品名称：KZON-300/600-4 型空气分离设备

特点：中压流程，采用透平膨胀机制冷，生产高纯氧和纯氮

生产厂：邯郸制氧机厂

项目		数值
厂代号		11039
加工空气量/(m^3/h)		1800
产量/(m^3/h)	O_2	300
	N_2	600
纯度(%)	O_2	99.6
	N_2	99.99
压力/MPa	起动	1.47~1.96
	工作	1.17~1.96
供气压力/MPa	O_2	2.94
	N_2	0.04
起动时间/h		20
运转周期/d		360
每 1m^3 O_2 电耗/(kW·h)		1.2
总重/t		~50

主要组成部件

名称	型号	外形尺寸（长/mm×宽/mm×高/mm）	重量/t	配用电动机型号（电炉功率）	备注
空压机	2D12-34.4/20	5970×1450×1390	10	TK400-16/1730	
纯化器	HXK-1800/20-1	4550×3280×4630	6.4	(90kW)	
分馏塔	FON-300/1000-4	2460×1900×11300	12.0		
膨胀机	PLK-25.83/14.2-5.35	600×320×330	0.04		
氧压机	3Z2-5.5/30	1110×730×1890	3.1	Y315S-6	

（续）

产品名称：KDON-300/1000型空气分离设备	特点：低压流程，分子筛纯化，气体轴承透平膨胀机制冷	生产厂：开封空分黄河制氧机厂

项目		数值
厂代号		14003A
加工空气量/(m^3/h)		1800
产量/(m^3/h)	O_2	300
	N_2	1000
纯度(%)	O_2	99.6
	N_2	99.99
压力/MPa	起动	0.8
	工作	0.8
供气压力/MPa	O_2	3.0
起动时间/h		20
运转周期/d		300
每1m^3 O_2电耗/(kW·h)		0.74（不含压氧）
总重/t		~20

主要组成部件

名称	型号	外形尺寸(长/mm×宽/mm×高/mm)	重量/t	配用电动机型号(电炉功率)	备注
空压机	L5.5-40/8			(250kW)	
预冷机组	LKJ151			(10.5kW)	
纯化器	HXK-2000/8	3600×1600×4000	2.2	(43kW)	
分馏塔	FON-300/1000	2000×2500×13500	10		
膨胀机	TP375/7.5-0.3				
氧压机	Z-2.833/150	3000×2200×2400	3×2	(2×55kW)	
灌充器	C-20				

产品名称：KZNO-500/100型空气分离设备	特点：中压流程，采用透平膨胀机制冷	生产厂：哈尔滨制氧机厂

项目		数值
厂代号		1K038
加工空气量/(m^3/h)		2190
产量/(m^3/h)	N_2	500，液$N_2$30L/h
	O_2	100
纯度(%)	N_2	$O_2 \leqslant 3\times10^{-4}$
	O_2	99.5
压力/MPa	起动	1.25
	工作	1.15
供气压力/MPa	N_2	16.5
	O_2	0.24
起动时间/h		18
运转周期/d		180
每1m^3(O_2+N_2)电耗/(kW·h)		0.54

主要组成部件

名称	型号	外形尺寸(长/mm×宽/mm×高/mm)	重量/t	配用电动机型号(电炉功率)	备注(厂代号)
空压机	3T5.5-44/12.5	5670×2730×3340		(350kW)	Q022
纯化器	HXK-2190/12.5	4170×2600×3940	7.3		K120
分馏塔	FON-500/100	2800×2150×15080	2.0		K038
膨胀机	PLZK-21/2.5-0.4				
氮压机	2Z2-0.2/7-165	1230×630×1840	1.4	(18.5kW)	Q903
灌充器	GC-8	3790×1580×500	0.15		

（续）

产品名称：KDON-50/100型空气分离设备			特点：低压流程，空气预冷和气体轴承透平膨胀机制冷				生产厂：开封空分黄河制氧机厂	
厂代号		14003K	主要组成部件					
加工空气量/(m^3/h)		380	名称	型号	外形尺寸（长/mm×宽/mm×高/mm）	重量/t	配用电动机型号（电炉功率）	备注
产量/(m^3/h)	O_2	50						
	N_2	100	空压机	ZW-10/7			（65kW）	
纯度（%）	O_2	99.6	预冷机组	LKJ-41			（3kW）	
	N_2	99.99						
压力/MPa	起动	0.8	纯化器	HXK-500/8	2300×1400×2710	0.8	（14.4kW）	
	工作	0.8						
供气压力/MPa	O_2	14.7	分馏塔	FON-50/100	2200×1500×13000	7.5		
	N_2		膨胀机	TP100 × 2/7.6-0.4				
起动时间/h		20						
运转周期/d		360	氧压机	2-0.84/150	3000×2200×2400	3.0	（15kW）	
每1m^3 O_2电耗/(kW·h)		1.43	灌充器	GC-10				
总重/t		~17						

产品名称：KDON-60/300型空气分离设备			特点：低压流程，采用返流气透平膨胀机制冷				生产厂：哈尔滨制氧机厂	
厂代号		1K035	主要组成部件					
加工空气量/(m^3/h)		980	名称	型号	外形尺寸（长/mm×宽/mm×高/mm）	重量/t	配用电动机型号（电炉功率）	备注
产量/(m^3/h)	O_2	60						
	N_2	300	空压机	VWWJ19/7.8	2700×2530×2070	5.9	Y355M-883（132kW）	
纯度（%）	O_2	99.5						
	N_2	99.95	纯化器	HXK-1180/8	2660×1800×2960	3.8	（36kW）	
压力/MPa	起动	0.785						
	工作	0.784	分馏塔	FON-60/300	7150×2500×1500	7.0		
供气压力/MPa	O_2	14.7						
	N_2	0.4	膨胀机	PLPK-4.6/4.2-0.3				
起动时间/h		25	氧压机	3Z3.5-1.67/150			（30kW）	
运转周期/d		360						
每1m^3(O_2+N_2)电耗/(kW·h)		0.468	灌充器	GC-8	3790×1580×500	0.15		
			贮气囊	50m^3				

（续）

产品名称：KDON-80/200 型空气分离设备	特点：低压液氧泵流程，采用返流气透平膨胀机制冷	生产厂：哈尔滨制氧机厂

项目			
厂代号		1K027	
加工空气量/(m^3/h)		1300	
产量/(m^3/h)	O_2	80	80
	N_2	200	165 液 N_2 78L/h
纯度(%)	O_2	99.6	
	N_2	$O_2 \leqslant 3 \times 10^{-4}$	
压力/MPa	起动	1.2	
	工作	1.1	
供气压力/MPa	O_2	16.5	
	N_2	0.7	
起动时间/h		10	
运转周期/d		360	

主要组成部件

名称	型号	外形尺寸（长/mm×宽/mm×高/mm）	重量/t	配用电动机型号（电炉功率）	备注（厂代号）
空压机	LW-25.7/12	2642×1430×2460	8.9	(200kW)	Q030
纯化器	HXK-1300/12	2700×1850×3000	4.3		1K126
分馏塔	FON-80/200	9600×2500×1600	8.5		K027
膨胀机	PLZK-16.3/3.6-0.3				
液氧泵	BPO-107/161	1580-820×400	0.55	(4kW)	Q518
贮槽	$5m^3$	ϕ2020×5670	5.2		Z048A
汽化器	QQ-200				
灌充器	GC-8-1	3790×1580×500	0.15		

产品名称：KDON-150/500 型空气分离设备	特点：低压流程，采用透平膨胀机制冷，生产纯氧及液氧液氮	生产厂：苏州制氧机有限责任公司

项目			
厂代号		11070	
加工空气量/(m^3/h)		2500	
产量/(m^3/h)	O_2	150	
	N_2	500	700
	LN_2	30L/h	40L/h
纯度(%)	O_2	99.6	
	N_2	$O_2 \leqslant 3 \times 10^{-4}$	
	LN_2		
压力/MPa		0.88	
供气压力/MPa	O_2	≥0.02	
	N_2	≥0.8	
	LN_2		
起动时间/h		20	
运转周期/d		360	
每 $1m^3$ N_2 电耗/(kW·h)		0.45	
总重/t			

主要组成部件

名称	型号	外形尺寸（长/mm×宽/mm×高/mm）	重量/t	配用电动机型号（电炉功率）	备注
空压机	SSR-FP400	4070×2090×2440	6	(300kW)	
预冷器	SAYL-2600/9	2800×1200×2000			
纯化器	HXK-2600/9	4500×2400×4970	8		
分馏塔	FON-150/500	3800×3000×18500	24		
氧压机	3Z4-1.67/150	2310×1580×2200	3		
膨胀机	PLPK-13.75/3.9-0.3	1880×1150×1020	0.8		
过滤器		2500×2900×1300	1		
充氧台	GC-24	8000×500×800	0.4		
贮气囊	ZG-50	ϕ2850×8750	0.1		

（续）

产品名称：KDON-300/300 型空气分离设备		特点：低压返流膨胀内压缩双高气体工艺流程	生产厂：哈尔滨制氧机厂

项目		数值
厂代号		1K088
加工空气量/(m^3/h)		2600
产量/(m^3/h)	O_2	300
	N_2	300
纯度（%）	O_2	99.6
	N_2	$O_2 \leqslant 10^{-3}$
压力/MPa	起动	
	工作	1.18
供气压力/MPa	O_2	14.7
	N_2	14.7
起动时间/h		18
运转周期/d		360
每 1m^3（O_2 + N_2）电耗/(kW·h)		1.41

主要组成部件

名称	型号	外形尺寸（长/mm×宽/mm×高/mm）	重量/t	配用电动机型号（电炉功率）	备注
空压机	LW-25.7/12	2642×1430×2573	8.5	Y450（220kW）	
纯化系统	HXK-2600/11.76	5600×2580×3034	8.1		
分馏塔	FON-300/300	3100×2400×12108	11.8		
膨胀机	PLPN-18.3/3.7×0.3	737×360×330	0.105		
液氧泵	UF-2600/12	1700×1200×2803	1.1		
灌充器	GC-12	4200×1100×2000	0.96		

产品名称：KDON-340/800 型空气分离设备		特点：低压流程，生产压力高纯氮和制氩	设计成套单位：中国空分设备公司

项目		数值
厂代号		AA402
加工空气量/(m^3/h)		2300
产量/(m^3/h)	O_2	340
	压力 N_2	800
	Ar	7
纯度（%）	O_2	99.6
	压力 N_2	$O_2 \leqslant 10^{-4}$
	Ar	99.999
压力/MPa	起动	0.8
	工作	0.8
供气压力/MPa	O_2	0.04
	压力 N_2	≥0.5
	Ar	15
起动时间/h		~36
运转周期/d		360
每 1m^3 O_2 电耗/(kW·h)		1.1

主要组成部件

名称	型号	外形尺寸（长/mm×宽/mm×高/mm）	重量/t	配用电动机型号（电炉功率）	备注
空压机	6L-45/8	3500×4000×4200	12.8	TK280-20/1430TH（280kW）	
氟里昂预冷器	UF-3150/8			（15kW）	
纯化器	HXK-2300/8	4045×2015×4620	7.3	（48kW）	13x 分子筛
分馏塔	FON-340/800	2750×2790×25500			
膨胀机	PLPK-10/7.3-0.58	660×320×320	0.05		2 台（一台备用）
污氮压缩机	4L-13/7	2000×2990×2570	4.9	JS12B-10TH（100kW）	
制氩设备	XKAr-7				钯触媒

（续）

产品名称：KDON-350/700型空气分离设备			特点：低压流程，采用透平膨胀机制冷				生产厂：哈尔滨制氧机厂	
厂代号		1K037	主要组成部件					
加工空气量/(m^3/h)		2360	名称	型号	外形尺寸（长/mm×宽/mm×高/mm）	重量/t	配用电动机型号（电炉功率）	备注
产量/(m^3/h)	O_2	350	空压机	LW-48/5.64	4600×2870×2710	10	(250kW)	
	N_2	700						
纯度（%）	O_2	99.6	空气过滤器	RKG-2400-1				粗组两道框架式
	N_2	99.99						
压力/MPa	起动	0.55	纯化器	HXK-2850/6	2800×1820×4270	8.2		
	工作	0.55						
供气压力/MPa	O_2	3	分馏塔	FON-350/700	2800×2200×16100	18.6		
	N_2	0.8						
起动时间/h		36	膨胀机	PLPK-9.83/5.46-0.45				
运转周期/d		360	氧压机	ZW2.7/0.3-30		3.3	Y280S6（45kW）	
每1m^3(O_2+N_2)电耗/(kW·h)		0.82	灌充器	GC8	3790×1580×500	0.15		

产品名称：KDON-350/900型空气分离设备			特点：低压、分子筛净化增压膨胀流程				生产厂：杭州制氧机集团有限公司	
厂代号		11073F	主要组成部件					
加工空气量/(m^3/h)		2400	名称	型号（厂代号）	外形尺寸（长/mm×宽/mm×高/mm）	重量/t	电动机型号（电炉功率）	备注
产量/(m^3/h)	O_2	350	空压机	ZW-48/7(0232)	5000×6000×3600	18.2	Y450-10	（无油润滑）
	N_2	900						
纯度（%）	O_2	99.6	空气预冷机组	GAYL-2250/7	2125×1410×1750			
	N_2	99.99						
压力/MPa	起动	0.7	纯化器	HXK-2286/6.8	2400×2700×4200	~4.5	JR-0.22	
	工作	0.7						
供气压力/MPa	O_2	14.7	分馏塔	FON350/900(1073)	占地约2800×2600	38.7		
	N_2							
	Ar		膨胀机	TP25(20607)		~1.7×2		
起动时间/h		20						
运转周期/d		360	氧压机	3Z3.5-1.67/150(0345A)	2030×1580×2145	2.8		
每1m^3 O_2电耗/(kW·h)		0.85	氧灌冲器	GC-10-Ⅰ(1905A)	3900×500×580	3.7		
总重/t								

（续）

产品名称：KDON-350/1000 型空气分离设备	特点：低压流程，采用返流气透平膨胀机制冷，和全钣式换热器换热	设计成套单位：中国空分设备公司

项目		数值
厂代号		AA301
加工空气量/(m^3/h)		2400
产量/(m^3/h)	O_2	350
	N_2	1000
纯度(%)	O_2	99.6
	N_2	$O_2 \leqslant 10^{-3}$
压力/MPa	起动	0.75
	工作	0.75
供气压力/MPa	O_2	0.026
	N_2	0.06
起动时间/h		~36
运转周期/d		360
每 1m^3 O_2 电耗/(kW·h)		0.8

主要组成部件

名称	型号	外形尺寸（长/mm×宽/mm×高/mm）	重量/t	配用电动机型号（电炉功率）	备注
空压机	5L-40/8-1	2700×1700×3000	6.4	(250kW)	
氟里昂预冷器	UF-2026/6.67	2100×1400×1700	1.5	(15kW)	
纯化器	HXK-2100/8.63	3311×1657×4510	7.5	(30kW)	13x分子筛
分馏塔	FON-350/1000	2000×2500×14300	15.7		
膨胀机	PLPN-16.7/2.16-1.18	760×410×400	0.041		2台（一台备用）
过滤器	JMC-24	1030×1520×3900	0.87	风机 4-72-11	或 MC1-3-10 型袋式

产品名称：KDON-380/700 型空气分离设备	特点：低压流程，采用增压透平膨胀机制冷和全钣式换热器换热，生产少量压力氮	成套设计单位：中国空分设备公司

项目		数值
厂代号		A302
加工空气量/(m^3/h)		2300
产量/(m^3/h)	O_2	380
	N_2	650
	压力 N_2	50
纯度(%)	O_2	99.6
	N_2	$O_2 \leqslant 10^{-3}$
	压力 N_2	
压力/MPa	起动	0.784
	工作	0.566
供气压力/MPa	O_2	0.03
	N_2	0.01
	压力 N_2	0.5
起动时间/h		~36
运转周期/d		360
每 1m^3 O_2 电耗/(kW·h)		0.95

主要组成部件

名称	型号	外形尺寸（长/mm×宽/mm×高/mm）	重量/t	配用电动机型号（电炉功率）	备注
空压机	6L-50/8-1	3300×3500×3000		(320kW)	无油润滑
空气过滤器	PKG-2400-1	1120×550×2230	0.4		抽斗式两台串联
氟里昂预冷器	UF-2400/6.67	2100×1400×1700	1.5	(15kW)	
纯化器	HXK-2400/5.5	4750×1950×4350	7.2	(54kW)	
膨胀机	PLPK-10/6.2-0.5	510×240×320	0.04		2台（一台备用）

（续）

产品名称：KDON-380/700型空气分离设备	特点：低压流程，采用正流空气的透平膨胀机制冷和再沸器换热	生产厂：苏州制氧机有限责任公司

项目		数值
厂代号		AA302
加工空气量/(m^3/h)		2300
产量/(m^3/h)	O_2	380
	N_2	700
纯度(%)	O_2	99.6
	N_2	$O_2 \leqslant 10^{-3}$
压力/MPa		0.785
供气压力/MPa	O_2	0.029
	N_2	0.008
起动时间/h		36
运转周期/d		360
每$1m^3O_2$电耗/(kW·h)		0.96
总重/t		48

主要组成部件

名称	型号	外形尺寸（长/mm×宽/mm×高/mm）	重量/t	配用电动机型号（电炉功率）	备注
空压机	LW-50/6.5-X	4150×2650×3500	12	TK280-14/1430	
预冷器	UF-3200/8	1720×1250×2050	1	S152-WL（10.5kW）	
纯化器	HXK-2600/5.5	4930×2300×4800	8	（54kW）	
分馏塔	FON-380/700	3800×3300×18400	22		
膨胀机	PLPK-10/6.2-0.5	920×810×1750	0.8		
空气过滤器	PKG-2400-1	2500×2900×1300	1		泡沫型
回热器		1320×870×650	0.15		
仪控系统		900×700×2000	0.5		
空压机平衡罐	ZG-4/8	1670×1510×4040	1.5		

产品名称：KDNO-500/200型空气分离设备	特点：低压流程，采用透平膨胀机制冷	生产厂：哈尔滨制氧机厂

项目		数值
厂代号		1K039
加工空气量/(m^3/h)		2820
产量/(m^3/h)	N_2	500，液$N_2$30L/h
	O_2	200
纯度(%)	N_2	$O_2 \leqslant 3 \times 10^{-4}$
	O_2	99.6
压力/MPa	起动	0.8
	工作	0.78
供气压力/MPa	N_2	0.703
	O_2	0.031

主要组成部件

名称	型号	外形尺寸（长/mm×宽/mm×高/mm）	重量/t	配用电动机型号（电炉功率）	备注（厂代号）
空压机	LW-48/8	4360×4230×2710	11	（320kW）	Q033
纯化器	HXK-2820/8	4800×2220×3890	7.4		K432
分馏塔	FNO-500/200	3400×2700×14300	~15		K039
膨胀机	PLPK-10.6/7.4-0.2				
仪控系统					Y069
电控系统					D069

（续）

产品名称：KDON-800/1400 型空气分离设备	特点：低压流程，采用透平膨胀机制冷	生产厂：哈尔滨制氧机厂

项目		数值
厂代号		1K050
加工空气量/(m^3/h)		5600
产量/(m^3/h)	O_2	800
	N_2	1400
纯度(%)	O_2	99.6
	N_2	$O_2 \leqslant 8\times10^{-4}$
压力/MPa	起动	0.57
	工作	0.57
供气压力⑥/MPa	O_2	0.03
	N_2	0.015
起动时间/h		38
运转周期/d		360
每 $1m^3(O_2+N_2)$ 电耗/(kW·h)		0.357

主要组成部件

名称	型号	外形尺寸(长/mm×宽/mm×高/mm)	重量/t	配用电动机型号(电炉功率)	备注
空压机	DW-102/5.7				
空气过滤器	MDL-120	5070×2990×6810	12		
空气预冷系统	UF-5400/5.8	φ910×15000	3		
纯化器	HXK-5400/5.8				
分馏塔	FON-800/1400				
膨胀机	PLPK-125/7.96-0.47				

产品名称：KDON-800/1400 型空气分离设备	特点：低压流程，全板式，分子筛纯化空气	生产厂：开封空分集团有限公司

项目		数值
厂代号		14033
加工空气量/(m^3/h)		5050
产量/(m^3/h)	O_2	800
	N_2	1400
	液 N_2	50
纯度(%)	O_2	99.6
	N_2	$O_2 \leqslant 8\times10^{-4}$
	液 N_2	
压力/MPa	起动	
	工作	0.78
供气压力/MPa	O_2	3.43
	N_2	0.784
起动时间/h		36
运转周期/d		360
每 $1m^3O_2$ 电耗/(kW·h)		0.92

主要组成部件

名称	型号	外形尺寸(长/mm×宽/mm×高/mm)	重量/t	配用电动机型号(电炉功率)	备注
空压机	H100-9/0.97	2590×2800×2400	25	JKS800-2	
空气过滤器	TJ-3,1.5×11				
空气预冷器	UF-5400/9			(2×22kW)(3×30kW)	
纯化器	HXK-5400/9			(90kW)	
膨胀机	PLK16.7/7.2-0.4			(2×2.2kW)	
氧压机	ZW-16/35	2500×1120×2400	12	TS138-12(210kW)	
分馏塔	FON-800/1400	7800×3400×22740			
氮压机	ZW-14.3/8	1770×1010×2800	8.7	JS128-8(110kW)	

① 工况Ⅰ：产氧 $20m^3/h$。

② 工况Ⅱ：产氧 $20m^3/h$，产氮 $40m^3/h$。

③ 工况Ⅰ：产氧 $50m^3/h$。

④ 工况Ⅱ：产氧 $50m^3/h$，产氮 $120m^3/h$。

⑤ 本设备可不带氩设备供货。

⑥ 供气压力按用户要求另配。

表 4-3　1993 年前生产的小型空分设备的设备型号、技术性能及制造厂

设备型号	加工空气量 / (m^3/h)	产量 / (m^3/h)		纯度 (%)		压力 /MPa		工艺流程特点	耗电量 / (kW · h/m^3)		启动时间 /h	运转周期 /月	制造厂
		O_2	N_2	O_2	N_2	启动	正常		O_2	N_2			
KGON-15/20	120	15	20	99.7	99.9997	19.6	8.8 ~ 11.8	高压流程，可获纯氧、纯氮双高产品		2	22	3	哈尔滨制氧机厂
KFS-120	120	18	75	99.0	99.8	19.6	8.3 ~ 9.8	高压流程，节流制冷	1.875	0.5	18	1	哈尔滨制氧机厂
230①	230	30		99.2		21.57	10.79 ~ 12.75	高压流程，下塔填料式	2.04		22 ~ 24	1	杭州制氧机厂
23 ~ 300②	300	50	—	99.2 ~ 99.7	—	5.39	1.96 ~ 2.45	中压流程，活塞式膨胀机制冷	1.34			1 ~ 1.5	杭州制氧机厂
KZO-50	300	50		99.5		3.92	1.67 ~ 2.45	中压流程，活塞式膨胀机制冷	1.45		8	3	邯郸制氧机厂
KZON-50/100	300	50	100	99.5	99.5	3.92	1.65 ~ 2.45	中压流程，活塞式膨胀机制冷	1.45		8	3	邯郸制氧机厂
KFZ-300-3	300	50	200	99.2	99.5	3.92	1.96 ~ 2.45	中压流程，活塞式膨胀机制冷	1.4		8	1.5 ~ 2	吴县制氧机厂
KZON-50/100	330	50 ± 5	100 ± 5	99.2	99.99	3.92	1.96 ~ 2.45	中压流程，活塞式膨胀机制冷	1.1		8	3	四川空分设备厂
KZO-50	458	50		99.6		1.37	1.18	采用返流气体膨胀及液氧泵，获高压氧气	1.45		10 ~ 12	6	哈尔滨制氧机厂

（续）

设备型号	加工空气量/（m^3/h）	产量/（m^3/h）		纯度（%）		压力/MPa		工艺流程特点	耗电量/（$kW \cdot h/m^3$）		启动时间/h	运转周期/月	制造厂
		O_2	N_2	O_2	N_2	启动	正常		O_2	N_2			
13-860	860	150	600	99.2		4.9	2.45~2.75	中压流程，活塞式膨胀机制冷	1.1~1.2		~12	2	杭州制氧机厂
KFS-860-1	860	150	600	99	99.95	4.9	2.45~2.75	中压流程，活塞式膨胀机制冷	1.1~1.2		12	2	江西制氧机厂
KFS-860-1（Ⅱ）③	860	150	600	>99.2	99.95	3.92~4.41	1.96~2.45	中压流程，活塞式膨胀机制冷	1.4		8	2	杭州制氧机厂
KFS-860-2	860	150	600	99.2	99.95	3.92	1.96~2.45	中压流程，活塞式膨胀机制冷	1.17		12	2	吴县制氧机厂
27-1800	1800	300						双压流程带蓄冷器					杭州制氧机厂
KFZ-1800	1800	300	300	99.5	99.99	1.47	1.18~1.47	中压流程，油轴承透平膨胀机制冷，带液氧泵			~20	12	邯郸制氧机厂

注：加工空气量和产量均指在标准状态下的。

① 一次性产品。

② 原采用洗涤塔，干燥器纯化空气。

③ Ⅰ型系采用洗涤塔，干燥器纯化空气，其他单机结构相同。

变型产品 KZON-170/550 分馏塔型号 FON-170/550，产氧 170m^3/h。

表 4-4　1993 年前生产的小型空分设备的设备型号、配套单元设备及制造厂

设备型号	配套单元设备						制造厂
	名称	型号	特点	外形尺寸（长/mm×宽/mm×高/mm）	重量/t	配用电动机（电炉）型号及功率	
KZO-50②	分馏塔	FO-50	双级精馏	1870×900×6000	1.83		邯郸制氧机厂
	纯化器	HXK-300/40	分子筛吸附	2220×1600×2930	2.3	15kW	
	空压机	L2-5.55/40	L 型二列三级水冷活塞式	1990×900×1580	3.21	JR_3-250M-6 Y315S-6 75kW	
	膨胀机	PZK-5/40-6	长活塞	855×800×1840	0.91	JO_2-52-6	
	氧压机	2-1.67/150	三列三级活塞式	1975×1580×2200	3.23	JO_2-82-8 28kW	
		2Z2.7-1.1/150	二列四级无润滑	1163×820×1924	2.31	JO_2-82-4	
KZON-50/100③	分馏塔	FON-50/200	双级精馏	1870×900×7300	2.18		
	纯化器	HXK-300/40	分子筛吸附	2220×1600×2930	2.3	15kW	
	空压机	L2-5.55/40	L 型二列三级水冷活塞式	1190×900×1580	3.21	Y315S-6 75kW	
	膨胀机	PZK-5/40-6	长活塞	855×800×1840	0.91	JO_2-52-6	
	氧压机	2-1.67/150	三列三级活塞式	1975×1580×2200	3.23	JO_2-82-8 28kW	
		2Z2.7-1.1/150	二列四级无润滑	1163×820×1924	2.31	JO_2-82-4	
	充氧台	5×2		3790×500×1330			
	氧灌充器	GC-10		3700×800×2300	0.67		

（续）

设备型号	配套单元设备						制造厂
	名称	型号	特点	外形尺寸（长/mm×宽/mm×高/mm）	重量/t	配用电动机（电炉）型号及功率	
KFS-120 KFS-120-3	分馏塔	FL-20/75	双级精馏	1600×1120×6750	2		哈尔滨制氧机厂
	纯化器	HXK-120/200	分子筛吸附	1500×1050×3000	1		
	空压机	1LY-2/220	双列四级双作用水冷活塞式	1135×625×1605	1.8	JQ81-4 40kW	
	氧压机	2LY-0.5/165	三列三级单作用水冷活塞式	1291×1003×1983	1.1	JO_2-71-8 13kW	
	氧灌充器	GC-8		3790×1580×500	0.14		
230	分馏塔		双级精馏，下塔填料式				杭州制氧机厂
	干燥器						
	空压机						
	氧压机						
	灌充器						
23-300	分馏塔	50	双级精馏	1040×1720×7003	4.1		
	洗涤塔		立式双塔喷淋式	5300×1600×7060	7.06		
	干燥器	50×2	硅胶干燥	3290×1150×2225	1.44	5kW	
	空压机	1-5/55	卧式单列三级双作用水冷活塞式	4300×2000×2250	5.85	AM6-115-6 75kW	

（续）

设备型号	配套单元设备						制造厂
	名称	型号	特点	外形尺寸（长/mm×宽/mm×高/mm）	重量/t	配用电动机（电炉）型号及功率	
23-300	膨胀机	55-210	活塞式	1325×1010×1980	~1.5	JO_2-62-8 10kW	杭州制氧机厂
	氧压机	2-1.5/220	二列四级水冷活塞式			28kW	
	氧灌充器	5×2		3790×500×795	0.12		
KFZ-300-3	分馏塔	FON-50/120	双级精馏	1060×1916×8390	3.12		吴县制氧机厂
	纯化器	HXK-300/45	分子筛吸附	2740×1280×3010	1.8	15kW	
	空压机	L2-5.55/40	L型双列三级水冷活塞式	1942×915×1583	3.21	Y315S-6 75kW	
	膨胀机	PZK-5/40-6	单缸无润滑活塞式	915×812×1750	0.74		
	氧压机	2-1.67/150	三列三级活塞式	1975×1580×2120	2.84	JR82-8 28kW	
	氧灌充器	GC-10		3790×500×1795	0.147		
KZON-50/100	分馏塔	FON-50/100	双级精馏	1058×1916×8610	3.2		四川空分设备厂
	纯化器	HXK-300/40	分子筛吸附	4040×1314×3060	2.87		
	空压机	L4-5.5/40	L型活塞式	1850×1154×1688	2.9	JR-115-6	
	膨胀机	PZK-5/40-6	单缸单作用活塞式	810×915×1750	0.733	JO_2-52-6	

（续）

设备型号	配套单元设备						制造厂
	名称	型号	特点	外形尺寸（长/mm×宽/mm×高/mm）	重量/t	配用电动机（电炉）型号及功率	
KZON-50/100	氧压机	3Z3-1.67/150	三列三级活塞式	1975×1580×2200	2.8	JR82-8 28kW	四川空分设备厂
	氧灌充器	GC-10		3790×500×795	0.147		
KZO-50	分馏塔	FO-50					哈尔滨制氧机厂
	纯化器	HXK-480/16	分子筛吸附	3400×1600×3066		21kW	
	膨胀机	PLN-6/4-0.25	气体轴承，透平制冷	479×300×250			
	空压机	L-3.5-9.4/14	三级，无润滑	2060×983×1805	2.8	JR-115-6	
	液氧泵	BPO-6.5/220	卧式活塞式	710×810×420		JZT22-4	
	氧灌充器	GC-8		3790×1580×500			
13-860	分馏塔	140/600	双级精馏			15kW（加热器）	杭州制氧机厂
	洗涤塔		立式双塔，喷淋式				
	干燥器		硅胶干燥				
	空压机	1-15/50	卧式单列三级双作用活塞式		~10	JR137-8 215kW	
	膨胀机	5-110/12	立式双缸活塞式			14kW	
	氧压机	2-1.67/150	三列三级活塞式	1975×1580×2120	2.84	JR82-8 30kW	
	充氧台	GC-24		8000×500×1800			

（续）

设备型号	配套单元设备						制造厂
	名称	型号	特点	外形尺寸（长/mm×宽/mm×高/mm）	重量/t	配用电动机（电炉）型号及功率	
KFS-860-1	分馏塔	140/600-1	双级精馏				江西制氧机厂
	洗涤塔	XT-90	立式双塔喷淋式				
	干燥器	170×2	硅胶干燥				
	空压机	1-15/50	卧式单列三级活塞式		~10	JR137-8 215kW	
	膨胀机	1LP-16.6/50-6	双缸活塞式			14kW	
	氧压机	2-2.833/150	立式三列三级活塞式	1975×1580×2120	2.8	55kW	
	充氧台	GC-24		8000×500×1800	0.31		
KZON-150/600-3 KZON-170/550（变型）	分馏塔	FON-150/600-3	双级精馏	2270×1590×8725	5	15kW（加热炉）	杭州制氧机厂
	纯化器	HXK-960/45	分子筛吸附	2000×3100×4000	4.7	36kW	
	空压机	2D8-17/45	卧式对称平衡，活塞式	6000×1500×1300	8.8	200kW	
	膨胀机	PZK-14.3/45-6	单缸单作用活塞式	980×1214×2125	2.15	JO_2-L71-6 17kW	
	氧压机	3Z3.5-1.67/150	三列三级活塞式	2030×1580×2145	2.8	JR82-8 28kW	

（续）

设备型号	配套单元设备						制造厂
	名称	型号	特点	外形尺寸（长/mm×宽/mm×高/mm）	重量/t	配用电动机（电炉）型号及功率	
KFS-860-Ⅰ[①] KFS-860-Ⅱ	分馏塔	140/600-1	双级精馏				杭州制氧机厂
	纯化器	HXK-960/45	分子筛吸附	2000×3100×4000			
	空压机	5L-16/50	L型三级水冷活塞式	5300×1670×3200	2.8	TDK118/2.6-14	
	膨胀机	PZK-14.3/40-6	单缸单作用活塞式	980×1214×2125	2.15	JO_2-L71-6 17kW	
	氧压机	2-2.833/150	立式三列三级活塞式	1975×1580×2120	2.8	55kW	
	充氧台	GC-24		8000×500×1800	0.31		
KFS-860-2	分馏塔	FON-150/600-1	双级精馏	2270×1590×9000	5		吴县制氧机厂
	纯化器	HXK-960/40	分子筛吸附	3090×1840×3985	4.6	36kW	
	空压机	5L-16/50	L型三级水冷活塞式	5300×1670×3200	2.8	TDK118/2.6-14	
	膨胀机	PZK-14.3/40-6	单缸活塞式，无润滑	980×1214×2125	1.58	JO_2-L71-6	
	氧压机	2-2.833/150	三列三级活塞式	1975×1580×2120	2.8	JR82-4	
	氧灌充器	GC-24		8000×500×1800	0.31		
KZON-150/600-3 KZON-170/550（变型）	氧灌充器	GC-24		8000×500×1800			杭州制氧机厂
	制氩装置	XKAr-3	分子筛吸附制氩		8		

（续）

设备型号	配套单元设备						制造厂
	名称	型号	特点	外形尺寸（长/mm×宽/mm×高/mm）	重量/t	配用电动机（电炉）型号及功率	
27-1800	分馏塔	300/2	双压流程带蓄冷器				杭州制氧机厂
	空压机						
	膨胀机						
	氧压机						
	氧灌充器						
KFZ-1800	分馏塔	FL-300/300	双级精馏，上下塔分开安装，带液氧泵		14	JR-100（加热器）	邯郸制氧机厂
	空压机	DY8-30/15	对称平衡，二列三级活塞式	5880×1490×1133	8.5	TDK173/16-16	
	纯化器	HX-1800/15	分子筛吸附		~9.6	96kW	
	膨胀机	1TP-26/14.7-30/-4.8	中压油轴承透平式	682×280×700	0.33（两台）		
	氧压机	2LY-5.8/30	立式三列三级双作用无润滑		3.8	JR115-6 75kW	
	液氧泵	BPO5-3/10（50FY-3.1/10）	迷宫密封		0.1	JO_2-21-2 1.5kW	

① 配洗涤塔、干燥器。

② 2-1.67/150 和 2Z2.7-1.1/150 型氧压机由用户任选其一。

③ 充氧台和氧灌充器由用户选其一，2-1.67/150 和 2Z2.7-1.1/150 型氧压机由用户选其一。

第2节 换 热 器

4.2-1 小型分馏塔的换热器的技术规格包括哪些内容？其结构如何？

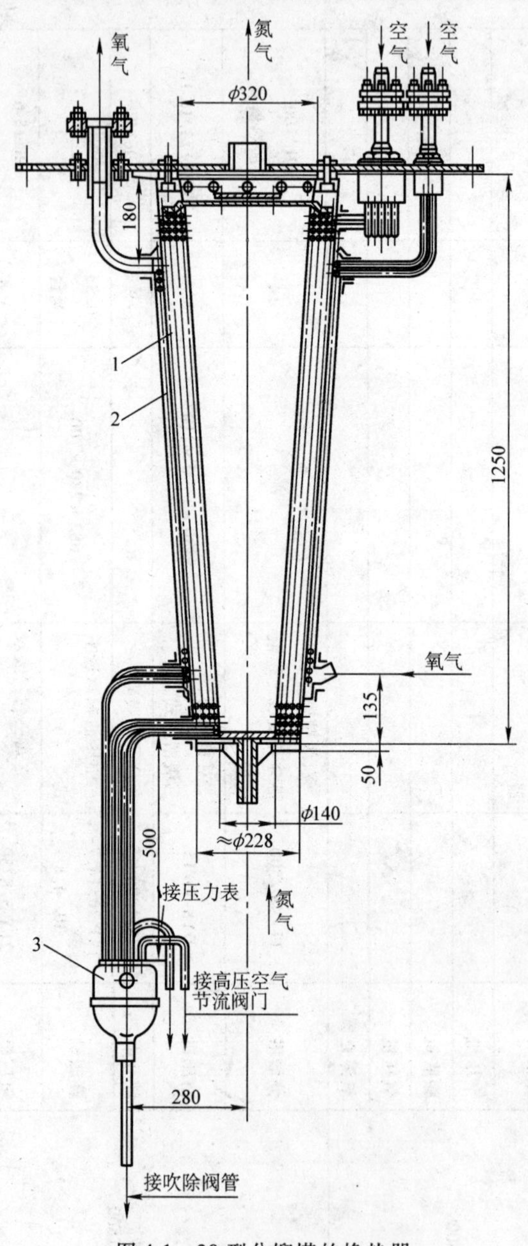

图 4-1 30 型分馏塔的换热器

1—氮气隔层 2—氧气隔层 3—集合器

答： 小型分馏塔的换热器的技术规格如表 4-5 至表 4-7 所示。其结构如图 4-1 至图 4-11 所示。

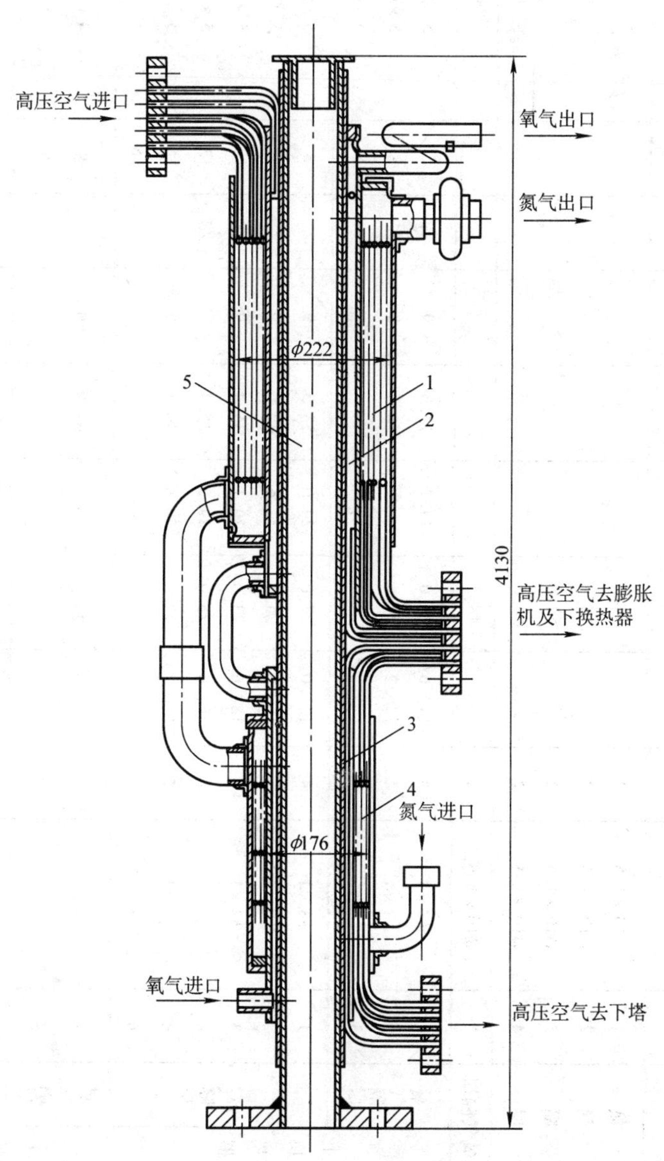

图 4-2　50 型分馏塔的换热器

1、4—氮气隔层　2、3—氧气隔层　5—中心支柱

表 4-5　小型分馏塔换热器技术规格

分馏塔系列型号	绕管隔层		层次	管径×壁厚/mm	管数	每层外径/mm	管子总长/m	绕管长/m	圈数	每圈节距/mm	绕向	垫条数量	垫条规格①（宽/mm×厚/mm×长/mm）
30	氮气隔层		1	ϕ10×1.5	2		44.3						10×0.8
			2	ϕ10×1.5	2		48.3						10×0.8
			3	ϕ10×1.5	2		52.3						10×0.8
			4	ϕ10×1.5	2		56.3						10×0.8
	氧气隔层		1	ϕ10×1.5	2		48.3						10×0.8
50	上换热器	氧气隔层	1	ϕ8×1	3	112.6	28.0	24.7	75.3	9	右	6	5×0.8×2130
			2	ϕ8×1	4	130.2	24.5	21.65	56.5	9	左	8	5×0.8×2130
			3	—	—	—	—	—	—	—	—	8	5×0.8×2130
		氮气隔层	1	ϕ8×1	4	151.0	27.0	24.0	53.3	9	右	8	5×0.5×2130
			2	ϕ8×1	5	169.8	24.5	21.6	42.6	9	左	12	5×1.4×2000
			3	ϕ8×1	6	188.6	23.0	20.1	35.4	9	右	12	5×1.4×2000
			4	ϕ8×1	6	207.4	25.0	22.2	35.4	9	左	12	5×1.4×2000
			5	ϕ8×1	7	226.2	23.5	20.6	30.1	9	右	16	5×1.4×2000
			6	—	—	—	—	—	—	—	—	16	5×0.5×2130
	下换热器	氧气隔层	1	ϕ8×1	2	114.0	23.5	20.6	61.9	9	右	8	5×1.5×1200
			2	—	—	—	—	—	—	—	—	8	5×1.5×1200
		氮气隔层	1	ϕ8×1	2	138.0	25.0	22.2	54.5	9	左	8	5×1.5×1120
			2	ϕ8×1	3	157.0	20.0	16.85	36.0	9	右	8	5×1.5×1120
			3	ϕ8×1	4	178.0	17.5	14.4	26.9	9	左	12	5×1.5×1120
			4	—	—	—	—	—	—	—	—	12	5×1.5×1120

（续）

分馏塔系列型号	绕管隔层	层次	管径×壁厚/mm	管数	每层外径/mm	管子总长/m	绕管长/m	圈数	每圈节距/mm	绕向	垫条数量	垫条规格①（宽/mm×厚/mm×长/mm）
50	馏分换热器	1	ϕ8×1	3	87.0	11.0	10.2	41	9	右	8	4×0.5×1060
		2	ϕ8×1	3	104.6	13.3	12.5	41	9	左	12	4×0.8×1060
		3	ϕ8×1	3	130.2	15.5	14.7	41	9	右	12	4×0.8×1060
		4	—	—	—	—	—	—	—	—	12	4×0.5×1060
150	换热器I 氮气隔层	1	ϕ10×1	2	135.6	30.6	28.4	72	10.5	右	6	0.8
		2	ϕ10×1	2	158.6	33.4	31.2	67	11.25	左	6	1.5
		3	ϕ10×1	2	181.6	33.4	31.2	58	13.05	右	6	1.5
		4	ϕ10×1	3	204.6	31.5	29.3	48	10.5	左	8	1.5
		5	ϕ10×1	3	227.6	33.6	31.4	46	10.96	右	8	1.5
		6	ϕ10×1	3	250.6	33.2	31.0	41	12.3	左	8	1.5
		7	ϕ10×1	4	273.6	32.0	29.8	36	10.5	右	10	1.5
		8	ϕ10×1	4	296.6	33.7	31.5	35	10.8	左	10	1.5
		9	ϕ10×1	4	319.6	33.3	31.1	32	11.8	右	10	1.5
		10	ϕ10×1	5	342.6	32.4	30.2	28.8	10.5	左	10	1.5
	换热器I 氧气隔层	1	ϕ10×1	4	366.6	30.2	28.0	25	10.5	右	12	1
		2	ϕ10×1	4	388.6	31.9	29.7	25	10.5	左	12	1
	换热器I 馏分隔层	1	ϕ10×1	6	412.6	21.2	19.0	15	11.5	右	14	0.8

（续）

分馏塔系列型号	绕管隔层	层次	管径×壁厚/mm	管数	每层外径/mm	管子总长/m	绕管长/m	圈数	每圈节距/mm	绕向	垫条数量	垫条规格[①]（宽/mm×厚/mm×长/mm）
150	换热器Ⅱ 氮气隔层	1	ϕ10×1	2	145.0	25.6	23.4	55	10.5	右	6	1
		2	ϕ10×1	2	167.0	26.9	24.7	50	11.5	左	6	1
		3	ϕ10×1	3	189.0	22.8	20.6	36.6	10.5	右	6	1
		4	ϕ10×1	3	211.0	25.3	23.1	36.6	10.5	左	8	1
		5	ϕ10×1	3	233.0	28.0	25.8	36.6	10.5	右	8	1
		6	ϕ10×1	3	255.0	26.8	24.6	32.0	12.3	左	8	1
		7	ϕ10×1	4	277.0	25.3	23.1	27.5	10.5	右	10	1
		8	ϕ10×1	4	299.0	27.2	25.0	27.5	10.5	左	10	1
		9	ϕ10×1	4	321.0	27.3	25.1	25.7	11.25	右	10	1
		10	ϕ10×1	5	343.0	25.3	23.1	22.0	10.5	左	10	1
	换热器Ⅱ 氧气隔层	1	ϕ10×1	4	366.6	27.0	24.8	22.0	10.5	右	12	0.8
		2	ϕ10×1	5	378.2	23.2	21.0	17.6	10.5	左	12	0.8
300/2	氧气隔层	1	ϕ10×1.5	2	129±1	28.0	26.8	71.5		右	6	8×0.5×1510
		2	ϕ10×1.5	3	151±1	22.3	21.1	47.7		左	6	8×1×1510
		3	ϕ10×1.5	3	173^{+1}_{-2}	25.6	24.4	47.7		右	6	8×1×1510
		4	ϕ10×1.5	3	$195^{+1.5}_{-3}$	29.0	22.7	47.7		左	6	8×1×1510
		5	ϕ10×1.5	4	$217^{+1.5}_{-3}$	24.5	23.3	35.8		右	8	8×1×1510
		6	ϕ10×1.5	4	239^{+2}_{-4}	27.0	25.8	35.8		左	8	8×1×1510
		7	ϕ10×1.5	4	261^{+2}_{-4}	29.4	28.2	35.8		右	8	8×1×1510
		8	ϕ10×1.5	5	283^{+2}_{-4}	25.8	24.6	28.6		左	10	8×1×1510

（续）

分馏塔系列型号	绕管隔层	层次	管径×壁厚/mm	管数	每层外径/mm	管子总长/m	绕管长/m	圈数	每圈节距/mm	绕向	垫条数量	垫条规格①（宽/mm×厚/mm×长/mm）
300/2	馏分隔层	1	ϕ10×1.5	3	306^{+2}_{-4}	30.6	28.0	30.0		右	12	8×0.5×955
		2	ϕ10×1.5	4	328^{+2}_{-4}	25.6	22.5	22.5		左	12	8×1×955
FL-300/300 氧氮换热器	氮气隔层	1	ϕ8×0.75	4	100	30.8	29.8	95.0		左	8	5×0.8
		2	ϕ8×0.75	5	118	29.2	28.2	76.0		右	12	5×1.5
		3	ϕ8×0.75	5	136	33.5	32.5	76.0		左	12	5×1.5
		4	ϕ8×0.75	6	154	30.0	29.0	64.3		右	12	5×1.5
		5	ϕ8×0.75	7	172	30.3	29.3	54.3		左	12	5×1.5
		6	ϕ8×0.75	8	190	29.3	28.3	47.5		右	16	5×1.5
		7	ϕ8×0.75	8	208	32.0	31.0	47.5		左	16	5×1.5
		8	—	—	—	—	—	—		—	18	5×0.8
	氧气隔层	1	ϕ8×0.75	10	228	28.2	27.2	38		右	18	5×0.8
		2	ϕ8×0.75	10	246	30.3	29.3	38		左	18	5×1.5
		3	ϕ8×0.75	11	264	29.6	28.6	34.5		右	18	5×1.5
		4	ϕ8×0.75	12	282	29.0	28.0	31.6		左	18	5×1.5
		5	—	—	—	—	—	—		—	22	5×0.8

（续）

分馏塔系列型号	绕管隔层		层次	管径×壁厚/mm	管数	每层外径/mm	管子总长/m	绕管长/m	圈数	每圈节距/mm	绕向	垫条数量	垫条规格①（宽/mm×厚/mm×长/mm）
FL-300/300	污氮换热器	污氮隔层	1	φ8×0.75	5	150.5	35.0	32.0			右	10	0.8
			2	φ8×0.75	6	169	32.1	30.1			左	10	1.5
			3	φ8×0.75	6	187.5	35.4	33.4			右	12	1.5
			4	φ8×0.75	7	206	33.7	31.7			左	12	1.5
			5	φ8×0.75	7	224.5	36.5	34.5			右	16	1.5
			6	φ8×0.75	8	243	34.9	32.9			左	16	1.5
			7	φ8×0.75	9	261.5	33.1	31.1			右	16	1.5
			8	φ8×0.75	9	280	35.4	33.4			左	18	1.5
			9	φ8×0.75	10	298.5	34.6	32.6			右	18	1.5
			10	φ8×0.75	10	317	36.7	34.7			左	18	1.5
			11	φ8×0.75	11	335.5	35.1	33.1			右	20	1.5
			12	φ8×0.75	12	354	34.3	32.3			左	20	1.5
			13	φ8×0.75	12	372.5	36.0	34.0			右	22	1.5
			14	φ8×0.75	13	391	35.8	33.8			左	24	1.5
			15	φ8×0.75	14	409.5	34.3	32.3			右	24	1.5
			16	—	—	—	—	—			—	24	0.5

① 垫条规格栏中，一个数据的表示其厚度，两个数据的表示宽×厚。

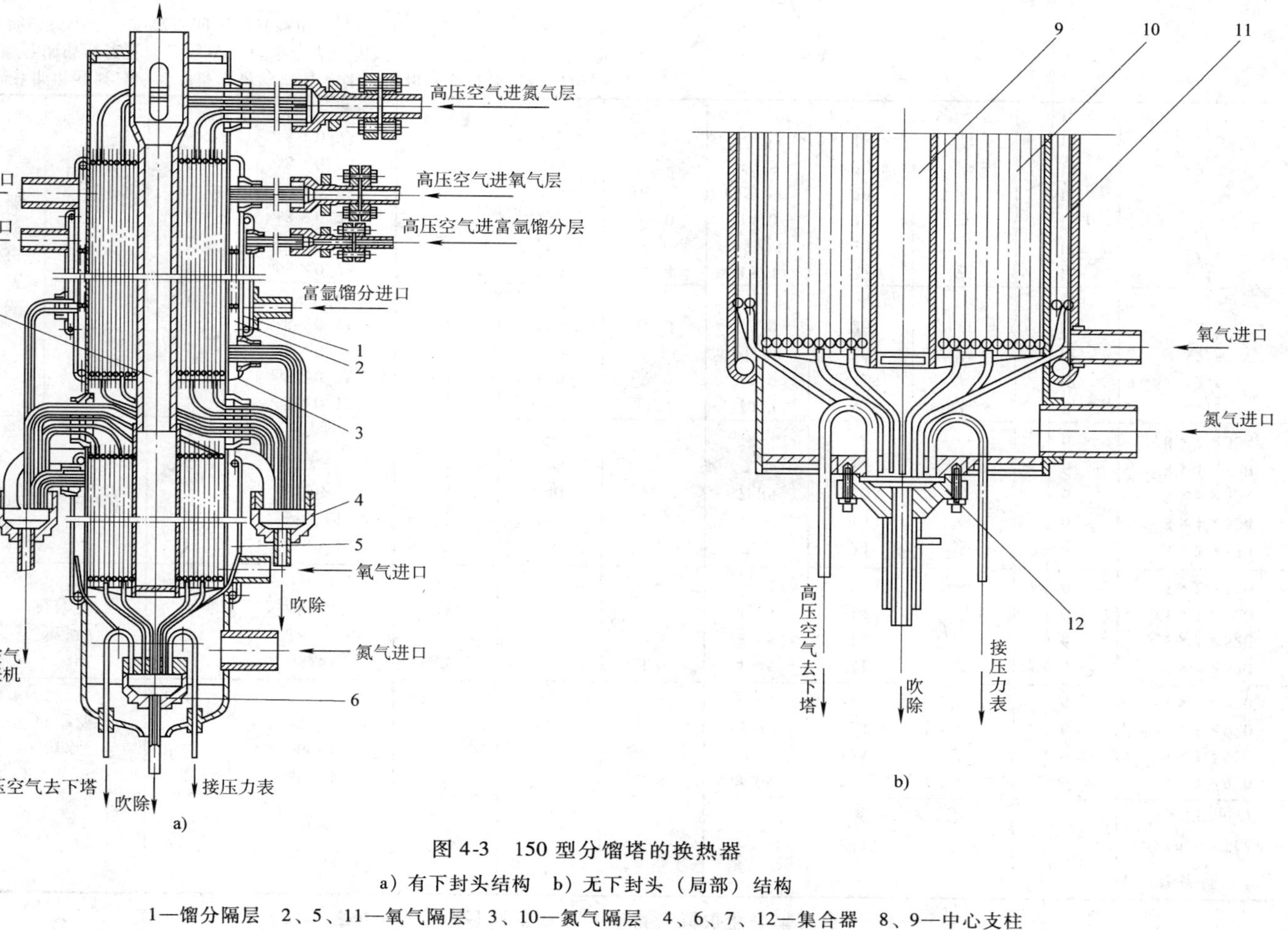

图 4-3　150 型分馏塔的换热器

a）有下封头结构　b）无下封头（局部）结构

1—馏分隔层　2、5、11—氧气隔层　3、10—氮气隔层　4、6、7、12—集合器　8、9—中心支柱

表 4-6　小型分馏塔液空（液氮）过冷器技术规格

分馏塔系列型号	名　称	层次	管径×壁厚/mm	管数	每层中径/mm	管子总长/m	绕管长/m	圈数	绕向	垫条数量	垫条规格[③]（宽/mm×厚/mm×长/mm）
50[①]	液空过冷器	1	φ8×1	2	67	8.5	7.95	37.5	右	6	5×2×920
		2	φ8×1	3	89	7.7	7.1	25	左	6	5×3×920
		3	φ8×1	3	111	9.5	8.9	25	右	6	5×3×920
		4	—	—	—	—	—	—	—	6	5×2×920
	液氮过冷器	1	φ8×1	2	67	5.0	4.45	21	右	6	5×2×520
		2	φ8×1	3	89	4.5	3.95	14	左	6	5×3×520
		3	φ8×1	3	111	5.5	4.95	14	右	6	5×3×520
		4	—	—	—	—	—	—	—	6	5×2×520
150[②]	液空（液氮）过冷器	1	φ10×1	2	84		7.1	24	左	6	8×2×534
		2	φ10×1	3	112		6.4	16	右	6	8×4×534
		3	φ10×1	3	140		7.85	16	左	6	8×4×534
		4	φ10×1	4	168		7.1	12	右	6	8×4×534
		5	—	—	—	—	—	—	—	6	8×2×534
FL-300/300	液氮过冷器 内隔层（纯氮）	1	φ8×0.75	3	99	11.7	10.7	34.5	左	8	1
		2	φ8×0.75	3	119	13.9	12.9	34.5	右	12	2.5
		3	φ8×0.75	4	139	12.35	11.35	26	左	12	2.5
		4	φ8×0.75	4	159	14.0	13.0	26	右	12	2.5
		5	—	—	—	—	—	—	—	16	1
	液氮过冷器 外隔层（污氮）	1	φ8×0.75	3	183	16.4	15.4	27	左	16	1
		2	φ8×0.75	4	203	13.75	12.75	20	右	16	2.5
		3	φ8×0.75	4	223	15.0	14.0	20	左	16	2.5
		4	φ8×0.75	4	243	16.25	15.25	20	右	16	2.5
		5	φ8×0.75	4	263	17.5	16.5	20	左	18	2.5
		6	φ8×0.75	5	283	15.25	14.25	16	右	18	2.5
		7	—	—	—	—	—	—	—	18	1

① 50 型分馏塔液氮过冷器与液空过冷器有一体结构和分开单独结构两种。

② 150 型分馏塔液氮过冷器与液空过冷器结构相同。

③ 垫条规格栏中，一个数据的表示其厚度。

表 4-7　FL-300/300 型分馏塔液化器技术规格

名　称		层次	管径×壁厚/mm	管数	每层中径/mm	管子总长/m	绕管长/m	圈数	绕向	垫条数量	垫条规格（厚度）/mm
FL-300/30 液化器	液化器上部	1	ϕ8×0.75	2	117	10.18	8.68	23.6	右	8	0.5
		2	ϕ8×0.75	2	135.5	11.50	10.00	23.6	左	10	1.5
		3	ϕ8×0.75	2	154	12.90	11.40	23.6	右	10	1.5
		4	ϕ8×0.75	2	172.5	14.30	12.80	23.6	左	12	1.5
		5	ϕ8×0.75	2	191	15.05	13.55	23.6	右	12	1.5
		6	ϕ8×0.75	3	209.5	11.80	10.30	15.7	左	16	1.5
		7	ϕ8×0.75	3	228	12.75	11.25	15.7	右	16	1.5
		8	ϕ8×0.75	3	246.5	13.65	12.15	15.7	左	16	1.5
		9	ϕ8×0.75	3	265	14.60	13.10	15.7	右	16	1.5
		10	ϕ8×0.75	3	283.5	15.50	14.00	15.7	左	18	1.5
		11	ϕ8×0.75	4	302	12.90	11.40	11.8	右	18	1.5
		12	ϕ8×0.75	4	320.5	13.40	11.90	11.8	左	18	1.5
		13	ϕ8×0.75	4	339	14.10	12.50	11.8	右	20	1.5
		14	—	—	—	—	—	—	—	20	0.5
	液化器下部	1	ϕ8×0.75	4	117	10.58	8.78	23.9	右	8	0.5
		2	ϕ8×0.75	5	135.5	9.67	8.17	19.2	左	10	1.5
		3	ϕ8×0.75	6	154	9.18	7.68	15.9	右	10	1.5
		4	ϕ8×0.75	6	172.5	10.11	8.61	15.9	左	12	1.5
		5	ϕ8×0.75	7	191	9.72	8.22	13.7	右	12	1.5
		6	ϕ8×0.75	8	209.5	9.39	7.89	12.0	左	16	1.5
		7	ϕ8×0.75	8	228	10.09	8.59	12.0	右	16	1.5
		8	ϕ8×0.75	9	246.5	9.71	8.21	10.6	左	16	1.5
		9	ϕ8×0.75	10	265	9.50	8.00	9.6	右	16	1.5
		10	ϕ8×0.75	11	283.5	9.25	7.75	8.7	左	18	1.5
		11	ϕ8×0.75	11	302	9.75	8.25	8.7	右	18	1.5
		12	ϕ8×0.75	12	320.5	9.50	8.00	7.95	左	18	1.5
		13	ϕ8×0.75	12	339	9.97	8.47	7.95	右	20	1.5
		14	—	—	—	—	—	—	—	20	0.5

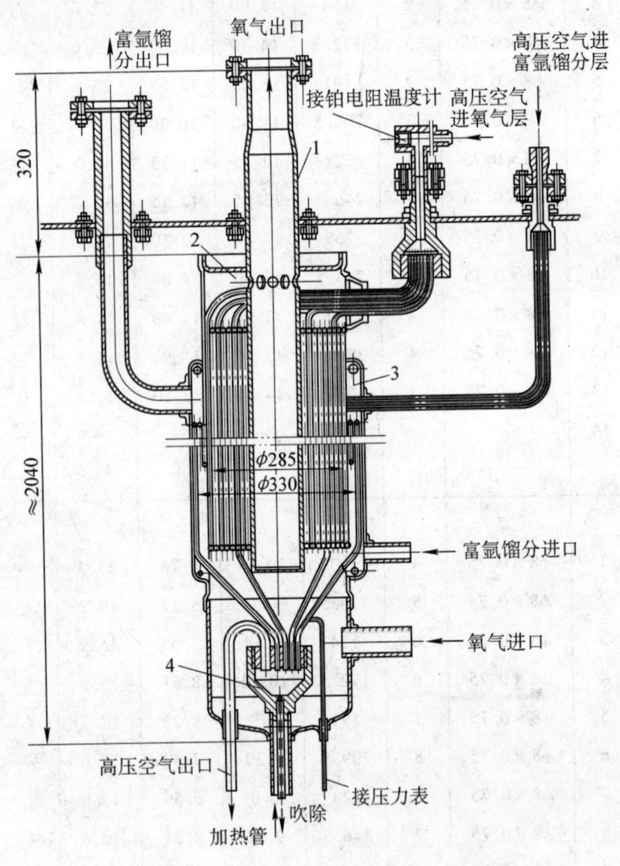

图 4-4　300/2 型分馏塔的换热器

1—中心支柱　2—氧气隔层　3—馏分隔层　4—集合器

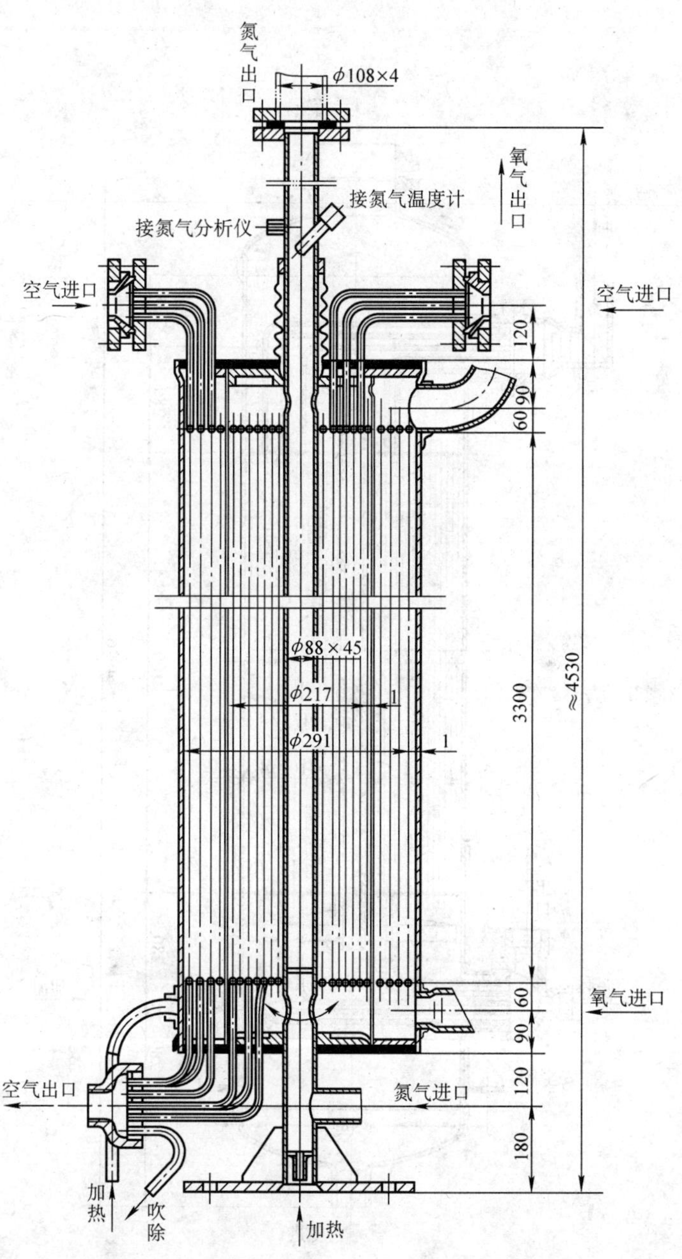

图 4-5　FL-300/300 型分馏塔的氧、氮换热器

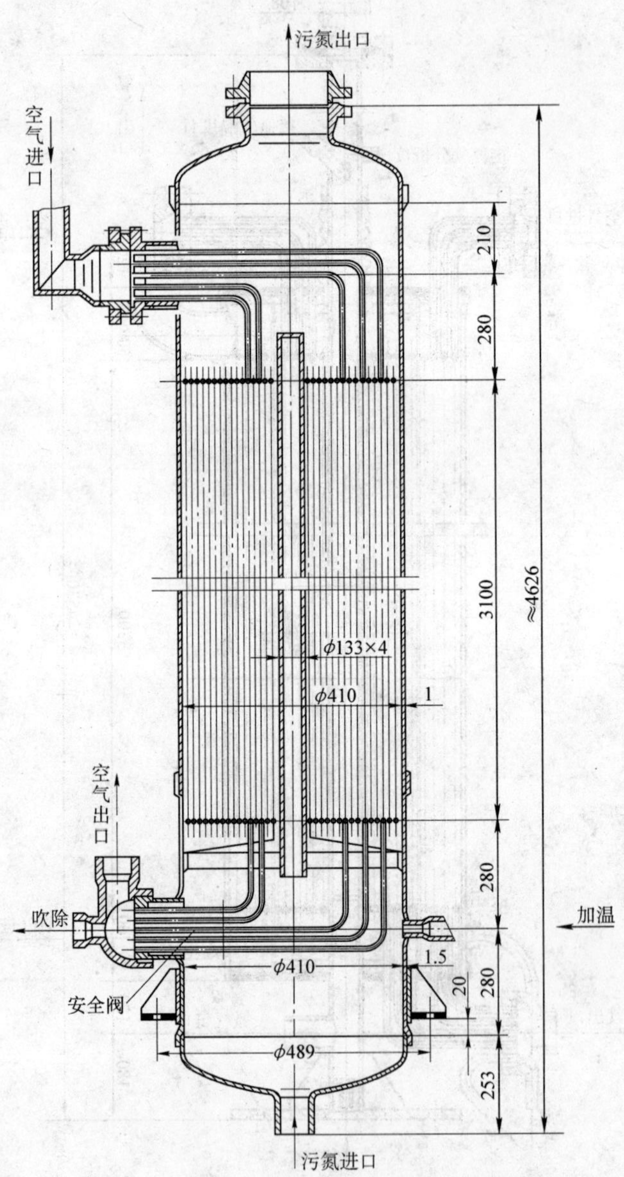

图 4-6　FL-300/300 型分馏塔的污氮换热器

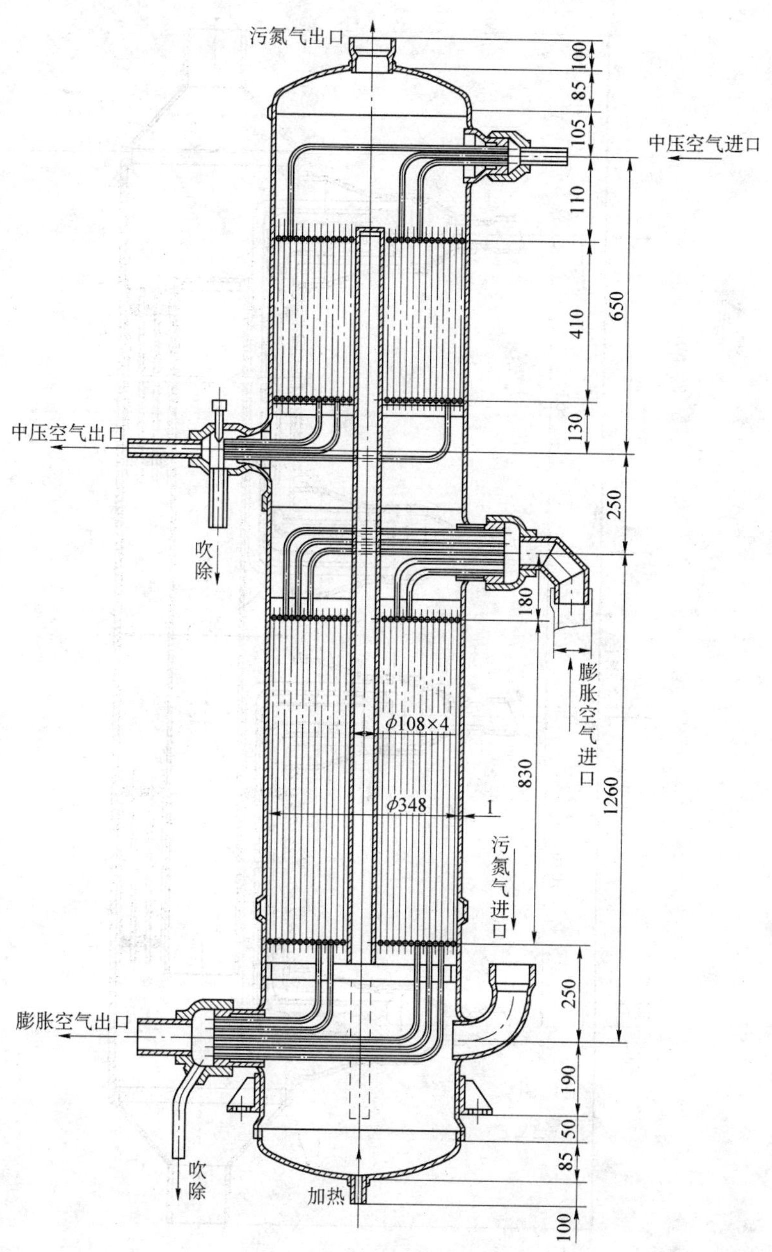

图 4-7　FL-300/300 型分馏塔的液化器

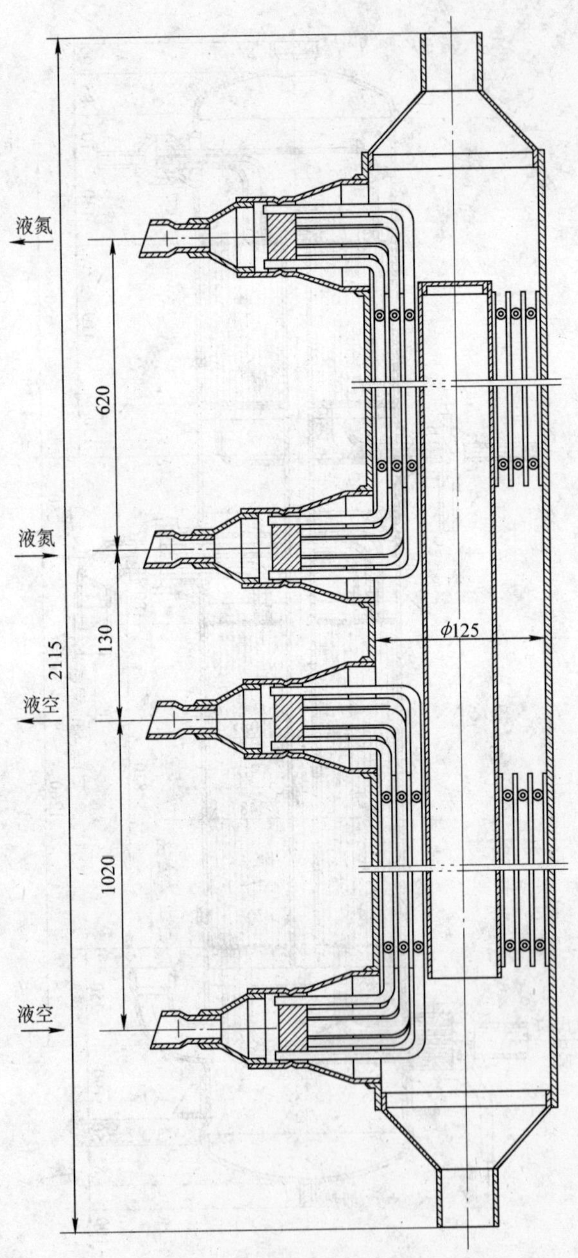

图 4-8　50 型分馏塔的液空（液氮）过冷器

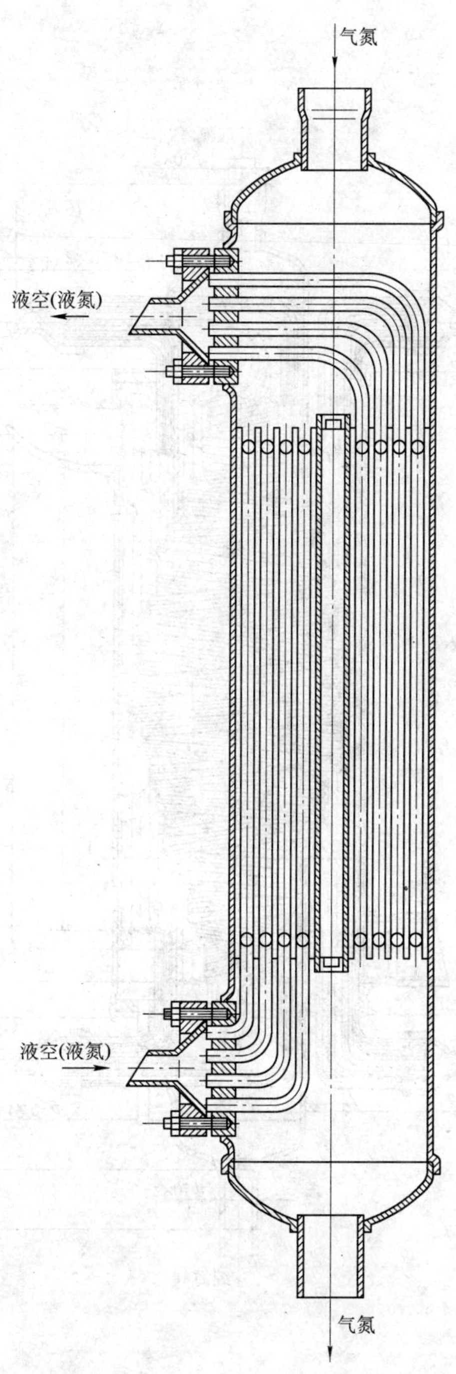

图 4-9　150 型分馏塔的液空（液氮）过冷器

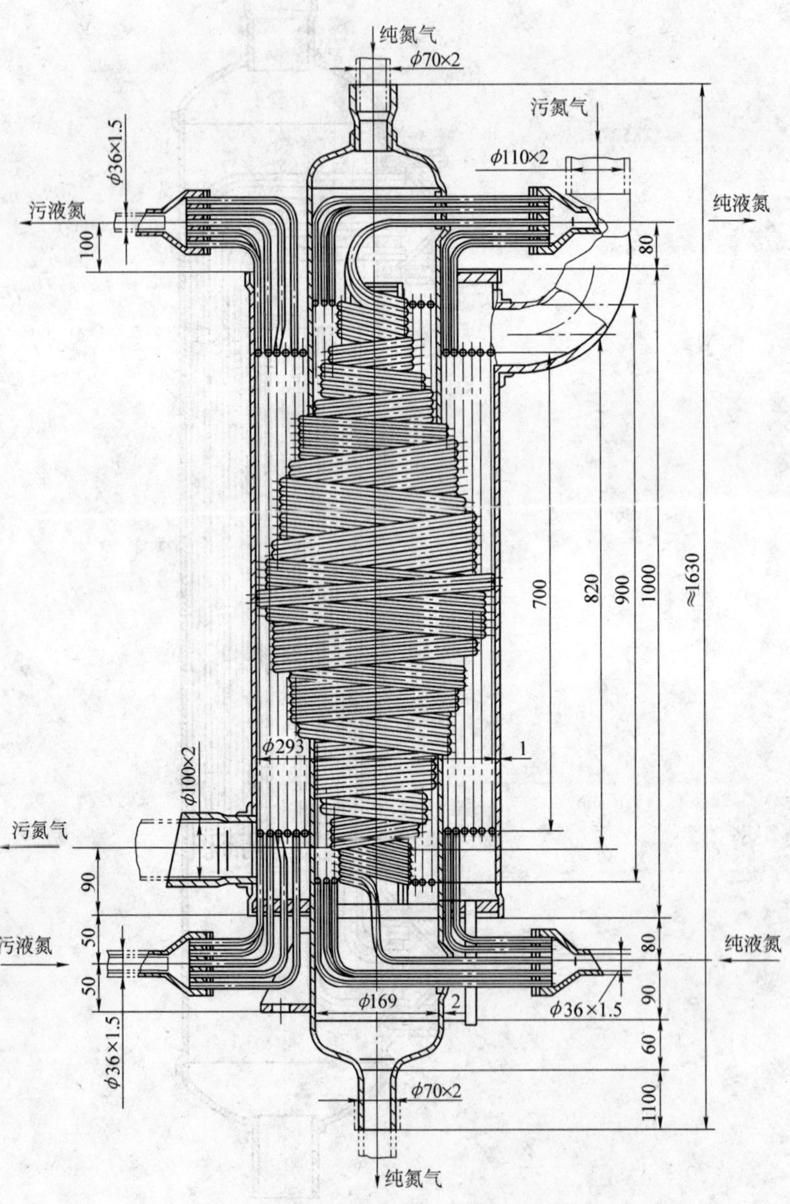

图 4-10　FL-300/300 型分馏塔的液氮过冷器

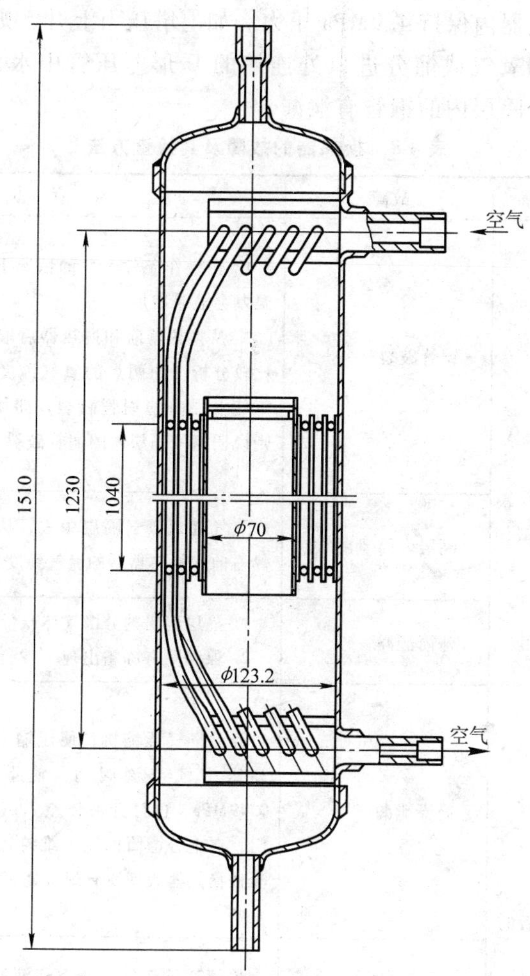

图 4-11　50 型分馏塔的馏分换热器

4.2-2　不取下换热器检查故障的方法有哪些？

答：不取下换热器检查故障的方法如表 4-8 所示。

经过上述初步检查后，如查明铜管、隔层内筒和外筒确有破裂泄漏，则应进一步查明其破裂泄漏的部位。

铜管的破裂部位（以 150 型分馏塔为例）可用下列方法确定：

1）将氧气和馏分气体的进口管与分馏塔连接管脱开，将分馏塔连接管口处用盲板堵死。

2）在氧气和馏分进口处各焊一接头，用胶管各接一个 U 形差压管，里面装满清水，并将氧气、氮气及馏分阀门关闭（必须将阀门关严或用盲板堵死）。

3）打开高压空气进换热器各阀及高压空气压力表阀，关闭其余各阀，通入的高压空气使换热器内保持4.9MPa压力。如上塔压力上升，则说明氮气隔层内的铜管有泄漏；如氧气或馏分进口处连接的U形差压管中水面上升或吹出时，则说明氧气或馏分隔层内的铜管有泄漏。

表4-8　换热器的故障及其检查方法

检查步骤	故障	检　查　方　法
运转中检查	铜管破裂	1. 在操作条件不变的情况下，有时换热器热端的温差会显著增加 2. 从换热器前和换热器后取氧气及氮气的试样做比较分析，如两点的氧气纯度有显著差别，则说明氧气隔层内的铜管破裂；如氮气纯度有显著差别，则说明氮气隔层内的铜管破裂（或隔层内筒泄漏）
	隔层内筒泄漏	氧气流到氮气隔层中去，从而氧气产量减少，换热器前和换热器后的氮气纯度有显著差别
	外筒泄漏	1. 隔层流出的分馏气体产量减少 2. 保温壳有冻霜出现
加温和拆除绝热物后的检查	筒壳泄漏	开动空气压缩机，使压缩空气流经换热器，打开高压空气节流阀门，使下分馏筒内压力保持0.49MPa，再打开液体空气（或液体氮气）节流阀门，在上分馏筒内压力维持在0.049MPa，用肥皂液涂抹换热器表面所有焊接处，检查之
	铜管破裂	关闭高压空气、液空和液氮等节流阀，氧气、氮气排放阀，以及分馏塔上所有调节、吹除及分析取样阀门，当高压空气流入换热器达到最大工作压力时，将高压空气入分馏塔换热器的阀门关闭，观测上分馏筒的压力计，如指针上升，则说明铜管已破裂

4）确定换热器Ⅰ或Ⅱ某个隔层内铜管泄漏的方法是：

①　换热器Ⅰ的检查。将换热器Ⅰ与Ⅱ中间的高压空气连接管封死，先检查换热器Ⅰ。关闭换热器中部吹除阀和高压空气进馏分隔层阀，以及氧气、氮气、馏分排出阀，并关闭液空、液氮节流阀，与下塔隔绝，使高压空气进入换热器Ⅰ的氧气和氮气隔层内的铜管中，将空压机压力保持在4.9MPa压力（此时分馏塔上高压表已切断）。如上塔压力上升。则说明换热器Ⅰ中氮气隔层铜管有

泄漏；如氧气隔层连接的U形管中水面上升或吹出，则说明换热器Ⅰ中氧气隔层中的铜管有泄漏。

② 换热器Ⅱ的检查。关闭高压空气进氧气隔层和氮气隔层的阀门及换热器下部吹除阀，高压空气进膨胀机阀以及各节流阀。打开高压空气进馏分隔层的阀门，使高压空气进入换热器Ⅱ的氮气隔层和氧气隔层的铜管中，并保持49MPa压力。用与检查换热器Ⅰ的同样观察方法，即可确定换热器Ⅱ的氮气隔层、氧气隔层中是否有铜管泄漏。

③ 隔层内筒泄漏部位的检查。关闭氮气、氧气和馏分的排出阀门及液空、液氮节流阀。将氧气进口处连接的U形差压管拔出，用胶管接上氮气瓶和压力表，气瓶上安有减压阀。通入氮气，使氧气隔层内保持0.049MPa压力。如馏分进口处连接的U形差压管中液面上升或吹出，则说明氧气与馏分之间的隔层内筒泄漏；如上塔压力上升，则说明氧气与氮气之间的隔层内筒泄漏。但还必须进一步来检查是换热器Ⅰ还是Ⅱ的部位。这时必须将换热器Ⅰ和Ⅱ之间的氧气隔层连接管切断并封死，在氧气排出口再接一U形差压管。在氮气隔层内通入0.049MPa压力的氮气，当发现氧气隔层进出口两个U形差压管中，某一个液面有上升或吹出时，即可确定隔层内筒泄漏的部位。

④ 外筒泄漏部位的检查。可将换热器低压部分充以0.049MPa压力，然后在外部用肥皂溶液涂抹检查。

4.2-3 取下换热器铜管泄漏部位检查的方法有哪些？

答：当确定换热器内铜管泄漏后，必须将换热器拆下，对铜管逐根检查，找出泄漏的铜管。其检查方法如表4-9所示，并参阅图4-12。试验用气嘴如图4-13所示。

表4-9 铜管泄漏的检查方法

泄漏部位	检查方法	备　注
换热器Ⅰ氮气隔层	1. 将换热器氮气进口和出口管，以及换热器底部封头通向加温的管端用盲板堵死，并在氧气出口管的盲板上接通0～0.098MPa压力表 2. 将管板1和4上的集合器取下 3. 在管板1的各管端中分别通以气体，在管板4处找出相应的管子另一端，并加锥形橡胶塞9，垫以2mm厚的铜板10，并旋紧法兰盘11上的螺钉12，将其密封 4. 用气嘴（见图4-13）将各管中通气进行试验①，如氮气隔层压力上升，则说明该管已经泄漏	如上部氮气隔层与氧气隔层内部都有铜管泄漏，可将管板4的管子全部用锥形胶塞9堵塞，然后用法兰盘11密封，再分别将管板1、2全部管子逐根检查

（续）

泄漏部位	检查方法	备　注
换热器Ⅰ氧气隔层	1. 将换热器氧气进口和出口管用盲板堵死，并在氧气出口的盲板上接通0～0.098MPa压力表一只 2. 将管板2及4上的集合器取下 3. 在管板2的各管端中通以气体，在管板5处找出相应的管子另一端，用氮气隔层同样的检查方法，找出氧气隔层的泄漏管	
换热器Ⅰ馏分隔层	1. 将换热器馏分的进口和出口管用盲板堵死，并在馏分出口的盲板上接通0～0.098MPa压力表一只 2. 将管板3和5上的集合器取下 3. 在管板3的各管端中通以气体，在管板5处找出相应的管子另一端，用氮气隔层同样的检查方法，找出馏分隔层的泄漏管	
换热器Ⅱ氮气隔层	1. 将换热器底部封头取下（对没有底部封头的150型分馏塔的换热器，可直接将下部集合器取下），再将管板5及6上的集合器取下，在管板6上装配与其螺纹相配合的、用普通碳钢制成并挂锡的圆盘7，并将铜制的锥体8装配在氮气隔层筒壳下端与圆盘7之间，用锡铅焊料钎焊密封 2. 在管板5的氮气隔层各铜管中。分别通以气体，在管板6端找出相应的管端做上标记 3. 将氮气隔层的铜管在管板5的一端加锥形胶塞，用法兰密封 4. 在管板6端氮气隔层铜管中，用气嘴逐根检查，即可找出泄漏管	如下部氮气隔层及氧气隔层都有铜管泄漏，可将管板5的管子全部用锥形橡胶塞9堵塞，然后用法兰盘密封，再分别将管板6全部管子逐根检查
换热器Ⅱ氧气隔层	检查方法同上一栏，但只将其中第二条改为检查氧气隔层中的铜管即可	

注：表中介绍的件号没有指出图号的，都是指图4-12。

① 试验应用洁净的压缩空气或氮气，经减压阀，用橡胶管连接另端的气嘴（见图4-13），试验压力为0.49～0.98MPa，为避免低压隔层爆破，试验时，压力应缓慢上升，并注意低压部分压力上升或超压。

4.2-4　换热器的修理方法有哪些？

答：换热器的修理方法是：

（1）铜管泄漏的修理方法　对泄漏的铜管，可采用堵管的方法进行修理。

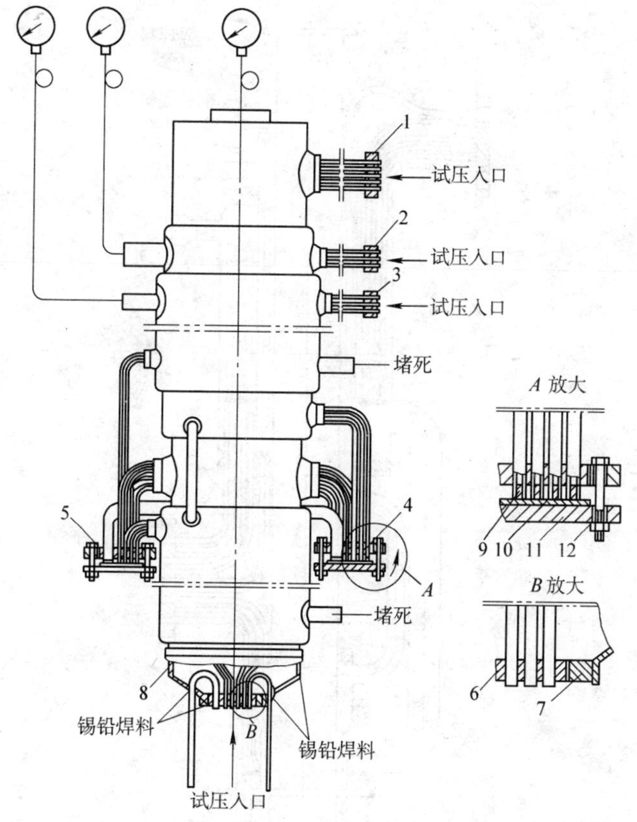

图 4-12　换热器铜管泄漏的检查方法

1、2、3、4、5、6—管板　7—圆盘　8—锥体　9—橡胶塞　10—铜板　11—法兰盘　12—螺钉

用纯铜车一长 20～30mm、直径比铜管内径小 0.5mm 左右的堵塞，并挂锡，将泄漏的铜管两端内壁用刮刀清除氧化层，将堵塞轻轻打入并与管壁贴合，塞入深度 25～35mm，将铜管两端用锡铅焊料封平。

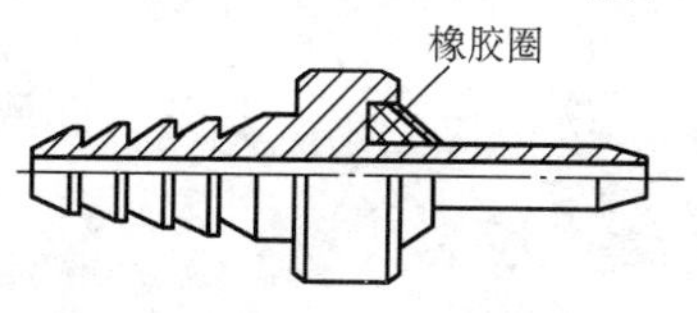

图 4-13　气嘴

堵管的总数不能超过换热器铜管总数的 15%，否则会使传热面积减少过多，影响传热效果。

（2）隔层筒壳泄漏修理方法　换热器隔层外部筒壳泄漏可用补焊方法进行修复。当纵焊缝锡焊处泄漏时，采用锡铅焊料补焊；当在筒壳银焊处泄漏时，必须将泄漏处用刮刀刮去氧化层，采用银焊料补焊。补焊时宜快且牢。在焊区周围用湿布进行冷却，避免隔层内焊锡点熔化。

换热器内部隔层筒壳泄漏，必须将外层的绕管和筒壳拆掉，补焊后重新绕管。

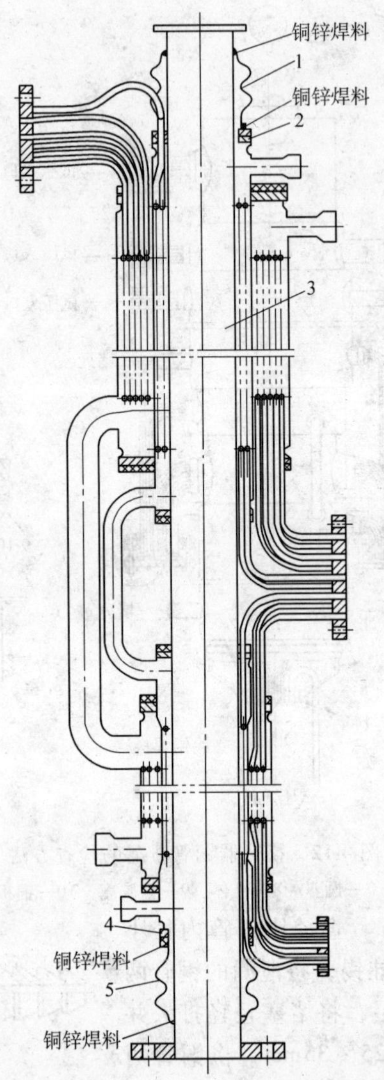

图 4-14　50 型分馏塔中换热器典型修理示意图

1、5—补偿接头　2—上盖板　3—中心管　4—下盖板

(3) 50 型分馏塔中的换热器的典型修理　在生产中常在中心管与上、下盖板焊接处产生破裂，这主要由于中心管系钢制，而上、下盖板系铜制，当设备经多次运行和加温时，二者金属热膨胀系数不同，产生内部应力，使焊缝处破裂。应参照图 4-14 进行修理。将上、下盖板 2 和 4 与中心管 3 焊接处烤开，上、下各加一个 1mm 厚的由 T2 铜板制成的补偿接头 1 和 5，补偿接头与中心管和盖板的连接，均用铜锌焊料焊接（必须注意，补偿接头与盖板焊接端应与中心管脱开）。

4.2-5　横流蛇管式换热器零件技术条件要求是什么?

答: 横流蛇管式换热器零件技术条件要求是:

(1) 换热器的铜管

1) 铜管材料为 T2-M，其外径和壁厚公差应符合表 4-10 及表 4-11 的规定。

表 4-10　铜管外径的允许公差　(mm)

外径	公称尺寸	6	7	8	9	10
	公差	−0.15	−0.15	−0.20	−0.20	−0.20

表 4-11　铜管壁厚的允许公差　(mm)

壁厚	公称尺寸	0.5	0.75	1.0	1.5
	公差	±0.10	±0.10	±0.10	±0.15

2) 铜管外表面不得有裂纹、重皮和局部凸出等缺陷，但对凹痕和毛刺等缺陷可进行修理，修理的管壁应符合表 4-11 的规定。

3) 铜管须经退火处理，在全长范围内软性均匀，并按绕管机架辊相应直径绕成圆盘。

4) 每根铜管的长度不得短于 12m，若绕制换热器，铜管总长在 12m 以上时也允许焊接。

5) 管接头应采用料 302 银钎料渗透焊接，接头同轴，光滑平整，不应有烧伤、堵塞管孔和管外挂瘤等缺陷。管头一端的扩口长度应为管直径的 1.5 倍，渗透深度不得少于接头长度的 2/3。

6) 铜管焊接前，由负责的焊工用与制件相同的材料、焊料和焊接工艺方法，焊试验接头数个，用手锯剖开，观测其渗透情况，没有缺陷时，方允许正式焊接。

7) 管接头焊好后，应用 X 射线检测焊缝质量，抽检数为 10%。如发现缺陷，抽检数应增加到 30%；若仍发现缺陷，必须逐个检查，将有缺陷的管接头切去，重新焊接。

8) 焊接后，将每盘铜管进行水压试验，试验压力为最高工作压力的 1.5 倍，时间不少于 10min，再以最高工作压力的 1.15 倍作气压试验，时间不少于 1h，不得有泄漏和变形。

(2) 中心管

1) 中心管应用 10 号或 20 号无缝钢管或 H62 黄铜管制成。用黄铜管时，表面需进行金黄处理；用无缝钢管时，表面需经盐酸浸洗除锈，再进行挂锡处理。

2) 中心管应预先校直，垂直度误差应在 1000:1 范围内。圆柱度误差和外径偏差应在 7 级精度范围内。凹陷和凸出不得超过圆柱度公差范围。

(3) 管板和集合器

1）低于 -60℃以下的管板和集合器，应采用 HFe59-1-1 铁黄铜或 HPb59-1 铅黄铜制成；高于 -60℃的可采用 10 钢或 20 钢制成。

2）管板和集合器坯料允许锻压制成，但不允许有裂纹和重皮等缺陷。

3）管板上圆孔轴线与管板平面的垂直度偏差不允许大于 100:2。

4）管板和集合器的螺纹应达到三级精度。

（4）筒壳

1）筒壳应采用 T3 铜板制成，板材表面不得有裂纹、重皮、斑点和凸凹痕迹等缺陷。

2）筒壳板材应预先退火处理，最好以一块板材制成。如不能以一块板材制成时，允许纵向拼接，筒壳上下两截拼接时，纵焊缝要相互错开 150mm 以上。

3）筒壳拼接时，应采用 302 银焊料斜接，斜接深度为 15 ~ 20mm，接头焊缝成“弓”字形，接头厚度应与金属厚度基本相同。

4.2-6　绕管工作的技术条件及方法有哪些?

答:

绕管的技术条件:

1）绕管时必须缓慢，每分钟不应超过 4 圈，且决不允许出现将绕管拉扁、拉伸和挤压现象。

2）各层绕管绕完后，两端轴向长度应基本一致，否则，可按图样要求，允许增减半圈来进行补救。

3）各层绕管方向一层为右旋，另一层为左旋，交错缠绕。管与管之间的距离间隙应保持均匀。

4）绕管必须拉紧，不许有过松现象，但各层绕管的径向不得成多角形。

5）各层绕管间应用垫条隔开，在绕体轴向每隔 100 ~ 150mm 用料 603 锡铅焊料段焊于绕管上，段焊长度为 15 ~ 20mm，在轴向两端 30mm 内应与绕管焊牢。相邻两层绕管间垫条的焊接处应错开。

绕管方法:

热交换器的绕管可在绕管机（见图 4-15）上进行，步骤如下:

1）将中心管 8 装在绕管机卡盘 4 和尾架 9 上，由画线盘找正后，再将顶滚 5 紧固在工具架 6 上。

2）按图样技术要求，将垫条均布地焊在中心管周围。

3）将成盘的绕管 1 按每层根数套在绕管机架滚 2 上，再将绕管一端穿过顶滚，管头除应留足装管板的尺寸外，还应按中心管圆周外切线方向（见图 4-16 所示）用料 603 锡铅焊料牢固地焊在中心管上。

4）缠绕时，为了避免把铜管拉扁，缠管前应在相邻两垫条间垫以厚约 3 ~ 4mm，宽 30 ~ 50mm 且比垫条长 250 ~ 300mm 的橡胶垫条，并用数条布带将其绑

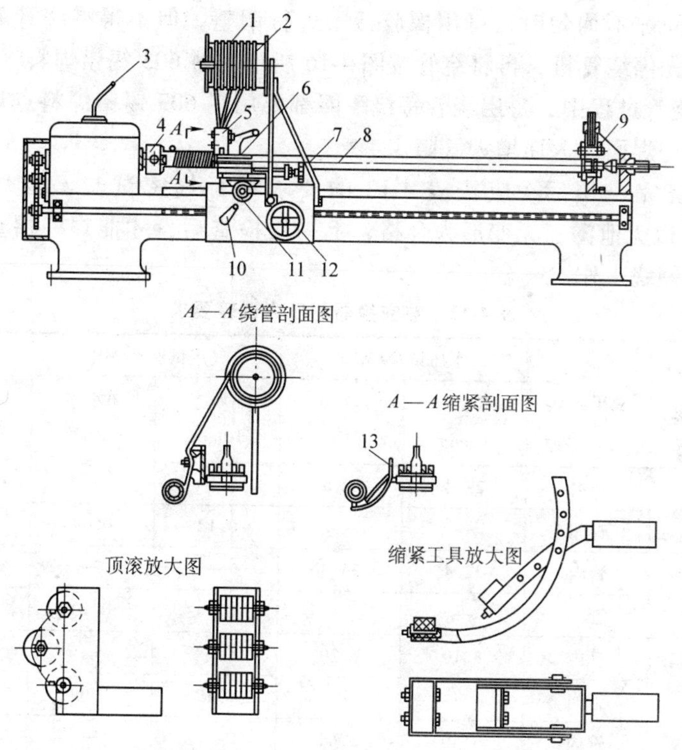

图 4-15　绕管机

1—绕管　2—架滚　3—离合器手把　4—卡盘　5—顶滚　6—工具架　7—移动工具架手把　8—中心管　9—尾架　10—对合螺母手把　11—横向移动手把　12—纵向移动手轮　13—缩紧工具

扎在中心管上。

5）旋转纵向移动手轮 12 和移动工具架手把 7，调整顶滚与中心管的相应位置，启动电动机，搬动离合器手把 3，开动绕管机，旋转横向移动手把 11，使顶滚顶紧绕管，合上对合螺母手把 10，进行缠绕。缠绕至绑扎的布带处时，需将其解下。达到所要求的圈数后，停止绕管机，倒转横向移动手把 11，退回顶滚，然后抽出绕管内的橡胶垫条（因各层绕管数量不同，可用改变绕管机主轴与丝杠的转数比来调整，而左旋或右旋可用改变绕管机丝杠的正转或反转来获得）。

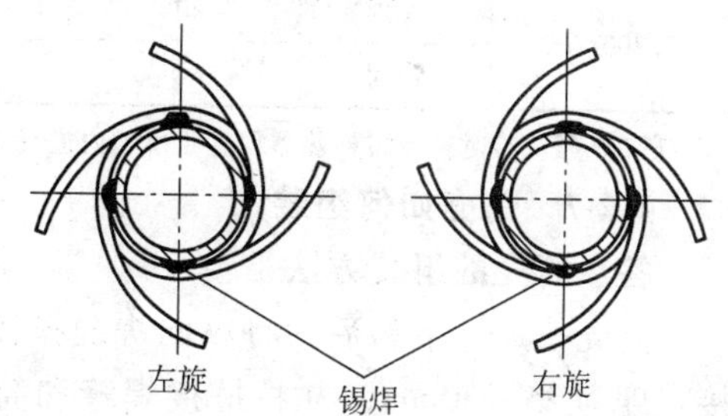

图 4-16　绕管端与中心管的焊接方向

6）取下顶滚，换上橡胶缩紧工具 13，将其压紧在开始绕管的位置。开动绕管机，缩紧绕管。为使缩紧工具易于在绕管上滑动，应随时向压紧面浇注清水。

绕管的轴向间隙不均匀时，可用橡胶锤子进行调整，但不得将绕管敲扁。缩紧至末端时，先停绕管机，再将绕管按图 4-16 所示用料 603 锡铅焊料将绕管焊牢。

7）在绕管过程中，每层绕管每绕一圈都要用料 603 锡铅焊料点焊。点焊应错开，且不许焊面过大而增大气阻。

8）每绕完一层后，应按表 4-12 的要求进行气密试验。压力降不大于 0.098MPa，以无泄漏、无变形为合格，上一层检查后，才能焊一层垫条，然后进行下一层缠绕工作。

表 4-12 热交换器的压力试验要求

分馏塔型号	试压部分	水压试验/MPa		气压试验①/MPa		最高工作压力/MPa
		不少于 10min	不少于 1h	不少于 10min	不少于 1h	
20	管内	29.4	22.5	—	—	19.6
	管间	—	—	0.12	0.09	0.059
30	管内	32.4	24.8	—	—	21.6
	管间	—	—	0.14	0.10	0.069
50	管内	8.10	6.20	—	—	5.39
	管间	—	—	0.12	0.09	0.059
150	管内	7.40	5.64	—	—	4.90
	管间	—	—	0.10	0.075	0.049
300/2	管内	29.4	22.5	—	—	19.6
	管间	—	—	0.14	0.10	0.069
FL-300/300	管内	2.20	1.70	—	—	1.47
	管间	—	—	0.10	0.075	0.049

① 气压试验时，须将换热器放置于水槽内进行。

4.2-7 筒壳如何组装？

答：筒壳的组装方法是：

筒壳按尺寸下料后，将纵向焊缝搭接，一端压制成型，如图 4-17 所示，搭接宽度为 25 ~ 30mm，并将搭接焊缝和筒壳两端用氧-乙炔焰挂锡。装配前，要清除绕管间的氯化铜残迹。

组装时，先将筒壳包于绕管上，在绕管部分每隔 300 ~ 400mm 用夹箍（图 4-18）夹住（夹箍与筒壳之间须垫以橡胶板）。在相邻两夹箍之间用橡胶锤子（或垫以橡胶板用木锤）敲打，并随之旋紧夹箍之螺母，逐个移动夹箍的位置，直至筒壳外部可清楚地看出绕管的旋向，使筒壳与绕管贴合为止（但也有换热器筒壳与绕管间垫有数条较薄的垫条，可不用锤子敲打，将筒壳包紧即可）、然后用料 603 锡铅焊料将纵向塔接缝焊牢。

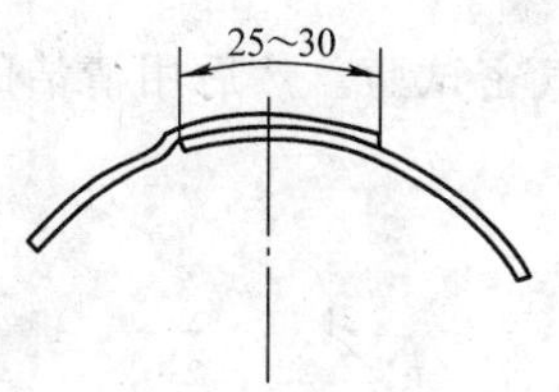

图 4-17　筒壳搭接压型

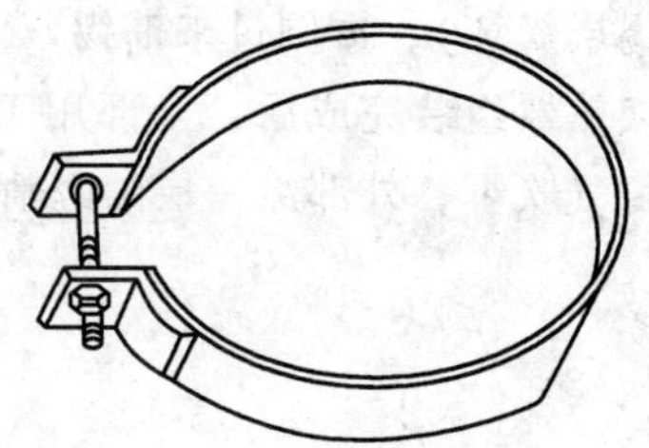

图 4-18　夹箍

筒壳装配完成后，要按表 4-10 的规定进行气密试验，并按表 4-13 的规定进行气阻试验，合格后方可缠绕外隔层的绕管。

表 4-13　热交换器气阻试验要求

分馏塔型号	通过部分	通过空气压力/MPa	通过空气量(20℃)/(m^3/h)	阻力/kPa
30	氮气隔层	0.059～0.069	140	25～49
	氧气隔层	0.059～0.069	30	19～35
50	氮气隔层	0.059	180	15～21
	氧气隔层	0.059	50	10～19
150	氮气隔层	0.049～0.059	600	18～25
	氧气隔层	0.049～0.059	150	20～29
	馏分隔层	0.049～0.059	50	约 6
300/2	氧气隔层	0.059	300	19～28
	馏分隔层	0.069	80	5～8
FL-300/300	氮气隔层	0.059～0.069	300	19～28
	氧气隔层	0.059～0.069	300	19～28

4.2-8　集合器如何装管？

答：集合器的内螺纹、管板和绕管一端约 100mm 的表面挂锡，挂锡工作应在装管铺锡前 1～3h 进行。绕管挂锡可用氧-乙炔焰进行。挂锡后的表面应光滑，并应用套规逐根检查，不得有扁、毛刺等现象，否则应修正之。

绕管装入管板的部分必须校直、不得交叉紊乱，并应考虑到管的弯曲弧、留足管的长度，然后将管子锯成如图 4-19 所示的“山形”或“斜形”，并保持管的间隙均匀，有顺序地进行装管。装管时允许用木锤轻轻敲打管板，但不得碰伤管皮或将管弯扁。

铜管装入管板后，将管头锯齐，高于管板 2～3mm，去毛刺后用冲头胀紧，如图 4-20 所示。将管板 1 装入集合器体 2（集合器体与管板系挂锡螺纹配合，如配合过紧时，允许用氧乙炔焰进行预热，但预热温度必须适合，以免将已挂好的锡层烤坏)，再倒过来铺锡。

换热器组装完成后，全部用工作压力进行气密试验。然后用清洁的压缩空气或氮气吹干，外部涂一层酚醛清漆。

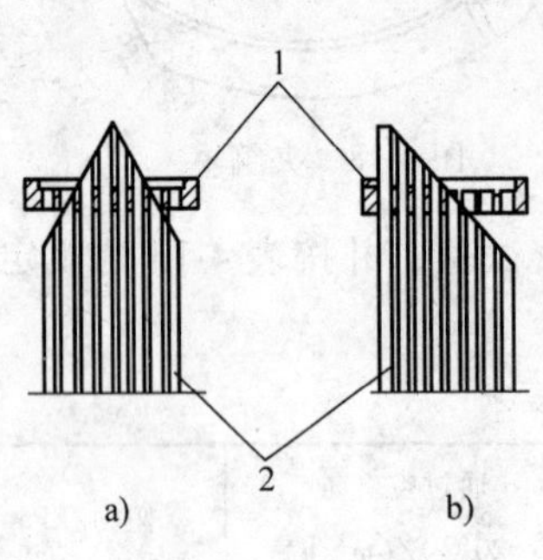

图 4-19　装管时截断形状

a) 山形　b) 斜形

1—管板　2—铜管

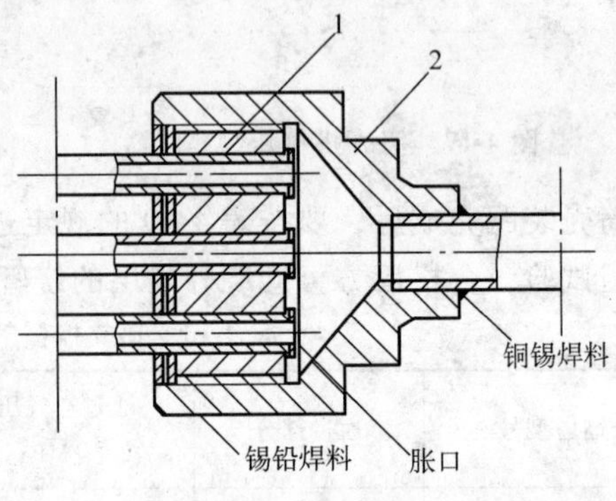

图 4-20　集合器

1—管板　2—集合器体

4.2-9　换热器气阻试验工艺方法有哪些?

答: 换热器气阻试验方法如图 4-21 所示。

试验介质一般采用清洁的空气，用足够气量的鼓风机以满足所需要的压力。如一个鼓风机出口压力达不到试验压力的要求，可用两个鼓风机串联使用。

风量和风压可由 V_1、V_2 及 V_3 阀门来调节。U 形差压计 p_1 是测定风压用的，p_2 和锐孔流量板 Q 是测量流量用的，p_3 则是测定阻力的。

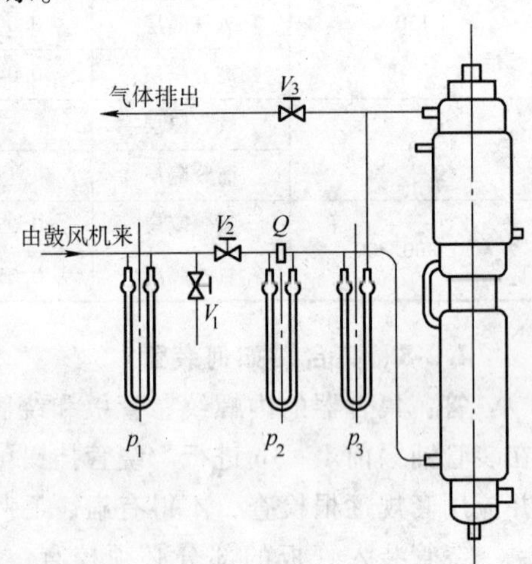

图 4-21　气阻试验方法

试验步骤如下:

1) 打开 V_1 及 V_3 阀门，关闭 V_2 阀门。

2) 开动鼓风机。

3) 缓慢打开 V_2 阀门，并通过 V_1 和 V_3 阀门来调节风量和风压，达到要求后，才可检查全部连接管道有无泄漏，p_3 差压计之汞柱差即为测定的阻力。

气阻试验不许少于三次，然后取其平均值，应符合表 4-11 的规定。

第3节　蓄　冷　器

4.3-1　300/2型分馏塔的氮蓄冷器结构如何？

答：300/2型分馏塔的氮蓄冷器结构如图4-22所示。该蓄冷器外筒1是用15MnV锅炉钢板卷制焊成，内径尺寸为425mm，内筒2用1mm厚的H62黄铜板制成，内筒装有蓄冷盘，如图4-23所示。内筒依次焊接，共由五件组成。

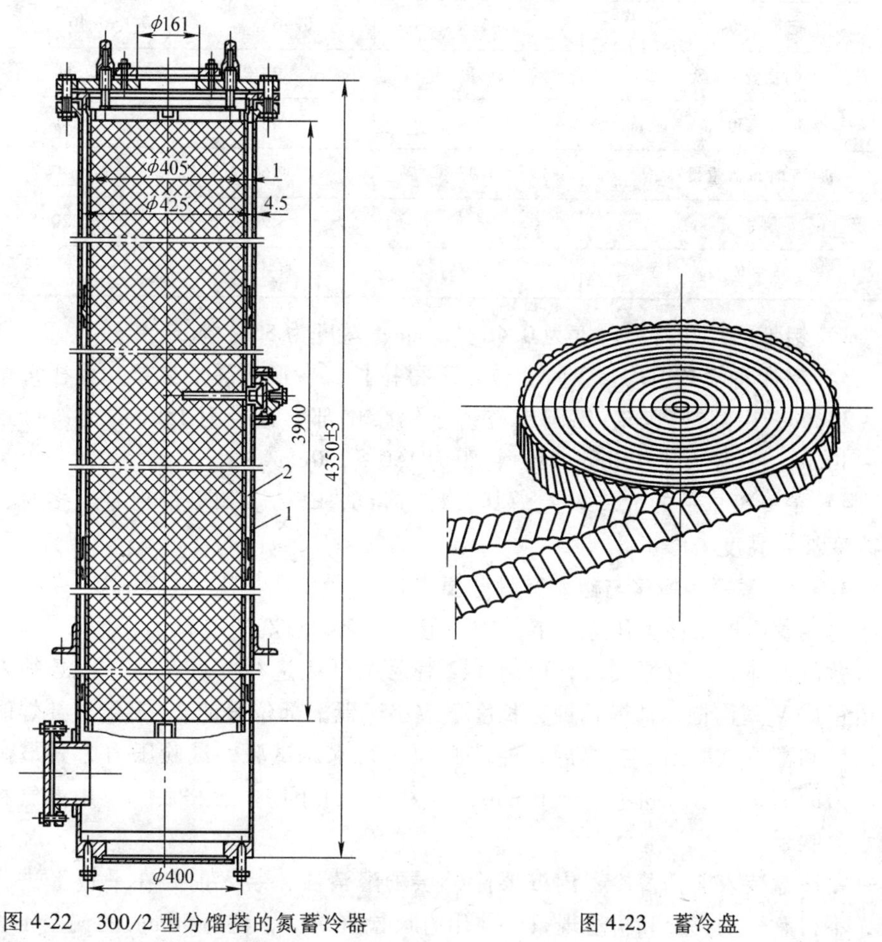

图4-22　300/2型分馏塔的氮蓄冷器
1—外筒　2—内筒

图4-23　蓄冷盘

4.3-2　蓄冷器的技术条件有哪些？

答：蓄冷器的技术条件是：

1）蓄冷盘用宽50mm、厚0.46mm的铝带制成，铝带上开有两行切口，切口长50mm，中间间断10mm，并轧成倾斜45°的波纹。用两条波纹相反的铝带同时卷绕。

蓄冷盘在蓄冷器内分成上、中、下三层，总高度为3900mm。各层蓄冷盘的特性列于表4-14。

表4-14　蓄冷盘的特性

项　　目	上　　层	中　　层	下　　层
波纹节距/mm	4.71	3.92	3.14
波纹高度/mm	1.9～2	1.5～1.6	1～1.1
铝带厚度/mm	$0.46_{-0.05}^{0}$	$0.46_{-0.05}^{0}$	$0.46_{-0.05}^{0}$
每层盘数/盘	17	27	34
每层高度/mm	50	50	50
φ405时每盘重量/kg	3.97	4.66	6.47
每层重量/kg	67.5	126	220
总重量/kg	413.5		

2）铝带的尺寸是：厚度为$0.46_{-0.05}^{0}$mm；宽度为$50_{-1.0}^{+0.5}$mm。

3）铝带卷绕必须均匀盘紧，波纹不得拉长、变形或高低参差。直径每增加20～30mm，用圆钉铆牢，铝圆钉应铆于铝带中部。直径为150mm时，钉距为50～80mm；直径大于150mm时，钉距为150～200mm。

4）蓄冷盘重量的允许误差为其公称重量的±5%。如重量相差不多时，可用改变波纹高度来修正。

4.3-3　蓄冷器检修与组装有哪些要求？

答：蓄冷器累计工作近一年，就需用四氯化碳清洗油迹。

蓄冷器外筒焊道泄漏时，可用T42牌号的焊条进行补焊。补焊前必须将原焊道铲成V型沟槽，清除锈蚀，长度不应小于泄漏部位长的2～3倍。补焊时应将内筒和蓄冷盘取出。补焊后，外筒必须进行水压试验，试验压力为其最高工作压力的1.5倍，时间不少于10min，压力不允许下降。合格后，应用氮气将筒内水分吹干。

蓄冷盘装入前，蓄冷器内壁要涂一层酚醛清漆，装入前要在平板上进行检查，不得有个别突出和折边现象，并用直尺检查端面，盘高50mm的偏差不得大于1mm。装入后，蓄冷盘应保持几何形状良好，使盘与盘之间密合，全部蓄冷盘重量和高度的公差值应符合规定范围。

蓄冷盘的空心应适当地填以铝带，以保证蓄冷盘和内筒壁间的装配紧密，如有间隙，可用另外的铝带片塞实。

蓄冷盘全部装入后，用螺钉紧固所有法兰盘后，应以无油压缩空气或压缩氮气进行气密试验。试验压力为其最高工作压力，时间不少于1h，用肥皂液涂抹焊缝和法兰盘橡胶石棉垫片处，均不允许泄漏。

4.3-4　蓄冷器的操作故障及其消除方法有哪些？

答：蓄冷器操作时的主要故障为强制阀门、自动阀门和切换器的机构阀门泄漏或损坏。

（1）自动阀门和强制阀门泄漏的检查　由上塔排氮和自动阀后所取的气体试样进行数据分析，若纯度不同，则表明蓄冷器的自动阀漏气。由自动阀后和气体主要干线所取的气体试样进行数据分析，若纯度不同，则表明强制阀漏气。

（2）切换器的故障及其消除　切换器故障及其消除方法列于表4-15。

表4-15　8型切换器故障及其消除

序号	故　障	故障原因	消除方法
1	活门不能及时供气	活门气密性不良	研磨或更换活门片
2	出气压力过低	1. 管路或接头有漏气现象 2. 供气压力过低	1. 检查消除之 2. 调整供气压力
3	活门出气压力过高	供气压力过高	调整供气压力
4	油路系统供油不足	1. 油箱内储油不足 2. 油管接头有泄漏 3. 给油器柱塞磨损较大 4. 柱塞行程不够	1. 添油 2. 检查消除之 3. 检查给油器，或更换柱塞 4. 调整行程为4mm
5	轴承过热	1. 润滑不良 2. 安装不正确	1. 添油 2. 重新安装，校正同轴度

第4节　冷凝蒸发器

4.4-1　冷凝蒸发器的技术规格及结构如何？

答：冷凝蒸发器的技术规格列于表4-16。其结构如图4-24～图4-28所示。

表4-16　小型分馏塔冷凝蒸发器技术规格

<table>
<tr><th>空分设备系列</th><th>设备型号</th><th>铜管径×壁厚/mm</th><th>铜管长度/mm</th><th>铜管数/根</th><th>铜管间距/mm</th><th>传热面积/m²</th><th>备　注</th></tr>
<tr><td>(30)</td><td>230</td><td>φ7×0.5</td><td>475</td><td>630</td><td>11</td><td>6.1</td><td>非系列产品</td></tr>
<tr><td rowspan="2">50</td><td>23-300
KFZ-300
KFZ-300-3</td><td rowspan="2">φ7×0.5</td><td rowspan="2">511</td><td>1078</td><td rowspan="2">11</td><td>11.2</td><td rowspan="2"></td></tr>
<tr><td>KZON-50/100</td><td>1028</td><td>~10.7</td></tr>
</table>

（续）

空分设备系列	设备型号	铜管径×壁厚/mm	铜管长度/mm	铜管数/根	铜管间距/mm	传热面积/m^2	备　注
150	13-860	$\phi 8\times0.5$	600	1783	11	约 25.2	
	KFS-860-1			2213		约 31.3	
	KFS-860-2						
	KZON-170/550			2297		约 32.5	
300	27-1800	$\phi 8\times0.5$	735	3006	11	52.0	一次性产品
	KFZ-1800		885			56.6	

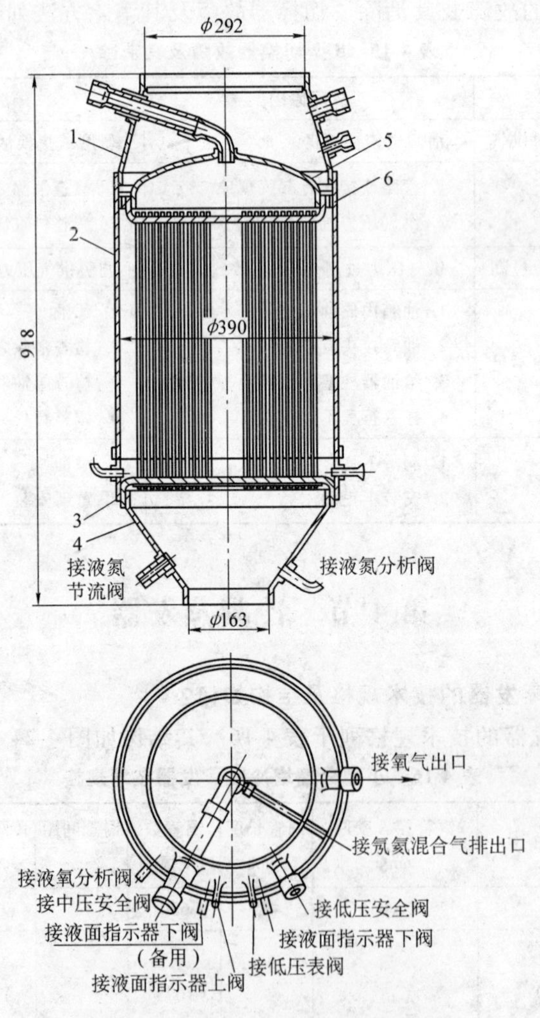

图 4-24　30 型分馏塔的冷凝蒸发器

1—上锥体　2—外筒　3—下管板　4—下锥体　5—封头　6—上管板

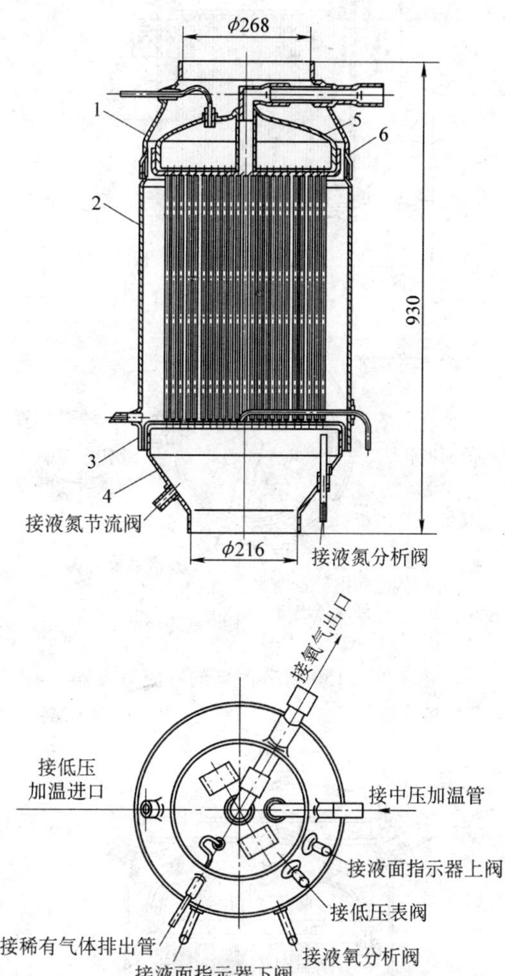

图 4-25　50 型分馏塔的冷凝蒸发器

1—上锥体　2—外筒　3—下管板　4—下锥体　5—封头　6—上管板

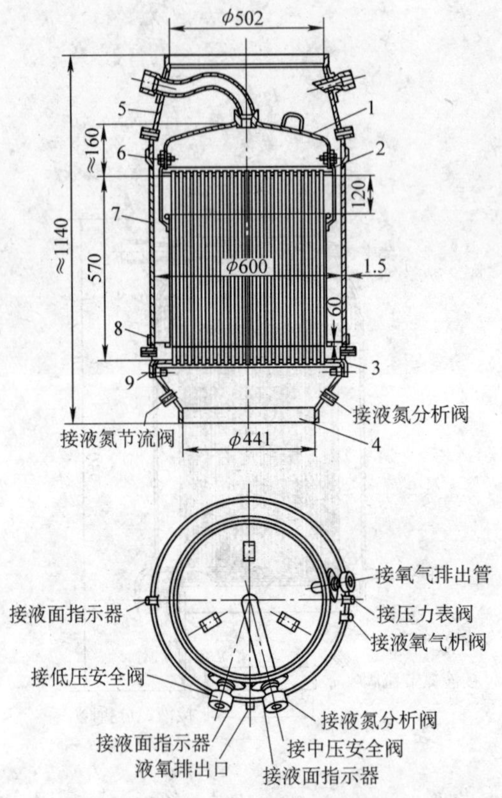

图 4-26　150 型分馏塔的冷凝蒸发器

1—封头　2—上管板　3—下管板　4—下锥体　5—上锥体　6、9—螺钉　7—外筒　8—筒圈

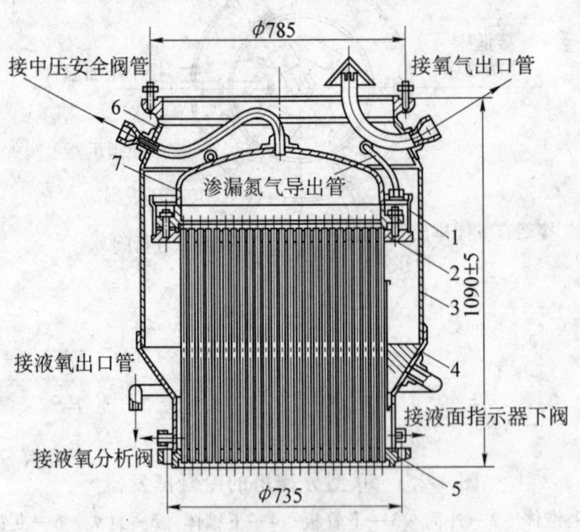

图 4-27　300/2 型分馏塔的冷凝蒸发器

1—围封装置　2—上管板　3—外筒　4—下锥体　5—下管板　6—上锥体　7—封头

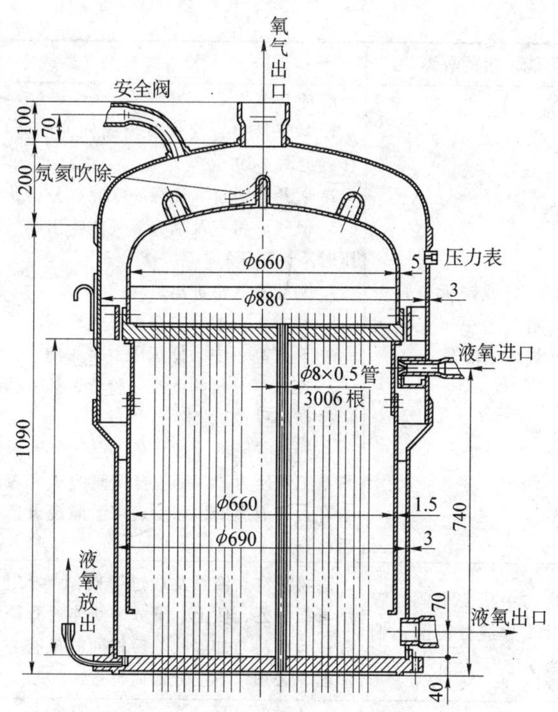

图 4-28　FL-300/300 型分馏塔的冷凝蒸发器

4.4-2　冷凝蒸发器发生故障时如何检修?

答：冷凝蒸发器发生故障时的检修步骤是：

(1) 不取下冷凝蒸发器检查故障　不取下冷凝蒸发器检查故障的方法如表 4-17 所示。

(2) 取下冷凝蒸发器检查故障　图 4-30 为小型分馏塔冷凝蒸发器铜管破裂检查示意图，检查步骤如下：

1) 将下锥体、外筒、上锥体和上封头全部熔掉，用锡铅焊料将特制锥形软钢圆筒 3 焊在上管板 4 和下管板 2 上（圆筒与管板周围间隙需均匀，在 1.5 ~ 2mm 范围内。渗焊深度应在 20 ~ 25mm 范围内），在圆筒上接 0 ~ 0.98MPa 压力计和试压进气管各一个，并在试压管与气源间接一排方阀门，然后将冷凝蒸发器按管的水平方向悬吊在水槽 1 上端。

表 4-17　冷凝蒸发器的故障检查

检查判断步骤	可能发生的故障	检查判断方法
运转中检查判断	铜管破裂或铜管与管板焊缝、封头与中压安全阀等连接焊缝泄漏	1. 氧气（液氧）纯度有明显下降，无法调节 2. 上分馏筒压力上升（在调节阀门开度未变情况下）

（续）

检查判断步骤	可能发生的故障	检查判断方法
加温吹除后的检查	铜管破裂或铜管与管板焊缝、封头与中压安全阀等连接焊缝处泄漏	准备工作： 1. 取下液空、液氮节流阀杆，换上特制的试压用密封阀杆，见图4-29 2. 关闭各通过、加温、吹除、分析及液面计等阀门 3. 氧气、氮气及馏分等气体排出阀门用盲板堵死（注意试压时不许超压） 4. 封闭膨胀机进出口阀门 5. 检查上分馏筒安全阀必须严密 6. 全开高、中、低压压力表阀门 7. 在氧气分析阀上接一胶管，插入盛有水的水杯中 检查过程： 开动空压机，打开高压空气节流阀，使下分馏筒内保持最高工作压力，观测上分馏筒的压力表指针是否上升或水杯中有否气泡逸出，如发现有泄漏现象，再进一步拆出绝热物后检查
拆出绝热物后的检查	封头与中压安全阀，管板与封头焊缝处泄漏，铜管破裂	除将液空、液氮及通过等阀门导入上分馏筒的管路烤开，用盲板封死，使上、下分馏筒连通管隔绝外，其他准备工作和试验方法与加温吹除后相同的检查方法进行检查，如发现泄漏，必须取下上分馏筒检查
	外筒焊缝泄漏	开动空压机，使上、下分馏筒均保持其最高工作压力，用肥皂液涂抹在冷凝蒸发器所有焊缝是否泄漏
取下上分馏筒后的检查	封头与中压安全阀，管板与封头焊缝泄漏，铜管破裂	取下上分馏筒后，使下分馏筒保持最高工作压力，用肥皂液先检查冷凝蒸发器封头与中压安全阀管道及管板与封头等连接焊缝处是否泄漏。可不必将冷凝蒸发器取下，然后在冷凝蒸发器管间注满清水，检查管板以下有气泡逸出时，则必须将冷凝蒸发器取下进行检查

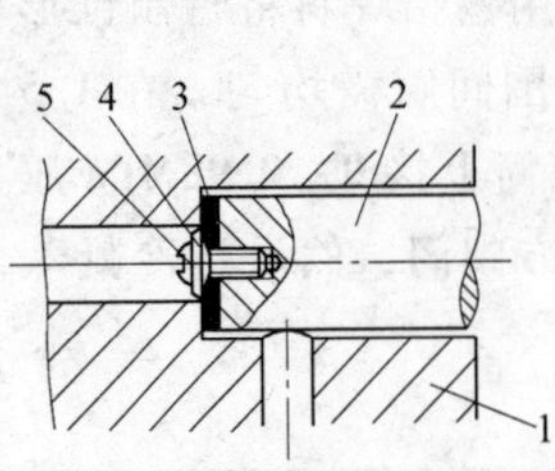

图4-29　试压用密封阀杆

1—阀体　2—阀杆　3—铝垫　4—垫圈　5—螺栓

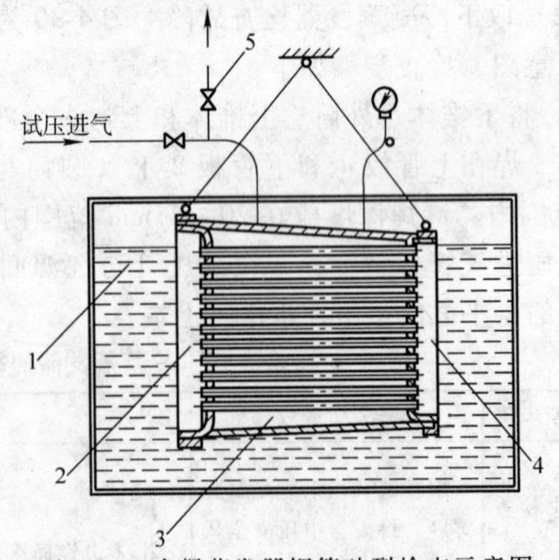

图4-30　冷凝蒸发器铜管破裂检查示意图

1—水槽　2—下管板　3—圆钢筒　4—上管板　5—排气阀

2）干净的压缩空气或压缩氮气经试压进气管送入，使圆筒上的压力计保持在0.49MPa，再将冷凝蒸发器缓慢落入水槽中，在每排铜管落入水中时，详细观察有无冒泡，如铜管两端有气泡冒出时，则可确定此管已经破裂；如铺锡层脱焊或管板上出现沙眼，可直接看到冒泡位置，则要将泄漏部位做好标记，以便修理。

（3）经检查冷凝蒸发器确定修理方法　冷凝蒸发器的修理方法是：

如冷凝蒸发器铜管已破裂，可用纯铜车削长20~30mm，直径比铜管内径小0.5mm左右的堵塞，并挂锡，将泄漏的铜管两端内壁用刮刀清除氧化层，将堵塞轻轻打入，与管壁贴合，塞入深度25~35mm，将铜管两端用锡铅焊料封平。但堵管数不能超过总管的10%，否则更换新管。换管可按图4-31所示的操作，首先将冷凝蒸发器横放在木板上，用两支焊枪同时将破裂铜管两端管板铺锡处局部熔化，再用略小于管外径的圆钢棒，顶在破裂铜管的一端，用锤子轻轻敲打，至铜管另一端顶出10~30mm时，可用钳子夹住抽出。

装管前，应用氯化锌溶液将局部熔化的焊锡洗净，具体作法可参4.1中“装管”与4.11中“管板铺锡”。

堵管或换管后，应按照图4-30的检查方法再检查一次。

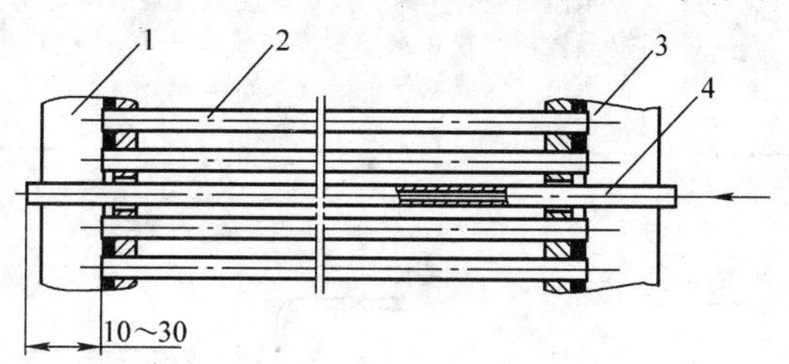

图4-31　换管操作示意图

1、3—管板　2—铜管　4—圆钢棒

在实际工作中，如堵塞的管子比较分散，而且数量又超过10%，则换管后施焊是比较困难的，因焊料与金属表面经多次烤后容易产生氧化膜层和污秽，不易熔合，焊完后很易出现气孔。如个别处泄漏，可将该部分铺锡烤去，将管端的氧化层仔细刮除，重新施焊。如泄漏处较多，不易修复，最好将管子全部拆除重新装配。

在装配之前，管板和管子的两端必须重新仔细地除净氧化层后，再进行挂锡（参照本部分的冷凝蒸发器的组装工艺方法）。

从冷凝蒸发器拆下的旧管，管端极易变形。因此，可沿管板锯下，以便再次利用。但这样锯下的铜管，一般比原尺寸短50~60mm，这些旧管能否利用，则应根据冷凝蒸发器实际运行时的管子液面工作高度来决定。

冷凝蒸发器修理后的试压工作，应按表4-18和图4-32及图4-33进行强度和气密试验。

表 4-18　冷凝蒸发器修理后强度和气密试验

试验项目	试压部分	试压方法	试压过程及技术标准	参考图号
强度试验	管内	水压	在下锥体 2 底部用锡-铅焊料焊凹形封盖 3，下锥体除留一个管接头接 0～1.57MPa 压力计 5 之外，其他管接头全部施焊密封，在封头 1 的中压安全阀管上接一试验介质的进入管（接管前，在冷凝蒸发器管内充满清水），将冷凝蒸发器平稳地放置在木板 4 上 用水压机压入清水，使压力达到 0.88MPa，在保持 10min 后，压力降不得大于 0.049MPa，并不得渗漏	图 4-32
气密试验	管内	气压	冷凝蒸发器达到强度试验要求后，将清水放尽，并放入水槽中。用干净的压缩空气或氮气进行气密试验，管内压力保持 0.59MPa，详细检查，不得有冒泡现象	图 4-32
强度试验	管间	水压	在上锥体 2 牢焊凹形封盖 3，其周围的管接头和封头 4 上的中压安全阀管接头处全部施焊密封，在外筒 1 下端周围的管接头，留两个管接头用以安装 0～0.59MPa 的压力计 5 和试压进入管外，其余亦全部施焊密封，然后，将冷凝蒸发器管间注满清水（从试压进入管注入，在压力表接头处出水后，称为注满），再将冷凝蒸发器吊离地面 20～30mm 用 0.17MPa 的压力，试压时间不少于 10min，压力不下降，外表面一切焊缝没有渗漏的为合格	图 4-33
气密试验	管间	气压	水压试验合格后，放尽冷凝蒸发器管间的清水。并将冷凝蒸发器倒置在水槽中。在管间用 0.059MPa 压力的清洁的压缩空气或氮气，进行气密试验，详细检查，不许有冒泡现象	图 4-33

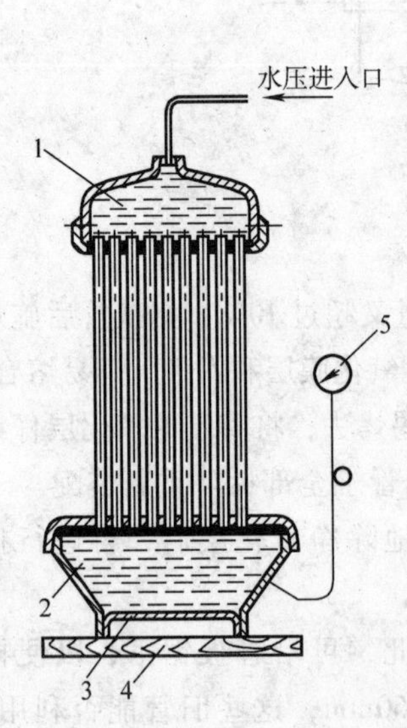

图 4-32　冷凝蒸发器管内强度试验
1—封头　2—下锥体　3—凹形封盖　4—木板　5—压力计

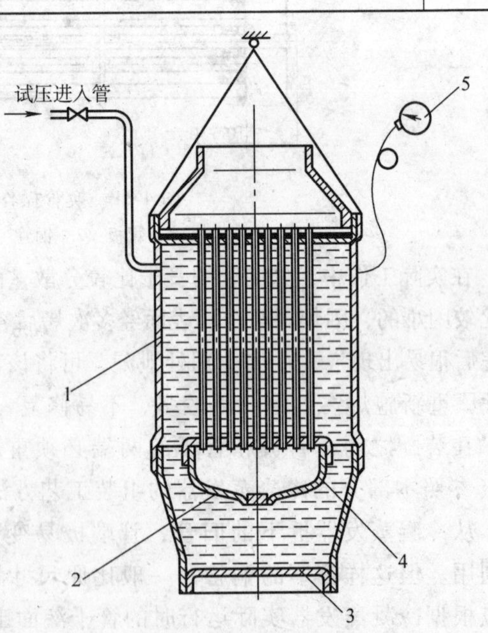

图 4-33　冷凝蒸发器管间强度试验
1—外筒　2—上锥体　3—封盖　4—封头　5—压力计

4.4-3 冷凝蒸发器的铜管和零件的技术条件是什么？

答：冷凝蒸发器的铜管和零件的技术条件是：

1. 铜管

1）铜管材料、壁厚偏差、圆度误差和外表面的技术条件，应参照“绕制热交换器的铜管”中的规定。

2）铜管不得退火，以保持其硬度。

3）铜管在截断前，要进行0.98MPa的水压试验，保持10min，不渗漏和变形即为合格。

4）铜管截断长度的允许偏差为±0.5mm。

5）铜管要经脱油处理。

2. 锥体和外筒

1）锥体和外筒均用H62黄铜板制作，板材表面不得有裂纹、重皮、斑点和凸凹痕迹等缺陷。

2）锥体和外筒单件采用铜-锌焊料对缝焊接，如两件对接时，其纵焊缝应错开200mm以上。

3）组装前要经过脱油处理。

3. 管板和封头

1）小型分馏塔的冷凝蒸发器的管板和封头一般采用H62黄铜板热压成型，然后进行机械加工（封头只加工与管板焊接部分）。

2）管板的管孔应与管板平面垂直，管孔的孔径应大于管径0.3～0.5mm。上下管板需用模具紧固在一起，管孔同时加工。

3）管板和封头在挂锡前要进行脱油处理，并用磨石和布轮磨削和抛光，不得有黑皮斑点痕迹（挂锡工作按“管板挂锡”进行）。

4.4-4 冷凝蒸发器的组装工艺是什么？

答：冷凝蒸发器的组装工艺是：

1. 装管

装管在图4-34所示的装管架上进行。

将装管架擦拭干净，不得有油污。校平底座6，将下管板5扣置在底座上，使下管板与底座之间距离符合规定的管头伸出尺寸，再将圆架2装配在底座上的四只支柱4上，旋紧圆架上的四只螺杆7，使顶块8将上管板1固定，调整螺母3和三根标准尺寸铜管，以确定上下管板的距离尺寸和平行度，并使上下管板的管孔位置相对。

铜管与管板正式组装前，先在管板外圈的管孔内，装入数根标准铜管，用锡-铅焊料与管板焊牢，以免管板移动。装铜管时，应由管板中心逐圈向外进行。当铜管装入管孔时，如发现有过紧现象，应用钻头或铰刀将管孔划一下重装，但孔内锡面不许损坏。装管时，允许用木锤轻轻敲打铜管，但不得将铜管打弯或打扁。铜管全部装完后，上下管板需进行铺锡（可按4.11中“管板铺锡”进行）。

此外，装管工作人员必须穿戴清洁的工作服并戴上手套工作。

2. 锥体、外筒、筒圈和封头的组装

组装前，一切零件要经过脱油，并分别将上、下锥体，筒圈上的管接头和封头的吊环全部焊好，将锡焊处用氧-乙炔焰预热挂锡。

组装时，分别将封头和下锥体同上管板和下管板配钻并攻螺纹，用螺钉紧固，用锡-铅焊料渗透焊接。管内径强度和气密试验后，将筒圈用锡-铅焊料牢焊在下管板上，再用锡-铅焊料将外筒与上锥体渗透焊接成一体后，再装在筒圈上，外筒和筒圈亦用锡-铅焊料渗透焊接，然后将中压安全阀管焊上（在两个焊件焊接时，其纵焊缝必须错开）。

管间经强度和气密试验后，用无油热空气或氮气，将管内和管间进行干燥，不得有残留水分。

组装后，外表面应涂一层酚醛清漆。

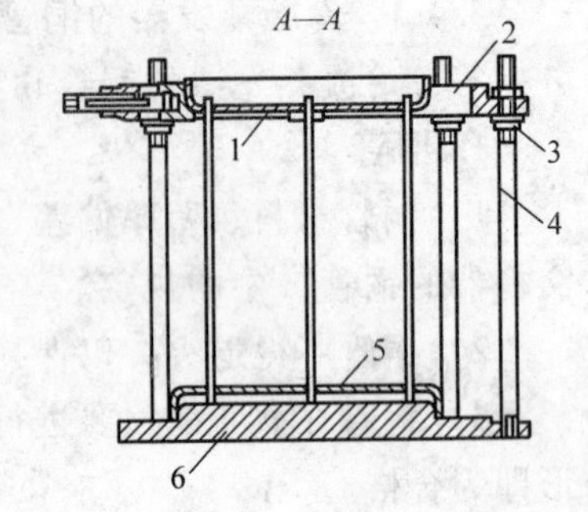

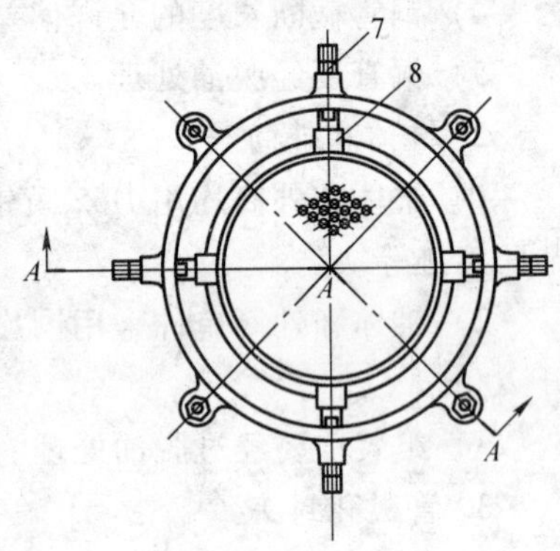

图 4-34 装管架

1—上管板 2—圆架 3—调整螺母 4—支柱 5—下管板 6—底座 7—螺杆 8—顶块

第5节 分 馏 筒

4.5-1 分馏筒的技术规格与结构如何？

答：小型分馏塔的上、下分馏筒的技术规格列于表4-19。其结构如图4-35～图4-50所示。

表4-19 小型分馏塔的上、下分馏筒技术规格

空分设备系列		型 号	塔板直径/mm	塔板数/块	塔板间距/mm	筛孔孔径/mm	筛孔间距/mm	液空进料口位置⑧	塔板型式	与冷凝蒸发器连接形式
30	上分馏筒（上塔）	230①	290	48	70	0.8	3.25	32	对流筛板式	锡铅焊料钎接
	下分馏筒（下塔）		160	1100	—	—	—	—	—	

（续）

空分设备系列		型　号	塔板直径/mm	塔板数/块	塔板间距/mm	筛孔孔径/mm	筛孔间距/mm	液空进料口位置⑧	塔板型式	与冷凝蒸发器连接形式
50②	上分馏筒（上塔）	23-300 KFZ-300	265	48	75	0.8	3.25	32	对流筛板式	锡铅焊料钎接
		KFZ-300-3		52				24		
		KZON-50/100		54				25		
	下分馏筒（下塔）	23-300 KFZ-300	198	22	75	0.8	3.25	—		
		KFZ-300-3		32						
		KZON-50/100③		34						
150④	上分馏筒（上塔）	13-860	500	48	80	0.9	3.25	32	环流筛板式	锡铅焊料钎接
		KFS-860-1 KFS-860-2		52						
		KZON-170/550		66				36		
	下分馏筒（下塔）	13-860 KFS-860-1 KFS-860-2	400	24	80	0.9	3.25	—		
		KZON-170/550⑤		46						
300⑥	上分馏筒（上塔）	27-1800	700	42	80	0.9	3.25	26	环流筛板式	
	下分馏筒（下塔）		540	24	80	0.9	3.25	—		
	上分馏筒（上塔） 主塔	KFZ-1800⑦	620	42	80	1	3.25	32	环流筛板式，上塔从下数第21、32块，下塔从下数第1、17块用浮阀泡罩式	法兰盘螺钉紧固
	上分馏筒（上塔） 辅塔		350	22	70					
	下分馏筒（下塔）		540	35	80	1	3.25	—		

① 非系列产品，下分馏筒为填料塔，1100mm 为填料高度，拉西环尺寸为 $\phi10/\phi9.6\times10$。下分馏筒底接有特制蒸发器，内有两根盘管。

② 下分馏筒底接有特制蒸发器。

③ 下分馏筒为无内筒结构。

④ 下分馏筒用筒底兼作蒸发器。

⑤ 下分馏筒为无内筒结构。

⑥ 下分馏筒用筒底兼作蒸发器。

⑦ 上、下分馏塔分开结构，新型为上、下分馏塔连在一起结构。

⑧ 是上分馏筒内从下向上计算的塔板数。

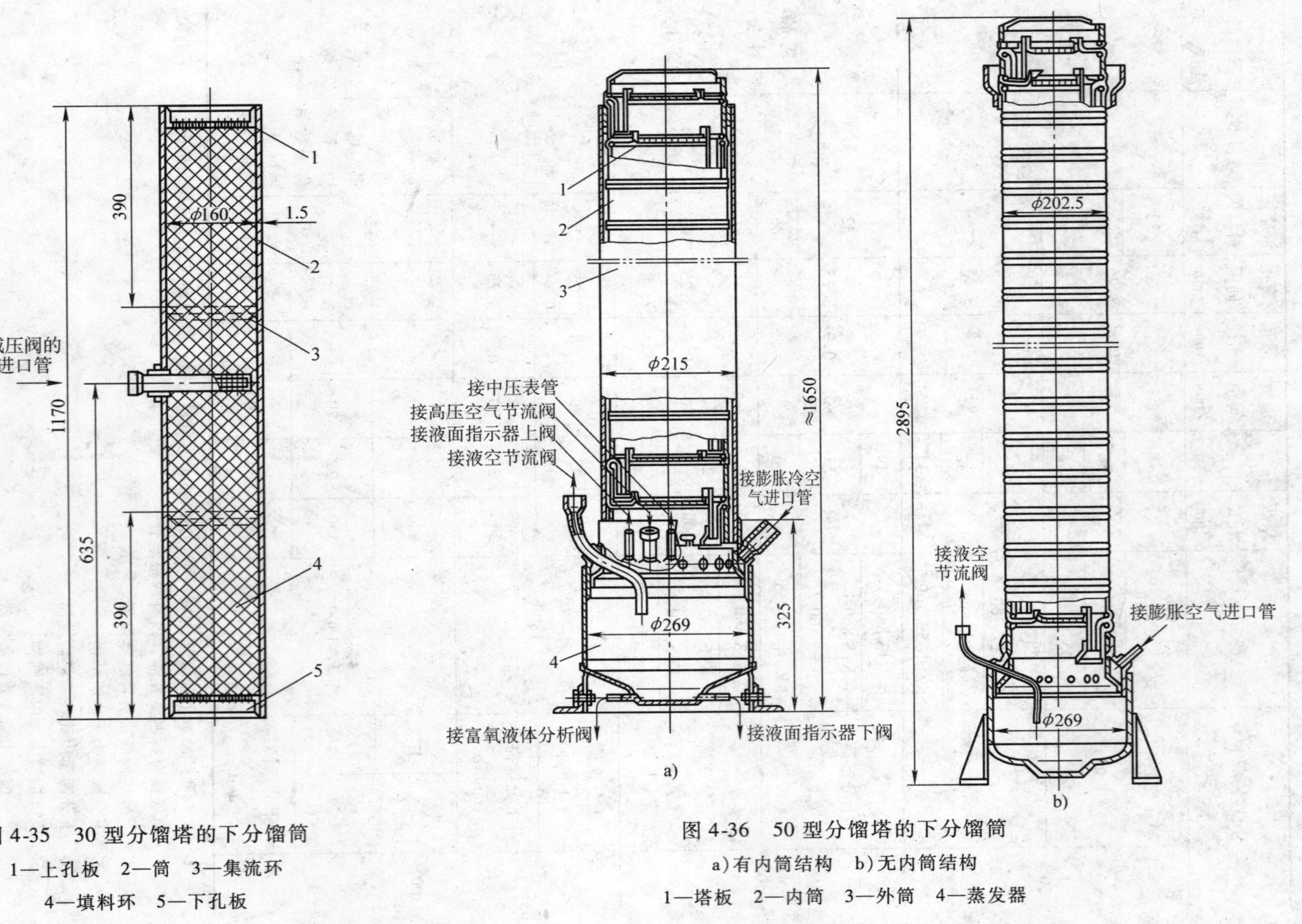

图 4-35　30 型分馏塔的下分馏筒

1—上孔板　2—筒　3—集流环

4—填料环　5—下孔板

图 4-36　50 型分馏塔的下分馏筒

a) 有内筒结构　b) 无内筒结构

1—塔板　2—内筒　3—外筒　4—蒸发器

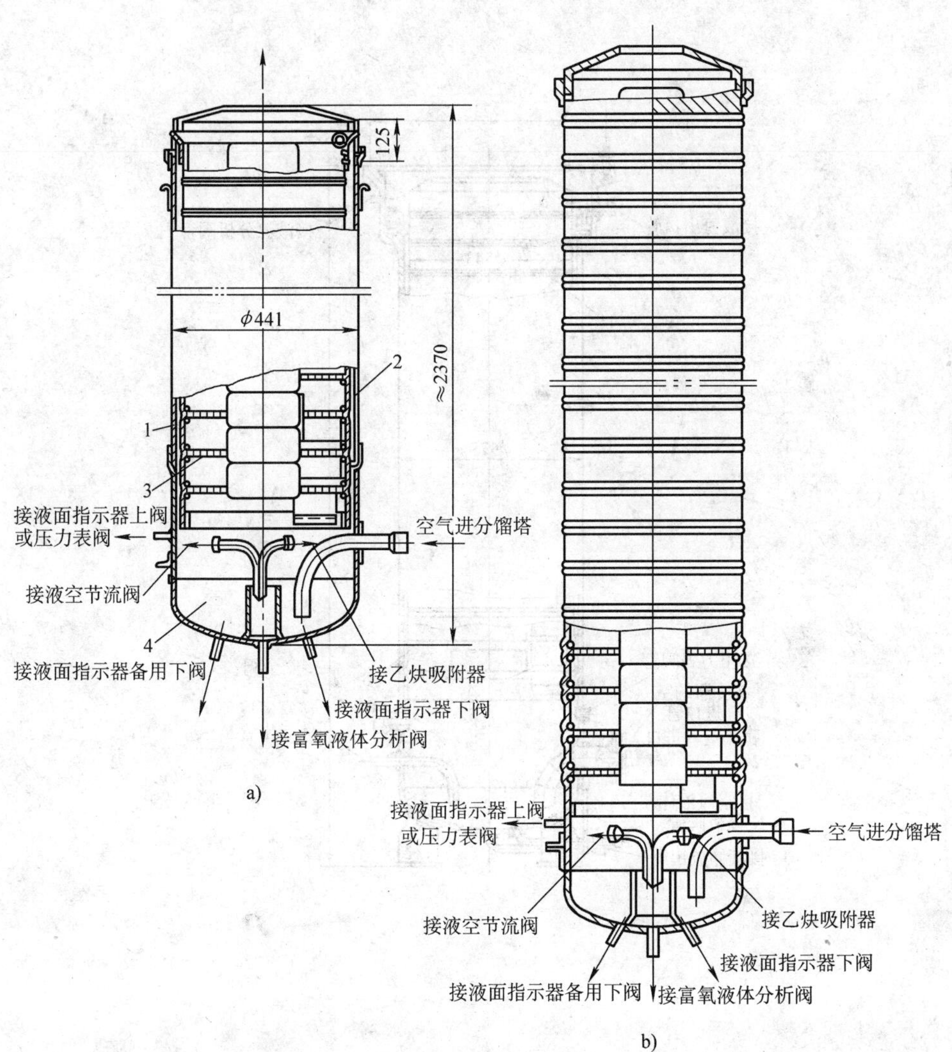

图 4-37　150 型分馏塔的下分馏筒

a）有内筒结构　b）无内筒结构

1—内筒　2—外筒　3—塔板　4—蒸发器

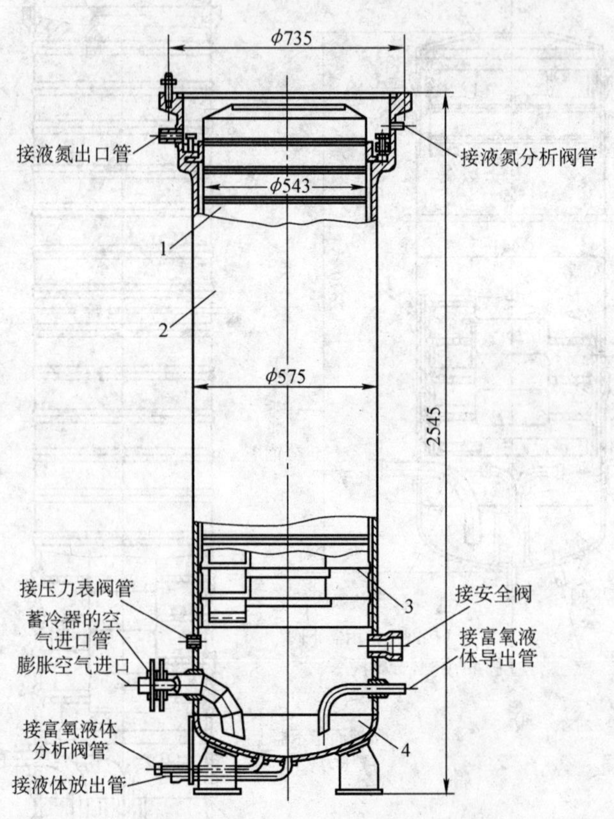

图 4-38　300/2 型分馏塔的下分馏筒

1—内筒　2—外筒　3—塔板　4—蒸发器

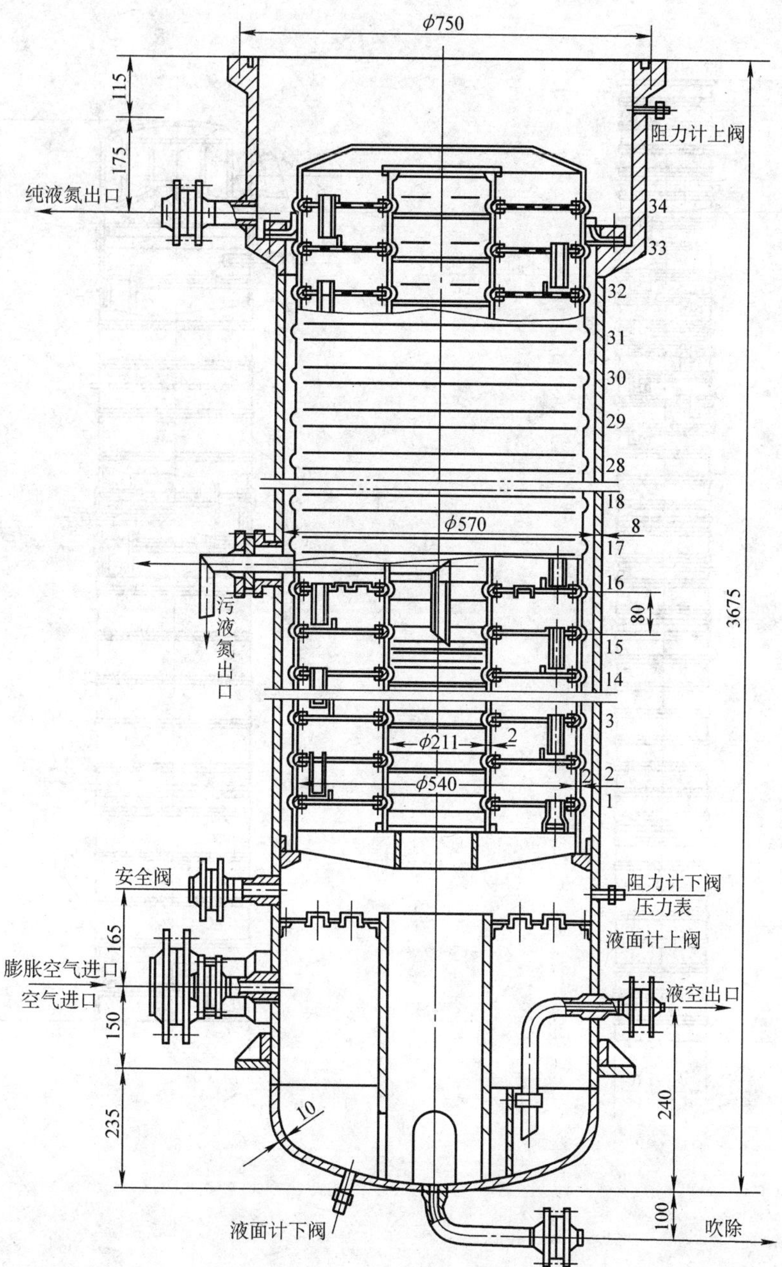

图 4-39　FL-300/300 型分馏塔的下分馏筒

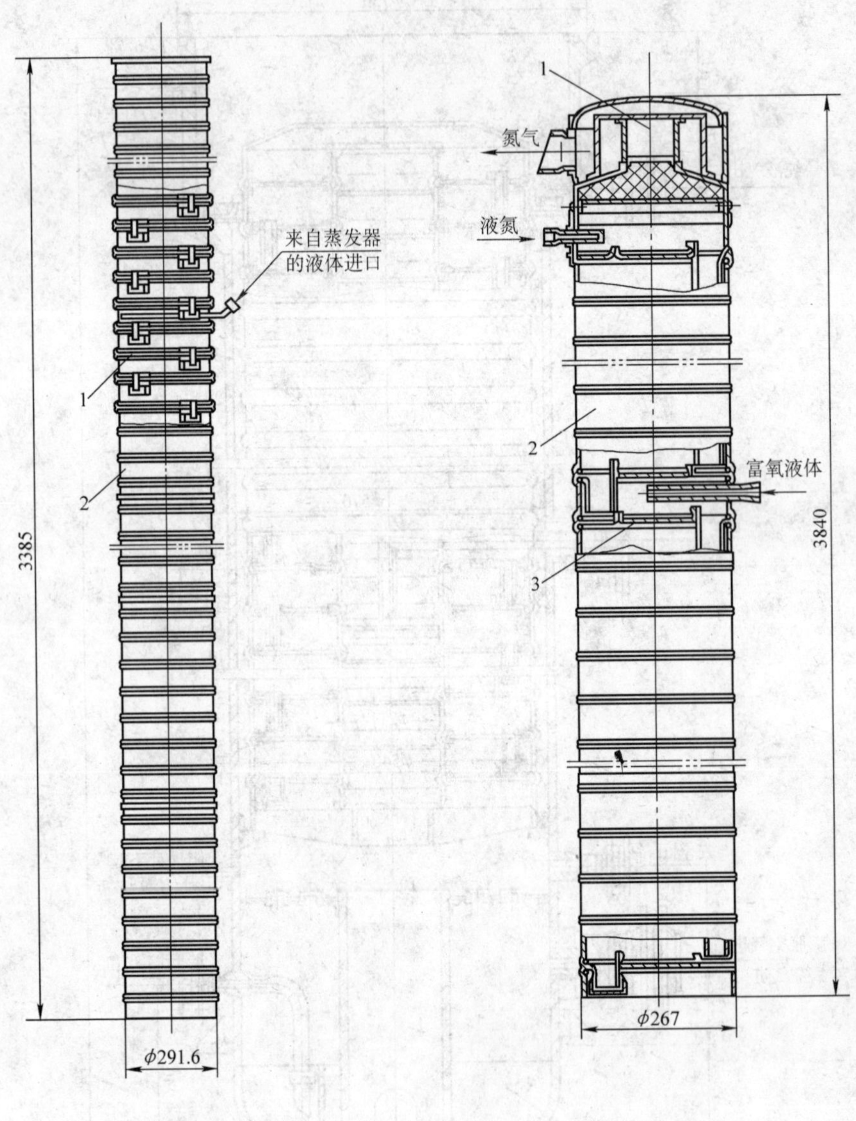

图 4-40　30 型分馏塔的上分馏筒
1—塔板　2—筒体

图 4-41　50 型分馏塔的上分馏筒
1—补偿分离器　2—筒体　3—塔板

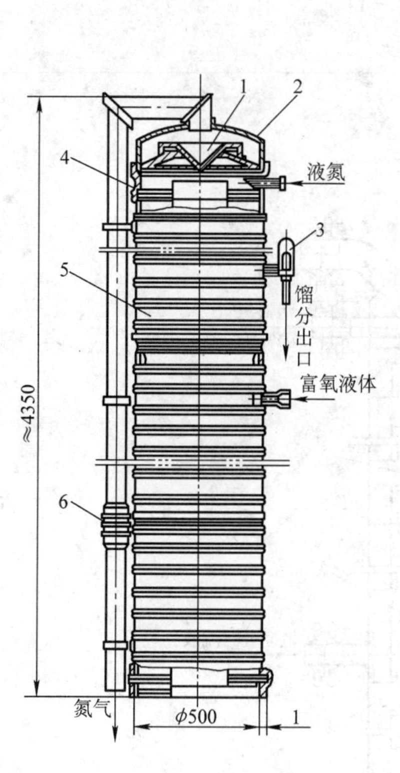

图 4-42　150 型分馏塔的上分馏筒

1—罩　2—盖　3—气液分离器　4—塔板　5—筒体　6—补偿管

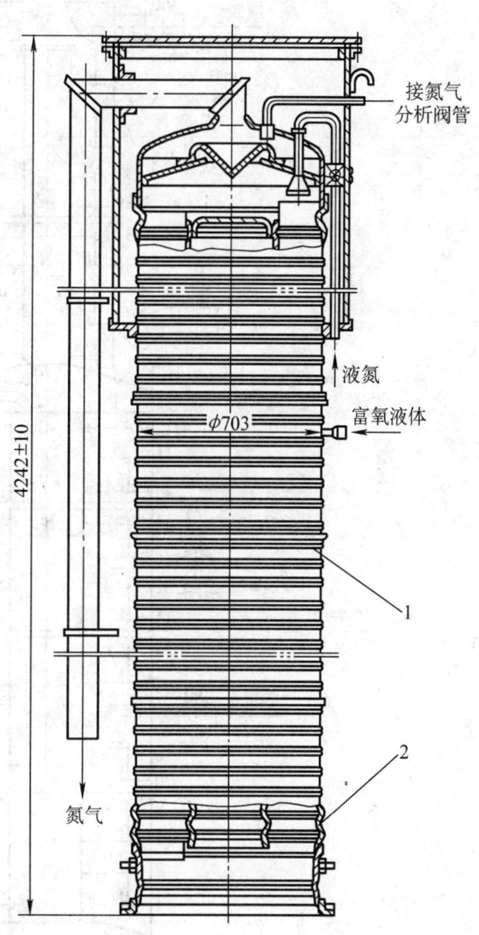

图 4-43　300/2 型分馏塔的上分馏筒

1—筒体　2—塔板

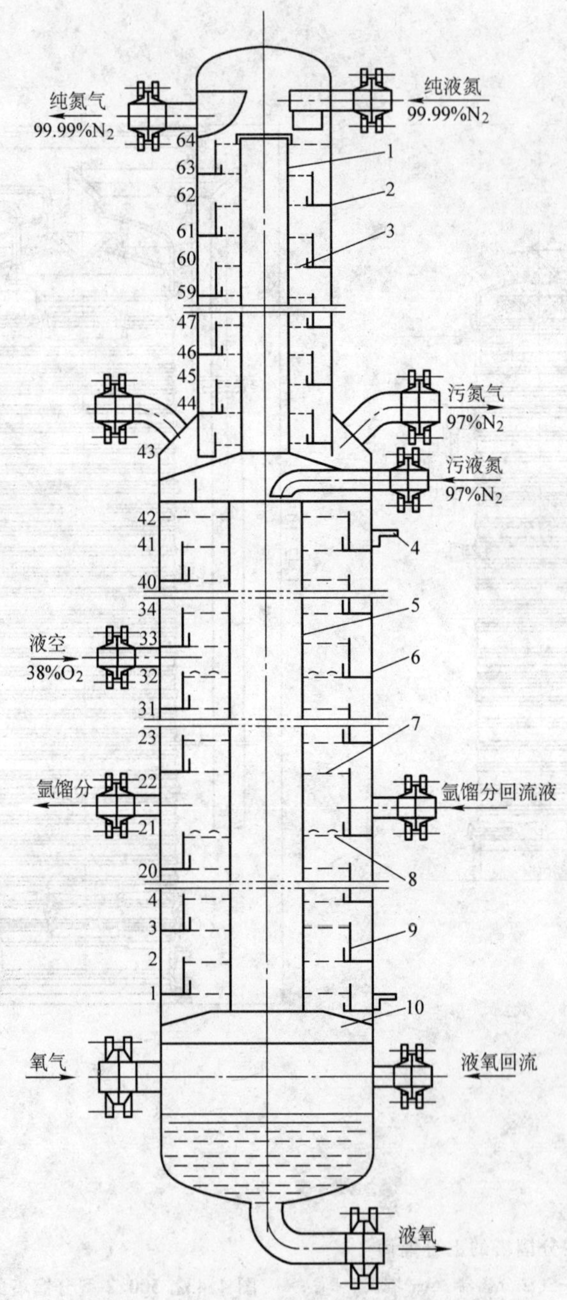

图 4-44 FL-300/300 型分馏塔的上分馏筒

1—中心筒 2—塔筒 3—塔板 4—校正块 5—中心筒 6—塔筒 7—塔板 8—浮阀塔板 9—溢流槽 10—支承架

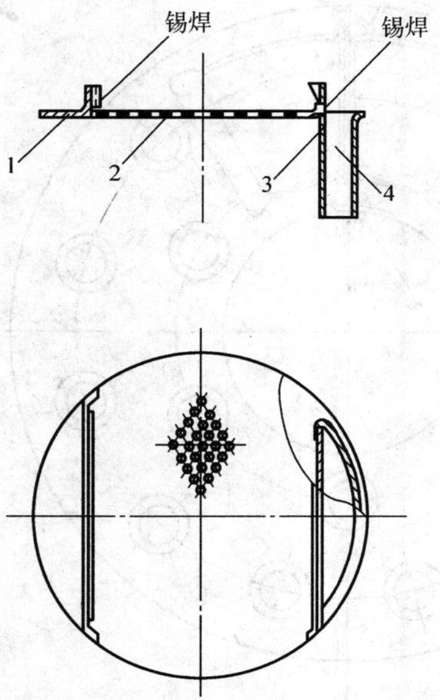

图 4-45　50 型分馏塔的塔板

1、3—挡板　2—孔板　4—溢流筒

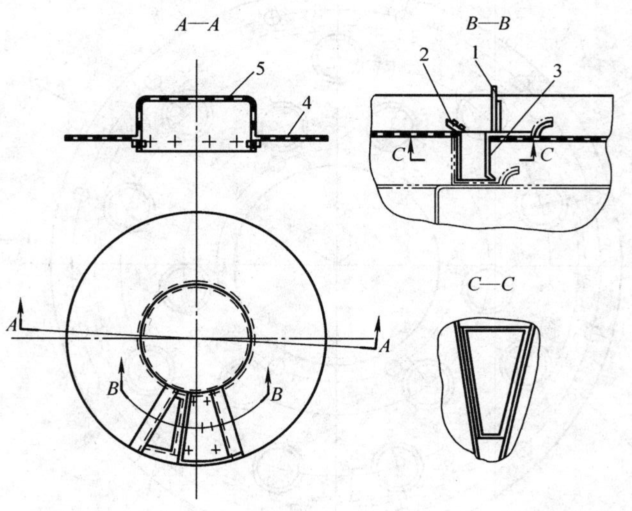

图 4-46　150 型分馏塔的塔板

1—接水槽　2—左右溢流板　3—溢流筒　4—孔板　5—中心罩

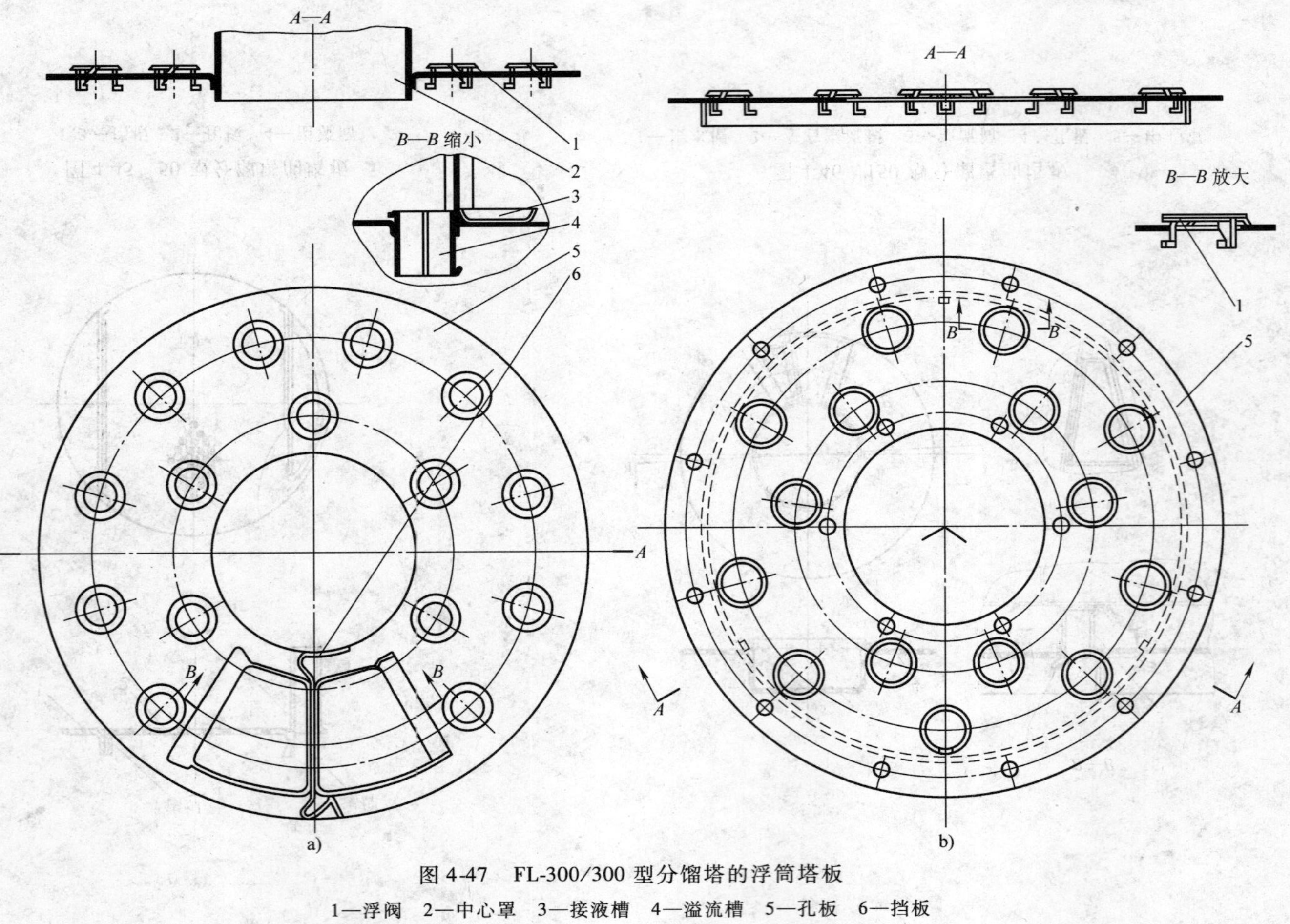

图 4-47　FL-300/300 型分馏塔的浮筒塔板

1—浮阀　2—中心罩　3—接液槽　4—溢流槽　5—孔板　6—挡板

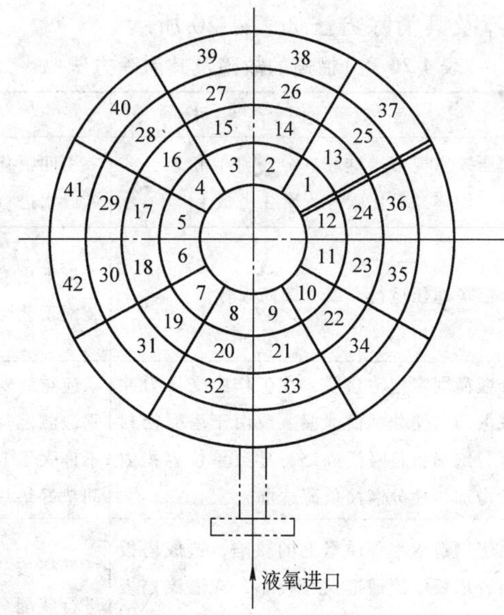

图 4-48 FL-300/300 型分馏塔上塔塔板安装位置

说明：图中数字表示塔板号，数字位置表示从塔顶往下看时溢流槽的位置，以液氧进口位置作相对定位

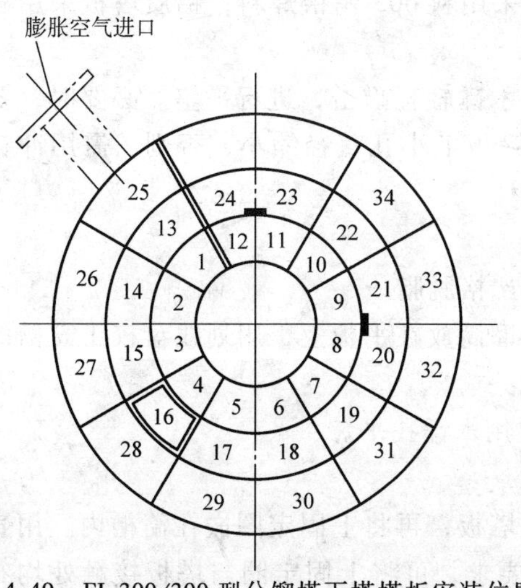

图 4-49 FL-300/300 型分馏塔下塔塔板安装位置

说明：图中数字表示塔板号。数字位置表示从塔顶往下看时溢流槽的位置，以膨胀空气进口位置作相对定位。涂黑小长方形表示第 16 块塔板上污液氮抽出口在内筒上的开口

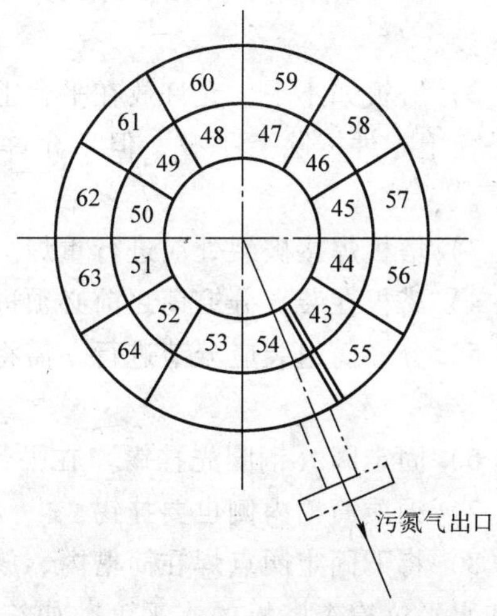

图 4-50 FL-300/300 型分馏塔辅塔塔板安装位置

说明：图中数字表示塔板号。数字位置表示从塔顶往下看时溢流槽的位置，以污氮气出口位置作相对定位

4.5-2 分馏筒的故障及其消除方法有哪些？

答：分馏筒的故障及其消除方法如表4-20所示。

表4-20 分馏筒的故障及其消除方法

故障	故障原因	消除方法
塔板（或填料）堵塞	随压缩空气带入硅胶、分子筛等粉末，或油质、固体二氧化碳等积聚在塔板上	用四氯化碳、二氯乙烷、三氯乙烯或水进行清洗
分馏筒焊缝破裂，或分馏筒与导液管连接焊缝泄漏	分馏塔超压运行，或分馏筒爆炸	拆下更换或修理，详见“修理和装配工艺”
分馏筒下沉或倾斜，并与连接管焊缝处泄漏	分馏筒固定抱箍松脱，在工作中受压力冲击或振动，使分馏筒泄漏。或由于塔壳密封不严，绝热材料吸潮冻结，导致单位容积内重量增加，使分馏筒负荷过重	应重新安装就位进行调整，用铅垂法测定其总高的垂直度，其误差不许大于1000∶1。将抱箍与筒壳中间垫好垫片，紧固和拉紧支架
分馏筒周期性的精馏工况恶化，用清洗法无效	由于制造或修理质量上的缺陷，造成塔板倾斜，塔板溢流通道尺寸较小，或溢流挡板边缘皱折，塔板与接水槽相互对位偏差较大	严格按“修理和装配工艺”重新进行装配

4.5-3 分馏筒的修理和装配工艺有哪些要求？

答：分馏筒的修理和装配工艺是：

1）H62黄铜塔板用烙铁焊接，焊接采用料603锡铅焊料，铝质塔板采用氩弧焊接。

2）塔板如不平，允许放在平台上用木锤轻轻敲击，进行平整。必要时，要将塔板上零件拆除后平整，但不允许将筛板上小孔直径缩小，否则，需用冲针修复。

3）塔板焊接破裂处应进行重焊。

4）塔板在装入分馏筒之前必须进行严格脱脂。

5）分馏筒组装应分节进行，需将分馏筒放在平板上，用划线盘校正筒槽的水平。

6）固定圈（铜圈先挂锡）在平台上用木锤找平。

7）铜质筒槽内侧也要挂锡。

8）将下固定圈点焊在筒槽内、放上塔板，再将上固定圈嵌在筒槽内。用直尺和水平仪检查塔板的水平度。如符合要求，可将上固定圈与塔板接触处均布地点焊，再检查塔板的水平度，使塔板与筒壳的轴向中心线垂直，点焊时的顺序按相对的位置进行。

9）上固定圈与塔板及筒槽之间各施满焊。

10）焊接相邻两片塔板时，溢流管与接水槽必须对准在相应的位置。

4.5-4 分馏筒的装配技术条件有哪些要求?

答:分馏筒的装配的技术条件是:

1)筒壳用 T4 铜板(或 LF2 铝板)卷制,铜质筒壳采用斜接焊成。直径在≤300mm 的,允许有一个纵向焊缝;直径在>300~500mm 的,允许有两个纵向焊缝。焊缝应采用料 301 银钎料斜接,斜接宽度为 15~20mm(斜接即将接头在宽度范围内用机械方法磨削成斜面,搭接焊的厚度应与基体厚度基本相同),接头焊缝成“弓”字形。

2)筒壳在卷制前,板材必须退火,每节筒壳内装入的塔板数应为 4~6 片。

3)筒壳的槽线和一端扩口是在滚床上滚压制成,槽线应与筒的轴向中心线垂直。相邻两槽的间距和平行度误差均不允许大于 ±1mm,而任何两槽平行度误差不允许大于 ±2mm。

4)筒壳上下两端必须与筒壳轴向中心线垂直。其圆柱度误差,直径小于或等于 500mm 的,为 ±1mm;直径大于 500~800mm 的,为 ±1.5mm。

5)对有内外筒结构铜制的下分馏筒,其外筒用 H62 黄铜板对接焊成,高度小于或等于 2000mm 的,允许有一条横向焊缝;高度大于 2000~3000 的,允许有两条横向焊缝。焊料应采用铜-锌焊料。

6)两焊件焊接时,其纵焊缝应均匀错开,间距不得小于 200mm。

7)敲制封头时,圆角处的壁厚减薄不得大于原壁厚的 10%。

8)塔板孔内应光洁,无毛刺,孔径允许偏差为 ±0.05mm。塔板的平面度误差,直径小于或等于 500mm 的,为 0.8mm;直径大于 500~1000mm 的,为 1mm。

9)孔板拼接时,其间隙不允许大于 1mm。溢流板的高度偏差,不允许大于 ±0.5mm。

10)组装时的塔板,孔板毛刺面应向上。

11)塔板装入分馏筒后,应与分馏筒的轴向中心线垂直,其误差不允许大于 1mm,相邻两片塔板距离的偏差不允许大于 ±1.5mm。

12)相邻两分馏筒的焊缝间隙应均匀,约在 0.2~0.3mm,渗焊深度为 20~25mm,在分馏筒全长范围内,其垂直度误差不允许大于 1000:1。

13)下分馏筒的焊缝,如有条件时,应进行 X 射线检测。受检处应均布,长度为焊缝总长的 1/3,但“T”形接头处,应全面检测。

14)对有内外筒结构的下分馏筒的外筒,应在内筒装入前,按工作压力的 1.5 倍进行水压试验,经干燥后,再装入内筒。对下分馏筒与冷凝蒸发器采用法兰盘的连接结构,其法兰盘面的平面度误差不得大于 1000:1。

15)下分馏筒内液氮槽的垫圈,必须进行密封检查。试验方法是在液氮槽内盛入有效高度 90% 的水,放置 24h,以不渗漏为合格。

16）分馏筒装配后，用干净的压缩空气或氮气，以最大工作压力进行气密试验，并用肥皂液详细检查焊缝处，以不渗漏为合格。

17）分馏筒装配后，应该清除表面的氯化铜和污垢，并涂一层酚醛清漆。

第 6 节　乙炔吸附器

4.6-1　乙炔吸附器的结构如何？

答：乙炔吸附器的结构如图 4-51 ~ 图 4-53 所示。

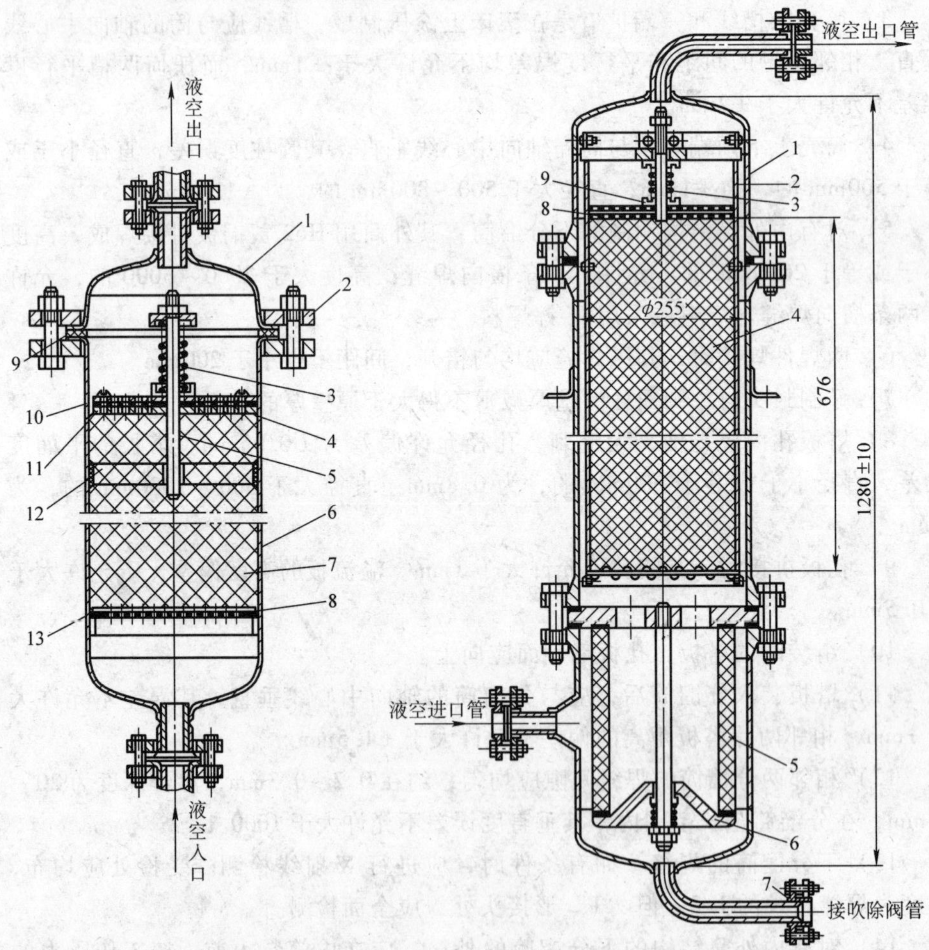

图 4-51　150 型分馏塔的乙炔吸附器
1—上封头　2—活套法兰盘　3—弹簧　4—上孔板　5—螺栓　6—筒壳　7—硅胶　8—下孔板　9—垫片　10—垫圈　11—螺钉　12—铜板圈　13—铜圈

图 4-52　300/2 型分馏塔的乙炔吸附器和二氧化碳过滤器
1—外筒　2—内筒　3—压紧弹簧　4—硅胶　5—陶瓷过滤器　6—内盖　7—法兰盘　8—孔板　9—压板

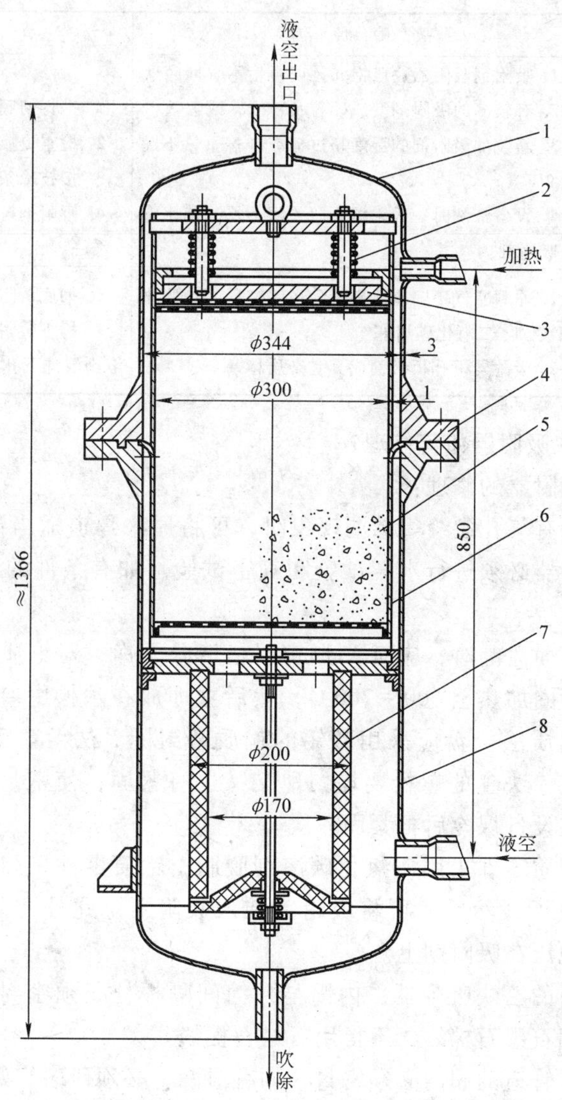

图 4-53　FL-300/300 型分馏塔的乙炔吸附器和二氧化碳过滤器

1—封头　2—弹簧　3—压板　4—法兰盘　5—硅胶　6—筒
7—陶瓷过滤器　8—外筒

4.6-2　乙炔吸附器的故障及消除方法有哪些?

答: 乙炔吸附器的故障及消除方法如表 4-21 所示。

表 4-21 乙炔吸附器工作中的故障及其消除方法

故障	故障原因	消除方法
吸附剂效率降低	1. 吸附剂吸附乙炔已饱和，或再生不够彻底 2. 有较多的吸附剂变成碎粒及粉末，或失效 3. 新装的吸附剂的湿度超过标准（按重量不超过2%） 4. 设备清洗时，吸附器阀门关闭不严，使水进入吸附剂内	1. 进行彻底加温再生 2. 检查更换 3. 按技术条件进行筛选和活化 4. 吸附剂再生，并研磨阀门
乙炔吸附器与下塔压差大于0.049MPa	1. 原料空气中二氧化碳清除不够彻底，使吸附剂被固体二氧化碳堵塞 2. 吸附器下孔板被油或其它杂质堵塞	1. 彻底清除原料空气中二氧化碳 2. 拆下吸附器，取出吸附剂，用溶剂清洗下孔板和网

4.6-3 乙炔吸附器如何修理?

答：乙炔吸附器的修理：

焊缝表面如有气孔裂缝等渗漏现象时，可将原来焊道适当锉掉，进行补焊。经补焊后，吸附器必须进行水压试验和气密试验。如有条件的最好经 X 射线检测。

法兰盘密封面泄漏时，应对 V 形密封槽清除干净，对铜质密封圈应作退火处理。可将密封圈加热至 600 ~ 700℃，然后立即放在水槽中冷却，去掉所产生的氧化皮。对铝质法兰盘应采用镀锡的铜质密封圈。法兰盘密封面如有刻痕，应在车床上修复。法兰的螺栓要均匀地交叉进行紧固，使密封面平整。最好应对法兰上螺栓在设备裸冷后再紧固一次。

吸附器的铜质零件采用四氯化碳溶剂脱脂，铝质零件采用三氯乙烷溶剂脱脂，并用氮气吹干，然后才可将吸附剂装入吸附器。此外，上孔板必须放平，以使弹簧均匀地压在吸附剂上。

对有内外筒的乙炔吸附器，内筒与外筒间隔板处必须密封，以防液空走短路。密封处应用石墨石棉线，不得用石蜡石棉线。

乙炔吸附器管道的阀门必须密封，如有泄漏，必须研磨修好。

4.6-4 乙炔吸附器用吸附剂硅胶的技术条件是什么?

答：乙炔吸附器用吸附剂硅胶的技术条件是：

乙炔吸附器中的吸附剂为硅胶。硅胶（$SiO_2 \cdot nH_2O$）是由硅酸溶胶凝结而成人造含水硅石，具有很多的内表面细孔结构，是一种可再生高活性的吸附剂。

硅胶颗粒有条状和球状两种。按孔径的大小可分为 2 ~ 4mm 细孔硅胶；8 ~ 10mm 粗孔硅胶，作为乙炔吸附器的吸附剂应采用粒度 5 ~ 7mm 球状细孔硅胶。其技术条件见表 4-22。

表 4-22 常用吸附剂的技术性能

吸附剂指标	硅胶			活性氧化铝		活性炭	分子筛		
	细孔	粗孔	变色胶	细孔	粗孔		4A	5A	13X
松密度/(kg/m^3)	670	450	670	750～900	400～550	400～540	500～800		
孔径/nm	2～4	8～10		7.2	12～13	1.2～3.2	约0.48	约0.55	约1
吸水量(%)(在20℃ φ = 100%时)	32～40	70～88	20～38(φ = 50%)	20～35	80		>21		
粒度/mm	2.8～7	4～8	1.5～4	3～7	3～7	1～7	3～5		
空隙率(%)	43	50		44～50	45	44～52			
孔隙率(%)	24	30		40～50	30	50～60	45		
比热容/[J/(kg·K)]	1004.8	1004.8		1046.7(25℃)	1046.7(35℃)	837.4	628.0(t = −50℃) 753.0(t = 20℃) 1004.8(t = 250℃)		
导热率/[W/(m·K)]	0.198(在30℃)	0.198		0.13	0.109	0.14	0.588		
吸附热/[J/(kgH_2O)]	2930.8	2930.8					3830.9		
比表面积/(m^2/g)	400～700	100～500		≥300	300～350	500～800	800	750～800	
机械强度(%)	92～98	80～98	85	95	94～98		>90		
再生温度/℃	<250	<400	<120	170～300	300	105～120	200～320		
pH值		7～9					8～9		

硅胶应包装于内衬塑料的纸袋或胶合板的木桶中，或有密封盖的圆铁筒中。

为保证吸附剂的质量和有较高的吸附能力，吸附剂在充装时应做好以下工作：

1）硅胶应具有牌号、规格和生产厂的质量证明书。使用部门还必须检查其湿度和堆重。

2）硅胶在装入吸附器前应用3mm筛子筛选，去除微粒。

3）对硅胶进行活化处理。将硅胶放在有高30～50mm边缘的金属板上，在

180～200℃的炉内进行干燥；或装入有孔底板的圆柱状容器中，用200～220℃的氮气吹除的方法进行干燥，干燥程度必须进行到堆重不变为止。温度不得大于250℃，否则会使硅胶活性变坏。

4）经过干燥的硅胶，最好立即装入吸附器内，或保存在密封的容器中，为使吸附剂充装密实，充装时应沿吸附器外壁轻敲。

5）为防止空气中水分进入已干燥的吸附剂内，充装应尽量快些，并将吸附器上所有阀门关闭。

6）对于装有一个吸附器的空分设备，每开动一年至少应换吸附剂一次；对于装有两个交替使用吸附器的空分设备，每开动两年应更换吸附剂一次。

第7节　二氧化碳过滤器

4.7-1　二氧化碳过滤器的故障及消除方法有哪些?

答: 小型空分设备中，300/2型和FL-300/300型分馏塔附有二氧化碳过滤器，它是与乙炔吸附器组装在一个筒体中（参看图4-52及图4-53所示）。

二氧化碳过滤器的故障及消除方法是:

过滤器工作中的故障，主要发生在过滤元件多孔性陶瓷过滤管上。如陶瓷过滤管端表面不严密或损坏，将使蒸发器液体中固体二氧化碳清除不够彻底，表现在节流阀堵塞，并使吸附器的硅胶内含有固体二氧化碳，造成阻力增大。此时，必须打开过滤器加以检查。如陶瓷过滤管孔隙被油和机械杂质固体微粒所堵塞，将引起过滤器阻力较快的增大，这时过滤器必须加温和吹扫；如效果不好，必须将陶瓷过滤管取出，用溶剂洗涤并干燥；如经过洗涤仍不能消除，则应更换新的陶瓷过滤管。

4.7-2　二氧化碳过滤器的陶瓷管的技术条件是什么?

答: 二氧化碳过滤器的陶瓷管的技术条件要求是:

1）多孔性陶瓷过滤管用陶土制成，其材料成分，应符合下列要求:

石英砂　　83%～85%

钠质水玻璃　　13%～15%

硅氟化钠　　2%

2）原料粒度为0.2～0.75mm。

3）圆筒系在压力机的压力下，在压模中借振动器成型，然后在900～1200℃温度下焙烧9～10h。

4）滤管长度不够时，允许用两节或三节以水玻璃胶结，胶结处的强度不得低于滤管的强度。

5）厚度不均匀和外形圆柱度误差不得大于5mm。

6）内外表面不允许有裂纹和缩孔，在端面不得有大于 1.5mm 的刻痕和缩痕等缺陷。端面应与轴向中心垂直，误差不得大于 4mm。

7）滤管内受压极限强度为 11.3MPa。

8）滤管的空气渗透系数 K 值的大小，直接影响管的正常工作。一般小型分馏塔用的滤管空气渗透系数 $K \geqslant 10$。

气体渗透系数 $K=\dfrac{Q\delta}{Fp}$

式中 K——空气渗透系数$\left(\dfrac{m^3 \cdot mm}{m^2 \cdot h \cdot Pa}\right)$；

Q——气体流量（m^3/h）；

F——滤管内表面积（m^2）；

δ——滤管厚度（mm）；

p——阻力（Pa）。

9）表面气孔率是滤管中液体可通过的孔隙与滤管总体积之比值。一般要求表面气孔率不许少于 35%～38%。

10）毛细孔太小，应在 0.07～0.08mm，允许偏差为 ±0.005mm。

第 8 节　分馏塔附件

4.8-1　冷节流阀（冷弯阻阀）修理的一般技术条件是什么？

答： 冷节流阀（冷弯阻阀）修理的一般技术条件要求是：

小型分馏塔的冷节流阀（冷弯阻阀）的结构如图 4-54～图 4-57。其一般修理技术条件如下：

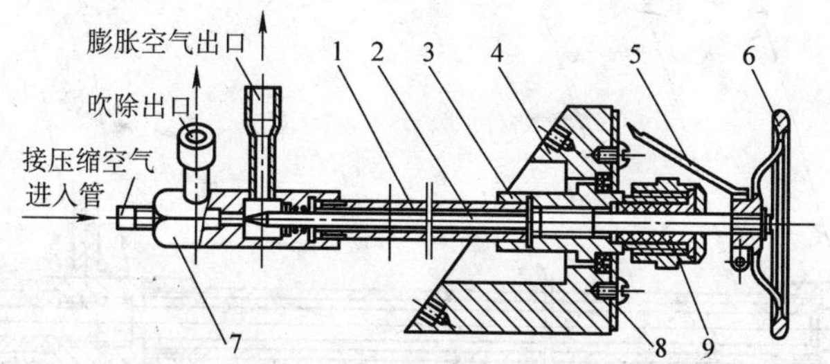

图 4-54　50 型分馏塔的高压空气冷节流阀

1—外管　2—阀杆　3—填料体　4—阀架　5—指示器　6—手轮　7—阀体　8—刻度盘　9—填料

1）阀体与填料体的材料，应采用 HPb59-1 黄铜，外管材料应采用 1Cr18Ni9Ti 不锈钢或 H62 黄铜，阀杆材料应采用 2Cr13，3Cr13 或 2Cr18Ni9 不锈钢。

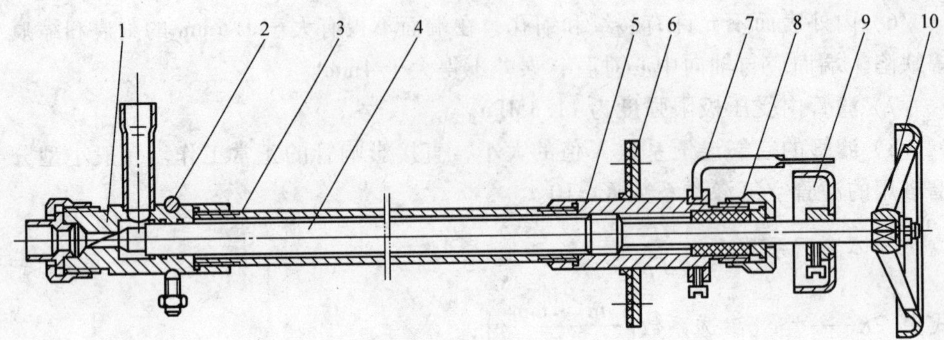

图 4-55　150 型分馏塔的高压空气冷节流阀

1—阀体　2—卡箍　3—套管　4—阀杆　5—螺套　6—法兰　7—指针　8—填料　9—刻度盘　10—手轮

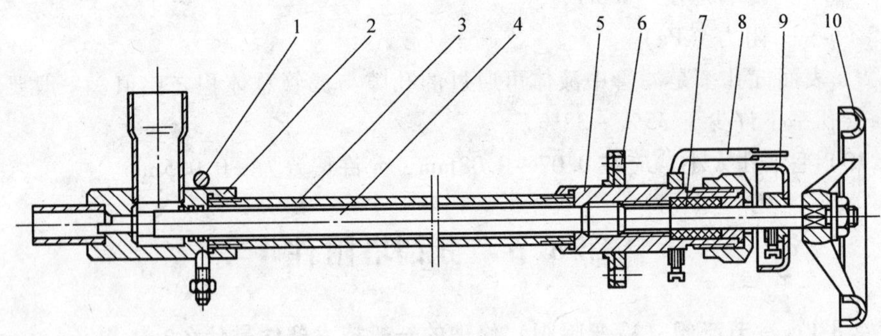

图 4-56　150 型分馏塔的中压冷节流阀

1—卡箍　2—阀体　3—套管　4—阀杆　5—螺套　6—法兰　7—填料　8—指针　9—刻度盘　10—手轮

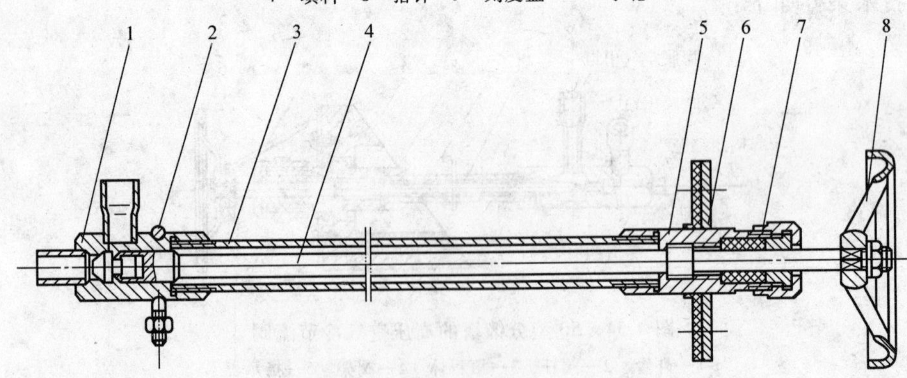

图 4-57　150 型分馏塔的冷弯阻阀

1—阀体　2—卡箍　3—套管　4—阀杆　5—螺套　6—法兰　7—填料　8—手轮

2）填料体的密封材料，应采用涂蜡石棉绳。

3）零件加工表面应光洁，无毛刺，在阀尖和阀孔接触部分，表面粗糙度数

值应在 $R_a0.4\mu m$ 以下。

4）阀杆直线度误差不得大于 10000∶1，阀尖圆锥部分的圆度误差不得大于 0.01mm。

5）阀杆与阀体的配合螺纹，应按三级精度加工。

6）零件在装配前，要用压缩空气吹除附在表面的残屑，并清洗脱油。

7）外管为 H62 黄铜，与阀体和填料体连接螺纹密封部分，装配前须挂锡、用料 603 锡铅焊料纤焊密封。外管为 1Cr18Ni9Ti，与阀体和填料体连接螺纹部分用料 303 银纤料钎焊密封。

8）阀体、外管和填料体装配后，同轴度误差不得大于 0.05mm。

9）阀门装配后的开度，高压空气节流阀可开启 3～5 周；液空、液氮节流阀可开启 8～12 周。

10）装配后，要将阀尖与阀孔配研，在阀杆完全关闭后，必须保持密封，并处于开闭自如状态。

11）在冷节流阀（冷弯阻阀）前后，分别以 1.5 倍工作压力作强度试验，时间不少于 5min，然后再以工作压力作气密试验，用肥皂液检查各连接处和表面，以不渗漏为合格。

12）阀的外壳部分焊接后作钝化处理，否则，要涂酚醛清漆。

4.8-2　安全阀修理的一般技术条件要求是什么？

答：安全阀修理的一般技术条件是：

小型分馏塔及压缩机一般采用全启式弹簧安全阀和杠杆式安全阀。其结构如图 4-58、图 4-59 所示。

安全阀是一种保护装置，当压力超过允许值时，阀瓣自动开启，排出所增高的介质压力后压力复原，阀瓣就会自动关闭。

1. 安全阀的校验

1）安全阀应定期校验，分馏塔的安全阀，一般每运行一个周期校验一次；空压机、氧压机的安全阀每运行三个月左右校验一次，但水润滑的氧压机，存在锈蚀问题，应根据情况，适当缩短校验期。

2）安全阀适用介质为空气或其他气体时，则试验介质用空气或氮气。

3）安全阀的开启压力：在工作压力小于或等于 0.98MPa 时，为其工作压力加上 0.049MPa；在工作压力大于 0.98MPa 时，为其工作压力的 1.1 倍。开启压力偏差：当开启压力小于或等于 0.98MPa 时，为 ±0.0196MPa；当开启压力大于 0.98MPa 时，为开启压力的 ±2%。

4）校验用的压力计应为小于或等于 0.4 级标准压力计。

5）安全阀校验后，加以铅封。

2. 安全阀的修理

1）安全阀主要零件材料：阀体、阀盖，如为低压安全阀，则采用HT200铸铁，如为大于1.57MPa的中压或高压安全阀，则采用铸钢或锻钢；阀杆、阀座、阀瓣采用3Cr13不锈钢（低压安全阀瓣材料有采用ZQSn6-6-3锡青铜）；弹簧采用60Si2Mn硅锰钢。

2）阀座与阀瓣的密封面不得有泄漏。泄漏时，应采用精茶油酸和白玉微粉研磨，如仍泄漏，可将阀瓣及阀座在车床上精加工，表面粗糙度数值在 $Ra0.4\mu m$ 以下，然后再进行研磨，直到不泄漏为止。

3）弹簧式安全阀可用旋转调节螺套来改变弹簧对阀瓣的密封力；杠杆式安全阀，用移动重锤的位置或改变重锤重量来调节阀瓣的密封力，重锤移动后，应加以固定。

4）阀瓣与导向套之间，以及其他间隙配合的零件，保持规定的间隙，不得有卡滞现象，并保证阀瓣与阀座的密封和开启灵活。

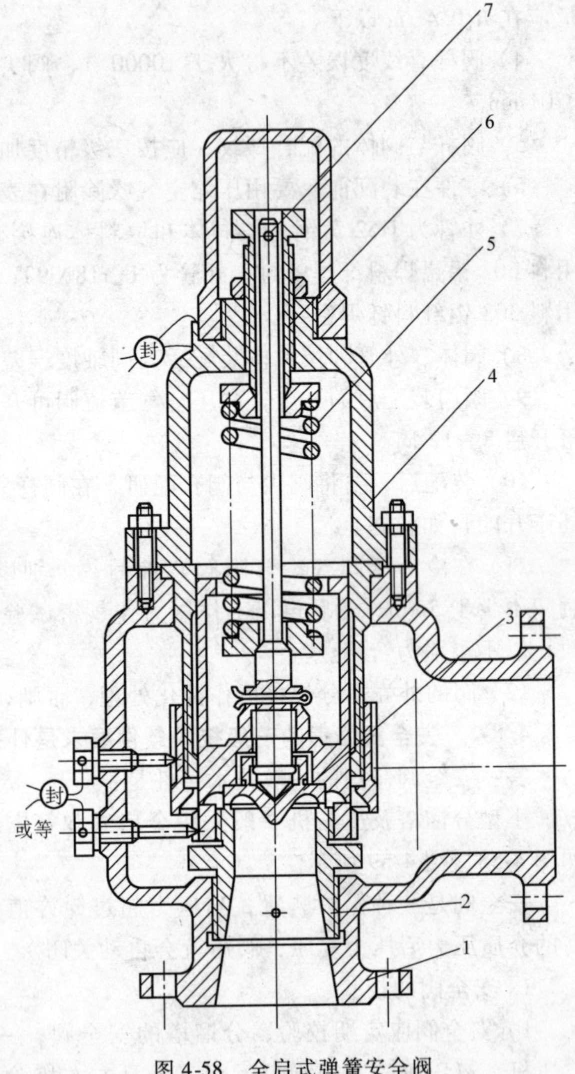

图4-58　全启式弹簧安全阀

1—阀体　2—阀座　3—阀瓣　4—阀盖

5—弹簧　6—调节螺套　7—阀杆

5）阀杆的尖端和阀瓣的凹穴须准确接触中心，不得有偏移。

6）凡经补焊修整的阀体，应按其1.5倍工作压力进行水压试验，并按工作压力进行气密试验。试验压力应逐渐升至规定值，压力持续时间不少于2min。

7）安全阀在拆装时，应将零件的污秽、毛刺、尖棱、氧化皮等清除干净。

安全阀用弹簧的机械加工和装配等其他技术要求，可参照GB/T 12243—2005《弹簧直接载荷式安全阀》的规定。

4.8-3　自动阀修理的一般技术条件是什么？

答：自动阀修理的一般技术条件要求是：

300/2 型分馏塔氮蓄冷器的自动阀箱和自动阀门的结构如图 4-60 所示。其修理的一般技术条件如下：

1）阀箱和阀座用 ZL7 铝合金铸成，阀盘、阀杆、轴套和半锥体等零件用 LY-11（淬火并自然失效）高强度硬铝加工制成，弹簧用 QSi3-1 硅锰青铜制成。

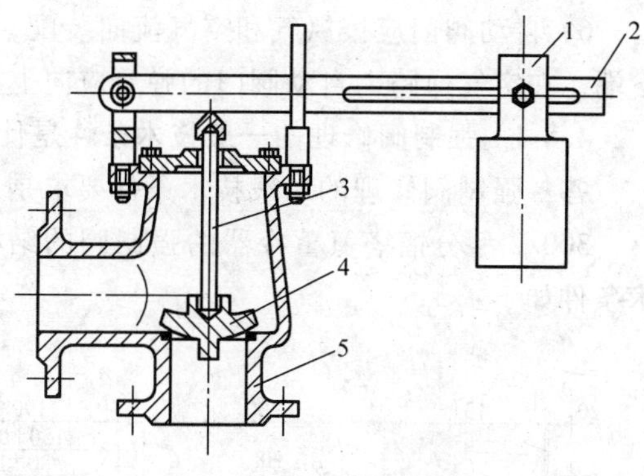

图 4-59　杠杆式安全阀

1—重锤　2—杠杆　3—阀杆　4—阀瓣　5—阀体

2）阀座与阀盘工作接触的表面如有磨损、沟痕，应在磨床上进行精磨，然后配研，研磨表面粗糙度应在 $Ra0.4\mu m$ 以下。装配后注入煤油进行试验，不得渗漏。

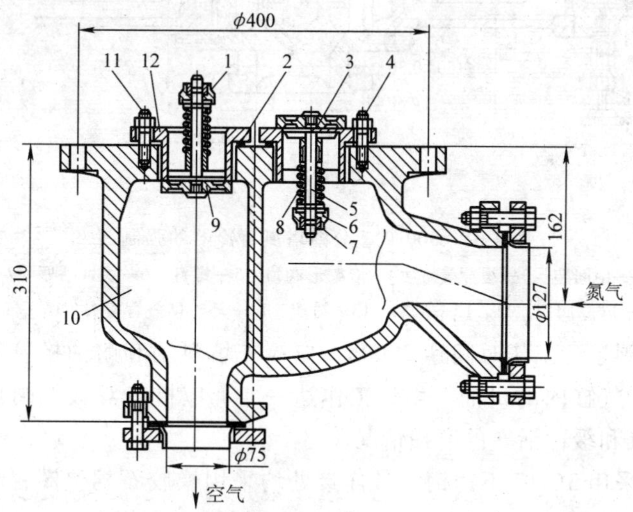

图 4-60　300/2 型分馏塔氮蓄冷器的自动阀箱和自动阀门装配图

1—弹簧圈　2—垫圈　3、9—阀盘　4、12—阀座　5—阀杆　6—轴套　7—半锥体　8—弹簧　10—阀箱　11—螺栓

3）轴套与两只半锥体在装配时必须配研，使接触面贴合。

4）每只自动阀门装配后，必须保证阀杆运动灵活，并以工作压力对阀的密封面作气密性检查，允许漏气量为 0.7 ~ 1L/min，但其他各处均不得泄漏。

5）自动阀门在装入阀箱前要脱油处理，装入阀箱后再以 0.59MPa 压力的空气进行试验，阀箱上各自动阀门的总漏气量允许不超过各单只自动阀门的允许漏气量总和的 1.4 倍。

6）自动阀门应按氮气和空气流向装配，在氮气通路上自动阀门的弹簧应向下端，在空气通路上自动阀门的弹簧应向上端。

4.8-4　强制阀修理的一般技术条件是什么？

答：强制阀修理的一般技术条件要求是：

300/2 型分馏塔氮蓄冷器的强制阀的结构如图 4-61 所示，其修理的一般技术条件如下：

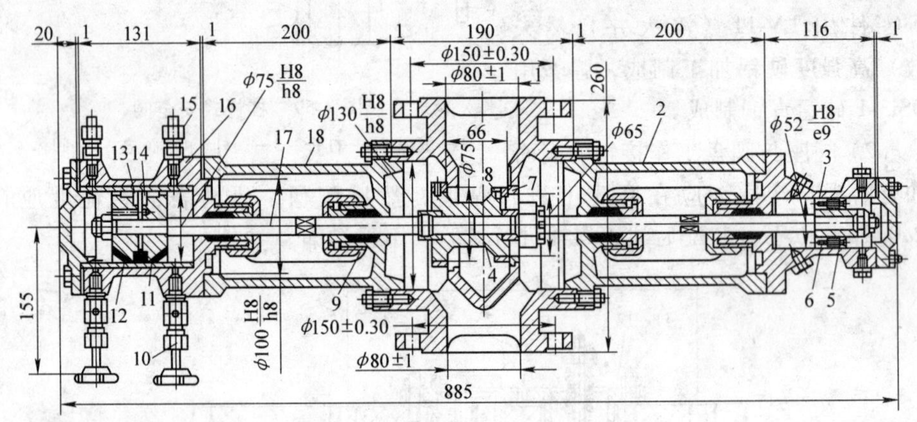

图 4-61　300/2 型分馏塔氮蓄冷器的强制阀

1—阀体　2、18—中间座　3—缓冲气缸　4—双鞍形阀顶　5—螺钉　6—缓冲活塞　7—阀座　8—阀瓣　9—填料　10—吹除阀门　11、12—活塞　13—衬碗　14—环　15—管接头　16—气缸　17—阀杆

1）强制阀累计工作时间达 2000h，应检查填料函和耐油橡胶衬碗的密封情况，更换缓冲气缸内的机油；累计工作达一年，应检查双鞍形阀顶和阀体上的气密圈、气缸和缓冲活塞的磨损情况。

2）阀杆采用 3Cr13 不锈钢，各连接处均采用橡胶石棉垫圈密封，填料函内采用石蜡石棉绳填料。

3）拆除磨损的气密圈，在磨床上精磨，然后配研，研磨表面的粗糙度在 $Ra0.4\mu m$ 以下。

4）装配后，活塞杆运动必须灵活，活塞行程按图样规定调整至 17mm。

5）装配后，两端气缸应以 0.59MPa 压力进行气密试验，5min 后不泄漏即为合格。在阀顶关闭时，阀体内以 0.59MPa 压力作气密试验，两气密圈间的漏气量不得大于 4L/min。试验合格后，外表面应喷漆。

6）应在缓冲气缸内注入约占气缸容积 90% 的 L-AN15 全损耗系统用油。用调整缓冲活塞上的螺钉或增减气缸内的注油量来控制开启或关闭阀顶的时间，该时间应保持在 0.5 ~ 1s 范围内，并保证强制阀门开闭平稳。

7）强制阀在安装使用前，应用压缩空气将阀体内部吹净，并进行脱油处理。

4.8-5　切换器修理的一般技术条件是什么？

答：切换器修理的一般技术条件要求是：

8 型切换器及活门的结构如图 4-62、图 4-63 所示。其修理的一般技术条件如下：

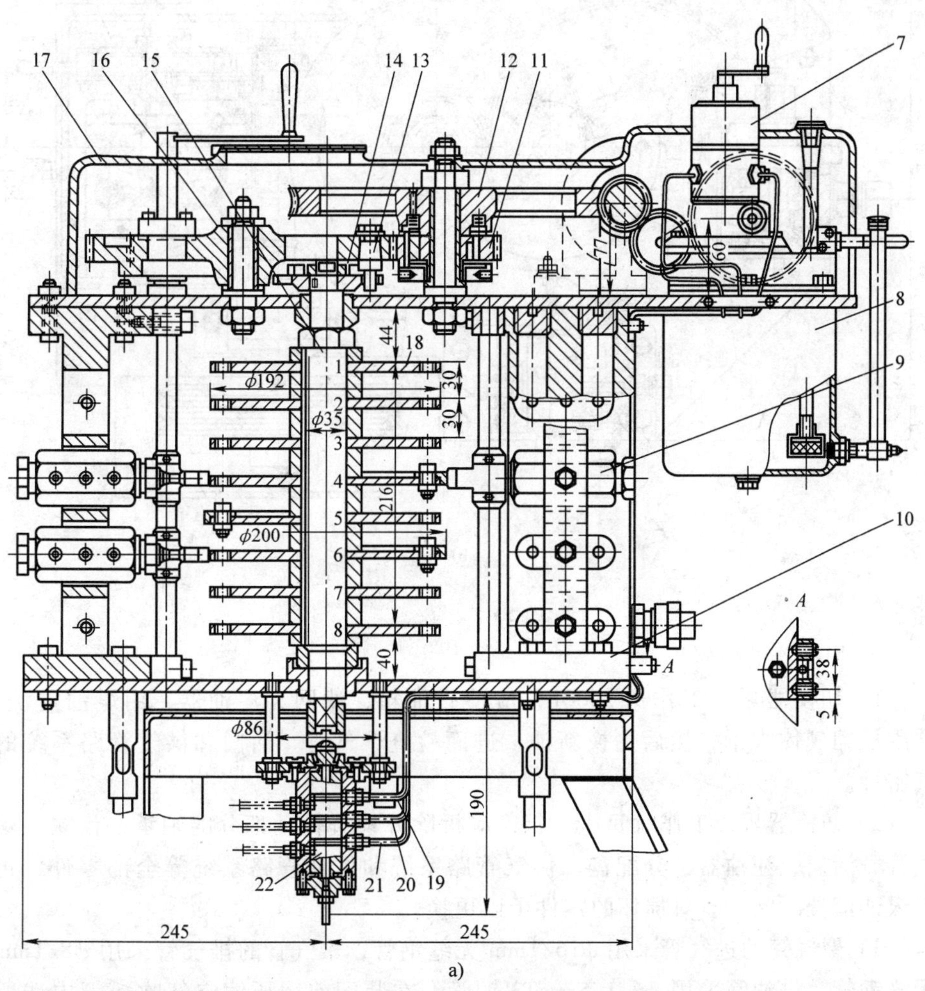

a)

图 4-62　8 型切换器

1—带轮　2—蜗杆轴　3、16—从动齿轮　4—齿轮　5、11—主动齿轮　6—游轮　7—注油器　8—油箱　9—活门　10—聚气管　12—蜗轮　13—销钉　14—马尔特十字盘　15—凸轮轴　17—上盖　18—凸轮　19、20、21—油管　22—分配盘

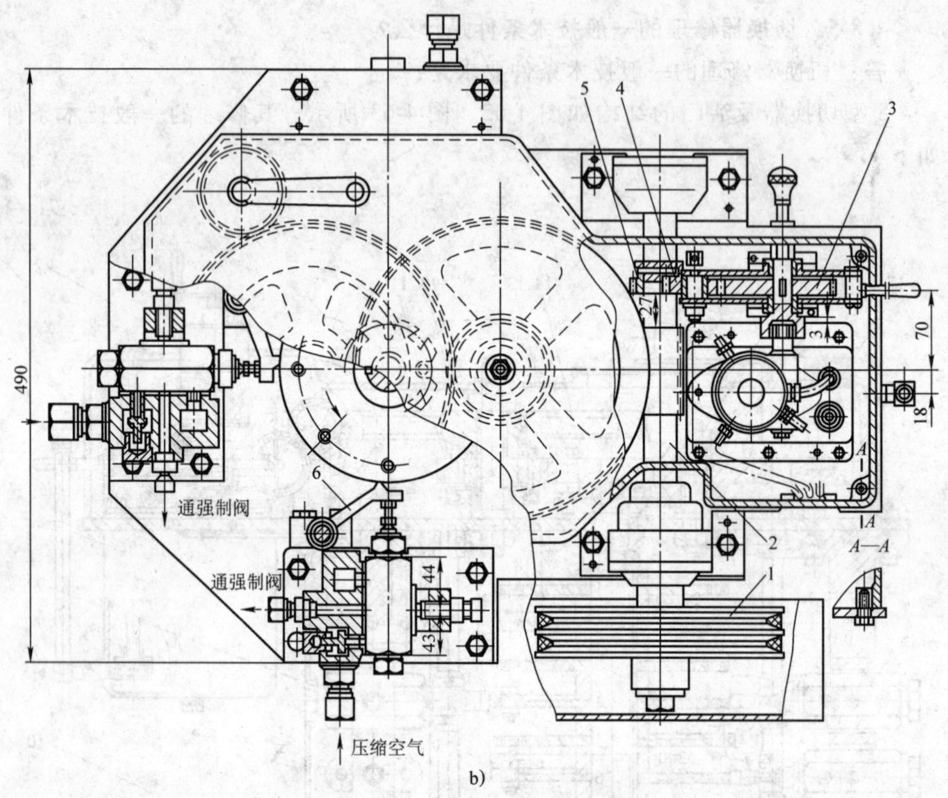

图 4-62 （续）

1. 切换器的检修

1）切换器累计工作达 2000h，应检查油箱、滤网和注油器，用煤油清洗，并用压缩气体吹干，然后更换新油，进而检查聚气管、活门和供气管路系统的气密性。

2）切换器累计工作时间达一年，应拆除并检查传动部分的轴承、齿轮、聚气管、活门、注油器、分配盘、供气管路系统和供油管路系统等全部零件，再用煤油清洗后吹干，对损坏的零件予以更换。

3）聚气管的进气管采用 $\phi16/1$mm 无缝钢管，聚气管的排气管采用 $\phi8/1$mm 无缝钢管，供油管采用 $\phi6/1.5$mmT3 铜管。在装配前用压缩空气吹净管内残留的固体颗粒，以免运转时发生堵塞。

4）滤网用 170 目的铜丝网制成。

5）切换器的密封垫圈用橡胶石棉板制成。

6）活门片用较硬的胶木制成，装配时，活门座与空心杆的接触面需进行研磨，经 0.59MPa 压力的气密试验，当 5min 后不泄漏即为合格。

7）活门上的弹簧在工作状态下、弹力应小于0.59MPa。可借改变杠杆游轮的螺钉高度来调整弹簧的弹力。

2. 检修后的试运转

1）旋紧切换器底架的地脚螺钉，调整好V形带的松紧程度。

2）油箱、注油器和各摩擦面要加入新的润滑油，传动部分采用L-AN68全损耗系统用油，主动轴承采用钙基润滑油。

3）用手柄摇动注油器，检查供油管路系统，不得泄漏，分配器各出口油管应有润滑油滴出，再用手柄摇动凸轮轴数转，检查运转情况是否正常。

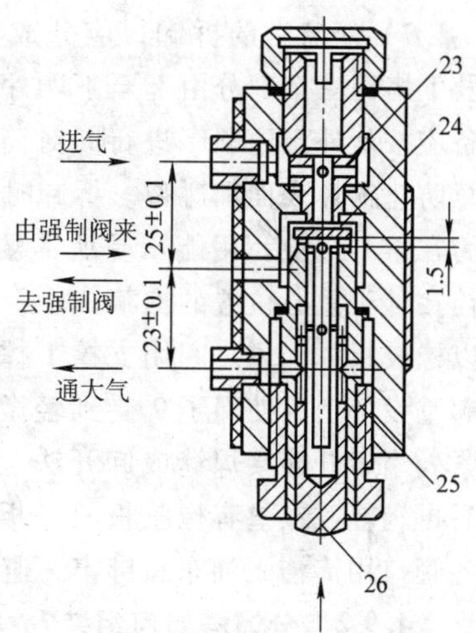

图4-63　8型切换器的活门
23—活门座　24—活门片
25—弹簧　26—顶杆

4）接好进气管路，通入0.59MPa的压缩空气，用手柄再摇动凸轮轴数转，吹扫各活门，检查活门接头和供气管路系统，以不泄漏为合格。

5）开动电动机，检查电动机电流。如电流过大、检查机械部分有无杂音和故障，开动10min左右，停车并检查机械部分和注油器有无发热现象，如正常，则继续开动2～3h，注意检查电动机电流、温升和各部分的声音，然后停车对各机械部分进行全面检查，如运转时电动机电流和温升情况、机械部分声音情况、有无发热现象，即可将活门的各出气管和分配器的输油管路分别与相应的各强制阀门连接上，正式使用。

第9节　分馏塔的拆卸与组装

4.9-1　分馏塔如何拆卸？

答：分馏塔的拆卸步骤是：

1）关闭分馏塔上全部仪表阀门，并卸下全部仪表。

2）在分馏塔周围绑起便于拆卸的脚手架，并架设好手动起重设备。

3）拆下必要的保温塔壳，清除内部的绝热材料，并清扫干净。

4）在上塔筒、冷凝蒸发器及下塔筒相互连接的锡焊处四周画上标记，法兰盘连接处打好字号，并作好管口方位标记。

5）用铅垂法检查塔筒的垂直度，并作好记录。

6）在熔开分馏塔的连接管路时，先熔小管，后熔大管。尽量将熔化的焊料向外吹掉。当管端温度下降为常温时，用洁净的布头包扎捆牢，并拴好标签。

7）分馏塔的拆卸，应分成上塔筒、冷凝蒸发器及下塔筒三个部分由上至下顺序进行，对其他单元设备应按从外至内顺序进行。对筒壁较薄的容器，应注意防止损坏表面和碰瘪。拆卸时应按图 4-64 进行。塔筒在熔开之前，用能承受所需要拉力并无油的绳子 2 拴在处于重心位置的抱箍 3 上，在塔筒与抱箍之间垫以橡胶板，绳子之间用支撑 1 撑开。将绳子吊在手动起重设备上，使绳子 2 受到轻微拉力，但不得吊的过紧。当熔开连接焊缝或卸开法兰盘时，慢慢吊起，然后再轻轻放在垫有橡胶板的平板或木架上，并将塔筒各管口用清洁无油布头绑牢，避免脏物进入。

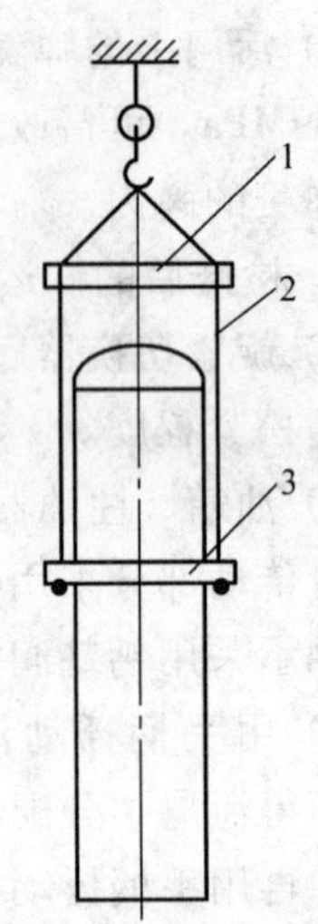

图 4-64 吊装示意图

1—支撑 2—绳子 3—抱箍

4.9-2 分馏塔如何组装？

答：分馏塔的组装步骤是：

1）分馏塔的组装分下塔筒、冷凝蒸发器及上塔筒三个部分由下至上顺序进行，其他单元设备应由内向外顺序进行。

2）每装完一个部分，需用铅垂法在四周检查垂直度，并用垫以橡胶石棉板的支架抱箍固定，在分馏塔总高范围内，其偏差不得大于1000∶1.5。

3）对冷凝蒸发器与上、下塔筒用法兰连接的分馏塔，垫片必须压平，周围螺栓紧固受力应均匀，不得泄漏。对用锡—铅焊料钎焊的分馏塔，焊缝必须渗透均匀，不得有夹渣或气孔。

4）分馏塔内采用的木质垫块或支块应干燥、清洁，不能有烧焦碳化、油迹、裂纹等缺陷。

5）蓄冷器冷端连接的自动阀箱应在蓄冷器吊装前就位。

6）焊接管接头时，高压部分应采用银钎焊，中压及低压部分均采用锡钎焊（铝管采用氩弧焊接）。铜管头扩口长度为管径 1～1.5 倍。

7）管路在装配前应作好一切准备工作，对配管用氮气或无油空气彻底吹除脏物，对更换新管要严格脱脂并吹干。

8）配管焊接就位顺序应当是先大管后小管，先下部后上部。

9）液体管与气体管尽量避开，其间距不应小于 200mm。管与管之间避免交叉，不能躲避时，两管之间距离不小于 20mm，并用橡胶石棉板隔开。

10）分馏塔内的低温冷管应尽量靠近主体设备，其管壁与保温塔壳间距不小于 200mm。

11）直径≥50mm 的配管要用卡箍固定，控制、测量仪表和分析小管均应有顺序地用木夹夹在一起。管间距离不小于 20min，并在管的两端拴好标签。

12）配管时，应按拆卸的标签就位，如更换新管，需在塔筒或阀体连接处作成一伸缩弯管（$R>3d$，d为管的外径）作为冷热补偿。

13）吹除管焊接时，应保持有不小于1/10的斜度，以利水分导出。

14）液体排放管应按图4-65配置。管子溢流点靠近塔筒向上引出后要高于塔内液面高度100～200mm，并作成Ω形且与保温塔壳距离不小于200mm，再与阀件连接。这样当排出阀门关闭时，在靠近保温塔壳的一段管子内形成死蒸气，避免阀门冻结。

图4-65　液体排放管配置图

1—塔筒　2—保温塔壳

15）通向液面指示器下阀及液体分析阀的管路，应按图4-66配置。管路自塔筒引出后（此段宜短），应立即转成水平引至保温塔壳附近，再沿保温塔壳平行地铺设不小于500mm的一段，然后转向阀件连接。这样在密封情况下，阀门不会冻结。

16）通向液面指示器上阀，阻力计上、下阀，气体分析阀及压力表阀的配管，应按图4-67配置。自塔筒引出后（此段宜短），应立即转成垂直向上铺设不小于150mm的一段，再转成水平至保温塔壳附近，然后转向与阀件连接。

17）安全阀的管路，应按图4-68配置。如塔筒的安全阀管接出口与安全阀在同一水平，或高于安全阀时，则管子自设备接出后（此段不宜长）应立即转成垂直向上铺设不小于300mm的一段，再沿水平（安全阀位置高于引出管时）或向下弯成Ω形弯折，然后再转向安全阀连接。

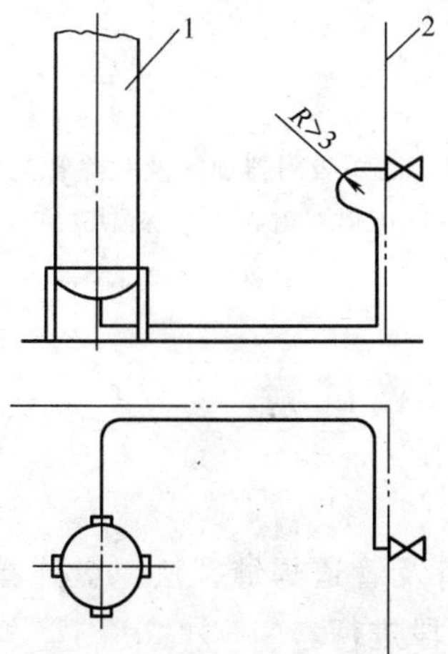

图4-66　液面计液体管及液体分析管配置图

1—塔筒　2—保温塔壳

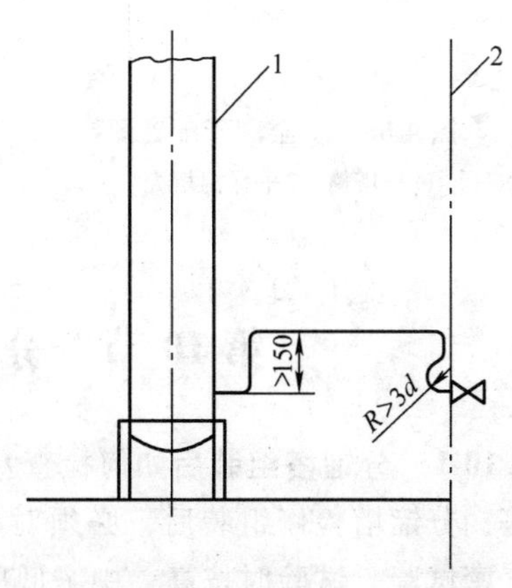

图4-67　液面计气体管，阻力计管气体分析及压力表管配置图

1—塔筒　2—保温塔壳

18）乙炔吸附器及二氧化碳过滤器的加热与吹除管，应按图 4-69 配置。将配管作成 U 形，高度应大于 150mm，然后沿保温塔壳呈平行铺设不小于 200mm 的一段，再转向与阀件连接，以免冻结。

19）管道与阀体焊接时，应先把阀门关闭，管道与阀体之间应避免有过大的应力存在。安装后的阀门应启闭灵活、阀架与塔壳连接处必须用隔热板垫好。

20）液空吸附器和液氧吸附器中的吸附剂，应在装置冷试结束后正式开车前装入。在装入前，吸附剂应根据其技术说明进行筛选和活化处理。

21）安全阀在分馏塔试压前校验和铅封。

22）组装后，清除塔筒和管道焊接处的污垢和残迹。

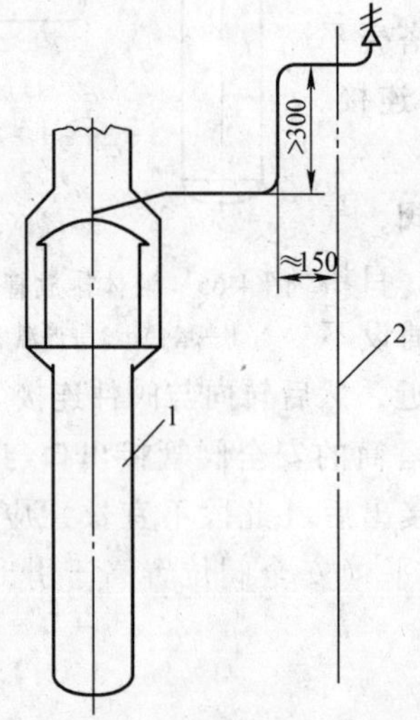

图 4-68　安全阀管配置图

1—塔筒　2—保温塔壳

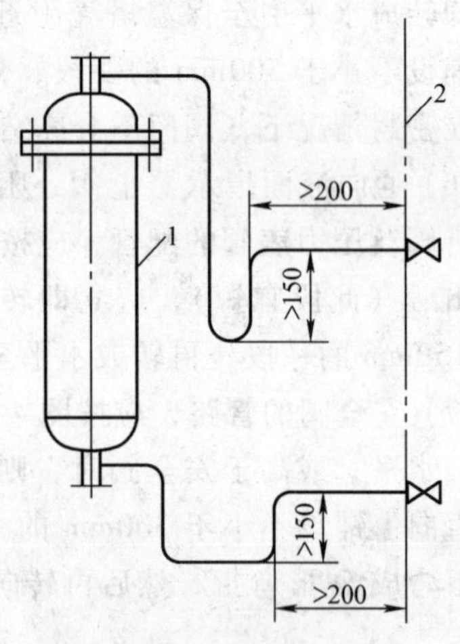

图 4-69　乙炔吸附器加热及吹除管配置图

1—乙炔吸附器　2—保温塔壳

第 10 节　分馏塔的气密试验

4.10-1　分馏塔组装后如何检查？

答：分馏塔检修组装后，必须对各单元设备及管道焊缝，法兰盘连接等处进行气密试验。试验时按高、中、低压各系统分段进行。

气密性试验的介质为干燥无油空气。试验压力应缓慢上升，并在升压中，停留几次，每次停留一定时间，然后再继续升至最高工作压力。分馏塔组装后的气密检查应按表 4-23 进行。

表 4-23　分馏塔气密检查的方法

检查系统	高压系统						中压系统		低压系统	
工作压力/MPa	21.6				4.9		0.49		0.049	
试验压力/MPa	21.6				4.9		0.49		0.049	
停压时压力/MPa	4.9	9.8	15.7	21.6	2.94	4.9	0.29	0.49	0.029	0.049
停压时间/min	1	1	依检查完为准	60	依检查完为准	60	1	60	1	60
检查方法	不检查	不检查	一般检查	细致检查	一般检查	细致检查	不检查	细致检查	不检查	细致检查

试压检查结束后，应将检漏的肥皂液用热水擦洗干净，避免它对金属腐蚀。

如需对系统试压残留率计算时，其试压要求应按表 4-24 规定。残留率计算方法参照“氧气管道的检修和试验”进行。

表 4-24　试压残留率要求

管道系统	设计压力/MPa	试验压力/MPa	停压时间/h	残留率(%)
中压	0.59	0.59	12	≥95
低压	0.098	0.098	12	≥98

4.10-2　预冷和加温后如何检查?

答: 分馏塔在装入绝热物前，必须进行一次预冷和加温后的检查，目的是进一步检查分馏塔安装或检修质量，以保证分馏塔的焊缝和法兰盘连接处具有可靠的气密性。检查步骤如下:

1）启动分馏塔，使分馏塔尽可能冷却达到较低的温度，保持 1 ~ 2h，使所有设备及管道表面结上白霜，在试验过程中，可根据结霜情况来判断泄漏部位，并作好记录。

2）冷冻后，应将法兰连接螺栓、阀门零件进行均匀的紧固，但应注意，紧固时，阀门应处于灵活状态。

3）清除结霜，但不得将霜溶化在保温塔壳内，预冷结束后进行加温，然后按其最高工作压力进行气密性试验。

4.10-3　保温壳内绝热材料如何填装?

答: 分馏塔组装后，经气密试验合格后，方可进行绝热材料的填装，填装步骤如下:

1）用苫布将分馏塔与其他设备隔开，防止飞尘落入其他设备上。

2）分馏塔绝热材料一般采用珠光砂（密度≤80kg/m^3），矿渣棉（密度≤150kg/m^3）、碳酸镁（密度 130 ~ 190kg/m^3）。有关绝热材料性能可参照表 4-25。

表 4-25 常用绝热材料的技术性能

材料名称		密度 /(kg/m³)	热导率 /[W/(m·K)]	比热容 /[J/(kg·K)]	含水量 (%)	备注
珠光砂	特级	40~80	0.0186~0.029	669.9	0.5	1. 密度≤80kg/m³ 的可作筒壳保温 2. 含水量为相对含湿量
	一级	81~120	0.029~0.034	837.4		
	二级	121~160	0.034~0.038			
	三级	161~300	0.038~0.062			
碳酸镁		130~190	0.04~0.07	1004.8	≤2.5	氧化镁含量不少于 40%~50%
矿渣棉	150 号	≤150	0.047	837.4	≤2	纤维平均直径为 7μm
	200 号	≤200	0.052	837.4		
	250 号	≤250				
玻璃棉		130	0.047	837.4	—	直径 3~30μm 用于膨胀机保冷

3）填装的绝热材料应干燥，不准混有可燃物质。

4）填装绝热材料前，安装好低压表，使所有塔筒及管道内充气，并保持 0.049MPa 压力，然后微开各计器管阀门。将各铂热电阻的低温电缆与仪表接通并通电，以便随时检查计器管路和铂热电阻的低温电缆在填装过程中是否碰坏。

5）清除塔内杂物，基础表面不得有积水。

6）填装的绝热材料必须填满装实，在填装过程中，允许用橡胶锤子敲击塔壳，以免出现空洞和死角。开车后，应定期检查，补充绝热材料，使塔壳内处于“饱满”状态。

7）塔壳上各封闭盖板和连接面均用橡胶垫片垫好，用螺钉紧固密封，使塔内绝热材料与外界湿空气隔绝。

8）将分馏塔外壳清扫干净，清除周围杂物并拆除脚手架。

4.10-4 试压检查的安全技术要求有哪些？

答：试压检查的安全技术要求是：

1）试压用的压力表及安全阀应准确，并处于灵敏状态。

2）试压时，必须有专人分区包干，认真负责地检查各部分泄漏情况。

3）试压压力应缓慢上升，不允许压力瞬间增加或超过规定的压力值。

4）试压人员应站在架子上用肥皂液检查气密情况，不得攀登在受压容器或管路上进行气密检查。

5）对受压容器及管路不得敲打，对焊缝泄漏处不得采用防漏剂来修补。

6）当发现泄漏时，作好标记，待泄压后再进行修补。

7）试压时，严禁非试压人员在附近逗留。

第11节　分馏塔的焊接

4.11-1　分馏塔的焊接工艺方法有几种？焊接工作的技术要求是什么？

答： 按分馏塔制造的材质、结构及所处的压力不同，在修理中基本分为锡焊、黄铜气焊、银焊和铝合金氩弧焊四种焊接工艺方法。

由于分馏塔是处在低温压力下工作，因此焊接工作应符合下列技术要求：

1）焊缝应具有较高的强度和冲击韧度。

2）焊缝不得有毛细缩孔。

3）在承受一定压力下，焊缝应具有良好的气密性。

4）采用的焊料，应符合图样上的技术条件。

5）焊缝和焊件须保持清洁，溶剂不得对其污染和腐蚀。

6）应让具有一定经验，并经考试合格的焊工担任焊接工作。

4.11-2　常用钎焊材料有哪些？其性能如何？锡-铅焊料如何配制？

答： 常用钎焊材料及其性能如表4-26所示。锡-铅焊料的配制如表4-27所示。

表4-26　常用钎焊材料及性能

牌号	名称及国际代号	主要成分（%）	溶化温度/℃	密度/（g/cm³）	抗拉强度/MPa	一般用途
料102	铜锌钎料2号 H1CuZn52	Cu48±2，Zn余量	860~870	8.2	205.9	钎焊纯铜或含铜量大于68%的铜合金
料103	铜锌钎料3号 H1CuZn46	Cu54±2，Zn余量	885~890	8.3	343.2	钎焊铜、黄铜、青铜及钢等
料301	10%银钎料 H1AgCu53-37	Ag10±0.3，Cu53±1，Zn余量	815~850	8.45		钎焊铜及含铜量大于58%的黄铜
料302	25%银钎料 H1AgCu40-35	Ag25±0.3，Cu40±1，Zn余量	745~775	8.7		钎焊铜及其合金，钎焊缝要求构件清洁
料303	45%银钎料 H1AgCu30-25	Ag45±0.5，Cu30±0.5，Zn余量	660~725	9.1		钎焊铜、不锈钢及铜件，钎焊缝有满意的粗糙度和强度
料602	锡铅焊料2号 H1SnPb68-2	Sn29~30，Sb1.5~2，Pb余量	183~256	9.7	32.4	钎焊黄铜、白铁皮等不耐压的构件
料603	锡铅焊料3号 H1SnPb58-2	Sn39~40，Sb1.5~2，Pb余量	183~235	9.3	37.3	锡钎焊、挂锡、管板铺锡等，在钎焊空分设备被广泛采用

表 4-27 锡-铅焊料的配制

焊料名称	配制原料（%）	配料成分（%）	配制方法
锡-铅焊料	Sn≥99.5 Pb≥99.5 Sb≥99.5	Sn39～40[①] Sb1.5～2 Pb 余量	1. 焊料的熔化应采用石墨坩埚或生铁锅 2. 在熔化过程中，按原料的熔点不同，应先熔化熔点较高的材料，即先熔化锑（Sb），再熔化铅（Pb），后熔化锡（Sn），以免熔点低的配料大量烧损 3. 因配制原料密度不同，在浇注时，必须将锅内熔化的焊料随时搅拌 4. 用特制的生铁或钢制模子铸成所需要尺寸的条状

① 配料成分可根据需要进行配比。

4.11-3 助钎剂的主要用途是什么？助钎剂如何配制？

答：助钎剂主要是在钎焊过程中，有效熔解基本金属和钎料表面的氧化膜，抑制其再氧化，并且可以改善钎料的热稳定性和润湿性。

一般适用于钎接温度小于或等于 450℃ 的助钎剂称为软助钎剂，大于 450℃ 的称为硬助钎剂。

对铜锌、银和锡铅等钎料的助钎剂如表 4-28 所示。

表 4-28 铜锌、银和锡铅等钎料的助钎剂

钎料牌号	名称及国际代号	旧 牌 号	选用的助钎剂
料 102	铜锌钎料 2 号 H1CuZn52	ПМД48	粉 301
料 103	铜锌钎料 3 号 H1CuZn46	ПМД54	粉 301
料 301	10% 银钎料 H1AgCu53-37	MCP10	剂 102
料 302	25% 银钎料 H1AgCu40-35	MCP25	剂 102
料 303	45% 银钎料 H1AgCu30-25	MCP45	剂 102
料 602	锡铅焊料 2 号 H1SnPb68-2	ПОС30	$ZnCl_2$ 溶液
料 603	锡铅焊料 3 号 H1SnPb58-2	ПОС40	$ZnCl_2$ 溶液

助钎剂的配制方法如表 4-29～表 4-31 所示。

表 4-29 锡-铅焊料的助钎剂的配制

助钎剂名称	氯化锌（$ZnCl_2$）溶液
配制方法	
第一种方法	第二种方法
在1L水中溶解0.33~0.45kg固体氯化锌，溶解时用木棒搅拌，使固体氯化锌完全消失。当溶液中呈现白色沉淀时，应加少量浓盐酸，至白色沉淀完全消失为止（对钢件钎焊或挂锡时，应在氯化锌溶液中加入氯化锡，其重量约为氯化锌的1/10）	在1L盐酸中加入约0.3~0.5kg锌，但锌的需用量须按盐酸浓度的不同来决定。配制时，将盐酸倒入瓷质容器中，然后投入少量锌块，至容器底部的锌块没有氢气逸出时为止

表 4-30 铜-锌焊料的助钎剂的配制

助钎剂名称	1. 50%的硼砂；35%的硼酸；15%的磷酸二氢钠的混合物
	2. 20%的硼砂；70%的硼酸；10%的氟化钠的混合物
	3. 20%的硼砂；80%的硼酸的混合物
配制方法	
1. 将硼砂放在不锈钢锅中，加热至600~700℃（硼砂加热到550℃时，结晶水不能完全除净）除去结晶水。当硼砂接近烘干时，则会翘起很高，应将翘起的硼砂翻过再烘，烘至无水蒸气出现并呈现出微微的蓝色为止 2. 冷却后，辗成粉末，并用0.25~0.14号筛子筛过 3. 按熔剂的配方仔细调配，然后储存在密封的玻璃容器内	

注：1. 用硼砂作助钎剂，钎焊后其残渣不易清除，故采用以硼砂为主的混合物。

2. 若硼砂的结晶水不完全除净，当受热时易起泡沫，妨碍钎焊质量。

表 4-31 银焊料的助钎剂的配制

助钎剂名称	50%的硼砂，35%的硼酸，15%的氟化钾的混合物
配制方法	
1. 将硼砂的结晶水完全除净 2. 将氟化钾放在不锈钢锅中，加热至250℃，保持4~5h，进行烘干 3. 按熔剂的成分比例混合调配，再进行熔化，随时用瓷棒或不锈钢棒搅拌熔化的熔剂。熔化完毕，待冷却后，辗成粉末，并用0.25~0.14号筛子筛过，然后储存在密封的玻璃容器中	

4.11-4 什么是锡焊？

答：所谓锡焊，即采用锡-铅焊料对铜与铜，或铜与黄铜的容器、管件进行钎焊。

锡焊如采用氧-乙炔焰加热的普通焊枪进行，应根据焊件的厚度来选择焊嘴型号，以中性焰（氧气和乙炔相等 $O_2:C_2H_2\approx1.1$）进行钎焊。

锡焊如采用烙铁进行钎焊时，则应根据钎焊零件接头形式按图 4-70 选用。

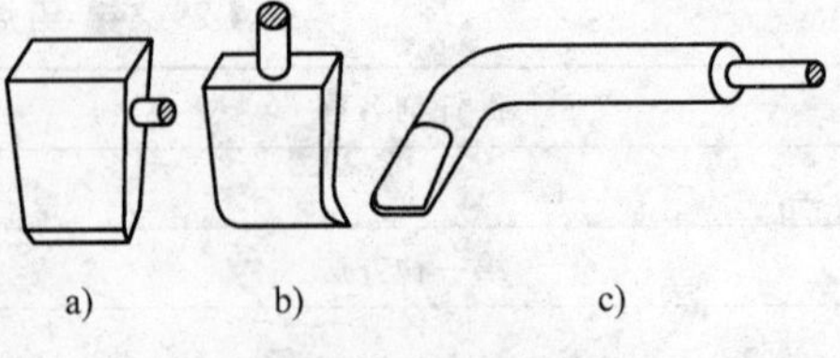

图 4-70　烙铁

a) 用于直角缝　b) 用于容器底部圆缝　c) 用于隅角缝

烙铁为 T1 铜料制成，其重量应根据使用方便和焊件大小来选择，一般为 0.25 ~ 1kg。烙铁的工作部分要适当磨尖，以便焊接较小的锐角的焊件，并应磨光挂锡，便于附着焊料。

烙铁的预热应采用木炭炉或无烟的弱火焰中进行，预热温度应在 250 ~ 500℃范围内。

焊件在钎焊前，接头表面应先挂锡，具体工艺方法如下：

(1) 板材接头表面挂锡　对一般较大板材工件，应用焊枪加热挂锡。首先在焊件接头背面加热到 100℃左右，在接头表面上刷氯化锌溶液，继续加热，涂上焊锡，待焊料开始熔化较均匀时，用清洁的棉布或棉纱头在焊锡层上擦拭，使锡层厚度一致并光亮均匀地附着在预焊的表面上。

(2) 管头表面挂锡　将管头预热到 100℃左右，用毛刷将氯化锌溶液刷在管头表面上，将管头向下，继续加热，并同时将焊锡熔化附着在管头表面上，或用浇淋焊锡熔液的方法进行挂锡，然后用清洁的棉布或棉纱头在锡层上擦拭，使管头表面锡层附着均匀并光亮。但不得将管头浸入氯化锌溶液或锡锅内，避免产生堵塞。

(3) 管板挂锡　管板挂锡如图 4-71 所示。应采用热浸挂锡方法。挂锡前将管板 1 表面的氧化锈蚀清除干净，悬挂在锡锅 2 的锡面上进行预热。将锡锅 2 内的熔化焊锡温度稳定在 270 ~ 350℃。当钢质管板预热温度达 80 ~ 100℃时（铜质管板预热温度达 100 ~ 150℃），然后将管板吊高一些，将管板表面均匀地刷上氯化锌溶液，缓慢地浸入锡锅中，并微微地转动约 10 ~ 20s，待焊锡完全附着在管板上，即可取出。随即趁热摇动数次，用无油压缩空气吹除，以减少表面附着多余的焊锡，并用清洁棉布或棉纱头进行擦拭。

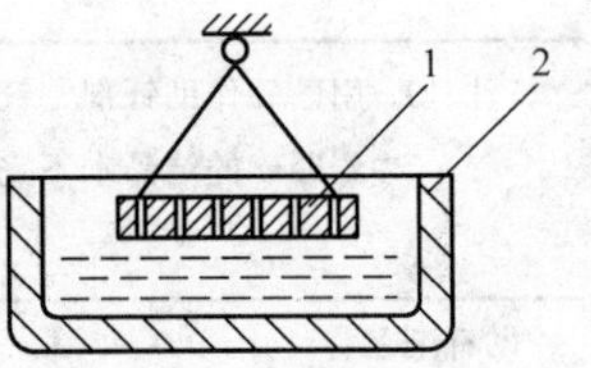

图 4-71　管板挂锡

1—管板　2—锡锅

管板较大或较薄时，必须缓慢冷却，以免脆裂。

1. 板材搭接渗透焊

为使焊锡顺利渗入，钎焊时，焊缝应与水平线倾斜 20° ~ 30°，如图 4-72 所示。

板材厚板 < 1.5mm，应采用烙铁钎焊；厚度 ≥ 1.5mm，应采用焊枪进行钎焊。

将焊缝预热到一定温度，在焊缝间隙中渗入氯化锌溶液，用焊枪在焊缝两边继续加热和熔融焊锡，至溢满为止。但不得直接对板材挂锡表面加热，避免其表面氧化和烧损。

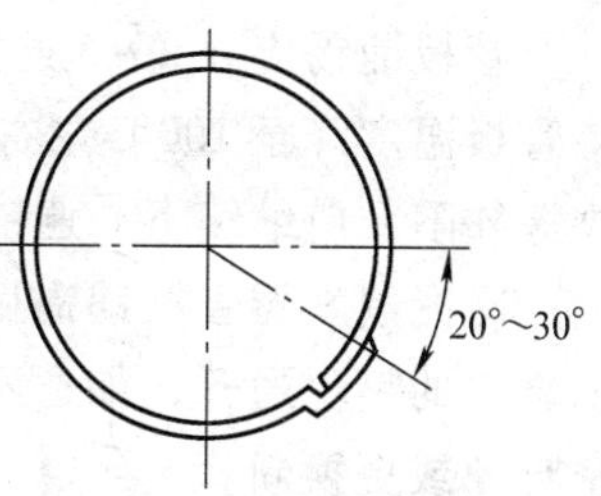

图 4-72　板材搭接示意图

一般焊接后，在焊缝处应进行补强，即在搭接边缘处堆补鱼鳞状焊道，其宽度应将焊缝全部覆盖为止，如图 4-73 所示。

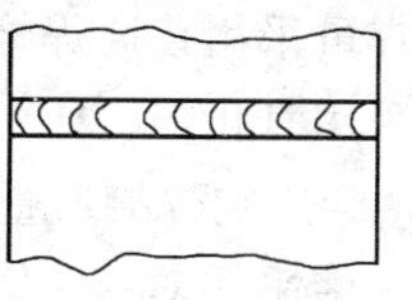

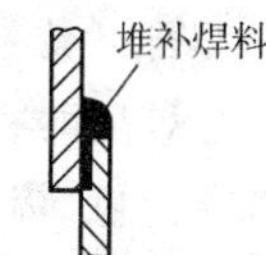

图 4-73　堆补形式

2. 管子（或圆筒）接头渗透焊

管子（或圆筒）接头的钎焊，应采用插入配合方式。尽量采用立焊，不应放平滚焊，如必须采取平焊时，可加工成图 4-74 所示的形式。

管子接头外套形式见图 4-75，应在特制的模具中冲压制成。管头（或圆筒）配合后，周围要有适当间隙，一般 0.2 ~ 0.3mm，配合插入深度应为管子直径的 1 ~ 1.5 倍。

管子预热到一定温度，在焊缝间隙渗入氯化锌溶液后进行钎焊。如钎焊厚度不同的两焊件时，应将厚的多加热，使两焊件温度相近。

相邻两焊缝之间距离很近时，为避免在焊接中将相邻的焊缝烤化，应用湿布或水喷淋予以冷却。

锡铅焊料渗透焊

45°

图 4-74　平焊形式

3. 管板铺锡

管板铺锡主要包括冷凝蒸发器管板、集合器管板的铺锡。

管板铺锡是在铜管与管板装配后进行的。铜管与管板的镀锡表面不得碰破，管头伸出管板应平整，高度应符合图样要求。

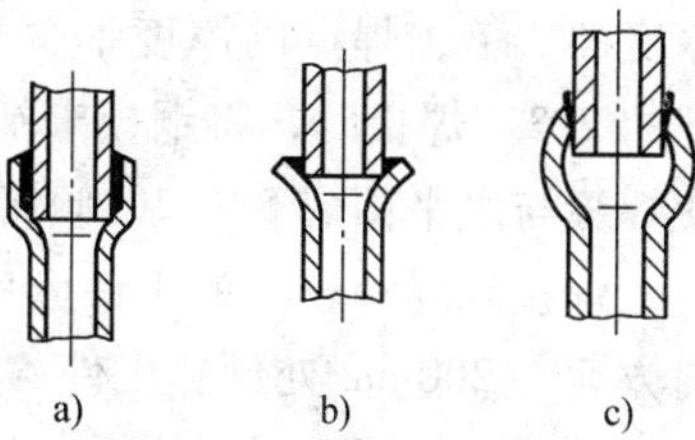

图 4-75　管子接头外套形式
a）正确　b）不正确　c）不正确

铺锡时，先用干燥的氮气将管板吹除干净，当管板预热至 120 ~ 180℃ 时，将氯化锌溶液用毛刷刷在管板上，用氧气-乙炔中性焰由管板边缘逐渐向中心进行铺锡。在焊锡条熔化时，即挤入管间，并随时加氯化锌溶液和熔融焊料，将管间锡层找匀。

铺锡时，加热温度不得过高，以避免烤红小管，或产生还原焰，使焊锡表面氧化产生黑皮，出现夹渣和气孔，造成焊锡不能很好地熔合。氯化锌溶液和熔融的焊锡不得流入管内。

管板铺锡应分2~3遍完成，每遍铺锡厚度为1~2mm。当铺完一遍锡层后，待管板温度降至100℃左右，用热水冲洗干净，细致检查，如未发现有气孔或裂纹等缺陷，应继续下一遍铺锡工作。在铺锡全部过程中，中间不得停止工作。

冷凝蒸发器管板铺锡后，应在一端放置光源，在另一端检查，如发现堵塞，用烧红的钢丝通开，如通不开，应将管的两端用特制的铜塞塞住，用锡-铅焊料密封，或更换新管。

管板铺锡补漏时，应严格控制温度在250℃左右，且不得影响附近的焊锡。

4.11-5 黄铜气焊的要求有哪些?

答: 黄铜气焊可采用普通焊枪进行，但应按焊件厚度来选择焊嘴容量。

焊接时，宜采用氧化焰，$O_2:C_2H_2=1.3\sim1.4$。但乙炔气中硫化氢（H_2S）和磷化氢（PH_3）会影响焊接质量，宜过滤清除。

焊接板材时，多采用对接。若板厚 $s\leqslant3$mm，采用单面焊，可不开坡口，不留钝边，间隙控制在0.5~3mm范围内。若板厚 $s>3$mm 的，采用双面焊，均应开V形坡口，并留钝边和间隙，间隙尺寸应为板厚 $s\pm1$mm。V形坡口尺寸如图4-76所示。

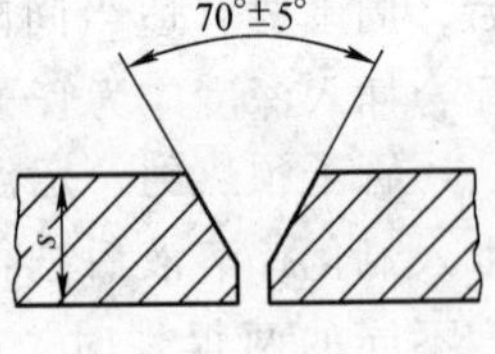

图4-76 V形坡口

焊接前，焊件表面一般用三氯乙烯或四氯化碳或机械方法清除油污和氧化膜，直至露出金属本色。板料的焊缝接头边缘应先找平，高低差不能超过板厚度的15%~20%。

圆筒的焊接是由数个圆弧对接而成的，对接时，环形焊缝应相互找平，焊缝对齐后，每隔150mm左右弧长作定位点焊，焊点的长度约为板厚度的3倍，焊点的厚度不少于板厚度的2/3。焊接时，将铜板末端垫起，使焊缝与水平面成5°~20°倾斜角，一次焊完。

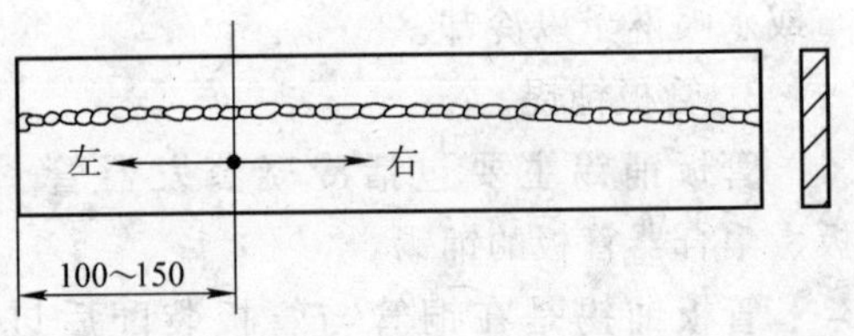

图4-77 直缝焊接顺序

焊接较厚和较大的工件应用另一焊枪在焊接点前方50~200mm处预热工件。

直缝焊接顺序应按图4-77的箭头指示方向进行，即先由距左端100~150mm处向右方焊接，再由起点向左方焊接。当焊接至接点或定位焊点时，必须将其熔融，使焊料与其很好的熔合。

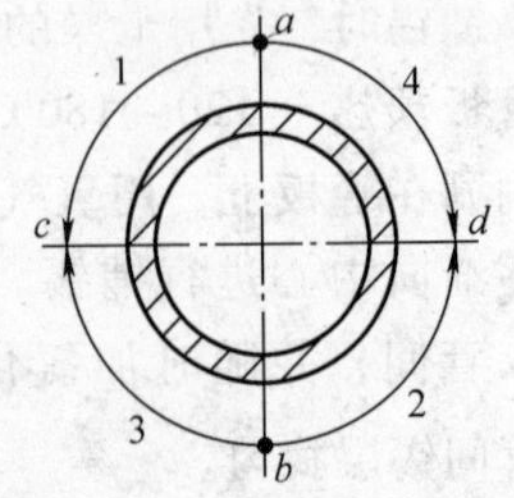

图4-78 环形焊缝焊接顺序

环形焊缝焊接顺序应按图4-78箭头指示方向分四段完成，以减少由于内应力而扭曲的可能。先以 ac 方向，再以 bd 方向，其次以 bc 方向，最后以 ad 方向顺序焊接。当焊至定位焊和“T”形焊缝时，必须使焊料熔化均匀，使之与焊件有很好的熔合，并用焊枪在直焊缝或“T”形焊缝周围加热，以免焊缝产生裂纹。

4.11-6　银焊的要求有哪些？

答：银焊的一般要求是：

1）平面与平面的接头间隙一般应在 0.05 ~ 0.08mm 范围内；管径较大的接头间隙一般应在 0.2 ~ 0.25mm 范围内。

2）接头装配时，不得倾斜，并保持焊缝间隙均匀，便于焊料顺利渗入。

3）焊件接头表面清洁干净并露出本色。

4）焊料应采用直径 1 ~ 3mm 的丝状焊料，或是厚度为 0.1 ~ 0.3mm 的片状焊料。

管头钎焊方法是：

银焊焊料可采用预置或随时加入两种方法。

预置焊料钎焊这种方法（图 4-79）能得到良好的焊缝质量，焊料最好采用片状（其厚度应与焊缝间隙相适合），或采用丝状焊料弯成圆圈套在管的外边肩缘上，放入焊料数量应稍微超过充填焊缝所需的数量。焊接时，先将焊缝表面预热至 200℃ 左右，将钎剂撒在焊缝上，再均匀加热焊件使其温度略高于焊料熔化温度，但焊件受热时间不宜过长。

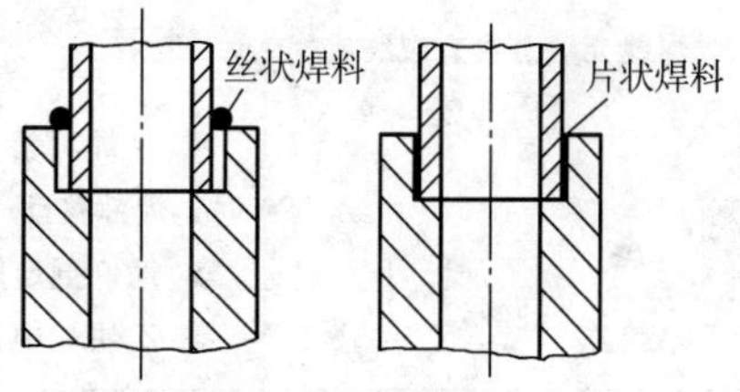

图 4-79　预置焊料钎焊方法

随时加入焊料的方法是将丝状焊料预热，蘸着钎剂随时送入焊缝（为使钎剂均匀地分布在焊缝表面，最好采用糊状钎剂，一般用水调制，但避免加热时产生气泡影响质量，最宜用酒精调制），加热使焊料熔化，填满焊缝后，火焰逐渐离开焊缝，使焊缝的温度缓慢下降。焊接时，如两件材料不同，或材料相同而薄厚不同，则应多加热熔点较高或较厚的材料。

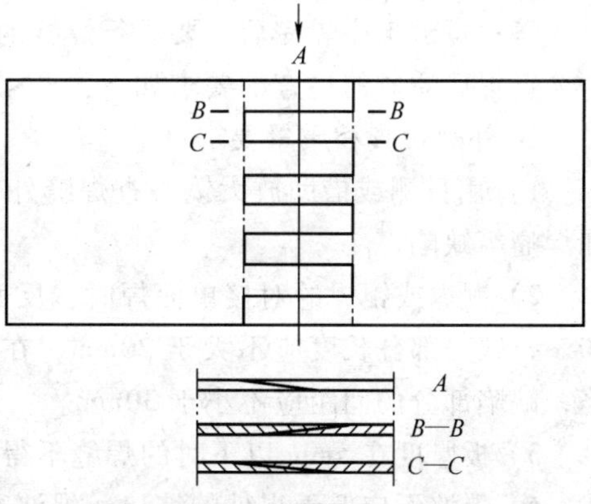

图 4-80　板材“弓”字形斜接

板材“弓”字形斜接方法是：

板材“弓”字形斜接如图 4-80 所示。首先将板材焊缝接头用机械方法加工成斜面，使两焊件搭接厚度与板材厚度相同。在垂直与斜面剪口深度为 10 ~ 15mm，两剪口距离为 30 ~ 40mm 时，将两焊件相互插入，并进行平整。用银焊料按“弓”字形焊缝，进行双面焊接。焊接后，再将焊件接头平整，清除污垢和焊瘤。

4.11-7 钎焊的主要缺陷及其消除方法有哪些？

答：钎焊的主要缺陷及其消除方法如表4-32所示。

表4-32 钎焊的主要缺陷及其消除方法

主要缺陷	产生缺陷的原因	消除方法
焊料不能很好地附着在焊缝的表面上或不能很好地渗入焊缝内	1. 焊缝表面不清洁，或有氧化膜 2. 焊件的加热温度不够 3. 助钎剂熔解氧化物性能不良 4. 焊缝的间隙过大	1. 进行表面清洁处理 2. 适当地提高焊件温度 3. 更换合乎技术要求的助钎剂 4. 整修间隙
焊缝充填金属有裂纹或气孔	1. 焊缝间隙过大 2. 焊料脏污 3. 焊件加热不足或不均匀 4. 在焊料渗入焊缝中而未凝固时，焊件移动 5. 助钎剂熔解氧化物性能不好 6. 乙炔气中含杂质多	1. 整修间隙 2. 对焊料清洁处理 3. 适当地提高焊件的温度，火焰应多指向断面较大或熔点较高的焊件，使温度均匀地同时上升 4. 烤开重焊，在焊料渗入焊缝中未凝固前不许移动 5. 更换符合技术要求的助钎剂 6. 乙炔气应进行净化，清除杂质
焊件金属熔化咬边	加热温度过高	降低温度至焊件熔化温度以下，重新焊接

4.11-8 钎焊后质量如何检查？

答：每道工序焊完后，要进行焊缝的气密性和强度的中间检查或最后检查。

钎焊后质量的检查的要求如下：

1. 外观检查和质量要求

1）用目测或借助放大镜检查焊缝外表面、不得有气孔、裂纹、夹渣、凹陷和焊瘤等缺陷。

2）铜焊或银焊的对接单面焊时，反面未焊透程度不得大于板厚度的15%～20%，缺陷部分长度应不大于20mm，在100mm长的焊缝中不得有两处以上缺陷，缺陷部分的间距应不小于30mm。

3）板厚度在5mm以下时的焊缝不得有咬边现象。

4）焊波不应低于焊件的坡口，焊波宽度应超过坡口宽度的6～10mm，焊坡高度应为焊波宽度的1/12～1/6。

2. X射线检测的质量要求

1）用X射线检测焊缝的缺陷，是以焊缝投影面积10mm×50mm作为统计单位，按点数法分三级标准计算，一级为优良品，二级为合格品，三级为返修品。

2）焊缝中每一个缺陷，按表4-33给予相应系数（缺陷大小是指缺陷最大的一面尺寸，即气孔直径或夹渣长度等。缺陷之间距离小于缺陷本身尺寸时，应合并计算）。

表 4-33　焊件缺陷系数计算表

缺陷大小/mm	≤0.5	0.6～1.0	1.1～2.0	2.1～3.0	3.1～4.0
系数	1	3	12	18	30

3）10mm×50mm 范围内缺陷系数的总和对不同厚度铜板的相应等级列于表 4-34。

表 4-34　焊件缺陷系数的等级

板厚/mm 系数总和（<） 等级	黄铜				紫铜	
	≤2	2.1～5	5.1～10	10.1～15	≤2	2.1～5
1 级	3	6	9	12	9	12
2 级	24	30	36	45	36	45
3 级	凡系数总和大于 2 级者					

4）气孔直径大于板厚度的 1/3，或夹渣长度大于板厚度的 1/2 和有纵向或横向裂纹等缺陷时，一般列为 3 级品。

图 4-81 为铜焊缝 X 射线检测缺陷评定参考示意图。

3. 压力试验的技术要求

受压容器（包括管接头）在每道工序焊完后，中间压力试验应按表 4-35 进行。

表 4-35　压力试验技术要求

名　　称	工作压力 p /MPa	气压试验 p_g /MPa	水压试验 p_s /MPa
铜、黄铜和铜合金焊缝（包括锡焊、铜焊和银焊）	$p \leq 0.069$	$p_g = p$ 试压时间应保持 10～20min，焊缝处不得渗漏	$p_s = p + 1$ 试压时间应保持 1～2h，焊缝处不得有渗漏和变形
	$p > 0.069$		$p_s = 1.5p$ 试压时间应保持 1～2h，焊缝处不得有渗漏和变形

注：气压试验时，较大件用肥皂液涂抹焊缝，较小件应放在水槽内进行检查。

4.11-9　铝合金氩弧焊有哪些要求？

答：对铝合金制造的分馏塔进行补焊时，采用钨极手工氩弧焊接的工艺方法，并根据母材的材质来选择相当牌号的焊丝，如表 4-36 所示。

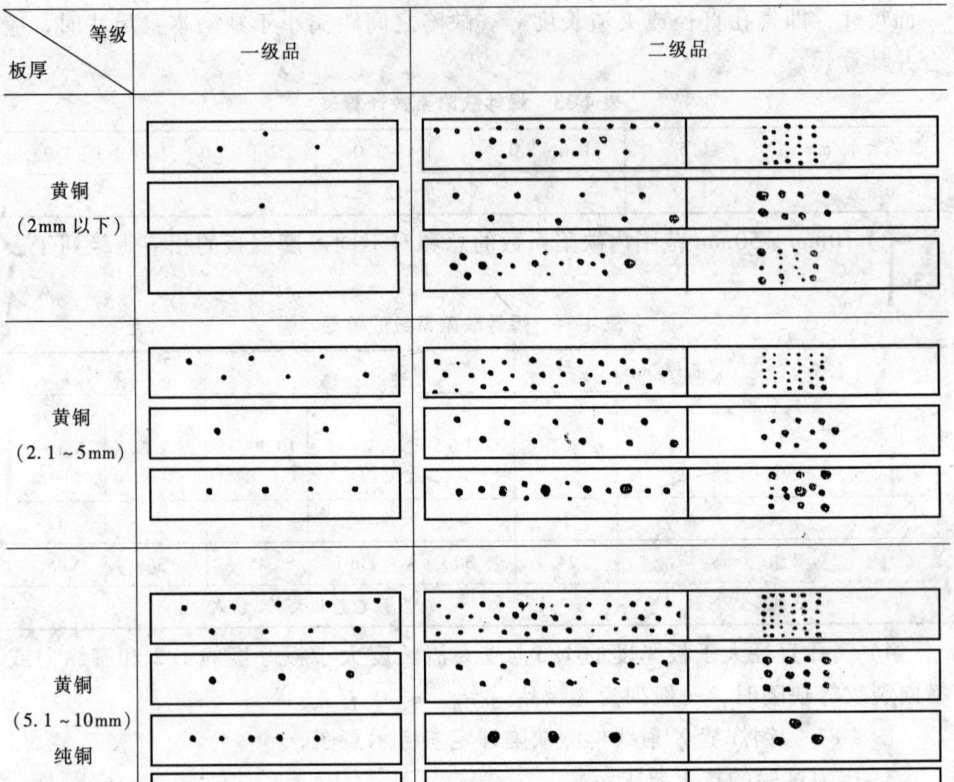

板厚 ＼ 等级	一级品	二级品
黄铜（2mm 以下）		
黄铜（2.1～5mm）		
黄铜（5.1～10mm）纯铜（2mm 以下）		
黄铜（10.1～15mm）纯铜（2.1～5mm）		

图 4-81　铜焊缝缺陷评定参考示意图[①]

① 本图参照日本 JIS 规范制订，可作参考。其中二级品相当于 JIS 规范的四级品，但作了如下补充：

a）原规范对 1mm 以下缺陷系数相同，现增加 0.5mm 以下一类。

b）原规范对板厚度 5mm 以下的缺陷均按现厚度 2mm 以下的计算，现加入厚度 2.1～5mm 一类缺陷。

表 4-36 根据母材荐用焊丝

母材	L3	LF2	LF3	LF21	LF2 + LF21
焊丝	L2，L3	LF2，LF3，LF11	LF3，LF11	LF21	LF2，LF3，LF11

氩弧焊用氩气的纯度要求一般为：氩含量应在 99.9% ~99.99% 范围内，手工氩弧焊常用电极为纯钨、钍钨和铈钨，不同直径电极的许可电流如表 4-37 所示。

表 4-37 不同直径电极的许可电流

电极材料	电极直径/mm				
	$\phi3$	$\phi4$	$\phi5$	$\phi6$	$\phi7$
	许用电流/A				
纯钨极	100 ~ 140	140 ~ 180	220 ~ 320	300 ~ 390	360 ~ 420
钍钨极		140 ~ 250	320 ~ 375	340 ~ 420	400 ~ 460
铈钨极		150 ~ 270	345 ~ 405	365 ~ 455	430 ~ 497

若在较大的电流下，采用小直径的电极，则易造成电极的严重烧损及焊缝夹钨；若在较小的电流下，采用大直径的电极，则易造成电弧的不稳定燃烧。

铝及铝合金钨极手工氩弧焊，应根据板的厚度选用焊丝直径，钨极直径、喷嘴直径及氩气流量等规范，如表 4-38 所示。

表 4-38 铝及铝合金钨极氩弧焊荐用规范

板厚度/mm	焊丝直径/mm	钨极直径/mm	喷嘴直径/mm	氩气流量/（L/min）	预热温度/℃	焊接电流/A	焊接层次（正/反）	坡口形式
1	2	1.5 ~ 2	8 ~ 10	4 ~ 6		30 ~ 45	1	
1.5	2	2	8 ~ 10	4 ~ 6		30 ~ 50	1	
2	2 ~ 3	2 ~ 3	8 ~ 10	4 ~ 6		50 ~ 70	1	
3	3	3	10 ~ 12	8 ~ 10		80 ~ 120	1	
4	3 ~ 4	3 ~ 4	10 ~ 12	8 ~ 10		80 ~ 140	1	
5	4	3 ~ 4	12 ~ 14	10 ~ 12		100 ~ 140	1	
6	4 ~ 5	4 ~ 5	12 ~ 14	10 ~ 12		160 ~ 220	1 或 1/1	无坡口 V 型坡口
8	5	4 ~ 5	12 ~ 14	12 ~ 14		200 ~ 260	2/1	V 型坡口
10	5	5	12 ~ 14	12 ~ 14	90 ~ 120	260 ~ 300	2/1	V 型坡口

1. 焊前准备

1）母材及焊丝在施焊前应严格去油、清洗，也可对母材局部清理，清理范围在焊缝两侧 30～50mm 处。可采用钢丝刷或刮刀进行清除油污，也可采用化学方法清除油污。用汽油、丙酮或三氯乙烯等溶液擦拭后，用 60～70℃ 热水冲洗粘附在材料表面的污垢并擦干。

2）对于渗漏补焊部位，应铲除其一部分焊缝金属，清理表面氧化膜及脏物，并用热水和酒精洗净表面的肥皂水，然后烘干。

3）焊丝可放在 50% 硝酸溶液中老化 1min 左右、用清水冲洗干净并干燥。

2. 焊接注意事项

1）氩弧焊设备必须使用可靠，以保证焊接质量。在焊枪漏水、电弧不稳定燃烧的情况下，不允许进行焊接。

2）手工氩弧焊应采用引弧板，严禁在焊件或焊缝内直接引弧，以免使焊件表面造成凹坑和焊缝夹钨。

3）对中厚铝板的手工氩弧焊，可进行预热，一般温度不超过 250℃。预热采用氧-乙炔焰的焊枪加热，宜采用中性焰或弱的还原焰，尽可能在补焊两侧预热，以防止焊缝氧化。

4）熄弧坑应高于基本金属，弧坑不得有裂纹或疏松组织。如发现缺陷，必须铲掉重焊。熄弧坑过高部分应予铲修。

5）在进行多层焊时，焊完一层以后，应用机械方法清除氧化膜。为保证焊缝成形，层间电流可逐步减小。

3. 焊接质量要求

1）焊缝表面必须平整，美观，鳞纹均匀，不得有明显变形和焊瘤及团状焊珠等缺陷。

2）焊缝及母材表面不得有引弧点。

3）焊缝加强筋一般为 0～4mm。

4）焊缝不允许有下凹及深度大于 0.5mm 的咬边，裂纹缩松组织的弧坑以及未熔合、未焊透等缺陷。

5）如有条件，对工作压力在 0.49MPa 以上的塔筒，其补焊焊缝可采用手提式 X 射线机进行检查（其焊缝应根据 JB 1580—1975《铝制焊接容器技术条件》符合Ⅱ级以上标准为合格）。

6）对焊缝进行气密试验。用氮气或无油压缩空气缓慢升至最高工作压力，用肥皂液进行检查，补焊处不得有泄漏。

7）焊缝补焊不能多次反复在一个部位进行。一个部位一般不应超过 2 次，更不能使焊缝形成严重隆起。

4. 焊接缺陷及防止措施

铝合金单面氩弧焊可能产生的缺陷及其防止措施列于表 4-39。

表 4-39　铝合金单面氩弧焊可能产生的缺陷及防止措施

缺陷内容	产生原因	防止措施
气孔	主要产生氢气泡	1. 氩气纯度符合技术要求 2. 焊枪不得漏水、漏气，气路不宜过长 3. 环境湿度应保持70%以下 4. 对母材及焊丝的污垢、氧化膜等应清除彻底 5. 焊前对焊件按技术要求加温预热 6. 采用细鳞纹，快加丝、快移动的操作，对横焊或仰焊尽量减少在熔池停留时间
缩孔	在焊缝停弧接头处，突然熄弧	熄弧时，焊枪向前移动慢慢收弧。熄弧重新焊接时，应退回一段距离
未焊透	1. 焊接电流太小 2. 焊接速度太快	1. 适当增大电流 2. 减慢焊接速度
未熔合	阴极雾化作用	1. 定位点焊时，间隙尽可能减小 2. 焊区及接合面在严格清理后应及时焊接 3. 接合面最好用锉刀倒角 $C1 \sim C2$
焊瘤	1. 间隙太大 2. 焊接电流过大 3. 焊接速度太慢 4. 接合面处理不洁	1. 定位点焊前应使间隙尽量减小 2. 适当减小电流 3. 选择正确的焊接速度，使焊枪均匀地移动，但节距要小 4. 焊件接合面要彻底清理干净
焊缝内部凹陷	1. 仰焊时电流过大 2. 焊接速度过慢 3. 熔池中熔化金属自重下坠	1. 调整适合的电流 2. 适当加快焊接速度 3. 加丝时，焊丝要插向熔池，并尽量减少在熔池停留时间

第 12 节　脱油工作

4.12-1　在空分设备中，分馏塔等零件采用哪些脱油溶剂？

答：在空分设备中，分馏塔、换热器、蓄冷器以及凡是与氧气或液氧接触的零件、容器和管道，在检修和装配前，必须进行脱油。一般采用的脱油溶剂有：四氯化碳、二氯乙烷、三氯乙烯和乙醇。其中以四氯化碳为最常用。但对铝制件（压力容器、阀门、管路）的脱脂应严禁使用四氯化碳，因四氯化碳对铝的腐蚀性大，必须用三氯乙烯溶剂。此外，不得使用已经分解的溶液，因为这些溶液是酸性的。

四氯化碳遇水和空气时，能腐蚀黑色和有色金属，故零件、容器和管道等用四氯化碳溶剂脱油时应预先干燥。

4.12-2　管子和管道如何脱油？

答：管子和管道的脱油过程是：

管子一端堵住，从管子另一端注入溶剂后，将管的两端全部封闭。放置水平位置，停留时间不少于10～15min，同时应将管子转动3～4次，使管内表面全部被溶剂浸泡和洗刷。

管子脱油的溶剂量，依管子内径和长度而定，其数据参照表4-40的规定。

表4-40　管子脱油四氯化碳溶剂用量

管子内径/mm	3	6	10	15	20	25	30	40
需用溶剂/（L/m）	0.006	0.02	0.06	0.12	0.2	0.3	0.4	0.5

管子内径/mm	50	70	80	100	125	150	200	250	300
需用溶剂/（L/m）	0.6	0.7	0.8	0.9	1.0	1.4	1.8	2.2	2.5

脱油后放掉溶剂，用清洁的压缩空气、氮气或过热蒸汽（采用二氯乙烷时，必须用氮气吹除）吹除，直至溶剂的气味完全消失为止。为了使溶剂较快的吹除干净，对吹除介质氮气或空气应加热到60℃，流速不低于15m/s。吹除后，将管子两端封闭，避免脏物进入。

如在安装好的氧气管道内脱油时，应将管道分成若干没有逆流的管段，分别进行脱油，然后用60～70℃清净的热空气或氮气吹除干燥。

碳钢管内表面进行脱油时，可采用喷砂处理。可使用石英砂，但严禁使用钢砂。喷砂后用干燥空气或氮气吹除。

4.12-3　零件和垫片如何脱油？

答：零件和垫片的脱油工作，应在露天或通风场所进行。

较小的零件和金属垫片的脱脂，应放入盛有溶剂的容器中浸泡，时间不少于5～10min。然后吹干或自然蒸发干燥，至溶剂气味完全消失为止。

对于纯铜垫片，可加热至600～700℃退火处理，然后放在水槽中冷却，将产生的氧化皮除掉，可不再进行脱油处理。

对于非金属垫片，可用四氯化碳进行脱油，即将垫片浸泡在溶剂中，时间不应少于1.5～2h，然后将垫片用铁丝串上（垫片不得相互碰撞）挂在露天或通风场所干燥，时间不应少于24h。

石棉垫片的脱油，可在300℃温度下焙烧2～3min，然后在垫片上涂一层石墨粉，可不需用溶剂清洗。

4.12-4　分馏塔如何脱油？

答：由于分馏塔长期运行，当采用油润滑的空压机的润滑油量过多、吹除不够及时，各级油水分离不净，油润滑的膨胀机注油量过多及膨胀过滤器效果不良时，均能将油带入分馏塔内。

1. 分馏塔脱油的一般要求

1）分馏塔脱油前，应彻底加温。并将绝热材料加温至零度以上。

2）分馏塔的脱油溶剂，四氯化碳、二氯乙烷或三氯乙烯等，应有出厂合格证。溶剂中不得含有机械杂质及混浊物。

3）采用二氯乙烷溶剂清洗分馏塔时，首先必须用水清洗。

4）分馏塔溶剂注入方法，可采用压力清洗罐，只允许用氮气压入塔内。

5）根据分馏塔的生产系列，其脱油清洗溶剂的需用量可参考表4-41的规定。

表4-41　分馏塔脱油用四氯化碳溶剂用量参考表

分馏塔系列/(m^3/h)	溶剂用量/kg	脱油方法
20	230～250	注入法
50	270～290	注入法
150	600～650	注入法
300	950～1050	注入法

2. 分馏塔的清洗设备

脱油溶剂注入分馏塔内，采用示于图4-82的压力清洗罐进行清洗。

压力清洗罐的容积应根据分馏塔生产系列而定。溶剂罐是压力容器，因此在制造后，应进行1.5倍工作压力的强度试验。在溶剂罐1上安装有压缩氮气入口管7，溶剂出口管5，排气阀2，过滤器3，排气阀4，压力表6，溶剂入口旋塞8等。

钢瓶中的氮气，经减压0.2～0.25MPa压力后，由氮气入口的胶管7进入溶剂罐1中，将溶剂经出口胶管5压入塔内。在向塔内压入过程中，当连接胶管波动时，说明溶剂罐1内溶剂已全部压出，可将排气阀4打开，将罐内余气排出，然后卸下溶剂入口旋塞8，将溶剂注满溶剂罐1内，关闭排气阀4和旋塞8，可继续向塔内注入。

为了避免分馏塔脱油后的溶剂流失和蒸发，应将溶剂排放到一个容器内，可使用如图4-83所示的溶剂收集器，由胶管2分别与分馏塔各排出阀连接，经收集总管3汇集流入容器1中。

3. 分馏塔的清洗准备工作

将高压空气进分馏塔的阀门卸开，关闭各节流阀，封闭与膨胀机连接管路（配有安装分馏塔内的透平膨胀机应拆下）。

将分馏塔上的分析阀、吹除阀及液面计阀分别与溶剂收集器的胶管连接。

将压力清洗罐的溶剂出口胶管及氮气入口胶管分别与分馏塔脱油部位的溶剂进口管及充有氮气的钢瓶相连接。

4. 溶剂脱油方法

由于分馏塔中的热交换器的油污比分馏筒内要多，为了节约溶剂，也为了更有利于溶剂不过早地被油污染，因此，脱油顺序应先清洗上分馏筒，再清洗下分馏筒，最后清洗换热器。

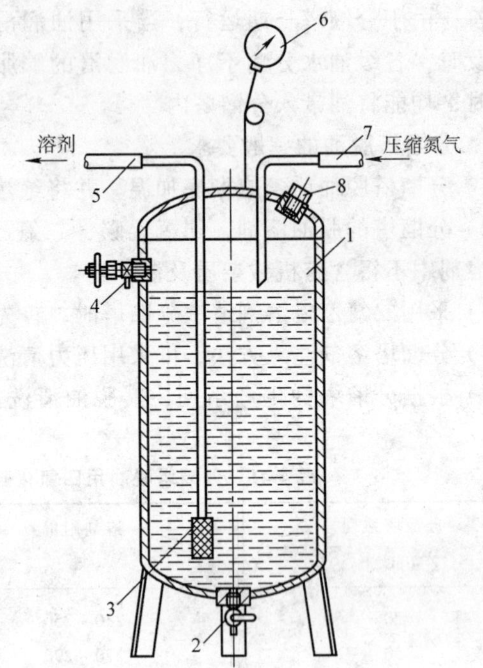

图 4-82　压力清洗罐

1—溶剂罐　2—排气阀　3—过滤器　4—排气阀　5—出口管　6—压力表　7—氮气入口管　8—入口旋塞

(1) 上分馏筒及冷凝蒸发器管间　(FL-300/300 型分馏塔的冷凝蒸发器管间需单独脱油) 的脱油溶剂由上分馏筒液氮导入管处（或从焊在上分馏筒顶部的专用清洗接头）压入，直至溶剂由冷凝蒸发器底部液氧排出阀流出为止。由于上分馏筒耐压强度较低，不允许注满溶剂浸泡，应采用喷淋方法冲洗。连续清洗 3 ~ 5 次，每次间断时间不应少于 20min。

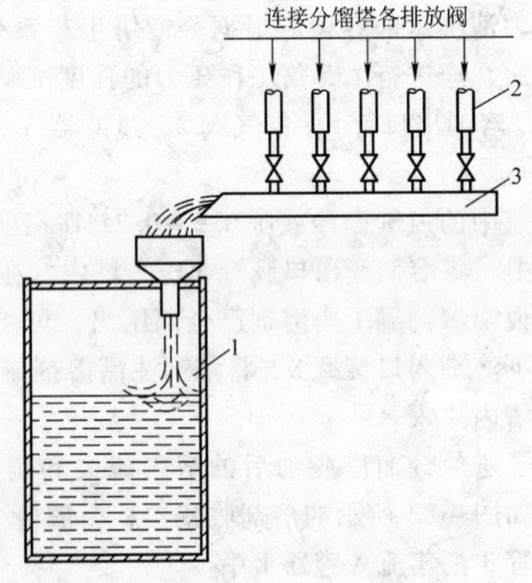

图 4-83　溶剂收集器

1—容器　2—胶管　3—收集总管

(2) 下分馏筒及冷凝蒸发器管内的脱油　对带有液空吸附器的分馏塔，必须将节流阀和液空吸附器的通过阀关严，溶剂不得进入液空吸附器。溶剂从中压安全阀连接管口压入，至溶剂在中压安全阀管内充满为止。

应连续脱油 2～3 次，每次间断时间不少于 2h，至流出的溶剂无油为止。

（3）热交换器的清洗　将溶剂从高压空气吹除阀压入热交换器管，直至压入的溶剂从高压空气进分馏塔的管路流出为止。应连续清洗 2～3 次，每次间断时间不应少于 2h，至流出溶剂干净无油为止。

为了改善脱油效果，在对上分馏筒及下分馏筒脱油时，应在其底部通入 9.8～19.6kPa压力的氮气，以便使注入的溶剂以鼓泡的形式从顶部排出。

泡罩式塔板脱油时，应采用四氯化碳溶剂。采用四氯化碳后，可不再用水冲洗。因为泡罩式塔板上积水后，加温时间会大大延长。

分馏塔采用二氯乙烷或乙醇等溶剂脱油后，应用清洗无杂质的自来水冲洗。冲洗方法与溶剂脱油方法相同。

此外，溶剂循环使用时，应用细纱布对浮油进行过滤。储存和收集溶剂的容器应放置在厂房外通风处。

5. 脱油后吹除

用溶剂脱油后，如用加温吹除，排出的蒸汽必须用胶管导至室外，至无溶剂气味为止；如用清水冲洗，必须采用热空气将分馏塔内水分彻底吹净。吹除时间不应少于 8h。

因二氯乙烷及乙醇易燃，如脱油后由于某种原因未能用水冲洗时，必须用纯度 95% 以上的氮气进行吹除。

4.12-5　脱油工作的安全技术要求是什么？

答：脱油工作的安全技术是：

分馏塔和管路以及设备零件的脱油溶剂有四氯化碳、二氯乙烷及乙醇。而四氯化碳和二氯乙烷均具有毒性，二氯乙烷和乙醇均具有燃烧与爆炸危险，因此，常用四氯化碳作为脱油溶剂。

四氯化碳对人体是有害的。它有强烈的麻醉作用，与皮肤接触后易被吸收，当连续工作时间较长，或通风条件不好时，极易中毒，引起强烈头痛、呃逆、恶心、呕吐、腹痛、视力障碍，神经性颤动，抽搐，甚至休克。

四氯化碳虽然不能燃烧，但与烟火接触达到高温时会分解。在常温时与强酸接触时，均能产生剧毒气体，在空气中，即使微少的含量也能引起中毒，强碱接触时，会变质，失去脱油作用。因此，在采用各种溶剂脱油时，应根据其不同特性，采取下列相应措施。

1）采用四氯化碳或二氯乙烷溶剂脱油时，应在露天或通风良好地方进行。空气中四氯化碳最高允许浓度为 $25mg/m^3$。

2）脱油的工作人员，应穿戴好防毒的劳动保护用品，工作 1～2h 进行一次交替。

3）溶剂由一个容器注入另一个容器时，应在露天安全场所进行，并不得飞溅或流失在地上。

4）脱油现场应严禁烟火。

5）溶剂不得与强酸、强碱接触。

6）当不幸发生四氯化碳或二氯乙烷中毒时，应将患者送到新鲜空气处吸入氧气并进行人工呼吸，严重时应及时送至医院抢救。

第5章　空分设备配套设备的结构、使用与维修

第1节　膨　胀　机

5.1-1　小型空分设备配套的膨胀机技术规格包括哪些内容?

答：小型空分设备的膨胀机技术规格如表5-1所示。

5.1-2　小型空分设备配套的活塞式膨胀机的结构与修理方法有哪些?

答：活塞式膨胀机的结构及组成机件在2-19已作了介绍，这里主要介绍小型空分设备膨胀机的各部件结构与修理方法。

小型空分设备配套的活塞式膨胀机传动部分机构的修理的技术条件与活塞式压缩机基本相同。

活塞式膨胀机工作原理是将压缩气体在气缸中绝热膨胀，通过活塞、连杆、曲轴输送外功，再传给制动电机。

膨胀机的充气量是利用改变进气凸轮的角度，通过机械传动（或液压传动）进行调节。其充气量调节机构分别如图5-1～图5-3所示。

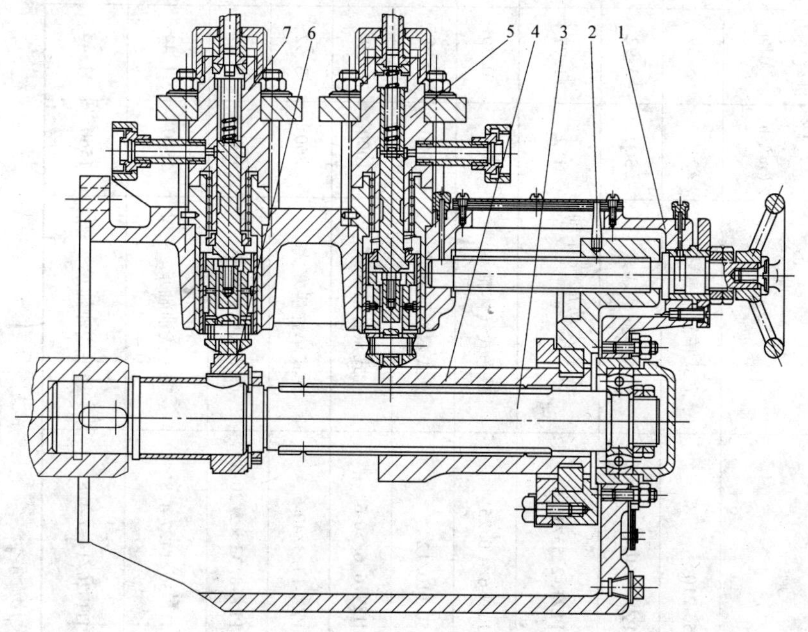

图5-1　55-210型膨胀机充气量调节机构

1—体壳　2—指针　3—控制轴　4—进气凸轮　5—进气油塞　6—排气凹轮　7—排气油塞

表 5-1 小型空分设备的膨胀机技术规格

空分设备系列	型号	特点	进气量 /(m^3/h)	进气压力 /MPa	排气压力 /MPa	进气温度 /℃	排气温度 /℃	气缸直径 /mm	活塞行程 /mm	转速 /(r/min)	介质	制动电机功率 /kW
50	55-210	立式单缸活塞式	210	5.39	0.59	-100	-160	85	160	130	空气	10
	PZK-5/40-6	立式单缸活塞式	300	3.92	0.59	-100		78	120	300	空气	7.5
	PLZK-2.53/18-6	透平式动压气体轴承	152	1.77	0.59			—	—	180000	空气	—
	PLN-6/4-0.25	透平式气体轴承	359①	0.39	0.0245			—	—	62600②	污氮	—
150	50-110/12	立式双缸活塞式	1000	4.9	0.59	-80	-120	110	200	170	空气	14
	ILP-16.6/50-6	立式双缸活塞式	1000	4.9	0.59	-80	-110	110	200	170	空气	14
	PZK-14.3/40-6	立式单缸活塞式	860	3.92	0.59	-100	-125	125	180	300	空气	17
	PLK-8.33×2/20-6③	透平式气体轴承	500	1.96	0.59	-100		—	—	10700	空气	—
300	ITP-30/14.7-4.8	透平式油轴承	1800	1.44	0.47	-140	-167 ~ -170	—	—	41700	空气	—
	ITP-26/14.7-4.8	透平式油轴承	1560	1.44	0.47	-140	-167 ~ -170	—	—	41700	空气	—

① 设计流量。

② 设计转速。

③ 吴县制氧机厂生产 PLK-8.33×2/20-6-Ⅱ型透平膨胀机的技术规范与其相同。

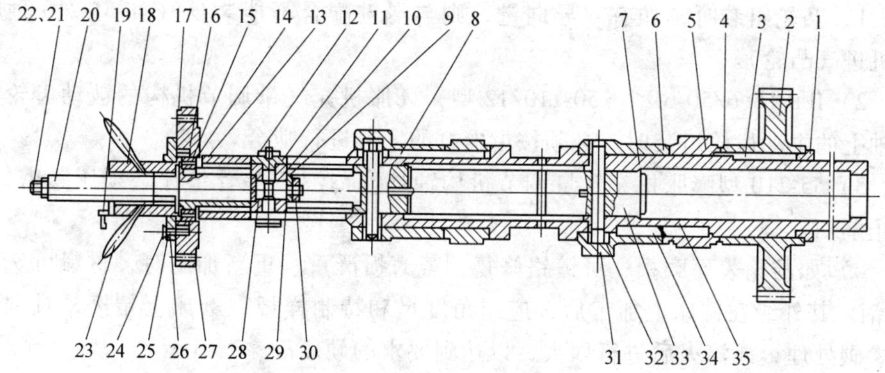

图 5-2 ILP-16.6/50-6 型膨胀机充气量调节机构

1、4—调节垫圈 2—从动齿轮 3、8、13、34、35—键 5—排气凸轮 6、32—进气凸轮 7—凸轮轴 9、10、22、27—垫片 11—滑块 12—箍 14—挡油圈 15—轴套 16、30、31—销 17—左盖板 18—调节螺套 19—锁紧螺钉 20—调节螺杆 21—油接头 23—手柄 24—螺钉 25—止退垫圈 26—凸缘 28—滑块座 29—螺母 33—控制轴

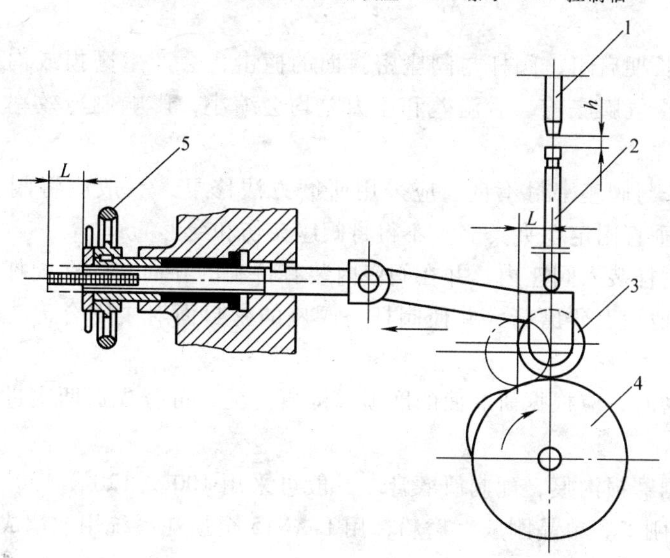

图 5-3 PZK-14.3/40-6 型膨胀机充气量调节机构

1—阀杆 2—顶杆 3—滚轮 4—进气凸轮 5—手轮

膨胀机进气凸轮安装的方法与曲轴转角有关，即凸轮的作用与活塞的往复运动过程必须正确，控制进、排气阀在正确位置启闭，才能使膨胀机正常工作。因此在修理时（特别是组装进气凸轮时），应掌握膨胀机的工作过程。

当活塞达到上死点时，进、排气阀杆均应打开，为此，提前进气过程约8°~10°。活塞达到下死点时，进、排气阀杆亦应全开，为此，提前排气过程约12°~15°。

（1）充气量调节机构组装的技术要求

1）凸轮组装时，如有双导向键，则与滑键配合不能装反（如55-210型膨胀机进气凸轮）。

2）ILP-16.6/50-6型（50-110/12型）膨胀机充气量调节机构的被动齿轮与主轴上的主动齿轮组装时，必须按齿上打的字号进行啮合。

3）55-210型膨胀机充气量调节机构油柱塞与液压导管垫片必须压紧密封，防止漏油。

4）如凸轮表面磨损，可镀铬修复，若磨损严重、重新加工时，材料可选用45钢。其外缘在铣床上加工后，应用角度尺和特制样板在磨床上精磨，且表面经渗碳处理，或淬火后进行回火，以达到要求的硬度。

（2）气阀的修理　活塞式膨胀机气阀一般为长杆式。它利用自动密封的原理，当气阀处于关闭时，有一个较大的压力作用在阀顶上，这更有利于对气体的密封。气阀是通过严格控制凸轮的角度来开启的，并利用弹簧力（拉力或推力）强制关闭的。气阀升高范围一般为3~8mm。气阀的典型结构如图5-4、图5-5所示。

气阀的长期启闭，阀杆与阀座密封面的撞击，会产生磨损或沟痕，造成密封不良，使空气膨胀前、后温差和压力差均会缩小，影响制冷效率，应按下列程序进行修理。

1）阀杆与阀座密封不良。应采用研磨方法修复，一般应将阀杆与阀座卸下，将阀座垂直固定在夹具上（不得将阀座夹伤和变形）。

2）将阀杆装入阀座内，并在阀座内装有特制的导向套。在阀杆与阀座的密封面上均匀地涂上研磨膏，并使阀杆与阀座的密封面对中吻合，转动阀杆进行研磨。

3）研磨时，应根据研磨面的磨损和沟痕情况，可分先后两次进行粗研磨和精细研磨。

4）根据磨损沟痕，配制研磨膏。一般可采用100#、120#、150#或180#的白刚玉（或铬刚玉、单晶刚玉）磨粉，用L-AN15全损耗系统用油调成膏状进行粗研磨。然后再采用M28或M30白刚玉（或铬刚玉、单晶刚玉）微粉，用1/3的L-AN全损耗系统用油加2/3的煤油调成膏状进行精细研磨。

5）研磨后，将磨膏擦拭干净，用煤油试验，不应渗漏。

6）如果阀杆或阀座严重磨损，沟痕较深，不易研磨，可在车床上车削加工，表面粗糙度应在$Ra1.6\mu m$以下，必要时再进行研磨。

7）对不能修复的阀杆，应更换新件。阀杆通常采用3Cr13或1Cr18Ni9Ti等不锈钢制成，阀杆先经渗碳处理，在最后加工完成后，进行淬火（在780~800℃的温度时水冷）和回火（在180~200℃）。用1Cr18Ni9Ti材料制成的阀杆，仅经过表面氮化处理，即可进行磨削加工。

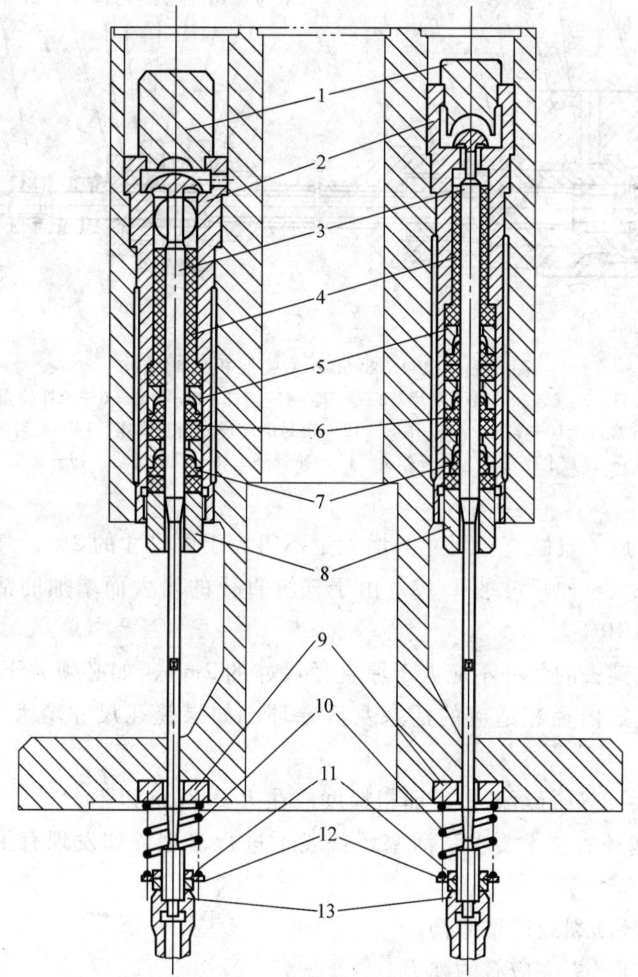

图 5-4 55-210 型膨胀机进、排气阀结构

1—压盖 2—阀座 3—阀杆 4—衬套 5—压套 6—垫环 7—密封圈 8—螺塞 9—弹簧座 10—弹簧 11—垫圈 12—螺母 13—连接螺母

（3）气缸的修理 气缸内表面有擦伤、拉毛、磨损等缺陷时，可进行精磨或镗缸修复。

气缸镜面的磨损量最大允许范围为：气缸直径在 100～150mm 时，沿气缸圆周的均匀磨损应小于 0.5mm，圆柱度磨损应小于 0.25mm；气缸直径在大于 150～300mm时，沿气缸圆周的均匀磨损应小于1mm，圆柱度磨损应小于0.4mm。

1）气缸表面有轻微的擦伤或拉毛时，可用半圆形油石，沿缸壁圆周方向手工往复研磨，直至用手触摸无明显感觉为止。

2）气缸磨损圆柱度误差大于 0.5～0.75mm，或擦痕深度大于 0.5mm 时，

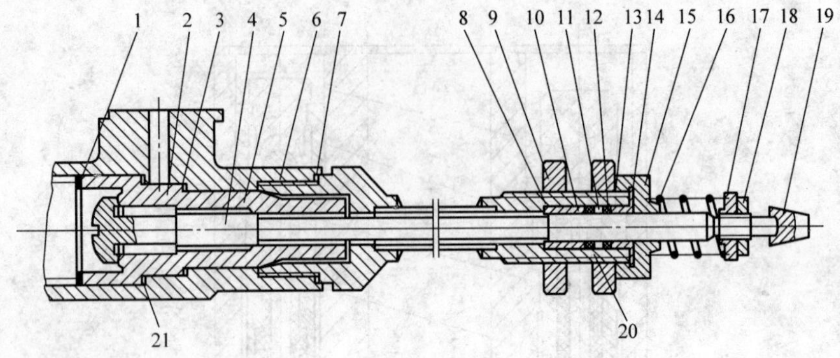

图 5-5 ILP-16.6/50-6 型膨胀机气阀结构

1、3、7、8、20、21—垫片 2—阀座 4—阀杆 5—衬套 6—阀杆外壳 9—螺母 10—衬圈 11—压圈 12—密封圈 13—密封圈座 14—密封座 15—弹簧上座螺母 16—弹簧 17—弹簧座 18—锁紧螺母 19—支块

应进行镗缸。

气缸镗孔后，气缸直径尺寸的增大量不得大于原尺寸的 2%。气缸壁厚尺寸的减少量不得大于原尺寸的 1/12。由于气缸直径的增大而增加的活塞力，不得大于原设计的 10%。

气缸内孔镗去的尺寸不应大于原直径尺寸的 2mm，如必须大于 2mm 时，应重新配制与气缸内径相适应的活塞及活塞环。如果镗孔尺寸增大量大于 10mm 时，应镶缸套。

3）镗孔后应进行珩磨，表面粗糙度应在 $Ra0.8\mu m$ 以下。

（4）活塞环的技术要求　活塞环一般不进行修理，如发现有下列情况时应及时更换。

1）活塞环断裂或严重擦伤。

2）活塞环已失去应有的弹力。

3）活塞环厚度径向磨损 1 ~2mm。

4）活塞环宽度轴向磨损 0.2 ~0.3mm。

5）活塞环在活塞槽中两侧间隙超过原间隙的 1 ~1.5 倍。

6）活塞环与气缸镜面配合间隙总长大于气缸圆周的 50%。

7）活塞环重量减轻 10%。

（5）革制皮碗的技术要求　革制皮碗是采用厚度 4 ~4.5mm、水分不超过 16% 的铬革料制成。皮革的表面必须平滑，厚度均匀。首先将皮革在以其 10 倍重的二氯乙烷溶剂室温下浸泡清洗，脱去油脂，时间不应少于 24h，且中间应更换一次二氯乙烷溶剂，然后将皮革在空气中干燥，然后在 75℃左右温度下的融熔石蜡中浸渍 3 ~5min，再清除皮革表面上残留的石蜡，再在 80 ~85℃的温度下，放在压模中热压成型，并在其中冷却至室温。压制时，将皮革的表面作为皮碗的外表面。成型后皮碗表面不应有皱褶和损伤，且直径应比气缸直径大 2～3mm。然后集装套在特制木制模型上，放置阴凉干燥处。

皮碗安装在活塞上不应过紧，应均匀地挤压在气缸的圆周镜面上，否则容易磨偏。但必须注意皮碗与气缸之间，不得落入任何固体颗粒，使气缸表面和皮碗磨坏。

5.1-3　活塞式膨胀机如何改进？

答：活塞式膨胀机存在着结构比较复杂、制冷效率比较低、操作比较麻烦等弱点，从技术发展来看，它将被透平膨胀机所代替。但国内利用活塞式膨胀机占的比例还很大，一时难以全部更新。因此，有必要在条件允许情况下，予以改进，以发挥活塞式膨胀机的最大效率。

（1）55-210 型膨胀机活塞结构的改进　55-210 型膨胀机活塞设计是采用皮碗密封，如图 5-6 所示，易磨损，使用寿命短，特别是皮碗置于头部，在运行中产生的摩擦热使膨胀后气体终温升高，降低了膨胀机效率，因此可改进为聚四氟乙烯活塞环密封，其结构可分别参照图 5-7～图 5-12 所示。其技术条件如下：

1）气缸套可采用 3Cr13 不锈钢材料加工，热处理硬度 460HB。

2）活塞头盖及活塞头采用 1Cr18Ni9Ti 不锈钢材料，活塞体和活塞杆可采用 45 钢材料，并用 TAlNB-2 不锈钢焊条焊接。焊接后，经高温退火处理，消除焊接应力。

3）活塞环，导向环采用填充聚四氟乙烯材料，其配料比为：聚四氟乙烯 70%；玻璃粉（SiO_2 300 目以上）15%；青铜粉（ZQSn6-6-3，300 目以上）10%；二硫化钼（MoS_2）5%。

4）弹力环可采用调质 3Cr13 材料加工，硬度 300～350HB。

5）装配后，活塞与气缸径向单面间隙为 0.45～0.5mm。

6）装配后，气缸内余隙为 0.5～0.75mm。

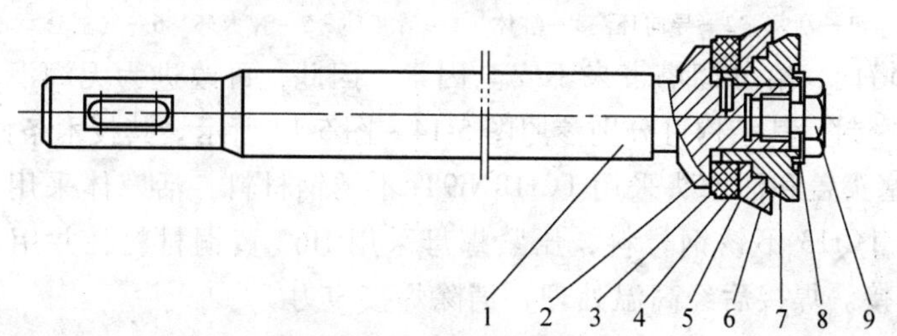

图 5-6　55-210 型膨胀机活塞结构
1—活塞杆　2—调节垫片　3—衬座　4—皮碗　5—压环
6—弹簧圈　7—压座　8—垫圈　9—螺钉

（2）50-110/12 型膨胀机活塞结构的改进　50-110/12 型膨胀机活塞见图 5-13。该活塞环材料为金属，且用油润滑。此设计不仅润滑油浪费较大，而且会随膨胀

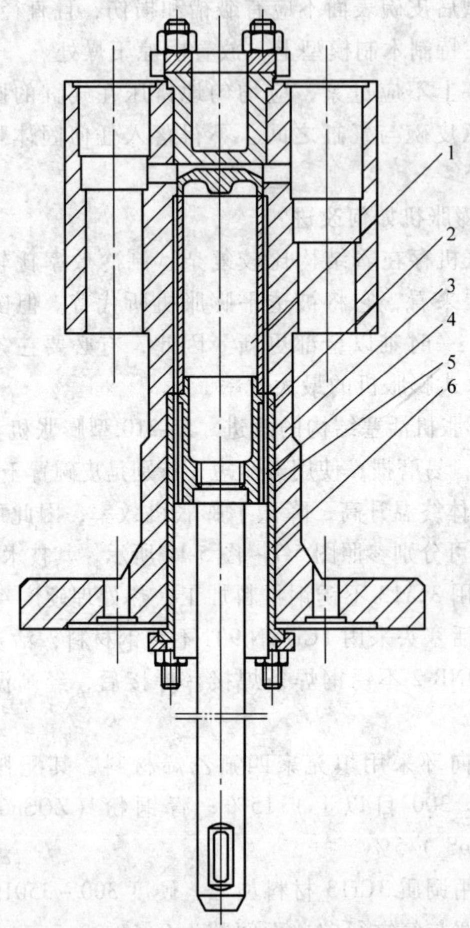

图 5-7　55-210 型膨胀机活塞改进后的结构

1—活塞　2—导向环　3—缸体　4—活塞环　5—弹力环　6—气缸套

空气入分馏塔内，给分馏塔带来不安全因素。因此，可改进为无润滑填充聚四氟乙烯活塞环密封。其结构可分别参照图 5-14 ~ 图 5-17 所示。其技术条件如下：

1）活塞头盖和活塞头采用 1Cr18Ni9Ti 不锈钢材料，活塞体采用 45 钢材料，定位环采用 1Cr13 不锈钢材料，压紧螺母采用 H62 黄铜材料，并用 TAlNB-2 不锈钢焊条焊接。焊接后经高温处理，消除焊接应力。

2）活塞环和导向环采用填充聚四氟乙烯材料，其成分配比与 55-210 型膨胀机活塞改进的活塞环、导向环相同。

3）弹力环选用材料，以及装配后活塞与气缸径向间隙等技术条件，与 55-210 型膨胀机改进的技术条件相同。

4）装配后气缸内余隙为 0. 8 ~ 1. 2mm。

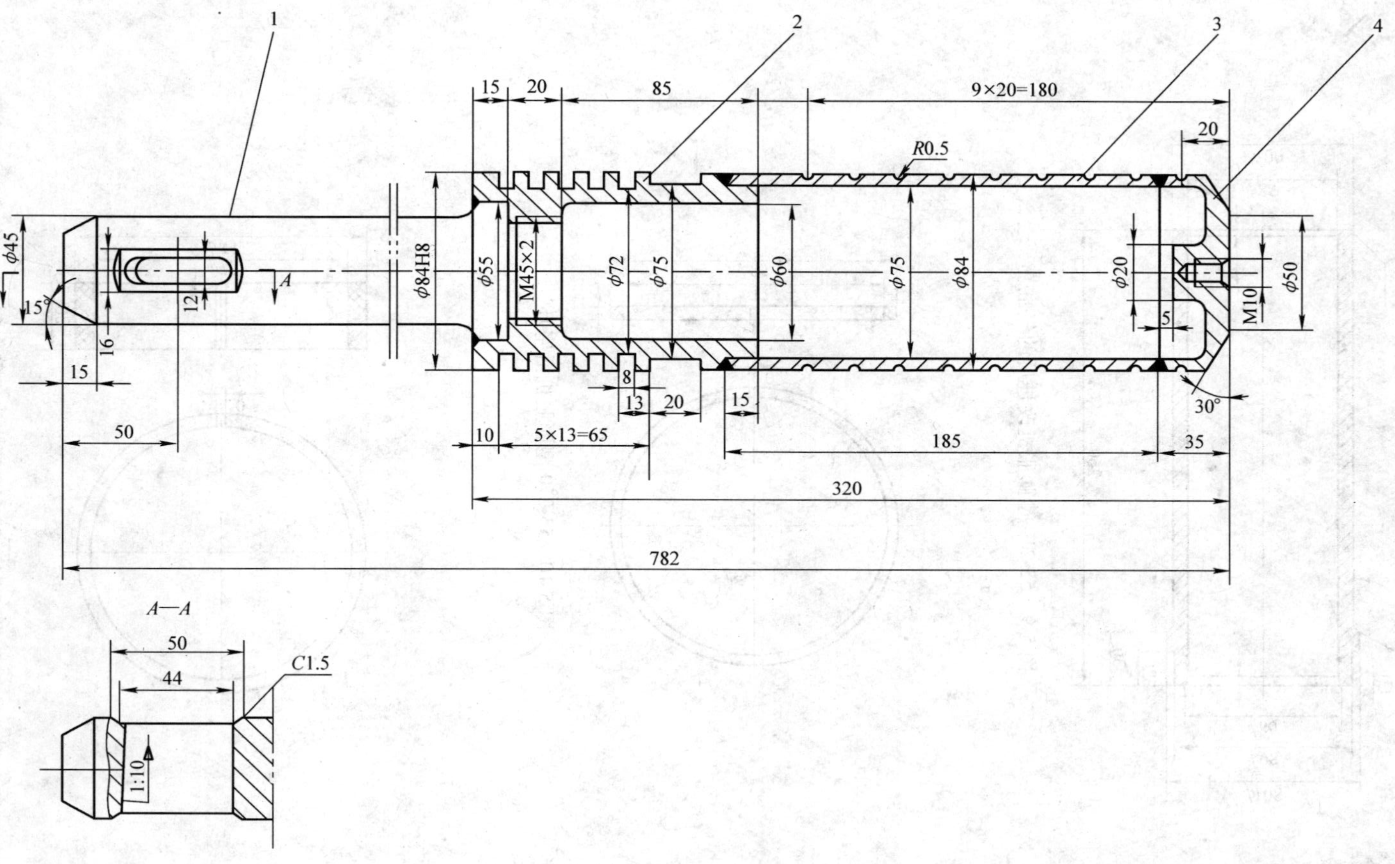

图 5-8 55-210 型膨胀机改进后的活塞

1—活塞杆 2—活塞体 3—活塞头 4—活塞头盖

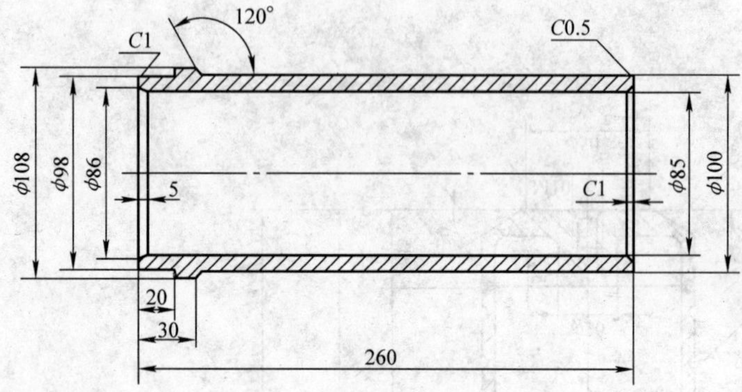

图 5-9　55-210 型膨胀机改进后的气缸套

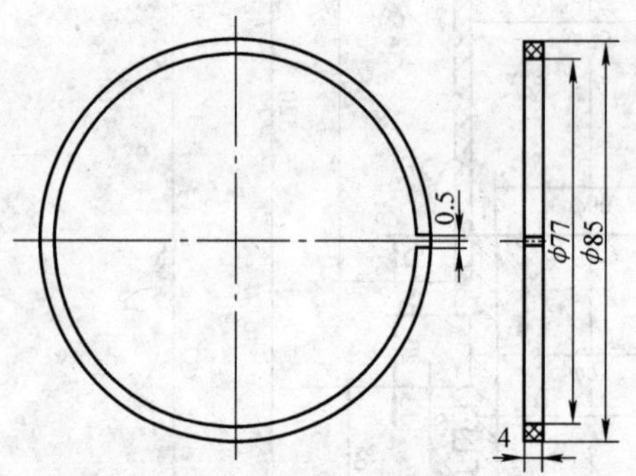

图 5-10　55-210 型膨胀机活塞环

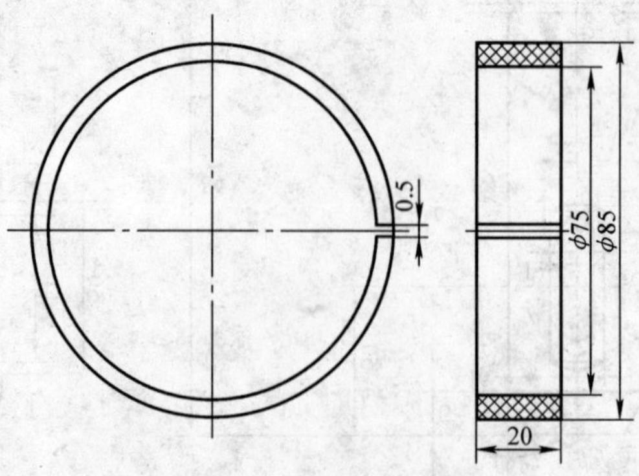

图 5-11　55-210 型膨胀机导向环

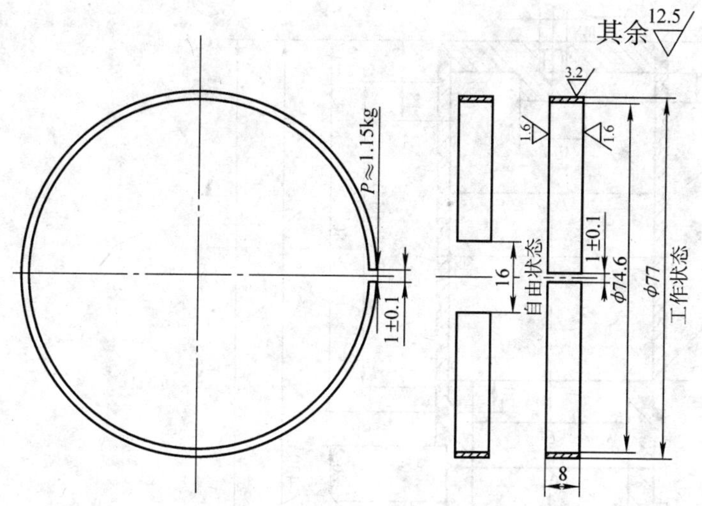

图 5-12　55-210 型膨胀机弹力环

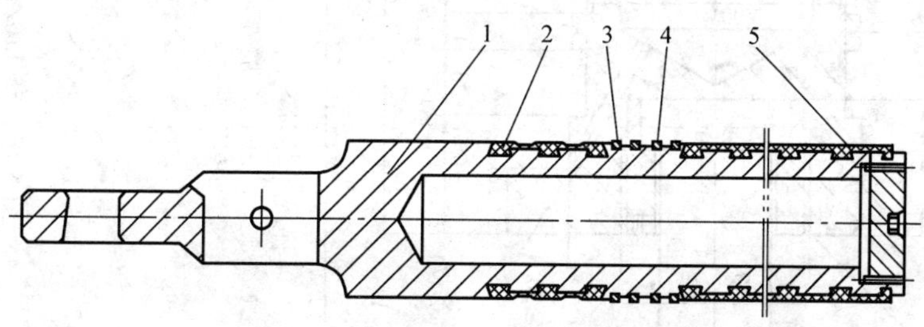

图 5-13　55-110/12 型活塞结构

1—活塞体　2—钨金　3—刮油环　4—活塞环　5—闷头

（3）50-110/12 型膨胀机气缸冷却水套的改进　50-110/12 型膨胀机由于改为无润滑的填充聚四氟乙烯活塞环进行密封，活塞环、导向环与气缸壁在干摩擦的情况下的运行中产生一定摩擦热。特别是膨胀机在起动初期，尤为严重，加剧了活塞环及导向环的磨损和密封性能的降低。这部分热量会直接影响膨胀机的制冷效率，因此必须增加气缸冷却水套装置，来克服这一不足。气缸冷却水套的结构，可参照图 5-18。其技术要求如下：

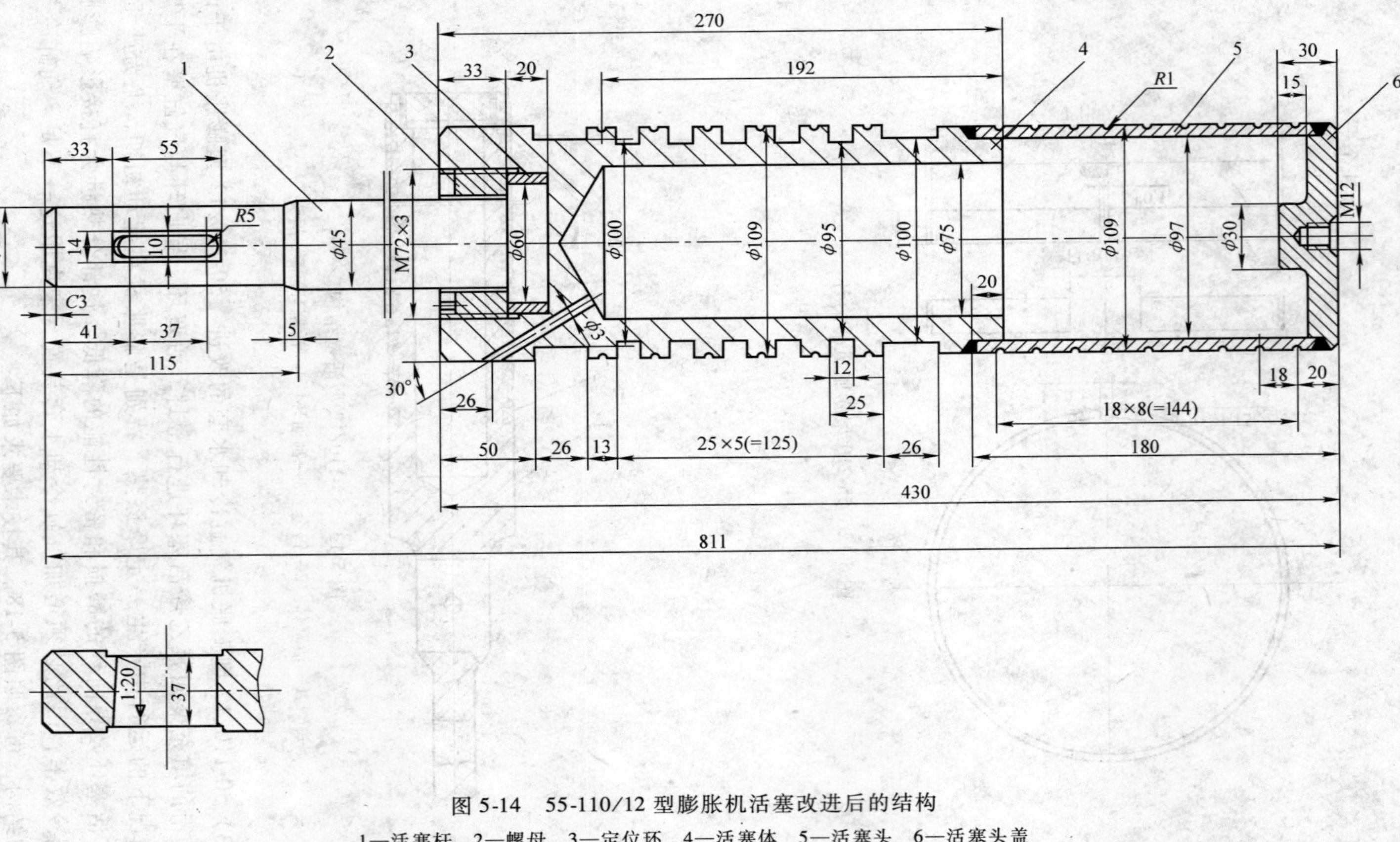

图 5-14　55-110/12 型膨胀机活塞改进后的结构

1—活塞杆　2—螺母　3—定位环　4—活塞体　5—活塞头　6—活塞头盖

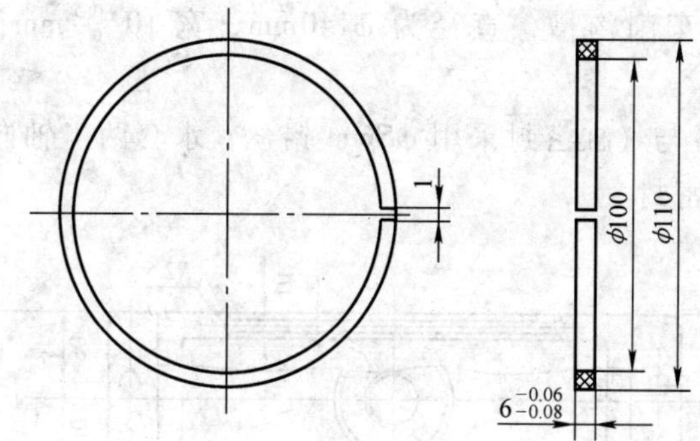

图 5-15　55-110/12 型膨胀机活塞环

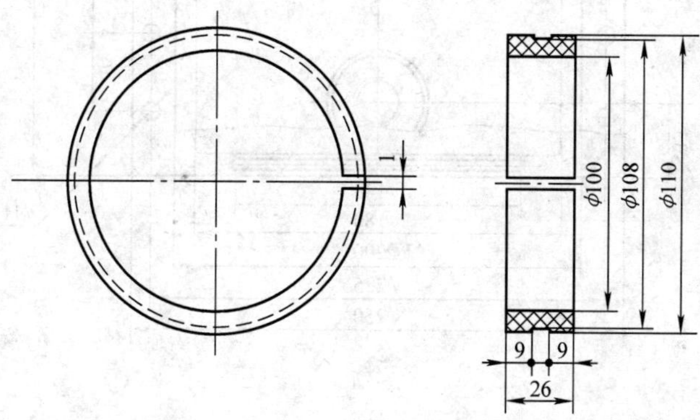

图 5-16　55-110/12 型膨胀机导向环

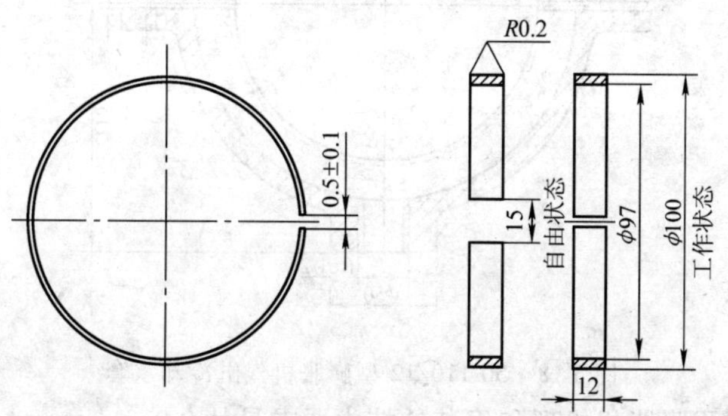

图 5-17　55-110/12 型膨胀机弹力环

1）按图 5-18 车削沟槽，直径为 ϕ140mm，宽 $10^{+0.5}_{0}$ mm，表面粗糙度为 Ra3.2μm。

2）密封套法兰与气缸密封采用 ϕ5mm 铅丝，水套两半轴向采用 3.5 ~ 4mm 橡胶板用螺钉紧固密封。

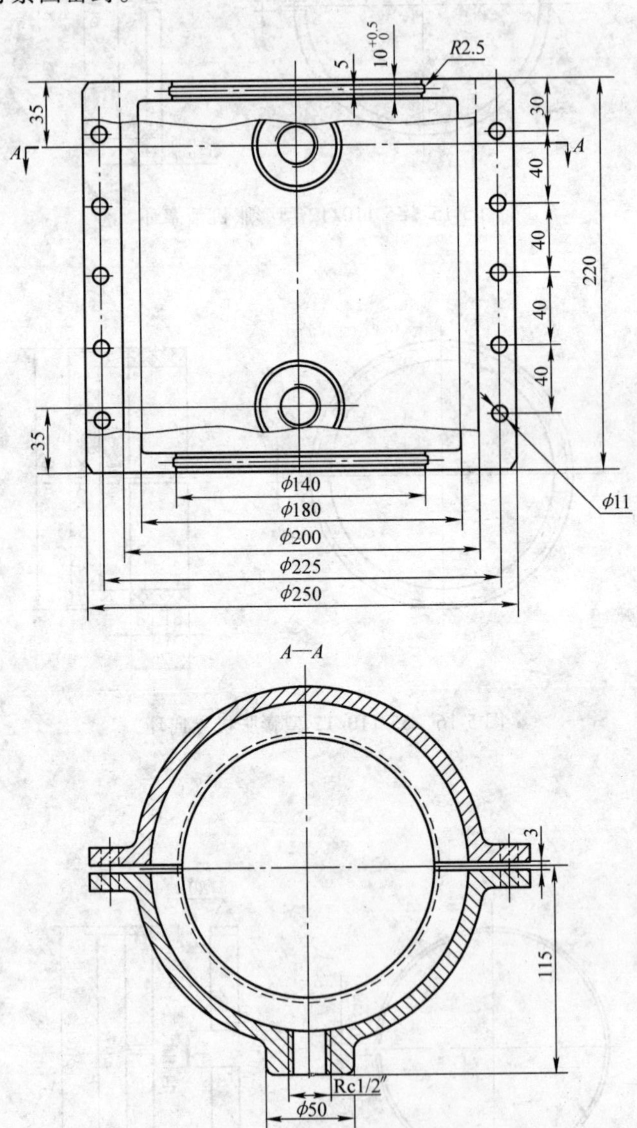

图 5-18　50-110/12 型膨胀机气缸冷却水套

5.1-4　透平膨胀机修理和组装的技术要求是什么？

答：透平膨胀机的种类和工作过程在 2-20 已作了介绍，这里主要介绍透平膨胀机组装各部分的配合间隙和组装的技术要求。

1. 透平膨胀机组装各部分的配合间隙

透平膨胀机组装各部分的配合间隙如图 5-19、图 5-20 及表 5-2 所示。

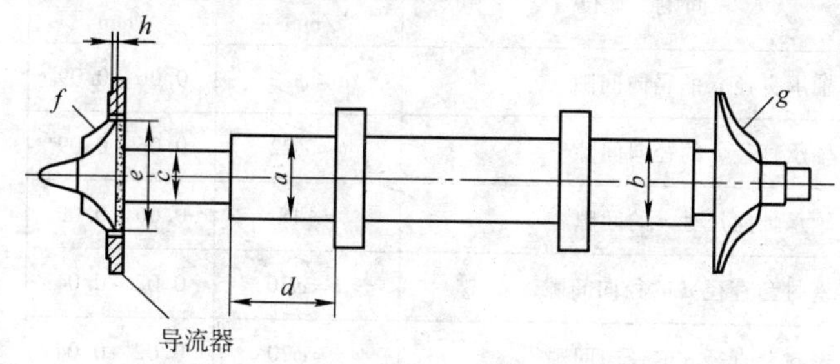

图 5-19　PLK-8. 33 ×2/20-6（PLK-8. 33 ×2/20-6-Ⅱ）型透平膨胀机组装各部配合间隙示意图

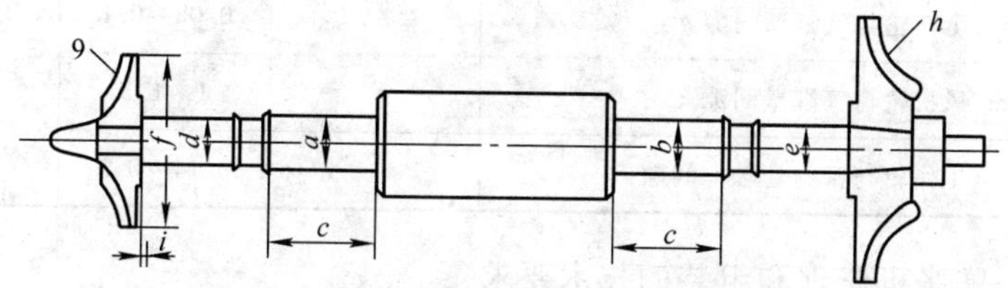

图 5-20　ITP-30/14. 7-4. 8（ITP-26/14. 7-4. 8）型透平膨胀机组装各部配合间隙示意图

表 5-2　透平膨胀机组装各部间隙表

型　　号	间 隙 部 位	公称尺寸 /mm	间隙尺寸 /mm	制造厂
PLK-8. 33 ×2/20-6-Ⅱ	轴承直径 a 的径向间隙	$a=\phi25$	0. 07 ~0. 08	吴县制氧机厂
	轴承直径 b 的径向间隙	$b=\phi25$	0. 07 ~0. 08	
	密封套直径 c 的径向间隙	$c=\phi16$	0. 12 ~0. 15	
	轴承轴向尺寸 d 的间隙	$d=36$	0. 09 ~0. 12	
	工作轮与导流器内环直径 e 的间隙	$e=\phi36.5$	0. 1	
	工作轮与气缸壁间隙 f		0. 1 ~0. 15	
	风机轮与端盖副间隙 g		0. 5 ~0. 8	
PLK-8. 33 ×2/20-6	轴承直径 a 的径向间隙	$a=\phi25$	0. 045 ~0. 065	江西制氧机厂
	轴承直径 b 的径向间隙	$b=\phi25$	0. 045 ~0. 065	
	密封套直径 c 的径向间隙	$c=\phi16$	0. 12 ~0. 15	
	轴承轴向尺寸 d 的间隙	$d=36$	0. 09 ~0. 12	
	工作轮与导流器内环直径 e 的间隙	$e=\phi36.5$	0. 1	
	工作轮与气缸壁间隙 f		0. 2 ~0. 3	
	风机轮与风机进口管壁间隙 g		0. 5 ~1	
	导流器流道底面高于工作轮流道底面高度间隙 h		0. 1	

（续）

型　　号	间隙部位	公称尺寸 /mm	间隙尺寸 /mm	制造厂
ITP-30/14.7-4.8 (ITP-26/14.7-4.8)	轴承直径 a 的径向间隙	$a=\phi22$	0.06～0.09	邯郸制氧机厂
	轴承直径 b 的径向间隙	$b=\phi22$	0.06～0.09	
	轴承轴向尺寸 c 的间隙	$c=18$	0.06～0.09	
	密封套直径 d 的径向间隙	$d=\phi20$	0.02～0.04	
	密封套直径 e 的径向间隙	$e=\phi20$	0.02～0.04	
	工作轮与导流器内环直径 f 的间隙	$f=\phi70$	0.5	
	工作轮与气缸壁间隙 g		0.08～0.1	
	风机轮与气缸壁间隙 h		1～1.2	
	工作轮与密封套轴向间隙 i		0.14～0.2	

2. 透平膨胀机修理和组装的技术要求

1）透平膨胀机修理和组装的现场应清洁无尘，并在工作台上铺上橡胶板，防止对零部件磕碰划伤。

2）零件要清除毛刺，机芯的每一个零件可用四氯化碳清洗，并吹除干净。

3）轴承小孔用小于0.35mm钢针通透，保证各气孔均畅通无阻。

4）必须采用白纺绸对机芯进行擦拭，不许用其他粗布。

5）转子工作轮、风机轮的拆卸必须使用适合的扳手及专用工具。

6）组装转子时，一定要对准工作轮、风机轮背面与主轴止推面的动平衡划线标记。

7）试验气源必须经净化过滤，无尘埃和水分。

8）各组装部位配合间隙尺寸必须符合规定要求。

9）组装时，轴承不能敲打，更不许将固体颗粒或杂物带入轴承内。

10）机体装入控制箱之前所有管路必须吹除干净。

11）轴承若有轻度擦伤，可在零级平板上用金相砂纸研磨；主轴若有轻度擦伤，可用金相砂纸打光；若主轴外圆和止推面擦伤比较严重，可在外圆磨床上精磨；若轴承止推面需用平面磨床精磨（要保持带气囊槽有一定深度），其磨削量的大小，应保证调整各部间隙在规定范围之内，如磨削量较多，最好委托制造厂作一次动平衡检查。

3. 小型透平膨胀机主要零部件的荐用材料

小型透平膨胀机主要零部件的荐用材料如表5-3所示。

表 5-3　小型透平膨胀机主要零部件荐用材料

零部件名称		荐用材料
蜗壳		ZHSi80-3 ZL402 1Cr18Ni9Ti
工作轮		LD5
风机轮		LD5
主轴		3Cr13 40Cr
导流器		2Cr13 ZHFe59-1-1 H62
轴承	轴承体	H62
	轴承衬	TSQ-A ZQPb30
密封套		1Cr13 1Cr18Ni9Ti
密封衬		ZChSnSb11-6 Sn4. 5 ~5. 5 其余 Pb
轴承套		3Cr13 1Cr18Ni9Ti
扩压器		ZHSi80-3 ZL402
风机进口管		ZHSi80-3 ZL402
外筒体		3Cr13 1Cr18Ni9Ti

5. 1-5　透平膨胀机拆卸与组装步骤有哪些？

答：透平膨胀机拆卸与组装步骤是：

150m^3/h 空分设备配套的 PLK-8. 33 ×2/20-6 型透平膨胀机的结构特点为橡胶加稳空气轴承；PLK-8. 33 ×2/20-6-Ⅱ型透平膨胀机的结构特点为多排切向小孔供气轴承刚性组装，除此以外，这两种类型膨胀机的其他结构基本相同。可参照图 5-21 对 PLK-8. 33 ×2/20-6 型典型透平膨胀机的拆卸与组装。

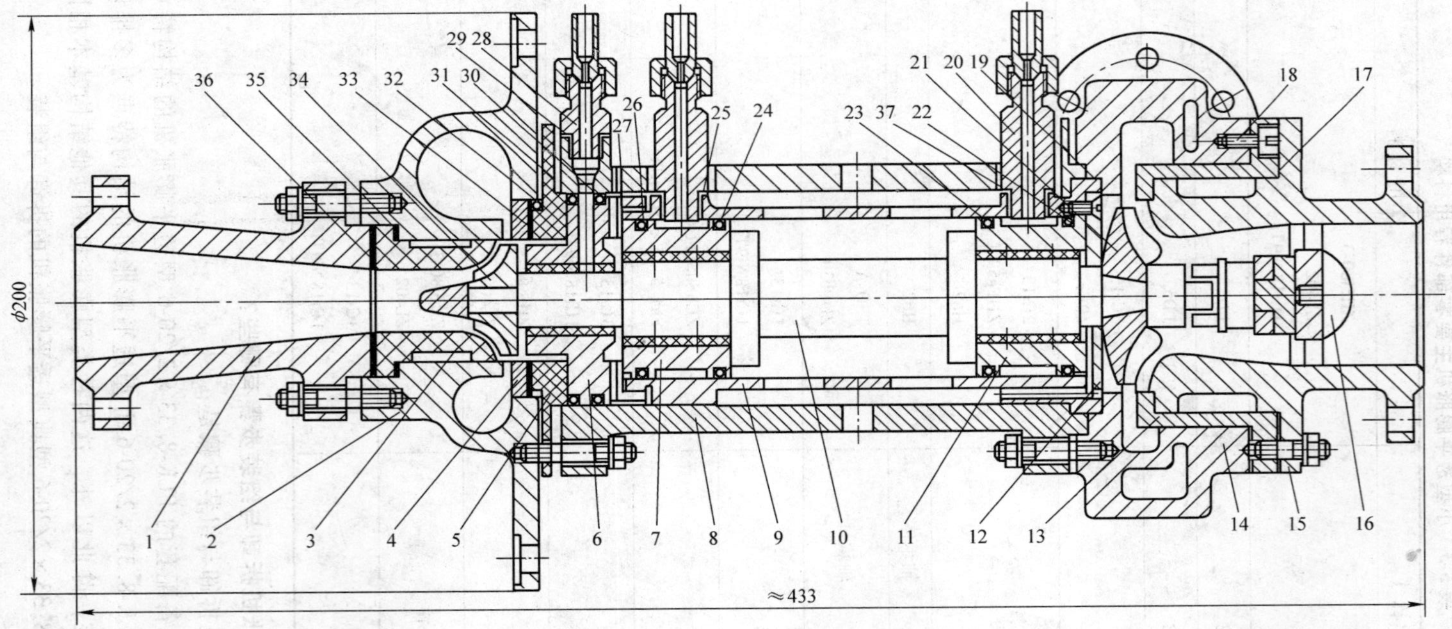

图 5-21　PLK-8.33×2/20-6 型透平膨胀机的结构

1—扩压器　2—蜗壳　3—气缸壁　4—导流器　5—绝热板　6—密封套　7、11—空气轴承　8—外筒体　9—轴承套　10—轴　12—限位板　13—限位环　14—风机蜗壳　15—风机进口管　16—传感器　17、18、19、25、27、29、33、35、36、37—垫片　20—轴承气接头　21—风机轮　22、23、24、26、30、31、32—密封胶圈　28—密封气接头　34—工作轮

1. 控制箱（或分馏塔）拆卸步骤

1）切断各路气源、电源和水源。

2）卸下风机端进排气管上的螺栓。

3）退下风机蜗壳底部的支承螺栓。

4）卸下工作蜗壳与外筒体连接的螺母，取下机体。

5）卸下轴承气接头螺母、密封气接头螺母，用螺盖密封。

2. 机体拆卸步骤

1）卸下风机蜗壳与外筒体连接的螺母，取下风机蜗壳。

2）卸下两个轴承气接头。

3）将机芯从外筒取出。

4）卸下工作轮和风机轮两端螺母（注意风机端是左旋螺纹）。

5）拧松密封套，挤脱工作轮。

6）用专用套子，卸下风机轮。

7）卸下限位板与轴承套连接的螺钉，取下限位板。

8）取出主轴和轴承。

3. 机芯组装步骤

1）将两只轴承分别套好O形橡胶圈。

2）将一只轴承装入轴承套右端，对准轴承与轴承套的排气方向。

3）装在限位板用螺栓紧固（注意轴承排气孔要对准限位板十字槽）。

4）装进主轴，再把另一只轴承装入左端。

5）拧上密封套（垫好垫片），用手拉动主轴，将轴向间隙用千分表测量，调整至规定范围内。

6）装上两只轴承气接头，分别用0.06MPa、0.6MPa压力试验转子起浮情况。

7）转子起浮良好后，把主轴两端工作轮及风机轮装上（动平衡划线标记应对齐）并用螺母拧紧。

8）再检查一次转子起浮情况，良好后，机芯组装即可完成。

4. 外壳组装步骤

1）在密封套上装好O形胶圈，取下轴承气接头，把调整好的机芯装入外筒体内，再装上轴承气接头，装上风机蜗壳。

2）在密封套端装上绝热板、垫片和导流器，调整好导流器流道底面高于工作轮流道底面的规定尺寸（调整时，不装密封套和绝热板上的密封胶圈，调整好后，再将密封胶圈装上）。

3）将工作蜗壳与绝热板及外筒体的连接螺栓均匀地紧固。

4）将气缸壁装入蜗壳内，调整好工作轮与气缸壁的规定间隙，再装上与扩压器的密封垫片和扩压器。

5）接通轴承气，分别通入 0.06MPa、0.6MPa 压力，手感主轴气浮情况必须轻松灵活。

6）在风机蜗壳上装好垫片，并与限位板用螺栓紧固，再装好风机进口管用垫片，调整好风机轮与风机进口管间隙至规定范围内。

7）再一次通入轴承气，检查转子气浮情况，如轻松灵活，可把轴承气接头用密封螺母封死。

5. 控制箱（或分馏塔）组装步骤

1）将装好的机体工作轮端蜗壳拆下，把工作蜗壳用螺栓紧固在控制箱（或分馏塔）上（如拆装不熟练，也可采用整机安装）。

2）拆下风机进口管，将轴承气接头螺母、密封气接头螺母接上，通入 0.06～0.1MPa压力，再把外筒体与工作蜗壳用螺母交叉拧紧，边紧螺母，边转动风机轮，使其转动灵活即可。

3）装上风机进口管，再将风机蜗壳底部支承螺栓顶好。

4）连接工作蜗壳进、出口管及风机进、出口管，水管、接好转速表磁力传感器线路，即可试运转。

6. 透平膨胀机各部配合间隙调整方法

透平膨胀机各部配合间隙调整方法如表 5-4 所示。

表 5-4　透平膨胀机各部配合间隙调整方法

序号	间隙部位	间隙尺寸/mm	调整方法
1	工作轮与气缸壁间隙	0.2～0.3	用气缸壁端平面底部与工作蜗壳止口底面间垫片来调整 1. 用深浅尺测量工作蜗壳端面止口深度尺寸，再用卡尺测量气缸壁端平面厚度尺寸 2. 将气缸壁装入工作蜗壳内，使气缸壁圆弧面与工作轮圆弧面贴合，再用深浅尺测量蜗壳止口剩余深度尺寸 3. 用蜗壳端面止口深度尺寸，减去止口剩余尺寸与气缸壁端平面厚度尺寸之和，即气缸壁端平面底部与工作蜗壳止口底面的间隙尺寸。此间隙尺寸加上工作轮与气缸壁允许间隙尺寸，即选用垫片的厚度
2	风机轮与风机进口管壁间隙	0.5～1	用风机进口管与限位环连接垫片来调整 1. 将风机进口管装入限位环内，使风机进口管端弧面与风机轮弧面贴合 2. 用塞尺测量风机进口管与限位环连接的间隙尺寸，此间隙尺寸加上风机轮与限位环的允许间隙尺寸，即选用垫片厚度

（续）

序号	间 隙 部 位	间隙尺寸/mm	调 整 方 法
3	轴与轴承轴向间隙	0.09~0.12	用密封套与轴承套之间垫片调整
4	轴与轴承径向间隙	0.045~0.065	用零件机械加工的公差尺寸和精度来保证
5	导流器流道底面高于工作轮流道底面高度	0.1	用导流器与绝热板之间垫片来调整
6	工作轮与密封套端面间隙	0.2~0.3	用零件机械加工的公差尺寸和精度来保证
7	密封套径向间隙	0.12~0.15	用零件机械加工的公差尺寸和精度来保证
8	工作轮与导流器内环间隙	0.1	用零件机械加工的公差尺寸和精度来保证

5.1-6 向心式透平膨胀机的结构如何？

答：向心式透平膨胀机的结构如图 5-22 所示。向心式透平膨胀机机组由主体、制动器、润滑系统、气封系统、自动保护系统组成。透平膨胀机主体的主要部件有蜗壳、导流器（喷嘴）、工作轮、扩压器、转轴、密封等，透平膨胀机的典型结构如图 5-22 所示。向心式透平膨胀机是透平膨胀机的一类，其修理和组装等要求与透平膨胀机相同。

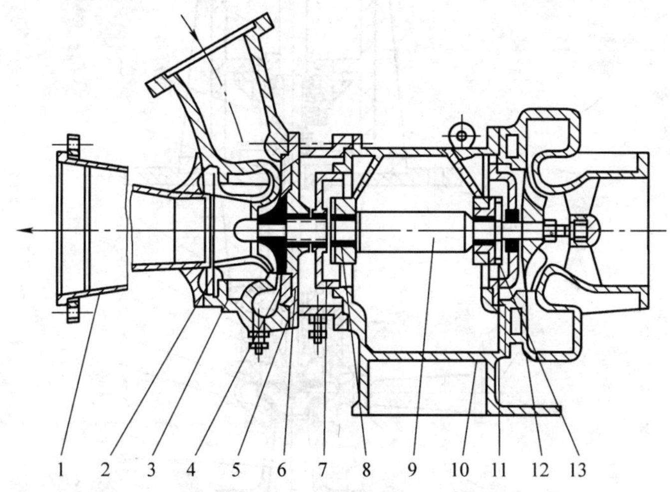

图 5-22 向心式透平膨胀机

1—排出管 2—扩压室 3—蜗壳 4—导流器 5—中间体 6—密封套 7—轴封盖 8—推力轴承 9—转轴 10—机身 11—挡油圈 12—端盖 13—径向轴承

第2节 液 氧 泵

5.2-1 离心式液氧泵的结构如何？

答：液氧泵的种类、工作过程等在 2-29 已作了介绍，这里主要介绍离心式液氧泵的结构及操作要求。

液氧泵属于低温液体泵，是输送液氧提高液氧压力的机器。

在空分设备中，为了清除主冷凝蒸发器液氧中所溶解的乙炔及其他碳氢化合物，设置液氧泵强制液氧经过液氧吸附器循环。也有的空分设备生产液态氧产品经液氧泵压送。

液氧泵的结构如图 5-23 所示。它由带有闭式叶轮的转子、蜗壳、中间体、轴承体、波纹管式单面密封装置等组成，由异步电动机拖动。

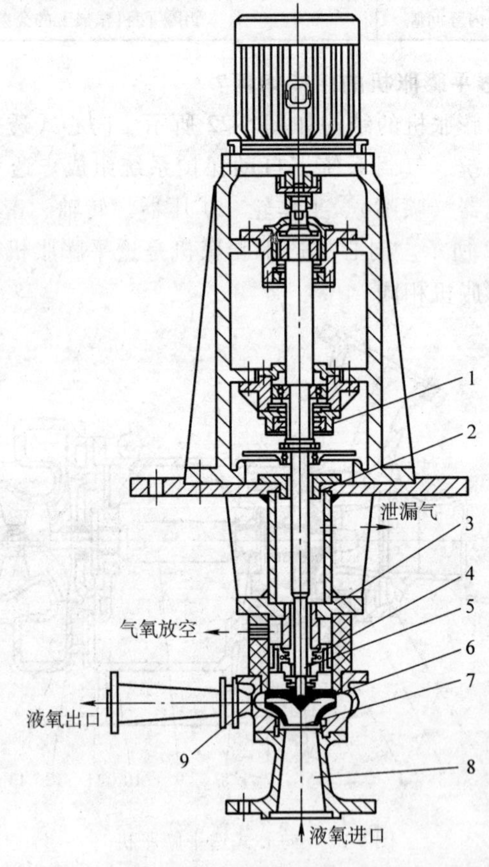

图 5-23　离心式液氧泵结构图

1—T 形油封　2—密封器　3—中间体

4—波纹管端面密封装置　5—轴

6—泵壳　7—叶轮　8—轴流锥体吸液室　9—压液室

离心式液氧泵的流通部分包括轴流锥形吸液室、叶轮、压液室三部分。轴流锥形吸液室的作用是将液氧均匀吸入叶轮，吸入时液体略加速。叶轮分闭式和半开式两种，叶片5~11片，均采用流动损失较小的后弯式，叶轮的作用是使液氧增压。压液室由蜗壳和扩压器组成，使从叶轮流出的液氧速度减慢，压力再提高。

液氧泵的密封装置有波纹管端面密封（机械密封）。充气迷宫密封等密封形式。波纹管端面密封由动环、静环、密封盒等组成。静环固定在机壳上，动环固定在轴上，随轴旋转。动、静环组成一对密封元件。当动、静环密封面磨损时，靠金属波纹管的弹性来补偿。动环采用不锈钢（9Cr18MoV）制作，静环采用充填玻璃纤维或二氧化硅的聚四氟乙烯制作。波纹管端面密封装置安装于叶轮上部，以中间座将其与轴密封装置隔开，若密封装置有微量泄漏时，可在中间座处气化放空。

充气迷宫密封由内迷宫套和外迷宫套组成。迷宫套上均装有密封齿，内迷宫套固定在轴上，外迷宫套固定在机壳上静止不动，两者相互啮合，迷宫齿内充以密封氮气，以保证密封性。

液氧泵的操作要求：

液氧泵在操作中应注意液氧泵的防爆和避免“汽蚀”的发生。

1. 防“汽蚀”

“汽蚀”是离心式液氧泵的严重故障。它的现象是泵发生强烈振动，异常响声，扬程降低，流量减少。

引起汽蚀发生的原因是液体刚进入叶轮时，由于阻力及流速的增加，在叶轮进口不远处的压力低于进口压力，此压力所对应的饱和温度低于此处液体的温度，于是，液体沸腾气化形成气泡。叶轮内液体夹带气泡流动，在压力升高过程中，在某处蒸汽又会冷凝，气泡破裂，其周围液体的高速补充空间，造成局部冲击。为防止汽蚀发生，液氧在泵进口时为过冷液体（过冷度6~12℃）。

为防止汽蚀发生，操作中应作好液氧泵起动前的预冷操作。具体操作是关闭泵的出口阀，打开吹除阀，稍开进口阀，预冷液氧泵，直至排液阀出现液体时，才可以关闭吹除阀。待进口压力稳定后，方可起动电动机，缓慢打开液氧泵出口阀。

2. 防爆操作

液氧泵的爆炸多数是由于液氧外漏与油脂接触，起动泵时电火花或金属碰撞而引爆。

具体的防爆操作为：

1）液氧泵起动前，应将吹除阀打开，使用密封用的干氮气吹除10~20min。

2）液氧泵预冷时，应注意密封氮气压力应比液氧进口压力高0.05MPa，防液氧外漏。

3）停泵时，应先关液氧入口阀，打开吹除阀，直至泵内液氧全部蒸发，才能关闭出口阀。

液氧泵的技术规格如表5-5所示。

表5-5 液氧泵的技术规格

型　号	工质	流量/($m^3 \cdot h^{-1}$)	吸入压力/10^5Pa	排出压力/10^5Pa	转速/($r \cdot min^{-1}$)	电动机功率/kW	外形尺寸(长/mm×宽/mm×高/mm)	重量/kg
50FY-3.1/10	液氧	3	0.5	1.5	2860	1.5	935×225×288	93
ILB-4.5/1.5	液氧	4.5	0.5	1.5	2860	1.5	320×320×960	84
3LB-4500/1.5	液氧	4.5	0.8	2.3	2860	1.5	320×320×1006	85
BLO-12.5/0.77-1.1	液氧	12.5	0.77	1.87	2860	2.2	480×480×1492	175
3LB-12500/1.5A	液氧	12.5	0.8	1.9	2850	2.2	1184×280×280	175
3LB-15000/2	液氧	15	1.2	2	1410	1.1	824×317×300	63.55
3LB-13000/30	液氧	13	0.6	30	2950	37	770×700×1272	~200
BPO-25/0.5~165	液氧	25(L/m)	0.5	165	170	1.1	1260×360×450	150
BPO-7.5/6.7~165	液氧	30~75(L/m)	6.7	165	45~120	1.5	1210×1110×430	300
BPO-300/8~165	液氧	300	8	165	220	4	1900×650×500	250
BPO-225/4~165	液氧	225	4	165	160	3	1400×1400×500	300

5.2-2　50FY-3.1/10型液氧泵的用途和关键件是什么?

答：50FY-3.1/10型液氧泵是供上分馏塔底部与下分馏塔上部冷凝蒸发器液氧循环的设备。

该液氧泵的迷宫密封是液氧泵的关键部件，当其发生故障时，会有大量液氧泄漏或将泵轴卡住。因此采用充气迷宫式直槽密封，对迷宫密封组件的加工和迷宫套的组装都有技术要求。

5.2-3　迷宫密封组件如何加工?

答：迷宫密封组件是由转动的内迷宫套和静止的外迷宫套组成。二者的直槽相啮合，属于非接触密封，不存在磨损问题。

内迷宫套采用3Cr13材料由车床加工制成，如图5-24所示。外迷宫套采用ZChSnSb11-6铅基轴承合金制成，如图5-25所示。

外迷宫套的加工工艺过程是：首先铸坯，然后粗车，钻圆周气孔、圆内气孔槽，再用厚度6mm圆盘铣刀沿圆柱面母线铣口。

将内迷宫套装入外迷宫套内，在压力机上用两个半圆压模，均匀地挤压外迷宫套，使之与内迷宫套的直槽相啮合，这时外迷宫套的开口基本合拢，用锡焊料，以乙炔—氧中性焰及小号焊嘴焊接。将特制心轴装入内迷宫套内并固定，

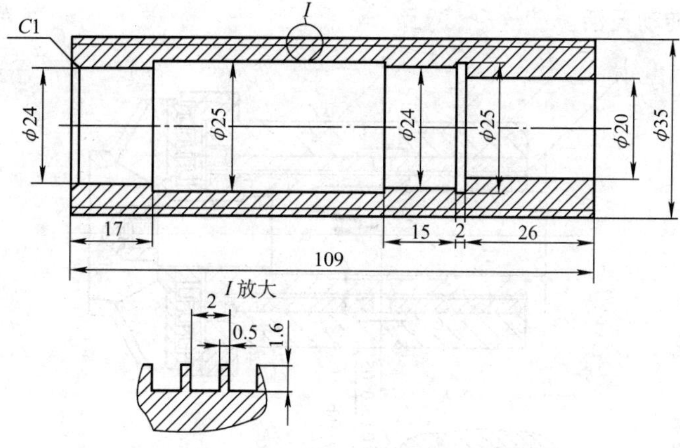

图 5-24　内迷宫套

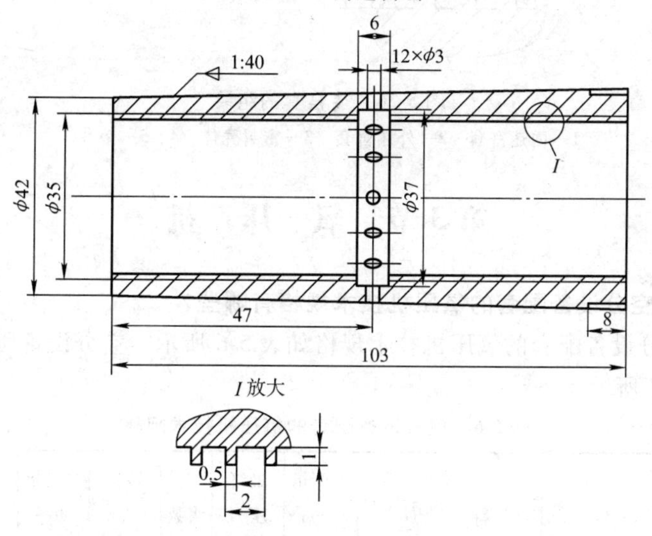

图 5-25　外迷宫套

在车床上加工外迷宫套的 1:40 锥度，使其与内迷宫套内孔的同轴度误差不大于 0.02mm。将心轴垂直于水平面，使外迷宫套固定，然后垂直地轻轻敲击心轴，正反敲击数次，至内迷宫套与外迷宫套转动灵活为止，其间隙应保持在 0.02 ~ 0.04mm。

5.2-4　迷宫套如何组装？

答：迷宫套的组装如图 5-26 所示。外迷宫套装入密封壳体 3 内用螺钉固定，轴与内迷宫套组装的密封铅条 4、密封壳体 3、泵体铜垫片 5 等，应具有良好的密封性能。但应该注意，垫片的厚度也是保证内迷宫套与外迷宫套的直槽间隙尺寸的关键。如垫片厚度不适合，可能会产生内、外迷宫套的轴向相对位移，以至直槽相互挤压。因此，在调整垫片和紧固螺母的同时，随时盘动液氧泵的轴，并保持转动灵活。

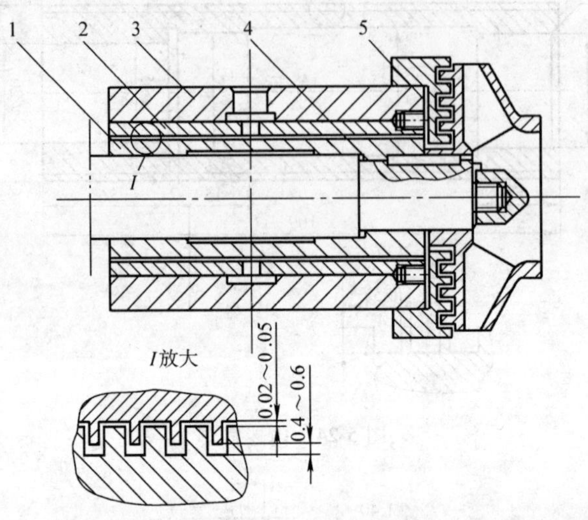

图 5-26 迷宫套的组装

1—内迷宫套 2—外迷宫套 3—密封壳体 4、5—垫片

第 3 节 氧 压 机

5.3-1 空分设备配套的氧压机技术规格有哪些?

答：空分设备配套的氧压机技术规格如表 5-6 所示。空分设备所配套氧压机型号如表 5-7 所示。

表 5-6 空分设备配套的氧压机技术规格

空分设备系列	型 号	特 点	生产量 /（m^3/min）	最终压力 /MPa	级数	转速 /（r/min）	电动机功率 /kW	空分设备型号
20	2LY-0.5/165-1	立式三列三级单作用水冷式	0.5	16.18	3	210	13	KFS-120
50	2-1.67/150	立式三列三级单作用水冷式	1.67	14.7	3	190	30	23-300 KFZ-300 KFZ-300-3
	2LY-1.1/150	立式三列三级单作用水冷式						KFS-300
	2-1.5/220	立式双列四级水冷式	1.5	14.7	4	240	28	23-300

（续）

空分设备系列	型　号	特　点	生产量/（m^3/min）	最终压力/MPa	级数	转速/（r/min）	电动机功率/kW	空分设备型号
150	2-1.67/150	立式三列三级单作用水冷式	1.67	14.7	3	190	30	13-860 KZON-170/550
	2-2.833/150	立式三列三级单作用水冷式	2.833	14.7	3	330	55	KFS-860-1 KFS-860-2
	2Z2-3/165-1	立式双列五级无润滑水冷式	3	16.18	5	485	55	
	2Z2-2.83/165		2.83			455		
300	3Z2-5.8/30	立式三列三级双作用无润滑水冷式	5.8	2.94	3	500	75	KFZ-1800

表 5-7　空分设备所配套氧压机型号

制氧机容量/（$m^3\cdot h^{-1}$）	50	150	300	1000
氧压机型号	2LY-1.1/150	2-2.833/150	2LY-5.3/30	2LY-9.2/30-1
氧压机型式	立式活塞式	立式活塞式	立式活塞式	立式活塞式
制氧机容量/（$m^3\cdot h^{-1}$）	1500	3200	6000	10000
氧压机型号	ZY-33/30	ZY-33/30	2DY-61.7/30	2TY-188/5 2LY-188/5-30
氧压机型式	立式活塞式	立式活塞式	对称平衡活塞式压缩机	离心式与活塞式联用

5.3-2　2-1.67/150 型氧压机一级气缸套的卷筒焊接及加工装配时有哪些要求？

答：2-1.67/150 型氧压机一级气缸套的卷筒焊接及加工装配时的要求是：

1）材料采用 1Cr18Ni9Ti 不锈钢板，材质应符合 GB 1220—1992 的规定。卷筒坯料焊接，其圆度误差应小于 2mm。

2）气缸套及焊接坡口应参照图 5-27 要求。焊条采用 TAlNb-2（奥 132）牌号进行焊接。内外表面焊接堆积高度应与筒体表面相平，焊缝必须焊透。

3）焊接后应进行热处理，以消除内应力。

4）内孔焊缝经加工后表面不应有气孔、夹渣等缺陷。

5）气缸套与气缸体的组装如图 5-28 所示。气缸套 ϕ285H8 与气缸体下止口

ϕ315f9 的同轴度公差为 0.04mm。

6）气缸体下止口平面，对气缸套 ϕ285H8 每 100mm 长的垂直度公差 0.02mm。

7）气缸套与缸体组装间隙不得大于 0.01mm，过盈不得大于 0.07mm。

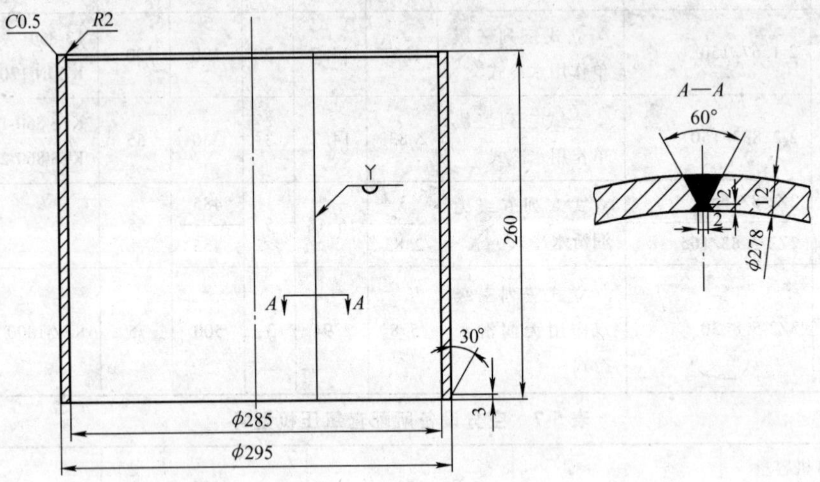

图 5-27　一级气缸套及焊接坡口

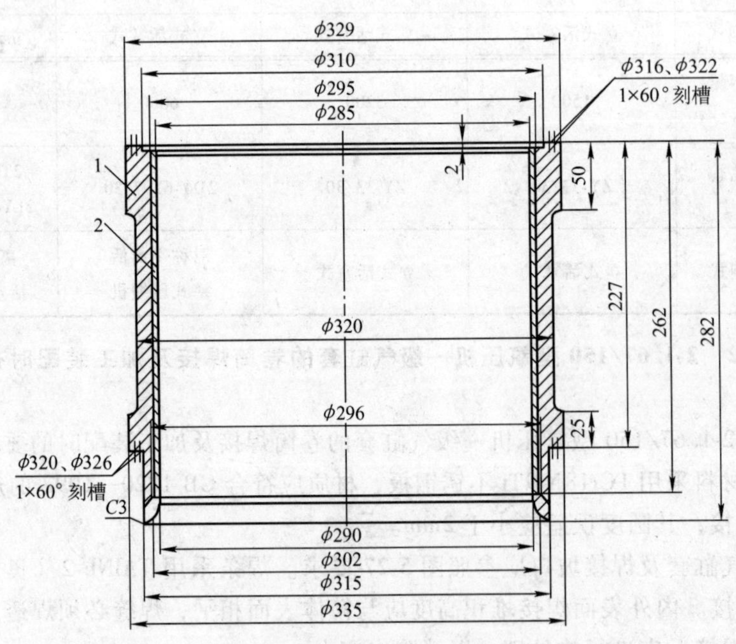

图 5-28　一级气缸组装图

1—气缸体　2—气缸套

5.3-3　氧压机接触氧气的主要零部件材料如何选用?

答：在修理氧压机时，凡是接触氧介质的零件要严禁粘有油污。在更换新的零件时，新零件需用四氯化碳清洗。

由于氧压机的压缩介质为氧气，因此，凡对接触氧气的零件，其材料都应具有耐磨、耐腐蚀（特别是水润滑氧压机），耐高温并在高压氧中不易着火等特点。材料的选用如表5-8所示。

表5-8　氧压机接触氧气的主要零部件材料的选用

序号	零部件名称	材料选用
1	气缸	3Cr13（或9Cr18MoV）
2	气缸套	1Cr18Ni9Ti（或3Cr13）
3	气缸头	ZHFe59-1-1（或3Cr13）
4	活门压盖	ZHFe59-1-1（或3Cr13）
5	活门座： 低压级 高压级	 ZHFe59-1-1（或HPb59-1） 1Cr18Ni9（或3Cr13，ZG2Cr13）
6	活门升高限制器： 低压级 高压级	 ZHFe59-1-1（或HPb59-1） 1Cr18Ni9（或3Cr13，ZG2Cr13）
7	缓冲片	3Cr13
8	活门片	3Cr13
9	活门弹簧	QSn6.5-0.1-Y （或Cr18Ni12Mo2Ti）
10	活塞体： 水润滑 无润滑（低压级）	 ZHFe59-1-1（或HPb59-1，3Cr13） QT42-10（外表面镀铜）
11	活塞压盖	ZHFe59-1-1（或HPb59-1）
12	活塞杆	3Cr13
13	活塞头	3Cr13
14	活塞弹力环	1Cr18Ni9
15	活塞定位环	3Cr13
16	活塞间隔圈	HPb59-1
17	冷却管	T2-M（盘管式） 1Cr18Ni9Ti（套管式）
18	上密封函	ZHSi80-3（或H62）
19	密封函弹簧	QSn6.5-0.1-Y （或Cr18Ni12Mo2Ti）
20	活塞环（碗）及导向环	填充聚四氟乙烯（聚四氟乙烯75%；玻璃纤维25%）（或红钢纸）

5.3-4 如何防止2-1.67/150型氧压机上的密封函漏水?

答: 氧压机上的密封函不仅应对压缩氧介质具有良好的密封性能，而且还可保证气缸的润滑水在较长时间内不能漏水。在2-1.67/150型氧压机密封函的设计上，使用牛皮碗作密封材料，密封时间较短，性能不良，会将大量润滑水流入机座润滑油中，降低润滑油的润滑性能。参照图5-29及图5-30进行改进，改进后密封性能达到很好效果，一般能使用2000~4000h。

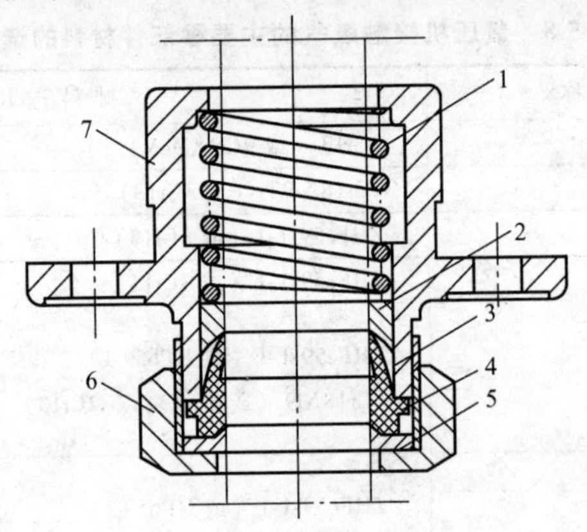

图5-29 上密封函改进后组装图

1—弹簧 2—压圈 3—密封圈（铬革） 4—密封圈（橡胶）
5—压圈 6—压紧螺母 7—上密封函

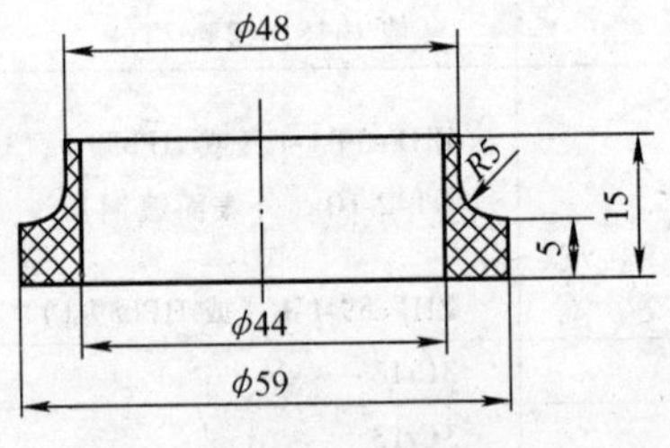

图5-30 密封胶圈

第6章 氧气站附属设备的使用与维修

第1节 氧气站的有关规定

6.1-1 氧气站的位置有什么规定?

答: 氧气站的位置必须处于环境空气干净清洁地区。对于原料空气中的有害杂质的含量,尤其是乙炔及其他碳氢化合物的含量,根据GB 50030—1991的规定,应按表6-1中所列的数值加以控制,否则会有爆炸的危险。

表6-1 空气中烃类等杂质允许极限含量

烃类等杂质名称	允许极限含量/ (mg/m^3)	
	空分塔内具有液空吸附净化装置	空分塔前具有分子筛吸附净化装置
乙炔	0.5	5
炔衍生物	0.01	0.5
C_5、C_6饱和和不饱和烃类杂质总计	0.05	2
C_3、C_4饱和和不饱和烃类杂质总计	0.3	2
C_2饱和和不饱和烃类杂质及丙烷总计	10	10
硫化碳 CS_2	0.03	
氧化氮 NO	1.25	
臭氧 O_3	0.2151	

原料空气中的尘埃会磨损空气压缩机的运转部件,缩短空分设备的运转周期,因此需要控制原料空气的含尘量。我国不同地区空气的含尘量如表6-2所示。

表6-2 不同地区空气含尘量

地区	工业区	农业区	海岸区	大城市	荒野区
含尘量/ (mg/m^3)	0.5~50	0.05~2	0.05~0.5	0.1~1	1~500
尘埃粒径/μm	0.5~20	1~5	0.1~5	0.5~3	5~500

高炉、转炉、平炉、电炉等在冶炼过程中会产生大量烟尘,以煤粉为原料的锅炉、热电站也会产生大量的烟尘。耐火材料厂、烧结厂、水泥厂等,在生产过程中会散发粉尘,加上地面灰尘,所以空分设备的吸风口应处在尘埃排放源及有害杂质发生源的上风向。原料空气中的含尘量应小于$30mg/m^3$。

吸风管高度应比氧气厂房高出 1mm 以上。吸风口与乙炔站及电石渣堆等杂质散发源间的最小水平距离如表 6-3 所示。

表 6-3　吸风口与乙炔站及电石渣堆等散发源间距离

乙炔站（厂）及电石渣堆等杂质散发源		最小水平间距/m	
乙炔发生器型式	乙炔站（厂）安装容量/（m^3/h）	空分塔内具有液空吸附净化装置	空分塔前具有分子筛吸附净化装置
电石入水式	≤30	100	50
	>30～<90	200	
	≥90	300	
电石、炼焦、炼油、液化石油气生产		500	100
合成氨、硝酸、硫化物生产		300	300
炼钢（高炉、平炉、电炉、转炉）、轧钢、型钢浇铸生产		200	50
大批量金属切割、焊接生产（如金属结构车间）		200	50

注：水平间距应按吸风口与乙炔站（厂）、电石渣堆等相邻面外壁或边缘的最近距离计算。

6.1-2　氧气站的建筑及防火有什么规定？

答：为确保氧气站的安全，氧气站内各建、构筑物必须符合《建筑设计防火规范》的要求。氧气站内各种建、构筑物的最低耐火等级如表 6-4 所示。各建筑物之间的最小防火间距如表 6-5 所示。防火间距是指相邻厂房的最近距离。对于散发可燃气体、可燃蒸气的甲类生产厂房的防火最小间距，应比表 6-5 中的规定值增加 2m。氧气站生产设施的各种建、构筑物与铁路、公路、民用建筑等防火间距的规定如表 6-6 所示。

表 6-4　氧气站内各建、构筑物的最低耐火等级

建筑名称		最低耐火等级
主要生产车间	氧气车间（制氧、压氧）	二级
	氧气充瓶间	二级
	氧气压力调节阀组的阀门室	二级
	氮气压缩机间、充瓶间	三、四级
	液氮系统设施	三、四级
	氩气净化间、压缩机间、充瓶间	三、四级
	液氩系统设施	三、四级
辅助生产车间	水泵房、冷却塔及其他水处理设施	三、四级
	锅炉房	二、三级
	氧气厂专用变配电站	二级 （变压室为一级）

（续）

建筑名称		最低耐火等级
仓库及生活福利设施	机修间	三级
	润滑油库	二、三级
	珠光砂库、备件库、材料库	三、四级
	办公、生活间	三、四级

表 6-5　建筑物间的最小防火间距　（m）

建筑物的耐火等级	一、二级	三级	四级
一、二级	10	12	14
三级	12	14	16
四级	14	16	18

表 6-6　氧气站各建、构筑物与铁路、公路、民用建筑等的最小间距　（m）

名称	氧气设施的构筑物	氧气低、中压贮气器，液氧贮槽
企业外铁路（中心线）	25	25
企业内铁路（中心线）	20	20
企业外道路（路边）	15	15
企业内主要道路（路边）	10	10
企业内次要道路（路边）	5	5
电力牵引机的企业外铁路线	20	20
架空电力线	—	不小于电杆高度的一倍半
民用建筑	25	25
重要的公用建筑	50	50

为了满足工艺要求并方便操作管理，在氧气站的设计中常采用两种形式：一种是制氧、压氧布置在一个建筑物内；另一种是制氧、压氧分别布置在两个建筑物内。无论哪一种形式，氧气站厂房都分为主跨和副跨两部分。主跨为机器间跨度，其推荐值如表 6-7 所示。

表 6-7　跨度推荐值

空气分离装置容量/（m^3/h）	制氧车间跨度/m	压氧车间跨度/m
1000	12	9
1500	15	15
3200	15	15

（续）

空气分离装置容量/（m^3/h）	制氧车间跨度/m	压氧车间跨度/m
6000	15～18	—
10000	15～18	—

厂房的高度主要取决于起重机轨面标高，机器间的厂房高度还应考虑留有适当空间高度，以保证自然通风。氧气车间的二层平台标高及轨面标高推荐值如表6-8所示。

表6-8　氧气车间的二层平台标高及轨面标高推荐值

空分装置容量/（m^3/h）	二层平台标高/m	轨面标高/m
1000	4.0	8.5
1500	4.5	15.0
3200	4.0	9.5
6000	4.5	11.0
10000	4.7	11.5

6.1-3　氧气站（厂）的规模有什么要求？

答：氧气站（厂）的生产规模及空分设备总容量的配置要考虑以下原则：

1）氧气站（厂）的总生产能力应根据各用户的小时平均用氧量来确定，而且必须计入当地海拔的影响。海拔对空气密度的影响可按下式计算：

$$\rho = \rho_0 (1 - 0.02257H)^{4.256}$$

式中　ρ——大气密度（kg/m^3）；

ρ_0——海平面大气密度（kg/m^3）；

H——海拔（km）。

原料空气的温度随海拔的变化关系如下：

$$t = t_0 - 6.5H$$

式中　t——大气温度（℃）；

t_0——海平面大气温度（℃）。

2）空气设备台数的配备宜按大容量、少机组、型号尽量统一的原则来确定。

3）氧气站（厂）一般不备用空分设备，应当采用设置液体贮槽、汽化装置以及备用氧压机等方式，来解决氧气生产中断时的供氧问题。液氧贮槽的总贮液量推荐选择用空分设备一昼夜的氧气产量折合成的液态容量。当有多台空分设备时，可按最大容量的1/2至一昼夜的氧产量折算成液氧容积作为总贮量。

4）调节产氧量与压氧量之间的不平衡，全低压空分设备可采用低压贮罐，中压小型空分设备可采用湿式气柜或贮气囊，其有效容积应根据压氧量与产氧量之间的不平衡值来确定。

5）调节用氧量与产氧量之间的不平衡，尤其是间断周期性用户，比如：氧气顶吹转炉用氧特点呈高峰、低谷波动，宜采用中压或高压贮罐来解决。其有效容积应根据贮气与输气条件，以及用氧量与产氧量的不平衡值来确定。

6）在选择氧气站（厂）生产规模及空分设备时，应考虑生产发展因素以及空气分离产品综合利用的问题。

6.1-4　供氧系统有什么要求？

答：供氧系统应考虑以下因素：

1）供氧系统不要过于复杂，供氧系统应安全可靠并便于操作管理维护。

2）根据用户的用氧压力、使用制度的不同，可采用分别供氧。

3）供氧系统应具备满足高峰用氧的能力。

4）供氧系统应具有一定的调节手段，以调节正常生产条件下的供需不平衡问题，减少氧气放散率。

管路供氧系统分为低压供氧系统、中压供氧系统、高压供氧系统及综合供氧系统。

低压供氧系统的压力为空分塔出口氧气压力约为 2～5kPa，直接送往用户使用。系统示意图如图 6-1 所示。

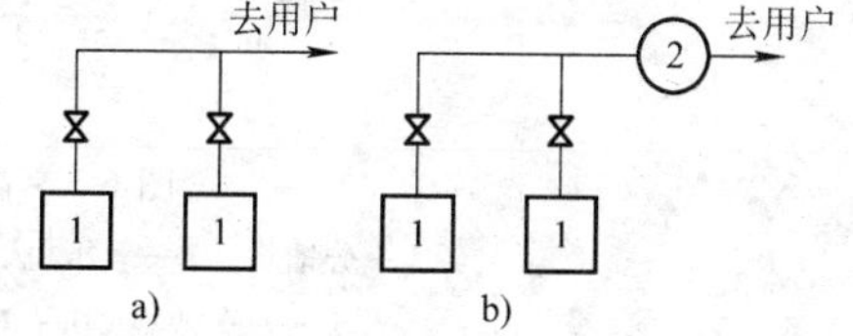

图 6-1　低压供氧系统

1—空分塔　2—低压贮罐

中压供氧系统的压力为 2.0～3.0MPa，典型的系统示意图如图 6-2 所示。

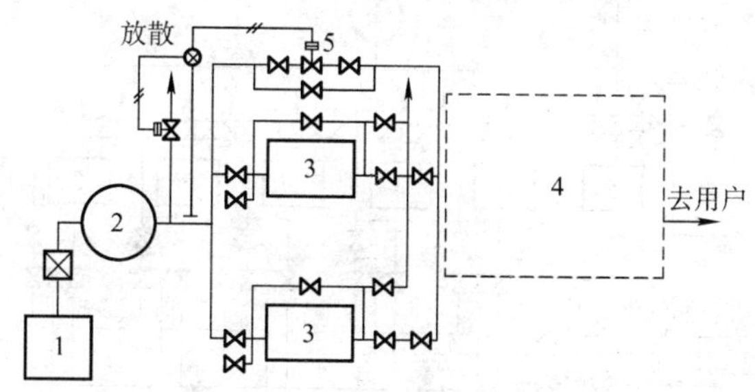

图 6-2　中压供氧系统

1—空分塔　2—缓冲击　3—活塞式氧压机

4—中压贮存系统　5—回流调节装置

高压供氧系统是高压充瓶用氧系统，充瓶压力为 15MPa，充瓶操作为间歇操作，充填台设置两组，倒换使用。高压供氧系统参见图 6-3。

综合供氧系统是较为典型的系统，为出空分塔的氧气分高、中、低压三路系统供气，液氧及气氧并行的供氧系统两种。图 6-4 为低压、中压及高压供氧系统。图 6-5 为液氧、气氧并行供氧系统。

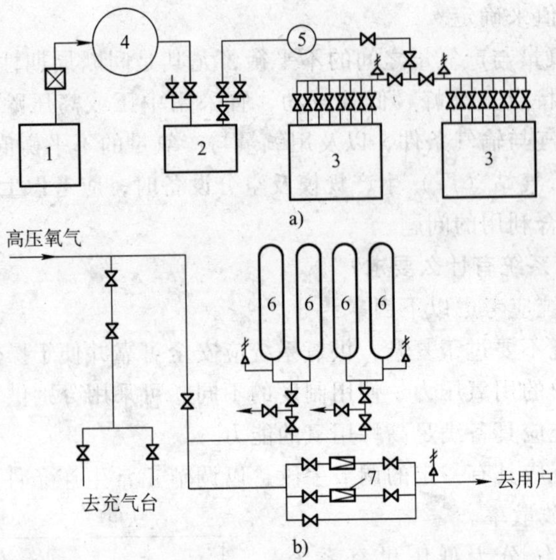

图 6-3　高压供氧系统

1—分馏塔　2—氧压机　3—充气台　4—低压贮气器

5—水分离器　6—高压贮气器　7—减压阀组

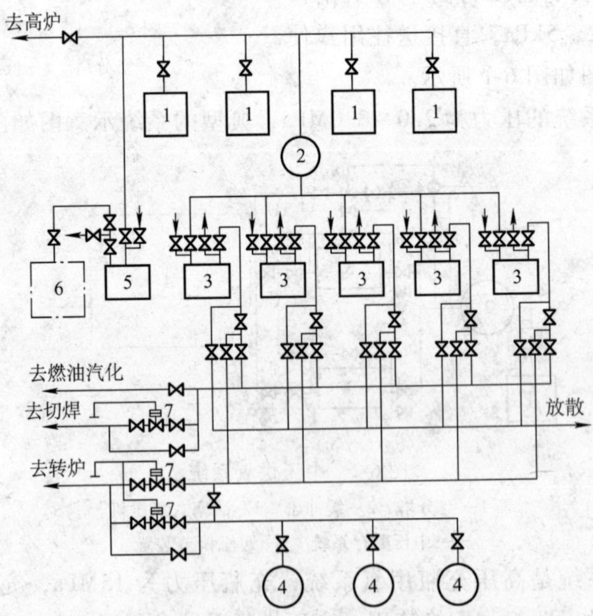

图 6-4　低压、中压及高压供氧系统

1—分馏塔　2—缓冲罐　3—中压氧压机

4—中压贮气器　5—高压氧压机　6—充气台

7—压力调节组

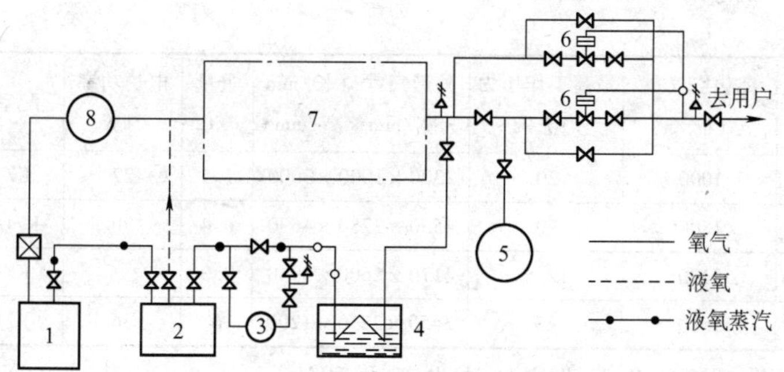

图 6-5　液氧、气氧并行供氧系统

1—分馏塔　2—液氧贮槽　3—液氧泵　4—液氧蒸发器
5—中压贮气器　6—压力调节阀组　7—氧气加压系统　8—缓冲罐

第 2 节　分子筛纯化器

6.2-1　空分设备配套分子筛纯化器的技术规格包括哪些内容？

答：小型空分设备配套的分子筛纯化器的技术规格如表 6-9 所示。中压分子筛纯化器的技术规格见表 6-10。中压纯化器结构示意图如图 6-6 所示。

表 6-9　空分设备配套分子筛纯化器技术规格

空分设备系列	型号	加工空气量 /(m^3/h)	最高工作压力 /MPa	进气温度 /℃	切换周期 /h	每只吸附筒分子筛装入量 /kg	再生介质气量 /(m^3/h)	加热器功率 /kW
30	HXK-120/200	120	19.61	30	8	70	50	5.5
50	HXK-300/40	300	3.92	30	8	200	130	15
150	HXK-960/45	960	4.41	30~35	8	~550	~350	36
300	HX-1800/15	1800	1.47	30	8	1500	800	96

表 6-10　中压分子筛纯化器技术规格

纯化器型号	纯化空气量 /(m^3/h)	最高工作压力 /10^5 Pa	外形尺寸（长/mm ×宽/mm×高/mm）	重量 /t	电炉功率 /kW	配空分设备型号
HXK-472/12	472	12	1400×820×1710	1.1	3.7	KZO-50（哈尔滨制氧机厂）
HXK-300/40	300	40	2200×1600×2930	2.3	15	KZO-50（邯郸制氧机厂）
HXK-1300/12	1300	12	2700×1850×3000	4.3		KZO-150
HXK-960/45	960	45	3110×2430×3660	4.3	36	KZON-150/550-3

（续）

纯化器型号	纯化空气量 /（m^3/h）	最高工作压力 /10^5 Pa	外形尺寸（长/mm ×宽/mm×高/mm）	重量 /t	电炉功率 /kW	配空分设备型号
HXK-1000/20	1000	20	2300×1000×3000	1.5	27	KZON-150/300
HXK-1800/20-1	1800	20	4550×3280×4630	6.4	90	KZON-300/600-4
HXK-2190/12.5	2190	12.5	4170×2600×3940	7.3		KZON-500/100
KXK-1080/25	1080	25	3450×2250×1200	6	36	KZON-600/120

6.2-2　分子筛纯化器维修的技术要求是什么？

答：分子筛纯化器是由吸附筒（两只）、丝网及绒布过滤器（或陶瓷过滤器）、油水分离器、冷却器、阀门、管道以及电加热器等组成。

筒体材料一般选用 16Mn、15MnV 等普通低合金结构钢板卷焊而成。

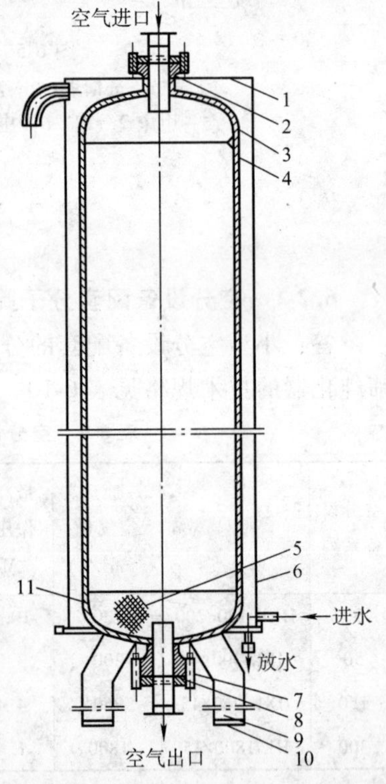

图 6-6　中压纯化器结构示意图
1—外筒盖　2—过滤器（Ⅰ）　3—封头　4—筒体　5—分子筛　6—外筒　7—过滤器（Ⅱ）　8—法兰　9—撑板　10—底板　11—外筒底

分子筛纯化器维修的技术要求如下：

1）粉末过滤器视阻力情况而定，一般使用半年至一年拆洗一次。

2）每使用一年应检查一次分子筛粉碎和污染情况，并过筛和补充新分子筛。

3）每三年应对冷却器盘管进行清理，去除其表面附着的水垢，并作 1.5 倍工作压力的水压强度试验，保持 10min，不得有渗漏，再对盘管和筒体内表面除锈后，涂防腐漆。

4）每五年应对纯化器筒体、油水分离器进行一次 1.5 倍工作压力的水压强度试验，保持 10min，不得有渗漏。对进行水冷却的吸附筒必须清除外表面的水垢，作壁厚测定和强度校核，并对纯化器筒体外表面及水套筒内表面涂防腐漆。

5）每三年对电加热器表面涂耐热银粉漆一次。

6）管道的阀门若采用中压（或高压）、中温直角式截止阀，应经常检查气密情况，渗漏时，应添加油浸石棉编织填料，或更换高压橡胶石棉板的垫片。检修后对系统作最高工作压力气密试验，保持 30min，不得有渗漏。

7）吸附筒或油水分离器在原焊缝需要补焊时，应由考试合格，且有压力容器焊工许可证的焊工来焊接，并采用 T507 焊条，焊缝的热影响区表面不得有裂纹、气孔、弧坑和夹渣等缺陷。焊缝咬边深度不得大于 0.5mm，焊后需进行热处理，以消除应力。焊缝同一部位的返修次数不宜超过两次。

8）分子筛第一次装入时，需进行活化处理，即在常温下，加热 550℃，时间不少于 2h，或在减压下，加热 350℃ ±10℃，时间不少于 5h，脱除水分，再在干燥的条件下，冷却至室温才能使用。

第3节　储气装置

6.3-1　低压湿式储氧罐的防腐剂有哪些？

答：由于纯氧对所有有机涂料起化合作用，影响其防腐性能，因此，对储氧罐内壁的防腐，应选用无机富锌涂料（又称硅酸锌涂料）。这种涂料在纯氧气氛下具有优良的耐腐蚀性能，在日光暴晒下，不但不易老化和粉化，而且硬度、韧性、附着力都有所提高，耐干湿交替的腐蚀亦有明显效果，因此，防腐寿命较长。

1. 无机富锌涂料的配制

无机富锌涂料配制的原料如表 6-11 所示。

表 6-11　无机富锌涂料配制的原料

材料名称	在涂料中的作用	备　注
锌粉（粒度 120 目）	成膜物	储存在密闭容器内，以防止其吸潮而结块，配制时不易搅拌
水玻璃（碱性，$Na_2O:SiO_2=1:2.4$）	粘结剂	应放置在铁桶内，不易储存在铅、锡、锌桶内，以防腐蚀
海藻酸钠溶液（中性，质量分数为 1%）	增厚剂，阻止锌粉沉淀及改进涂刷性能，避免流淌	
氯化镁溶液（工业品）	固化剂	
水杨酸	防止海藻酸钠溶液分解	
乙醇	防止海藻酸钠溶液分解	

溶液的配制方法如表 6-12 所示。涂料配制的方法如表 6-13 所示。

表 6-12　溶液的配制方法

溶液名称	配制方法	备　注
海藻酸钠溶液	取海藻酸钠 1g，加入水 99g	为避免海藻酸钠溶液储存期间分解，可在溶液每 100g 中加入水杨酸 0.1g、乙醇 1g（如现配现用可不加）
氯化镁溶液	取 28g 氯化镁加入 72g 水	

表 6-13 涂料配制的方法

名　称	数量（重量比）	备　注
锌粉	100	1. 锌粉密度较大，易沉淀，使用时需用木棒经常搅拌均匀
水玻璃	10	2. 随用随配，不要多配，以避免放置时间较长，防腐性能下降
海藻酸钠溶液		

2. 涂刷工艺方法

首先对储氧罐内壁彻底除净旧漆和锈蚀，使表面露出光泽，便于附着涂料。清除方法可采用喷砂处理或其他机械方法和酸洗方法。涂刷富锌涂料时不应太厚，厚度一般在0.06~0.1mm为宜，并涂刷均匀，过厚易产生鼓泡或破裂。涂刷经数小时后，待涂膜初步干燥（用小刀轻刮呈现金属光泽时），即可在表面上均匀地涂刷一层氯化镁溶液，进行固化。隔1~2天（以涂料固化时间为准）涂料固化后，用清水冲洗表面残存的盐分。

3. 涂刷注意事项

1）涂刷前，必须将储氧罐上的人孔打开，便于通风。

2）涂刷无机富锌涂料和氯化镁溶液时，在有条件情况下，可采用通风措施，否则，应在天气晴朗时涂刷，便于涂料和氯化镁溶液中水分较快的蒸发和干燥，避免剥离和脱落，影响防腐性能。

3）涂层尚未干燥（以小刀轻刮无金属光泽），切勿涂刷氯化镁溶液固化剂，否则抗水性能大大降低。

4）固化前，用手抚摸涂料，如有粉末脱落，锌粉过多集中浮于表面，一般是由于通风不良所致。固化后，用手抚摸，仍有锌粒脱落，甚至有锈蚀斑点，一般是由于干燥不彻底所致。

6.3-2 储气囊如何维护和粘补？

答：小型制氧站多采用储气囊作为压氧充瓶中间缓冲装置。储气囊一般是由合成橡胶和406工业尼龙布胶接而成，最大充气压力为0.05Pa（约500cmH_2O）。储气囊常见的技术规格如表6-14所示。

表 6-14 储气囊技术规格

公称容积/m^3	工作压力/mmH_2O	直　径/mm	长　度/mm	重　量/kg
50	150	2850	9050	63
125	150	3600	12750	100

1. 储气囊的维护

储气囊不得经雨淋和日晒，应用亚麻绳、尼龙绳或良质棉线绳悬挂在室内，且拉力均匀，周围与物体应有不小于0.5m的间隙，以避免充气时与其他物体摩擦。储气囊表面应无油脂、清洁，并经常用软干布擦拭。室内采暖温度为5℃，以防止橡胶老化。特别要注意避免被金属锐器划破。

2. 储气囊的粘补

在制氧工艺流程中，将水封器连接在分馏塔进入储气囊的管道上，对储气囊加以保护。但由于一些制氧站将充氧台回气管连接在储气囊与氧压机入口管路之间，当储气囊中气压较高，而充氧台回气阀开得过快或过大（或个别气瓶瓶阀未关）时，回收的压力氧气先进入储气囊中，因此，水封器不能及时排泄，引起储气囊超压而爆破。

储气囊裂口可采用粘补方法进行修理。

（1）搭接　将裂口边缘粘接面清除干净，对边缘一侧内表面，另一侧外表面宽15～20mm范围内，用木锉（或粗砂布）打磨粗化处理，均匀涂XY403胶液（简称3号浆子）两遍，每遍晾置5～10min，当稍粘手时，搭接合扰，在室温下加压固化24h以上。再采用宽30～40mm夹有工业尼龙布的橡胶条，在搭接处30～40mm的范围内分别打磨，进行粗化处理。按上述方法将外沿条粘牢。

（2）对接　将裂口两侧边缘内表面宽15～20mm的范围内，采用夹有工业尼龙布的橡胶条，分别打磨，进行粗化处理，按搭接工艺方法，将内衬条平整粘牢。再在裂口外表面宽30～40mm范围内，采用上述同样粘接工艺方法，将外沿条压合粘牢。

粘接固化后，必须在最大工作压力下充装氧气，用肥皂水检查气密性，不得有泄漏，然后擦拭干净。

一般在储气囊圆筒的一幅布上或同一半球梯形表面上，允许粘补面积不大于0.03m^2。

第4节　气瓶的检验

6.4-1　气瓶检验前应做哪些工作?

答：气瓶检验前，应逐瓶检查其原始标志和检验标志、认证检验项目。填写气瓶耐压试验登记表。确认气瓶中残留气体性质，并以安全方式排放。

气瓶在长期使用过程中，受环境腐蚀和反复充装压力的作用，引起气瓶金属力学性能的改变，使其使用寿命逐渐缩短。为保证使用安全，每隔一定年限，必须对气瓶进行一次全面技术检验，测定其性能状况，判断是继续使用还是报废处理。

6.4-2　气瓶外表面和内表面的检查内容有哪些?

答：气瓶外表面的检查包括逐瓶检查气瓶瓶口螺纹。螺纹应完整、清洁、无毛刺及其他缺陷。其有效螺纹数自瓶口基面起，不少于 8 个螺纹。颈圈螺纹应完整，但允许有不超过螺纹总数 1/3 的局部小裂纹，长度不应大于周围 1/3，深度不应大于螺纹高度 1/3 的缺陷。

检查颈圈的牢固性，发现有因更换或用焊接、钎接等加固的原配颈圈，而导致瓶颈或瓶口烧伤的气瓶，应报废处理。

气瓶外表面检查的目的，是查明瓶壁腐蚀情况，一般包括划痕、裂纹、弧疤、烧伤、孔洞、夹层、凸起、凹陷、圆度、直线度及垂直度等缺陷，以判定气瓶的技术状况。

除净瓶身外表面粘着的锈蚀、污垢后，应按表 6-15 进行评定。

表 6-15　气瓶外表面检查评定

序号	外表面缺陷	评　定
1	瓶身呈波浪状凸凹缺陷	报废
2	瓶身弯曲大于 3/1000，且超过 4mm	报废
3	瓶身表面呈明显凸起	报废
4	瓶身表面凹陷深度超过 2mm，或凹陷直径大于其深度 1/30	报废
5	裂纹	报废
6	夹层（折痕或皱纹）	报废
7	划伤或擦伤，伤痕长度超过气瓶长度 20%，或其深度超过气瓶壁厚 5%	报废
8	电弧或焊割工具火焰烧伤补焊，以及瓶身局部或全部烧伤或烧结	报废
9	均匀腐蚀深度大于原壁厚 20%，或原始表面无法辨认的	报废
10	均匀腐蚀深度接近于原壁厚 20%	磨平，测定壁厚，校核强度
11	局部腐蚀深度大于原壁厚 25%	报废
12	局部腐蚀深度接近于原壁厚 25%，腐蚀面积接近表面 20%	磨平，测定壁厚，校核强度
13	线状或链状腐蚀、任何方向的腐蚀长度，对于气瓶圆周或腐蚀深度大于 25%	报废
14	点腐蚀直径大于 5mm，深度超过壁厚的 40%	报废
15	点腐蚀直径小于 5mm 的	磨平，测定壁厚，校核强度
16	瓶座松动、倾斜、严重变形，或破裂，影响气瓶立稳	报废
17	气瓶肩部原始标志不全、不清、不能辨认	报废

气瓶内表面的检查采用内窥镜，或将小于 24V 的安全小灯泡放入气瓶内观察。检查时，若发现瓶内有锈层、污垢等影响检查进行的问题，应根据实际情

况，可采用喷水（或热水）冲刷、蒸汽喷刷，或喷丸、滚磨，或酸洗法等措施清除锈蚀或污垢。干净后，再进行借灯光目测检查和声音（250g 铜锤）检查，如声音清脆有力，余音轻而长、且有旋律感，则认为合格。必要时，可进行测厚和强度校核。

气瓶内表面有长条或网状裂纹、鼓包，以及夹层（折痕或皱纹）明显变形者应报废。瓶内局部或全部有密集腐蚀点，或怀疑有严重缺陷时，应进行测厚并校核强度，或无损检测。

6.4-3　气瓶水压试验内容有哪些？

答：气瓶水压试验应遵照 GB/T 9251—1997 进行。

气瓶水压试验的容积变形值的测定，可采用外测法和内测法两种。外测法试验结果精确，并易判断，勿需计算全变形量，能直观对气瓶进行鉴别；但设备复杂，操作麻烦，工效较低。内测法对试压系统密封性要求较高，试验结果不够精确，对全变形值要进行计算；但设备简单、操作方便、工效较高、渗漏容易发现。国内除小型气瓶采用外测法外，一般都采用内测法。

1. 采用内测法进行水压试验的操作过程

采用内测法进行气瓶水压试验如图 6-7 所示。试验步骤如下：

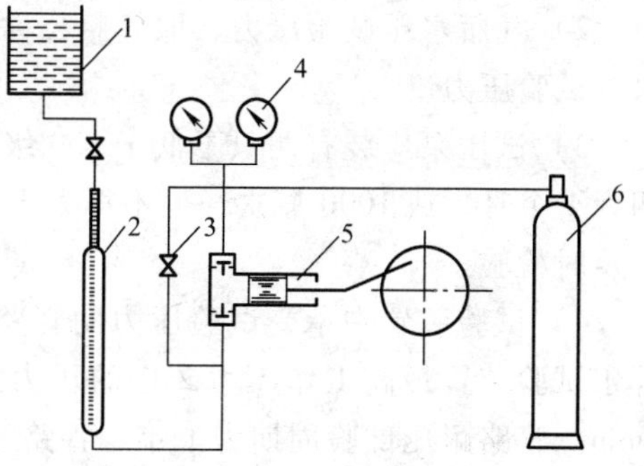

图 6-7　采用内测法进行气瓶水压试验装置示意图

1—高位水箱　2—刻度管　3—回水阀　4—压力表　5—试压泵　6—气瓶

1）卸下气瓶 6 的瓶阀与胶圈，灌满清水，静置一定时间（不应少于 6h），可用木锤敲击瓶体，以排除瓶内残留气体，临试验前测量并记录气瓶内水的温度。

2）将气瓶 6 夹在试压翻车上，上好试压专用接头。

3）打开高位水箱 1 的阀门，向刻度管 2 内注满清水，启动试压泵 5（回水阀 3 关闭），当导管与气瓶 6 的连接夹具有水流出时，关闭试压泵 5，将夹具与气瓶试压专用接头旋紧连接。

4）启动试压泵 5，使压力表 4 的压力升至最高工作压力的 1/3 或 1/2；关闭试压泵 5，检查试压系统不得有泄漏；然后打开回水阀 3 卸压，以排尽试压系统中以及水中的气体。

5）打开高位水箱 1 的阀门，将刻度管 2 注满清水（注意使用单缸试压泵时，柱塞位置停在死点上）。开动试压泵 5（此时高位水箱 1 的阀门及回水阀 3 应关闭），缓慢升压，并在压力升至试验压力的 90% 时，关闭试压泵 5，检查试压系统无泄漏，再继续开动试压泵 5，升至试验压力，保压时间不得少于 30s。观察压力表 4 指针无下降时，则记录刻度管 2 内的水位，即总压入水量 A（mL）。

6）打开回水阀 3，使气瓶 6 缓慢卸压；当降至工作压力时，关闭回水阀 3，对气瓶 6 进行细致检查。如瓶壁无显著变形、泄漏或其他异常现象时，把回水阀 3 再次打开，使压入气瓶 6 内的水返回刻度管 2 内；当压力表 4 指针降至零位时，记录刻度管 2 的水位回水不足量（mL），即容积残余变形值 $\Delta V'$（mL）。总压入水量减去水的压缩量（可用公式或查图表）即为容积全变形值 ΔV（mL），再进行容积残余变形率 η（%）的计算。

7）将气瓶接头卸下，并将瓶内水放净，打检验钢印标记，上瓶阀和胶圈。

2. 气瓶水压试验的一般技术要求

1）气瓶水压试验，是在对气瓶作内、外部检查及容积、重量测定的基础上进行。

2）气瓶水压试验压力，取气瓶公称工作压力的 1.5 倍，或用气瓶上标记的水压试验压力。

3）试压泵应装有两只不低于 1.0 级的精度级别的压力表。压力表的检验周期为 1 个月，或 1000 瓶次，但不得大于 3 个月。当两只压力表的显示值异常时，应及时检验。

4）试验装置中承受试验压力的管路及其附件（被试验气瓶除外），必须以等于试验装置最高工作压力 2 倍的压力进行耐压试验。耐压试验的保压时间为 1min。管路耐压试验周期为 1 年。管路经检修后，必须进行耐压试验。

5）用于测定水温的温度测量仪表的最小刻度值，不得大于 1℃，温度测量仪表的检验周期为 2 年。

6）对气瓶采用内测法进行水压试验，供测量总压入水量的量管、其示值的相对误差不得大于 ±1%，量管的最小刻度值应与这一误差要求相适应。

7）试压泵应具备良好的密封能力。

8）从常压连续升压到试验压力的时间不得少于 15s，试压泵应能满足这一要求。

9）对于承受试验压力的管路应采用铜管。在试验压力下，管路的压入水量每三个月测定一次。

10）试验介质应采用洁净的淡水。试验含铬合金钢气瓶时，试验用的水的氯离子的质量分数不得大于 25ppm（$\times10^{-6}$）。

11）试验环境温度和试验水的温度，不得低于 5℃。

12）不得连续对同一气瓶做重复超压试验。

13）容积大于 12L 的高压气瓶，在做水压试验的同时，应进行容积残余变形测定。

14）气瓶水压试验，容积残余变形率大于6%时，应测定瓶体的最小壁厚，并校核其强度；容积残余变形率大于10%时，应予以报废。

15）从事气瓶水压试验的操作人员，必须受过专门训练，并能正确熟练操作。

16）试验装置应具有安全防护设施。

3. 水压试验结果计算

气瓶水压试验容积残余变形率为：

$$\eta = \frac{\Delta V'}{\Delta V} \times 100\%$$

$$\Delta V = A - B(V + A - B) p_h \beta_t$$

式中 $\Delta V'$——气瓶水压试验容积残余变形值（mL）；

ΔV——气瓶水压试验容积全变形值（mL）；

A——气瓶水压试验总压入水量（mL）；

B——试验压力下管路的压入水量（mL）；

V——气瓶的实际容积（mL）；

p_h——试验压力（MPa）；

β_t——试验温度和试验压力下水的平均压缩系数（MPa^{-1}）。

水的平均压缩系数 β_t 与试验压力 p_h 的乘积，可由水的平均压缩系数 β_t 与试验压力 p_h 的乘积表查得见表6-16。

表6-16 水的平均压缩系数 β_t（MPa^{-1}）及其与试验压力 p_h 乘积表

温度 t/℃	试验压力 p_h/MPa					
	18.6（190kgf/cm²）		22.1（225kgf/cm²）		29.4（300kgf/cm²）	
	$\beta_t \times 10^7$	$p_h\beta_t$	$\beta_t \times 10^7$	$p_h\beta_t$	$\beta_t \times 10^7$	$p_h\beta_t$
5	4707	0.00877	4690	0.01035	4650	0.01368
6	4667	870	4650	1026	4612	1357
7	4630	863	4613	1018	4578	1347
8	4595	856	4580	1010	4546	1337
9	4563	850	4549	1004	4516	1329
10	4534	845	4521	0.00998	4489	1321
11	4507	840	4497	992	4464	1313
12	4484	835	4475	987	4443	1307
13	4464	832	4455	983	4425	1302
14	4448	829	4439	979	4409	1297
15	4435	826	4425	976	4395	1293
16	4423	824	4411	973	4383	1290

（续）

温度 t/℃	试验压力 p_h/MPa					
	18.6（190kgf/cm²）		22.1（225kgf/cm²）		29.4（300kgf/cm²）	
	$\beta_t \times 10^7$	$p_h\beta_t$	$\beta_t \times 10^7$	$p_h\beta_t$	$\beta_t \times 10^7$	$p_h\beta_t$
17	4412	822	4400	971	4372	1286
18	4403	820	4390	969	4361	1283
19	4395	819	4382	967	4352	1280
20	4388	818	4375	965	4344	1278
21	4382	816	4368	964	4337	1276
22	4377	815	4363	963	4332	1274
23	4373	0.00815	4359	0.00962	4328	0.01273
24	4369	814	4356	962	4325	1272
25	4367	814	4353	961	4322	1271
26	4364	813	4351	960	4320	1271
27	4362	813	4349	960	4317	1270
28	4360	812	4347	959	4315	1270
29	4358	812	4345	959	4313	1269
30	4355	811	4343	958	4311	1268
31	4352	811	4341	958	4308	1268
32	4350	811	4338	957	4305	1267
33	4348	810	4335	956	4302	1266
34	4346	810	4332	956	4300	1265
35	4343	809	4329	955	4298	1265
36	4340	809	4326	954	4296	1264
37	4337	808	4324	954	4294	1263
38	4334	808	4322	954	4291	1262
39	4332	807	4320	953	4288	1262
40	4331	807	4316	952	4285	1261

6.4-4　气瓶的壁厚测定及强度校核有哪些要求？

答： 1. 壁厚测定

在一般情况下，先将瓶分为三段，即在距瓶肩及瓶底距离各150～200mm处划两线，在两线中间作三条环线，在其中一条环线上作四个等分点，再在这四个等分点上作四条素线，素线与环线的交点，即为测定点，并进行编号。用锉刀或砂布将测定点打光，用测厚仪测定气瓶的最小厚度。

若气瓶锈蚀面比较大，应根据实际情况把瓶身分为更多的段，在环线上也可分为更多的等分点。

2. 强度校核

不同时期生产的国产气瓶，其筒体最小壁厚的计算公式是不同的，所以对国产气瓶应按生产时期分别进行强度校核。

1979 年 12 月 31 日前生产的国产气瓶，应按下式进行校核：

$$p=\frac{230s[\sigma]\varphi}{D_0-s}$$

其中

$$[\sigma]=\frac{\sigma_b}{n_b}$$

式中 p——瓶壁减薄后气瓶的工作压力（MPa）；

s——测定最小壁厚（mm）；

D_0——内径（mm）；

φ——焊接气瓶的焊缝减弱系数（见表 6-17）；

$[\sigma]$——材料许用应力（MPa）；

σ_b——温度为 20℃ 时材料的抗拉强度（MPa）；

n_b——抗拉强度的安全系数，无缝气瓶 n_b 不得小于 3.0，焊接气瓶 n_b 不得小于 3.5。

表 6-17　焊缝减弱系数

焊接型式	焊缝减弱系数 φ	
	全部射线透视检查	局部射线透视检查
对接焊缝	0.95	0.85

1980 年 1 月 1 日至 1986 年 1 月 31 日生产的国产气瓶，应按下式进行强度校核：

$$p=\frac{200s[\sigma]\varphi}{D_0-s}$$

其中

$$[\sigma]=\frac{\sigma_s}{n_s}\quad \text{或}\quad [\sigma]=\frac{\sigma_b}{n_b}$$

式中 $[\sigma]$——材料许用应力（MPa），取其中较小值；

σ_b——常温下材料的抗拉强度（MPa）；

σ_s——常温下材料的屈服强度（MPa）；

n_b——抗拉强度的安全系数，无缝气瓶不得小于 2.5，焊接气瓶不得小于 3.0；

n_s——屈服强度的安全系数，无缝气瓶不得小于 1.67，焊接气瓶不得小于 1.9；

φ——焊接气瓶的焊缝减弱系数（见表 6-18）；

D_0——外径（mm）。

表 6-18　焊接气瓶的焊缝减弱系数

焊接型式	焊缝减弱系数 φ	
	全部无损检测	局部无损检测
双面对接焊缝	1.0	0.9
有垫板的单面对接焊缝	0.9	0.8

1986 年 2 月 1 日以后生产的国产气瓶，应按下列两公式进行强度校核：

$$p_n = \frac{2s\frac{\sigma_e}{1.3}}{D_0 - s}$$

因为
$$p_n = 1.5p$$

所以
$$p = \frac{p_n}{1.5}$$

式中　p_n——水压试验压力（MPa）；

D_0——钢瓶筒体外径（mm）；

s——测定最小壁厚（mm）；

σ_e——瓶体材料热处理后的屈服应力保证值（MPa）；

p——气瓶工作压力（MPa）。

6.4-5　气瓶打钢印和漆色有哪些要求？

答：气瓶经水压试验后要打钢印标记和漆色，如图 6-8 所示。钢印必须明显，清晰，钢印字体高度为 7～10mm，深度为 0.3～0.5mm。气瓶漆色字样一律采用仿宋体，字体高度一般为 80mm，色环宽度一般为 40mm。

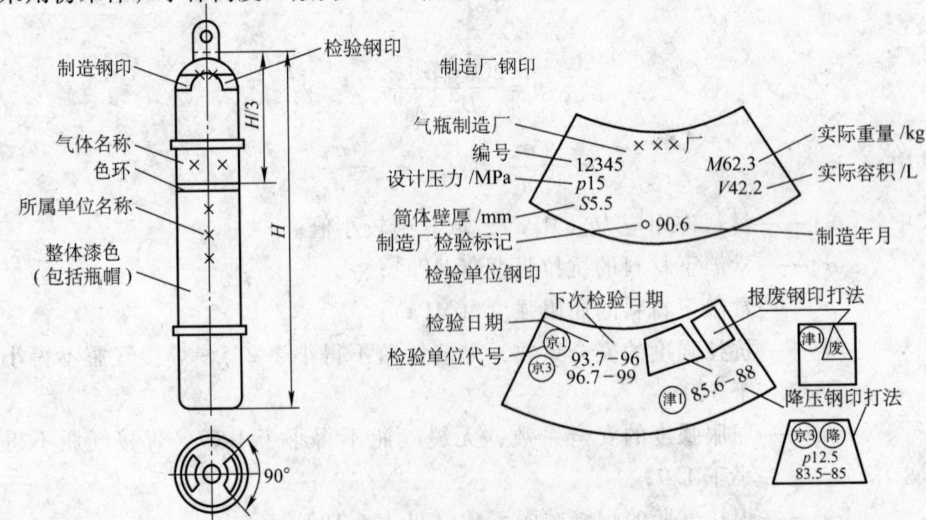

图 6-8　气瓶钢印标记和漆色

在充装气体之前，必须检查气瓶的漆色、气体名称等与充装气体是否一致，以免气体混合影响纯度，甚至造成气瓶爆炸事故。根据 GB 7144—1999，氧气厂、站常用气瓶的涂色标记规定如表 6-19 所示。

表 6-19　气瓶颜色标记规定

气瓶名称	瓶　色	字　样	字样颜色	色　环
压缩空气瓶	黑	空气	白	$p=19.6$MPa 白色环一道 $p=29.4$MPa 白色环二道
氧气瓶	淡酞蓝	氧	黑	$p=19.6$MPa 白色环一道 $p=29.4$MPa 白色环二道
医用氧气瓶	淡酞蓝	医用氧	黑	
氮气瓶	黑	氮	淡黄	$p=19.6$MPa 白色环一道 $p=29.4$MPa 白色环二道
氩气瓶	银灰	氩	深绿	$p=19.6$MPa 白色环一道 $p=29.4$MPa 白色环二道
灯泡氩气瓶	黑	灯泡氩气	天蓝	
氖气瓶	银灰	氖	深绿	$p=19.6$MPa 白色环一道 $p=29.4$MPa 白色环二道
氦气瓶	银灰	氦	深绿	$p=19.6$MPa 白色环一道 $p=29.4$MPa 白色环二道
氪气瓶	银灰	氪	深绿	$p=19.6$MPa 白色环一道 $p=29.4$MPa 白色环二道
氙气瓶	银灰	氙	深绿	$p=19.6$MPa 白色环一道 $p=29.4$MPa 白色环二道
氢气瓶	淡绿	氢	大红	$p=19.6$MPa 淡黄色环一道 $p=29.4$MPa 淡黄色环二道

根据国家劳动部 1989 年公布的《气瓶检察规定》，气瓶应定期检验。充装氧、氮、氢、压缩空气等的气瓶，每三年检验一次；充装惰性气体、氩、氖、氦、氪、氙的气瓶，每五年检验一次。检验后，在气瓶肩部规定的位置上打上钢印。气瓶上应装设两个防振圈。安全瓶帽应拧紧，不能受日光暴晒，气瓶的温度保持在 40℃以下。氧气瓶装送车辆应加“危险品”标志，车上严禁烟火、易燃品，带油物品不得与氧气瓶同车装载。

6.4-6　气瓶内部如何干燥？

答：除去气瓶内部的残留水分，目的是避免气瓶内壁腐蚀和影响气体质量。水润滑氧压机充装氧气的气瓶，可不进行干燥；医用氧气、稀有气体等气瓶应彻底进行干燥。干燥方法是，在气瓶水压试验放水后，让气瓶嘴朝下倒立一定时间，使瓶内残留水流净；然后将金属细管插入气瓶内，且距瓶底150～200mm处，通入经电炉加热的70～80℃氮气，一般干燥时间为30min左右。

6.4-7 瓶阀的检查和安装有哪些要求？

答：瓶阀的检查和安装要求是：

对充装氧气的气瓶，一般安装销片式带膜片防爆装置瓶阀，其结构如图6-9所示；对充装氩气及高纯氮气等气体的气瓶，一般安装钩轴式瓶阀，其结构如图6-10所示。

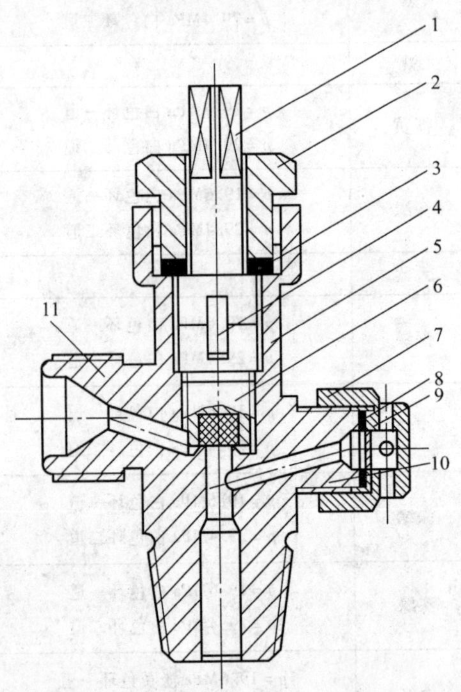

图6-9 销片式带膜片防爆装置瓶阀

1—阀杆 2—六角帽 3、8—垫片 4—销片 5—阀体 6—螺纹阀芯 7—泄压帽 9—膜片 10—泄压嘴 11—出口嘴

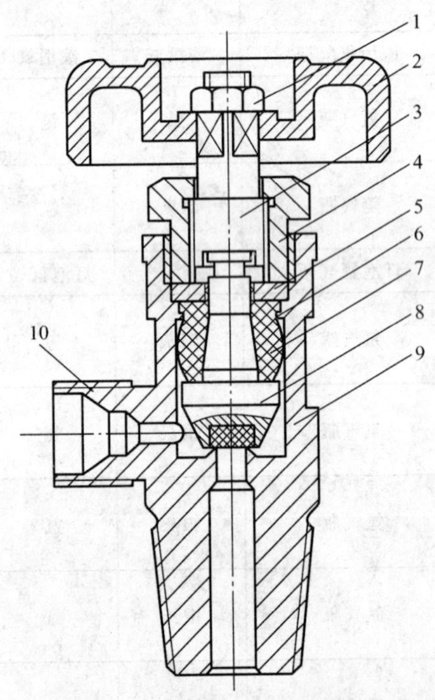

图6-10 钩轴式瓶阀

1—螺母 2—手轮 3—螺纹阀杆 4—六角帽 5—压圈 6—压圈 7—密封胶圈 8—阀芯 9—阀体 10—出口嘴

1. 瓶阀的检查

瓶阀有变形或裂纹等缺陷时，应进行更换。

容积大于12L的气瓶阀锥形尾部，连续完好的螺纹不少于五个螺距，最少有效螺纹数不少于10个螺距，螺纹不得有贯通裂纹，但允许有不大于螺纹高度1/3、长度不大于螺纹圆周1/5的局部小缺口。

瓶阀的泄压嘴、泄压帽、出口嘴、螺纹阀杆、六角帽、螺纹阀芯，以及阀体的所有螺纹，不得有大于总螺纹数1/3的局部小裂纹或缺口，而这种缺陷在长度上应不大于圆周的1/3，深度上应不大于螺纹高度的1/3。

瓶阀各零件如有变形、磨损、断裂或材质不当时应更换。

带膜片防爆装置的瓶阀，在更换膜片时，应按设计厚度和材质来选用。对新膜片可以作爆破试验。爆破压力一般为气瓶公称工作压力的1.2~1.25倍，或水压试验的0.8倍。

2. 瓶阀的清洗

对于充装氧气的气瓶瓶阀，在更换新阀件时，必须用四氯化碳清洗脱脂。

若清洗较多零件，可用质量分数为5%的氢氧化钠溶液煮洗5~10min，然后用80~90℃热水冲洗干净，再进行彻底干燥。

对铜阀件的锈蚀物，可用硝酸（质量分数为60%~70%）、硫酸（质量分数为30%~40%）、盐酸少许的配比进行酸洗，然后用水冲洗干净，再进行彻底干燥。

3. 瓶阀的安装

瓶阀安装前，应在试验台上用清洁气体并按气瓶公称工作压力进行气密试验，然后用肥皂液进行检查，在开启和关闭时，均不得有泄漏。

瓶阀安装时，首先对瓶阀锥尾螺纹涂一层不含油脂的一氧化铝，用蒸馏水加质量分数为10%化学纯甘油调合成的腻子，或60%的水玻璃加40%石墨粉配成腻子进行密封。

瓶阀安装后，应留有剩余螺纹2~5个螺距。另外，安装瓶阀时，应注意出口嘴的螺纹旋向：氧气和非燃烧气体均为右旋螺纹；可燃性气体为左旋螺纹。

第5节　氧气站管道

6.5-1　氧气管道材料如何选用？

答：氧气管道材料的选用参见表2-39、表2-41、表2-43以及表2-77等。

根据GB 50030—1991中氧气管道所用管材的选用规定，氧气管道常用管子种类及材质如表6-20所示。

表6-20　氧气管道常用管子种类及材质

空分塔至缓冲罐管段	缓冲罐至氧压机管段	氧压机各级及各机之间管段	机器间去中压贮罐管段	压力调节阀组之间管段	去用户的厂区管道	去充瓶间管道
卷焊管	卷焊管	无缝管 不锈钢管	无缝管	无缝钢管 不锈钢管 铜管	无缝钢管 螺焊管	铜管

6.5-2　氧气管道安装有哪些技术要求?

答：氧气管道安装的要求如下：

1. 氧气管道安装的一般技术要求

1）氧气管道、阀门及其附件在安装前，必须进行清除锈污并脱油处理。

2）氧气管道的连接、应采用焊接法；管道与设备、阀门、附件等连接，可采用法兰或螺纹连接。

3）氧气管道应尽量减少拐弯，弯头应有较大的弯曲半径，内部应光滑，并尽量减少接头，以减少摩擦阻力。

4）氧气管道应设有导除静电的接地装置，管道的两端及出入口处接地电阻应小于10Ω，每隔50m接地一处。

5）含湿的氧气管道敷设应有一定坡度，且坡度不得小于0.002，在管道最低处接排水装置。

6）氧气管道不得与导电线路（不包括氧气管道专用的导电线路）敷设在同一支架上。

7）含湿氧气管道，在寒冷地区应采取保温措施，以防冻结。

2. 架空敷设氧气管道的技术要求

1）架空敷设的氧气管道，不得穿过生活区、办公室，并尽量避免穿过不使用氧气的建筑物和房间。

2）架空氧气管道穿过墙壁或楼板时，应敷设在套管内。管道和导管之间的管段不得有焊缝，并采用石棉绳和防水材料填塞。

3）架空氧气管道不宜与燃油管道共架敷设。如必须共架敷设时，氧气管道宜布置在燃油管道的上面，且净距离不得小于0.5m。架空氧气管道与其他气体管道和不燃液体管道共架敷设时，氧气管道宜布置在外侧。氧气管道与其他架空管线之间最小净距如表6-21所示。

表6-21　氧气管道与其他架空管线之间最小净距

序号	管线名称	水平净距/m	交叉净距/m
1	给水管、排水管	0.25	0.1
2	热力管	0.25	0.1
3	不燃气体管	0.25	0.1
4	煤气管、燃油管	0.5	0.25
5	滑触线	1.5	0.5
6	裸导线	1.0	0.5
7	绝缘导线和电缆	0.5	0.3
8	穿有导线的电线管	0.5	0.1

（续）

序号	管线名称	水平净距/m	交叉净距/m
9	插接式母线，悬挂式干线	1.5	0.5
10	非防爆型开关、插座、配电箱等	1.5	1.5

注：1. 氧气管道与同一使用目的的燃气管道平行敷设时，其最小水平净距可减少到0.25m。

2. 电气设备与氧气管道的引出口，不能满足上述距离时，允许二者安装在同一柱子的相对侧面，如为空腹柱子时，应在柱子上装设非燃烧体隔板，局部隔开。

4）架空氧气管道应沿墙或柱子敷设，其高度应不妨碍交通并方便于检修。

5）厂区架空氧气管道与建筑物、构筑物的最小水平净距如表6-22所示；与铁路、道路和架空导线之间的最小交叉净距如表6-23所示。

表6-22　厂区架空氧气管道与建筑物、构筑物的最小水平净距

序号	建筑物、构筑物名称	水平净距/m
1	一、二级耐火等级建筑物（不包括爆炸危险的厂房）	允许沿外墙
2	三、四级耐火等级建筑物	3.0
3	有爆炸危险的厂房	4.0
4	铁路钢轨外侧边缘	3.0
5	道路路面边缘、排水沟边缘或路堤坡脚	1.0
6	架空导线外侧边缘：1kV以下 1~10kV 35~110kV	1.5 2.0 4.0
7	熔化金属地点和明火地点	10.0

注：表中第6项在开敞地区时，最小水平净距均不得小于最高电杆的高度。

表6-23　厂区架空氧气管道与铁路、道路和架空导线之间的最小交叉净距

序号	铁路、道路和导线名称	交叉净距/m
1	非电气化铁路钢轨面	5.5
2	电气化铁路钢轨面	6.55
3	道路路面	4.5
4	人行道路面	2.2
5	架空导线（导线在氧气管道上面通过时） 1kV以下：管道上有人通过 管道上无人通过 1~10kV 35~110kV	 2.5 1.5 3.0 4.0

6）架空敷设的气体管道，应设有阻力小的伸缩器，以进行热补偿。

3. 地沟敷设氧气管道的技术要求

1）氧气管道可敷设在非燃烧体盖板的不通行地沟内。

2）氧气管道严禁与燃油管道共沟敷设；氧气管道与同一使用目的燃气管道同沟敷设时，地沟内必须填满砂子，严禁与其他地沟连通。

3）氧气管道与不燃气体管道同沟敷设时，氧气管道应放在最上面。

4. 埋地敷设氧气管道的技术要求

1）氧气管道可埋地敷设，埋地深度不得小于0.7m，含湿氧气管道应埋在冰冻层以下，否则应采取防冻措施。

2）氧气管道穿过铁路或道路时，其交叉角不宜小于45°，管顶距铁路轨面不得小于1.2m，距道路路面不宜小于0.7m，并应加设套管。套管两端伸出铁路路基或道路路边距离不得小于1m。如铁路路基或道路路边有排水沟时，应延伸出水沟边1m。套管内的管段应尽量减少焊缝。

3）氧气管道与同一使用目的的燃气管道一同埋地敷设时，应在管道顶部高300mm范围外，用砂子（或松散土）填平捣实后再填土。

4）氧气管道、阀门和附件在埋地前，应采取防腐措施，如需要可单独设检查井。

5）厂区埋地氧气管道与建筑物、构筑物等的最小水平净距如表6-24所示；与其他埋地管线之间的最小净距如表6-25所示。

表6-24　厂区埋地氧气管道与建筑物、构筑物等的最小水平净距

序号	建筑物、构筑物等名称	水平净距/m
1	有地下室的建筑物基础边和通行沟道的边缘： 氧气压力≤1.57MPa 氧气压力>1.57MPa	 3.0 5.0
2	无地下室的建筑物基础边缘： 氧气压力≤1.57MPa 氧气压力>15.7MPa	 1.5 2.5
3	铁路钢轨外侧边缘	3.0
4	铁路、道路的边沟或单独的雨水明渠边缘	1.0
5	道路路面边缘	1.0
6	照明、通信电杆中心	1.0
7	架空管架基础边缘	1.5
8	围墙篱栅基础边缘	1.0
9	乔木中心	1.5
10	灌木中心	1.0

注：第1、2项水平净距是指埋地管道与同标高或其以上的基础最外侧的最小水平净距。

表 6-25　厂区埋地氧气管道与其他埋地管线之间的最小净距

序号	管线名称	水平净距/m	交叉净距/m
1	给水管、排水管	1.5	0.25
2	热力管或不通行地沟边缘	1.5	0.25
3	乙炔管	1.5	0.25
4	煤气管： 煤气压力≤0.147MPa 煤气压力0.147～0.29MPa 煤气压力0.29～0.78MPa	 1.0 1.5 2.0	 0.25 0.25 0.25
5	不燃气体管	1.5	0.25
6	电力或电讯电缆	1.0	0.5
7	排水暗渠	1.0	0.5

注：1. 氧气管道与同一使用目的的燃气管道或不燃气体管道，同一水平平行敷设（施工开挖在同一沟槽内）时，管道之间水平净距可减少到0.25m。

2. 氧气管道与穿管的电缆交叉敷设时，其最小交叉净距可减少到0.25m。

6.5-3　氧气管道的检修和试验内容有哪些?

答：氧气管道应定期检修和试验，其强度及气密试验技术要求如表6-26所示。

表 6-26　氧气管道强度及气密试验技术要求

敷设方式	试验压力/MPa		碳钢管	铜管
	强度	气密		
架空	1.5倍最高工作压力	最高工作压力	每隔五年进行强度及气密试验一次，经三次试验后，每隔三年进行试验一次	每隔五年进行强度及气密试验一次，经四次试验后，每隔三年进行试验一次
埋地			每隔三年进行强度及气密试验一次，经两次试验后，每隔一年进行试验一次	每隔五年进行强度及气密试验一次，经两次试验后，每隔三年进行试验一次
地沟			每隔三年进行强度及气密试验一次，经三次试验后，每隔两年进行试验一次	每隔五年进行强度及气密试验一次，经三次试验后，每隔三年进行试验一次

注：1. 强度试验介质用水。

2. 气密试验介质用洁净空气或氮气。

焊接的氧气管道泄漏时，首先必须将管道内的氧气用氮气进行置换、使管道中含氧的体积分数不大于21%。

氧气管道安装或检修后，应采用不大于其工作压力的无油压缩空气或氮气进行正反气流多次吹刷，吹至无明显机械杂质为合格。

管道进行强度试验，可根据管道布置情况，用盲板隔开（不宜采用阀门当作盲板使用），分段进行。若采用水压试验，水温不应低于5℃，可参照GB/T 1048—2005管道试验压力标准进行，稳压不应少于10min，压力无明显下降为合格。然后将水放尽、吹干，拆除盲板。

管道进行气密试验时，采用洁净的空气或氮气，且气温不应低于15℃。首先缓慢升压至规定试验压力的10%，并保持10min，检查所有焊缝及连接部位；合格后升压至试验压力的50%；合格后再逐级升压，升压量为规定试验压力的10%，每次停压不应少于10min，直至达到规定试验压力，停压12h，残留率>95%为合格。

残留率可按下式进行计算：

$$\Delta = \frac{p_2 T_1}{p_1 T_2} \times 100$$

式中 Δ——残留率（%）；

p_1——起点绝对压力（kPa）；

p_2——终点绝对压力（kPa）；

T_1——起点温度（K）；

T_2——终点温度（K）。

含湿氧气管道使用年限经验数据如表6-27所示。

表6-27 含湿氧气管道使用年限经验数据

敷设方式	管材	壁厚/mm	使用年限	管材	壁厚/mm	使用年限
架空	碳钢管	3~5	20~25	铜管	4~5	35~40
埋地			10~12			25~30
地沟			15~18			30~35

注：1. 架空敷设管道外表面每三年应进行涂漆一次。

2. 使用年限不包括阀门和附件。

3. 地沟敷设管道使用年限指不埋在砂子里。

6.5-4 钢管氧气管道内径和壁厚如何计算？

答：1. 管道内径的计算

氧气管道内径的选择应不使管道内氧气流速过高，以致增大损失；也不能使氧气流速过低，以致消耗过多材料。氧气管道内径应按下式计算：

$$d = 18.8\sqrt{\frac{Q}{w}}$$

式中 d——管道内径（mm）；

Q——氧气流量（m^3/h）；

w——平均流速（m/s），其值可按碳素钢管内氧气最大允许流速值适当减小。

碳素钢管内氧气最大允许流速如表 6-28 所示。

表 6-28　碳素钢管内氧气最大允许流速

氧气工作压力 /MPa	≤0.098	0.59～<1.57	1.57～2.94	≥9.8
氧气流速/（m/s）	20	10	8	4

注：压力范围以外者，其流速可按比例推算。

2. 钢管壁厚的计算

钢管壁厚的计算公式为：

$$s=\frac{p_{\rm n}d}{2\,\dfrac{[\sigma_{\rm s}]\ \varphi}{1.3}-p_{\rm n}}+C$$

式中　s——钢管壁厚（mm）；

$p_{\rm n}$——水压试验压力（MPa），其值为 1.5 倍公称工作压力；

d——钢管内径（mm）；

$\sigma_{\rm s}$——常温下材料的屈服强度（MPa），应选标准规定的最小值，或热处理保证值；

φ——焊缝减弱系数，无缝钢管 $\varphi=1$，直焊缝钢管 $\varphi=0.8$；

C——管壁附加量（mm），对单面腐蚀管道 $C>2$，对双面腐蚀 $C>3$。

6.5-5　高压铜管道推荐规格包括哪些内容？

答：氧压机至充填台高压输送管道应采用铜管，推荐规格如表 6-29 所示。

表 6-29　高压铜管道推荐规格

氧气工作压力 /MPa	流量 /（m^3/h）	铜管尺寸	
		内径/mm	壁厚/mm
14.7	20	8～10	3.5～4
	50	12～14	4
	100	17～18	4～5
	200	24～25	4～5
	300	30～32	5
	400	34～36	5
	500	38～40	5～6

第7章　空分设备操作规程及技术规格

空分设备操作规程不仅规范了设备维护使用行为，而且对设备管理工作起到了重要指导作用。随着我国生产的不断发展，生产设备的更新改造，以及计量法和ISO 9000质量体系标准的贯彻执行，空分设备常用操作规程也更为重要。为此，现将空分设备常用操作规程及选用部分空分设备的技术规格介绍如下。

第1节　KFS-860空分设备

7.1-1　140/660-1型分馏塔操作规程包括哪些内容?

答: 140/660-1型分馏塔操作规程内容有:

1. 总则

1）操作者必须熟悉本设备结构和性能，经过考试合格取得操作证后，方可独立操作。

2）操作者要认真做到“三好”（管好、用好、修好），“四会”（会使用、会保养、会检查、会排除故障）。

3）操作者必须遵守使用设备的“五项纪律”和维护设备的“四项要求”的规定。

4）操作者还需具备“三熟”（熟悉本设备系统的结构及基本工作原理与工艺流程；熟悉本岗位的各种规章制度；熟悉设备操作规程和事故处理方法）、“三能”（能分析设备运行情况；能及时发现故障隐患和排除故障；能掌握一般的维修技能）的基本功。

5）操作者要随时按照“巡回检查内容”的要求对设备进行检查。

6）严格按照“设备润滑图表”规定进行加油，做到“五定”（定点、定时、定量、定质、定人）。注油后应将油杯（池）的盖子盖好。

7）安全阀、压力表、液面计、温度计要保持齐全、灵敏可靠。安全阀、压力表在有效期内使用，严禁使用过期的安全阀、压力表。

8）设备中附属的在用压力容器，要有市劳动局核发的《压力容器使用证》并在有效期内才可投入使用。

9）操作者必须按照设备运行记录表的要求，对设备进行检查和记录。认真执行交接班制度。

10）严禁超压运行。

11）设备在运行中，操作者不得擅自离开工作岗位。

12）禁油的工具、仪表、零附件等，不许与不禁油的工具、附件等物同一处存放。更不能混用，沾了油的工具、零附件，必须进行脱脂，才许在禁油处使用。

13）当设备在运行中和塔内未经吹扫以前，系统上不许动用明火。分馏塔修理需动火时应办理动火证。

14）距分馏塔圆周 1 m 内，不宜有油脂污迹存在。

15）节流阀在开启或关闭时，应缓慢进行。

16）液氧和液空中的乙炔含量，每天至少分析一次：

当液氧中含乙炔量大于 $0.2cm^3/L$ 时，应将液氧排放一部分（视液氧的液面高低而定，一般排放 1/3～1/2）；

在排放液氧后 2h，再分析一次，如乙炔含量仍达 $0.2cm^3/L$，则将液氧全部排出，查出原因，重新积累液氧。

液空中乙炔含量达到 $0.4cm^3/L$，则将全部液空排出，重新积累液体；

重新积累液空后 2h，再分析一次，如乙炔含量仍超过 $0.4cm^3/L$，分馏塔全面停机加温。

17）液氧中的油含量，每两天分析一次：

当液氧中油含量达到 0.35mg/L 时，应将液氧排放一部分（视液氧的液面高低而定，一般可排放 1/3），并每班监测，直至不超标。

当液氧中油含量达到 0.4mg/L 时，应报告领导查明原因采取措施。

2. 起动前的准备工作

1）起动前，先将分馏塔按有关“加温吹除”程序，进行“加温吹除”。

2）将各种仪表（液面计、低温计、压力表等）配备齐全。

3）在分馏塔做准备工作前后，空压机、纯化器、膨胀机及氧压机，都应做好起动准备工作。

4）打开以下各阀：

液空节流阀（节 2）开 15～18 圈；

液氮节流阀（节 4）开 12～15 圈。

5）全开以下各阀：

液氧排出阀（通 2）；

高压空气进换热器氧气层的通过阀（通 4）；

高压空气进换热器氮气层的通过阀（通 5）；

有高压空气总进口的总进口阀；

氧气和氮气的出口放空阀；

液氧分析阀（分 4）和液氮分析阀（分 2），开车约 1h 后关上，全部液面计的放气阀，开车后，出气管端见霜时关上；

全部压力表阀。

6）其余各阀均关闭：

换热器到膨胀机的空气阀（通6）；

高压空气节流阀（节1）；

全部加温阀；

成品氧气和成品氮气出口阀；

上部换热器吹除阀（吹1）；

下部换热器吹除阀（吹2）。

3. 分馏塔的起动

1）在分馏塔的起动准备工作就绪后，通知空压机开机，待纯化器起动正常，高压空气进入换热器上部，其压力达3.0～3.5MPa时，即可起动膨胀机。

2）膨胀机起动时，小心地开启换热器到膨胀机的阀门（通6）（见膨胀机操作规程），待膨胀机前空气压力达4.0～4.5MPa，就可逐渐开大膨胀机凸轮到最大度数。

3）此时，注意各处压力：

膨胀前空气压力不超过5MPa；

上塔压力不超过0.06MPa；

下塔压力不超过0.6MPa。

4）如膨胀机前空气压力超过5MPa，可由纯化器排放阀或空压机三级排放阀放出部分空气以调节之。

5）在膨胀机空气出口温度达－140～－130℃时，必须适当地打开高压空气节流阀（节1）和关小膨胀机凸轮。

6）在凸轮关小，膨胀机出口温度降到－140℃以下时，就可以关小进膨胀机的空气阀（通6），同时相应地调大高压空气节流阀（节1）。

7）当塔内液体积累出现，液氧液面在30cm（四氯化碳柱）以上时可将液空节流阀（节2）与液氮节流阀（节4）慢慢关回到正常开度。

8）慢慢进行调节气体纯度和流量。纯度调好后，打开气体出口阀，关上其放空阀。

4. 分馏塔的停机

1）首先通知空压机工做停机操作准备：

打开空压机三级排放阀使出口压力降低。

2）将液空和液氮尽快地经过节流阀送到上塔，但注意上塔压力不应超过0.06MPa。

3）打开氧气、氮气放空阀，并关上氧气、氮气出口阀。

4）打开纯化器的油水分离器排放阀之后，关上高压空气进膨胀机的阀门（通6）。停止膨胀机运转。

5）关上高压空气节流阀（节1）。

6）打开所有吹除阀、液氧排放阀（通2），全部分析阀，放尽塔内液体（注意不要将液体洒在地上）。

7）如不接着加温，即可通知空压机停机

8）如属于紧急停机，则：

① 迅速关闭进入膨胀机的高压空气阀门（通6），对膨胀机作紧急停机；

② 可视停机时间长短，全关或微开液空和液氮的节流阀（节2、节4）；

③ 打开氧气、氮气放空阀，关上其出口阀；

④ 如在短期内不能恢复生产，就应接着按正常停机操作，将塔内液体排放、卸压。

5. 加温时的注意事项

1）在加温过程中，空压机仍按规定对各排放阀进行排放。

2）纯化器仍按正常操作再生、切换。

3）加温当中，空压机出来的空气压力，稳定在2.5MPa，如压力超过2.5MPa可用排放阀调节之。

4）吹除节流阀时，人身不要对着阀门，以免吹出伤人。

5）加热前，先用常温干燥空气冷吹0.5～1h后，才给加热器通上电源，进行热吹，出加热器的热空气，其温度保持在70～80℃，不得高于80℃。

6）加温时，随时注意各部位压力，不得超过其工作压力。各点排出的空气温度，一般为25℃，加热器即可切断电源（如冬天室温过冷，排出空气温度高于室温5℃时，亦可切断电源）。电源切断后，仍以常温空气吹扫，待加热器温度冷至室温为止。

7）加温过程中，顶开膨胀机排气阀。加温完后，再恢复原状。

7.1-2　140/660-1型分馏塔主要技术规格包括哪些内容？

答：140/660-1型分馏塔主要技术规格内容有：

加工空气量：860m^3/h。

氧气生产量：150m^3/h。

产品纯度氧气：99.2%以上；

液空：含氧30～40%；

液氮：96%左右。

工作压力：

加工空气：起动时4～4.5MPa；

正常时2～3.0MPa。

上塔压力：0.045～0.055MPa。

下塔压力：0.5～0.55MPa。

起动时间：约8h。

工作周期：约60昼夜。

全面加温时间：7.5h。

膨胀机进口空气温度（上热交换器出口空气）：－90～－85℃。

膨胀机出口空气温度：－145～－130℃。

下换热器出口空气温度：－160～－150℃。

液氧液面：（四氯化碳柱）30～40cm。

液空液面：（水柱）10～20cm。

重量：7t。

7.1-3　分馏塔巡回检查内容有哪些？

答：分馏塔巡回检查内容有：

1）分馏塔面板温度指示1、2、3点是否正常；

2）高、中、低压力表指示是否正常；

3）各液面计指示是否正常；

4）膨胀机运转是否正常；

5）按时倒换纯化器，并注意加温情况；

6）每半小时分析一次氧气纯度。

7.1-4　5L-16/50型和L5.5-16/50型空压机操作规程包括哪些内容？

答：5L-16/50型和L5.5-16/50型空压机操作规程有：

1. 总则

1）操作者必须熟悉本设备结构和性能，经过考试合格取得操作证后，方可独立操作。

2）操作者要认真做到“三好”，“四会”。

3）操作者必须遵守使用设备的“五项纪律”和维护设备的“四项要求”的规定。

4）操作者还需具备“三熟”、“三能”的基本功。

5）操作者要随时按照“巡回检查内容”的要求对设备进行检查。

6）严格按照设备“润滑图表”规定进行加油，做到“五定”。注油后应将油杯（池）的盖子盖好。

7）操作者必须按照设备运行记录表的要求，对设备进行检查和记录。认真执行交接班制度。

8）严禁超压运行。

9）设备在运行中，操作者不得擅自离开工作岗位。

10）安全阀、压力表、温度计要保持齐全、灵敏可靠。安全阀、压力表在有效期内使用，严禁使用过期的安全阀、压力表。

11）设备中附属的在用压力容器，要有市劳动局核发的《压力容器使用证》并在有效期内才可投入使用。

12）定期清洗空气过滤器、曲轴箱、油箱、油过滤器等。

13）因冷却水中断而停机，应立即关闭气缸冷却水进水阀，待气缸冷却后再继续供水。

14）盛装其他油质的器具，不准与盛装压缩机油的器具互为混用。

15）设备在运行中，保持与分馏塔工的联系，只有分馏塔的起动准备工作已妥善，得到分馏塔工认可，才许起动空压机。如属空压机单机起动，必须经领导同意，并且得到分馏塔工证实通向分馏塔的高压空气已截断后，才许起动。

2. 起动前的准备工作

1）检查各连接部件和紧固件，使之牢固可靠。

2）检查安全装置，应是牢固、位置适当。

3）通知电工检查电器装置，使之处于准备起动状态。

4）检查并打开全部排放阀：

空压机各级油水分离器排放阀，纯化器、油水分离器排放阀。

5）将符合要求的全损耗系统用油，注入曲轴油箱达到油标要求高度。用手摇动油泵，使各润滑点都通上油。

6）将规定使用的压缩机油充入注油器达到油标高度，并用手动使止回阀有油滴出来。

7）打开全部冷却水阀，并初步调节其流量。

8）用人力将空压机转动2～3圈。

3. 设备的起动与运行

1）空压力在起动时，必须与分馏塔工保持密切联系，积极配合。

2）电机起动后，注意电流不得超过额定电流。

3）油压保持在0.2～0.3MPa。

4）设备运转平稳后，先关一级排放阀，再依次关闭二、三级排放阀。

5）停机注意事项：

① 积极配合分馏塔工做停机操作；

② 按3、2、1级顺序打开油水分离器排放阀；

③ 待空压机各级压力下降稳定后，再停电机；

④ 关闭冷却水阀（气缸冷却水待停机后15min再关）。

7.1-5 5L-16/50型和L5.5-16/50型空压机技术规格包括哪些内容？

答：5L-16/50型和L5.5-16/50型空压机技术规格有：

空压机型号	L5.5-16/50 型	5L-16/50 型
排气量	$960m^3/h$	$960m^3/h$
一级排气压力	0.26~0.3MPa	0.24~0.3MPa
二级排气压力	1.34~1.45MPa	1.24~1.45MPa
三级排气压力	≤5MPa	≤5MPa
油泵压力	0.2~0.3MPa	0.1~0.3MPa
一级排气温度	≤180℃	≤180℃
二级排气温度	≤180℃	≤180℃
三级排气温度	≤180℃	≤180℃
冷却水排出温度	≤40℃	≤40℃
各运动部分温度	≯55℃	≯60℃
空压机转速	600r/min	428r/min
轴功率	190kW	190kW
电机型号	TDK_2 99/30-10	TDK 118/24-11
功率	250kW	250kW
转速	600r/min	428r/min
重量	2.535t	2.8t
空压机重量	3.65t	5.6t

7.1-6　5L-16/50 型和 L5.5-16/50 型空压机巡回检查内容有哪些？

答：5L-16/50 型和 L5.5-16/50 型空压机巡回检查内容有：

1）注油器向气缸注油正常，油位保持在油标的 1/2 以上；

2）曲轴箱油位保持在油标的 1/2 以上；

3）随时倾听各运动部位的运转声响，各级进、排气阀的启闭声音是否正常；

4）各压力表指示是否正常；

5）各部位温度（排气温度、各运动部位温度、冷却水温度）是否正常；

6）各级排放阀每半小时排放一次。

7.1-7　PZK 型空气膨胀机操作规程包括哪些内容？

答：PZK 型空气膨胀机操作规程内容有：

1. 总则

1）操作者必须熟悉本设备结构和性能，经过考试合格取得操作证后，方可独立操作。

2）操作者要认真做到“三好”，“四会”。

3）操作者必须遵守使用设备的“五项纪律”和维护设备的“四项要求”的规定。

4）操作者还需具备“三熟”、“三能”的基本功。

5）操作者要随时按照“巡回检查内容”的要求对设备进行检查。

6）严格按照“设备润滑图表”规定进行加油，做到“五定”。注油后应将油杯（池）的盖子盖好。

7）操作者必须按照设备运行记录表的要求，对设备进行检查和记录。认真执行交接班制度。

8）严禁超压运行。

9）压力表要保持齐全、灵敏可靠。并在有效期内使用，严禁使用过期的压力表。

2. 起动前的准备工作

1）检查安全装置位置适当，牢固可靠。

2）曲轴箱内上好合格的润滑油。

3）用人工将飞轮转动 2～3 圈。

4）关上膨胀机的放空阀，打开旁通阀。

5）将空气产量调节器（凸轮）调到最低生产位置。

6）打开冷却水阀，初步调节水量。

7）检查压力表，使之处于工作状态。

3. 起动运行

1）起动制动电机。

2）缓慢打开进气阀（通 6），使高压空气进入气缸（不许在没有空气进入气缸的情况下继续运转）。

3）关闭旁通阀。

4）根据分馏塔起动运行情况，逐步调节到正常工况。

5）润滑油压力维持在 0.1～0.2MPa。

4. 停机

（1）正常停机

1）打开旁通阀；

2）逐渐关闭高压空气进口阀（通 6）。

3）打开放空阀。

4）待空气压力下降到“0”位，切断制动电机电源。

（2）紧急停机

1）关闭高压空气进气阀（通 6）；

2）切断电机电源；

3）打开放空阀。

7.1-8 PZK 型空气膨胀机技术规格包括哪些内容？

答：PZK 型空气膨胀机技术规格有：

膨胀机型号	PZK-14.3/45-6	PZK-14.3/40-6
加工空气量	860m^3/h	860m^3/h
进气压力（最高）	4.4MPa	4.0MPa

（续）

膨胀机型号		PZK-14.3/45-6	PZK-14.3/40-6
排气压力（最高）		0.6MPa	0.6MPa
空气进口温度		-85℃	-100℃
空气排出温度		-140～-135℃	-140～-135℃
转速		300r/min	280r/min
制动功率		14kW	14kW
制动电机	功率	18.5kW	17kW
	转速	970r/min	970r/min
重量（不包括电动机）		1.8t	1.575t

7.1-9　PZK 型空气膨胀机巡回检查内容有哪些？

答：PZK 型空气膨胀机巡回检查内容有：

1）检查油箱的油位是否正常；

2）随时倾听各运动部位的运转声响是否正常；

3）进、排气阀的启闭声音是否正常；

4）进出口压力是否正常；

5）检查冷却水量是否合理；

6）检查进排气阀杆填料是否漏气。

7.1-10　HXK-960/40 型纯化器操作规程包括哪些内容？

答：HXK-960/40 型纯化器操作规程有：

1. 总则

1）操作者必须熟悉本设备结构和性能，经过考试合格取得操作证后，方可独立操作。

2）操作者要认真做到“三好”，“四会”。

3）操作者必须遵守使用设备的“五项纪律”和维护设备的“四项要求”的规定。

4）操作者还需具备“三熟”、“三能”的基本功。

5）操作者要随时按照“巡回检查内容”的要求对设备进行检查。

6）严格按照“设备润滑图表”规定进行加油，做到“五定”。注油后应将油杯（池）的盖子盖好。

7）操作者必须按照设备运行记录表的要求，对设备进行检查和记录。认真执行交接班制度。

8）严禁超压运行。

9）压力表、温度计要保持齐全、灵敏可靠。压力表并在有效期内使用，严禁使用过期的压力表。

10）设备中附属的在用压力容器，要有市劳动局核发的《压力容器使用证》并在有效期内才可投入使用。

2. 起动前的准备

1）一组纯化器有两个纯化筒，系统起动前先将其中一个再生好，以待运行。

2）打开以下各阀：

① 油水分离器排放阀；

② 冷却器的进水阀，并初步调节水量；

③ 高压放空阀；

④ 已再生好的纯化筒的空气出口阀。

3）其他各阀均关闭。

3. 设备的起动与运行

1）待空气压缩机运转正常后，关闭油水分离器排放阀；

2）当空气压力达 1.8～2.0MPa 时，慢慢打开通向已再生好的纯化筒的高压空气进口阀，使高压空气进入纯化器；

3）慢慢关上高压空气放空阀；

4）准备再生第二个纯化筒，以备切换之用；

5）再生好的纯化筒，只有待其吹冷至常温后，才允许启用；

6）再生用的加热气源，可用污氮，也可用高压空气（接于纯化器的冷却器后）但气压不许超过 0.06MPa；

7）再生气体加热温度为 250℃，经纯化器后温度为 150℃，即应切断加热器电源，并继续用污氮吹冷至常温；

8）油水分离器每 30min 排放一次。

7.1-11　HXK-960/40 型纯化器技术规格包括哪些内容？

答：HXK-960/40 型纯化器技术规格有：

型　　式	双筒交换吸附式
处理空气量	960m^3/h
工作压力	2.5～4.0MPa
吸附剂	13X 分子筛
重量	1.552t
再生气体量	（氮气）350m^3/h
再生气体温度进口	≤250℃
出口	120～150℃
加热器型号	JR-31-1 型
功率	36kW
工作压力	0.06MPa
温度	90～300℃
切换时间	8h
重量	4.686t

7.1-12 HXK-960/40 型纯化器巡回检查内容有哪些?

答：HXK-960/40 型纯化器巡回检查内容有：

1）检查纯化器的工作压力是否符合要求；

2）再生时检查纯化器的进出口温度、加热器的出口温度是否符合要求；

3）油水分离器每 30min 排放一次；

4）检查管路系统有无泄漏。

7.1-13 KFS-860 型空分设备主要配套设备有哪些?

答：KFS-860 型空分设备主要配套设备有：

设备名称	2 号机	3 号机	5 号机
空压机	5L-16/50	L5.5-16/50	5L-16/50
分馏塔	140/660-1	140/660-1	140/660-1
膨胀机	PZK-15/45-6	PZK-14.3/40-6	PZK-14.3/40-6
纯化器	HXK-960/40	HXK-960/40	HXK-960/40

第 2 节 KFZ-1800 型空分设备

7.2-1 FL-300/300 型分馏塔操作规程包括哪些内容?

答：FL-300/300 型分馏塔操作规程有：

1. 总则

1）操作者必须熟悉本设备结构和性能，经过考试合格取得操作证后，方可独立操作。

2）操作者要认真做到“三好”，“四会”。

3）操作者必须遵守使用设备的“五项纪律”和维护设备的“四项要求”的规定。

4）操作者还需具备“三熟”、“三能”的基本功。

5）操作者要随时按照“巡回检查内容”的要求对设备进行检查。

6）严格按照“设备润滑图表”规定进行加油，做到“五定”。注油后应将油杯（池）的盖子盖好。

7）安全阀、压力表、液面计、温度计要保持齐全、灵敏可靠。安全阀、压力表在有效期内使用，严禁使用过期的压力表、安全阀。

8）设备中附属的在用压力容器，要有市劳动局核发的《压力容器使用证》并在有效期内才可投入使用。

9）操作者必须按照设备运行记录表的要求，对设备进行检查和记录。认真执行交接班制度。

10）严禁超压运行。

11）设备在运行中，操作者不得擅自离开工作岗位。

12）禁油的工具、仪表、零附件等，不许与不禁油的工具、零附件等物同一处存放。更不得混用，沾了油的工具、零附件，必须进行脱脂，才许在禁油处使用。

13）当设备在运行中，和塔内未经吹扫以前，系统上不许动用明火。分馏塔修理需动火时应办理动火证。

14）分馏塔周围地面 1 m 内，不宜有油脂污迹存在。

15）节流阀在开启或关闭时，应缓慢进行。

16）液氧和液空中的乙炔含量，每天至少分析一次：

当液氧中含乙炔量大于 0.2cm^3/L 时，应将液氧排放一部分（视液氧的液面高低而定，一般排放 1/3～1/2）；

在排放液氧后 2h，再分析一次，如乙炔含量仍达 0.2cm^3/L；则将液氧全部排出，查出原因，重新积累液氧。

液空中乙炔含量达到 0.4cm^3/L，则将全部液空排出，重新积累液体；

重新积累液空后 2h，再分析一次，如乙炔含量仍超过 0.4cm^3/L，分馏塔全面停机加温。

17）液氧中的油含量，每两天分析一次：

当液氧中油含量达到 0.35mg/L 时，应将液氧排放一部分（视液氧的液面高低而定，一般可排放 1/3），并每班连续监测，直至不超标。

当液氧中油含量达到 0.4mg/L 时，应报告领导查明原因采取措施。

2. 起动前的准备工作

1）起动前，先将分馏塔按有关加温吹除程序，进行“加温吹除”。

2）将各种仪表（液面计、低温计、压力表等）配备齐全。

3）在分馏塔做准备工作前后，空压机、纯化器、膨胀机及氧压机，都应做好起动准备工作。

4）仪表气气源和密封气气源已畅通待用，电器、仪表完好正常。

5）打开以下各阀：

液氧（分 5）、液氮（分 6）、液污氮（分 7）、液空（分 8）等分析阀；

氖氦吹除阀（吹 12）和液氮过冷却器吹除阀（吹 13）；

以上各阀，待起动后阀口“出汗”时关上。

液空节流阀（节 2）、污液氮节流阀（节 3）、液氮节流阀（节 4）；

氧气放空阀（通 7）、氮气放空阀（通 9）和污氮放空阀；

膨胀空气旁通阀（通 14）；膨胀机的出口总阀（通 15）；

一般先起动甲膨胀机，打开通 10。

6）其余各阀均关闭。

3. 设备的起动

1）与空压机工密切配合，待空压机运转正常后，将中压空气送入纯化器(参见纯化器操作规程)。当纯化器出来的空气压力将达1.5MPa时，打开进入分馏塔的中压空气总进口阀（通1)。并慢慢打开中压空气进氧、氮、污氮换热器的进口阀（通2、通3、通4)。

2）起动透平膨胀机甲后视压力情况再起动透平膨胀机乙（见透平膨胀机操作规程)。此时注意膨胀前的中压空气压力不得超过1.5MPa。如超压，可由空压机三级放空阀放空部分空气调节之，必要时也可以由分馏塔的中压放空阀(通5）放空部分空气来调节。

3）当膨胀机后的空气温度达-160℃时，稍微开中压空气节流阀（节1)。待下塔底部出现液空后，应关小膨胀空气傍通阀（通14)。逐步减少返流量增加进入下塔的空气量。此时可以根据中压情况，停一台膨胀机，仅一台膨胀机运行。

4）当上塔底部出现液氧，其液面达60cm以上时，可缓慢调节节2、节4阀进行调节纯度。氧纯度达92%时，即可打开其出口阀，关其放空阀。氮气如不用时，可以继续放空。

4. 设备的停机

1）打开氧气（通7)、氮气（通9）放空阀，关上氧气（通6)、氮气（通8）的出口阀。

2）开大液空（节2)、液氮（节4)、液污氮（节3）的节流阀，但注意上塔压力不得超过0.06MPa。

3）降低膨胀机转速，关上膨胀机的中压空气进口阀，停膨胀机，同时打开中压放空阀（通5)。

4）利用中压放空（通5）控制中压空气压力（一般可保持在1.0～1.5MPa)。等到膨胀机润滑油压力消失后，关上中压空气节流阀（节1)，此时中压空气全部放空。

5）将塔内液体全部排放。

6）通知空压机停机。

7）如属于紧急停机，应：

① 迅速关上透平膨胀机中压空气进口阀和供油系统；

② 赶快打开中压空气放空阀（通5)，关上中压空气节流阀（节1)；

③ 关上氧气出口阀（通6)，全开氧气放空阀（通7)；关上氮气出口阀(通8)，全开氮气放空阀（通9)。

5. 加温的注意事项

1）加温用的气体，应是干燥的空气，气温为80℃。

2）进入电加热器（炉）的空气，必须经过减压，其压力不得超过0.15MPa。

3）调节各排出口阀，待其排出温度达到25℃时，即说明加温结束。

4）加温结束后，应再进行吹除。

5）在加温吹除过程中，膨胀机的密封气体和润滑油应继续供应，不能中断。

7.2-2　FL-300/300型分馏塔技术规格包括哪些内容？

答：FL-300/300型分馏塔技术规格有：

型　式		中压双级精馏
加工空气量		1800m³/h
产量	氧气	300m³/h
	氮气	300m³/h
纯度	氧气	99.5%
	氮气	99.99%
	污氮气	97%
液空含氧量		约35%
工作压力	起动时	1.5MPa
	正常时	1.2~1.5MPa
上分馏塔		0.04~0.06MPa
下分馏塔		0.5~0.6MPa
起动时间		~15h
加热解冻时间		~10h
换热器热端温差		<8℃
工作周期		一年
筒壳外型尺寸		2500/2500/12045mm
总重量		15.3t

7.2-3　FL-300/300型分馏塔巡回检查内容有哪些？

答：FL-300/300型分馏塔巡回检查内容有：

1）分馏塔面板温度指示是否正常；

2）压力表指示是否正常；

3）各液面计指示是否正常；

4）膨胀机运转是否正常；

5）按时倒换纯化器，并注意加温情况；

6）每半小时分析一次氧气纯度。

7.2-4　DY8-30/15型空压机操作规程包括哪些内容？

答：DY8-30/15型空压机操作规程有：

1. 总则

1）操作者必须熟悉本设备结构和性能，经过考试合格取得操作证后，方可独立操作。

2）操作者要认真做到“三好”，“四会”。

3）操作者必须遵守使用设备的“五项纪律”和维护设备的“四项要求”的规定。

4）操作者还需具备“三熟”、“三能”的基本功。

5）操作者要随时按照“巡回检查内容”的要求对设备进行检查。

6）严格按照“设备润滑图表”规定进行加油，做到“五定”。注油后应将油杯（池）的盖子盖好。

7）操作者必须按照设备运行记录表的要求，对设备进行检查和记录。认真执行交接班制度。

8）安全阀、压力表、温度计要保持齐全、灵敏可靠。安全阀、压力表在有效期内使用，严禁使用过期的压力表、安全阀。

9）设备中附属的在用压力容器，要有市劳动局核发的《压力容器使用证》并在有效期内才可投入使用。

10）定期清洗空气过滤器、曲轴箱、油箱、油过滤器等。

11）严禁超压运行。

12）因冷却水中断而停机，应立即关闭气缸冷却水进水阀，待气缸冷却后再继续供水。

13）盛装其他油质的器具，不准与盛装压缩机油的器具互为混用。

14）设备在运行中，保持与分馏塔工的联系，只有分馏塔的起动准备工作已妥善，得到分馏塔工认可，才许起动空压机。如属空压机单机起动，必须经领导同意，并且得到分馏塔工证实通向分馏塔的高压空气已截断之后，才许起动。

2. 起动前的准备工作

1）检查各连接部件和紧固件，使之牢固可靠。

2）检查安全装置，应是牢固、位置适当。

3）通知电工检查电器装置，使之处于准备起动状态。

4）打开仪表盘上的各级排放阀和三级中压空气放空阀；

5）将符合要求的机械油，注入曲轴油箱达到油标要求高度。用手摇动油泵，使各润滑点都通上油。

6）将规定使用的压缩机油充入注油器达到油标高度，并用手动使止逆阀有油滴出来。

7）打开各级冷却器进水阀和各级气缸冷却水进水阀，并初步调节其流量。

8）检查纯化器的起动准备工作是否完善。

9）用人力将空压机转动 2 ~ 3 圈。

3. 设备的起动与运行

1）空压机在起动时，必须与分馏塔工保持密切联系，积极配合。

2）电机起动后，注意电流不得超过额定电流。

3）油压保持在0.1～0.2MPa。

4）设备运转平稳后，先关一级排放阀，再依次关闭二、三级排放阀。

5）设备投入系统运行后，随时倾听各运动部位的响声是否正常。

6）柱塞泵向各级气缸滴油，每分钟35滴左右。

7）各级排放阀每30min排放一次。

8）停机注意事项：

① 积极配合分馏塔工做停机操作；

② 按3、2、1级顺序打开油水分离器排放阀和三级放空阀；

③ 待空压机各级压力完全下降后，再停电机；

④ 关闭各级冷却水阀（气缸冷却水待停机后15min再关）。

7.2-5 DY8-30/15型空压机技术规格包括哪些内容？

答：DY8-30/15型空压机技术规格有：

生产量		1800m³/h
工作压力	一级排气压力	0.168MPa
	二级排气压力	0.543MPa
	三级排气压力	≯1.5MPa
排气温度	一级排气温度	146℃
	二级排气温度	136℃
	三级排气温度	138℃
最高排气温度		不得高于150℃
各运动部位温度		不超过60℃
冷却水排水温度		不超过40℃
转速		375r/min
同步电机功率		320kW
轴功率		256kW
重量（不包括电机）		8.5t

7.2-6 DY8-30/15型空压机巡回检查内容有哪些？

答：DY8-30/15型空压机巡回检查内容有：

1）注油器向气缸注油正常，油位保持油标的1/2以上；

2）曲轴箱油位保持在油标的1/3以上；油压是否正常；

3）随时倾听各运动部位的运转声响，各级进、排气阀的启闭声音是否正常；

4）各压力表指示是否正常；

5）各部位温度（排气温度、各运动部位温度、冷却水温度）是否正常；

6）各级排放阀每半小时排放一次。

7.2-7 ITP-30/14.7-4.8和ITP-25/14.7-4.8型透平膨胀机操作规程包括哪些内容？

答：ITP-30/14.7-4.8和ITP-25/14.7-4.8型透平膨胀机操作规程有：

1. 总则

1）操作者必须熟悉本设备结构和性能，经过考试合格取得操作证后，方可独立操作。

2）操作者要认真做到“三好”，“四会”。

3）操作者必须遵守使用设备的“五项纪律”和维护设备的“四项要求”的规定。

4）操作者还需具备“三熟”、“三能”的基本功。

5）操作者要随时按照“巡回检查内容”的要求对设备进行检查。

6）严格按照“设备润滑图表”规定进行加油，做到“五定”。注油后应将油杯（池）的盖子盖好。

7）操作者必须按照设备运行记录表的要求，对设备进行检查和记录。认真执行交接班制度。

8）严禁超压运行。

9）压力表、转速表、温度计要保持齐全、灵敏可靠。压力表要在有效期内使用，严禁使用过期的压力表。

2. 起动前的准备

1）将油箱注满润滑油（22号透平油），油量为140kg，加油时必须经过150目滤网过滤。

2）将高位油箱注上润滑油到要求油标高度。

3）润滑油的供应，是保证膨胀机正常运行的关键。为此，在起动前，先对其联锁装置进行试验：

① 当润滑油压力降到0.15MPa时，仪表盘上应发出声光警报；

② 当润滑油继续下降到了0.1MPa时，高位油箱应投入运行，并连续向膨胀机供油3min，然后，再将高位油箱注上润滑油，以待运行。

4）打开油冷却器的冷却水进口阀，并初步调节其流量。

5）接通膨胀机密封气。密封气在整个运行过程中，应是连续供应，不许中断。

6）在油路未投入使用前，要将油系统中的空气排放干净。

3. 膨胀机的起动

1）起动齿轮油泵，油压保持在0.2MPa左右。

2）油系统投入运行后全开制动风机出口薄膜调节阀。

3）全开膨胀机空气出口阀（甲机为通10，乙机为通11）。

4）当膨胀机前空气压力到1.2~1.5MPa时，缓慢打开膨胀机空气进口阀。使转速升到1000r/min时，检查转速表显示是否正确。如属于长期停机后起动，对膨胀机的超速继电器进行试验：

① 当转速达43000r/min时，应发声光警报；

② 当转速达45000r/min时，电磁阀关闭，切断仪表气气源，使薄膜调节阀全开。

5）逐步调节制动风机出口薄膜调节阀，慢慢调整至正常转速。

4. 膨胀机的停机

1）全开制动风机出口薄膜调节阀，使膨胀机转速下降。

2）逐渐关小膨胀机空气进口阀，当进口阀全关后，再关出口阀。

3）当膨胀机完全停止转动后，再停润滑油系统和冷却水。

4）停机时，只有待膨胀机全停，润滑油压已消除后，才许停供密封气体。

5）如属于紧急停机，应迅速关闭膨胀机进口阀，同时打开中压空气放空阀（通5）之后，再处理其他事宜。

5. 加温的注意事项

1）加温吹除用的气体，应是经过纯化器后的干燥空气。

2）进气温度为80℃，出口温度25～30℃即可。

3）膨胀机进、出口阀要关严，其吹除阀（甲机为吹11、乙机为吹10）全开。

4）密封气和润滑油照常供应。

7.2-8 透平膨胀机技术规格包括哪些内容?

答：透平膨胀机技术规格有：

透平膨胀机型号	ITP-30/14.7-4.8	ITP-25/14.7-4.8
处理气体量	1800m³/h	1500m³/h
进气压力	≯1.48MPa	≯1.48MPa
排气压力	≯0.47MPa	≯0.47MPa
正常进气温度	-141℃	-141℃
正常出口温度	-170～-167℃	-170～-167℃
工作介质	空气	空气
转速	41700r/min	41700r/min
制动方式	风机	风机
主机重量	67kg	45kg

7.2-9 透平膨胀机巡回检查内容有哪些?

答：透平膨胀机巡回检查内容有：

1）检查膨胀机轴承温度不超过65℃。

2）检查膨胀机的转动情况，不许有不正常的振动。

3）膨胀机须切换运转时，先起动，后停机。

4）在需要两台膨胀机同时运转时，先开一台，待运转稳定后，再起动第二台。

5）在低温下起动膨胀机，先查油路是否畅通，叶轮转动是否灵活。

6）经常注意检查以下各项：

润滑油压力：0.2MPa；

膨胀机转速：41700r/min；

密封气压力：0.3～0.4MPa。

7.2-10 HX-1800/15 型纯化器操作规程包括哪些内容？

答：HX-1800/15 型纯化器操作规程有：

1. 总则

1）操作者必须熟悉本设备结构和性能，经过考试合格取得操作证后，方可独立操作。

2）操作者要认真做到“三好”，“四会”。

3）操作者必须遵守使用设备的“五项纪律”和维护设备的“四项要求”的规定。

4）操作者还需具备“三熟”、“三能”的基本功。

5）操作者要随时按照“巡回检查内容”的要求对设备进行检查。

6）严格按照“设备润滑图表”规定进行加油，做到“五定”。注油后应将油杯（池）的盖子盖好。

7）操作者必须按照设备运行记录表的要求，对设备进行检查和记录。认真执行交接班制度。

8）严禁超压运行。

9）压力表、温度计要保持齐全、灵敏可靠。压力表要在有效期内使用，严禁使用过期的压力表。

10）设备中附属的在用压力容器，要有市劳动局核发的《压力容器使用证》并在有效期内才可投入使用。

2. 起动前的准备

1）一组纯化器有两个纯化筒，系统起动前先将其中一个再生好，以待运行。

2）打开以下各阀：

① 油水分离器排放阀；

② 冷却器的进水阀，并初步调节水量；

③ 已再生好的纯化筒的空气出口阀（通向冷却器的中压空气阀）；

④ 其他各阀均关闭。

3. 设备的起动与运行

1）待空气压缩机运转正常后，关闭油水分离器排放阀。

2）当空气压力达 1.2～1.5MPa 时，慢慢打开通向已再生好的纯化筒的中压空气进口阀，使中压空气进入纯化器。

3）慢慢关上中压空气放空阀（见分馏塔操作部分）。

4）准备再生第二个纯化筒，以备切换之用。

5）再生好的纯化筒，只有待其吹冷至常温后，才允许启用。

6）再生用的加热气源，可用污氮，也可用中压空气（接于纯化器的冷却器后）但气压不许超过0.1MPa。

7）再生气体加热温度为300℃，经纯化器后温度为150℃，即应切断加热器电源，并继续用污氮吹冷至常温。

8）油水分离器每30min排放一次。

7.2-11　HX-1800/15型纯化器技术规格包括哪些内容？

答：HX-1800/15型纯化器技术规格有：

处理空气量	1800m³/h
工作压力	1.2～1.5MPa
吸附剂	13X型分子筛
吸附剂粒度	φ4～φ6mm（球形）
吸附剂重量	1500×2=3000kg
再生气体量	800m³/h（污氮）
再生气体温度进口	≯300℃
出口	120～150℃
加热器型号	JR-80
功率	80kW
最大工作压力	0.15MPa
切换时间	8h
重量	约9.6t

7.2-12　HX-1800/15型纯化器巡回检查内容有哪些？

答：HX-1800/15型纯化器巡回检查内容有：

1）检查纯化器的工作压力是否符合要求；

2）再生时检查纯化器的进出口温度、加热器的出口温度是否符合要求。

7.2-13　KFZ-1800型空分设备主要配套设备有哪些？

答：KFZ-1800型空分设备主要配套设备有：

1	FL-300/300型分馏塔一台
2	DY8-30/15型空气压缩机一台
3	透平膨胀机组
	ITP-30/14.7-4.8型透平膨胀机一台
	ITP-25/14.7-4.8型透平膨胀机一台
4	HX-1800型纯化器一组

第3节　200m³/h制氧机

7.3-1　200m³/h分馏塔操作规程包括哪些内容？

答：200m^3/h 分馏塔操作规程内容有：

1. 总则

1）操作者必须熟悉本设备结构和性能，经过考试合格取得操作证后，方可独立操作。

2）操作者要认真做到“三好”，“四会”。

3）操作者必须遵守使用设备的“五项纪律”和维护设备的“四项要求”的规定。

4）操作者还需具备“三熟”、“三能”的基本功。

5）操作者要随时按照“巡回检查内容”的要求对设备进行检查。

6）严格按照“设备润滑图表”规定进行加油，做到“五定”。注油后应将油杯（池）的盖子盖好。

7）安全阀、压力表、液面计要保持齐全、灵敏可靠。安全阀、压力表在有效期内使用，严禁使用过期的压力表、安全阀。

8）设备中附属的在用压力容器，要有市劳动局核发的《压力容器使用证》并在有效期内才可投入使用。

9）操作者必须按照设备运行记录表的要求，对设备进行检查和记录。认真执行交接班制度。

10）严禁超压运行。

11）设备在运行中，操作者不得擅自离开工作岗位。

12）禁油的工具、仪表、零附件等，不许与不禁油的工具、附件等物同一处存放。更不得混用，沾了油的工具、零附件，必须进行脱脂，才许在禁油处使用。

13）当设备在运行中和塔内未经吹扫以前，系统上不许动用明火。分馏塔修理需动火时应办理动火证。

14）分馏塔周围地面1 m 内，不宜有油脂污迹存在。

15）节流阀在开启或关闭时，应缓慢进行。

16）液氧和液空中的乙炔含量，每天至少分析一次：

当液氧中含乙炔量大于0.2cm^3/L时，应将液氧排放一部分（视液氧的液面高低而定，一般排放1/3～1/2）；

在排放液氧后2h，再分析一次，如乙炔含量仍达0.2cm^3/L；则将液氧全部排出，查出原因，重新积累液氧。

液空中乙炔含量达到0.4cm^3/L，则将全部液空排出，重新积累液体；

重新积累液空后2h，再分析一次，如乙炔含量仍超过0.4cm^3/L，分馏塔全面停机加温。

17）液氧中的油含量每两天分析一次：

当液氧中油含量达到0.35mg/L时，应将液氧排放一部分（视液氧的液面高低而定，一般可排放1/3），并每班连续监测，直至不超标。

当液氧中油含量达到0.4mg/L时，应报告领导查明原因采取措施。

2. 起动前的准备工作

1）起动前，先将分馏塔按有关加温吹除程序，进行“加温吹除”。

2）将各种仪表（液面计、低温计、压力表等）配备齐全。

3）在分馏塔做准备工作前后，空压机、纯化器、膨胀机及氧压机，都应做好起动准备工作。

4）打开以下各阀：

氧气放空阀、氮气放空阀；

各类仪表阀（压力表、液面计）；

进氮换热器和氧换热器的高压空气阀；

初步调节傍通调节阀（R2）；

初步调节液氮调节阀（R6）；

微开液氧调节阀（R5）、氖氦调节阀（R7、R8）。

5）其余各阀均关闭。

3. 设备的起动与运行

1）当膨胀机前空气压力达3MPa以上时（最高压力不应超过5MPa），起动膨胀机。

2）起动初期，全部空气进入膨胀机。如膨胀前空气压力超过5MPa，可稍开高压空气节流阀（R1）调节之。

3）当膨胀机后的空气温度将达-160℃（不低于-160℃），用高压空气节流阀（R1）调节，使部分空气不经过膨胀机，以降低膨胀机前空气压力。此时之后，膨胀机空气出口温度保持在-145~-150℃。

4）液空出现上升（50~60mm水柱）后，可关上液氧节流阀（R5），同时相应关上氖氦出口阀（R7）。

5）在调整和运行中，注意各部压力，不得超过其最高工作压力：

上分馏塔：0.06MPa；

下分馏塔：0.6MPa；

附加冷凝器：0.06MPa。

6）在不影响液氧面的情况下，液氧节流阀（R5），可稍开之，并相应地调节氖氦节流阀（R7）和调节阀（R8）。

7）氧气纯度99.2%以上时，即可开氧气出口阀，并关上其放空阀。

8）液氧中乙炔含量超过规定时，不再使用液氧调节阀（R5），而将液氧全部由液氧排放阀排出。

4. 设备的停机

1）打开氧气、氮气放空阀，关上氧气、氮气的出口阀。

2）打开纯化器的油水分离器的排放阀，以降低膨胀机前的空气压力。

3）通知空压机工采取相应措施降低空气压力。

4）空气压力下降后，关闭高压空气节流阀（R1），关闭膨胀机空气进口阀，停膨胀机。

5）慢慢开大液空节流阀（R4）和液氮节流阀（R6），使下塔液体全部转入上塔（注意不要使上塔压力超过0.06MPa）。

6）将塔内液体全部排放，并准备加温。

7）如属于紧急停机，应：

① 立即将纯化器的油水分离器的排放阀打开，以降低膨胀机前的空气压力，并通知空压机工做紧急停机；

② 立即停止膨胀机运转，并关上其空气出口阀；

③ 关上高压空气节流阀（R1），氧气出口阀，打开氧气放空阀。

5. 加温注意事项

1）加温用的气体，应是干燥的空气，气温为80℃。

2）进电加热器（炉）的空气，必须经过减压，其压力不得超过0.15MPa。

3）调节各排出口阀，待其排出温度达到25℃时，即说明加温结束。

4）加温结束后，再进行吹除。

7.3-2 200m³/h 制氧分馏塔技术规格包括哪些内容？

答：200m³/h 制氧分馏塔技术规格内容有：

加工空气量	1200m³/h
氧气生产量	200m³/h
氧气纯度	99.2%
加工空气压力	最高5MPa
上塔压力	不超过0.06MPa
下塔压力	不超过0.6MPa
生产周期	90天
加热时间	5h
起动时间	8h

7.3-3 200m³/h 分馏塔巡回检查内容有哪些？

答：200m³/h 分馏塔巡回检查内容有：

1）分馏塔面板温度指示1、2、3点是否正常；

2）高、中、低压力表指示是否正常；

3）各液面计指示是否正常；

4）膨胀机运转是否正常；

5）按时倒换纯化器，并注意加温情况；

6）每半小时分析一次氧气纯度。

7.3-4　LD9 型空压机操作规程包括哪些内容？

答：LD9 型空压机操作规程内容有：

1. 总则

1）操作者必须熟悉本设备结构和性能，经过考试合格取得操作证后，方可独立操作。

2）操作者要认真做到“三好”，“四会”。

3）操作者必须遵守使用设备的“五项纪律”和维护设备的“四项要求”的规定。

4）操作者还需具备“三熟”、“三能”的基本功。

5）操作者要随时按照“巡回检查内容”的要求对设备进行检查。

6）严格按照“设备润滑图表”规定进行加油，做到“五定”。注油后应将油杯（池）的盖子盖好。

7）操作者必须按照设备运行记录表的要求，对设备进行检查和记录。认真执行交接班制度。

8）安全阀、压力表、温度计要保持齐全、灵敏可靠。安全阀、压力表在有效期内使用，严禁使用过期的压力表、安全阀。

9）设备中附属的在用压力容器，要有市劳动局核发的《压力容器使用证》并在有效期内才可投入使用。

10）定期清洗空气过滤器、曲轴箱、油箱、油过滤器等。

11）严禁超压运行。

12）因冷却水中断而停机，应立即关闭气缸冷却水进水阀，待气缸冷却后再继续供水。

13）盛装其他油质的器具，不准与盛装压缩机油的器具互为混用。

14）设备在运行中，保持与分馏塔工的联系，只有分馏塔的起动准备工作已妥善，得到分馏塔工认可，才许起动空压机。如属空压机单机起动，必须经领导同意，并且得到分馏塔工证实通向分馏塔的高压空气已截断后，才许起动。

2. 起动前的准备工作

1）检查各连接部件和紧固件，使之牢固可靠。

2）检查运动部位的安全装置，应是牢固、位置适当。

3）通知电工检查电器装置，使之处于准备起动状态。

4）将合格的润滑油，注到规定油标高度；

机身曲轴运动部位用润滑油箱和减速器油箱，注全损耗系统用油到油标的3/5；柱塞油泵注压缩机油；

用手摇齿轮油泵和柱塞油泵，使各运动部位和各级气缸预先上油。

5）打开并初步调节各级冷却水进水阀：

各级气缸冷却水；

各级冷却器的冷却水；

油箱油冷却器的冷却水；

减速器油冷却器的冷却水。

6）打开以下各阀：

空压机各级油水分离器排放阀；

纯化器油水分离器排放阀。

7）检查纯化器的起动准备工作是否完善。

8）用人力将空压机转动2~3圈。

3. 设备的起动与运行

1）空压机在起动时，必须与分馏塔工保持密切联系，积极配合。

2）电机起动后，注意电流不得超过额定电流。

3）设备运转正常后，先关一级排放阀，再依次关闭二、三级排放阀。

4）停机注意事项：

① 积极配合分馏塔工做停机操作；

② 按3、2、1级顺序打开油水分离器排放阀；

③ 打开纯化器油水分离器的排放阀，待空压机各级压力下降稳定后，再停电机；

④ 关闭各级冷却水阀（气缸冷却水待停机后15min再关）。

7.3-5 LD9型空压机技术规格包括哪些内容？

答： LD9型空压机技术规格内容有：

生产量	1200m³/h
最大排气压力	5MPa
转速	140r/min
轴功率	215kW
重量	17.6t
电机功率	265kW
转速	966r/min

7.3-6 LD9型空压机巡回检查内容有哪些？

答： LD9型空压机巡回检查内容有：

1）注油器向气缸注油正常，油位保持正常。

2）曲轴箱油位保持正常。

3）随时倾听各运动部位的运转声响，各级进、排气阀的启闭声音是否正常。

4）各压力表指示是否正常：

一级排气压力0.3~0.35MPa；

二级排气压力不超过1.2MPa；

三级排气压力不超过5.0MPa；

机身油泵油压力0.15～0.2MPa；

减速器油泵油压力0.15～0.3MPa。

5）各部位温度是否正常：

一级排气温度～90℃；

二级排气温度～150℃；

三级排气温度～140℃；

各级冷却水（包括气缸）排水温度不超过40℃；

各轴承温度不超过60℃。

6）各油水分离器排放阀每半小时排放一次。

7.3-7　200m³/h制氧机主要配套设备有哪些？

答：200m³/h制氧机主要配套设备有：

1	200m³/h制氧分馏塔	一台
2	LD9型空压机	一台
3	PZK-14.3/40-6型膨胀机	一台
4	HXK-960/40纯化器	一组

7.3-8　氧压机操作规程包括哪些内容？

答：氧压机操作规程内容有：

1. 总则

1）操作者必须熟悉本设备结构和性能，经过考试合格取得操作证后，方可独立操作。

2）操作者要认真做到“三好”，“四会”。

3）操作者必须遵守使用设备的“五项纪律”和维护设备的“四项要求”的规定。

4）操作者还需具备“三熟”、“三能”的基本功。

5）操作者要随时按照“巡回检查内容”的要求对设备进行检查。

6）严格按照“设备润滑图表”规定进行加油，做到“五定”。注油后应将油杯（池）的盖子盖好。

7）操作者必须按照设备运行记录表的要求，对设备进行检查和记录。认真执行交接班制度。

8）严禁超压运行。

9）设备在运行中，操作者不得擅自离开工作岗位。

10）禁油的工具、仪表、零附件等，不许与不禁油的工具、零附件等物同一处存放，更不得混用。沾了油的工具、零附件，必须进行脱脂，才许在禁油处使用。

11）机房内未办审批手续，不得动用明火。

12）安全阀、压力表要保持齐全、灵敏可靠。安全阀、压力表在有效期内使用，严禁使用过期的压力表、安全阀。

13）设备中附属的在用压力容器，要有市劳动局核发的《压力容器使用证》并在有效期内才可投入使用。

2. 开机前的准备工作

1）首先与分馏塔工取得联系，弄清已出氧的分馏塔的规格和台数，并且氧储气罐的钟罩升到中位以上时才可开机

2）将高水位的蒸馏水箱备有足够的润滑蒸馏水。

3）将氧压机曲轴油箱加油到油标要求位置上。

4）开启冷却水，并初步调节其流量。

5）将水分离器的排放阀打开，有放空阀的氧压机，打开放空阀，待设备起动正常后再慢慢关闭。

6）将氧气出口阀完全打开。

7）人工转动带轮 2 ~ 3 圈。

8）充填气瓶时，必须与充氧工保持密切联系，配合工作。

9）充填高压罐时，应定时检查罐房内管网接头、管件和仪表，是否漏气和完好可靠。

3. 停机的注意事项

1）打开放空阀（无放空阀者，将水分离器排放阀打开）关闭氧压机出口阀，再停电机，然后关上氧气进口阀。

2）关闭润滑水阀和冷却水阀。

7.3-9　氧压机技术规格包括哪些内容?

答: 氧压机技术规格内容有:

型　号	0D6	1-1.677/150
生产量	150m³/h	100m³/h
最高工作压力	17.5MPa	15MPa
转速	185r/min	330r/min
轴功率	44kW	—
电机功率	47kW	30kW
电机转速	710r/min	980r/min
总重	2.5t	2.8t

7.3-10　氧压机巡回检查内容有哪些?

答: 氧压机巡回检查内容有:

1）润滑蒸馏水供应正常。

2）曲轴油箱油位正常，油质符合要求。

3）各级运行压力指示正常：

一级排气压力不超过0.6MPa；

二级排气压力不超过3.6MPa；

三级排气压力不超过15.0MPa；

油压：0.1～0.2MPa。

4）各部位温度正常：

一、二、三级排气温度不超过140℃；

轴承温度不超过55℃；

电机轴承温度不超过60℃；

冷却水排水温度不超过40℃。

5）及时消除漏水、漏油、漏气现象。

6）定时排放水分离器的积水：

充填气瓶时，每充完一排气瓶排放一次；

充大罐时，每20min排放一次；

对大罐上的放水阀，每班排放一次。

7）经常观察氧储气罐的钟罩升降情况，以决定氧压机的开动或停机台数，尤其储气罐钟罩下降到最低许可位置时，应立即停机，以防储气罐被抽真空。

8）当氧压机和充气台，需要由充氧改为充氮，或由充氮改为充氧时，事先要运行吹扫，凡由充氧改为充氮，用氮气吹扫；由充氮改为充氧，用氧吹。吹扫时间约5min。

7.3-11　1-100/8型空压机操作规程包括哪些内容？

答：1-100/8型空压机操作规程内容有：

1. 总则

1）操作者必须熟悉本设备结构和性能，经过考试合格取得操作证后，方可独立操作。

2）操作者要认真做到“三好”，“四会”。

3）操作者必须遵守使用设备的“五项纪律”和维护设备的“四项要求”的规定。

4）操作者还需具备“三熟”、“三能”的基本功。

5）操作者要随时按照“巡回检查内容”的要求对设备进行检查。

6）严格按照“设备润滑图表”规定进行加油，做到“五定”。注油后应将油杯（池）的盖子盖好。

7）操作者必须按照设备运行记录表的要求，对设备进行检查和记录。认真执行交接班制度。

8）严禁超压运行。

9）因冷却水中断而停机，应立即关闭气缸冷却水进水阀，待气缸冷却后再继续供水。

10）盛装其他油质的器具，不准与盛装压缩机油的器具互为混用。

11）安全阀、压力表、温度计要保持齐全、灵敏可靠。安全阀、压力表在有效期内使用，严禁使用过期的压力表、安全阀。

12）设备中附属的在用压力容器，要有市劳动局核发的《压力容器使用证》并在有效期内才可投入使用。

2. 开机前的准备工作

1）检查安全装置，应是牢固可靠、位置适当。

2）检查各紧固件和连接件应是牢固可靠。

3）检查电器装置应是良好，并使之处于准备起动状态。

4）打开全部冷却水管阀门，并初步调节冷却水流量。

5）检查通向储气罐的空气阀应是关闭的，打开二级放空阀，并打开储气罐通向厂区管网的阀门（注意先关上储气罐的油水排放阀）。

6）把负荷调节器的手动开关转到放空位置。

7）将符合要求的全损耗系统用油注入曲轴油箱达到油标要求高度，并用手摇油泵，使油压达到0.1MPa以上。

8）将压缩机油注入注油器（柱塞油泵）内，使油位达到油标要求高度。并用手摇动使油滴向气缸内。压缩机油严格按技术要求选用，严禁不经审批手续而代用。

9）用人力使空压机转动2~3圈。

3. 空压机的运行

1）起动时注意事项：

① 电压、电流指示正常：电压为3000V，电流不超过100A。

② 待设备起动正常后，打开通向储气罐的空气阀，关上二级放空阀。

③ 将负荷调节器的手动三通阀转到运行位置。

2）正常停机注意事项：

① 用手转动负荷调节器的三通阀，扭到放空位置。

② 将二级放空阀完全打开，待压力下降后，再停电机。

③ 待气缸、冷却器温度降到常温后（一般约1~1.5h），关闭设备冷却水进口阀门。

7.3-12 1-100/8型空压机技术规格包括哪些内容？

答：1-100/8型空压机技术规格内容有：

排气量	90m^3/min
排气压力一级	0.2MPa
二级	0.8MPa
润滑油压力	不低于0.15MPa
排气温度	不超过160℃
冷却水温度	不超过40℃
冷却水消耗量	11m^3/h
机身重	3.5t
一级气缸重	2.3t
电机：（1）型号	TZK170—24/20
功率	480kW
（2）型号	TDK173—25/20
功率	500kW
电压	3000V
电流	100A
转速	300r/min
重量	4.66t
定子重	2.2t
转子重	1.95t

7.3-13　1-100/8型空压机巡回检查内容有哪些？

答：1-100/8型空压机巡回检查内容有：

1）注油器向气缸注油应是正常的，严格控制油质、油量，注油量不得超过空压机说明书标明的耗油量。

2）齿轮油泵的油压保持在0.15～0.2MPa。

3）随时倾听各运动部位和各级进排气阀，其运行声响是否正常。

4）各级排气压力符合要求：

一级：0.2MPa；

二级：不超过0.8MPa。

5）各级排气温度不超过160℃，经冷却器后不超过40℃。

6）冷却水的进水和排出，应是无间歇、无冒气现象。气缸套用的冷却水压力，不应超过0.3MPa，冷却水排水温度不超过40℃。

7）曲轴箱内油温不超过50℃，各轴承温度不超过60℃。

8）曲轴箱和注油器的油位应保持正常。

9）定期进行排污：

中间冷却器每小时进行排污一次；

储气罐每班进行排污一次。

10）电器装置运行正常，电压、电流值符合运转要求。

7.3-14　2D12-100/8型空压机操作规程包括哪些内容？

答：2D12-100/8型空压机操作规程内容有：

1. 总则

1）操作者必须熟悉本设备结构和性能，经过考试合格取得操作证后方可独立操作。

2）操作者要认真做到“三好”，“四会”。

3）操作者必须遵守使用设备的“五项纪律”和维护设备的“四项要求”的规定。

4）操作者还需具备“三熟”、“三能”的基本功。

5）操作者要随时按照“巡回检查内容”的要求对设备进行检查。

6）严格按照“设备润滑图表”规定进行加油，做到“五定”。注油后应将油杯（池）的盖子盖好。

7）操作者必须按照设备运行记录表的要求，对设备进行检查和记录。认真执行交接班制度。

8）严禁超压运行。

9）因冷却水中断而停机，应立即关闭气缸冷却水进水阀，待气缸冷却后再继续供水。

10）盛装其他油质的器具，不准与盛装压缩机油的器具互为混用。

11）安全阀、压力表、温度计要保持齐全、灵敏可靠。安全阀、压力表在有效期内使用，严禁使用过期的压力表、安全阀。

12）设备中附属的在用压力容器，要有市劳动局核发的《压力容器使用证》并在有效期内才可投入使用。

2. 开机前的准备工作

1）检查安全装置、电器、仪表是否灵活可靠，连接件、紧固件有无松动。

2）打开压缩空气管路及储气罐上的排气阀。

3）手动盘车电动机转子至少一圈以上，注意有无振动及撞击声。

4）合上仪表柜内的空气开关 QM_1、QM_2，起动油泵，油压应为 0.27MPa，此时控制电源灯及油泵（含注油器）正常信号灯应亮。

5）打开各级冷却水阀，冷却水量事故信号灯应熄灭。

6）检查试灯回路，各事故信号灯全亮，若有损坏应及时更换，保持常备完好。

7）检查高压开关柜，电压表应有 3kV 指示，按下放电按钮放电指示灯应亮，否则放电系统有故障，不能启动。

8）合上晶闸管励磁柜内空气开关 ZK 和面板上电源开关 KK，然后将组合开关 XK 搬向调试位置，缓慢顺时针方向调整电位器 8W 旋钮，观察直流电流、电压表均有比较稳定的指示（注意电流必须调定在 180 ~200A 之内）。然后瞬时按下灭磁检测按钮电压指示应向零方向下降，立即松开按钮（按的时间太长，要损坏电气元件）。最后将组合开关 XK 搬向允许位置，允许起动灯亮。

3. 空压机的起动和运行

1）按下准备起动按钮，电磁阀信号灯亮。待数秒钟准备起动信号灯亮后，方可按主机起动按钮，高压投入，进入运行状态，主机运行灯亮，电磁阀信号灯自动熄灭。此时，值班人员应密切观察电动机是否同步，电流、电压是否正常，运行声音是否正常。

2）主机起动初始（约 10s 后）会出现声光报警，可按下消声按钮解除声响，等到主机运行正常，一级排气压力超过 0.2MPa 后，方可且必须按动事故解除按钮，否则保护自锁，控制将会失灵。

3）待设备起动正常后，打开通向储气罐的空气阀，关上二级放空阀。

4. 空压机的停机

1）按下正常停机按钮，正常停机及电磁阀信号灯亮，所有保护解除，几秒钟后负荷调节三通电磁阀自动打开，此时可听到放空声，放空完毕主机自动停车，电磁阀信号灯自动熄灭。

2）空压机停机后，油泵、注油器、冷却水应继续运行一段时间，待气缸、冷却器温度下降后，才可停运。

3）为节约能源，停机后须断掉可控硅电源开关 ZK，组合开关 XK 拨到零位，关断仪表柜空气开关 QM_1、QM_2。

4）一般无特殊情况，严禁按紧急停车按钮，防止带负荷停机。

5）故障停车或紧急停车后，应打开手动放空阀放散。长期停车应关闭冷却器排气阀和冷却水管路系统阀门，并打开放水阀放水。

7.3-15　2D12-100/8 型空压机技术规格包括哪些内容？

答：2D12-100/8 型空压机技术规格内容有：

型　式	对动二级复动水冷
排气量	$>103m^3/min$
排气压力	一级 0.2～0.22MPa 二级额定压力 0.7MPa 最高压力 0.8MPa
气缸直径	一级　820mm 二级　480mm
活塞行程	240mm
曲轴转速	500r/min
轴功率	<540kW（进气温度 20℃）
吸气状态	常温
排气温度	≤160℃
冷却方式	水冷
冷却水消耗量	<24t/h（温度差 10℃）
润滑方式	

（续）

传动机构	油泵压力循环
气缸	柱塞泵注油
润滑油消耗量	<255g/h
行动机构润滑压力	0.15～0.3MPa
电机型号	TDK143/25—12
额定功率	550kW
额定电压	6000/3000V
额定电流	63.2/126.4A
励磁电压	44.8V
励磁电流	270A
外型尺寸（长×宽×高）	4735mm×2182mm×3633mm
净重	10t

7.3-16　2D12-100/8型空压机巡回检查内容有哪些？

答：2D12-100/8型空压机巡回检查内容有：

1）随时倾听各运动部位，各级进、排气阀运行声响是否正常，各紧固件、连接件有无松动泄漏。

2）检查曲轴箱和注油器油位是否在规定范围之内，且油箱油温<60℃；注油器用润滑油耗量：一级缸21～27滴/min，二级缸16～20滴/min。

3）气缸排气压力应符合：一级0.2～0.22MPa，二级≤0.83MPa。

4）各级排气温度应不大于160℃，后冷却器排气温度应小于40℃。

5）冷却水压应保持在0.1～0.2MPa，回水温度控制在35～40℃之间为宜。

6）主轴前、中、后轴瓦温度及十字头滑道温度不大于70℃，电动机温度不大于70℃，进气阀盖发热正常。

7）检查电压、电流值，检测控制仪表是否正常。（经专业人员整定后的仪表参数不得擅自改动）。

8）中间冷却器及后冷却器的自动排污器及储气罐手动排污阀，应每班检查排污一次。

9）各变送器排污阀至少应每班排放一次。

10）负荷调节空气过滤器应半月排放一次。

第4节　KDONAr-2000/1200/60型空分设备

7.4-1　分馏塔操作规程包括哪些内容？

答：分馏塔操作规程内容有：

氧、氮精馏系统主要由下塔、主冷凝蒸发器、上塔组成。

由纯化系统来的加工空气进入主换热器组冷却到接近露点温度进入下塔，经下塔的精馏，在顶部获得氮气，除一小部分作为冷热源到纯氩塔外，其余经冷凝蒸发器冷凝，冷凝的液体一部分作为下塔的回流液，一部分经过冷器过冷后，再经节流后作为上塔回流液送至上塔顶部。在下塔底部得到的富氧液空，经过冷器过冷后，节流送至上塔中部参与精馏。经上塔精馏，在顶部得到产品氮气，在上塔上部得到污氮气；氮气及污氮气经过冷器，主换热器复热。复热后氮气除一部分送往用户管网外，其余均入水冷塔制冷；而污氮气除一部分用作再生气外，其余均入水冷塔制冷。在上塔底部得到氧气，经主换热器复热后入氧平衡筒（SV-1401），经氧压机吸入压缩后进入输气管网。

液氧从主冷凝蒸发器底部抽出经 LCV-2 入储槽。

操作要点：

1）下塔的操作在于妥善控制液氮节流阀的开度。

2）上塔的操作在于控制液氧液面的高低及回流比的大小。

氩的精馏系统主要由粗氩Ⅰ塔、粗氩Ⅱ塔，粗氩冷凝器，纯氩塔，纯氩冷凝器，纯氩蒸发器及工艺液氩泵组成。

从上塔中部抽出的一部分氩馏分气，进入粗氩Ⅰ塔进行精馏，使氧的含量降低。粗氩Ⅰ塔的回流液是粗氩Ⅱ塔底部引出经液体泵送来的液态粗氩，粗氩Ⅰ塔底部的液体在返回上塔参与精馏。

经下塔抽出部分液空，经 LCV-702 进入粗氩冷凝器内作为粗氩Ⅱ塔冷源，由粗氩Ⅰ塔顶部引出的气体进入粗氩Ⅱ塔底部并在其中进行更进一步的氩、氧分离。结果在其顶部得到含 $O_2 \leqslant 2ppm$（$\times 10^{-6}$）的粗氩气，由经粗氩冷凝器冷凝成液体后作为粗氩Ⅱ塔回流液。粗氩冷凝器的冷源是经过冷器引出的液空，经与粗氩气换热蒸发后返回上塔适当部位参与精馏。

从粗氩冷凝器板式单元引出适当的含 $O_2 \leqslant 2ppm$ 的粗氩气进入纯氩塔中部；进入纯氩塔中部的粗氩气在其中精馏，在其底部得到合格的液氩，除部分作为产品经 LCV-703 入液氩储罐外，其余与来自下塔顶部的中压氮气换热，使其蒸发作为上升气参与精馏。而液化液氮经 HV-701 返回上塔顶部参与精馏。纯氩塔顶部设有纯氩冷凝器，使上升气氩冷凝成液体回流返回纯氩塔，该冷凝器的冷源来自过冷后的液氮，蒸发气氮经 PCV-704 返回与污氮出上塔管线汇合。

操作要点：控制氩馏分中氧氮含量，控制粗氩中氧含量。

1. 起动前准备

1）空气透平压缩机组，空气预冷系统，空气纯化系统已正常运行。

2）分馏塔系统起动前，除已经起动的部分外，装置所属其余系统所属的机器、设备、阀门均应处于安全状态；所有气封点（包括透平膨胀机的喷嘴）都必须关闭；除分析仪表和计量仪表外，所有通向指示仪表的阀门必须开启，仪控系统投入正常工作。

3）分馏塔起动前的操作步骤：

① 起动冷却水系统（复用水站）。

② 起动仪表空气系统。

③ 起动空气透平增压机组。

④ 起动空气预冷系统。

⑤ 起动分子筛纯化系统。

⑥ 吹刷冷箱内管道。

2. 吹刷阶段

冷箱吹刷阶段的工作目的就是除去管内的水分、二氧化碳、杂质和灰尘。吹刷过程与分子筛的大加温过程同时进行。即除分子筛吸附器的洁净、干燥空气一部分用作分子筛高温活化，另一部分进入冷箱，通过从中压到低压的流路，对冷箱内管线、设备进行吹刷、置换。

吹刷顺序按主换热器→下塔→上塔→粗氩Ⅰ、Ⅱ塔→精氩塔分步进行。吹刷工作可分区域、分片段，由近到远，按工艺流程走向吹刷。

吹刷过程中应注意以下事项：

1）冷箱吹刷前应打开所有的吹除阀，液体排放阀。增压透平膨胀机和粗氩循环泵进出口在吹刷阶段应脱开法兰，并用盲板闷住，待吹刷完毕后再拆除盲板。

2）为防止塔外管道中杂质带入塔内，应首先对塔外空气，污氮管道及增压气管道进行吹刷，待吹出干净后，给纯化器装填吸附剂，再与出冷箱管道连接后，对塔内设备管道进行吹除。

3）吹刷时的空气压力，中压系统应保持在0.25~0.5MPa，低压系统应保持在0.04~0.05MPa。同时，要经常检查各部吹除阀气量大小并进行调节，以保证所有容器及每一条管线均匀吹扫，直到吹除空气中不含水分、灰尘及机械杂质为止。任何时候不得超压吹除。

4）吹刷阶段应同时注意各阀门开启是否灵活畅通，一旦发现问题应及时处理。

5）冷箱外管路、设备吹刷时应拆除计量用流量孔板，待吹除完毕后再装上。

6）在吹刷后期，应拆除各计器管阀进行吹刷。

3. 裸冷阶段

裸冷是在吹刷结束，冷箱内未装入保温材料之前进行的低温检验，目的是考验设备在低温状态下的安装质量（包括气密性、安装正确性和热应变能力）。裸冷步骤与冷却阶段基本相同。裸冷的最终标志是将设备冷却到-100℃左右，所有容器管道均匀结霜，系统温度难以下降，裸冷即结束。裸冷结束后装填保温材料——珠光砂。

4. 开车冷却阶段

当分子筛吸附器经过24h以上的高温活化（与此同时，分馏塔系统也同时经过48h的吹刷清扫），经检测，冷箱内气体CO_2含量达到要求后，分子筛系统可进入正常再生，分馏塔可进入下一阶段——冷却阶段。

冷却顺序是：先冷却主换热器和上塔，其次是当主换热器冷端温度下降时，下塔和主冷凝蒸发器，并在冷却主塔的同时，冷却氩系统设备。

冷却阶段操作如下：

1）检查各系统（冷却水系统、仪电控系统、空压机系统、预冷系统、分子筛系统）正常后可按下列步骤进入冷却阶段：

A：打开冷箱上所有的吹除阀，液体排放阀，分析阀；打开液空节流阀LCV-1，液氮节流阀HV-1。

B：起动冷却水系统（复用水站）。

C：起动仪表空气系统。

D：起动空气压缩机系统。

E：起动空气预冷系统。

F：起动分子筛纯化系统。

2）待上述系统起动正常后打开空气总进口阀（V-101/HV-101）向空分塔主换热器和增压膨胀机系统送气。

3）按增压透平膨胀机操作规程顺序起动ET401A、ET401B膨胀机，并调整增压机回流阀FCV-401A/B与膨胀机喷嘴HC-402A/B开度，逐渐使之达到全量运行。控制膨胀机进口温度在－140～－118℃之间，保持其高负荷运行。膨胀机起动前应全开膨胀空气旁通阀V-6。待膨胀后空气温度达－150℃时关闭。

4）当空分装置自身仪表空气已趋于稳定时（空气露点－40℃），可进行转换，即打开V-2001阀，停运仪表空压机AC2001，关闭V-2006阀，切断备用仪表气源。与此同时，将分子筛纯化器的再生气路由空气流路切换到污氮流路上来。即关闭V-1225阀。

5）在空分装置冷箱内温度逐步下降的同时，要打开膨胀机冷箱（A、B）密封气充气截断阀（V-203、V-204）；主塔冷箱密封气充气截断阀（V-202）；主换热器冷箱密封气充气截断阀（V-205）；工艺液氩循环泵（ArP701，ArP702）冷箱密封气充气截断阀（V-766、V-768），以避免外面湿空气浸入冷箱，影响保湿效果。

6）起动操作中的设备冷却过程具体分为4个阶段：

第一阶段：为水分析出，冻结阶段。该阶段只对主换热器进行初冷，当冷端温度达－60℃时结束。当冷端温度达到－10℃时就适当打开膨胀空气进口阀（V-1），这样提前使用环流既可以缩小冷端温差，也可以使主换热器冷却均匀。

通过适当开大膨胀空气进口阀 V-1，关小膨胀空气进口旁通阀（V-2）来调节空气进膨胀机的温度，当温度 TI-6 达到 -113℃时，可关闭膨胀空气进口旁通阀（V-2），开大膨胀空气进口阀（V-1），让进口膨胀气体全部从主换热器中部抽出。并控制 TI-6 温度在 -140℃左右。

第二阶段：为干燥阶段。可利用水分已经清除，而二氧化碳尚未析出之机，对其他设备进行初冷，当膨胀机的温度达到 -130℃时结束。此时要观察膨胀空气进口旁通阀（V-1）是否已全开，膨胀空气进口阀（V-2）是否在温度 -113℃时关闭。此阶段氩系统液空回上塔管路液体吹除阀 V-773 和粗氩放空阀 HV-702，纯氩蒸发器氮气吹除阀 V-755 不可关闭，只可相应关小。

第三阶段：为二氧化碳析出阶段。该阶段又只是对主换热器进行深冷，让二氧化碳冻结在换热器内，由低压返流气体带出，直至冷端温度达到 -170℃时结束。

第四阶段：是利用已经净化的低温气体对其他设备进一步冷却，直至塔内积累起液体结束。此阶段前应适当打开下塔液氮回流阀（V-5），待主冷液氧液面达到正常液位的 70% 左右时，逐渐开大此阀。

7）在冷却过程中要严格控制压力、流量，避免产生大幅度波动，确保空气预冷系统的稳定性。冷却流路分布合理，使冷箱内各部分温度均匀下降，不能出现大的降温，以防止大的热应力产生。所有阀门的调节应按步骤逐一并缓慢进行，当每一操作取得预期效果后，方可开展下一阀的调节，切忌操作过快过猛，各吹除阀、分析阀、液体排放阀挂霜后应及时关闭，减少冷损。

8）在冷却阶段，两台增压透平膨胀机应同时运行，保持产冷量为最大。在保证膨胀机出口不出现液体的情况下，其出口温度越低越好。

5. 积液调纯阶段

在冷箱内所有设备进一步冷却的同时，空气开始液化，下塔开始出现液空液面，随后主冷蒸发器投入工作，液面逐渐升高，上、下塔精馏工况逐渐建立，当主冷液氨液面达到 80% 时，就可以开始调节产品纯度，同时可逐步增加产品产量。此阶段阀门调节应按步骤缓慢进行，当每一步调节取得预期效果后，方可开展下一步操作，切记操作勿过猛过快。

（1）温度控制

1）主换热器热端温差控制在 2～3℃内，冷端空气温度应接近空气液化点（-173℃）。

（2）膨胀机进口温度应控制在 -118℃以上，保持增压膨胀机高负荷运行。

（2）液体积累

1）主冷液体积累初期下塔液氮回流阀（V-5）可适当打开，待主冷液氧液面过正常液位的 70% 时，逐渐开大此阀。

2）下塔液空、主冷液氧初始积累的液体应排空，直到干净为止。

3）主冷氮侧应间断稍开或微开主冷凝蒸发器不凝气吹除阀（V-752/V-751）进行检查。

4）调整并在规定范围内尽量提高上塔压力，加速主冷液体积累。

5）当液空液面达正常值时，液空进上塔调节阀 LCV-1 投入自控，将液空送入上塔。

6）在该阶段进塔空气量不会增加，为此应注意空压机排出压力，调整上、下塔压力在规定范围内。

（3）精馏工况的建立（调纯）

1）主冷工作后，上、下塔阻力会逐渐上升，当阻力达到设计值的 50% 左右时，可以认为上、下塔精馏工况已建立，这时可全开下塔回流阀（V-5），通过调节液氮进上塔调节阀（HV-1）控制上、下塔阻力，从而调整液氧和液空纯度。

2）当主冷液氧液位达设计值的 80% 以上后，可逐渐减小一台增压膨胀机组的工作负荷，直至停运。

3）按分析仪表厂家说明书投运分析仪表系统。并根据分析点数据，利用液氮进上塔调节阀（HV-1）来调节上、下塔精馏工况。

4）根据产品氧、氮的纯度逐渐加大产品产量至正常值。当产品指标达到设计值时，即可把产品从放空管道 PCV-102 切换到产品输出管路 FCV-102 上，同时调节上、下塔的工作压力（根据分馏塔的精馏工况，可将部分膨胀空气旁通至污氮管道）。

5）分馏塔工作稳定，将自控仪表投入自动控制状态。

6. 氩系统的投入与调纯阶段

氩系统的投入与调纯氩系统的冷却应与主塔系统同时进行，在氩系统冷却后，即使氩系统不投入使用，也应导入一定冷量至氩系统，以保持氩系统一直处于冷状态。

氩系统调纯可选择与主塔系统正常后再行调节。

（1）粗氩塔的投入

1）主塔工况正常后，若液空液面仍有上升的情况，可通过液空进粗氩冷凝器液位调节阀（LCV-702）逐步以少量液空送至粗氩Ⅱ冷凝器；此时粗氩冷凝器液空出口阀（V-701）处于关闭状态，待液空回上塔管路液体吹除阀（V-773）在有液体吹除时稍开 V-701，关闭 V-773。冷凝器开始出现液面，粗氩开始液化并逐步在粗氩塔Ⅱ底部积累液体。

2）随着粗氩塔Ⅱ冷凝器液面的不断提高，粗氩液化量增加，粗氩塔阻力不断升高，此间应根据粗氩塔Ⅱ工况开粗氩放空阀（HV-702），使粗氩气放空。

3）在粗氩塔Ⅱ底部液位达到设计值时，才开始对液氩循环泵 ArP701 和

ArP702 进行预冷。

① 起动步骤如下：

a）检查密封气压力是否正常。

b）微开进口阀 V-702/V-703，全开出口液体吹除阀 V-768/V-769，进口液体吹除阀 V-762/V-763（预冷要彻底，吹除阀、排液阀连续见液体）。

c）预冷结束后，逐步开大液氩循环泵进出口阀，起动液氩循环泵，开液氩进粗氩塔Ⅰ液位调节阀（LCV-701）使部分粗液氩进入粗氩塔Ⅰ，使粗压塔Ⅰ阻力逐渐增加，工况建立。开大液氩进粗氩塔Ⅱ压力调节阀（PCV-701）防止粗氩塔Ⅱ底部液体抽空。

② 停泵操作：

a）关闭气氩出粗氩冷凝器流量调节阀 FCV-702。打开粗氩放空阀 HV-702。

b）全开液氩循环泵回流阀。

c）稍关液氩循环泵出口阀，停液氩循环泵。

d）关闭进出口阀。

e）需加温吹除时，要排放液体，按程序进行加温吹除。

4）注意事项：

a）冷凝器液空液位用粗氩冷凝器液空出口阀 V-701 来控制，液空测温点稳定在 -185℃为宜。

b）粗氩投入过程中，要经常注意主塔工况变化。若粗液氩进入粗氩Ⅰ流量过大，将造成主冷液面升高，氧纯度破坏氩馏分浓度过高，工况无法控制。

c）粗氩塔Ⅰ、Ⅱ应视各自阻力和氩馏分含量趋于正常，逐步加大工作负荷，同时必须注意分析粗氩塔Ⅱ顶部抽出的氧、氮含量，即氩馏分应控制在 7%~10% 范围内，过高粗氩塔Ⅱ易出现氮塞现象。微量氧 <2ppm。

（2）精氩塔的投入

1）气氩出粗氩冷凝器流量调节阀 FCV-702 应视氩气含氧、氮量逐渐开大，使流量逐步达到设计要求 $63m^3/h$，为纯氩塔投入创造条件，同时关闭粗氩放空阀 HV-702。

2）合格粗氩气送至纯氩塔后，可逐步开启液氮进纯氩冷凝器液位调节阀 LCV-704，经过冷器 E2 后液氮进入纯氩冷凝器，待纯氩冷凝器液氮吹除阀 V-754 有液体吹除时关闭，并打开气氮出纯氩冷凝器压力调节阀 PCV-704 来控制冷凝器压力。此时粗氩开始被液化，并逐步在纯氩塔底部积累液体。

3）随着纯氩塔底部液氩液面的逐渐升高，部分液氩又被来自下塔顶部的中压氮气蒸发作为上升蒸汽参与精馏，纯氩塔的阻力也逐渐增加，同时可通过液氮出纯氩蒸发器调节阀 HV-701 的开度来控制纯氩塔阻力的变化和稳定，并通过 V-752，V-753 阀排放不凝性气体，但要控制 FI-750 的排放量不能过大。

（3）液氩调纯（分析精氩纯度符合要求，可向贮槽输送液氩）

调纯阶段应遵循先调氩纯度再调氩产量的原则，且氩产量必须随加工空气量的变化而变化。

氩调纯除调整氩系统粗精氩塔的回流比外，主塔氩馏分中氩含量的控制相当重要。调纯应参照下列方法：

1）氩馏分含量低时，适当提高氧产量，减少氮产量及污氮产量。

2）氩馏分含量高时，调整方法相反。

7. 正常操作

（1）精馏控制

1）下塔的液空必须稳定，可由液空节流阀 LCV-1 阀投入自动控制，以使液面保持在规定的高度。

2）精馏过程的控制主要由液氮节流阀 HV-1 和液空进粗氩冷凝器液位调节阀 LCV-702 阀的开度来实现。HV-1 开度增大，液氮中的氧含量增加。反之，阀门开度小，液氮中的氧含量则降低。

3）产品气取出量的多少也将影响产品气的纯度，取出量增加，其纯度下降；反之，取出量减少，其纯度升高。

4）氩馏分的调节通过出塔氧、氮量进行调节，开氧关氮，则氩馏分中氩含量增加，氮含量也可能增加。反之，开氮关氧，则氩馏分中氩含量减少，氮含量也可能减小。

5）粗氩的调节除调节氩馏分的组分外，可调节粗氩冷凝器液空液面高度。液空液面增高，粗氩塔阻力增加，粗氩中含氧量减少，粗氩中氮含量减少。

6）纯氩纯度调节可通过增大蒸发器与冷凝器的冷热负荷，增加塔顶废气抽出量，减少纯氩塔回流液来实现。

（2）达到规定指示的调节

1）投表率在正常生产时应可能高，一般要求 95% 以上，主要仪表必须完好，并把全部仪表调整到设定值。

2）用 HV-1 调节下塔顶部氮气纯度，使之达到规定值。

3）调节产品纯度和粗氩纯度可相应变动产品气的取出量，待纯度达到标准后，再逐步增大产品气取出量，直至达到规定指标。

8. 临时停车

1）起动仪表空气压缩机，将仪表空气系统切换到备用管线上。

2）停运所有产品压缩机。

3）停运增压透平膨胀机组。

4）开启空气透平压缩机出口管放空阀。

5）适当开产品放空阀，关产品送出阀。

6）切断下塔液空向上塔和制氩部分输送的管路，关 LCV-1 阀。

7）停运空气透平压缩机。

8）停运空气预冷系统。

9）停运分子筛纯化系统。

10）当出现下列情况时，应排放全部液体：

① 当主冷凝蒸发器液体中乙炔等碳氢化合物的含量超过规定值时，应排放液体，当这些杂质含量达到警报值时，应将主冷液体全部排放。

② 当主冷凝蒸发器中液位下降到正常运行液位的50%时，应将主冷液体全部排放。

11）在临时停车过程中，应监视各设备压力，不能超压。

9. 临时停车后的再起动

1）起动仪表空压机。

2）起动空气压缩机，并逐渐升压。

3）起动空气预冷系统。

4）起动分子筛纯化系统。

5）待分子筛出口空气质量符合规定要求后，打开空气总进口阀 HV-101 向增压膨胀机系统和塔内送气，调节分馏塔内有关阀门，使之逐渐达到正常值，同时稍开产品氧放空阀 FCV-102，防止塔内超压。

6）起动增压透平膨胀机。

7）将仪表空气系统切换为本装置供气。打开 V-2001 阀，停运仪表气压缩机，关闭 V-2006 阀。

8）调整精馏工况，使主塔氧、氮产品纯度及产品产量达到规定指标。

9）主塔工况稳定后，按程序起动氩系统，使其达到正常运行。

10. 正常停车

1）停运所有产品压缩机。

2）打开各产品管线上的放空阀，关闭产品输送阀，停止输送产品。

3）停运增压透平膨胀机组。停运增压透平膨胀机组后应注意膨胀后截止阀不要关闭，以免膨胀后超压。

4）排放液体。

5）打开冷箱内管线上的排气阀。

6）对装置进行加温。

7）开启空气透平压缩机出口管放空阀。

8）停运空气预冷系统。

9）停运分子筛纯化系统。

10）停运空气透平压缩机。

11）关闭除上述阀门外的其他所有阀门。

当室外空气温度低于0℃时应将容器和管道中的水分排放干净，以免冻结。

11. 加温吹除

空分装置经过长期运转，在分馏塔系统的低温容器和管道内可能产生冰、干冰碳氢化合物等积沉物，致使装置阻力逐步增大，能耗增加，影响产品的纯度及产量。为此，每当装置运行一个周期后，一般应对分馏塔系统进行全面加温解冻，以去除这些沉积物。

装置在运转过程中，如果换热器和精馏塔的阻力增加、透平膨胀机进口压力下降或转速下降，应提前对分馏塔进行加温解冻，可对透平膨胀机局部加温，发生这种情况往往与操作维护不当有关。

装置的加温气源为经分子筛纯化器纯化后的常温干燥空气，加温的原则是由上往下，由里往外，尽量做到装置各部分温度缓慢均匀回升，避免因温升过快，产生大的温差，而产生大的热应力，以致损坏设备和管道。

增压透平膨胀机的加温，可参阅该机使用维护说明书。

加温吹除操作具体如下：

1）排除所有液体，关闭全部阀门。

2）起动空气压缩机、空气预冷系统、分子筛纯化系统，加温气量应低于总加工气量的1/3。

3）加温步骤与前面叙述的吹刷过程相同。

4）当加温气体出口的气体温度升到0℃以上时，打开加温管线上的仪表检测管线。

5）当加温气体进、出口温度基本相同时，加温结束。

6）停运空气压缩机系统，空气预冷系统，分子筛纯化器系统，关闭所有阀门。

7）随时注意观察各吹除阀气量大小，各部压力高低。

12. 各系统操作要点

1）空气过滤器系统：控制其吸气阻力大小。

2）空气压缩机系统：控制进、排气量。

3）空气预冷系统：控制空冷塔，水冷塔液位。

4）纯化系统：控制纯化器的再生温度≥100℃。

5）增压透平膨胀机：控制转数和喷嘴开度。

6）分馏塔系统：

① 下塔的操作在于妥善控制液氮节流阀的开度。

② 上塔的操作在于控制液氧液面的高低和回流比大小。

7）氩系统：控制氩馏分中氧、氮含量；控制粗氩中氧含量。

13. 主要操作指标一览表：

位号	用途	设定值	报警值	联锁值
LICA-1	下塔液空液位	500mm	300/700mm	
LICA-2	主冷液氧液位	2800mm	2400/3000mm	
PdI-1	下塔阻力指示	17kPa		
PdI-2	上塔阻力指示	7kPa		
PdI-3	辅塔阻力指示	1kPa		
LIC-701	粗氩塔Ⅱ液位控制	1600mm		
LIC-702	粗氩冷凝器液空液位控制	2200mm		
LIA-703	纯氩蒸发器液位控制	800mm	500/1400mm	
LIC-704	纯氩冷凝器液氮液位控制	1200mm		
PIC-701	液氩入粗氩塔Ⅰ压力控制	0.80MPa		
PIC-704	纯氩冷凝器压力控制	0.069MPa		
FIA-701	粗氩气流量指示	$2300m^3/h$	$2500/3000m^3/h$	
FIC-702	氩气流量控制	$65m^3/h$		
PdI-701	粗氩塔Ⅰ阻力指示	2kPa		
PdI-701	粗氩塔Ⅱ阻力指示	8kPa		
PdI-702	纯氩塔阻力指示	2kPa		
AE-1	下塔液空中 C_2H_2 含量分析	≤0.01ppm		
AIA-1204	空气出纯化器 CO_2 含量分析报警		1ppm	
AIA-101	产品氧纯度分析报警		99.6%	
AIA-102	产品氮中含氧量分析报警		3ppm	
AIA-2	液氧中 C_nH_m 含量分析报警		100ppm	
AIA-701	氩馏分中氩含量分析报警		8/14%	
AIA-702	粗氩塔Ⅰ中氧含量分析报警		5%	
AIAS-703	氩气中氧含量分析报警		2ppm	
AIA-704	液氩中氧氮含量分析报警		3ppm	
FIC-701	空气入分馏塔流量指示控制	$17000m^3/h$		
FICR-102	产品氧气流量指示控制	$1500m^3/h$		
FICR-103	产品氮气流量指示控制	$1200m^3/h$		
FI-751	残余气体流量指示	$2m^3/h$		
FIC-1201	再生及冷吹污氮气量	$4480m^3/h$		

7.4-2 SVK20-3S 型压缩机操作规程包括哪些内容？

答：SVK20-3S 型压缩机操作规程内容有：

该系统由一台 SVK20-3S 型离心式压缩机、两个中间气体冷却器、压缩机润滑油站、电机组成。

1. 起动步骤

1）起动密封气空压机。起动前，将空气过滤器调节螺杆调至最低位（关闭），待密封气空压机起动后，缓慢调节螺杆至最高位（开启），压力控制在 0.5MPa。

2）向空压机级间冷却器通入冷却水。

3）通知值班电工接通仪控电源。

4）接通润滑油加热器电源，待润滑油温度达到 35℃时，起动辅助油泵，控制供油总管压力 > 0.17MPa，并向油冷却器提供冷却水，待润滑油油温达到 45℃时，切断电加热器电源。

5）接通储能电器柜总电源，扳动储能开关，待储能指示火灯亮起，储能结束，储能开关复原位。

6）接通软起动柜，高压电源空气开关电源。待空压机运行正常后，其中空气开关应复“分”位。

7）观察仪控显示是否具备开车条件；（检查开关齿轮指示盘上的所有报警是否切断，指示盘是否已显示“驱动机准备开机”，检查空压机末级防喘振放空阀和其旁通阀全开，末级输送阀全关）。

8）就地控制柜起动电机并使其以正常运行。然后关闭辅助油泵，并将辅助油泵选择器关置“自动”位置。

9）使用压力控制系统，用手打开或关闭进口导叶装置，直到达到设定产量值，然后该系统也应调到“自动”位。

10）使用手动调整系统，慢慢地关闭防喘振放泄/旁通阀，直到实际的值与控制器所显示的设定值相近，然后将“手动/自动”开关拧至“自动位”。

11）打开空压机末级输送阀向空冷塔送气。视工况而定，逐渐关小空压机末级放空/旁通阀，使压缩空气全部送入空气冷却塔。

2. 运转中的检视

1）观察油冷却器的油出口温度，通过调节水流量使油温达到设定值。

2）观察级间冷却器出口温度，通过调节水流量使其温度达到设定值。

3. 紧急停车

1）按紧急停车按钮，停止电机运转，此时辅助油泵必须自动起动。辅助油泵必须保持起动 1h（在压缩机停机后）然后关闭。

2）把喘振限制控制系统“自动”转换到“手动”位并慢慢地打开放泄旁

通阀直至全开的位置。

3）逐步关闭空压机末级输送阀。

4）调整进口导叶装置移至最大允许的正导叶设定位。

4. 仪控显示

序号	位号	说明	单位	设定值				
				N	L	H	LL	HH
1	FI110	压缩机入口流量	Nm^3/min					
2	PT11	压缩机出口压力	kPa					
3	PISA352	润滑油总管压力	kPa	0.21	0.17		0.14	
4	XZIA11	压缩机轴位移	mm		0.5	0.5	0.6	0.65
5	VISA11	压缩机一级轴振动	μm			47.5		66.5
6	VISA12	压缩机二级轴振动	μm			47.5		66.5
7	VISA13	压缩机三级轴振动	μm			41.4		57.9
8	VISA14	压缩机四级轴振动	μm			41.4		57.9
9	PS11	出口压力远程设定值	MPa					
10	TI110	压缩机入口温度	℃					
11	TSA120	压缩机二级入口温度	℃			48.8		53.8
12	TSA130	压缩机三级入口温度	℃			55.1		60.1
13	TSA160	电机轴承温度	℃			75		80
14	TSA161	电机轴承温度	℃			75		80
15	TSA170	电机定子温度	℃			120		125
16	TSA171	电机定子温度	℃			120		125
17	TSA172	电机定子温度	℃			120		125
18	TSA190	增速机轴承温度	℃			105		115
19	TSA191	增速机轴承温度	℃			105		115
20	TSA192	增速机轴承温度	℃			105		115
21	TSA193	增速机轴承温度	℃			105		115
22	TE11	压缩机出口温度	℃					
23	TIA311	润滑油温度	℃					
24	TIA-331	润滑油冷却后温度	℃			55		
25	PIC-11	入口导叶角度	(°)					
26	FIC-110	防喘振阀角度	(%)					

7.4-3 空气预冷系统操作规程包括哪些内容?

答: 空气预冷系统操作规程内容有:

该系统由空冷塔、水冷塔及四台水泵组成。

空气冷却塔为填料塔,空气从管网送入空气冷却塔底部,从下往上通过的填料,被从上往下的水冷却,并同时洗涤部分 NO_X,SO_2,CL+等有害杂质,最后穿越顶部的丝网分离器,进入分子筛纯化系统。

进入空冷塔的水分为两段。下段为由凉水塔来的冷却水,经循环水泵加压入空冷塔中部,分由顶部流下来的冷冻水汇合,自上而下出空冷塔回凉水塔。

上段冷冻水是由凉水塔来的冷却水,经水冷却塔与由分馏塔来的多余的纯氮及污氮气热质交换冷却后,由冷冻水泵加压进入空冷塔顶部。

空气预冷系统应先起动冷却水泵,再起动冷冻水泵。

操作要点:控制空冷塔、水冷塔液位。

1. 起动操作

1) 冷却水泵应在空压机末级排气压力 PIS-1101 达到 0.5MPa 稳定时方能起动,水泵循环水量控制为 52t/h(水泵进水阀为 V1115 和 V1116;出水阀为 V1123 或 V1124 阀)。

2) 冷却水泵正常后,起动冷冻水泵,起动前应先开启 LCV-1103 阀,待 LCY-1103 阀水位达设定值后,LCV-1103 阀进入自动状态,进空冷塔冷冻水量应控制在 9t/h,由 V-1133 阀或 V-1134 阀调节(水泵进口阀为 V1125 和 V1126 阀)。

2. 工况调整

(1) 出空冷塔温度的调节　空冷塔出口温度应控制在 15℃以下,主要控制 TIA-1104 低于是 13℃以下及 FIA-1102 阀保持水流量在 9t/h,当温度过高,应调节水冷塔负荷来降低温度(调节冷塔负荷包括调节水量及进水冷塔氮气量)。

(2) 进空冷塔水流量调节　进空冷塔水流量应随加工空气量的变化而变化,对冷却水,主要通过 V-1123 阀或 V-1124 阀进行调节,而对冷冻水,主要应通过 V-1133 阀或 V-1134 阀调节。

3. 正常操作工艺参数

1) 空冷塔阻力(PdIS-1101):≤10kPa;

2) 冷冻水进水泵前温度(TIA-1103):≤15℃;

3) 出空冷塔空气温度(LIA-1105):≤15℃;

4) 空冷塔液位控制(LICA-1101):800~1300mm(2500mm 联锁);

5) 水冷塔釜液位控制(LICA-1103):800~1300mm;

6) 冷却水进空冷塔流量(FIA-1101):52t/h;

7) 冷冻水进空冷塔流量(FIA-1102):9t/h。

7.4-4 纯化系统操作规程包括哪些内容?

答：纯化系统操作规程内容有：

该系统由两台吸附器、两台电加热炉组成。

分子筛吸附器为立式双层床结构。下层为活性氧化铝，上层为13×球形分子筛。两只吸附器切换工作，由空冷塔来的空气，经吸附器除去其中的水分、CO_2，除一部分内份外作仪表气源和空气过滤器反吹气体外，其余部分分别进入增压透平膨胀机系统和经主换热器换热后进入分馏塔下塔参与精馏。

当一台吸附器工作时，另一台吸附器进行再生，冷吹备用。由分馏塔来的污氮气，经一台电加热器加热至180~230℃后，进入吸附器使吸附器加热再生，脱附掉其中的水分及CO_2，后经放空消声器排入空气。

经吸附器纯化后的空气含水量在-65℃露点以下，含CO_2≤2ppm。

操作要点：

1）控制纯化器再生温度≥100℃。

2）根据吸附床冷吹期排气温度来判断再生是彻底。

1. 起动前的准备

1）检查电磁阀，气动切换阀，仪控系统的接线是否正确无误，逐个检查气动切换阀是否动作灵活及限位开关是否到位，并检查切换阀的流向是否符合要求。

2）采用手操调整气动切换阀的开阀速度。切换阀由全开到全关的时间为10~20s。

3）向切换系统仪表气，要求仪表空气压力0.4~0.6MPa，露点-40℃。

2. 起动

1）起动前全面检查设备是否正常，阀门是否处于准备状态。

2）先选择一只电加热器，分别打开进、出口阀门，然后在吸附器再生状态下依次打开V-1225及V-1226阀。

3）起动控制系统按有关要求起动空压机、预冷系统，压缩空气进入纯化器进入空气量不大于加工空气量的2/3，不小于加工空气量的1/3。床层压力控制在0.48MPa以上，再生气压力和流量通过V-1225阀调节。

4）起动电加热器，控制系统设置电加热炉生气温度为180~230℃。

5）吸附器升压及御压应平稳进行，通过调节均压阀V-1207（自动）或V-1228（手动常开）及V-1224（常开）开度来实现，调节好后，保持开度不变。

6）高温再生冷吹出吸附器温度峰值最高达180℃，而冷吹要求达到常温结束，通过程序延时或跳转来实现。

7）切换时间表。

时间/min	MS1201	MS1202
0～12	吸附	逆向放压
12～76	吸附	加热再生
76～216	吸附	冷吹
216～240	吸附	充压

注：1. 正常切换时，切换周期为240min，其中降压12min，加温64min，冷吹140min，均压24min。

2. 分子筛吸附器充压卸压联锁。

MS1201吸附器（1）充压时，差压≤10kPa时才能切换到吸附；

MS1202吸附器（2）充压时，差压≤10kPa时才能切换到吸附；

MS1201吸附器（1）卸压时，压力≤10kPa时才能切换到再生；

MS1202吸附器（2）卸压时，压力≤10kPa时才能切换到再生。

8）连续分析分馏塔污氮总管含水量，污氮露点达到－70℃后，将污氮气送入纯化器作再生器，同时关闭V-1225阀。

3. 工况调整

1）本设备调整工况的原则是确保进纯化器再生气温温度和流量，再生是否彻底，以吸附床冷吹期排气量来判断，保证吸附床能“完全”再生的排气温度为高温再生时峰值温度≥180℃，正常工况≥100℃，当吸附床冷吹期间排气温度小于上述值时，应调高再生气出电加热器温度，以提高进纯化器再生气温度。也可以在保证再生气温度的前提下改变FIC-1201的设定量，满足再生要求。

2）纯化空气含水量和二氧化碳达不到设计指标时，首先应检查再生温度是否达到设定值。如有偏差及时调整。其次应检查压缩空气中是否带有游离水，压缩空气进纯化器是否温度过高。如果上述检查一切正常，而情况继续恶化，可对纯化器进行高温再生，此时可以在不停车的情况下进行。

3）要经常通过仪控系统观察气动换阀的动作情况，如果出现异常，再观察吸附床及系统操作压力，如果系统工况正常稳定，说明气动切换阀限位开关故障，此时，应维持正常工作。如果系统操作压力偏离正常工况，应停机检查。

4）操作人员应定期打开V-1222阀，对压缩空气总管进行吹除，如果发现吹除水分过多，应及时检查空冷塔出口温度的压缩空气是否带有大量游离水，含水量过大时，应停车检查。V-1221阀应保持一定开度。

4. 停车

1）正常停车宜在吸附器冷吹结束时停车，停车后另一只吸附器卸压后关闭控制系统，关闭所有手动阀。

2）故障停车操作程序：关闭控制系统——电加热器。

3）故障停车后的起动：

① 故障停车时间比较短，起动后污氮气量和露点满足要求，按控制系统停车后保持的工况进行，待控制系统停运后起动电加热器。

② 故障停车时间比较长，也应按控制系统停车后所保存的工况进行。

7.4-5 PLPK-130/6.88-0.4 型增压透平膨胀机操作规程包括哪些内容？

答：PLPK-130/6.88-0.4 型增压透平膨胀机操作规格内容有：

该系统由两台增压透平膨胀机、两台增压机后冷却器、两台供油装置组成。

由分子筛吸附器来的部分洁净空气入增压机，抵消掉由膨胀机输出的能量，同时使压力得以升高，经增压后的空气入增压机后冷却器，冷却到所需温度后，入主换热器冷却到一定温度后入透平膨胀机膨胀，膨胀后空气进入上塔参与精馏。

操作要点：控制转速和喷嘴开度。

1. 胀机组起动

（1）起动前的检查

1）油箱液面指示在油标的 2/3 处，油温不低于 25℃。

2）加温气阀门 V-206/V-207 关闭。

3）喷嘴叶片关闭（HC-402A/HC-402B）。

4）紧急切断阀 HV-401A/HV-401B 关闭（从开到关在三秒内）。

5）膨胀机进口阀 V-3A/V-3B；出口阀 V-4A/V-4B 关闭。

6）轴承温度高于 15℃。

7）滤油器清洁，供油系统工作正常。

8）增压机回流阀 FCV-401A/FCV-401B 全开。

（2）起动膨胀机（A）

1）接通密封气，气源压力 0.5MPa。

2）接通仪电控电源。

3）起动油泵。

4）对油冷却器通入冷却水，同时对气体冷却器 WE401A 通入冷却水。

5）开膨胀机出口阀门 V-4A，同时应使密封气供入膨胀机端压力达 0.3MPa。

6）开膨胀机出口阀门 V-3A。

7）开紧急切断阀 HV-401A。

8）逐渐打开喷嘴 HC-402A，使其开度为设计时的工况，机器开始运转，很快达到 13000～16000r/min，快速通过喘振区域。

9）逐渐关小增压机回流阀，使其转速升至 22500r/min。

10）起动后随着膨胀机进气温度下降，转速也会下降，所以要经常调节增压机回流阀的开度直到达到设计工况为止。

11）起动期间要随时检查轴承温度，喷嘴出口压力及整机运行情况是否正常。

12）起动期间，短暂打开机器和仪表管线的吹除阀，然后关紧。

13）视工况起动膨胀机（B），起动步骤与膨胀机（A）相同。

（3）运转中的检视

1）每小时查看记录一次。

① 膨胀机进出口温度、增压机进出口温度。

② 膨胀机进出口压力、增压机进出口压力及工作转速。

③ 轴承温度。

④ 轴承进口油压、油温

⑤ 密封气压力。

2）每天查看。

① 油箱油面。

② 所有管道的严密性。

③ 紧急切断阀。

2. 膨胀机组停车（A）

（1）停止运转

1）全开增压机回流阀 FCV-401A。

2）关喷嘴 HC-402A。

3）关紧急切断阀 HV-401A。

4）关膨胀机进口阀 V-3A。

5）关膨胀机出口阀 V-4A。

（2）停车后的处理

1）临时停车：保持密封气和润滑供油，保持仪电控为工作状态，准备重新起动。

2）长期停车：要求对膨胀机进行加温解冻，操作如下：

① 保持密封气和润滑油供应，保持仪电控为工作正常状态。

② 开紧急切断阀 HV-401A。

③ 打开喷嘴 HC-402A。

④ 打开膨胀机上所有吹除阀 V-305、（V-306）。

⑤ 检查膨胀机上所有进口阀 V-3A（V-3B）；出口阀 V-4A（V-4B）是否关闭。

⑥ 打开加温气体阀 V-206、（V-207）加温膨胀机，使流经膨胀机的加温气体流向与正常流向相反，且温度不超过 60℃当热气出口与进口温度大致一样时，加温即可结束，加温气体的露点应低于 -40℃。

⑦ 关闭各吹除阀。

⑧ 停止加温，关加温气体阀。

⑨ 关紧急切断阀。

⑩ 关喷嘴。

⑪ 停止润滑油供应。

⑫ 15min 后切断密封气源。

3. 正常运转工艺参数

(1) 增压机

工作介质：空气；

气量：7800m^3/h（0℃，0.10133MPa）；

进口压力：0.595MPa（A）；

出口压力：0.818MPa（A）；

进口温度：296K。

(2) 膨胀机

工作介质：空气；

气量：7800m^3/h（0℃，0.10133MPa）；

进口压力：0.788MPa（A）；

出口压力：0.14MPa（A）；

进口温度：132.5K；

绝热效率：≥85%；

转速：22250r/min。

(3) 仪控整定值

<table>
<tr><th colspan="2">项　目</th><th>单位</th><th>整定值</th><th>操作值</th><th>报警</th><th>连锁</th><th>备　注</th></tr>
<tr><td colspan="2">轴承油压</td><td>MPa</td><td>0.4～0.6</td><td>0.4～0.5</td><td></td><td></td><td></td></tr>
<tr><td colspan="2">轴承油压低于</td><td>MPa</td><td>0.35</td><td></td><td>△</td><td></td><td>不能起动</td></tr>
<tr><td colspan="2">轴承油压低于</td><td>MPa</td><td>0.3</td><td></td><td>△</td><td>△</td><td></td></tr>
<tr><td colspan="2">膨胀机密封气与喷嘴压差</td><td>MPa</td><td>0.05</td><td>0.05</td><td></td><td></td><td></td></tr>
<tr><td colspan="2">滤油器最大阻力</td><td>MPa</td><td>0.1</td><td>0.1</td><td></td><td></td><td></td></tr>
<tr><td colspan="2">轴承进油温度</td><td>℃</td><td></td><td>～40</td><td></td><td></td><td></td></tr>
<tr><td colspan="2">轴承温度高于</td><td>℃</td><td>70</td><td></td><td>△</td><td></td><td></td></tr>
<tr><td colspan="2">轴承温度高于</td><td>℃</td><td>75</td><td></td><td>△</td><td>△</td><td></td></tr>
<tr><td rowspan="2">密封气供气压力</td><td>膨胀机端</td><td>MPa</td><td>0.3</td><td>0.3</td><td rowspan="2"></td><td rowspan="2"></td><td rowspan="2">≥0.2MPa 油泵起动</td></tr>
<tr><td>增压机端</td><td>MPa</td><td>～0.5</td><td>～0.5</td></tr>
<tr><td colspan="2">转速高于</td><td>r/min</td><td>24200</td><td></td><td>△</td><td></td><td></td></tr>
<tr><td colspan="2">转速高于</td><td>r/min</td><td>26000</td><td></td><td>△</td><td>△</td><td></td></tr>
<tr><td colspan="2">增压机进口流量控制</td><td>Nm³/h</td><td>7800</td><td></td><td></td><td></td><td>FCV401 自动调节</td></tr>
<tr><td colspan="2">增压机进口流量低于</td><td>Nm³/h</td><td>5200</td><td></td><td></td><td></td><td>FCV401 自动调节开关</td></tr>
</table>

注：轴承油压可根据现场运转情况进行调整。

7.4-6 KDONAr-2000/1200/60 型空分设备的仪控系统有哪些？

答：KDONAr-2000/1200/60 型空分设备的仪控系统有：

KDONAr-2000/1200/60 型空气分离设备：是以生产氧气 1500m^3/h、氮气 1200Nm^3/h、液氧 500Nm^3/h 和液氩 60Nm^3/h 和带分子筛纯化，增压膨胀流程的大型成套设备，本仪控系统采用浙大中控公司的 JX-300X 控制系统，用两台 21 英寸彩色显示器进行监控，用鼠标和键盘进行操作，自动打印报表和报警，可以显示实时数据和历史趋势。本仪控系统的电源采用的是 UPS220V、AC、50Hz 不间断电源，仪表气源采用 0.40 ~ 0.60MPa（G），露点低于 -40℃ 的无油干燥空气，气量大于 200Nm^3/h，（不包括公用工程部分）。DCS 系统选用电源由 UPS 不间断电源供给，选用美国纽绅埔 PD 系列 10kVA、30min。

本装置共设有以下自动调节回路：

1）袋式过滤器阻力自动控制和报警控制（PdIAS-1001）；

2）空冷塔下部液位自动联锁控制（LICS-1101）；

3）水冷塔下部液位自动联锁控制（LICA-1103）；

4）空冷塔阻力报警联锁控制（PdIS-1101）；

5）分子筛纯化系统程序控制（ESC-1201）；

6）电加热炉 EH1201 出口温度自动调节（TICS-1205）；

7）电加热炉 EH1202 出口温度自动调节（TICS-1206）；

8）污氮进纯化系统流量自动控制（FIC-1201）；

9）分馏塔下部液位自动控制（LICA-1）；

10）主冷凝器液氧液面自动控制（LICA-2）；

11）产品氧气去氧压机流量自动控制（FICR-102）；

12）产品氧气出冷箱压力控制（PIC-102）；

13）产品氮出冷箱流量自动控制（FICR-103）；

14）增压机进口流量自动控制联锁控制（FICS-401A、401B）；

15）污氮去水冷塔压力自动控制（PIC-104）；

16）液氩泵出口压力自动控制（PIC-701）；

17）纯氩塔冷凝器压力自动控制（PIC-704）；

18）粗氩塔（2）液氩液位自动控制（LIC-701）；

19）粗氩塔（2）主冷液空液位自动控制（LIC-702）；

20）精氩塔下部液氩液位自动控制（LIC-703）；

21）精氩塔冷凝器液氮液位自动控制（LIC-704）；

22）粗氩出粗氩塔（2）流量自动控制（FIC-702）；

23）氧压机进出口压力自动控制（PIC-1401、1403）；

24）液氧贮槽 SV1701 压力自动控制（PIC-1701）；

25）液氧贮槽 SV1702 压力自动控制（PIC-1702）；

26）液氩贮槽 SV2201 压力自动控制（PIC-2201）。

遥控操作可通过监控站上相对应的显示操作器方便地进行操作：

1）液氮入上塔遥控调节（HC-1）；

2）膨胀机（1）入口遥控调节（HC-402A）；

3）膨胀机（2）入口遥控调节（HC-401B）；

4）膨胀机（1）喷嘴遥控调节（HC-402A）；

5）膨胀机（2）喷嘴遥控调节（HC-402B）；

6）纯化空气进分馏塔遥控（HS-101）；

7）氮气去消声器遥控调节（HC-102）；

8）液氮出纯氩塔蒸发器调节（HC-701）；

9）粗氩出粗氩塔（2）放空（HC-702）。

系统画面编辑及操作：本套设备在 CRT 上进行显示，用鼠标进行操作，主要的有以下几幅流程画面。

1）自洁式过滤器；

2）空气压缩系统；

3）空气预冷系统；

4）纯化系统；

5）膨胀机系统；

6）分馏塔系统；

7）氩系统；

8）氧压机、氮压机系统；

9）液氧贮存系统；

10）液氩贮存系统。

另外，还有主菜单、报警画面和历史趋势画面等。

在每幅画面上，均有许多按钮，用于画面切换和操作，参数报警时，相应的参数将变为黄色，达到联锁值时，将变为红色，每有一个新的报警发生，在画面的下部，将显示相应的位号，同时音箱将发出声音报警。

分析点：

1）MS1201 空气/污氮分析（AE-1201）；

2）MS1202 空气/污氮分析（AE-1202）；

3）液空出下塔分析（AE-1）；

4）气氮出过冷器后分析（AE-2）；

5）液氮出下塔分析（AE-3）；

6）上塔液氧纯度分析（AE-4）；

7）出上塔顶部氮气纯度分析（AE-5）；

8）出上塔污氮气纯度分析（AE-6）；

9）出冷箱污氮气成分分析（AE-103）；

10）增压机（1）冷却后空气分析（AE-401A）；

11）增压机（2）冷却后空气分析（AE-401B）；

12）氩气进粗氩塔Ⅱ纯度分析（AE-704）；

13）精氩冷凝器气氩放空分析（AE-750）。

附　　录

附录 A　空分设备术语及产品型号编制方法

1. 空分设备术语

空分设备术语可参考 GB/T 10606.1～10606.6—1989，为使用方法，现将其中部分内容列出。

1.1　基本术语

1.1.1　空气　air

存在于地球表面的气体混合物。接近于地面的空气在标准状态下的密度为 1.293kg/m^3。主要成分是氧、氮和氩；以体积含量计，氧约占 20.95%，氮约占 78.09%，氩约占 0.932%，此外还含有微量的氢及氖、氦、氪、氙等稀有气体。根据地区条件不同，还含有不定量的二氧化碳、水蒸气及乙炔等碳氢化合物。

1.1.2　加工空气　feed air

指用来分离气体和制取液体的原料气。

1.1.3　氧气　oxygen

分子式 O_2，分子量 31.9988（按 1979 年国际原子量），无色、无臭的气体。在标准状态下的密度为 1.429kg/m^3，熔点为 54.75K，在 101.325kPa 压力下的沸点为 90.17K。化学性质极活泼，是强氧化剂。不能燃烧，能助燃。

1.1.4　工业用工艺氧　industrial process oxygen

用空气分离设备制取的工业用工艺氧，其氧含量（体积比）一般小于 98%。

1.1.5　工业用气态氧　industrial gaseous oxygen

用空气分离设备制取的工业用气态氧，其氧含量（体积比）大于或等于 99.2%。

1.1.6　高纯氧　high purity oxygen

用空气分离设备制取的氧气，其氧含量（体积比）大于或等于 99.995%。

1.1.7　氮气　nitrogen

分子式 N_2，分子量 28.0134（按 1979 年国际原子量），无色、无臭的惰性气体。在标准状态下的密度为 1.251kg/m^3，熔点为 63.29K，在 101.325kPa 压力下的沸点为 77.35K。化学性质不活泼，不能燃烧，是一种窒息性气体。

1.1.8　工业用气态氮　industrial gaseous nitrogen

用空气分离设备制取的工业用气态氮，其氮含量（体积比）大于或等于98.5%。

1.1.9　纯氮　pure nitrogen

用空气分离设备制取的氮气，其氮含量（体积比）大于或等于99.99%。

1.1.10　高纯氮　high purity nitrogen

用空气分离设备制取的氮气，其氮含量（体积比）大于或等于99.999%。

1.1.11　液氧（液态氧）　liquid oxygen（liquefied oxygen）

液体状态的氧，为天蓝色、透明、易流动的液体。在101.325kPa压力下的沸点为90.17K，密度为1140kg/m^3。可采用低温法用空气分离设备制取液态氧或用气态氧加以液化。

1.1.12　液氮（液态氮）　liquid nitrogen（liquefied nitrogen）

液体状态的氮，为透明、易流动的液体。在101.325kPa压力下的沸点为77.35K，密度为810kg/m^3。可采用低温法用空气分离设备制取液态氮或用气态氮加以液化。

1.1.13　液空（液态空气）　liquid air（liquefied air）

液体状态的空气，为浅蓝色、易流动的液体。在101.325kPa压力下的沸点为78.8K，密度为873kg/m^3。液空是空气分离过程中的中间产物。

1.1.14　富氧液空　oxygen-enriched liquid air

指氧含量（体积比）超过20.95%的液态空气。

1.1.15　馏分液氮（污液氮）　liquid nitrogen fraction

在下塔合适位置抽出的、氮含量（体积比）一般为94%～96%的液体。

1.1.16　污氮　waste nitrogen

由上塔上部抽出的、氮含量（体积比）一般为94%～96%的氮气。

1.1.17　标准状态　normal state

指温度为0℃、压力为101.325kPa时的气体状态。

1.1.18　空气分离　air separation

从空气中分离其组分以制取氧、氮和提取氩、氖、氦、氪、氙等气体的过程。

1.1.19　节流　throttling

流体通过锐孔膨胀而不做功来降低压力。

1.1.20　节流效应（焦耳-汤姆逊效应）throttling effect（Joule-Thomson effect）

气体膨胀不做功所产生的温度变化。

1.1.21　膨胀　expansion

流体压力降低，同时体积增加。

1.1.22　等熵膨胀效应　isentropic expansion effect

气体在等熵膨胀时，由于压力变化产生的温度变化。

1.1.23　空气膨胀　air expansion

空气在膨胀机内绝热膨胀，同时对外做功的过程。

1.1.24　氮气膨胀　nitrogen expansion

氮气在膨胀机内绝热膨胀，同时对外做功的过程。

1.1.25　一次节流的液化循环（林德循环）　liquefaction cycle with single throttling（Linde cycle）

以高压节流膨胀为基础的气体液化循环，其特点是循环气体既被液化又起冷冻剂作用。

1.1.26　带膨胀机的高压液化循环（海兰德循环）　high pressure liquefaction cycle with expander（Heyland cycle）

对外做功的绝热膨胀与节流膨胀配合使用的气体液化循环，其特点是膨胀机进口的气体状态为高压常温。

1.1.27　带膨胀机的中压液化循环（克劳特循环）　medium pressure liquefaction cycle with expander（Claude cycle）

对外做功的绝热膨胀与节流膨胀配合使用的气体液化循环，其特点是膨胀机进口的气体状态为中压低温。

1.1.28　带膨胀机的低压液化循环（卡皮查循环）　low pressure liquefaction cycle with expander（Kapitza cycle）

对外做功的绝热膨胀与节流膨胀配合使用的气体液化循环，其特点是膨胀机进口的气体状态为低压低温。

1.1.29　斯特林循环　stirling cycle

由两个等温过程和两个等容过程组成的理论热力循环。

整个循环通过等温压缩、等容冷却、等温膨胀、等容加热等四个过程来完成。

1.1.30　环流　circulation

从切换式换热器（或蓄冷器）冷端进入一股返流低温气体，以缩小冷端温差来保证切换式换热器的不冻结性。

1.1.31　不冻结性　non-freezability

在切换式换热器（或蓄冷器）的切换通道内，返流气体在单位时间内从每一断面带出的二氧化碳和水分的能力大于正流空气通过该断面带入二氧化碳和水分的数值。使切换式换热器（或蓄冷器）的空气通道不被二氧化碳、水分所冻结而堵塞。

1.1.32　升华　sublimation

从固相直接转变为汽相的相变过程。

1.1.33　自清除　self-cleaning

空气中的二氧化碳和水分被冻结在切换式换热器（蓄冷器）通道表面，下一周期里由返流气体把被冻结的二氧化碳和水分反吹带出设备的过程。它包括冻结和清除两个阶段。

1.1.34　温差　temperature difference

指冷热流体两表面或两环境之间有热量传递时的温度差别。

1.1.35　热端温差　warm end temperature difference

指冷热流体间在换热器热端的温度差。

1.1.36　中部温差　middle portion temperature difference

指冷热流体间在换热器中部的温度差。

1.1.37　冷端温差　cold end temperature difference

指冷热流体间在换热器冷端的温度差。

1.1.38　液氧循环量　liquid oxygen circulation

由冷凝蒸发器底部抽出部分液氧流经吸附器，在清除这部分液氧中的碳氢化合物后再回入冷凝蒸发器的液氧量。

1.1.39　入上塔膨胀空气（拉赫曼空气）　expanded air to upper column（Lachman air）

由下塔底部抽出部分空气、经切换式换热器冷段复热，进入透平膨胀机绝热膨胀后直接送入上塔参加精馏的空气。

1.1.40　液汽比（回流比）　liquid-vapour ratio

在精馏塔中下流液体量与上升蒸汽量之比。

1.1.41　液泛　flooding

在精馏塔中上升蒸汽速度过高，阻止了液体正常往下溢流的工况。

1.1.42　漏液　weeping

在筛孔板精馏塔中因上升蒸汽速度过低，使液体从筛孔中泄漏的工况。

1.1.43　变压吸附　pressure swing adsorption

利用压力效应的吸附工艺在吸附-再生操作周期中，较高压力下吸附，较低压力（或负压）下再生的过程。

1.1.44　跑冷损失　cold loss caused by heat inleak

在低于环境温度下工作的设备与周围介质存在的温差所产生的冷量损失。

1.1.45　复热不足损失　cold loss caused by insufficient warm-up

在换热器热端冷热流体间存在的温差而导致冷量回收不完全的损失。

1.1.46　冷量损失　loss of refrigeration capacity

指空气分离设备的冷箱由于跑冷损失和复热不足损失的冷量损失。

1.1.47　提取率　recovery rate

产品气体组分的总含量与加工空气中该组分的总含量之比。

1.1.48 单位能耗 specific power consumption

指空气分离设备生产单位产品气体所消耗的电能。

1.1.49 低压流程 low pressure process

正常操作压力小于或等于1.0MPa的工艺流程。

1.1.50 中压流程 medium pressure process

正常操作压力大于1.0MPa至小于或等于5MPa的工艺流程。

1.1.51 高压流程 high pressure process

正常操作压力大于5MPa的工艺流程。

1.1.52 高低压流程 high-low pressure process

低压流程与高压流程相结合的工艺流程。

1.1.53 带切换式换热器低压流程 low pressure process with reversing heat exchangers

采用切换式换热器来清除空气中水分和二氧化碳的低压流程。

1.1.54 带分子筛吸附器低压流程 low pressure process with molecular sieve adsorbers

采用分子筛吸附器来清除空气中水分和二氧化碳及碳氢化合物的低压流程。

1.1.55 空气分离设备（制氧机） air separation plant（oxygen plant）

以空气为原料，用低温技术把空气分离成氧、氮、氩及其他稀有气体的成套设备。

1.1.56 大型空气分离设备 large scale air separation plant

指生产氧气产量大于或等于10000m^3/h（标准状态）的成套空气分离设备。

1.1.57 中型空气分离设备 medium scale air separation plant

指生产氧气产量大于或等于1000m^3/h至小于10000m^3/h（标准状态）的成套空气分离设备。

1.1.58 小型空气分离设备 small scale air separation plant

指生产氧气产量小于1000m^3/h（标准状态）的成套空气分离设备。

1.2 单元设备

1.2.1 精馏塔

1.2.1.1 精馏塔 rectification column

使多元组分混合物分馏的塔。

1.2.1.2 低温精馏塔 cryogenic rectification column

在低温下进行精馏过程，使液态空气分离成氧、氮等组分的塔。

1.2.1.3 单级精馏塔 single rectification column

进行一次精馏的塔，由一个塔和冷凝蒸发器所组成的设备。

1.2.1.4　双级精馏塔　double rectification column

进行二次精馏的塔，由下塔、上塔和冷凝蒸发器所组成的设备。

1.2.1.5　下塔　lower column

在双级精馏中空气进行初步分离的塔。

1.2.1.6　上塔　upper column

在双级精馏中空气进行最后精馏的塔。

1.2.1.7　氧塔　oxygen column

制取高纯氧的精馏塔。

1.2.1.8　氮塔　nitrogen column

制取高纯氮的精馏塔。

1.2.1.9　筛板塔（孔板塔）　sieve-tray column（perforated tray column）

内装筛孔塔板，上升蒸汽穿过筛孔与液体接触，气液两相间进行传质传热的塔。

1.2.1.10　泡罩塔　bubble cap tray column

内装泡罩塔板，上升蒸汽穿过泡罩齿缝与液体接触，气液两相间进行传质传热的塔。

1.2.1.11　填料塔　packed column

塔内填充填料，气液通过填料进行传质传热的塔。

1.2.1.12　精馏段　rectifying section

用来不断提高低沸点组分含量的精馏塔段。

1.2.1.13　提馏段　stripping section

用来不断提高高沸点组分含量的精馏塔段。

1.2.1.14　塔板　tray

使气液两相间进行传质传热过程，以达到分离气液混合物组分。

1.2.1.15　环流塔板　circular flow tray

液体沿周向流入溢流槽的塔板。

1.2.1.16　对流塔板　counter flow tray

液体沿相对方向或相反方向流入溢流槽的塔板。

1.2.1.17　泡罩塔板　bubble cap tray

按规则排列许多泡罩的塔板。

1.2.1.18　筛孔板　sieve tray

有均匀布满小孔的塔板。

1.2.1.19　溢流槽（溢流斗）　overflow downcomer

使液体从上一块塔板流入下一块塔板的通道。

1.2.1.20　单溢流　single overflow

每块塔板上仅有一个溢流槽。

1.2.1.21　双溢流　double overflow

每块塔板上有两个溢流槽。

1.2.1.22　多溢流　multi-overflow

每块塔板上有两个以上溢流槽。

1.2.1.23　溢流堰　overflow weir

维持塔板上有一定高度的液层，液体从塔板上流入溢流槽前加一挡板，此挡板称溢流堰。

1.2.1.24　填料　packing

使气液两相间增加接触面积，进行传质传热过程，以分离气液混合物组分。

1.2.2　换热器

1.2.2.1　换热器（热交换器）　heat exchanger

用来实现冷热两流体间进行换热（热交换）的设备。

1.2.2.2　板翅式换热器　plate-fin heat exchanger

由隔板、封条、翅片、导流片等基本元件组成，经钎焊成一个整体（板束），并在流体进出口配置封头和接管的一种换热器。

1.2.2.3　板束　core

由隔板、封条、翅片、导流片等基本元件用不同方式叠置和排列所组成，经钎焊成一个整体。

1.2.2.4　隔板　partition plate

两流道之间的金属平板，又称一次传热表面。

1.2.2.5　封条　side bar

为密封而布置在每层流道翅片两侧（端）的金属嵌条。

1.2.2.6　翅片　fin

冷热两流体间进行换热的二次表面。

1.2.2.7　平直翅片　plain fin

由金属薄片制成光滑的矩形小截面通道的一种翅片。

1.2.2.8　多孔翅片　perforated fin

冲有孔洞的平直翅片。

1.2.2.9　锯齿翅片　serrated fin

每隔一定间距翅片被切开并弯折，使流道错开的一种翅片。

1.2.2.10　波纹翅片　corrugated fin

冲压成波浪形的一种翅片。

1.2.2.11　导流翅片　distributing fin

把流体均匀地引导到翅片的流道或汇集于封头中的一种大节距多孔翅片。

1.2.2.12　切换板翅式换热器（切换式换热器）　plate-fin type reversing heat exchanger（reversing heat exchanger）

空气与污氮气定期切换进行换热，并清除空气中水分和二氧化碳杂质的换热器。

1.2.2.13　切换板翅式换热器热段　warm section of plate-fin type reversing heat exchanger

切换板翅式换热器组一般以环流空气出口为界，温度较高的一段称热段。

1.2.2.14　切换板翅式换热器冷段　cold section of plate-fin type reversing heat exchanger

切换板翅式换热器组一般以环流空气出口为界，温度较低的一段称冷段。

1.2.2.15　主换热器　main heat exchanger

空气分离设备中用来回收产品气体的冷量以冷却原料空气的主要换热器。

1.2.2.16　管式换热器　tubular heat exchanger

冷热两流体间通过管壁传递热量的换热器。

1.2.2.17　列管式换热器　shell and tube heat exchanger

由许多直列固定在上、下平行两管板上的管子组成管束装在圆筒形壳体内的一种管式换热器。其中一种流体在管内流动，另一种流体在管间流动。

1.2.2.18　盘管式换热器　coiled pipe heat exchanger

由两端固定在管板上的若干根管子分层盘绕在中心管上，每层盘管间以垫条隔开（垫条厚度确定管间空隙构成气流通道）并且盘管束与外筒紧贴的一种管式换热器。其中一种流体在管内流动，另一种流体在盘管隔层间流动。

1.2.2.19　过冷器　subcooler

使饱和液体进一步冷却而无相变的换热器。

1.2.2.20　液空过冷器　liquid air subcooler

使饱和温度下的富氧液空进一步冷却而无相变的换热器。

1.2.2.21　液氮过冷器　liquid nitrogen subcooler

使饱和温度下的液氮进一步冷却而无相变的换热器。

1.2.2.22　液空、液氮过冷器　liquid air and nitrogensubcooler

使饱和温度下的富氧液空、液氮进一步冷却而无相变的换热器。

1.2.2.23　液氧过冷器　liquid oxygen subcooler

使饱和温度下的液氧进一步冷却而无相变的换热器。

1.2.2.24　液化器　liquefier

使气体被液化的换热器。

1.2.2.25　氧液化器　oxygen/air liquefier

利用下塔来的空气回收返流氧气的冷量，空气被液化的换热器。

1.2.2.26 纯氮液化器 pure nitrogen/air liquefier

利用下塔来的空气回收返流纯氮气的冷量，空气被液化的换热器。

1.2.2.27 污氮液化器 waste nitrogen/air liquefier

利用下塔来的空气回收返流污氮气的冷量，空气被液化的换热器。

1.2.2.28 冷凝器 condenser

使蒸汽冷凝为液体的换热器。

1.2.2.29 蒸发器 vaporizer

使液体蒸发为气体的换热器。

1.2.2.30 冷凝蒸发器 condenser/evaporator

为精馏塔提供回流液和上升蒸汽，并伴随流体集态变化的换热器。

1.2.2.31 液体喷射蒸发器 liquid jet evaporator

用蒸汽直接加热排放的液体，使其快速汽化的设备。

1.2.2.32 冷却器 cooler

通常用水或空气为冷却剂，用以冷却流体的换热器。

1.2.2.33 预冷器 precooler

利用返流气体的冷量或外加冷量来预先冷却原料空气的换热器。

1.2.2.34 蓄冷器 regenerator

冷热流体间通过填料作为中间媒介进行换热，并清除空气中水分和二氧化碳的一种周期性交替的蓄冷式换热器。

1.2.3 净化设备与其他

1.2.3.1 过滤器 filter

从液体或气体中除去固体微粒和油雾的设备。

1.2.3.2 空气过滤器 air filter

用机械方法过滤空气中固体微粒的设备。

1.2.3.3 干带式过滤器 dry band filter

用尼龙丝或棉、毛等纤维织成的长毛绒状织物来过滤空气中夹带的尘埃及油雾的设备。

1.2.3.4 链带式过滤器 chain filter

空气所含的灰尘在通过时被网上的油膜所粘附、随链转动使附着的灰尘通过油槽时被洗掉并重新覆上一层油膜的过滤设备。

1.2.3.5 袋式过滤器 bag filter

以袋式滤布过滤空气中夹带的尘埃和油雾的设备。

1.2.3.6 拉西环过滤器 raschig ring filter

在钢制壳体内装有拉西环的插入盒，拉西环上涂以低凝固点的过滤油，以过滤气体中固体微粒的设备。

1.2.3.7　二氧化碳过滤器　carbon dioxide filter

装在二氧化碳吸附器后，用来过滤硅胶粉末和来自下塔空气中二氧化碳颗粒的设备。

1.2.3.8　膨胀空气过滤器　expanded air filter

装在膨胀机前，用来过滤空气中二氧化碳颗粒和固体微粒的设备。

1.2.3.9　吸附器　absorber

用吸附法净除流体中杂质的设备。

1.2.3.10　液空吸附器　liquid air absorber

用吸附法净除液空中乙炔的设备。

1.2.3.11　液氧吸附器　liquid oxygen absorber

用吸附法净除液氧中乙炔的设备。

1.2.3.12　二氧化碳吸附器　carbon dioxide absorber

内装细孔球形硅胶，用低温吸附法净除空气中二氧化碳的设备（一般用于蓄冷器采用中部抽气法的低压空气分离设备中）。

1.2.3.13　纯化器　purifier

用吸附法或催化法净除气体中杂质的设备。

1.2.3.14　干燥器　dryer

内装干燥剂用以除去气体中水分的设备。

1.2.3.15　分离器　separator

用来除去压缩气体中水分和油雾的设备。

1.2.3.16　水分离器　water separator

用来除去压缩气体中水滴或雾状水滴的设备。

1.2.3.17　油分离器　oil separator

用来除去夹带在气体中油雾的设备。

1.2.3.18　氮水预冷系统　precooling system with water and impure nitrogen

用以回收返流氮气或污氮的冷量来冷却原料空气的换热设备。由水冷却塔、空气冷却塔及其附属设备所组成。

1.2.3.19　水冷却塔　water cooling tower

利用空气分离设备中排出来的低温、含水量不饱和的污氮与水在塔内进行充分接触，以降低水温的设备。

1.2.3.20　空气冷却塔　air cooling tower

利用较低温度的水来冷却压缩空气的设备。

1.2.3.21　空气预冷系统　air precooling system

用来冷却压缩机出口空气的设备。主要由制冷机组及蒸发器所组成。

1.2.3.22　加温解冻系统　defrosting system

用来提供加温、解冻空气分离设备的干燥加热气体的设备。由加热器、干燥器、过滤器等组成。

1.2.3.23　仪表空气系统　instrument air system

用来提供仪表用气的设备。由仪表压缩机、过滤器、平衡器等组成。

1.2.3.24　电加热器　electric heater

利用电热加热气体的设备。

1.2.3.25　蒸汽加热器　steam heater

利用蒸汽加热气体的设备。

1.2.3.26　消声器　silencer

用以降低气流噪声的设备。

1.3　稀有气体提取设备

1.3.1　基本概念

1.3.1.1　稀有气体提取设备　rare gas recovery equipment

用以提取纯氩、纯氖、纯氪、纯氙、纯氦等气体产品的设备。一般需与空气分离设备配用。

1.3.1.2　稀有气体　rare gas

指氩、氖、氪、氙、氦五种气体。无色、无臭。化学性质不活泼。在空气中含量极少。可用低温法从空气中分离和提取稀有气体。

1.3.1.3　氩气　argon

分子式 Ar，原子量 39.948（按 1983 年国际原子量），是一种无色、无臭的气体。空气中的体积含量为 0.932%。在标准状态下的密度为 1.784kg/m^3，熔点为 84K。在 101.325kPa 压力下的沸点为 87.291K。不活泼，不能燃烧，也不助燃。主要用于金属焊接、冶炼等。

1.3.1.4　纯氩　pure argon

用空气分离设备提取的纯氩，其氩含量（体积比）大于或等于 99.99%。

1.3.1.5　液氩　liquid argon

液体状态的氩，是一种无色、无臭、呈透明的液体。

1.3.1.6　氖气　neon

分子式 Ne，原子量 20.179（按 1983 年国际原子量），是一种无色、无臭的气体。空气中的体积含量为 1.8×10^{-3}%。在标准状态下的密度为 0.8713kg/m^3，熔点为 24.57K。在 101.325kPa 压力下的沸点为 27.09K。不活泼，不能燃烧，也不助燃。主要应用于照明技术等。

1.3.1.7　纯氖　pure neon

用空气分离设备提取的纯氖，其氖含量（体积比）大于或等于 99.99%。

1.3.1.8　液氖　liquid neon

液体状态的氖，是一种无色、无臭、呈透明的液体。液氖常用作低温源。

1.3.1.9　氦气　helium

分子式 He，原子量 4.0026（按 1983 年国际原子量），是一种无色、无臭的气体。空气中的体积含量为 $5.24\times10^{-4}\%$。在标准状态下的密度为 $0.1769kg/m^3$。在 101.325kPa 压力下的沸点为 4.215K。不活泼，不能燃烧，也不助燃。主要用于检漏、焊接、低温研究、特种重金属冶炼、色谱分析载气、潜水呼吸气等。

1.3.1.10　纯氦　pure helium

用空气分离设备提取的纯氦，其氦含量（体积比）大于或等于 99.99%。

1.3.1.11　液氦　liquid helium

液体状态的氦，为无色透明的液体，沸点最低，是一种最主要的低温源。

1.3.1.12　氪气　krypton

分子式 Kr，原子量 83.80（按 1983 年国际原子量），是一种无色、无臭的气体。空气中的体积含量为 $1.0\times10^{-4}\%$。在标准状态下的密度为 $3.6431kg/m^3$。熔点 116.2K。在 101.325kPa 压力下的沸点为 119.79K。不活泼，不能燃烧，也不助燃。主要用于电真空及电光源等工业。

1.3.1.13　纯氪　pure krypton

用空气分离设备提取的纯氪，其氪含量（体积比）大于或等于 99.95%。

1.3.1.14　氙气　xenon

分子式 Xe。原子量 131.80（按 1983 年国际原子量），是一种无色、无臭的气体。空气中的体积含量为 $8.0\times10^{-6}\%$。在标准状态下的密度为 $5.89kg/m^3$。熔点 161.65K。在 101.325kPa 压力下的沸点为 165.02K。不活泼，不能燃烧，也不助燃。主要用于电光源工业，也用于医疗、电真空、激光等领域。

1.3.1.15　纯氙　pure xenon

用空气分离设备提取的纯氙，其氙含量（体积比）大于或等于 99.95%。

1.3.1.16　氩馏分　argon fraction

从上塔合适部位抽取一股氧、氩、氮混合气作为氩提取设备的原料气体。其组分（体积含量）氩为 7% ~10%，氮一般小于 0.06%，其余为氧。

1.3.1.17　氩回流液　argon reflux

在粗氩塔中精馏洗涤下来的氧、氩、氮混合液，其组分与氩馏分气体成相平衡。

1.3.1.18　粗氩　crude argon

由粗氩塔塔顶获得的氩含量（体积比）大于或等于 96%，其余为氧和氮的混合气体。

1.3.1.19　工艺氩　process argon

粗氩经除氧后获得的氩含量（体积比）大于或等于 96%，其余为氮和氢的混合气体。

1.3.1.20　余气（废气）　residual gas

由精氩塔冷凝器顶部排放的少部分氩、氮、氢混合气体。

1.3.1.21　富氧液空蒸汽　oxygen-enriched liquid air vapour

由粗氩冷凝器蒸发侧的富氧液空蒸发形成的蒸汽。

1.3.1.22　富氧液空回流液　oxygen-enriched liquid air reflux

为避免粗氩冷凝器蒸发侧富氧液空中碳氢化合物的浓缩，排放一部分富氧液空返回上塔。

1.3.1.23　过量氢　excessive hydrogen

粗氩加氢除氧过程中使氧能完全反应，氢的加入量必须略大于其化学当量数，超出的这部分氢称为过量氢。

1.3.1.24　氖氦馏分　Ne-He fraction

从冷凝蒸发器顶部抽取的氖、氦、氮混合气体，作为氖氦提取设备的原料气。

1.3.1.25　粗氖氦气　crude Ne-He

氖氦馏分经粗氖氦塔分离而获得氖氦浓缩物。其氖和氦的总含量（体积比）为 30% ~50%，其余为氮及少量氢的混合气体。

1.3.1.26　氖氦混合气　Ne-He mixture

经除氢和氮后所获得的氖氦混合气体，其组分含量（体积比）氖约为 75%，氦约为 25%。

1.3.1.27　贫氪　poor krypton

指贫氪塔塔底蒸发器中获得的浓缩物。其氪和氙的总含量（体积比）为 0.1% ~0.3%，其余为氧（甲烷含量 0.1% ~0.3%）的混合气体。

1.3.1.28　粗氪　crude krypton

指粗氪塔塔底蒸发器中获得的浓缩物。其氪、氙的总含量（体积比）约为 50%，其余为氧的混合气体（含有少量甲烷）。

1.3.1.29　工艺氙　process xenon

指粗氪气体通过纯氪塔进一步分离后获得的氙气，其氙含量（体积比）为 99% 左右。

1.3.2　单元设备

1.3.2.1　氩提取设备　argon recovery equipment

用以提取纯氩的设备。

1.3.2.2　粗氩塔　crude argon column

用来分离氩馏分气体，以提取氩含量（体积比）大于或等于 96% 的粗氩的精馏塔。

1.3.2.3　纯氩塔（精氩塔）　pure argon column

用来分离工艺氩气体，以提取氩含量（体积比）大于或等于99.99%的精馏塔。

1.3.2.4　粗氩冷凝器　crude argon condenser

为粗氩塔提供回流液并伴随流体的集态变化（粗氩冷凝、富氧液空蒸发）的换热器。

1.3.2.5　纯氩冷凝器　pure argon condenser

为纯氩塔提供回流液并伴随流体的集态变化（液氮蒸发、余气冷凝）的换热器。

1.3.2.6　纯氩蒸发器　pure argon evaporator

为纯氩塔提供上升蒸气，并伴随流体的集态变化（液氩蒸发、氮气或工艺氩冷凝）的换热器。

1.3.2.7　氩换热器　argon heat exchanger

工艺氩预冷至某一个温度的换热器。

1.3.2.8　氩预冷器　argon precooler

把工艺氩冷却至5～10℃的换热器。

1.3.2.9　氩纯化器（触媒炉）　argon purifier（catalyst oven）

内装催化剂（触媒），以催化法达到清除某些气体杂质的设备。

1.3.2.10　阻火器　flame arrester

内装阻火材料以阻止火焰倒入的设备。

1.3.2.11　氖氦提取设备　Ne-He recovery equipment

用以分离和提取纯氖、纯氦的设备。

1.3.2.12　粗氖氦塔（氖氦浓缩塔）　crude Ne-He column（Ne-He concentrating column）

用分离、精馏的方法使氖氦馏分中的部分氮被分离，以达到浓缩氖氦、制取粗氖氦的精馏塔。

1.3.2.13　粗氖氦冷凝器　crude Ne-He condenser

为粗氖氦塔提供回流液并伴随流体集态变化（液氮蒸发、氖氦馏分中的部分氮冷凝）的换热器。

1.3.2.14　粗氖氦除氮器　nitrogen remover for crude Ne-He

用以除去粗氖氦气中的氮，以制取氖、氦混合气体的设备。

1.3.2.15　氖氦分离器　Ne-He separator

把氖氦混合气体分离为单组分的氖气和氦气的设备。

1.3.2.16　氖纯化器　neon purifier

把未达到产品纯度的氖气用吸附法作进一步的纯化处理，除去氖气中的少量杂质，以获得纯氖气体的设备。

1.3.2.17　氦纯化器　helium purifier

把未达到产品纯度的氦气用吸附法作进一步的纯化处理，除去氦气中的少量杂质，以获得纯氦气体的设备。

1.3.2.18　氪氙提取设备　Ke-Xe recovery equipment

用以提取纯氪和纯氙的设备。

1.3.2.19　贫氪塔（一氪塔）　poor krypton column（first krypton column）

以液氧或气氧为原料气体进行第一次精馏浓缩，以提取贫氪液体的精馏塔。

1.3.2.20　粗氪塔（二氪塔）　crude krypton column（second krypton column）

用贫氪为原料气体进行第二次浓缩，以提取粗氪液体的精馏塔。

1.3.2.21　纯氪塔　pure krypton column

用来分离粗氪气体以制取纯氪和工艺氙的精馏塔。

1.3.2.22　纯氙塔　pure xenon column

用工艺氙为原料气体进行分离并提取纯氙的精馏塔。

1.3.2.23　贫氪蒸发器　poor krypton evaporator

为贫氪塔提供上升蒸汽并伴随流体的集态变化（贫氪蒸发、空气冷凝）的换热器。

1.3.2.24　贫氪换热器　poor krypton heat exchanger

贫氪气预冷至某一个温度的换热器。

1.3.2.25　粗氪蒸发器　crude krypton evaporator

为粗氪塔提供上升蒸汽并伴随流体的集态变化（粗氪蒸发、氮气冷凝）的换热器。

1.3.2.26　粗氪冷凝器　crude krypton condenser

为粗氪塔提供回流液并伴随流体的集态变化（液氮蒸发、贫氪冷凝）的换热器。

1.4　低温液体贮运设备

1.4.1　基本概念

1.4.1.1　低温绝热　cryogenic insulation

在低温设备的绝热空间填充或包扎一定厚度的绝热材料或抽至不同程度的真空的一种绝热形式，尽可能减少通过导热、对流、辐射等传热方式传递给低温设备的热量，以达到绝热效果。

1.4.1.2　普通绝热　conventional insulation

在低温设备的绝热空间填充或包扎一定厚度的绝热材料，以减少热量的传递，从而达到一般的绝热效果。常用的绝热材料有粉末型、泡沫型和纤维型等。

1.4.1.3 真空绝热 high vacuum insulation

在夹层空间抽至 1.33×10^{-3}Pa 左右的真空，排除了气体的对流传热和绝大部分的气体热传导，辐射传热成为热流的主要部分的绝热形式。

1.4.1.4 真空粉末绝热（粉末真空绝热） vacuum powder insulation

在夹层空间填充粉末材料，并抽至 1.33Pa 左右的真空，即能获得较好的绝热效果的绝热形式。

1.4.1.5 真空多层绝热（多层真空绝热） vacuum multilayer insulation

在低温容器的内胆外侧缠绕具有高反射性能的材料作辐射屏，并以低传导材料作层间间隔物，然后夹层空间抽至真空，从而进一步降低由辐射引起的热量传递，以达到高效绝热的绝热形式。

1.4.1.6 真空多屏绝热 vacuum multi-shield insulation

一种将多层绝热辐射屏和蒸汽冷却传导屏相结合的、夹层空间抽至真空的绝热形式。

1.4.1.7 真空液氮屏绝热 vacuum LN_2-shield insulation

在真空夹层中装置液氮保护屏的绝热形式。液氮屏构成 77K 辐射壁面，从而可降低热壁温度，提高绝热效果，有效地减少低温液体（液氢、液氦）的蒸发。

1.4.1.8 几何容积 geometric volume

按设计给定的几何尺寸所确定的容器空间容量。

1.4.1.9 有效容积 effective volume

容器在工作状态下所允许的最大盛液容积。

1.4.1.10 充满率 fullness rate

有效容积与几何容积之百分比。

1.4.1.11 有效平均导热系数（表观平均导热系数） effective mean conductivity (apparent mean conductivity)

对于综合换热方式（传导、对流、辐射），为简化计算，以固体导热表示而引入有效平均导热系数，通常由实验确定，单位为 W/（m·K）。

1.4.1.12 蒸发损失量 evaporation loss

由于环境热量传入而引起低温液体在单位时间内所汽化的液体量。

1.4.1.13 蒸发率（自然蒸发率） evaporation rate

容器在单位时间内所蒸发损失的液体量与有效容积之百分比。

1.4.2 低温液体容器

1.4.2.1 低温液体容器 cryogenic liquid vessel

通常指贮存和运输低温液体的设备。它是杜瓦容器、贮液器和贮槽的统称。

1.4.2.2 杜瓦容器 Dewar

以杜瓦命名、以真空绝热贮存低温液体的容器。通常指的是小型低温液体贮存容器。

1.4.2.3 直口杜瓦容器 cylindrical Dewar

一种颈管与容器内胆是等直径的敞口的低温液体贮存容器。

1.4.2.4 低温液体贮槽 cryogenic liquid tank

一种较大型的贮存低温液体的容器。

1.4.2.5 圆柱形贮槽 cylindrical tank

指容器的结构形状是圆柱形的贮槽。

1.4.2.6 球形贮槽 spherical tank

指容器的结构形状是球形的贮槽。

1.4.2.7 卧式贮槽 horizontal tank

指水平安装的贮槽。

1.4.2.8 立式贮槽 vertical tank

指垂直安装的贮槽。

1.4.2.9 固定式贮槽 stationary tank

指安装在生产、使用地附近或供液站固定地点的低温液体贮存设备。

1.4.2.10 移动式贮槽 movable tank

指低温液体的贮存和运输设备。它包括公路槽车、贮槽拖车和铁路槽车。

1.4.2.11 公路槽车（△△[1]公路槽车） road tanker

贮槽固定在汽车底盘上，用于公路运输的低温液体贮运设备。

注：1）“△△[1]”表示所贮运低温液体的介质符号，如液氧、液氮……。

1.4.2.12 贮槽拖车（△△[1]贮槽拖车） tank trailer

贮槽固定在拖车架上，由牵引车牵引运输的低温液体贮运设备。

注：1）“△△”表示所贮运低温液体的介质符号。

1.4.2.13 铁路槽车（△△[1]铁路槽车） rail tanker

贮槽固定在车体上，用于铁路长途运输的低温液体贮运设备。

注：1）“△△”表示所贮运低温液体的介质符号。

1.4.2.14 槽车空载跑车试验 no-load running test of tanker

贮槽未装低温液体时，经空载跑车试验检查槽车在运输状态及停车后的性能。

1.4.2.15 槽车满载跑车试验 full-load running test of tanker

贮槽装满低温液体，经满载跑车试验检查槽车在运输状态和停车后的性能。

1.4.3 汽化设备

1.4.3.1 汽化设备 vaporization equipment

由贮槽、汽化器、减压系统、平衡器和送气管道等组成的供气设备。

1.4.3.2　汽化器　vaporizer

把低温液体汽化为气体的换热器。

1.4.3.3　增压汽化器　boosting vaporizer

利用外界热量汽化少量低温液体为气体，使其返至容器气相空间，以使气体增压的设备。

1.4.3.4　移动式汽化设备　movable vaporization equipment

指安装在车辆上的汽化设备。

1.4.3.5　冷式汽化器　cold vaporizer

用常温空气或水对低温液体进行加热，使低温液体汽化的设备。

1.4.3.6　热式汽化器　hot vaporizer

利用热量对低温液体进行加热使低温液体汽化的设备。

1.4.3.7　汽化充瓶车　tanker with vaporization and cylinder-filling equipment

由移动式贮槽、低温液体泵、汽化设备及充灌设备等组成。移动式贮槽将低温液体运往用气地点，由低温液体泵增压输送给汽化设备，使其汽化成气态，经充灌设备充入钢瓶。

1.4.4　低温输液管

1.4.4.1　低温输液管　cryogenic delivery pipe

输送低温液体的管道。

1.4.4.2　裸管　naked pipe

无绝热措施的输液管。

1.4.4.3　普通绝热输液管　delivery pipe with conventional insulation

用普通绝热形式绝热的输液管。

1.4.4.4　真空绝热输液管　delivery pipe with vacuum insulation

用真空或真空多层绝热的输液管。

1.4.4.5　挠性输液管　flexible delivery pipe

用纤维绝热材料缠绕在金属波纹管上，具有挠性的输液管。

1.4.4.6　真空绝热挠性输液管　flexible delivery pipe with vacuum insulation

内外管为金属波纹管，具有挠性的夹层空间抽至真空的输液管。

1.4.5　零部件

1.4.5.1　内容器　inner pressure vessel

指贮存低温液体并能承受一定压力的容器。

1.4.5.2　外壳（外容器）　outer shell

指低温容器的真空夹套的外壳体。

1.4.5.3　辐射屏（反射屏）　radiation shield

一种具有高反射性并能降低冷热壁面间的辐射热流的屏。通常由铝箔或喷铝涤纶薄膜制作。

1.4.5.4 冷却传导屏 cooled conduction shield

一种导热性好的材料以低热阻的方法固定在低温容器颈管上，将绝热层中的热流导入颈管为蒸发逸出的冷气所带走，从而降低热壁温度，减少辐射热流的屏。

1.4.5.5 间隔物 spacer

在多层绝热中采用低导热系数、低放气率、具有一定机械强度和较大接触阻力的材料（如玻璃纤维布、植物纤维纸等），用以防止辐射屏接触，增大接触热阻的间隔层。

1.4.5.6 支承 support

容器的承载和连接结构。

1.4.5.7 内支承 internal support

内容器与外壳体之间的连接支承结构。

1.4.5.8 外支承 external support

外壳体与基础（对移动式贮槽是车架）之间的连接支承结构。

1.4.5.9 固定支承 stationary support

采用焊接或螺栓连接的固定连接形式的支承结构。

1.4.5.10 活动支承 movable support

考虑温度补偿，支承部位允许局部移动或偏转的支承结构。

1.4.5.11 悬挂支承 suspension support

内支承的一种，常用链、带、杆、管、绳等构件将内容器固定于外壳体中的连接支承结构。

1.4.5.12 吸附室 absorption chamber

为保持和提高真空，在低温液体容器的真空夹层内设置填充吸附剂的腔室。

1.5 透平膨胀机

1.5.1 分类

1.5.1.1 透平膨胀机 expansion turbine（turbo-expander）

通过旋转工作轮，使气体膨胀对外作功而产生冷量的机械。

1.5.1.2 冲动式透平膨胀机（冲击式透平膨胀机） impulse expansion turbine

反动度为零的透平膨胀机。

1.5.1.3 反动式透平膨胀机（反作用式透平膨胀机，反击式透平膨胀机） reaction expansion turbine

反动度大于零的透平膨胀机。

1.5.1.4 单级透平膨胀机 single-stage expansion turbine

由一个导流器、工作轮及其他部件组成的透平膨胀机。

1.5.1.5　多级透平膨胀机　multistage expansion turbine

包含两个和两个以上的导流器、工作轮的透平膨胀机。

1.5.1.6　向心径流式透平膨胀机　radial-inflow expansion turbline

气流从工作轮叶片流道的径向进入、径向流出的透平膨胀机。

1.5.1.7　向心径-轴流式透平膨胀机　radial-axial-flow expansion turbine

气流从工作轮叶片流道的径向进入、轴向流出的透平膨胀机。

1.5.1.8　低压透平膨胀机　low pressure expansion turbine

进口压力小于1.6MPa的透平膨胀机。

1.5.1.9　中压透平膨胀机　medium pressure expansion turbine

进口压力大于或等于1.6MPa且小于10.0MPa的透平膨胀机。

1.5.1.10　高压透平膨胀机　high pressure expansion turbine

进口压力大于或等于10.0MPa且小于25.0MPa的透平膨胀机。

1.5.1.11　增压机-透平膨胀机（增压透平膨胀机）　booster expansion turbine

带有增压机的透平膨胀机。

1.5.1.12　气体轴承透平膨胀机　gas-bearing expansion turbine

转子采用气体轴承支承的透平膨胀机。

1.5.1.13　风机制动　brake by blower

利用风机消耗膨胀功，使膨胀机稳定运转的制动方法。

1.5.1.14　增压机制动（压缩机制动）　brake by booster（brake by compressor）

利用增压机回收膨胀功，使膨胀机稳定运转的制动方法。

1.5.1.15　电机制动　brake by motor

用电机回收膨胀功，使膨胀机稳定运转的制动方法。

1.5.1.16　油制动　oil brake

利用油制动器消耗膨胀功，使膨胀机稳定运转的制动方法。

1.5.1.17　节流调节　control by throttling

通过节流改变膨胀机进口压力，调节膨胀机制冷量的方法。

1.5.1.18　喷嘴组调节（副喷嘴调节，部分进气调节）　control by nozzle block

通过关闭部分喷嘴调节膨胀机制冷量的方法。

1.5.1.19　转动喷嘴调节（可调喷嘴调节）　control by adjustable nozzle

转动喷嘴环叶片角度，改变喷嘴流通面积，以调节膨胀机制冷量的方法。

1.5.1.20　变高度喷嘴调节　control by changing height of nozzle

改变喷嘴环叶片轴向有效高度，使喷嘴流通面积发生变化，以调节膨胀机制冷量的方法。

1.5.1.21　水平剖分安装　horizontally split casing

包容转子的外围零、部件的剖分、结合面通过转子轴线并处于水平位置的安装方式。

1.5.1.22 垂直剖分安装 vertically split casing

包容转子的外围零、部件的剖分、结合面垂直转子轴线的安装方式。

1.5.1.23 弹卡结构 cartridge clip

膨胀机转子与轴承等部件组成一个整体，与机身的结合方式采用插入式定位装置，适于沿转子轴线方向快速装拆的结构型式。

1.5.2 性能

1.5.2.1 标准流量（标态流量） normal flow (standard state flow)

单位时间内流经膨胀机的气体容积，换算到标准状态。符号：q_n。

1.5.2.2 质量流量 mass flow

单位时间内流经膨胀机的气体质量。符号：q_m。

1.5.2.3 容积流量 volume flow

单位时间内流经膨胀机的气体容积。符号：q_v。

1.5.2.4 进口压力 inlet pressure

气体进入膨胀机蜗壳时的绝对全压力。符号：p_0。

注：当气体的速度和密度足够低时，可用绝对静压力代替绝对全压力。

1.5.2.5 喷嘴出口压力（间隙压力） nozzle outlet pressure (clearance pressure)

气体离开喷嘴时的绝对静压力。符号：p_1。

1.5.2.6 工作轮出口压力 impeller outlet pressure

气体离开工作轮时的绝对静压力。符号：p_2。

1.5.2.7 出口压力 outlet pressure

气体离开扩压器时的绝对全压力。符号：p_3。

注：当气体的速度和密度足够低时，可用绝对静压力代替绝对全压力。

1.5.2.8 进口温度 inlet temperature

气体进入膨胀机蜗壳时的温度。符号：T_0。

1.5.2.9 工作轮进口温度（喷嘴出口温度） impeller inlet temperature (nozzle outlet temperature)

气体进入工作轮时的温度。符号：T_1。

1.5.2.10 工作轮出口温度 impeller outlet temperature

气体离开工作轮时的温度。符号：T_2。

1.5.2.11 出口温度 outlet temperature

气体离开膨胀机扩压器时的温度。符号：T_3。

1.5.2.12 特性曲线 characteristic curve

表示膨胀机的效率、流量、反动度、速度比等主要参数之间关系的曲线。

1.5.2.13 无因次特性曲线 non-dimensional characteristic curve

用无因次参数表示的特性曲线。

1.5.2.14　级　stage

一个导流器和一个工作轮的组合。

1.5.2.15　比转数（或比速）　specific revolution（specific speed）

表示膨胀机特性的一个无因次量，它是转速与出口容积流量二次根的乘积除以等熵焓降四分之三次方的商。符号：n_3（或 σ）。

1.5.2.16　比直径（或比径）　specific diameter

表示膨胀机特性的一个无因次量，它是工作轮外径与等熵焓降四次根的乘积除以出口容积流量二次根的商。符号；D_s（或 δ_d）。

1.5.2.17　膨胀比　expansion ratio

出口压力与进口压力之比。符号：ε。

1.5.2.18　压力比（压比）　pressure ratio

进口压力与出口压力之比。符号：$1/\varepsilon$。

1.5.2.19　级的膨胀比　stage expansion ratio

工作轮出口绝对全压力与进口压力之比。符号：ε_s。

1.5.2.20　理想速度（等熵速度）　ideal speed（theoretical isentropic velocity）

级的等熵焓降全部转变为动能时气体所具有的速度。符号：C_s。

1.5.2.21　速度比（特性比）　speed ratio

工作轮外缘线速度与理想速度之比。符号：γ。

1.5.2.22　反动度（反作用度、反击度）　degree of reaction

在理想情况下工作轮的等熵焓降与级的等熵焓降之比。符号：ρ。

1.5.2.23　倒径比　inverted diameter ratio

对向心径流式工作轮：

工作轮叶片出口直径 D_2 与工作轮外径 D_1 之比（见图 A-1）。

对向心径-轴流式工作轮：

工作轮叶片出口截面几何平均直径 D_{2m} 与工作轮外径 D_1 之比（见图 A-1）。

1.5.2.24　轮径比　impeller diameter ratio

倒径比之倒数。符号：μ。

1.5.2.25　喷嘴喉部宽度　throat width of nozzle

喷嘴环两相邻叶片之间的最小距离（见图 A-1）。符号；b_n。

1.5.2.26　喷嘴轴向宽度　axial width of nozzle

喷嘴叶片两端面间的距离（见图 A-1）。符号：l_n。

1.5.2.27　工作轮进口相对宽度　relative width of impeller inlet

工作轮叶片进口轴向宽度与工作轮外径之比。

1.5.2.28　喷嘴速度系数　nozzle speed factor

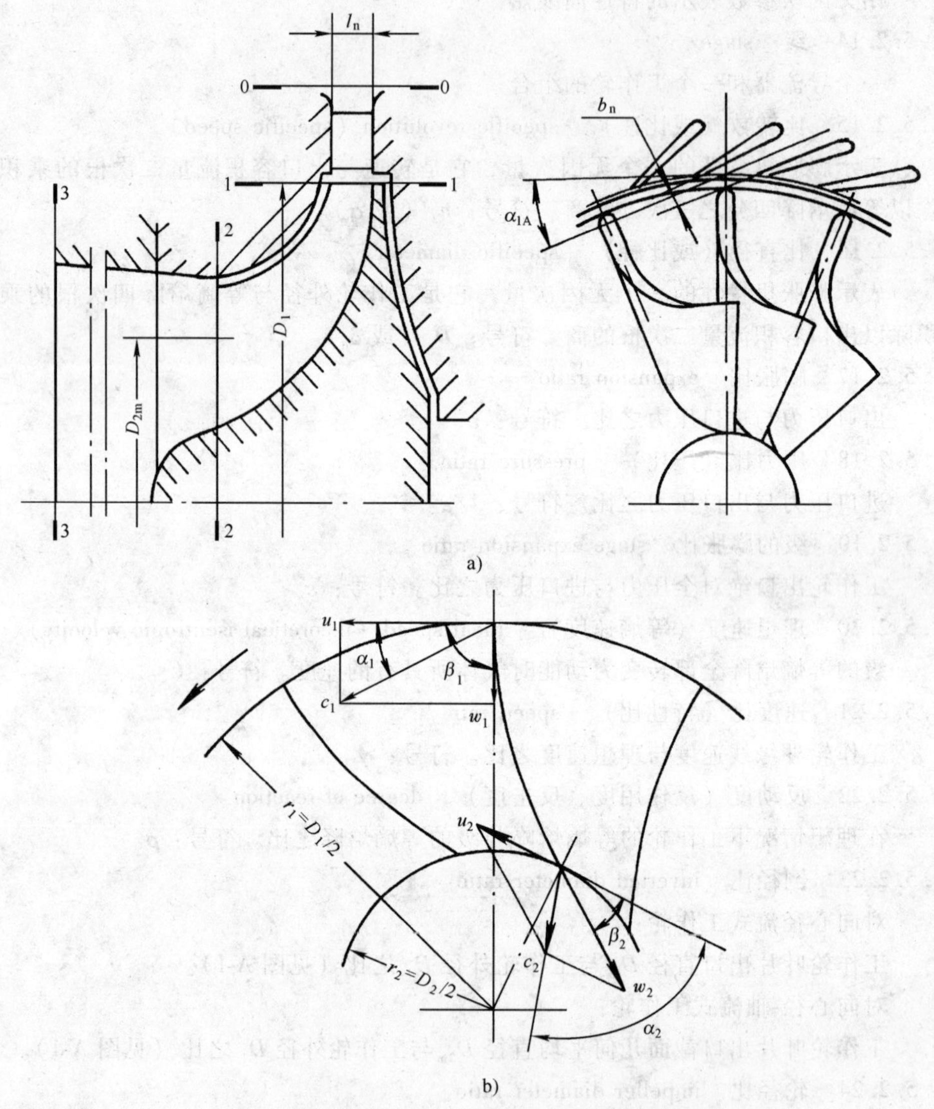

图 A-1　透平膨胀机主要几何尺寸代号及速度三角形示意图

0-0，1-1，2-2，3-3—截面位置

a）向心径-轴流式　b）向心径流式

喷嘴出口实际速度与理想速度之比。符号：ϕ。

1.5.2.29　工作轮速度系数　impeller speed factor

工作轮出口实际相对速度与理想相对速度之比。符号：ψ。

1.5.2.30　喷嘴多变指数　polytrope index of nozzle

描述喷嘴中气体多变膨胀过程（包括不可逆绝热膨胀）的物理量，它是绝热指数与喷嘴速度系数的函数。符号：n。

1.5.2.31 工作轮进口相对速度角 relative velocity angle of gas flow at impeller inlet

工作轮进口相对速度与工作轮进口圆周速度的夹角（见图 A-1）。符号：β_1。

1.5.2.32 工作轮进口绝对速度角 absolute velocity angle of gas flow at impeller inlet

工作轮进口绝对速度与工作轮进口圆周速度的夹角（见图 A-1）。符号：α_1。

1.5.2.33 工作轮出口绝对速度角 absolute velocity angle of gas flow at impeller outlet

工作轮出口绝对速度与工作轮出口圆周速度反方向的夹角（见图 A-1）。符号：α_2。

1.5.2.34 工作轮出口相对速度角 relative velocity angle of gas flow at impeller outlet

工作轮出口相对速度与该处工作轮圆周速度反方向的夹角（见图 A-1）。符号：β_2。

1.5.2.35 喷嘴叶片安装角 setting angle of nozzle vane

由工作轮进口绝对速度角或喷嘴环叶栅参数确定的叶片位置角（见图 A-1）。符号：α_{1A}。

1.5.2.36 喷嘴气流偏转角 deflection angle of gas flow at nozzle outlet

超音速气流在叶片斜切口段继续膨胀引起的气流偏转角。符号：δ。

1.5.2.37 喷嘴出口气流角 gas flow angle at nozzle outlet

喷嘴叶片安装角与喷嘴气流偏转角之和。符号：α_1'。

1.5.2.38 喷嘴出口气流速度 gas flow velocity at nozzle outlet

气流流出喷嘴时的绝对速度。符号：c_1'。

1.5.2.39 工作轮进口绝对速度 absolute velocity of gas flow at impeller inlet

工作轮进口处气流的绝对速度。符号：c_1。

1.5.2.40 工作轮进口相对速度 relative velocity of gas flow at impeller inlet

工作轮进口处气流相对于工作轮的速度，它等于该处气流绝对速度矢量减去该处工作轮圆周速度矢量（见图 A-1）。符号：w_1。

1.5.2.41 工作轮进口圆周速度 peripheral velocity of impeller inlet (tip speed)

工作轮进口处的切向速度，它的大小等于该处半径与工作轮转动角速度的乘积，它的方向为该处转动圆周的切线方向（见图 A-1）。符号：u_1。

1.5.2.42 工作轮出口绝对速度 absolute velocity of gas flow at impeller outlet

工作轮出口处气流的绝对速度。符号：c_2。

1.5.2.43 工作轮出口相对速度 relative velocity of gas flow at impeller outlet

工作轮出口处气流相对工作轮的速度。它等于该处气流绝对速度矢量减去工作轮出口圆周速度矢量（见图 A-1）。符号：w_2。

1.5.2.44　工作轮出口圆周速度　peripheral velocity of gas flow at impeller outlet

对径流式工作轮：工作轮叶片出口处的切向速度（见图 A-1）。符号：u_2。

对径-轴流式工作轮：工作轮叶片出口几何平均直径处的切向速度。符号：u_{2m}。

1.5.2.45　喷嘴相对损失　relative loss of nozzle

喷嘴中的能量损失与膨胀机级的等熵焓降之比。符号：ξ_n。

1.5.2.46　工作轮相对损失　relative loss of impeller

工作轮中的能量损失与膨胀机级的等熵焓降之比。符号：ξ_i。

1.5.2.47　相对余速损失　relative residual speed loss

工作轮出口处气流动能与膨胀机级的等熵焓降全部换算为动能之比。符号：ξ_r。

1.5.2.48　相对轮盘摩擦损失　relative friction loss of impeller disk

工作轮轮盘克服与气流的摩擦所消耗的能量与膨胀机级的等熵焓降之比。符号：ξ_f。

1.5.2.49　相对泄漏损失　relative leakage loss

闭式工作轮出口端外径处与壳体迷宫间的泄漏引起的能量损失与膨胀机级的等熵焓降之比。符号：ξ_1。

1.5.2.50　相对窜流损失　relative leakage loss at clearance

半开式工作轮流道外缘与静止壁面之间的泄漏引起的能量损失与膨胀机级的等熵焓降之比。符号：ξ_1。

1.5.2.51　相对跑冷损失　relative cold loss

由膨胀机构件与周围环境间的热传递引起的冷量损失与膨胀机产冷量之比。符号：ξ_c。

1.5.2.52　外泄漏损失　exteral leakage loss

通过轴封泄漏到外界的气量损失。

1.5.2.53　通流部分的流动效率　flow efficiency of expansion stage

只计及喷嘴相对损失、工作轮相对损失和相对余速损失时膨胀机级的效率。符号：η_f。

1.5.2.54　等熵效率　isentropic efficiency

计及各种损失后，气体的实际焓降和理论焓降之比。符号：η_s。

1.5.2.55　产冷量（制冷量）　refrigerating capacity

单位时间内，气体通过膨胀机所产生的冷量。符号：Q_c。

1.5.2.56　有效机械功率　effective mechanical power

计及机械效率时膨胀机单位时间内输出的机械功。符号：P。

1.5.2.57　膨胀过程的 *H-S* 图　expansion process on the H-S diagram

在气体的 *H-S* 图上表示出某膨胀机的气体膨胀过程中各处气体状态的示意图（见图 A-2）。

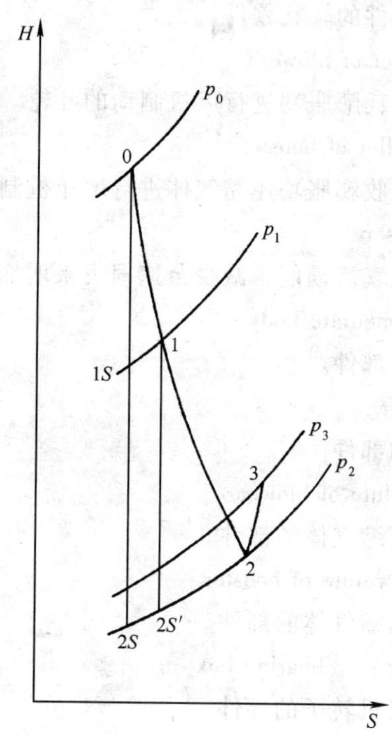

图 A-2　膨胀过程的 *H-S* 图

1.5.3　零、部件

1.5.3.1　蜗壳　volute

实现对喷嘴环均匀配气的部件。

1.5.3.2　喷嘴环（导流器）　nozzle ring (distributor)

不做旋转运动的具有两个端壁的环形叶栅。

1.5.3.3　叶片　vane

分隔气流通道，组成环形叶栅的单元零件。

1.5.3.4　转子　rotor

由工作轮、主轴等零件组成的整个旋转部件。

1.5.3.5　工作轮　impeller

将气流的能量转变为机械功以产生冷量的叶轮。

1.5.3.6　闭式工作轮　closed impeller

环形叶栅两端分别有轮盘和轮盖的工作轮。

1.5.3.7　半开式工作轮　semi-opened impeller

仅在环形叶栅一端有轮盘而无轮盖的工作轮。

1.5.3.8　主轴　main shaft

安装工作轮等旋转零件的轴状零件。

1.5.3.9　风机轮　impeller of blower

安装在主轴上用来消耗膨胀功进行风机制动的叶轮。

1.5.3.10　增压轮　impeller of booster

安装在主轴上用来回收膨胀功压缩气体进行增压机制动的叶轮。

1.5.3.11　扩压器　diffuser

用以回收工作轮出口气流动能，减少余速损失来增加膨胀机产冷量的部件。

1.5.3.12　中间体　intermediate body

连接蜗壳和轴承箱的部件。

1.5.3.13　密封器　sealer

阻止气体或油泄漏的部件。

1.5.3.14　风机蜗壳　volute of blower

汇集并导出风机轮压缩气体的部件。

1.5.3.15　增压机蜗壳　volute of booster

汇集并导出增压轮压缩气体的部件。

1.5.3.16　轴承箱（机身）　bearing box

安装轴承并支承膨胀机转子的部件。

1.5.3.17　减速箱（齿轮箱）　reducer casing (gear box)

膨胀机与制动电机间的变速装置。

1.5.3.18　轴承　bearing

支承转子并确定其相对于其他零件转动位置的部件。

1.5.3.19　剖分轴承　split bearing

具有水平中分面的轴承。

1.5.3.20　整体轴承　integral bearing

不具有中分面的轴承。

1.5.3.21　气体轴承　gas-bearing

用气体作润滑剂的轴承，工作时轴承中相对滑动的两个精加工表面被气膜所隔开而互不接触或呈悬浮状态。

1.5.3.22　气体静压轴承　aerostatic bearing

由轴承外部的气源不断地将具有一定压力的气体通过进气孔进入轴承间隙，抬起运动件以建立承载气膜的气体轴承。

1.5.3.23　气体动压轴承　aerodynamic bearing

由运动件在运转时轴承间隙内的气体自动形成流体动力气膜而产生承载能力的气体轴承。

1.5.3.24　制动电机　brake motor

回收膨胀功并将电能输入电网的电机。

1.5.3.25　联轴器　coupling

用来联结主轴、减速箱轴、电机轴并使之一同回转的部件。

1.5.3.26　供油装置（油路系统）　oil supply unit (oil piping system)

向轴承箱、减速箱内各摩擦面提供润滑油的一系列部件。

1.5.3.27　油冷却器　oil cooler

冷却润滑油的热交换器。

1.5.3.28　主油泵　main oil pump

膨胀机在正常运转时所使用的循环油泵。

1.5.3.29　辅助油泵　subsidiary oil pump

膨胀机在起动、停车阶段或非常情况时所使用的循环油泵。

1.5.3.30　油过滤器　oil-filter

滤除润滑油中机械杂质的部件。

1.5.3.31　压油容器（压力油箱）　pressure oil tank

利用压缩气体压力供油的容器。

1.6　低温液体泵

1.6.1　分类

1.6.1.1　低温液体泵　cryogenic liquid pump

用来输送温度在 -100℃以下液体介质的泵。

1.6.1.2　往复式低温液体泵　reciprocating cryogenic liquid pump

以活塞或柱塞做往复运动的低温液体泵，简称低温往复泵。

1.6.1.3　活塞式低温液体泵　piston-type cryogenic liquid pump

以活塞做往复运动的低温液体泵，简称低温活塞泵。

1.6.1.4　柱塞式低温液体泵　plunger-type cryogenic liquid pump

以柱塞做往复运动的低温液体泵，简称低温柱塞泵。

1.6.1.5　立式低温往复泵　vertical reciprocating cryogenic liquid pump

活塞（或柱塞）往复运动轨迹为垂直线的往复式低温液体泵。

1.6.1.6　卧式低温往复泵　horizontal reciprocating cryogenic liquid pump

活塞（或柱塞）往复运动轨迹为水平线的往复式低温液体泵。

1.6.1.7　离心式低温液体泵　centrifugal cryogenic liquid pump

用来输送温度在 -100℃以下液体介质的离心泵，简称低温离心泵。

1.6.1.8 充气迷宫密封 gas-filled labyrinth seal

利用迷宫型式的结构，并往其中通入密封用气体，以防止低温液体沿低温离心泵泵轴泄漏的密封方式。

1.6.2 性能

1.6.2.1 行程容积 stroke volume

单个活塞（或柱塞）在一个行程中所扫过的泵缸容积。符号：V_s。

1.6.2.2 理论流量 theoretical flow

单位时间内理论上排出的低温液体量。符号：q_T。

1.6.2.3 实际流量（流量） actual flow（flow）

单位时间内实际上排出的低温液体量。符号：q_a。

1.6.2.4 瞬时流量 transient flow

低温往复泵的活塞（或柱塞）在压出行程中任一瞬时起的一小段趋近于零的时间间隔内理论上排出的低温液体量。符号：q_t。

1.6.2.5 最大流量 maximum flow

低温往复泵在压出行程中的最大瞬时流量。符号：q_{max}。

1.6.2.6 流量不均匀系数 factor of non-uniform flow

反映低温往复泵流量不均匀程度的系数。符号：λ。

1.6.2.7 行程 stroke

活塞（或柱塞）运行在两个死点之间的位移。符号：S。

1.6.2.8 吸入行程 suction stroke

活塞（或柱塞）从一个死点向另一个死点运动使泵缸中容积增大，并伴有介质吸入的过程。符号：S_s。

1.6.2.9 压出行程 displacing stroke

活塞（或柱塞）从一个死点向另一个死点运动，使泵缸中容积减少，并伴有介质排出的过程。符号：S_d。

1.6.2.10 往复数 number of reciprocation

单位时间内活塞（或柱塞）往复运动的次数。符号：n。

1.6.2.11 活塞（或柱塞）平均速度 mean speed of piston（or plunger）

活塞（或柱塞）往复运动的平均速度。符号：v。

1.6.2.12 活塞（或柱塞）面积 sectional area of piston（or plunger）

活塞（或柱塞）横截面面积。符号：A 。

1.6.2.13 活塞力 piston force

介质对活塞（或柱塞）沿运动方向的作用力。符号：F_p。

1.6.2.14 吸入压力（进口压力） suction pressure（inlet pressure）

低温往复泵进口处介质的静压力。符号：p_s。

1.6.2.15　排出压力（出口压力）　discharge pressure (outlet pressure)

低温往复泵出口处介质的静压力。符号：p_d。

1.6.3　零、部件

1.6.3.1　泵体（箱体）　pump body

支承曲轴（或主轴）等运动件的部件。

1.6.3.2　曲轴　crankshaft

将动力传递给连杆的零件。

1.6.3.3　主轴　main shaft

安装凸轮并传递动力的零件。

1.6.3.4　连杆　connecting rod

将曲轴转动的动力传递给做往复运动的十字头的部件。

1.6.3.5　十字头　crosshead

用以连接连杆与活塞杆并传递动力的部件。

1.6.3.6　凸轮　cam

固定在主轴上并将主轴转动的动力传递给与该轮工作曲面接触的构件并使之运动的曲面轮。

1.6.3.7　中间体　intermediate body

连接泵缸与机身的零件。

1.6.3.8　泵缸　pump cylinder

包涵活塞（或柱塞）形成工作腔的部件。

1.6.3.9　缸套　cylinder jacket

设置在泵缸中用来与活塞（或柱塞）配合形成工作面的桶状零件。

1.6.3.10　活塞、柱塞　piston plunger

在泵缸中做往复运动改变工作腔容积的部件。

1.6.3.11　活塞杆　piston rod

固定活塞并与十字头连接的杆状零件。

1.6.3.12　活塞环　piston ring

设置在活塞上用以封闭活塞体与缸套间隙的环状零件。

1.6.3.13　导向环　guide ring

设置在活塞上使活塞轴心线与泵缸轴心线保持重合的环状零件。

1.6.3.14　密封器（填料函）　sealer

防止低温介质沿活塞杆（或柱塞）向外泄漏的部件。

1.6.3.15　密封圈（填料）　seal ring (packing)

设置在密封器中起密封作用的零件。

1.6.3.16　吸入阀　suction valve

设置在泵缸上控制低温介质吸入的部件。

1.6.3.17　排出阀　discharge valve

设置在泵缸上控制低温介质排出的部件。

1.6.3.18　进口补偿器　inlet compensator

用以补偿因低温引起的泵进口部分和吸入管路变形的部件。

1.6.3.19　出口补偿器　outlet compensator

用以补偿因低温引起的泵出口部分和排出管路变形的部件。

2　空气分离设备产品型号编制方法

空气分离设备产品型号编制方法的标准 GB/T10607—2001，已于 2004 年 10 月 14 号废止，现将其中部分内容列出，仅作为参考。

2.1　空气分离设备

2.1.1　空气分离设备型号标记

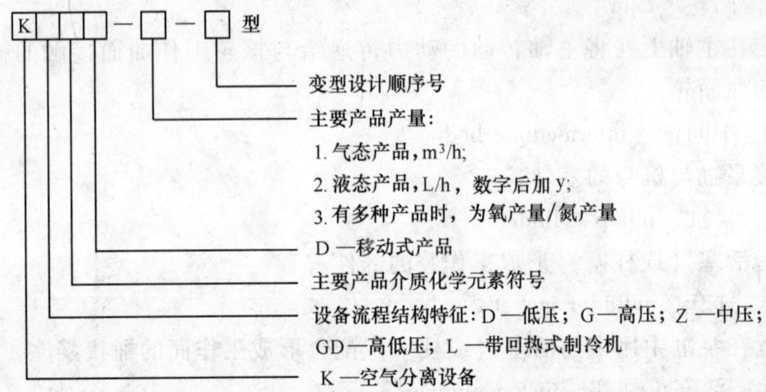

2.1.2　型号示例

例 1：KDON—3200/4000—2 型

表示全低压流程空气分离设备，主要产品氧气产量为 3200m^3/h；氮气产量为 4000m^3/h，为第 2 次变型设计。

例 2：KLN—5Y 型

表示带回热式制冷机的空气分离设备，主要产品液氮产量为 5L/h。

例 3：KGON—125Y/160Y 型

表示高压流程空气分离设备，主要产品液氧产量为 125L/h 或液氮产量为 160L/h。

2.2　稀有气体提取设备

2.2.1　稀有气体提取设备型号标记

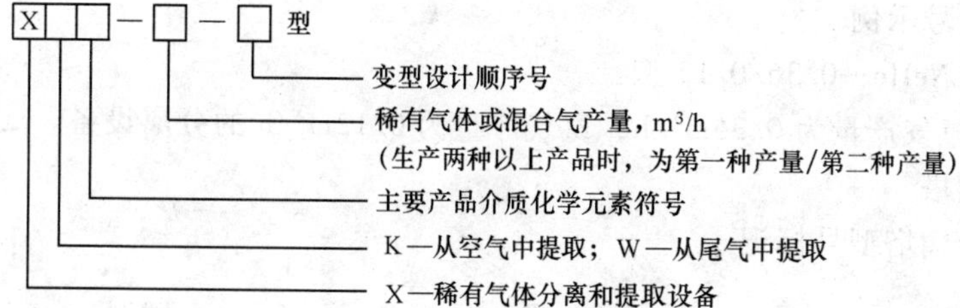

2.2.2　型号示例

例 1：XKAr-2.5 型

表示配于空气分离设备上的氩提取设备，以空气为原料气，氩气产量为 2.5m^3/h。

例 2：XKNeHe—0.36/0.12 型

表示配于空气分离设备上的氖氦提取设备，以空气为原料气，氖气产量为 0.36m^3/h，氦气产量为 0.12m^3/h。

2.3　液化设备

2.3.1　液化设备型号标记

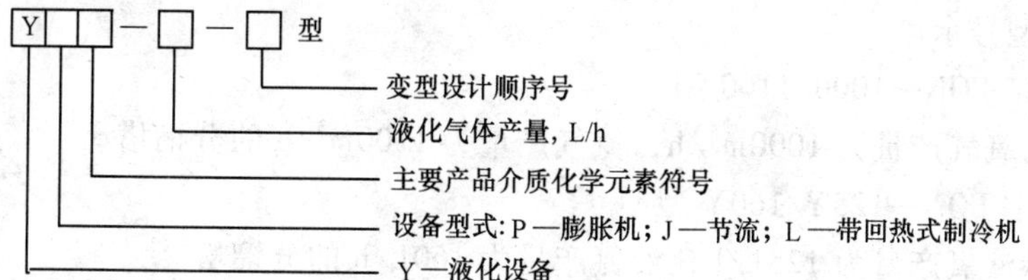

2.3.2　型号示例

例 1：YJN—100 型

表示采用节流方式获得低温的氮液化设备，液氮产量为 100L/h。

例 2：YPHe—100 型

表示采用膨胀机获得低温的氦液化设备，液氦产量为 100L/h。

2.4　分离设备

2.4.1　分离设备型号标记

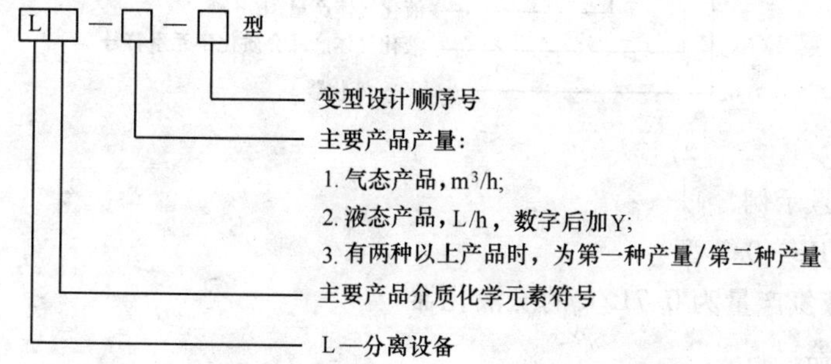

2.4.2　型号示例

例：LNeHe—0.36/0.12 型

表示氖气产量为 0.36m^3/h，氦气产量为 0.12m^3/h 的分离设备。

2.5　分馏塔

2.5.1　分馏塔型号标记

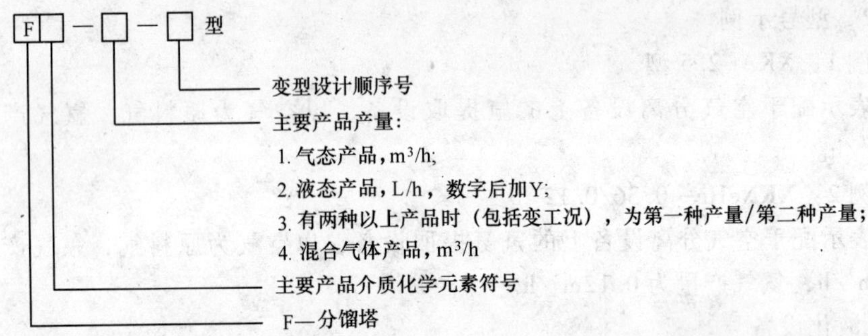

2.5.2　型号示例

例 1：FON—1000/1100 型

表示氧气产量为 1000m^3/h，氮气产量为 1100m^3/h 的分馏塔。

例 2：FON—125Y/160Y 型

表示液氧产量为 125L/h，液氮产量为 160L/h 的分馏塔。

例 3：FAr—2.5 型

表示氩气产量为 2.5m^3/h 的分馏塔。

2.6　液化器

2.6.1　液化器型号标记

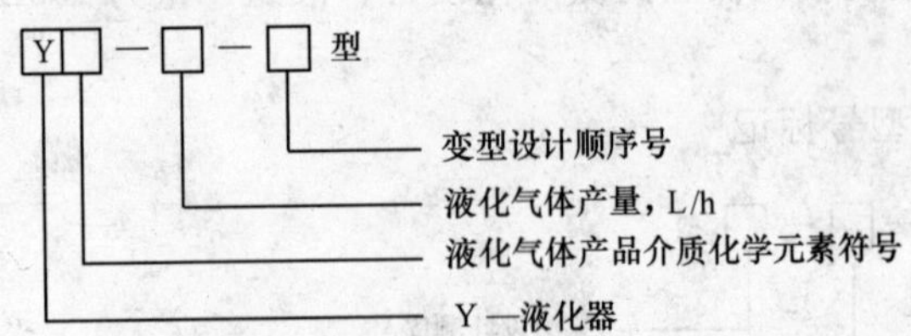

2.6.2　型号示例

例：YHe—0.7 型

表示液氦产量为 0.7L/h 的氦液化器。

2.7　纯化器

2.7.1 纯化器型号标记

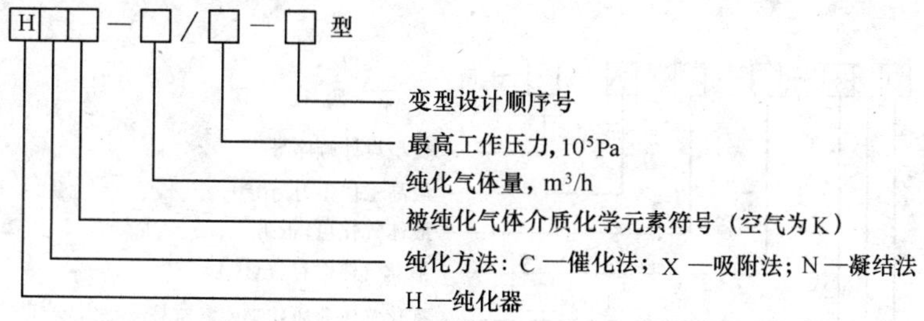

2.7.2 型号示例

例1：HCAr—500/0.5型

表示采用催化法的纯化器，纯化氩气量为500m^3/h，最高工作压力为0.5×10^5Pa。

例2：HNNeHe—0.2/29型

表示采用凝结法的纯化器，纯化氖、氦混合气量为0.2m^3/h，最高工作压力为29×10^5Pa。

例3：HXK—340/200型

表示采用吸附法的纯化器，纯化空气量为340m^3/h，最高工作压力为200×10^5Pa。

2.8 气化器

2.8.1 气化器型号标记

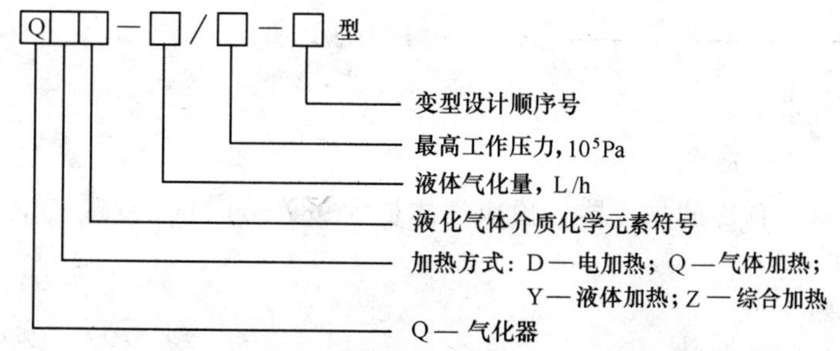

2.8.2 型号示例

例：QZO—90/200型

表示以气体加热和电加热的两用的气化器，液氧气化量为90L/h，最高工作压力为200×10^5Pa。

2.9 气化设备

2.9.1 气化设备型号

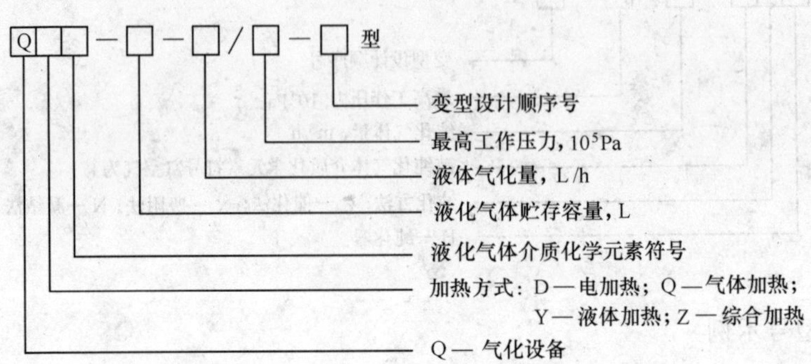

2.9.2 型号示例

例 QDAr—3000—100/150 型

表示以电加热的气化设备，液氩气化量为 100L/h，贮存量为 3000L，最高工作压力为 150×10^5Pa。

2.10 预冷系统（或预冷器）

2.10.1 预冷系统（或预冷器）型号标记

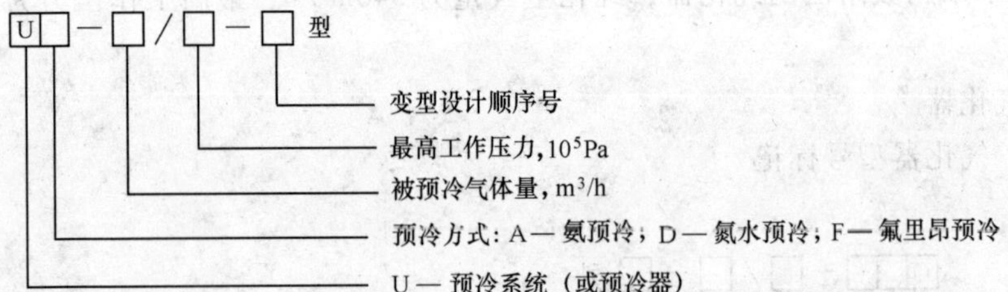

2.10.2 型号示例

例：UD—38200/5.2 型

表示用氮水预冷的预冷器，预冷气体量为 $38200m^3/h$，最高工作压力为 5.2×10^5Pa。

2.11 加热器

2.11.1 加热器型号标记

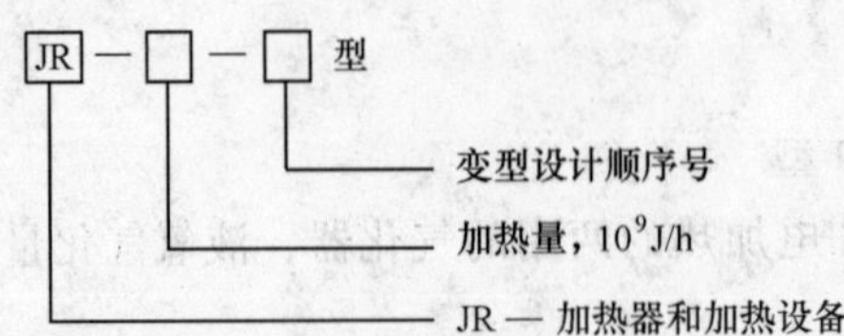

2.11.2　型号示例

例：JR—10.5 型

表示加热量为 10.5×10^9 J/h 的加热器。

2.12　干燥器

2.12.1　干燥器型号标记

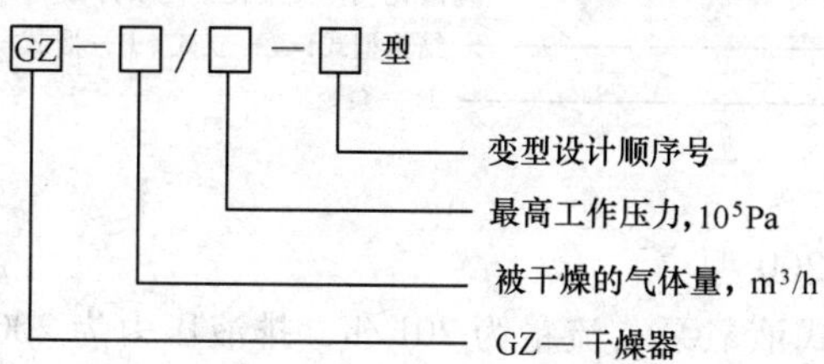

2.12.2　型号示例

例：GZ—3500/200 型

表示干燥器，被干燥气体量为 $3500m^3/h$，最高工作压力为 200×10^5Pa。

2.13　膨胀机

2.13.1　膨胀机型号标记

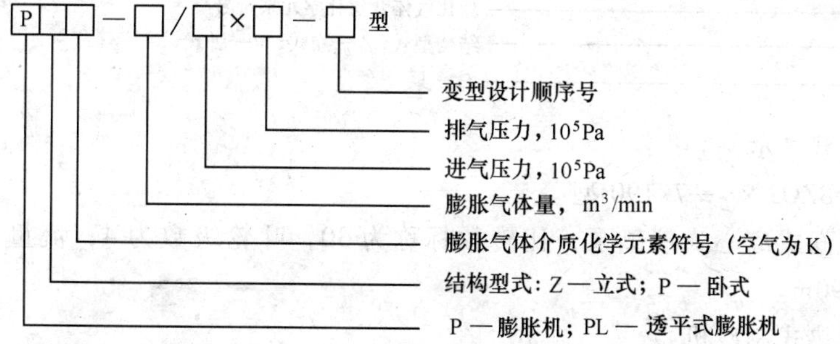

2.13.2　型号示例

例 1：PZK—1/200×16 型

表示处理空气量为 $1m^3/min$ 的立式活塞式膨胀机，进气压力为 200×10^5Pa，排气压力为 16×10^5Pa。

例 2：PLPK—133/4.5×0.35 型

表示处理空气量为 $133m^3/min$ 的卧式透平式膨胀机，进气压力为 4.5×10^5Pa，排气压力为 0.35×10^5Pa。

2.14　活塞式液体泵

2.14.1　活塞式液体泵型号标记

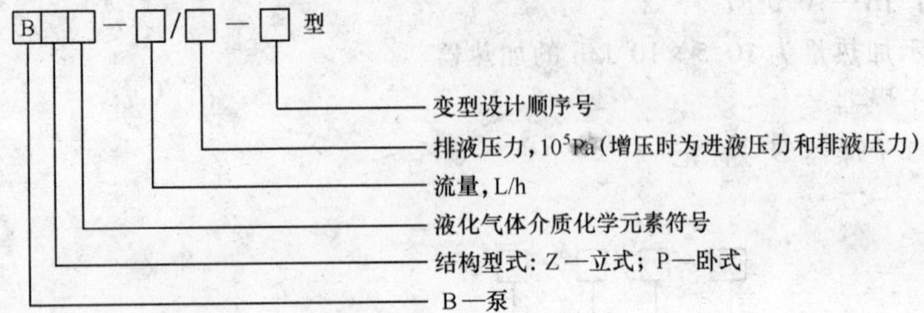

2.14.2　型号示例

例：BPO—70/200 型

表示卧式活塞式液氧泵，流量为 70L/h，排液压力为 200×10^5Pa。

2.15　离心式液体泵

2.15.1　离心式液体泵型号标记

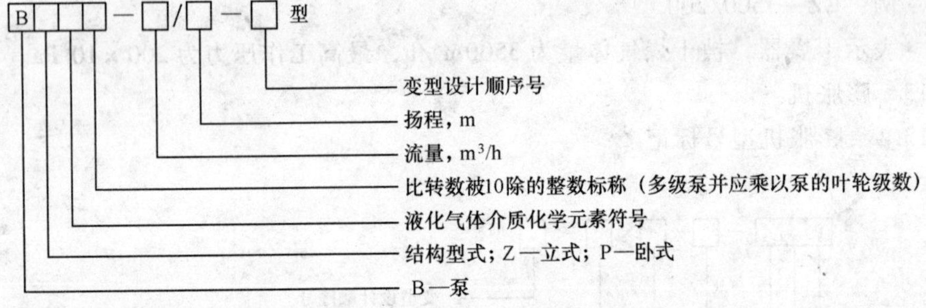

2.15.2　型号示例

例：BZO3 ×4—7/190 型

表示立式离心式液氧泵，比转数标称为 30，叶轮级数为 4，流量为 $7m^3/h$，扬程为 190m。

2.16　回热式制冷机

2.16.1　回热式制冷机型号标记

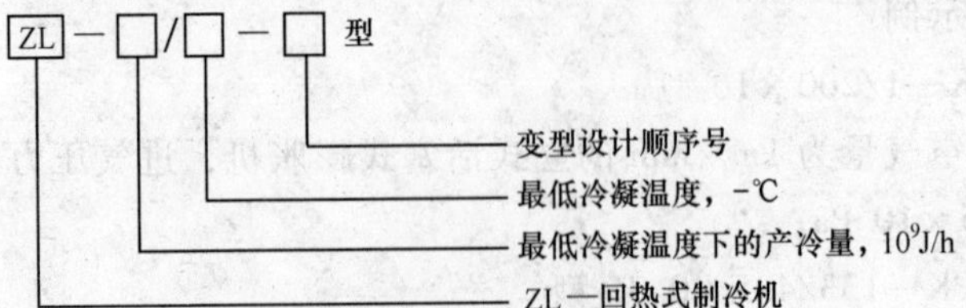

2.16.2　型号示例

ZL—11.7/194 型

表示回热式制冷机，最低冷凝温度为 -194℃下产冷量为 11.7×10^9J/h。

2.17 灌充器

2.17.1 灌充器型号标记

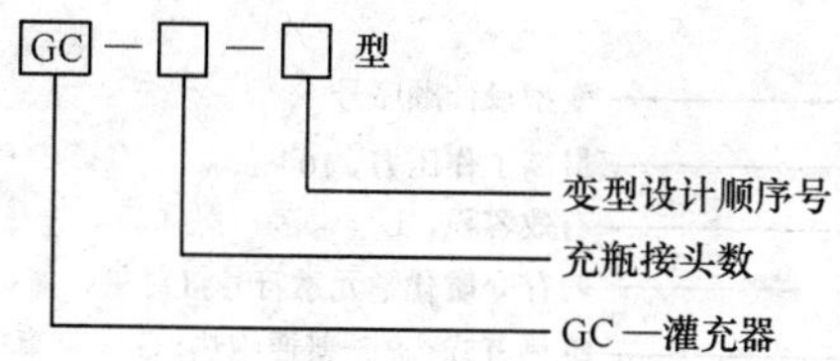

2.17.2 型号示例

例：GC—8 型

表示充瓶接头有 8 个的灌充器。

2.18 贮气柜

2.18.1 贮气柜型号标记

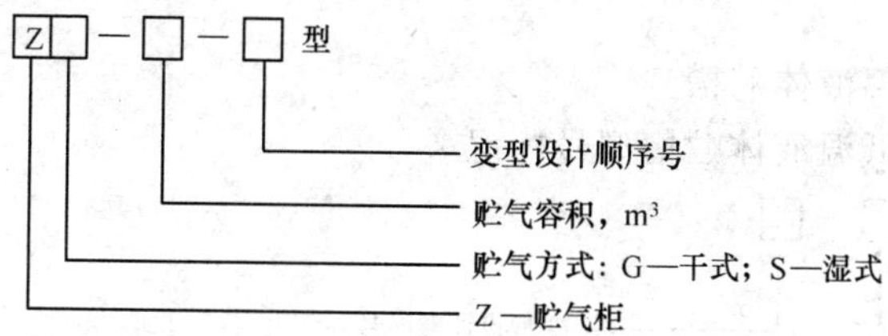

2.18.2 型号示例

例：ZS—100 型

表示湿式贮气柜，贮气量为 $100m^3$。

2.19 贮气器

2.19.1 贮气器型号标记

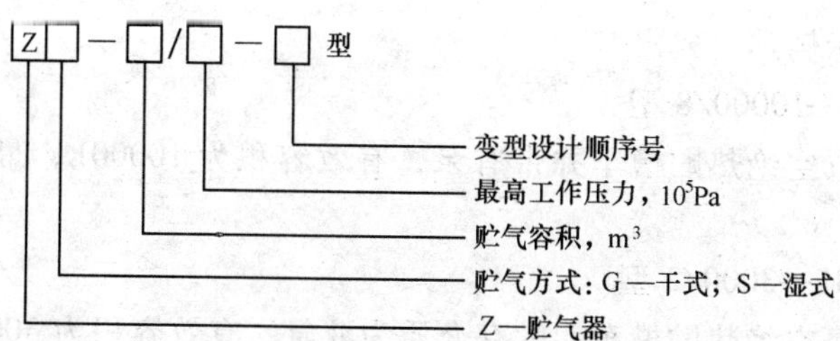

2.19.2 型号示例

例：ZG—0.38/220 型

表示干式贮气器，贮气量为 $0.38m^3$，最高贮气压力为 220×10^5Pa。

2.20 低温液体贮槽

2.20.1 低温液体贮槽型号标记

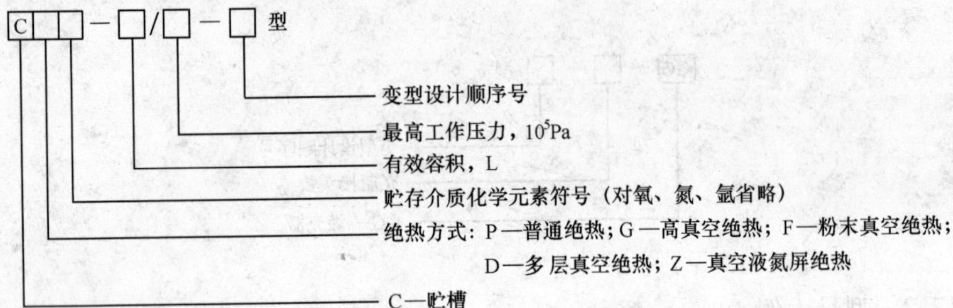

2.20.2 型号示例

例 1：CF—10000/8 型

表示粉末真空绝热贮槽，有效容积为 10000L，最高工作压力为 8×10^5Pa。

例 2：CGNe—500/8 型

表示高真空绝热贮槽，贮存介质为液氖，有效容积为 500L，最高工作压力为 8×10^5Pa。

2.21 移动式低温液体贮槽

2.21.1 移动式低温液体贮槽型号标记

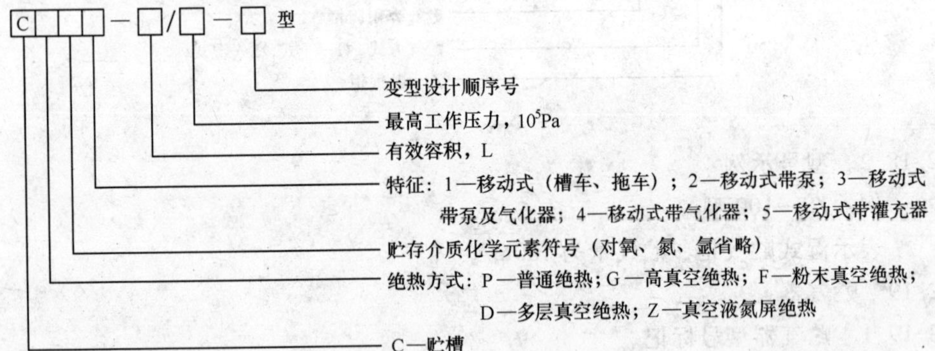

2.21.2 型号示例

例 1：CF2—10000/8 型

表示粉末真空绝热贮槽车并带有泵，有效容积为 10000L，最高工作压力为 8×10^5Pa。

例 2：CFH1—3000/2 型

表示粉末真空绝热贮槽车，贮存介质为液氢，有效容积为 3000L，最高工作压力为 2×10^5Pa。

附录 B　中大型空分设备产品名称、特点、主要组成部件及生产厂

产品名称：KDON-1000/1000/15 型空气分离设备 | 特点：低压切换钣翅式换热器透平膨胀机制冷流程 | 生产厂：杭州制氧机集团有限公司

项目		数值
厂代号		11079C
加工空气量/(m^3/h)		6300
产量/(m^3/h)	O_2	1000
	N_2	1000
	Ar	15
纯度(%)	O_2	99.6
	N_2	$O_2 \leqslant 10^{-4}$
	Ar	99.99
压力/MPa	起动	0.63
	工作	0.63
供气压力/MPa	O_2	3
	N_2	2
	Ar	15
起动时间/h		~36
运转周期/d		360
每 1m^3 O_2 电耗/(kW·h)		0.67
总重/t		174

主要组成部件

名称	型号	外形尺寸(长/mm×宽/mm×高/mm)	重量/t	配用电动机型号(电炉功率)	备注
空压机	1TY-115/5.3	占地约 6500×4500	32	TK-S800-2	
空气过滤器	(9834)	5000×4000	3.78		
空气预冷系统	UD-6300/5.3-2	约 ϕ1020×10700(空冷塔)	9.2		
分馏塔	FON-1000/1000-1	约 6000×4800×29050	98		
膨胀机组	PLPK-20/5.04-0.48	占地约 2800×1700	2×2		2 组
氧压机组	2LY-9.2/30-1	占地约 4000×3500	11×3	JR-12-130-12P	
制氩系统	XKAr-15-1	占地约 9000×6000	6.3		

产品名称：KDON-1000/1100/15 型空气分离设备 | 特点：低压流程，全钣式换热，液氧自循环 | 生产厂：四川空分设备(集团)有限责任公司

项目		数值
厂代号		CF101
加工空气量/(m^3/h)		6900
产量/(m^3/h)	O_2	1000
	N_2	1100
	Ar	15
纯度(%)	O_2	99.6
	N_2	99.99
	Ar	99.99
压力/MPa	起动	
	工作	0.55
供气压力/MPa	O_2	3
	N_2	0.0098
	Ar	0.0098
起动时间/h		50
运转周期/d		360
每 1m^3 O_2 电耗/(kW·h)		0.7
总重/t		120

主要组成部件

名称	型号	外形尺寸(长/mm×宽/mm×高/mm)	重量/t	配用电动机型号(电炉功率)	备注
空压机	1TY-115/5.5-1			JKZ-800	外购
预冷器	UD-9000/5.5	ϕ1200×8100	6.2		
分馏塔	FON-1000/1100	4800×6000×8500	54.4		
膨胀机	PLPK-33.3×2/4.7-0.33		0.9		
氧压机	3Z3.5-9.2/30	1800×910×2180	5.3	JB12-110-129	3 台(2 用 1 备)
空气过滤器	GL-10000	ϕ2400×10700	7.8		

（续）

产品名称：KDON-1000/1700 型空气分离设备　特点：低压流程，分子筛纯化空气　生产厂：开封空分集团有限公司

项目		数值
厂代号		14035
加工空气量/(m^3/h)		6200
产量/(m^3/h)	O_2	1000
	N_2	1700
纯度(%)	O_2	99.6
	N_2	99.99
压力/MPa	起动	
	工作	0.6
供气压力/MPa	O_2	2.2
	N_2	2.2
起动时间/h		40
运转周期/d		1
每 1m^3 O_2 电耗/(kW·h)		0.68

主要组成部件

名称	型号	外形尺寸(长/mm×宽/mm×高/mm)	重量/t	配用电动机型号(电炉功率)	备注
空压机	H125-7/0.98			(800kW)	
空气过滤器	DKG-12			(7.5kW+0.75kW)	
空气预冷器	UF-6200/7				
纯化器	HXK-6200/7				
分馏塔	FON-1000/1700	7800×3400×22740			
膨胀机	PLK-15/5.2-0.6			(2×2.2kW)	
氧压机	ZW-18.4/22	2350×1110×2800	15.5	JSQ158-12 (220kW)	
氮压机	3Z5.5-33/22	6400×4100 (占地)	19	TK350-12/1180 (350kW)	

产品名称：KDON-1000/2000 型空气分离设备　特点：低压流程，采用分子筛纯化和增压透平膨胀机制冷　生产厂：哈尔滨制氧机厂

项目		数值
厂代号		1K071
加工空气量/(m^3/h)		6000
产量/(m^3/h)	O_2	1000
	N_2	2000
纯度(%)	O_2	99.6%
	N_2	$O_2 \leqslant 10^{-3}$
压力/MPa	起动	0.549
	工作	0.549
供气压力①/MPa	O_2	0.03
	N_2	0.015
起动时间/h		36
运转周期/d		1

主要组成部件

名称	型号	外形尺寸(长/mm×宽/mm×高/mm)	重量/t	配用电动机型号(电炉功率)	备注
空压机	VK8-35	9330×3640×3000	12.5	YK1250-2/995 (665kW)	
空气过滤器	MDL-120	5070×2990×6810	12		
空气预冷系统	UF-6000/5.6	φ1000×1200	4.5		
纯化器	HXK-6000/5.6	φ2024×5400	7		
分馏塔	FON-1000/2000	3600×4600×24110	50		
透平膨胀机					

产品名称：KDON-1000/2000/15 型空气分离设备　特点：低压分子筛纯化流程　生产厂：杭州制氧机集团有限公司

项目		数值
厂代号		11070
加工空气量/(m^3/h)		6000
产量/(m^3/h)	O_2	1000
	N_2	2000
	液 Ar②	15
纯度(%)	O_2	99.6
	N_2	$O_2 \leqslant 10^{-3}$
	液 Ar	99.999
压力/MPa	起动	0.662
	工作	0.662
供气压力/MPa	O_2	15
	N_2	
	Ar	15
起动时间/h		约 36
运转周期/d		720
第 1m^3 O_2 电耗/(kW·h)		0.65
总重/t		213

主要组成部件

名称	型号(厂代号)	外形尺寸(长/mm×宽/mm×高/mm)	重量/t	配用电动机型号(电炉功率)	备注
空压机	5TY-116	占地 7000×6500	41.5	YKOS-800-2 (680kW)	
空气过滤器	(9834)	5000×4000	3.78		
空气预冷系统	UD-6000/5.5	φ1016×13220 (空冷塔)	10		
纯化系统	HXK-6000/5.5	φ1516/4890 (吸附筒)	9.9		
分馏塔	FON-1000/2000	4400×4400×30000	108		
膨胀机组	(20601)	占地约 2300×1400	2.74×2	(2.2kW)	
氧压机组	2Z2-3/165-1	占地约 4000×3500/台	5.1×3	Y250M-4 (55kW×3)	
制氩设备	XKAr-15-3	占地约 6000×9000	12		

（续）

产品名称：KDON-1200/1200 型空气分离设备			特点：低压流程，采用增压透平膨胀机制冷和分子筛纯化空气				生产厂：哈尔滨制氧机厂	
厂代号		1K073	主要组成部件					
加工空气量 /(m^3/h)		7600	名称	型号	外形尺寸（长/mm×宽/mm×高/mm）	重量/t	配用电动机型号（电炉功率）	备注
产量 /(m^3/h)	O_2	1200	空压机	VK8-35				
	N_2	1200						
纯度(%)	O_2	99.6	空气过滤器	MDL-120	5070×2990×6810	12		
	N_2	99.99						
压力 /MPa	起动	0.558	空气预冷系统	UF-7600/5.7	ϕ912×15000（空冷塔）	3		
	工作	0.558						
供气压力 /MPa	O_2	0.03	纯化器	HXK-7600/5.7	ϕ2020×3800（吸附筒）	4.8		
	N_2	0.015						
起动时间/h		36	分馏塔	FON-1200/1200	3000×4200×20750	44		
运转周期/d		360						
每 $1m^3$ O_2 电耗 /(kW·h)			膨胀机	PLPK-27.67/6.328-0.48				

产品名称：KDON-1500/1500-7 型空气分离设备			特点：低压流程，分子筛纯化空气				生产厂：开封空分集团有限公司	
厂代号		14039	主要组成部件					
加工空气量 /(m^3/h)		8100	名称	型号	外形尺寸（长/mm×宽/mm×高/mm）	重量/t	配用电动机型号（电炉功率）	备注
产量 /(m^3/h)	O_2	1500	空压机	DA-200-61	2200×2100×5600	24	YK1250-2/990	
	N_2	1500						
纯度(%)	O_2	99.6						
	N_2	99.99	空气过滤器	TJ-3.2×1.41			(2×0.6kW)	
压力 /MPa	起动		空气预冷器	UF-9500/6				
	工作	0.6	纯化器	HXK-9500/6			(2×100kW)	
供气压力 /MPa	O_2	2.94	分馏塔	FON-1500/1500-7	5000×4000×23650			
	N_2	0.005						
起动时间/h		40	膨胀机	PLPK-217/5.48-0.58			(2×2.2kW)	
运转周期/d		360						
每 $1m^3$ O_2 电耗 /(kW·h)		0.62	氧压机	3Z5.5-33/30	2420×1110×2870	17	TK350-12/1180 (350kW)	

产品名称：KDON-1500/1500/25 型空气分离设备			特点：低压流程，增压透平膨胀机制冷和分子筛纯化空气				生产厂：哈尔滨制氧机厂	
厂代号		1K072B	主要组成部件					
加工空气量 /(m^3/h)		8500	名称	型号	外形尺寸（长/mm×宽/mm×高/mm）	重量/t	配用电动机型号（电炉功率）	备注
产量 /(m^3/h)	O_2	1500						
	N_2	1500	空压机	VK8-35				
	Ar	25						
纯度(%)	O_2	99.6	空气过滤器	MDL-120	5070×2990×6810	12		
	N_2	$O_2 \leq 10^{-3}$						
	Ar	99.999	空气预冷系统	UF-8500/5.6	ϕ1200×1500	4		
压力 /MPa	起动	0.56						
	工作	0.56	纯化器	HXK-8500/5.6	ϕ2230×3800	6.5		
供气压力 /MPa	O_2	2.94						
	N_2	15	分馏塔	FON-1500/1500	3600×4600×25510	50	现场组装	
起动时间/h		36	膨胀机	PLPK-27/6.74-0.45				
运转周期/d		360						

（续）

产品名称：KDON-1500/1500/25型空气分离设备　特点：低压流程，分子筛纯化空气　生产厂：开封空分集团有限公司

项目		数值
厂　代　号		14044
加工空气量/(m^3/h)		8600
产量/(m^3/h)	O_2	1500
	N_2	1500
	Ar	25
纯度(%)	O_2	99.6
	N_2	99.99
	Ar	99.99
压力/MPa	起动	
	工作	0.59
供气压力/MPa	O_2	2.94
	N_2	0.005
	Ar	
起动时间/h		40
运转周期/d		360
每$1m^3O_2$电耗/(kW·h)		0.62

主要组成部件

名　称	型　号	外形尺寸(长/mm×宽/mm×高/mm)	重量/t	配用电动机型号(电炉功率)	备注
空压机	DA200-61	2140×1760×1370	60.7	YK-1250-2/990 (1250kW)	
空气过滤器	TJ-3.2×1.41			(2×0.6kW)	
空气预冷器	UF-9500/6				
纯化器	HXK-9500/6				
分馏塔	FON-1500/1500-8	5000×4000×24200			
膨胀机	PLPK-30/5.48-0.48-1		2.8	Y100L1-4 (2×2.2kW)	
氧压机	3Z5.5-33/30	2420×1110×2770	17×2	TK350-12/1180 (2×350kW)	

产品名称：KDON-1500/3000/25型空气分离设备　特点：采用低温精馏法，分子筛纯化流程　生产厂：杭州制氧机集团有限公司

项目		数值
厂　代　号		11071
加工空气量/(m^3/h)		8700
产量/(m^3/h)	O_2	1500
	N_2	3000
	液Ar	25
纯度(%)	O_2	99.6
	N_2	$O_2 \leq 10^{-4}$
	液Ar	99.99
压力/MPa	起动	0.566
	工作	0.559
供气压力/MPa	O_2	1.5
	N_2	0.78
	Ar	
起动时间/h		36
运转周期/d		360
总重/t		198

主要组成部件

名　称	型　号(厂代号)	外形尺寸(长/mm×宽/mm×高/mm)	重量/t	配用电动机型号(电炉功率)	备注
分馏塔	(1071)	4400×4400×32000	120		
空气过滤系统	(9834)		3.78		
空气预冷系统	(1854)	约ϕ1200×15000(空冷塔)	10		
纯化系统	(1611)	约ϕ2000×6100(吸附筒)	16		
膨胀机组	(20601M)	占地约2300×1400/台	3.4×2		2组
氧压系统	(0312)	占地约3500×2400	9.6×3	Y355M-10 (160kW×3)	
氮压系统	(0557)	占地约7500×6500	2.4×2	Y500-10 (500kW×2)	
制氩系统	(11131)	约ϕ800×8000 约ϕ350×10000	15.6		

(续)

产品名称:KDON-3200/3200-8型空气分离设备	特点:低压流程,分子筛纯化空气和增压透平膨胀机制冷	生产厂:开封空分集团有限公司

项目		数值
厂代号		14045
加工空气量/(m^3/h)		17800
产量/(m^3/h)	O_2	3200
	N_2	3200
纯度(%)	O_2	99.6
	N_2	99.99
压力/MPa	起动	
	工作	0.58
供气压力/MPa	O_2	3
	N_2	0.17
起动时间/h		48
运转周期/d		360
每1m^3 O_2电耗/(kW·h)		0.56

主要组成部件					
名称	型号	外形尺寸(长/mm×宽/mm×高/mm)	重量/t	配用电动机型号(电炉功率)	备注
空压机	DA-400-6.5/0.97	2900×1710×1550	31	YK2500-2/1180	
空气过滤器	DKG-20			11+0.75	
空气预冷器	UF-18000/5.7-1			11+90	
纯化器	HXK-18000/5.7-1			(2×165kW)	
分馏塔	FON-3200/3200-8	8000×4500×30000			
膨胀机	PLK-48/7.0-0.54			(2.2kW)	
氧压机	3Z5.5-33/30	2420×1110×2770	17	TK350-12/1180	

产品名称:KDON-1500/2100型空气分离设备	特点:低压流程,返流气透平膨胀机制冷	生产厂:哈尔滨制氧机厂

项目		数值
厂代号		1K084
加工空气量/(m^3/h)		8500
产量/(m^3/h)	O_2	1500
	N_2	2100
纯度(%)	O_2	99.6
	N_2	$O_2 \leq 10^{-3}$
压力/MPa	起动	
	工作	0.559
供气压力/MPa	O_2	0.8
	N_2	1
起动时间/h		36
运转周期/d		360
每1m^3(O_2+N_2)电耗/(kW·h)		0.595

主要组成部件					
名称	型号	外形尺寸(长/mm×宽/mm×高/mm)	重量/t	配用电动机型号(电炉功率)	备注
空压机	VK8-3S				
纯化系统	HXK-8500/5.5	6600×4200×4875	14		
分馏塔	FON-1500/2100	4500×3200×24500	7.2		
膨胀机	PLPK-30/6.24×0.46	900×560×1100	0.23		
空冷系统	UF-8500/5.5	1200×1200×2200	0.8	(15kW)	
贮罐	ZG-60/30	2770×2700×12200	25.1		

产品名称:KDON1700/1700/30型空气分离设备	特点:分子筛纯化、全精馏制氩流程。(氩塔为填料塔)	生产厂:杭州制氧机集团有限公司

项目		数值
厂代号		11071B
加工空气量/(m^3/h)		9700
产量/(m^3/h)	O_2	1700
	N_2	1700
	液Ar	30
纯度(%)	O_2	99.6
	N_2	99.99
	液Ar	99.99
压力/MPa	起动	0.65
	工作	0.65
供气压力/MPa	O_2	3
	N_2	2.5
	Ar	16
起动时间/h		~36
运转周期/d		720
每1m^3 O_2电耗/(kW·h)		0.64
总重/t		

主要组成部件					
名称	型号(厂代号)	外形尺寸(长/mm×宽/mm×高/mm)	重量/t	配用电动机型号(电加热功率)	备注
空气过滤器	(9871A)	4290×3300×4500	4.48		脉冲式
空压机	5TYD116	3638×2613×3810	43.5	YK1250-2型	
空气预冷器	UF-9700/5.5	ϕ1000×16300(空冷塔)	14.2		
纯化器	HXK-9700/5.5	ϕ1816×3728(吸附筒)	11.5		
膨胀机组	TPF10-II	2323×1620×2580	2.7×2		2组
分馏塔	FON-1700/1700	4400×4400×38540	134.7		
制氩系统	XKAr-30	ϕ1912×6 H:5720(低温真空贮槽)	7		
氧压机组	ZW-26.4/30	7500×5000	20.5×2		
氮压机组	ZW-26.4/25	7500×5000	20.2×2		
液氩泵	(80388)		0.5×2		

（续）

产品名称:KDON-3200/3200/70型空气分离设备			特点:低压流程,分子筛纯化空气和增压透平膨胀机制冷				生产厂:开封空分集团有限公司	
厂　代　号		14034A	主　要　组　成　部　件					
加工空气量/(m^3/h)		17500	名　称	型　号	外形尺寸（长/mm×宽/mm×高/mm）	重量/t	配用电动机型号（电炉功率）	备注
产量/(m^3/h)	O_2	3200	空压机	H370-0.68/0.97	4000×4600×5500	46	Y2200-4/1180	
	N_2	3200						
	Ar	70	空气过滤器	DKG-20				
纯度(%)	O_2	99.6	空气预冷器	UF-18000/5.7				
	N_2	99.99	纯化器	HXK-18000/5.7				
	Ar	99.995						
压力/MPa	起动		分馏塔	FON-3200/3200-7	8000×4500×30000			
	工作	0.567						
供气压力/MPa	O_2	3	膨胀机	PLK-48/7.0-0.54			(2×2.2kW)	
	N_2	1						
	Ar	0.067	氧压机	3Z5.5-33/30	2420×1110×2770	17	TK350×12/1180	
起动时间/h		48	氮压机	ZD-31/10	2350×1110×2870	14.2	JSQ158-12（220kW）	
运转周期/d		1						
每 $1m^3$ O_2 电耗/(kW·h)		0.57	制氩设备	XKAr-70				

产品名称:KDON-3200/4500/70型空气分离设备			特点:低压增压透平膨胀机和分子筛纯化流程				生产厂:杭州制氧机集团有限公司	
厂　代　号		11075M	主　要　组　成　部　件					
加工空气量/(m^3/h)		20000	名　称	型　号（厂代号）	外形尺寸（长/mm×宽/mm×高/mm）	重量/t	配用电动机型号（电炉功率）	备注
产量/(m^3/h)	O_2	3200	分馏塔	FON-3200/4500（1075）	7700×4400×32000	147.5		
	N_2	4500						
	液 Ar	70	空气预冷系统	UF-20000/5.5（1847）	ϕ1400×14700（空冷塔）	23.5		
纯度(%)	O_2	99.6	纯化系统	HXK-20000/5.4-Ⅱ(1633B)	ϕ2400×5500（吸附筒）	22		
	N_2	99.99						
	液 Ar	99.99	膨胀机组	PLPK-48/7.36-0.44(20946)	占地约 2300×1400/台	2.7×2		
压力/MPa	起动	0.55	制氩系统	XKAr-70-Ⅳ（11124D）	ϕ1250×9820 ϕ500×10000	22		
	工作	0.55						
供气压力/MPa	O_2	3	压氧系统	（0310）	占地约 4000×3500	28×2		
	N_2	0.005						
	Ar							
起动时间/h		36	贮氧系统	（9848）		10		
运转周期/d		1						
总重/t		316	贮氮系统	（9849）		10		

（续）

产品名称：KDON-3600/3600/100 空分设备	特点：低压流程，常温分子筛净化，规整填料，增压透平膨胀机制冷	生产厂：四川空分设备（集团）有限责任公司

项目		数值
厂代号		CF215
加工空气量/(m^3/h)		19500
产量/(m^3/h)	O_2	3600
	N_2	3600
	Ar	100
纯度（%）	O_2	99.6
	N_2	99.99
	Ar	99.999
压力/MPa	起动	
	工作	0.61
供气压力/MPa	O_2	0.015
	N_2	0.009
	Ar	0.04
起动时间/h		24
运转周期/d		720
每 $1m^3$ O_2 电耗/(kW·h)		0.5
总重/t		

主要组成部件

名称	型号	外形尺寸（长/mm×宽/mm×高/mm）	重量/t	配用电动机型号（电炉功率）	备注
空压机	SVK20-3S		45	1613	
预冷系统	UF-17500/5.1				
纯化系统	HXK-17500/5.1				
分馏塔	FONAr-3600/36000/100				
增压透平膨胀机	PLPK-50/80-0.39				
氧压机	ZW-52/30		14.5		

产品名称：KDON-3600/3800 型空气分离设备	特点：低压流程，分子筛纯化和增压透平膨胀机制冷	生产厂：开封空分集团有限公司

项目		数值
厂代号		14068
加工空气量/(m^3/h)		18700
产量/(m^3/h)	O_2	3600
	N_2	3800
纯度（%）	O_2	99.6
	N_2	99.99
压力/MPa	起动	
	工作	0.58
供气压力/MPa	O_2	3.0
	N_2	1.0
起动时间/h		36
运转周期/d		360
每 $1m^3$ O_2 电耗/(kW·h)		0.57

主要组成部件

名称	型号	外形尺寸（长/mm×宽/mm×高/mm）	重量/t	配用电动机型号（电炉功率）	备注
空压机	DA400-61	4000×5200×5500			
空气过滤器	DKG-20				
空气预冷	UD-20000/5.8			(11kW+90kW)	
空气纯化	HXK-20000/5.6			(2×165kW)	
分馏塔	FON-3600/3800	8000×4500×29000	93		
膨胀机	PLPK-46/7×0.5			(2×2.2kW)	
氧压机	ZW-50/2			JSQ158/12 (220kW)	
氮压机	H110-9/1	2590×2800×2400	25	JKS-800-2	

（续）

产品名称：KDON3600/4800/型空气分离设备	特点：低压、分子筛纯化、增压透平膨胀、高精馏流程（上塔为填料塔）	生产厂：杭州制氧机集团有限公司

厂代号		11075Z
加工空气量/(m^3/h)		20000
产量/(m^3/h)	O_2	3600
	N_2	4800
	液 O_2	100
纯度(%)	O_2	99.6
	N_2	99.99
	液 O_2	99.6
压力/MPa	起动	0.63
	工作	0.63
供气压力/MPa	O_2	1.6
	N_2	1.2
起动时间/h		~36
运转周期/d		720
总重/t		
每 $1m^3$ O_2 电耗/(kW·h)		0.51

主要组成部件

名称	型号（厂代号）	外形尺寸（长/mm×宽/mm×高/mm）	重量/t	配用电动机型号（电加热功率）	备注
空气过滤器	(9835A)	5730×5035×8840	16.6		脉冲式
空压机	C135M×3				进口
空气预冷器	UF20000/5 (1847G)	ϕ1500×15400（空冷塔）	17	冷水机组输入功率(146.5kW) 100D16×水泵二台(2×22kW) 80D12×4水泵二台(2×7.5kW)	
纯化器	HXK-20000/5 (1627长)	ϕ2420×5750（纯化器）	16	电加热器(114kW)	
膨胀机组	TPF13-Ⅳ (20602Q)	2323×1620×2580	3.2×2	油泵电机二台每台(2.2×2kW) 电加热器二台每台(3kW)	二组
分馏塔	FON-3200/4800 (1075Z)	7700×4400×31400	145		
贮氧系统	(9865)	ϕ3020×8850（低温贮槽）	22.7	IS100-80-160水泵(2.2kW)	

产品名称：KDON-3600/5500/70型空气分离设备	特点：低压，增压透平膨胀机和分子筛纯化流程	生产厂：杭州制氧机集团有限公司

厂代号		11075P
加工空气量/(m^3/h)		20000
产量/(m^3/h)	O_2	3600
	N_2	5500
	液 Ar	70
纯度(%)	O_2	99.6
	N_2	99.999
	液 Ar	99.999
压力/MPa	起动	0.65
	工作	0.65
供气压力/MPa	O_2	3
	N_2	0.8
	Ar	
起动时间/h		~36
运转周期/d		720
每 $1m^3$ O_2 电耗/(kW·h)		
总重/t		

主要组成部件

名称	型号（厂代号）	外形尺寸（长/mm×宽/mm×高/mm）	重量/t	配用电动机型号（电加热功率）	备注
分馏塔	FON-3600/5500	7700×4400×31430	148		
空气过滤器	GL-20500				
空气预冷器	UF20000/5.5 (1847)	ϕ1400×14700（空冷塔）	23.5	冷水机组(115kW×2) 水泵(30kW×2)(18.5kW×2)	
纯化器	HXK-20000/5.4-3(1633C)	ϕ2420×5500（吸附筒）	15.2		
膨胀机组	PLPK-44/7.36-0.44(20946)	占地约2300×1400	2.7×2	油泵电动机(2.2kW/台) 电加热器(3kW/台)	
仪控系统	混合系统(11075P.10000)				
电控系统	(11075P.20000)				

（续）

产品名称：KDON-4500/4500/110型空气分离设备	特点：低压流程，分子筛纯化空气和增压透平膨胀机制冷	生产厂：开封空分集团有限公司

项目		数值
厂代号		14042
加工空气量/(m^3/h)		23500
产量/(m^3/h)	O_2	4500
	N_2	4500
	Ar	110
纯度（%）	O_2	99.6
	N_2	99.99
	Ar	99.995
压力/MPa	起动	
	工作	0.57
供气压力/MPa	O_2	3
	N_2	2.2
	Ar	0.8
起动时间/h		35
运转周期/d		360
每1m^3 O_2 电耗/(kW·h)		0.56

主要组成部件

名称	型号	外形尺寸（长/mm×宽/mm×高/mm）	重量/t	配用电动机型号（电炉功率）	备注
空压机	H550-6.7/0.87	4500×5200×5500	50	T2800-4/1430	
空气过滤器	DKG-24			(18.5kW+1.5kW)	
空气预冷器	UF-24000/5.7		13	(115+7.5+17kW)	
纯化器	HXK-24000/5.7		12	(3×165kW)	
分馏塔	FON-4500/4500-1	8000×5000×32000			
膨胀机	PLPK-51.7/7.2-0.5			(2.2kW)	
氧压机	ZW-32/30	2420×1110×2770	17	(3×400kW)	
氮压机	ZW-18.4/22	2350×1110×2770	15.5	(2×220kW)	
制氩设备	XKAr-110		20	(2×9kW)	

产品名称：KDON-4500/11000/140型空气分离设备	特点：低压流程，分子筛纯化空气、增压透平膨胀机及无氧制氩	生产厂：开封空分集团有限公司

项目		数值
厂代号		14059
加工空气量/(m^3/h)		23500
产量/(m^3/h)	O_2	4500
	N_2	11000
	LAr	140
纯度（%）	O_2	99.5
	N_2	99.999
	Ar	99.999
压力/MPa	起动	0.58
	工作	0.58
供气压力/MPa	O_2	3.2
	N_2	2.2
	Ar	15、2.0
起动时间/h		~60
运转周期/d		360
每1m^3 O_2 电耗/(kW·h)		0.56

主要组成部件

名称	型号	外形尺寸（长/mm×宽/mm×高/mm）	重量/t	配用电动机型号（电炉功率）	备注
空压机	H580-6.8/0.98	8000×5200×6500		(2800kW)	
空气过滤器	DKG-40			(18.5+1.5kW)	
预冷系统	UF-26000/5.8			(120+22×4kW)	
纯化系统	HXK-26000/5.8				蒸汽加热
分馏塔系统	FON-4500/11000	8200×6000×48000			无氢制氩
膨胀机	PLPK-80/8.0×0.5	5200×3300×2750			
氧压机	ZW-56/32	3450×1320×3235		(620×2kW)	
氮压机		2114×960×2362		(90×2kW)	
液氧液氮贮存系统					
液氩贮存及汽化系统				(4.5×2kW)	

（续）

产品名称:KDON-6000/6000/160 型空气分离设备	特点:低压流程、分子筛纯化空气、增压透平膨胀机、无氢制氩及规整填料上塔	生产厂:开封空分集团有限公司

厂代号		14072
加工空气量/(m^3/h)		30500
产量/(m^3/h)	O_2(LO_2)	6000+100
	N_2(LN_2)	6000+100
	LAr	160
纯度(%)	O_2	99.6
	N_2	99.999
	LAr	99.999
压力/MPa	起动	0.48
	工作	0.48
供气压力/MPa	O_2	3.0(15)
	N_2	2.0(15)
	Ar	3.0(15)
起动时间/h		40
运转周期/d		360
每 $1m^3$ O_2 电耗/(kW·h)		0.43

主要组成部件

名称	型号	外形尺寸(长/mm×宽/mm×高/mm)	重量/t	配用电动机型号(电炉功率)	备注
空气过滤器	DKG-40			(18.5+1.5kW)	
空气透平压缩机	TA-200A/15				
预冷系统	UF-32000/4.7			(121+30+15kW)	
纯化系统	HXK-32000/4.7			(247×2kW)	
分馏塔系统	FON-6000/6000-4	8200×6500×52480		(5.5×2kW)	填料上塔
膨胀机		1140×1132×2900		(2.2×2kW)	
氧压机	ZW-67/30	8000×5000×3500		(630×3kW)	
氮压机	ZW-67/20	8000×5000×3500		(560×2kW)	

产品名称:KDON-6000/6000/160 型空气分离设备	特点:低压流程,分子筛纯化空气、增压透平膨胀机及无氢制氩	生产厂:开封空分集团有限公司

厂代号		14058
加工空气量/(m^3/h)		32500
产量/(m^3/h)	O_2	6000
	N_2	6000
	LAr	160
纯度(%)	O_2	99.6
	N_2	99.999
	Ar	99.99
压力/MPa	起动	0.58
	工作	0.58
供气压力/MPa	O_2	3.0
	N_2	0.02
	Ar	15.0
起动时间/h		~60
运转周期/d		360
每 $1m^3$ O_2 电耗/(kW·h)		0.49

主要组成部件

名称	型号	外形尺寸(长/mm×宽/mm×高/mm)	重量/t	配用电动机型号(电炉功率)	备注
空气过滤器	DKG-40			(18.5+1.5kW)	
空气透平压缩机		8000×5200×6500		73700-4/1430	进口
预冷系统	UF-32500/5.8			(41+130kW)	填料塔
纯化系统	HXK-32500/5.8			(165×2kW)	
分馏塔系统	FON-6000/6000-3	8200×6500×48000		(5.5×2kW)	填料塔制氩
增压透平膨胀机		1140×1132×2900		(7.4kW)	
氧压机	ZW-53/30	8000×6000×3500		(630×3kW)	
液氩贮存汽化				(3.685×2kW)	进口泵

（续）

产品名称：KDON-6000/13000型空气分离设备	特点：低压、增压透平膨胀机和分子筛纯化流程	生产厂：杭州制氧机集团有限公司

项目		数值
厂代号		11065E
加工空气量/(m^3/h)		32000
产量/(m^3/h)	O_2	6000
	N_2	13000
	液Kr+Xe	12
纯度(%)	O_2	99.6
	N_2	99.99
	液Kr+Xe	0.3
压力/MPa	起动	0.65
	工作	0.65
供气压力/MPa	O_2	
	N_2	
	Ar	
起动时间/h		36
运转周期/d		360
每1m^3 O_2电耗/(kW·h)		0.51
总重/t		

主要组成部件

名称	型号（厂代号）	外形尺寸（长/mm×宽/mm×高/mm）	重量/t	配用电动机型号（电加热功率）	备注
空压机	1TY-535/5.8		83.5		
空气预冷器	UD-32100/5.7	φ2000×13000	13.4		
纯化器	HXK-32100/6	φ3800×6100（吸附筒）	30		
分馏塔	FON-6000/13000	8500×5200×34000	184.3		
膨胀机组	PLPK-54.5/7.67-0.48	占地约2300×1400	3.6×2		
仪控系统	DPS系统				
电控系统					

产品名称：KDON-6000/13000型空气分离设备	特点：低压流程，采用增压透平膨胀机制冷和分子筛纯化空气	生产厂：哈尔滨制氧机厂

项目		数值
厂代号		K075
加工空气量/(m^3/h)		32000
产量/(m^3/h)	O_2	6000
	N_2	13000
纯度(%)	O_2	99.6
	N_2	$O_2 \leqslant 5\times10^{-4}$
压力/MPa	起动	0.57
	工作	0.57
供气压力①/MPa	O_2	2.94(16.5)
	N_2	2.94(16.5)
起动时间/h		36
运转周期/d		720
每1m^3 O_2电耗/(kW·h)		0.51

主要组成部件

名称	型号	外形尺寸（长/mm×宽/mm×高/mm）	重量/t	配用电动机型号（电炉功率）	备注
空压机	DH-63-6	5650×7500×10500	30	T3700-4/1430	
空气过滤器	MDL-240	5070×2990×6810	12		
空气预冷系统	UF-34000/5.7				
纯化器	HXK-34000/5.7	φ3600×6300			
分馏塔	FON-6000/13000	5200×8500×37810		现场组装	
膨胀机	PLPK-80.33/0.918-0.05				

（续）

产品名称:KDON-6000/13000/120 型空气分离设备	特点:低压流程,采用分子筛纯化空气和增压透平膨胀机制冷	生产厂:四川空分设备(集团)有限责任公司

项目		数值
厂代号		CF205
加工空气量/(m^3/h)		33000
产量/(m^3/h)	O_2	6000
	N_2	13000
	Ar	120
纯度(%)	O_2	99.6
	N_2	99.99
	Ar	99.999
压力/MPa	起动	
	工作	0.66
供气压力/MPa	O_2	0.03
	N_2	
	Ar	
起动时间/h		48
运转周期/d		360
每 $1m^3$ O_2 电耗/(kW·h)		0.51
总重/t		150

主要组成部件

名称	型号	外形尺寸(长/mm×宽/mm×高/mm)	重量/t	配用电动机型号(电炉功率)	备注
空压机	DH63-13				外购
预冷系统	UD-34000/5.7				
纯化器	HXK-34000/5.7				
分馏塔	FON-6000/13000	9000×9000×30000	152.0		
空气过滤器	GL-4000-3	3800×2800×13000	15		
膨胀机	PLPK-80/8-0.48				

产品名称:KDON-6000/13000/120 型空气分离设备	特点:低压、增压透平膨胀机和分子筛纯化流程	生产厂:杭州制氧机集团有限公司

项目		数值
厂代号		11065D
加工空气量/(m^3/h)		32000
产量/(m^3/h)	O_2	6000
	N_2	13000
	液 Ar	120
纯度(%)	O_2	99.6
	N_2	99.999
	液 Ar	99.999
压力/MPa	起动	0.65
	工作	0.65
供气压力/MPa	O_2	2.94
	N_2	0.78
	Ar	
起动时间/h		48
运转周期/d		360
每 $1m^3$ O_2 电耗/(kW·h)		0.52
总重/t		

主要组成部件

名称	型号(厂代号)	外形尺寸(长/mm×宽/mm×高/mm)	重量/t	配用电动机型号(电加热功率)	备注
空压机	1TY-534/5.8-V		83.5		
纯化器	HXK-32000/5.6	φ3800×6100(吸附筒)			
分馏塔	FON-6000/13000	9100×5600×38100	194.4		
膨胀机组	PLPK-72.6/7.6-0.5	占地约 2300×1400	2.6×2		
制氩系统	XKAr-120-1	φ2200×11420 φ700×9910	2.5		
氧压机组	4M16-93.5/30	占地约 8700×7610	59×2		
氮压机组	MW-54.5/7.8	占地约 7500×6500	24.4×2		
贮氧系统	(9822)		0.12		

（续）

产品名称：KDON6500/7000/170型空气分离设备			特点：分子筛纯化、增压透平膨胀、全精馏制氩流程（填料式上塔、粗氩塔、精氩塔、狭缝式主冷，先进的MICRO-TDC3000分散型过程控制系统）			生产厂：杭州制氧机集团有限公司		
厂代号		11065W	主要组成部件					
加工空气量/(m^3/h)		34000	名称	型号（厂代号）	外形尺寸（长/mm×宽/mm×高/mm）	重量/t	配用电动机型号（电加热功率）	备注
产量/(m^3/h)	O_2	6500	空压机	5TYD160 (30288F)	2987×4346×2890	~45	T3400-4/1430型	
	N_2	7000						
	液Ar	170③	空气预冷器	UF-36000/5 (1855B)	φ2024×15910（空冷塔）	~40		
纯度(%)	O_2	99.6						
	N_2	99.99	纯化器	HXK-34500/4.9 (1617)	φ3800×6350（纯化器）	~34		
	液Ar	99.999						
压力/MPa	起动	0.62	分馏塔	FON-6500/7000 (1065V)	5600×9500×44500	~253		
	工作	0.62	膨胀机组	(20603N)	2300×1400×2580	3.22×2		2组
供气压力/MPa	O_2	3	氮压机组	3TYS78+2TYS56 (40580)	12100×5400×8235	67.5	YKOS-1600	
	N_2	2						
	Ar	2或15	氧压机组	4M16-116/20 (0367N)	12500×9000×8500	59.1	YSG1400-16	
起动时间/h		~36						
运转周期/d		720	贮氧系统	(9876)	14500×3944×3914（100m^3贮槽）	38		
每1m^3 O_2电耗/(kW·h)		~0.46③	贮氮系统	(9877)	12500×3340×3690（50m^3贮槽）	34.3		
总重/t			制氩系统	XKAr-170 (4463C)	15m^3/0.2MPa立式贮槽(1343C)	24.72		

产品名称：KDON6500/13000/170型空气分离设备			特点：常温分子筛纯化、增压透平膨胀、全精馏制氩流程（上塔、氩塔为填料塔）			生产厂：杭州制氧机集团有限公司		
厂代号		11065T	主要组成部件					
加工空气量/(m^3/h)		35000	名称	型号（厂代号）	外形尺寸（长/mm×宽/mm×高/mm）	重量/t	配用电动机型号（电加热功率）	备注
产量/(m^3/h)	O_2	6500						
	N_2	13000	空气过滤器	(9836D)	6955×6550×8840	6.63×2		脉冲式
	液Ar	170③	空压机组	5TYD160 (30288)	2982×2140×2870	29×2	YCHS710-4型	
纯度(%)	O_2	99.6						
	N_2	99.99	空气预冷器	UF-35000/5 (1848M)	φ2024×15000（空冷塔）	18		
	液Ar	99.999	纯化器	HXK-35000/4.9 (1627X)	φ3624×6800（纯化器）	18.5		
压力/MPa	起动	0.62						
	工作	0.62	膨胀机组	(20609)	2300×1620×2580	3.22×2		2组
供气压力/MPa	O_2	3	分馏塔	FON-6500/13000 (1065T)	5600×9500×44500	~276.3		
	N_2	0.017						
	Ar	3	氧压机组	4M16-116/20 (0367N)	12500×9000×8500	59.1	YSG1400-16	
起动时间/h		~36	制氩系统	XKAr-170-I (4463A)		24.72		
运转周期/d		720						
每1m^3 O_2电耗/(kW·h)		≤0.48③	液氧贮存系统	(9865A)	50m^3贮槽两台（压力2.2MPa）			
总重/t		~700	液氮贮存系统	(9864A)	50m^3贮槽两台（压力1.0MPa）			

（续）

产品名称：KDON-10000/20000/250-Ⅰ型空气分离设备	特点：低压、增压透平膨胀机和分子筛纯化流程	生产厂：杭州制氧机集团有限公司

项目		数值
厂代号		11085Q
加工空气量/(m^3/h)		50000
产量/(m^3/h)	O_2	10000 液 O_2 100
	N_2	20000
	液 Ar	250
纯度(%)	O_2	99.6
	N_2	99.999
	液 Ar	99.999
压力/MPa	起动	0.62
	工作	0.62
供气压力/MPa	O_2	2.6
	N_2	1.5
	Ar	
起动时间/h		48
运转周期/d		720
每 1m^3 O_2 电耗/(kW·h)		
总重/t		

主要组成部件

名称	型号（厂代号）	外形尺寸（长/mm×宽/mm×高/mm）	重量/t	配用电动机型号（电加热功率）	备注
空气预冷器	UF-52000/5.1（1837B）	ϕ2220×16650（空冷塔）	22		
纯化器	HXK-52000/5.1（1636C）	ϕ3000×7290（吸附筒）	37.5		
分馏塔	FON-10000/20000-1（1085Q）	10500×6480×39650	224		
膨胀机组	PLPK-98.3/7.2-0.24（20949Q）	占地约 3360×1350	3.6×2		
制氩系统	XKAr-250-Ⅲ（11128C）	ϕ2010×12000 ϕ700×11400	~32		
氧压机组	2TY-167/0.23-26（20354Q）	占地约 13000×14000	7.5	YKOS2500-2	
氮压机组	4TY-167/0.45-15（40574）	占地约 13000×5000	7.8	YKOS2500-2	
贮氧系统	CF-100000/2				

产品名称：KDON-11000/22000/250型空气分离设备	特点：双级精馏，全低压、增压流程	生产厂：杭州制氧机集团有限公司

项目		数值
厂代号		11085
加工空气量/(m^3/h)		57000
产量/(m^3/h)	O_2	11000 液 O_2 50
	N_2	22000 液 N_2 100
	液 Ar	250
纯度(%)	O_2	99.6
	N_2	99.999
	液 Ar	99.999
压力/MPa	起动	0.65
	工作	0.65
供气压力/MPa	O_2	2.94
	N_2	0.0177
	Ar	14.7
起动时间/h		48
运转周期/d		720
每 1m^3 O_2 电耗/(kW·h)		
总重/t		716

主要组成部件

名称	型号（厂代号）	外形尺寸（长/mm×宽/mm×高/mm）	重量/t	配用电动机型号（电加热功率）	备注
空压机	DH80			（6000kW）	
空气预冷器	UD-57000/5.9-1（1842M）	ϕ2200×16000（空冷塔）	20×2		
纯化器	HXK-57000/5.8（1636）	ϕ3500×6400（吸附筒）	37.5×2		
分馏塔	FON11000/22000（1085）	11800×9000×35600	223×2		
膨胀机组	PLPK-113/8.5-0.57（20949M）	占地约 3360×1350	4.5×4		
氧压机	2TY-250/0.38-30（20308）	占地约 13000×5100	93		
制氩系统	XKAr-250（11128）	ϕ2010×12230 ϕ700×11400	~32		

（续）

<table>
<tr><td colspan="3">产品名称:KDON-12000/18000型空气分离设备[⊖]</td><td colspan="3">特点:低压流程,采用分子筛纯化空气和增压膨胀机制冷</td><td colspan="3">生产厂:四川空分设备(集团)有限责任公司</td></tr>
<tr><td colspan="2">厂代号</td><td>CF122</td><td colspan="6">主要组成部件</td></tr>
<tr><td colspan="2">加工空气量/(m³/h)</td><td>65000</td><td>名称</td><td>型号</td><td>外形尺寸(长/mm×宽/mm×高/mm)</td><td>重量/t</td><td>配用电动机型号(电炉功率)</td><td>备注</td></tr>
<tr><td rowspan="2">产量/(m³/h)</td><td>O₂</td><td>12000</td><td rowspan="2">空压机</td><td rowspan="2">4RM×99</td><td rowspan="2"></td><td rowspan="2"></td><td rowspan="2"></td><td rowspan="2"></td></tr>
<tr><td>N₂</td><td>18000</td></tr>
<tr><td rowspan="2">纯度(%)</td><td>O₂</td><td>99.6</td><td rowspan="2">预冷系统</td><td rowspan="2">UA-65000/6.6</td><td rowspan="2"></td><td rowspan="2"></td><td rowspan="2"></td><td rowspan="2"></td></tr>
<tr><td>N₂</td><td>99.99</td></tr>
<tr><td rowspan="3">供气压力/MPa</td><td>O₂</td><td>0.02</td><td>纯化器</td><td>HXK-65000/6.6</td><td></td><td></td><td></td><td></td></tr>
<tr><td>N₂</td><td></td><td rowspan="2">分馏塔</td><td rowspan="2">FON-12000/18000</td><td rowspan="2">7000×13000×41000</td><td rowspan="2">276</td><td rowspan="2"></td><td rowspan="2"></td></tr>
<tr><td>Ar</td><td></td></tr>
<tr><td colspan="2">起动时间/h</td><td>40</td><td>空气过滤器</td><td>M109</td><td>4000×3000×15000</td><td>18.0</td><td></td><td></td></tr>
<tr><td colspan="2">运转周期/d</td><td>360</td><td rowspan="2">膨胀机</td><td rowspan="2">PLPK-10833/8.09-0.48</td><td rowspan="2"></td><td rowspan="2"></td><td rowspan="2"></td><td rowspan="2"></td></tr>
<tr><td colspan="2" rowspan="2">每1m³ O₂ 电耗/(kW·h)</td><td rowspan="2">0.5</td></tr>
<tr><td rowspan="2">蒸发器(一氪塔)</td><td rowspan="2">B908</td><td rowspan="2"></td><td rowspan="2"></td><td rowspan="2"></td><td rowspan="2"></td></tr>
<tr><td colspan="2">总重/t</td><td>约300</td></tr>
</table>

<table>
<tr><td colspan="3">产品名称:KDON-12000/18000型空气分离设备</td><td colspan="3">特点:全低压、增压透平膨胀机制冷、分子筛纯化、全板式换热器提取少量氪、氙</td><td colspan="3">成套设计单位:中国空分设备公司</td></tr>
<tr><td colspan="2">型号</td><td>KDON-12000/18000</td><td colspan="6">主要组成部件</td></tr>
<tr><td colspan="2">厂代号</td><td>AA401</td><td>名称</td><td>型号</td><td>外形尺寸(长/mm×宽/mm×高/mm)</td><td>重量/t</td><td>配用电动机型号(电炉功率)</td><td>备注</td></tr>
<tr><td colspan="2">加工空气量/(m³/h)</td><td>65000</td><td>分馏塔</td><td>FON-12000/18000</td><td></td><td></td><td></td><td></td></tr>
<tr><td rowspan="3">产量/(m³/h)</td><td>O₂</td><td>12000</td><td rowspan="3">空压机</td><td rowspan="3">4RM×99</td><td rowspan="3"></td><td rowspan="3"></td><td rowspan="3">(5990kW)</td><td rowspan="3">进口单轴、9级压缩</td></tr>
<tr><td>N₂</td><td>18000</td></tr>
<tr><td>Kr+Xe</td><td>3.5</td></tr>
<tr><td rowspan="3">纯度(%)</td><td>O₂</td><td>≥99.6</td><td rowspan="2">膨胀机</td><td rowspan="2">PLPK-108.33/8.09-0.48</td><td rowspan="2"></td><td rowspan="2"></td><td rowspan="2"></td><td rowspan="2">1用1备</td></tr>
<tr><td>N₂</td><td>≤99.99</td></tr>
<tr><td>Kr+Xe</td><td>32~35</td><td>空气过滤器</td><td>GL-65000</td><td></td><td></td><td></td><td></td></tr>
<tr><td rowspan="2">压力/MPa</td><td>起动</td><td></td><td rowspan="2">空气预冷器</td><td rowspan="2">UF-65000/6.67</td><td rowspan="2"></td><td rowspan="2"></td><td rowspan="2"></td><td rowspan="2">穿流式筛板冷却塔</td></tr>
<tr><td>工作</td><td>0.576</td></tr>
<tr><td rowspan="2">供气压力/MPa</td><td>O₂</td><td></td><td rowspan="2">氨冷冻机组</td><td rowspan="2">6AW17
BAS17</td><td rowspan="2"></td><td rowspan="2"></td><td rowspan="2">制冷量:77</td><td rowspan="2">各1台</td></tr>
<tr><td>N₂</td><td></td></tr>
<tr><td colspan="2">起动时间/h</td><td>~40</td><td rowspan="4">纯化系统</td><td rowspan="4">HXK-65000/6.67</td><td rowspan="4"></td><td rowspan="4"></td><td rowspan="4"></td><td rowspan="4">卧式双层床、带蓄热器电加热器</td></tr>
<tr><td colspan="2">运转周期/d</td><td>>360</td></tr>
<tr><td colspan="2">每1m³ O₂ 电耗/(kW·h)</td><td>0.556</td></tr>
<tr><td colspan="2">总重/t</td><td></td></tr>
</table>

⊖ 压氧系统另配。

（续）

产品名称：KDON-14000/14000/300 型空气分离设备	特点：增压透平膨胀机和分子筛纯化流程	生产厂：杭州制氧机集团有限公司

项目		数值
厂代号		11084
加工空气量 /(m^3/h)		73000
产量 /(m^3/h)	O_2	13800，液 O_2 200
	N_2	14000
	液 Ar	300
纯度(%)	O_2	99.6
	N_2	$O_2 \leqslant 10^{-3}$
	液 Ar	99.999
压力 /MPa	起动	0.567
	工作	0.567
供气压力 /MPa	O_2	2.94
	N_2	0.98
	Ar	
起动时间/h		36
运转周期/d		720
每 1m^3 O_2 电耗 /(kW·h)		0.48
总重/t		约 488

主要组成部件

名称	型号	外形尺寸 (长/mm×宽/mm×高/mm)	重量 /t	配用电动机型号 (电炉功率)	备注
空气预冷系统	UF-73000/5.7 (1849)	约 ϕ2800×15000 (空冷塔)	40		
纯化系统	HXK-73000/5.6 (1643)	约 ϕ3500×8200	51		
分馏塔	FON-14000/14000 (1084)	14000×6480×40000	~256		
膨胀机组	PLPK-140/8.1-0.46	占地约 3360×1350	5.3×2		
制氩系统	XKAr-300 (11127)	约 ϕ2300×13000 约 ϕ700×12000	~25		
氧压机	2TY-233/0.2-30 (20306)	占地约 13000×14000	58.3	YK3200-2/1180	
氮压机	4TY-83.8/9 (40567)	占地约 7000×5200	46	YK-1000/2	
仪控系统 电控系统	UXL				

产品名称：KDON-15000 型空气分离设备	特点：低压流程、分子筛净化空气、增压透平膨胀机内压缩流程及无冷水机组	生产厂：开封空分集团有限公司

项目		数值
厂代号		14048
加工空气量 /(m^3/h)		77000
产量 /(m^3/h)	O_2	15000
	N_2	
	Ar	
纯度(%)	O_2	99.6
	N_2	
	Ar	
压力 /MPa	起动	~0.57
	工作	0.57
供气压力 /MPa	O_2	0.6
	N_2	
	Ar	
起动时间/h		~36
运转周期/d		>360
每 1m^3 O_2 电耗 /(kW·h)		

主要组成部件

名称	型号	外形尺寸 (长/mm×宽/mm×高/mm)	重量 /t	配用电动机型号 (电炉功率)	备注
空气袋式滤清器					
空气压缩机	DA1800-51				汽轮机拖动
预冷系统	UD-81000/5.7			(105kW)	填料塔
纯化系统	HXK-81000/5.7				蒸汽加热
分馏塔系统	F0-15000	6700×5500×32000 +6700×8500×12000		(10kW)	内压缩
增压膨胀机				(9kW)	

（续）

产品名称：KDON-17000/10000/615 型空气分离设备			特点：低压流程，常温分子筛净化，规整填料，增压透平膨胀机制冷			生产厂：四川空分设备（集团）有限责任公司		
厂 代 号		CF216	主 要 组 成 部 件					
加工空气量 /(m^3/h)		85000	名 称	型 号	外形尺寸（长/mm×宽/mm×高/mm）	重量 /t	配用电动机型号（电炉功率）	备注
产量 /(m^3/h)	O_2	17000	空压机					
	N_2	10000						
	Ar	615						
纯度（%）	O_2	99.6	预冷系统	UF-85000/5.1			（37kW）	
	N_2	99.999						
	Ar	99.999						
压力 /MPa	起动		纯化系统	HXK-85000/5.1			（380kW）	
	工作	0.61						
供气压力 /MPa	O_2	0.015						
	N_2	0.009	分馏塔	FONAr-17000/10000/615				
	Ar	0.2						
起动时间/h		48						
运转周期/d		720	增压透平膨胀机	PLPK-153/8.1-0.43			（5.2kW）	
每 $1m^3$ O_2 电耗 /(kW·h)		0.5						
总重/t								

产品名称：18000/30000/610 大型空气分离设备[⊖]			特点：采用液氧泵内压缩流程，电机驱动空压机			生产厂：杭氧液空有限公司		
厂 代 号			主 要 组 成 部 件					
			名 称	特 点	外形尺寸（长/mm×宽/mm×高/mm）	重量 /t	配用电动机型号（电炉功率）	备注
加工空气量 /(m^3/h)			分馏塔	上、下塔采用规整填料塔容器外壳，管道，阀门全为不锈钢				填料：自制法液空低温规整填料
产量 /(m^3/h)	O_2	18000						
	N_2	30000						
	Ar	610						
纯度（%）	O_2	99.8	空压机	一台电机驱动空压机、增压机				空压板、增压机合作生产，电动机进口
	N_2	$O_2 \leq 10^{-3}$						
	Ar	$O_2 \leq 10^{-4}$ $N_2 \leq 2\times10^{-4}$						
压力 /MPa	起动		膨胀机	带膨胀空气增压机				
	工作		纯化器	立式双层床径向流				
供气压力 /MPa	O_2	3.0						
	N_2	0.06	制氩设备	无氢全精馏制氩，采用规整填料精馏塔				
	Ar							
起动时间/h								
运转周期/d		>720						
每 $1m^3$ O_2 电耗 /(kW·h)			仪控系统	DCS 进口在线分析仪				
总重/t								

⊖ 1. 该空分设备是杭氧液空有限公司已与用户签订供货合同的设备。杭氧液空有限公司有能力根据用户要求设计制造各类大型、超大型成套空分设备（≤120000m^3/h）。

2. 本公司有能力按用户要求提供变压吸附设备、膜分离设备。低温一氧化碳分离装置等。

（续）

产品名称:28000/33500 大型空气分离设备[⊖]	特点:采用液氧泵内压缩流程,汽轮机驱动空气压缩机	生产厂:杭氧液空有限公司

项目		数值
厂 代 号		
加工空气量/(m^3/h)		
产量/(m^3/h)	O_2	28000
	N_2	33500
纯度(%)	O_2	99
	N_2	$O_2 \leqslant 10^{-3}$
压力/MPa	起动	
	工作	
供气压力/MPa	O_2	6.5
	N_2	18500m^3/h-38
起动时间/h		
运转周期/d		>720
电耗/(kW·h/m^3O_2)		
总重/t		
参考价格/万元		

主要组成部件

名 称	特 点	外形尺寸(长/mm×宽/mm×高/mm)	重量/t	配用电动机型号(电炉功率)	备注
分馏塔	规整填料精馏塔(上、下塔)内部容器外壳,管道,阀门全为不锈钢	18000×11000	、		自制法液空低温规整填料
空压机	汽轮机驱动空压机-增压机				空压机、增压机、汽轮机国内外合作生产
膨胀机	带膨胀空气增压机				
纯化器	立式双层床径向流				
仪控系统	DCS 进口在线分析仪				

产品名称:KDON-30000/40000/1080 型空气分离设备(合作生产)	特点:增压透平膨胀机和分子筛纯化流程	生产厂:杭州制氧机集团有限公司

项目		数值
厂 代 号		11003
加工空气量/(m^3/h)		160000
产量/(m^3/h)	O_2	30000,液 $O_2$600
	N_2	40000,液 $N_2$200
	液 Ar	1080
	Ne+He	7
	Kr+Xe	12
纯度(%)	O_2	99.6
	N_2	$O_2 \leqslant 10^{-3}$
	液 Ar	99.999
	Ne+He	50
	Kr+Xe	35
供气压力/MPa	O_2	1.9
	N_2	1.05
	Ar	
运转周期/d		48
每 1m^3O_2 电耗/(kW·h)		2

主要组成部件

名 称	型 号(厂代号)	外形尺寸(长/mm×宽/mm×高/mm)	重量/t	配用电动机型号(电炉功率)	备注
分馏塔	FON-30000/40000	25500×9500×44000	526.5		
空气预冷系统	(4-169723)	18160×4275×4320(空冷塔)	36		
纯化系统	(4-169728)	15000×4200×4850(吸附筒)	90.2		
膨胀机组	(20600)	占地约 3800×1850	14.7		
制氩系统	(4424)		25		
贫氪纯化系统	(4425)				
粗氖氦除氢系统	(4426)				
粗氮纯化系统	(4427)				

注:还有空分设备的纯氮设备,液体设备,氮、氧液化设备,移动式空分设备等查阅:国家机械工业局编中国机电产品目录(6)气体分离机械 机械工业出版社 2000 出版。

① 供气压力按用户要求另配。

② 液氩产量为折合成气态量,以下同。

③ 实测氩产量:210m^3/h,实测电耗:0.43kW·h。

⊖ 本空分设备是杭氧液空有限公司已与用户签订供货合同的设备。杭氧液空有限公司有能力根据用户要求设计制造各类大型,超大型成套空分设备(≤120000m^3/h)。

附录C　全世界生产空分设备的知名公司

据 Campbell & Associales 公司的资料介绍，1999 年的当年世界气体生产贸易总销售额为 320 亿美元，其中有 8 家公司销售额合计就占总额的 75%。而在 1996 年这 8 家公司合计占世界气体生产贸易总销售额的 78.1% 份额，中国、俄罗斯、印度和瑞士等国的气体公司占有 21.9%。现将 8 家公司在全球气体生产贸易和中国近年来的气体生产贸易情况简要介绍如下：

1）法国液化空气公司（L'Air Liquide）占世界工业气体生产销售总额的 18%（约合 57.6 亿美元），位居世界工业气体生产销售第一。

法国液化空气公司在世界化工 50 强中排名第 17 位，表 C-1 所示为 2005 年四大气体及设备公司在世界化工 50 强中的排名情况。

表 C-1　2005 年四大气体及设备公司在世界化工 50 强中的排名情况

（百万美元）

排名	公司名称	2004 年化工销售收入	同比增长（%）	化工收入所占比例（%）	2004 年化工业务利润	同比增长（%）	化工业务利润比例（%）	化工业务利润率（%）	2004 年化工资产额	占总资产比例（%）	化工资产回报率（%）
17	法液空	10713.8	11.6	91.9	1680.8	7.6	105.8	15.7	7978.6	44.5	21.1
30	比欧西	7095.2	5.3	84.2	929.7	19.9	88.0	13.1	5709.2	90.0	16.3
31	空气制品	7050.7	16.9	95.1	916.5	40.6	98.8	13.0	9372.0	93.3	9.8
35	普莱克斯	6594.0	17.5	100.0	1661.0	15.0	100.0	25.2	9878.0	100.0	16.8

法国液化空气公司创立于 1902 年，现在的员工已超过 30000 人。2003 年的销售收入达到 84 亿欧元，其中法国以外的销售接近 80%。

法液空是全球首位的工业和医用气体及相关服务的供应商，在全球 65 个国家设有分公司。

在中国，法液空的 1400 名员工在 2003 年实现了 9000 万欧元的销售额。该公司目前在中国的工业基地主要分布于北京、天津、上海、江苏、浙江、广东。在今后的五年内法液空在中国投资约 5 亿欧元。

法液空 2004 年 7 月在江苏省张家港浦项不锈钢厂扩建工程供应炼钢用的氧气、氮气和氩气。这是第一次在中国的县市级建设独资公司。

法液空在 2005 年与山东青岛丽东化工公司签署 15 年合同。法液空在青岛开发区投资 2500 多万美元，以最新技术兴建一套大型空分装置。

2005 年法液空与美国空气化工产品公司（APCI）合作与北京京东方光电科技技术有限公司签署了一个长期供气合同，为北京京东方光电科技技术有限公司（简称 BOE）在北京经济技术开发区的最新的制造厂供应气体。BOE 产品供应中国和国外市场。

法液空正在建造最大的空分设备为加拿大长湖项目提供高纯氧气和其他气体服务。

2）英国氧气公司（British Oxygen Company，Ltd.）占世界工业气体生产销售总额的14%（约合44.8亿美元），在1996年气体生产销售总额是15.6%，是世界工业气体生产销售第二位的著名公司。

BOC 公司在全球 60 多个国家和地区设有分公司或业务机构。在中国的天津、上海、苏州，以及南京等地建有空气分离设备。该公司在华有 9 家全资公司和 9 家合资公司，员工 1250 名，服务于化工、石油、玻璃、水务、电子、光纤、半导体、金属和食品等行业，在华投资已超过 5 亿美元。

2001 年 6 月 6 日 BOC 公司在给南京扬子石化公司提供的 40000 ~ 50000m^3/h 空分设备上运用了世界最先进的技术，从而使其气体产品在市场上最具有竞争力和良好的经济效益。

BOC 公司是第一个进入中国的跨国工业气体公司。BOC 和马钢各占 50% 股份的马鞍山马钢 BOC 气体有限责任公司已成立，注册资本约 6000 万美元，将先投资近 1 亿美元建造两套大型空分设备。氧气总产量达到 2800t/d，氧、氮、氩总产量超过 5000t/d，计划于 2007 年投产。

BOC 在大连公司 2001 年成功地进行了工厂扩建，增加了年产 10000t 的二氧化碳生产装置和 200t 的储存能力。

BOC 在日本的子公司——大阪酸素株式会社（OSK）成为 BOC 的全资子公司。BOC 以每股 310 日元价格购置其余的 44.88% 股份，总收购资金约为 156 亿日元。

BOC 在南美洲、印度、白俄罗斯都有投资项目，约有 20% 以上的 BOC 人员在美国从事气体生产和贸易。

3）美国普莱克斯实用气体公司（Praxair）占世界工业气体生产销售总额的14%（约合44.8亿美元），是世界工业气体生产销售第三位的公司。

Praxair 公司是北美洲和南美洲最大的工业气体生产商，亦是全球 50 多个国家的工业气体生产贸易商，2002 年销售额已达 51 亿美元。

Praxair 公司在中国拥有 12 个全资控股的公司和合资企业，三个合作伙伴、一个技术中心以及数个战略联盟。除了设在上海的公司总部外，它还在北京设有代表处。

普莱克斯在 2003 年 7 月已将亚洲总部从新加坡移至上海，是一项战略意义的决策，有利于加强公司在中国的地位。Praxair 公司在华投资总额已超过两亿美元。并在上海设立了投资公司和亚洲技术中心。该公司服务从中国延伸到韩国、印度、泰国等亚洲国家。

普莱克斯（中国）投资有限公司作为普莱克斯公司的子公司，它通过制造、销售、配送以及高附加值应用工业气体，服务于多种不同的工业企业。

普莱克斯（中国）投资有限公司建设的广东省最大的空分设备投资2900万美元，每小时生产23500方氧气的空分设备，于2001年6月15日在广东韶关钢铁公司落成。

上海梅山钢铁公司与普莱克斯双方决定在原来合资厂的基础上，再增建一套11000m^3/h空分设备，该设备计划于2003年中期投产。

1996年1月，美国普莱克斯公司兼并了原为全球第九大工业气体公司之一的美国液碳公司后增强了普莱克斯公司工业气体生产销售额。近几年Praxair公司在全球的知名度不断提高，气体销售额50%以上不是在美国市场上获得，而是在国际市场上成交。Praxair公司的美国、巴西、意大利和中国都设有项目执行规划小组，以协调纽约总部的订购、计划和人员调度等方面的工作。

由于兼并美国液碳公司大大地提高了Praxair公司二氧化碳在全球的销售量，并保持了二氧化碳在全球的主导地位，巩固了其非低温制气法在全球的领先地位。

4）美国空气化工产品公司Air Products & Chemical（APCI）占世界工业气体生产销售总额的9%（约合22.8亿美元），是世界工业气体生产销售第四位的公司。

APCI公司很早就进入国际气体贸易市场。并且自1957年进入英国气体市场后，至今已发展到亚洲、非洲和北美40个国家的气体市场，北美是它最大的气体市场，也是最具有发展潜力的地区。

APCI公司1987年就进入中国市场并成立了合资公司，还在中国主要的工业气体市场占据了领先地位。该公司在亚洲日本、中国、韩国、泰国、新加坡、马来西亚、印尼及台湾地区都有分公司。该公司1999年10月扩大对亚洲的投资，以加速达到该公司在美国以外销售超过50%的目标。该公司在亚洲的投资接近9亿美元，而每年的营收也在5亿美元左右。

APCI公司2003年落户福州，总投资700万美元建立气体化工产品（福建）有限公司，其母公司是全球工业气体行业最大的跨国公司之一，也是首家在福州落户的世界500强美国公司。

2006年7月3日APCI公司宣布与唐山国丰钢铁有限公司签订长期供气合同，提供钢铁制品所需的气态氧、氮和氩。APCI公司是华北钢铁业的主要气体供应商之一。

APCI公司投资5000万美元建造世界最大的特高纯制氮设备已投产，向位于我国台湾南部的台南科技工业园的电子用户供氮。台湾在制造300mm集成电路上占了世界市场最大份额。台湾还生产平板显示器，其销量在2002年占了世界市场的40%，在以后三年中预期可达到45%。

APCI公司1999年收购了韩国最大的工业气体公司韩国工业气体公司（KIG）剩余51.3%的股票。通过购买上市流通股票，韩国工业气体公司已成为APCI公司的全资公司。

5）瑞典气体公司（AGA）占世界工业气体生产销售总额的6%（约合19.2亿美元），是世界工业气体生产销售第五位的公司。

瑞典AGA公司通过把产品打入美国市场，逐步扩大其在全球的气体贸易。1996年，瑞典AGA公司投资3000万芬兰马克，为芬兰Raularuuki公司建造了一台1000m^3/h制氢设备，以提高和改变天然气的质量，保护环境。1998年中期，AGA公司还将为芬兰西南的Fuudia公司投资9000万芬兰马克，建造一台制氧设备，以取代Fuudia钢铁厂的旧制氧设备。为了加强巴西的气体贸易，满足巴西饮料和食品业发展的需要，AGA公司1996年在巴西的Riode Janeiro地区建造一台价值930万美元的3100t/年二氧化碳生产设备。1997年，AGA公司还将与巴西Peixoto de Castro集团合作生产氢气，以供该集团化工和石化业的需求。

6）德国林德公司（Linde）占世界工业气体生产销售总额的5%（约合16亿美元），是世界工业气体生产销售第六位的公司。

林德公司全球气体市场的首要目标是中国，自20世纪70年代末80年代初，Linde公司进入中国市场后，1996年已占领了中国许多气体市场。1995年，林德公司向澳大利亚进军，1996年扩大了在澳大利亚的气体市场。

林德公司（Linde）在中国建造的空分设备多，质量也好。林德公司早在1995年与现大连冰山集团合资建立了由林德控股的林德工艺装置有限公司（简称LPP)。2002年4月，LPP投资在杭州建立了林德工艺装置有限公司杭州工程与销售中心，该中心的建立大大增强了林德公司在中国大型空分设备的竞争力。

林德公司获岳阳煤气化48000m^3/h空分装置合同，于2003年12月19日在北京中石化国际事业有限公司签字生效。该空分装置采用循环氮压缩机和氮膨胀技术，用高压氮汽化液氧而得高压氧产品，满足了用户对高压氮和中氮的需要。

林德公司在中国2005年上半年获得了六大套空分设备的订货合同。

这六大套空分设备中，其中三套是2004年4季度，通过国际招、投标中标的，但正式合同生效是在2005年年初，分别是上海宝山钢铁公司的一套外压缩流程60000m^3/h空分设备和用于北京神华集团煤制油公司在内蒙古马家塔的两套内压缩流程50000m^3/h空分设备。这两套内压缩流程的空分设备为100万t/a煤制油项目服务，该项目采用Shell气化炉。

另外三套都是在2005年4月签订的合同。两套是马钢—BOC的40000m^3/h空分设备，一套是太钢—BOC的40000m^3/h空分设备。现将宝钢60000m^3/h空分设备的产品技术参数列于表C-2。

表 C-2 宝钢 60000m^3/h 空分设备的产品参数

参数 / 产品名称	产量/（m^3/h）			纯　度	压力/MPa（A）	
	A	B	D		出冷箱压力	压缩后压力
高压氧	30000	24500	31000	99.6% O_2	约 0.146	2.9
常压氧	30000	24500	31000	99.6% O_2	约 0.146	
液氧	1000	5850	300	99.6% O_2		
高压氮	24000	24000	24000	$5\times10^{-6}O_2$	0.11～0.147	2.9
中压氮	40000	40000	40000	$5\times10^{-6}O_2$	0.11～0.147	0.8
液氮	1000	—	0	$5\times10^{-6}O_2$		
气氩	2100	600	2280	$\leqslant3\times10^{-6}N_2$，$\leqslant2\times10^{-6}O_2$		3.1/氩泵内压缩
液氩	—	550	—	$\leqslant3\times10^{-6}N_2$，$\leqslant2\times10^{-6}O_2$		

注：共有五个工况，现仅提供：A 工况为保证工况；B 工况为最大液氧工况；D 工况为最大氩工况。

林德公司2006年在中国销售的10套大型空分设备见表C-3。

表 C-3 2006 年林德公司在中国履行的 10 套大型空分设备

序号	规　模	用户所在地	总包商/支持和合作商	备　注
1	56000m^3/h 气氧，1000m^3/h 液氧，带氮、液氩	陕西榆林（神木）	LEH/LE	
2	60000m^3/h 气氧，1200m^3/h 液氧，带氮、氩、稀有气体	湖北武汉	LEH/LE	
3	60000m^3/h 气氧，1200m^3/h 液氧，带氮、氩、稀有气体	湖北武汉	LE/LEH	
4	19600m^3/h 气氧，630m^3/h 液氧，带氮、氩	台湾	LE	
5	19600m^3/h 气氧，630m^3/h 液氧，带氮、氩	台湾	LE	
6	35300m^3/h 气氧，1500m^3/h 液氧，带氮、氩	福建惠安	LEH/LE	将增加氩、稀有气体
7	35300m^3/h 气氧，1500m^3/h 液氧，带氮	福建惠安	LEH/LE	将增加氩、稀有气体
8	75000m^3/h 气氧，2000m^3/h 液氧，带氮、氩、稀有气体	河北曹妃甸	LEH/LE	±20000m^3/h 快速变负荷
9	75000m^3/h 气氧，2000m^3/h 液氧，带氮、氩、稀有气体	河北曹妃甸	LEH/LE	±20000m^3/h 快速变负荷
10	48000m^3/h 气氧，带氮、氩	安徽淮南	LEH/LE	

注：LEH——林德工程（杭州）有限公司，LE——林德工程公司（德国慕尼黑）。

林德是德国慕尼黑一所大学的教授。1877 年卡尔·林德发明的制冷机器获得专利，2002 年林德公司庆祝制冷技术诞生 125 周年。1873 年林德设计制造的首台试验机器在 Augsburg 一家饮料厂安装。1877 年第 2 台制冷机器在 Trieste 安装后，林德向位于柏林的皇家专利局提出了这种制冷机器的专利权申请并获得批准。林德的发明公布后不久，机械制冷机就获准进入饮料业、牛奶加工业和冷藏库。林德公司继承先驱的传统将大量资金投入研究和开发工作。林德成功地采用天然致冷剂二氧化碳运行系统，成为首家制造该系统的生产商。该系统不会排出破坏臭氧的物质。

7）德国梅塞尔公司（Messer）占世界工业气体生产销售总额的 5%（约合 16 亿美元），是世界工业气体生产销售第七位的公司。

创立于 1898 年的梅塞尔公司是德国最早的气体产品公司之一，在全球拥有 200 多家公司，并设立了 450 家生产及研究开发中心，是世界上著名的气体产品公司。

拥有百年历史的 Messer 总部设于德国法兰克福，1999 年全球销售额达 39 亿德国马克，销售额逐年提高的公司。Messer 在气体领域包括气体应用、气体回收、气体生产及设计，开发、安装气体生产设备方面，在国际上享有很高的声誉。

Messer 公司在全球 60 个国家有 14500 名员工，在 49 个国家设立了研究机构。Messer 公司于 1994 年进入中国，现有 14 家企业，总投资近 2 亿美元，拥有员工 1130 名。Messer 占据中国市场份额的 5%。

2000 年 5 月 11 日 Messer 在云南的独资企业云南梅塞尔气体产品有限公司正式投产。该项目总投资额达 2000 万美元。

2004 年的近两年，Messer 在中国建设了一批新项目：宁波投资 2500 万元人民币的空气液化装置于 2003 年 8 月投入使用。湖南湘钢投资 9000 万元人民币的空分装置于 2004 年 4 月竣工。广东佛山成立了一个新的合资企业，投资 8300 万人民币，于 2004 年 11 月投入运营。江苏吴江建设的氦气装置站于 2004 年 8 月投产。

Messer 公司在全球性气体贸易市场的重点是美国、亚太地区的韩国、印尼、新加坡、印度及中国，还有中东地区的阿拉伯国家，在欧洲是芬兰、保加利亚、匈牙利、前南斯拉夫及英国、意大利等都设有分公司。

Messer 公司 1998 年成功举办了第一届梅塞尔全球创新奖之后，出资 7 万美元，举办第二届梅塞尔全球创新奖的评选，广邀全球的年青科技人员以论文形式参加，论述在环境保护、能源、食品、工业、生物工程、医学、通讯和电子工业等领域，通过工业气体的崭新应用所获得新工艺、改进工艺和新材料，以此提高产品质量，显示工业气体的效益。评审委员会由来自德、美、奥地利等国的知名专家组成，授奖仪式已于2000年10月举行。据悉今后该创新奖长期设立下去。

8）日本酸素（NSC）占世界工业气体生产销售总额的4%（约合12.8亿美元），是世界工业气体生产销售第八位的公司。

NSC公司在全球有些国家有日产气体公司和市场的份额。

日本的空分设备从20世纪70年代到80年代初进入中国市场。中国从日本日立公司引进空气透平压缩机和氧气透平压缩机制造技术，从日本恒河公司引进新型仪表制造技术。

1973年合肥东风化工厂从日本神户制钢所进口1500m^3/h制氧机两套，分别于1975、1976年投产。

20世纪80年代末上海宝钢从日本神钢引进两套26000m^3/h和一套30000m^3/h空分设备。当时宝钢同时还引进美国APCI一套72000m^3/h空分设备。

日本酸素2004年在中国大陆建立了上海日产气体公司作为该公司在中国大陆的一家制造基地。上海日产气体公司是该公司在中国开办的第三家气体公司，另外两家是大连日产气体公司和日产贸易（上海）公司。

上海日产气体公司将用管道将氮气输送给附近生产大型液晶显示板的中日合资企业，以及向上海地区的用户提供液态工业气体。为了扩大日本酸素在中国市场的份额，为上海公司选派了一位公司经理。

9）中国生产的空分设备已销售世界各地，其中四家公司的产品销售量较多（如表C-4所示），它们是在2004年中国机械500强当中的排名是：杭州制氧机集团有限公司第116名、四川空分设备集团有限责任公司第306名、开封空分集团有限公司第441名和苏州制氧机有限责任公司第500名。

表C-4　中国生产销售的产品在2006年以前出口到亚洲和非洲的国家

序号	出口年份	中国销售单位	进口国别及使用单位	产品规格型号名称	数量（套）
1	1999	杭州制氧机集团有限公司	越南	KDON-350/900型空分设备	1
2	1999	苏州制氧机有限责任公司	苏丹	KDON-150/500型空分设备	1
3	1999	杭州制氧机集团有限公司	孟加拉国	KZON-150/550（600）型空分设备	1
4	1999	苏州制氧机有限责任公司	阿尔巴尼亚	KZON-150/550（600）型空分设备	1
5	1999	邯郸制氧机厂	叙利亚	KZON-50/150型空分设备	1
6	1999	邯郸制氧机厂	苏丹	KZON-50/150型空分设备	1

（续）

序号	出口年份	中国销售单位	进口国别及使用单位	产品规格型号名称	数量（套）
7	1999	邯郸制氧机厂	缅甸	KZON-50/150 型空分设备	1
8	1999	杭州制氧机集团有限公司	伊拉克	KZO-60 型空分设备	2
9	1999	杭州制氧机集团有限公司	伊朗	KDN-1200 型空分制氮设备	1
10	1999	杭州制氧机集团有限公司	伊朗	KDN-320 型空分制氮设备	1
11	1999	四川空分设备集团有限责任公司	叙利亚	KDONAr-170Y/100Y-Ⅲ 型空分设备	3
12	1999	四川空分设备集团有限责任公司	印尼	低温液体贮槽	2
13	1999	杭州制氧机集团有限公司	美国	低温液体贮槽	1
14	1999	杭州制氧机集团有限公司	美国	板翅式换热器	4
15	1999	江西制氧机厂	越南	液氨罐式集装箱	20
16	1999	中船总公司第 718 研究所	伊朗	水电解制氢设备	1
17	1999	苏州制氢设备有限公司	伊朗	水电解制氢设备	1
18	1999	四川空分设备集团有限责任公司	叙利亚	溶解乙炔设备	1
19	1999	邯郸制氧机厂	苏丹	溶解乙炔设备	1
20	2000	杭州制氧机集团有限公司	越南 SOVIGAI 公司 BIEN HOA 分厂	350/900/6 型带氩空分设备	1
21	2000	杭州制氧机集团有限公司	越南 SOVIGAI 公司 BIEN HOA 分厂	430Y/500Y 型液化设备	1
22	2000	开封空分集团有限公司	伊朗	KIN-710 型液氮设备	1
23	2000	开封空分集团有限公司	葡萄牙	KDON-350Y/1350Y 型空分设备	1
24	2001	杭州杭氧科技有限公司	苏州喀士穆炼油厂	KDN-800/40Y 型纯氮设备	1
25	2002	杭氧股份有限公司	巴基斯坦 Multan 化工有限公司	KZON-150/550-Ⅳ型空分设备	1
26	2002	杭氧股份有限公司	朝鲜龙岳山贸易总会社	KZON-150/550-Ⅳ型空分设备	1
27	2002	杭氧股份有限公司	朝鲜综合设备进口会社	KZON-150/550-Ⅳ型空分设备	1
28	2002	杭氧股份有限公司（中技鲜京贸易有限公司）	越南	KZON-150/550-Ⅳ型空分设备	1

（续）

序号	出口年份	中国销售单位	进口国别及使用单位	产品规格型号名称	数量（套）
29	2002	杭氧股份有限公司（Nada 贸易有限公司）	泰国	KZO-60 型空分设备	1
30	2002	开封空分集团有限公司	伊拉克中部炼油厂	KDN-1000/140Y 型制氮设备	1
31	2002	开封空分集团有限公司	叙利亚萨斯国贸公司	KDON-500Y/233Y/19Y 型低温液体（液化）设备	1
32	2002	开封空分集团有限公司	葡萄牙阿塞尔有限公司	YPN-2675 低温液体（液化设备）	1
33	2002	开封空分集团有限公司	土耳其	KDON-500/50/70 型空分设备	1
34	2002	四川空分设备集团有限责任公司 7 月 22 日签订出口合同，土耳其伊斯坦布尔钢铁公司		10000m^3/h 空分设备	1
35	2003	开封空分集团有限公司	印度艾伦巴瑞工业气体有限公司	KDON-2000Y/800Y/60Y 型液体设备	1
36	2003	开封空分集团有限公司	苏丹喀士穆炼油厂	KDON-1000/135Y 型空分设备	1
37	2003	杭氧股份有限公司	土耳其	5000m^3/h 空分设备	1
38	2003	杭氧股份有限公司	葡萄牙	KDON-350Y/1350Y 型空分设备	1
39	2003	杭氧股份有限公司	哈萨克斯坦	5000m^3/h 空分设备	1
40	2003	苏州国信集团有限公司	尼日利亚	KZON-150/550-Ⅳ型空分设备	1
41	2004	杭氧股份有限公司	朝鲜南川江贸易会社	KZON-150/550-3 型空分设备	1
42	2004	杭氧股份有限公司	巴基斯坦 Sharif 氧气有限公司	KDON-170/350 型空分设备	1
43	2004	杭氧股份有限公司	西班牙	20000m^3/h 空分装置	1
44	2004	杭氧股份有限公司	塞尔维亚	20000m^3/h 空分装置	1
45	2004	杭氧股份有限公司	伊朗	变压吸附制氮设备（氮气产量 2100m^3/h）	2
46	2004	开封空分集团有限公司	土耳其	KDONAr-6150/1000/150 型空分设备	1

（续）

序号	出口年份	中国销售单位	进口国别及使用单位	产品规格型号名称	数量（套）
47	2004	开封空分集团有限公司	土耳其	6150m^3/h 空分设备	1
48	2004	四川空分设备集团有限责任公司	印度	KDONAr-6000/4000/180 型空分装置	1
49	2004	四川空分设备集团有限责任公司	印度	YPN-5400 氮液化设备	1
50	2004	苏州制氧机有限公司（上海班华工机械有限公司）	越南	KDN-620/30Y 型制氧机	1
51	2004	苏州制氧机有限公司（杭州福斯达气体设备有限公司）	玻利维亚	KZON-50/100 型空分设备	1
52	2004	苏州制氧机有限公司（中油吉林化建工程股份公司）	阿尔及利亚	KDN-300/50Y 型高纯氮设备	1
53	2005	杭氧股份有限公司	马来西亚 SEC-OMEX 公司	18000m^3/h 带氩空分设备	1
54	2005	杭氧股份有限公司	印度 Goyal MG 气体有限公司	100t/d 带氩空分设备	1
55	2005	杭氧股份有限公司	埃及	1000m^3/h 液体空分设备	1
56	2005	杭氧股份有限公司	塞尔维亚气体公司	21000^3/h 带氩空分设备	1
57	2006	苏州制氧机有限责任公司销售的产品已出口到：俄罗斯、越南和印度等国家十余套。			

注：本表的资料按深冷技术的报导摘录，供查阅参考。

杭州制氧机集团有限公司的杭氧股份有限公司 2005 年 8 月承接伊朗卡维集团两套 63000m^3/h 空分设备的供货合同正式生效。这两套空分设备是中国目前出口的最大的特大型空分设备，已填补国内自主生产 60000m^3/h 等级空分设备的空白（摘自深冷技术 2005（6）报导）。

10）俄罗斯深冷机械公司（JSC）始建于 1945 年，主要从事专业低温设备的研究开发，生产制造、项目设计管理和大型工程项目的总承包工作，具有强大的科研、生产能力和丰富的经验，其独特的技术、工艺居于世界领先地位、产品广泛应用于冶金、石油、化工、电力、航空航天、大型科学物理研究中心等领域。自 1956 年起，已向中国的许多企业和研究机构提供了 JSC 的产品，在 21 世纪的今天，JSC 愿意继续为中国各类客户提供可靠优质的产品和完善的服务，以建立一种相互信任的长期合作伙伴关系。

注：以上资料摘自深冷技术（1997～2007 年出版）和英语缩略语词典（商务印书馆 1979 年出版）。

参考文献

[1] 中国机械工程学会设备与维修工程分会，机械设备维修问答丛书编委会．泵类设备维修问答［M］．北京：机械工业出版社，2007.

[2] 中国机械工程学会设备与维修工程分会，机械设备维修问答丛书编委会．设备润滑维修问答［M］．北京：机械工业出版社，2006.

[3] 中国国家机械工业局．中国机电产品目录：第6册真空设备　气体压缩机　气体分离机械　分离机械压力容器［M］．北京：机械工业出版社，2000.

[4] 动力工程师手册编辑委员会．动力工程师手册［M］．北京：机械工业出版社，1999.

[5] 安徽省机械工程学会．机械工程词典［M］．合肥：安徽科学技术出版社，1987.

[6] 机械工程手册电机工程手册编辑委员会．机械工程手册：第14卷：机械产品（四）［M］．北京：机械工业出版社，1982.

[7] 史群．英语缩略语词典［M］．北京：商务印书馆，1979.

[8] 制氧机的原理与操作编写组．制氧机的原理与操作［M］．北京：冶金工业出版社，1977.

[9] 北京钢铁学院制氧教研组．制氧工问答［M］．北京：冶金工业出版社，1978.

[10] 肖家立．现代空分技术发展及其与工程设计的关系［J］．深冷技术，2000（2）：1～3.

[11] 梁国仑，等．国外工业气体市场概况［J］．深冷技术，2002（6）：6～10.

[12] 吴兆龙．中国空分设备市场现状与近期发展［J］．深冷技术，2003（6）：8～12.

[13] 舒伟萍．我国空分设备产业市场结构分析［J］．深冷技术（安装运转专辑），2006，7：25～29.

[14] 杨湧源，等．同存共荣的钢铁与气体［J］．深冷技术（设计制造专辑），2006，12：27～31.

机械工业出版社机械行业标准出版信息

我社出版自2002年开始发布的现行机械行业标准（JB），其中包括机械、电工、仪表三大行业，涉及设备、产品、工艺等几大类。为保证用户查询、购买方便，特提供以下信息：

查询标准出版信息、网上订购

http：//www.cmpbook.com/standardbook/bzl.asp

http：//www.golden-book.com——机械工业出版社旗下大型科技图书网站

标准出版咨询

机械工业出版社机械分社电话：010－88379778

010－88379779

电话订购

电话：010－68993821　010－88379639

010－88379641　010－88379643

010－88379693　010－88379170

传真：010－68990188（可写明购书信息及联系方式）

地址：北京市西城区百万庄大街22号

邮政编码：100037

户名：北京百万庄图书大厦有限公司

账号：8085 1609 1908 0910 01

开户行：中国银行北京百万庄支行